옥루몽 1

한국
고전
문학
전집

026

옥루몽 1

남영로 지음 | 장효현 옮김

문학동네

머리말

　여러 해에 걸친 작업 끝에, 64회의 장회章回로 이루어진 한문장편소설 『옥루몽』의 역주본을 내게 되었다. 담초潭樵 남영로南永魯, 1810~1857가 1840년을 전후한 시기에 창작한 『옥루몽』은 세상에 나오자마자 19세기 조선 독서계를 사로잡았다. 방대한 분량임에도 『옥루몽』은 인기가 대단했던 작품으로, 많은 필사본 이본을 남기고 일제 식민지 시대에 활자본으로 수없이 간행되었다.

　『옥루몽』 역주본을 내고 싶다는 생각은 어언 40년 가까이 거슬러올라간다. 1979년 가을, 대학원 석사과정 첫 학기에 『구운몽』과 『옥루몽』을 비교하는 주제로 발표를 준비하면서 『옥루몽』을 읽을 기회가 있었는데, 이때 받은 감동이 이후 연구 분야를 정하는 데 결정적인 역할을 했다. 이렇게 재미있고 훌륭한 작품이 우리 문학사에 있다니.

　고전시가를 전공하려고 대학원에 진학했지만, 『옥루몽』을 연구해야겠다는 생각에 사로잡혀 전공을 고전소설로 바꾸었다. 석사과정을 밟을

때는 청계천 고서점을 순례하는 것이 큰 즐거움이었고, 이때 최초의
『옥루몽』활자본인 1912년 간 신문관본『옥루몽』(전 4권)을 구입했다.
이 자료는 연구사에 아직 소개되지 않았기에 문헌학적 연구에 착수해
야겠다 다짐했고, 여러 도서관을 다니며 50여 종에 달하는 필사본과 활
자본을 조사해 석사학위논문을 완성했다.

한문장편소설『육미당기六美堂記』의 지은이가 서유영徐有英이라는 실마
리를 찾은 것도『옥루몽』연구의 부산물이었다. 가람본『육미당기』끝
부분에 "나의 벗 남담초의 옥루몽吾友南潭樵玉樓夢"문구가 든 평문을 두산斗
山 서돈보徐惇輔가 남겼는데, 함께 평문을 쓴 문인들의 문집에서『옥루몽』
에 관한 기록을 찾을 수 있을까 하여 훑어보다가『육미당기』의 지은이
운고雲皐가 학계에 알려진 김재육金在堉이 아닌 서유영임을 알게 해주는
기록을 보게 된 것이다. 그후 서유영의 저술인『금계필담錦溪筆談』과『운
고시선雲皐詩選』을 확인하고, 서유영과 교유한 문인들의 저술에서 방대한
자료를 찾아 박사학위논문「서유영 문학의 연구」를 완성했다. 뒤이어
『육미당기』역주본을 냈지만, 늘 마음속에는『옥루몽』역주본에 대한
소망이 자리잡고 있었다.

문학동네에서 간행하는 한국고전문학전집의 편집위원으로 참여하면
서『옥루몽』역주본을 내기로 약속했지만, 그동안 건강이 여의치 않아
출간하기까지 시간이 다소 걸렸다.『옥루몽』원본을 비정比定하기 위한
정확한 교감, 빠뜨림 없는 주석, 원문에 충실한 번역을 수행하고자 했으
며, 고전의 멋을 살리면서도 현대 독자들이 공감할 수 있는 유려한 문장
으로 옮기기 위해 나름대로 고심했다.

이 역주본이『옥루몽』을 연구하시는 분들과 대중 독자분께『옥루몽』
의 가치를 제대로 전하는 유익한 자료가 될 수 있기를 기대한다. 1988
년 4월「서유영 문학의 연구」를 완성해가는 시기에, 서유영이 꿈에 나

타나 내게 고마운 마음을 전해준 적이 있다. 남영로도 내 꿈에 한번 나
타나주시려나?

2022년 6월
장효현

머리말 _5
일러두기 _10
주요 등장인물 _11

옥루몽 1

제1회 문창성군이 상제의 명을 받들어 달을 구경하고
       관음보살이 부처의 힘에 의지해 꽃을 흩더라 _17

제2회 허부인이 옥련봉에서 꿈을 꾸고
       양공자가 압강정에서 시전을 던지더라 _30

제3회 노파가 항주에서 청루에 대해 말하고
       수재가 객관에서 홍랑을 만나더라 _53

제4회 원앙 베개 위에서 운우의 정을 꿈꾸고
       연로정 앞에서 버들가지를 꺾더라 _71

제5회 경도희에서 탕자가 풍파를 일으키고
       전당호에서 여러 기생이 떨어진 꽃을 슬퍼하더라 _94

제6회 강남홍이 백운동에 몸을 의탁하고
       양창곡이 자신전에서 책문을 올리더라 _107

제7회 윤상서가 동상에서 좋은 사위를 맞이하고
       양한림이 강주에서 선랑을 만나더라 _130

제8회 벽성선이 오경에 옥피리를 불고
       청루에서 십 년 지킨 붉은 점에 놀라더라 _159

제9회 천자가 중매하여 황소저와 정혼하고
       남만을 정벌하러 양원수가 출전하더라 _177

제10회 흉악한 음모로 여종이 별당을 시끄럽게 하고
        요사스러운 계교로 노파가 단약을 팔더라 _197

제11회 양원수가 흑풍산에서 크게 승리하고
        와룡선생이 반사곡에 나타나더라 _219

제12회 골짜기를 잃은 나탁은 구원병을 요청하고
        도사를 천거한 운룡은 산으로 돌아가더라 _237

원문 옥루몽 1 _261

【 일러두기 】

1. 적문서관積文書館에서 1924년에 간행된 한문언토漢文諺吐 활자본을 저본으로 했다. 적문서관본은 가장 널리 읽힌 이본일 뿐 아니라 『활자본고전소설전집』(아세아문화사, 1977) 제6권에 영인되어 대부분의 연구자에게 대본 역할을 했다.

2. 원문은 적문서관본 그대로 한문언토의 형태로 수록했다. 내용에 어긋나게 언토가 달린 곳을 몇 군데 손질했으나, 따로 밝히지는 않았다.

3. 현대어역본은 원문에 충실하게 번역하는 것을 원칙으로 하고, 그 어투는 고전의 맛이 느껴질 수 있도록 했다.

4. 주석은 내용을 이해하는 데 꼭 필요하다고 여겨지는 경우에는 현대어역본에 달았으나, 그 외에는 원문에 달아주었다. 주석은 해당 표제어가 처음 나오는 부분에 한 번 다는 것을 원칙으로 하되, 뒤에 다른 문맥에서 나온 경우에는 이해를 돕고자 한 번 더 달아주었다.

5. 교감은 원문에 교감주 형태로 달았다. 활자본의 조판 과정에서 자형字形의 유사함 혹은 단순한 누락이나 착오로 빚어진 오식誤植은 교감주를 따로 달지 않고 바로잡았다. 1918년에 간행된 한문언토 활자본인 덕흥서림본德興書林本은 상대적으로 오식이 적은 이본이기에 주요 교감 대상으로 삼았다. 적문서관본과 덕흥서림본에 모두 오류나 누락이 있는 경우, 1912년에 간행된 국문활자본인 신문관본新文館本을 주요 교감 대상으로 삼았다. 신문관본은 『옥루몽』한문본 원본을 국역한 계통을 잇는 중요한 선본善本이다.

【 주요 등장인물 】

양창곡楊昌曲

천상계 문창성군文昌星君의 화신. 처사 양현楊賢과 부인 허씨 슬하에서 자라, 다섯 여인과 차례로 인연을 맺고 출장입상하는 영웅적 인물이다. 파란만장한 생애 가운데 여러 벼슬을 맡으면서 다양한 호칭으로 불린다. 과거에 급제해 한림학사가 되어 '양한림'으로, 유배에서 풀려난 후 예부시랑에 이어 병부시랑이 되어 '양시랑'으로, 남만을 토벌하러 나설 때는 병부상서 겸 정남대원수征南大元帥가 되어 '양원수'로, 홍도국 정벌에 나설 때는 대도독大都督이 되어 '양도독'으로, 전쟁에서 승리를 거둔 후에는 우승상 겸 연왕燕王에 봉해져 '양승상'과 '연왕'으로 불린다.

강남홍江南紅

천상계 홍란성紅鸞星의 화신. 본래 성은 사씨謝氏. 3세에 변란 속에서 부모와 헤어져 기녀가 되었고, 가무와 문장에 모두 뛰어나 항주 제일의 기녀로 꼽힌다. 압강정 잔치에서 양창곡과 만나 인연을 맺는다. 소주 자사 황여옥의 핍박을 받다가 전당호에 투신하는데, 살아남아 남방 탈탈국에서 표류하여 백운도사를 만나며 그에게서 무예와 도술을 배우고 부용검을 물려받아 천하무적의 여성 영웅이 된다. 백운도사의 지시에 따라 홍혼탈紅渾脫이라는 이름으로 남만 왕 나탁을 돕다가 투항하여 양창곡과 재회한다. 이후 양창곡의 공로를 대부분 이루어준다. 우사마에 제수되어 '홍사마'로 불리고, 이어 병부시랑 겸 정남부원수에 제수되어 '홍원수'로 불리고, 전쟁에서 승리한 후에는 병부상서 겸 난성후鸞城侯에 봉해진다. 흉노 침략 시에는 표요장군驃姚將軍에 제수되어 '홍표요'로 불린다. 그녀의 소생으로 양창곡의 첫째 아들인 양장성이 전쟁에서 공을 세워 진왕秦王에 봉해진 뒤에는 '진국태미秦國太嬎'의 칭호를 받는다.

벽성선碧城仙

천상계 제천선녀諸天仙女의 화신. 본래 성은 가씨賈氏. 태어난 지 며칠 만에 병란으로 부모를 잃고 기녀가 되지만, 뛰어난 음악적 재능을 지니며 한사코 요조숙녀다운 지조를 지킨다. 양창곡이 강주에 유배되었을 때 인연을 맺어 그에게 옥통소를 가르쳐준다. 양창곡의 두번째 소실로 들어간 후 황부인의 질투로 모진 시련을 겪지만, 천자에게 음악으로 풍간하여 어사대부御史大夫에 제수되고, 태후와 복장을 바꿔 입고 흉노에 대신 끌려가 태후를 구한다. 양창곡이 연왕에 봉해지자 '숙인淑人'에 봉해져 '선숙인'으로 불린다. 나중에 자개봉 대승사의 보조국사普照國師가 그녀의 아버지로 밝혀진다. 그녀의 소생으로 넷째 아들인 양기성은 빼어난 외모를 지닌 풍류남자로, 설중매와 빙빙과의 결연 과정이 흥미롭게 펼쳐진다.

일지련一枝蓮

천상계 도화성桃花星의 화신. 남방 축융왕의 딸로, 쌍창을 쓰는 무예에 뛰어나 명나라 군대와 대적하다가 투항하고, 강남홍을 따라 중국으로 들어와 나중에 양창곡의 세번째 소실이 된다. 흉노 침략 시에 공로를 세워 표기장군驃騎將軍에 제수되어 '연표기'로 불리고, 숙인에 봉해져 '연숙인'으로 불린다. 그녀의 소생으로 셋째 아들인 양인성은 도학군자로, 스승 손선생의 학통을 이어받아 '신암愼庵선생'으로 불린다.

윤소저

천상계 제방옥녀帝傍玉女의 화신. 항주 자사 윤형문과 소부인 슬하에서 자란 요조숙녀로, 강남홍이 천거하여 양창곡의 첫째 부인이 된다. 양창곡이 연왕에 봉해져 '연국상원부인'이 된다. 그녀의 소생으로 둘째 아들인 양경성은 어진 행정을 펼쳐 강서태수江西太守, 호부상서戶部尚書, 참지정사參知政事에 잇따라 제수된다.

황소저

천상계 천요성天妖星의 화신. 승상 황의병과 위부인의 딸. 황의병이 천자에게 간청해 양창곡의 둘째 부인이 된 후 벽성선을 질투해 집요하게 해치려 하지만, 이후 개과천선한다. 양창곡이 연왕에 봉해져 '연국하원부인'이 된다. 그녀의 소생으로 다섯째 아들인 양석성이 천자의 딸 숙완공주와 결혼한다.

양현楊賢 · 허부인許夫人

양창곡의 어버이. 여남汝南 옥련봉玉蓮峰 자락에 살다가, 양현의 나이 40세에 옥련봉의 관음보살 석상에 발원하고 양창곡을 낳는다. 양창곡이 과거에 급제해 한림학사가 되자 양현은 예부원외랑禮部員外郎 벼슬을 제수받아 '양원외'로 불린다. 양창곡이 연왕에 봉해지고 나서 양현은 '연국태야燕國太爺' 즉 '양태야'로 불리고, 허부인은 '태미太嬤'로 불린다.

윤형문尹衡文 · 소부인蘇夫人

윤소저의 어버이. 윤형문은 어진 인품을 지녀 항주 자사 시절 딸 윤소저를 강남홍과 지기로 맺어준다. 병부상서兵部尚書에 이어 우승상에 제수된다. 흉노의 침략을 받았을 때 양현과 함께 의병을 일으켜 태후로부터 삼군도제독三軍都提督에 제수되며 이후 '각로閣老'로 불린다.

황의병黃義炳 · 위부인衛夫人 · 황여옥黃汝玉

황의병은 승상 벼슬에 있지만 소인배다. 천자에게 아첨해 딸 황소저를 양창곡에게 억지로 시집보낸다.

위부인은 어머니 마씨馬氏가 태후의 외종사촌인 것만 믿고 교만 방자하게 굴며, 딸 황소저가 벽성선을 모해하는 것을 부추긴다. 태후의 명으로 추자동楸子洞에 유폐되었을 때 꿈에 마씨가 나타나 위부인의 오장육부를 꺼내 씻고 뼈를 갈아 독을 빼낸 후 개과천선한다.

황여옥은 황소저의 오빠로, 소주 자사로 있을 때 강남홍에게 흑심을 품고 핍박하지만, 강남홍이 투신하자 잘못을 뉘우치고 정사에 힘써 예부시랑이 된다.

연옥蓮玉 · 손삼랑孫三娘

연옥은 강남홍의 신실한 여종이다. 강남홍이 전당호에 투신한 후 연옥은 그녀가 죽은 줄로만 아는데, 오갈 데 없는 연옥을 윤소저가 한동안 거두어준다. 나중에 연옥은 동초 장군의 소실이 된다.

손삼랑은 연옥의 이모로, 자맥질에 능해 수중야차水中夜叉라는 별명을 가져 '손야차孫夜叉'로 불린다. 전당호 물속에 몸을 숨기고 있다가 투신한 강남홍을 구하고, 함께 남방 탈탈국을 표류해 백운도사 문하에서 무예를 익혀 강남홍의 부장副將으로 활약한다.

소유경蘇裕卿 · 뇌천풍雷天風

소유경은 윤형문의 처조카로, 방천극方天戟을 잘 쓴다. 우사마右司馬 벼슬을 해 '소사마'로 불리다가 남방을 평정한 공로로 형부상서刑部尚書 어사대부御史大夫가 되어 '소상서' '소어사'로 불린다. 노균의 전횡에 대하여 간하다가 남방으로 유배되는데, 흉노가 침략해오자 군사를 모아 달려와 천자를 구한다. 흉노와의 전쟁에 이긴 공로로 여음후汝陰侯에 봉해지고, 양창곡의 둘째 아들 양경성을 사위로 맞이한다.

뇌천풍은 벽력부霹靂斧를 잘 쓴다. 남방을 평정한 공로로 상장군上將軍에 제수된다. 노균의 전횡에 대하여 간하다가 돈황敦煌으로 유배되지만, 이후 풀려나 흉노와 싸우던 중 역적 노균을 도끼로 두 동강 내서 죽인다. 흉노와의 전쟁에 이긴 공로로 관내후關內侯에 봉해진다.

동초董超 · 마달馬達

양창곡이 남방 원정 중에 발탁한 장수. 남방을 평정한 공로로 각각 좌익장군, 우익장군에 제수된다. 양창곡이 운남에 유배되었을 때 벼슬을 버리고 은밀히 양창곡을 뒤따르며 돕는다. 흉노가 침략해왔을 때 양창곡의 상소문을 가지고 천자를 찾아가, 동초는 흉노의 대군을 막고 마달은 천자를 피신시킨다. 죽음을 무릅쓰며 흉노의 대군에 맞서 싸운 공로로 동초는 표기장군驃騎將軍에, 마달은 전전장군殿前將軍에 제수된다. 흉노와의 전쟁에 이긴 공로로 각각 관동후關東侯, 관서후關西侯에 봉해지고, 동초는 강남홍의 여종 연옥을, 마달은 벽성선의 여종 소청을 소실로 맞이한다.

노균盧均

노균의 벼슬은 참지정사參知政事로, 탁당濁黨의 영수이자 나라를 어지럽히는 간신이다. 악기 연주에 재능이 있는 동홍을 끌어들여 천자를 미혹시키고, 자기 누이동생을 동홍에게 시집보낸다. 양창곡이 천자에게 극간하다가 운남으로 유배되자, 하인과 자객을 연달아 보내 양창곡을 살해하려 한다. 천자에게 봉선封禪과 구선求仙을 권유하고, 청운도사를 끌어들여 도술로 천자를 미혹시켜 자신전태학사紫宸殿太學士에 제수된다. 흉노가 침략하자 투항해 좌현왕左賢王이 되어 명나라를 배반하는데, 전쟁중에 뇌천풍에게 몸이 두 동강 나서 죽는다.

나탁哪咤 · 축융왕祝融王

나탁은 중국에 대항해 반란을 일으킨 남만 왕이다. 백운도사에게 도움을 청해 강남홍이 남만에 합세하지만, 강남홍이 양창곡을 알아보고 투항하자 축융왕을 찾아가 도움을 청한다. 그러나 축융왕도 딸 일지련과 함께 투항한다. 양창곡과 강남홍은 나탁의 요새를 차례로 정복하고, 강남홍의 신비한 검술로 끝내 나탁을 굴복시킨다. 홍도국 왕 발해의 반란이 잇따라 일어나자 양창곡의 군대는 이를 진압하고 축융왕이 홍도국을 다스리게 해준다.

옥루몽
1

문창성군이 상제의 명을 받들어 달을 구경하고
관음보살이 부처의 힘에 의지해 꽃을 흩더라

옥황상제가 계시는 백옥경白玉京에 누각 열두 채가 있고 열두 누각 가운데 하나가 백옥루白玉樓이니, 제도가 두루 아름답고 경치가 넓게 트여, 서쪽으로는 도솔궁兜率宮과 닿아 있고 동쪽으로는 광한전廣寒殿과 통하더라. 아로새긴 기와와 채색한 기둥은 푸른 하늘에 솟아 있고 옥으로 단장한 창문과 수놓은 문에는 상서로운 기운이 어리어, 하늘의 누각 가운데 첫손가락에 꼽히더라.

옥제玉帝가 백옥루를 수리하시고 선관仙官을 다 초대하여 잔치를 크게 베푸시니, 우의羽衣 예상霓裳 차림의 선관들이 즐거이 와서 좌우에 벌여 앉았는데, 선계仙界의 음악이 번갈아 연주되어 그 소리가 높은 하늘에 닿고, 벽도碧桃와 화조火棗는 좌우에 널려 있고 술잔은 흥건히 넘치더라. 옥제가 파리玻璃로 만든 술잔에 유하주流霞酒를 부어 특별히 문창성군文昌星君에게 내리시며 「백옥루」시를 지으라" 명하시니, 문창성군이 취흥에 겨워 손에서 붓을 놓지 않고 삼장三章의 시를 연달아 아뢰더라.

제일장은 이러하더라.

진주 이슬과 황금 바람의 하늘나라 가을날
옥제의 잔치가 오운루五雲樓에 펼쳐지네.
「예상곡」¹⁾ 한 곡조에 하늘바람이 일어나
신선의 향기가 흩어져 선경仙境을 가득 채우네.

제이장은 이러하더라.

난새에 올라타 밤에 자미성紫微城으로 들어가니
계수나무 달빛이 백옥경에 아른거리네.
별은 하늘 가득하고 바람 이슬이 엷으니
푸른 구름 아래로 신선의 걸음소리 들려오네.

제삼장은 이러하더라.

구름 속의 푸른 용을 옥으로 멍에 메워
밝은 날 타고 나와 단산丹山으로 향하리로다.
한가로이 푸른 문틈으로 인간 세상을 엿보니
한 점 가을 안개 속에 천하를 분별하리로다.

옥제가 보시고 크게 기뻐하며 칭찬하시어 누각의 처마에 걸라 하고 거듭 읊으시더니, 갑자기 안색이 어두워져 태을진군太乙眞君을 돌아보시며,
"문창의 시가 매우 아름다우나 제삼장에 인간 세상의 인연이 있는 듯

---

1) 「예상곡霓裳曲」: 「예상우의곡霓裳羽衣曲」의 줄임말로, 당나라 때 이름난 악곡. 하서절도사(河西節度使) 양경충(楊敬忠)이 바치고, 현종(玄宗)이 편곡했다고 한다. 「예상우의곡」은 선악(仙樂)으로, 현종이 월궁에서 방사(方士)와 놀다가 그 음악을 듣고 돌아와 기록했다는 전설이 있다.

하니, 이는 무슨 까닭인고? 문창은 나이는 어리나 신망이 두터운 선관이라. 내가 사랑하는 바이니 어찌 애석하지 않으리오?"

태을진군이 아뢰길,

"근래 문창성군의 눈썹 언저리에 불그레한 기운이 가득하여 부귀 기상을 띠었으니, 잠깐 인간 세상에 귀양을 보내어 언짢은 기색을 소멸함이 좋을까 하나이다."

옥제가 미소하며 고개를 끄덕이시고, 잔치 자리를 끝낸 뒤에 영소보전靈霄寶殿으로 들어가실 때 문창성군에게 이르길,

"오늘밤 달빛이 매우 아름다우니, 옥루에 머물러 달구경 하며 회포를 푼 뒤에 돌아가라."

문창성군이 옥제의 뜻을 받들어 옥제의 수레를 전송하고 다시 백옥루에 오르니, 이때는 음력 칠월 아름다운 계절이라. 가을바람은 소슬하고 은하수는 밝게 빛나는데 멀리 푸른 하늘에 구름 한 점 없더니, 홀연 동북쪽에서 한바탕 검은 구름이 하늘에 가득하고 북해용왕이 천둥 수레를 몰아 백옥루 아래로 지나거늘, 문창성군이 크게 노하더라.

"내가 달구경을 하고 있거늘, 늙은 용왕이 어찌 구름을 일으켜 달빛을 가리는가?"

늙은 용왕이 머리를 조아리며,

"오늘은 칠월 칠석 아름다운 절기라. 직녀가 견우에게 내려가실 때 사해四海의 용왕이 수레를 씻으러 가나이다."

문창성군이 미소하고 즉시 용왕에게 구름을 거두라 명하니, 이윽고 옥 같은 집들이 우뚝 솟아나고 흰 이슬이 하늘을 가로지르고, 새로 뜬 반달이 북두성과 견우성 사이에서 배회하더라. 문창성군이 취하여 난간에 기대어 달을 보며 생각하길,

'옥경이 비록 좋으나 청정하고 담박함을 견디기 어렵거늘, 저 월궁의 항아姮娥는 외로이 광한전을 지키니 어찌 무료한 근심이 없으리오?'

갑자기 백옥루 아래에서 수레 소리가 은은히 들려오더니 선동仙童이
아뢰길,

"제방옥녀帝傍玉女가 오시나이다."

문창성군이 의아하여,

"옥녀는 옥제 궁중의 시녀라. 어찌 이곳에 이르리오?"

이윽고 제방옥녀가 누각에 올라 문창성군을 뵙고 주인과 손님의 예
로써 자리를 정한 뒤 말하더라.

"옥제께서 문창성군이 너무 취하였을까 염려하시어, 저에게 반도蟠桃
여섯 개와 옥액玉液 한 병을 받들어 오늘밤 백옥루에서 달구경 하고 회포
푸는 것을 도우라 하시더이다."

문창성군이 몸을 일으켜 절하고 받들며 눈길을 보내 제방옥녀를 보
니, 별 같은 관冠과 달 같은 패옥佩玉으로 몸가짐이 단아한데 자못 정숙
하고 사뭇 아리따워 달과 더불어 빛을 다투더라. 문창성군이 웃으며,

"옥녀가 젊은 나이에 깊은 궁에 거처하여 울적함이 많으시리라. 이제
옥제의 뜻을 받들어 이곳에 이르셨으니 잠깐 머물러 거닐며 회포를 풀
고 돌아가소서."

제방옥녀가 미소하며,

"제가 오는 길에 홍란성紅鸞星을 만났는데, 직녀의 아름다운 기약을 축
하하러 갔다가 돌아오는 길에 이곳에서 모이기로 하였나이다. 홍란성은
풍류의 재능이 많은지라 오늘밤 문창성군의 흥취를 도울 수 있을까 하
나이다."

말이 끝나기 전에 한 선녀가 채색 구름을 타고 서쪽에서 오거늘, 자세
히 보니 제천선녀諸天仙女라. 손에 옥련화玉蓮花 한 송이를 들고 바람에 나
부끼듯 누각 아래로 지나가거늘 문창성군이 불러,

"제천선녀는 이제 어디로 가는고?"

제천선녀가 구름 수레에 머물며 대답하길,

"제가 영산회靈山會에 갔다가 석가세존釋迦世尊의 설법을 듣고 돌아오는 길에 마하지摩訶池를 지나는데, 활짝 핀 옥련화가 매우 아름답기에 한 가지를 꺾어 가지고 도솔궁으로 가나이다."

문창성군이 웃으며,

"그 꽃이 아주 기이하니, 잠깐 구경하고자 하노라."

제천선녀가 미소하며 손안에 든 연꽃을 공중에 던지니, 문창성군이 잡아서 보고 미소하며 시 두 구를 지어 꽃잎에 써서 공중에 던지더라.

어여쁜 옥련화가
청정한 마하지에서
봄바람의 뜻을 얻은 그대에게
한 가지가 꺾였도다.

제천선녀가 연꽃을 도로 받아들고 은근히 문창성군을 향하여 감사의 뜻을 보이는데, 갑자기 동쪽에서 또 한 선녀가 오색찬란한 봉황새를 타고 표연히 이르거늘 천요성天妖星이라. 소리질러,

"제천선녀는 도를 닦는 선녀로, 어찌 남포에서 연밥을 따고2) 강나루에서 정교보에게 패옥을 풀어주는3) 풍정을 본받는가?"

말을 마치매 제천선녀가 가진 옥련화를 빼앗아 거기 쓰인 시를 자세히 보고 즐거워하지 않는 기색이 있더니 비웃으며,

---

2) 남포(南浦)에서 연밥을 따고: 한(漢)나라 때 〈강남곡江南曲〉의 가사에 보이는, "강남은 연밥을 딸 만한 곳이니, 연잎이 어찌 그리 무성한가(江南可採蓮, 蓮葉何田田)"에서 비롯하여, 그후 많은 문인이 '채련(採蓮)'을 소재로 시를 지었는데, 남녀가 서로 사모하는 뜻을 서술한 것이다.

3) 강나루에서 정교보(鄭交甫)에게 패옥을 풀어주는: 주(周)나라 사람인 정교보가 초나라로 가는 길에 한고(漢皐, 호북성(湖北省) 서북쪽에 있는 산)에 이르러 강비(江妃)의 두 여인을 만났는데 신녀(神女)인 줄 모르고 두 여인의 패주(佩珠)를 달라고 하자, 두 여인이 패주를 풀어 정교보에게 주었다. 정교보가 그걸 품에 품고 수십 걸음을 가니, 두 여인도 보이지 않고 패주도 없어졌다 한다.

"이 꽃과 이 시는 하늘나라에 둘도 없는 보배라. 내가 옥제께 올려 구경하시게 하리라."

제천선녀가 부끄러워 안색이 붉어지고 당황하는데, 남쪽에서 또 한 선녀가 칠보관七寶冠을 쓰고 홍란紅鸞을 타고 오거늘, 슬기로운 기상과 뛰어난 풍채는 물어보지 않아도 홍란성紅鸞星임을 알 수 있더라. 낭랑하게 소리쳐,

"두 분 선랑께서 무슨 일로 다투시나이까?"

천요성이 웃으며,

"문창성군이 시로써 은근히 화답하여 하늘나라의 청정한 법도를 훼손하였도다."

홍란성이 낭랑히 웃으며,

"들건대 마고선녀4)는 나이가 많고 덕이 아름다웠으나 왕방평5)에게 쌀을 던지며 서로 희롱하였고, 서왕모6)는 지위가 존귀하고 명망이 높았으나 주周나라 목왕穆王을 만나 「백운요」7)로 화답하였나이다. 이제 제천

---

4) 마고선녀(麻姑仙女): 도가(道家)의 선녀. 『장자』「소요유逍遙遊」에 의하면 막고야(藐姑射)산에 사는 선녀로, 얼음처럼 투명한 피부를 갖고 있고 처녀처럼 생기발랄하며, 바람을 호흡하고 이슬을 마시며 구름을 타고 용을 부리면서 사해(四海) 밖에 노닐었다고 한다. 갈홍(葛洪)의 『신선전神仙傳』에 의하면 고여산(姑餘山)에서 수도하는 선녀로, 새의 발톱과 같은 긴 손톱으로 사람의 가려운 데를 긁어주면 한없이 상쾌했다고 한다.
5) 왕방평(王方平): 후한(後漢) 환제(桓帝, 132~167) 때 선인(仙人). 본명은 원(遠). 마고선녀와 만난 일화가 갈홍의 『신선전』에 전한다. 대단히 박식해 오경(五經)에 통달했고 천문과 예언, 역학(易學)에 뛰어난 재능을 나타냈다. 환제가 그의 소문을 듣고 수행중인 그를 강제로 데려와 갖가지 질문을 던졌으나, 그는 입을 열지 않았다. 환제가 하는 수 없이 그를 돌려보내자, 그는 황실 대문을 지나는 길에 사백 자의 예언을 썼고, 그 내용을 읽은 환제가 지우라고 명했으나, 글씨는 더 선명하게 보일 뿐 지워지지 않았다 한다.
6) 서왕모(西王母): 서방 곤륜산(崑崙山)에 산다는, 불사약을 가진 선녀. 주(周)나라 목왕(穆王)이 팔준마(八駿馬)를 타고 주유(周遊)하다가 곤륜산의 요지(瑤池)에서 서왕모를 만나 잔치하고 반도(蟠桃) 세 개를 얻었다 하며, 전한(前漢)의 무제(武帝)가 불로장생을 염원할 때 서왕모가 무제에게 찾아와 반도 일곱 개를 주었다 한다.
7) 「백운요白雲謠」: 주나라 목왕이 서방 곤륜산에서 선녀 서왕모를 만나 잔치할 때, 서왕모가 목왕을 위해 부른 노래. "흰구름은 하늘에 있고 산봉우리는 스스로 솟았네. 길은 아득히 멀고

22

선녀가 문창성군에게 꽃을 던지매 문창이 시로써 화답하는 것이 어찌 불가하리오? 또 문창성군은 명망 높은 선관이거늘, 낭랑께서 어찌 정교 보에 견주시나이까?"

그리고 천요성이 갖고 있는 옥련화를 빼앗아 자기 머리에 꽂고, 오른손으로 제천선녀의 손을 잡으며 왼손으로 천요성의 소매를 잡아끌더라.

"오늘밤 달빛이 극히 아름다우니, 백옥루에 올라 달구경 하길 청하노라."

두 선랑이 홍란성을 좇아 백옥루에 오르니 문창성군과 제방옥녀가 서로 맞이해 자리를 정하더라. 문창성군은 첫째 자리에 앉고 제방옥녀는 둘째 자리요 천요성은 셋째 자리요 홍란성은 넷째 자리요 제천선녀는 다섯째 자리라. 차례대로 자리를 정한 뒤 문창성군이 웃음을 띠며,

"백옥루 풍경이 어느 밤인들 좋지 않으리오마는, 여러 선랑이 이처럼 모인 것은 기이한 인연이라 일컬을 만하도다."

홍란성이 웃으며,

"이는 모두 옥제께서 내리신 바요 문창성군의 맑은 복이라. 다만 제가 그 사이에서 한바탕 풍파를 연출해 진실로 겸연쩍나이다."

제방옥녀가 놀라 위로하길,

"이는 무슨 말인고?"

홍란성이 다시 미소하며,

"제가 아까 직녀를 축하하고 돌아오다가 은하수를 건널 때, 오작烏鵲이 다리를 만들어 제도가 아주 기이한지라. 제가 어린 마음으로 그 다리를 건너는데, 갑자기 북해용왕이 수레를 씻고 돌아가는 길에 오작 한 무

산천이 가로막혔네. 장차 그대가 죽지 않고 다시 올 수 있으려나(白雲在天, 山陵自出. 道里悠遠, 山川間之. 將子無死, 尚能復來)." 목왕은 이에 답하여, "내가 동쪽으로 돌아가 중국을 잘 다스려, 만민이 고루 태평해지거든 내가 다시 와서 그대를 보리라. 삼 년이 지나면 이곳에 돌아오리라(予歸東土, 和治諸夏, 萬民平均, 吾顧見汝, 比及三年, 將復而野)"고 했다.

리가 놀라 흩어져 제가 물속 귀신이 될 뻔하였나이다."

문창성군이 웃으며,

"오작교는 직녀와 견우가 인연을 맺는 다리이거늘 홍란성이 까닭 없이 건넜으니 조물주께서 잠깐 희롱함이로다."

모든 사람이 크게 웃더라. 홍란성이 또 웃으며,

"제가 아까 도화성桃花星을 만났는데 그 역시 매우 무료해하기에 함께 오길 청했나이다. 나이 어린 성군星君인지라 광한전의 우의무羽衣舞를 구경하러 가고자 하니 돌아오는 길에 반드시 이곳을 지나리라. 청하여 같이 즐기는 것이 좋을까 하나이다."

말을 마치기 전에, 한 선녀가 자하紫霞 수레를 타고 운금雲錦 치마를 입었는데 얼굴빛이 화사하여 복숭아꽃 한 송이가 봄바람에 반쯤 핀 듯하니, 이는 묻지 않아도 도화성임을 알 수 있더라. 홍란성이 미소하고 누각 앞에 나서며 소리지르더라.

"도화성은 오는 것이 어찌 이리 더딘고? 이곳에 제방옥녀·제천선녀·천요성이 모여 앉아 있으니 함께 달구경 함이 어떠하뇨?"

도화성이 미소하고 자하 수레를 돌려 백옥루에 올라 여섯째 자리에 앉으니, 선관이 모두 여섯 명이라. 문창성군이 한껏 취해 몽롱하여 옥주[8]를 흔들고 웃으며,

"백옥루는 천상 제일 누각이요, 칠월은 일 년 중 가장 아름다운 계절이라. 내가 옥제의 명을 받들어 좋은 밤 밝은 달을 혼자 즐길 듯했는데, 뜻밖에 여러 선랑과 만나게 되었으니 이 또한 기이한 만남이라. 다만 술이 없음이 안타까우니 이러한 성대한 모임에서 어찌하리오?"

홍란성이 웃으며,

---

8) 옥주(玉塵): 옥으로 만든 먼지떨이. 고라니〔塵〕의 꼬리가 먼지가 잘 떨린다 하여, 고라니의 꼬리털에 옥으로 자루를 한 먼지떨이인 백옥주미(白玉塵尾)를 남북조시대에 청담(淸談)을 하던 사람들이 손에 들고 담론했으며, 후에는 불도(佛徒)들도 많이 가지고 다녔다.

"전에 마고선녀를 만났는데, 군산君山에 천일주千日酒가 새로 익어 아주 맛있다 하니, 시녀를 보내면 얻을 수 있을까 하나이다."

제방옥녀가 웃으며 한 시녀를 천태산天台山으로 보내니, 마고선녀가 보고 놀라더라.

"제방옥녀는 지조가 고상하여 일찍이 술을 구하신 적이 없거늘 매우 괴이한 일이로다."

즉시 마노瑪瑙로 만든 술단지에 술 몇 말을 담아 보내니, 홍란성이 선 랑들에게 말하길,

"천태산의 마고선녀는 동쪽 바다가 뽕밭으로 세 번이나 변하는 것을 보았음9)에도 인색한 마음은 예전과 변함이 없도다. 사소한 말술을 어 디에 쓰리오? 제가 들으니 지난날 옥제께서 균천광악鈞天廣樂을 들으실 때 창순성蒼鶉星의 장난으로 잠깐 취하셨는데 나중에 후회하여 주성酒星을 옥에 가두고 다시는 술을 받지 않으시거늘, 분명 주성부酒星部에 쌓인 술 이 한바다 같을지라. 문창성군이 구하시면 얻을 수 있을까 하나이다."

문창성군이 응낙하고 곧 선동을 명하여 보내니 이윽고 천사성天駟星은 술을 싣고 북두성은 술잔을 씻어와, 맛있는 술과 진기한 안주의 술자리 가 곧 이루어지거늘 모든 사람이 거나하게 취하였더라. 홍란성이 눈썹 을 드리우고 눈길을 보내며 손을 들어 달을 가리켜,

"저 둥글고 밝은 달은 하늘나라와 인간 세상에서 모두 같은 모양이니, 비록 하늘나라의 시간이 길고 오래지만, 천지가 온통 뒤집어져 먼지가 일어나면 항아의 양쪽 귀밑머리에 가을 서리가 다시 앉을지라. 어찌 신

---

9) 마고선녀는 동쪽~것을 보았음: 갈홍의 『신선전』에 마고선녀가 왕방평을 만나, "저번에 우 리가 만난 이래로 동쪽 바다가 세 번이나 뽕밭으로 변한 것을 보았는데, 이번에 봉래에 가서 보니 물이 또 예전에 보았을 때에 비해 반으로 줄어들었으니, 어찌 다시 육지로 변하려는 것이 아니리오?(接侍以來, 已見東海三爲桑田, 向到蓬萊, 水又淺于往者會時略半也, 豈將復還爲陵陸乎)"라고 말하는 대목이 있다.

선의 술법을 말해 스스로 높은 체하여 이같이 좋은 밤을 무료히 허송하리오? 만일 이 자리에서 큰 술잔을 사양하는 자는 복숭아씨로 벌하리라."

문창성군이 크게 웃어 취흥이 도도하고 여섯 선관 역시 난간에 기대어 잠들매, 옥산玉山이 스스로 기운 듯하고 꽃 그림자가 흩어져 어지럽더라. 밝고 깨끗한 별과 달은 은하수에 감싸여 있고, 청량한 바람과 이슬은 옷을 가득 적시니, 백옥루의 풍월이 뚜렷이 별천지로 변한지라. 다만 시녀와 선동은 난간머리에 서 있고, 아름다운 봉황과 푸른 난새는 누각 아래 배회하더라.

이때 석가세존이 영산회를 끝내고 연화대蓮花臺에 앉아 여러 제자와 더불어 부처의 법을 강론하는데, 갑자기 마하지를 담당하는 스님이 아뢰길,

"마하지에 옥련화 열 송이가 시방세계十方世界에 응하여 활짝 피었는데, 오늘 한 송이가 어디로 사라진 건지 모르겠나이다."

석가세존이 오래도록 말없이 있다가 관음보살에게 이르길,

"이 꽃은 하늘과 땅의 정화精華와 해와 달의 정기精氣를 띠어 기이한 향기와 상서로운 빛이 시방세계를 비추리라. 보살은 꽃이 간 곳을 찾아보라."

관음보살이 합장하여 명을 받고는 구름을 타고 공중을 향하여 위로 열두 하늘을 우러러보고 아래로 삼천세계를 굽어살피는데, 옥경의 열두 누각에 이상한 광채가 한줄기 흘러나오거늘 보살이 그 광채를 따라 백옥루에 이르니, 술잔과 그릇이 어지럽고 뿔잔과 산算가지가 뒤섞여 있더라. 여섯 선관이 일시에 거나하게 취하여 서로를 베개 삼아 이리저리 쓰러져 있는 가운데 옥련화 한 송이가 자리 위에 놓여 있거늘, 보살이 고개를 들어 살펴보고 미소하며 옥련화를 집어 누각에서 내려와, 다시 구름을 타고 영산靈山으로 돌아와 석가세존께 옥련화를 바치고 여섯 선

관이 취해 쓰러져 있는 일을 아뢰더라.

석가세존이 옥련화를 받아 그 꽃잎에 쓰인 시를 보고 미소하며 밀다심경蜜多心經을 외우시니, 꽃잎에 쓰인 시의 글자 하나하나가 탑 위에 떨어져 갑자기 스무 개의 명주明珠가 되더라. 석가세존이 다시 윤회의 말씀을 외우며 옥주를 들어 탑을 치거늘, 명주 스무 개가 쌍쌍이 다시 다섯 개로 변하니 광채가 밝게 빛나더라. 석가세존이 명주와 옥련화를 거두어 앞에 놓고 대자대비大慈大悲하시어 조용히 선정禪定에 드신지라. 관음보살이 미소하고 곧 게송偈頌 한 구절을 지어 화답하더라.

묘하도다, 연꽃이여!
원래 묘한 법이 있도다.
함께 봄바람을 띠었으니
맺힌 것을 나에게 보여주도다.

석가세존이 게송을 듣고 칭찬하시어,
"선하도다, 부처의 소리여! 다시 한마디로 대중을 일깨우라."
관음보살이 거듭 절하고 옥련화를 들어 설법하길,
"이 옥련화가 비록 본질이 청정淸淨하고 천지 사이의 맑은 기운이 있으나 잠시 윤회의 호탕한 겁기劫氣를 띠었으니, 중생에 비유한즉 천성이 맑고 신령하나 속세의 뿌리가 무겁고 탁하여, 오욕칠정五慾七情을 자유로이 할 수 없고 칠계십률七戒十律을 스스로 취함과 비슷하리라. 우리 부처의 법이 끝이 없어 정의 뿌리로 말미암아 인연을 말하고 인연으로 말미암아 옛 경지를 깨닫게 하나니, 대개 사람의 본성은 옥련화 같고 정욕은 봄바람 같은지라. 봄바람이 아니면 옥련화가 피기 어렵고, 정욕이 없으면 마음을 깨닫기 어렵나이다. 대중과 선남신녀善男信女는 모두 부처의 마음을 갖추며 부처의 눈을 밝혀, 옥련화가 이미 피었으니 봄바람이 이르는 곳을 보라. 천지가 청정하고 강산이 고요하니, 이것이 이른바 묘한 법이요 본성의 깨달음이라."

석가세존이 관음보살의 설법을 듣고 크게 기뻐하시더라.

"선하도다, 불법佛法의 말씀이여! 누가 이 뜻을 가지고 옥련화와 명주로 훗날의 인연을 맺을 수 있으리오?"

아난10)이 합장하고 아뢰길,

"제가 비록 법력은 없으나 저 옥련화를 가지고 다라수多羅樹의 수많은 잎으로 변하게 하여 잎마다 팔만대장경을 써서, 온 세상 중생의 총명과 지혜로 법계法界에 돌아오게 하리이다."

석가세존이 미소하고 대답하지 않으시니, 가섭11)이 또 합장하고 아뢰길,

"제가 비록 부족하오나, 저 구슬을 장명등12)으로 바꾸어, 온 세상 중생의 육근六根과 육진六塵을 해와 달로 비추듯 하여 맑고 드넓은 세계로 돌아오게 하리이다."

석가세존이 또 미소하며 말씀이 없으시니, 관음보살이 다시 일어나 연화대 앞에 나아가 석가세존께 아뢰길,

"여덟 가지 진귀한 음식을 먹어보면 콩과 조의 담박함을 알게 되고, 아름다운 수가 놓인 옷을 입어보면 베옷의 검소함을 깨닫게 되나이다. 제가 옥련화와 명주를 가지고 하나의 인연을 만들어, 천년만년 취한 듯

---

10) 아난(阿難): 석가모니의 사촌동생으로, 큰 제자 열 명 가운데 한 사람. 이십여 년간 시자(侍者)를 맡아 석가모니를 모시면서 그의 말을 가장 많이 들었으므로, '다문제일(多聞第一)'이라 불린다. 석가모니가 숨을 거둘 때 곁에서 그를 지켜보았으며, 그뒤 가섭(迦葉)의 지휘 아래 이루어진 경(經) 편찬에 참여하여 지대한 업적을 남겼다.
11) 가섭(迦葉): 석가모니의 큰 제자 열 명 가운데 한 사람. 욕심이 적고 만족을 할 줄 알아 항상 엄격한 계율로 두타(頭陀, 금욕 22행)를 행하고 교단의 우두머리로 존경을 받으며 석가모니의 아낌을 받았다. 석가모니가 죽은 뒤 제자들의 집단을 이끄는 영도자 역할을 하여 '두타제일(頭陀第一)'이라 불린다.
12) 장명등(長明燈): 대문 밖이나 처마 끝에 달아두고 밤에 불을 켜는 등.

꿈꾸듯 살아가는 중생에게 옛 경지를 깨닫게 하고 불가^{佛家}의 맑고 드높은 경지를 알게 하리이다."

석가세존이 크게 기뻐하여 탑 위에 있는 옥련화 한 송이와 명주 다섯 개를 내려주시니, 관음보살이 합장하여 두 번 절하고서 보리주^{菩提珠}를 들고 황금빛 가사^{袈裟}를 입고, 왼손에 명주 다섯 개를 들고 오른손에 옥련화 한 송이를 가지고 남천문^{南天門}에 오르더라. 큰 하늘과 땅을 굽어보니, 망망한 괴로움의 바다에 욕망의 물결이 하늘에 닿고 쓸쓸한 티끌세상에 취기 어린 꿈이 어둑하거늘, 보살이 미소하고 오른손의 옥련화와 왼손의 명주를 한꺼번에 공중으로 던지더라. 명주는 사방으로 흩어져 간 곳을 모르고, 옥련화 한 송이는 흰구름 사이를 날다가 인간 세상에 떨어져 이름난 산이 되니, 알지 못하겠도다. 보살의 법력이 장차 어떠한 인연을 만들어 어떠한 결과를 만들어내리오? 다음 회를 보라.

허부인이 옥련봉에서 꿈을 꾸고
양공자가 압강정에서 시전을 던지더라

남방에 이름난 산이 있으니, 둘레가 오백여 리요 높이가 일만 팔천 장丈이라. 돌빛이 흰 옥을 묶은 듯하여, 멀리서 바라보면 연꽃 한 송이가 푸른 하늘에 솟아난 것 같으니 옥련봉玉蓮峰이라 일컫더라. 옛날에 한 도사가 지나다가 봉우리 꼭대기에 올라 산의 형세를 보고 찬탄하여,

"아름답도다, 이 산이여! 솟아오른 형세는 봉황이 날고 용이 서린 듯하고 맑고 깨끗한 기운을 받았으니, 이는 「우공」1)에 기록된, 산길을 인도하고 물길을 인도하는 그런 산이 아니라 불가에서 이른 비래봉飛來峯이니라. 삼백 년이 지나지 않아 특이한 기남자가 태어나 반드시 청명한 땅의 기운에 응하리라."

그뒤 수백 년에 걸쳐 점차 여러 마을이 이루어지매, 마을에 한 처사가

---

1) 「우공禹貢」: 『서경書經』 「하서夏書」의 한 편명. 하나라를 세운 우왕(禹王)이 홍수를 다스리고 천하를 통일하는 과정이 지지(地誌)의 성격으로 서술되어 있다. 우왕이 정했다고 하는 기(冀)·연(燕)·청(靑)·서(西)·양(揚)·형(荊)·여(予)·양(梁)·옹(擁) 아홉 주(州)의 구획에 따른 산천·토양·공부(貢賦)·물산 등에 이어 천하의 산악(山嶽)·수계(水系)가 기록되어 있다.

있으니 성은 양楊이요 이름은 현賢이라. 아내 허씨許氏와 산에 올라 나물 캐고 물가에서 고기 낚으며 세상 영욕을 뜬구름같이 보니, 짐짓 속세 밖에서 노니는 군자더라. 다만 나이 마흔에 자녀가 없으니, 부부가 서로를 대하여 늘 섭섭하여 즐겁지 않더라.

하루는 삼월 늦봄이라. 허씨가 비단 창문을 열고 무료하게 앉아서 봄 제비가 쌍쌍이 들보 위에 둥지를 틀어 날아 오가며 벌레를 잡아 새끼에게 먹이는 것을 보고 길게 탄식하더라.

"천지만물에는 생겨나 번식하는 이치를 부여받지 않음이 없고 자녀와 어미의 정을 알지 못함이 없거늘, 나는 홀로 무슨 까닭으로 평생 처량하여 저 제비만도 못한가?"

자연히 눈물이 옷깃을 적시더라. 양처사가 밖에서 돌아와,

"부인은 어찌하여 얼굴에 근심의 빛을 띠고 있소? 오늘 날씨가 맑으니, 우리 부부가 이곳에 산 지 오래되었으되 일찍이 옥련봉을 오르지 못하였거늘 지금 한번 높은 산등성이에 올라 울적한 마음을 푸는 것이 어떠하오?"

허씨가 크게 기뻐하여 대나무 지팡이를 짚고 산길을 따라 차례로 올라갈 때 살구꽃은 이미 지고 철쭉이 만발하였는데, 곳곳에서 춤추는 나비와 골짜기마다 노래 부르는 벌이 한 해의 봄을 한껏 재촉하더라. 흐르는 물에서 놀며 손을 씻기도 하고 나무 그늘을 찾아 다리를 쉬기도 하면서 점차 나아가니 바위 모서리가 가파르고 산길이 점점 험해지거늘, 허씨가 바위 위에 앉으니 숨결이 가쁘고 구슬땀이 비단옷에 가득하더라. 처사가 웃으며,

"평범한 사람을 면하기 어려우니 산봉우리를 보기 어렵겠도다."

허씨가 웃으며 답하길,

"저는 신선과 연분이 없거니와 군자의 기색 또한 평안하지 않으니, 시를 읊으며 동정호를 날아 지나가던 여동빈2)에게 부끄러운 바이거늘, 잠

시 바위 위에서 쉬다가 다시 나아가면 좋을까 하나이다."

처사가 크게 웃고 대나무 지팡이를 들어 산봉우리를 가리키며,

"우리가 이미 이곳에 이르렀으니 잠깐 쉬고 나서 이 산을 두루 다니고 돌아가리라."

앉은 지 반나절이 지나매 다시 일어나 부인과 더불어 봉우리 중턱에 오르니, 산이 높고 계곡이 깊어 푸른 소나무와 늙은 전나무는 앞뒤를 가로막고 기암괴석은 좌우에 늘어서 있고, 사슴의 발자국과 원숭이의 그림자가 자못 놀라울 정도로 어지러이 출몰하는지라. 허씨가 걸음을 멈추고 두려워하는 빛이 있어,

"이곳이 매우 험준하여 앞으로 나아가기 어려우니, 산봉우리에 오르길 원하지 않나이다."

처사가 미소하고 돌길을 배회하다가 한 곳을 바라보니, 석벽石壁의 한 면이 하늘에 높이 솟았고 낙락장송이 석벽 위에 늘어져 있더라. 허씨가 손을 들어 가리키며,

"저곳이 그윽하고 깊숙하니 가보고자 하나이다."

처사가 고개를 끄덕이고 넝쿨을 붙잡아 돌을 딛고 올라 백여 걸음 가니, 과연 푸르스름한 바위가 높이 수십 장丈이요 앞면에 아로새긴 흔적이 있거늘, 허씨가 손으로 이끼를 벗기고 보니 곧 관음보살의 상이라. 조각이 아주 정교하여 이목구비가 뚜렷하고 넝쿨이 널려 있어 예스럽고 기이한 빛이 있거늘, 허씨가 처사에게 말하길,

---

2) 동정호(洞庭湖)를 날아 지나가던 여동빈(呂洞賓): 송나라 때인 1044년, 파릉군(巴陵郡) 태수로 좌천된 등자경(滕子京)이 동정호의 악양루(岳陽樓)를 수리하고 잔치를 벌였는데, 화주도사(華州道士)라는 사람이 다음의 시를 지었다. "악양루에서 세 번 취하였으나 사람들은 나를 알아보지 못하니, 낭랑히 읊조리며 동정호를 날아 지나가네(三醉岳陽人不識, 郎吟飛過洞庭湖)." 사람들은 뒤늦게 그가 여동빈임을 알게 되었다. 여동빈은 당나라 때 도사로, 과거 급제에 실패하고 장안(長安)의 술집을 전전하다가 종리권(鍾離權)을 만나 종남산(終南山)에서 상청비결(上淸秘訣)을 전수받았다. 그뒤 천둔검법(天遁劍法)도 깨우쳐 천하를 두루 돌아다니며 교룡(蛟龍)을 죽이는 등 많은 이적(異蹟)을 행했다고 한다.

"이 불상이 명산에서 사람 발자취가 미치지 않는 곳에 있어 분명 영험이 있으리니, 우리가 이제 기도하여 아들을 얻게 해달라 함이 어떠하오?"

처사는 본디 불가의 일을 좋아하지 않으나, 허씨의 정성에 감동하여 대나무 지팡이를 거두어 앞으로 나아가더라. 부부가 공손히 예를 갖춰 절하고서 자식을 구하는 일념으로 축원하고, 예를 마친 뒤 서로 마주보며 가엾은 마음의 눈물을 금하지 못하더라.

손을 잡고 희미한 길을 찾아 내려올 새 날은 이미 저물어 빈산은 적적하고 솔바람은 쓸쓸한데, 돌길을 두드리는 대나무 지팡이 소리가 잠든 새를 놀라게 하니 외로운 마음과 처량한 회포를 이기지 못하더라. 허씨가 걸음을 걸을 적마다 축원하여,

'우리 부부가 반평생을 돌아보건대 악행을 쌓음이 별로 없고, 지금 산속에서 살아가며 죽을 곳을 알지 못하니 몸이 가장 소중한지라. 엎드려 바라옵건대 신령한 보살께서는 축원드리는 정성을 가련히 여기시어 남은 생애에 자비를 베푸소서.'

축원을 마치고 천천히 걸어 어느덧 산어귀의 집에 이르렀더라. 손을 잡고 마루에 올라 부부가 등불을 돋우고 우두커니 서로 마주하니 때는 한밤중이라. 피곤을 이기지 못하여 잠이 쏟아지더니, 허씨의 눈에 한 보살이 꽃 한 송이를 들고 옥련봉에서 내려와 허씨에게 공손히 주거늘, 놀라서 깨니 곧 꿈이요 남은 향기가 방에 가득하더라. 처사에게 꿈 이야기를 아뢰니 처사가 미소하며,

"나도 오늘밤에 이상한 꿈을 꾸었는데, 금빛 한줄기가 하늘에서 내려와 미남자가 되어 말하길, '나는 하늘나라의 문창성文昌星으로 귀문貴門과 잠깐 동안 인연을 맺고자 왔노라' 하고 내 품에 안기거늘 상서로운 기운이 방에 가득하고 광채가 휘황하여 놀라 잠에서 깨니, 이것이 어찌 예사로운 꿈이리오?"

부부가 은근히 기뻐하더니 과연 이달부터 태기가 있어 열 달이 지나 귀남자를 낳거늘, 옥련봉 위에서 신선의 음악이 낭랑히 울리고 상서로운 기운이 가득차 사흘 밤낮을 흩어지지 않더라. 아이가 태어나매 풍모는 관옥^{冠玉} 같고 눈썹에 산천의 정기를 띠었으며 두 눈에 해와 달의 광채가 어리어, 맑고 빼어난 자질과 뛰어난 풍채가 신선의 풍모요 영웅군자더라. 처사 부부가 만금을 얻은 것 같음은 물론이요, 이웃 사람 누구인들 상서로운 기린이며 봉황이라 칭찬하지 않으리오?

태어난 지 한 살에 말을 하고, 두 살에 옳고 그름을 분별하고, 세 살에 이웃 아이를 좇아 문밖에서 놀 때 땅에 금을 그어 글자를 만들고 돌을 모아 진법^{陣法}을 펼치더라. 때마침 스님이 지나다가 오랫동안 자세히 지켜보고는 크게 놀라,

"이 아이는 문창성과 무곡성^{武曲星}의 정기로 뜻밖에 이곳에 이르렀도다. 훗날에 반드시 대단히 귀하게 되리로다."

말을 마치고는 갑자기 보이지 않거늘, 처사가 더욱 기이하게 여겨 아이의 이름을 '창곡^{昌曲}'이라 하더라.

창곡이 여러 아이와 더불어 집 후원에 올라 장난으로 꽃싸움할 때 처사가 와서 보니, 여러 아이가 산꽃을 꺾어 머리 위에 가득 꽂되 창곡은 홀로 꽂지 않고 앉아 있더라. 그 까닭을 물으니 창곡이 대답하길,

"저는 이름난 꽃이 아니면 가지길 원치 않나이다."

처사가 웃으며,

"어떤 꽃을 이름난 꽃이라 일컫는고?"

창곡이 말하길,

"침향정 해당화³⁾의 요조숙녀 같은 태도와 서호 매화⁴⁾의 담박한 절개

---

3) 침향정(沈香亭) 해당화(海棠花): 침향정은 당나라 현종과 양귀비가 노닐던 정자의 이름. 현종이 침향정에서 양귀비를 부른 어느 날, 취기가 아직 가시지 않아 홍조를 띤 양귀비의 모습을 보고 "아직 취해 있느냐?"고 묻자, 양귀비는 "해당화의 잠이 아직 깨지 않았습니다"라고 자신

와 낙양 모란5)의 부귀한 기상을 이름난 꽃이라 일컫나이다.”

하니 훗날 풍류남자가 될 것을 알겠더라. 나이가 대여섯 살 되매 능히 글자를 모아 글귀를 만드니, 처사가 그의 재주가 많음에도 가르치지 못해 안타까워하더라. 하루는 밤이 깊어 달빛이 하늘에 가득하고 별빛이 밝게 비치는데 창곡을 안고 뜨락을 거닐다가 우연히 달을 가리켜,

“네가 능히 달을 주제로 시를 지을 수 있겠느냐?”

창곡이 바로 대답하더라.

> 큰 별은 밝아 반짝반짝
> 작은 별은 밝아 깜빡깜빡
> 오직 하늘에 한 조각 달만
> 사해四海에 거울처럼 걸려 있도다.

양처사가 이를 보고 매우 기특하게 여겨 허씨에게 자랑하길,

“이 아이의 기상이 탁월하여 아비의 적막함을 본받지 않으리라.”

하루는 처사가 옥련봉 아래에서 낚시하는데 창곡이 아버지를 좇아 구경하더라. 처사가 돌아보며 묻기를,

“당나라의 두보6)가 완화계浣花溪에서 낚시할 때 어린 아들 종문宗文이

을 해당화에 비유했다고 한다.

4) 서호(西湖) 매화(梅花): 서호는 중국 절강성(浙江省) 항주(杭州) 서쪽에 있는 호수. 송나라의 임포(林逋)가 서호의 고산(孤山)에 은거하며, 처자식 없이 매화를 부인으로 삼고 학(鶴)을 아들로 삼아 살았다고 한다.

5) 낙양(洛陽) 모란(牧丹): 낙양은 중국 하남성(河南省) 서부에 있는 도시. 황하의 지류인 낙하(洛河) 유역에 위치하며, 장안(長安)과 더불어 역사상 여러 차례 수도가 되었다. 예로부터 낙양은 모란으로 천하에 이름을 떨쳐 '화도(花都)'로 불렸다.

6) 두보(杜甫, 712~770): 당나라 시인. 자는 자미(子美). 호는 소릉(少陵). 이백(李白)과 함께 '이두(李杜)'로 병칭되는 중국 최고의 시인이며, 시성(詩聖)으로 불린다. 현종에게 환영을 받았으나 안록산(安祿山)의 난 이후 말년에는 곤고하게 지냈다. 마흔여덟 살에 관직을 버리고 사천성(四川省)의 성도(成都)에 정착해 완화계(浣花溪)에 초당을 세웠다. 이 무렵 성도절도사의 막료

아버지를 본받아 바늘을 두드려 낚시를 만드니, 그의 시에 '어린 아들은 바늘을 두드려 낚시를 만드네'[7]라 하여 지금까지 전해오거늘, 이 또한 시 짓고 글 짓는 선비가 산에서 사는 멋스러움이라. 네가 능히 종문의 바늘 두드림을 본받아 네 아비의 흥취를 도울 수 있겠느냐?"

창곡이 대답하길,

"종문의 마지막 성취가 과연 어떠하나이까?"

처사가 웃으며,

"탁월한 업적은 별로 없느니라."

창곡이 대답하길,

"어부에게 묻고 나무꾼에게 답하는 것은 한가한 사람이 하는 일이라. 대장부가 나이 어리고 기백이 날카롭고 완력이 셀 때 사방을 다스리고 만민을 구제하리니, 어찌 보잘것없는 낚싯대로 산간에서 노닐며 적막하게 세월을 허송하리이까?"

이때 창곡의 나이 여섯 살이라. 처사가 기쁨을 이기지 못하나 그의 뜻을 보고자 일부러 꾸짖어,

"한신[8]은 나라의 으뜸가는 선비로되 집이 가난하여 성 아래에서 낚

로 공부원외랑(工部員外郎)을 지내 '두공부(杜工部)'로 불렸다. 그의 시는 혼란한 시기의 현실을 표현해 당대를 비추는 거울과 같아서 '시사(詩史)'라고 불렸다.
7) 어린 아들은~낚시를 만드네: 두보가 마흔아홉 살에 지은 칠언율시 「강촌江村」의 한 구절. "맑은 강 한 굽이 마을을 감싸고 흐르는데, 기나긴 여름 강촌은 모든 일이 한가롭네. 처마 위의 제비는 스스로 오고가며, 강가의 갈매기는 서로 친하여 가까워졌네. 늙은 아내는 종이에 바둑판을 그리고, 어린 아들은 바늘을 두드려 낚시를 만드네. 병이 많으니 필요한 것은 오직 약물뿐. 미천한 이 몸이 달리 무엇을 바라리오?(清江一曲抱村流, 長夏江村事事幽, 自去自來梁上燕, 相親相近水中鷗. 老妻畵紙爲棋局, 稚子敲針作釣鉤. 多病所須唯藥物, 微軀此外更何求)"
8) 한신(韓信, ?~BC 196): 한(漢)나라 개국공신. 진(秦)나라 말기 난세에 초나라의 항우(項羽)를 섬겼으나 중용되지 않자 한나라 유방(劉邦)에게로 가서 그를 섬겼다. 해하(垓下)의 싸움에 이르기까지 한나라 군대를 지휘하여 큰 공을 세워 제왕(齊王)에 봉해지고 이어 초왕(楚王)에 봉해졌으나, 권력에서 밀려나 회음후(淮陰侯)로 격하되었고, 유방이 원정으로 자리를 비운 사이 유방의 부인 여후(呂后)에게서 모반의 혐의를 입고 참살되었다. 한신은 평민 출신으로 가난하여 일찍이 강가에 나가 물고기를 잡아 허기를 때운 적도 있고, 어릴 때 회음(淮陰)의 시정잡배

시를 하였고, 강태공[9]은 현인賢人이로되 문왕文王을 만나지 못했을 때 위수 물가에서 낚시를 하였으니, 부귀와 궁달窮達은 사람의 힘으로 어찌할 수 없느니라. 어린아이가 어찌 낚시하는 노인의 적막함을 조롱하느냐?"

창곡이 다시 무릎을 꿇고 아뢰길,

"성공은 하늘에 있으나 경륜은 사람에게 있는지라. 제가 비록 불초하나, 마땅히 순舜임금의 뛰어난 신하인 고요皐陶·기夔·후직后稷·설契을 본받고 주周나라 선왕宣王의 뛰어난 장수인 방숙方叔·소호召虎를 본받아 공훈이 천년에 전해지리니, 어찌 늙은 장수의 드날림과 필부의 걸식을 부러워하리이까?"

처사가 이 말을 듣고 기특하게 여겨 사랑하더라.

세월이 훌쩍 흘러 창곡이 열여섯에 이르니, 의젓하게 자라나 문장이 사람을 놀라게 하고 식견이 뛰어나며, 타고난 효성과 날로 발전하는 학문은 어진 인물로서 빼어난 지조가 있고, 빼어난 풍류와 호방한 기상은 경천위지經天緯地의 재덕을 겸비하였더라. 이때 새로운 천자가 즉위하여 천하에 크게 사면赦免하시고서 널리 많은 선비를 부르려 하여 문과와 무과의 방榜을 걸 새, 창곡이 이를 듣고 부친에게 아뢰길,

"남자가 세상에 태어나 뜻을 세워 옛 책을 읽으며 옛일을 배우는 것은, 장차 임금을 섬기고 백성을 윤택하게 하여 천하에 선을 행하기 위함이라. 제가 비록 불초하나 나이가 벌써 열다섯을 지나 마땅히 천하를 근심하는 것을 우선해야 하니, 어찌 구차하게 전원에 자취를 감추어 어버이께 근심을 더하리이까? 황성皇城으로 가서 과거에 응시해 입신양명하

가랑이 밑으로 기어나가는 치욕을 당하기도 했다.
9) 강태공(姜太公): 주(周)나라 초기 정치가. 본명은 강상(姜尙). 그의 선조가 여(呂)나라에 봉해져 여상(呂尙)으로도 불린다. 그가 위수(渭水)에서 낚시하고 있을 때, 인재를 찾아 떠돌던 주나라 서백(西伯, 나중에 문왕(文王)이 됨)을 만나 재상으로 등용되었다. 태공망(太公望)으로도 불리는데, 주나라 무왕(武王)의 선군인 태공(太公)이 바라던 인물이기에 그렇게 불렸다고 전한다. 무왕을 도와 상(商)나라를 멸망시켜 천하를 평정해, 그 공으로 제(齊)나라 제후에 봉해졌다.

여 어버이를 드러내길 원하나이다."

처사가 그 장한 뜻을 기특히 여겨 아들을 데리고 내당에 들어가 허씨와 상의하니, 허씨가 탄식하더라.

"우리 부부가 나이 마흔에 이르도록 귤나무에 열매가 없다가 다행히 하늘의 도움을 얻어 너를 낳으니, 장차 옥련봉 아래에서 나물 캐고 물고기 낚아 오래도록 슬하에 두다가 여생을 마침이 족할지라. 어찌 다시 부귀공명을 구하여 가벼이 이별을 하리오? 네 나이가 불과 열여섯이요 황성이 여기서 천여 리라. 내가 어찌 너를 차마 떠나보내리오?"

창곡이 다시 무릎 꿇어 아뢰길,

"제가 비록 만리의 제후에 봉해질 식견은 없사오나, 반정원[10]처럼 장수將帥로 나서길 마음속 깊이 바라나이다. 세월이 흐르는 물 같으니, 때는 저와 함께할 수 없는지라. 만약 이때를 놓치면 조물주가 한가로운 날을 빌려주지 않을까 하나이다."

처사가 서슴없이 말하길,

"남자가 서검書劍에 뜻을 두매 구차하게 사사로운 정을 돌아보지 않을지라. 부인은 한때의 이별을 애석해하지 말고 행장을 차려 보냄이 어떠하오?"

부인이 기쁘기도 하고 슬프기도 하여 창곡의 손을 잡고,

"우리 부부가 아직 칠팔십 나이의 노인이 아니매 잠시 헤어짐을 어찌 아쉬워하리오마는 내가 지금 너를 오히려 젖먹이 어린아이로 여기노니, 처음 슬하를 떠나 나그네가 되어 멀리 가면 아침저녁 동구 밖에 나가 기다리는 정을 어찌하리오?"

---

10) 반정원(班定遠, 33~102): 후한 명제(明帝) 때 장수인 반초(班超).『한서漢書』의 저자인 반고(班固)의 아우. 처음 학문에 뜻을 두고 낙양으로 진출하여 궁중 도서관 사서(寫書)가 되었으나, 흉노가 변경을 침범했다는 소식을 접하고는 무인(武人)으로 자원하여 흉노를 정벌했고, 이후 31년간 서역 50여 개국의 항복을 받아 서역도호(西域都護)가 되고 정원후(定遠侯)에 봉해졌다.

말을 마치매 눈물이 흥건하게 흐름을 깨닫지 못하더라. 창곡이 고개를 들어 위로하여,

"제가 비록 불효자이오나 마땅히 위험을 무릅쓰지 않아 어버이의 근심을 끼치지 않으리니, 다만 바라건대 존귀한 몸을 보중하소서."

이에 허씨가 상자에 남아 있던 옷과 깨진 비녀를 팔아 행장을 준비하니, 검푸른 나귀 한 필과 가동家童 한 명에 돈 수십 냥을 갖춰 날을 택해 길을 떠날 때 처사 부부가 동구 밖에 나와 전송하는데 아쉬운 얼굴빛과 당부의 말을 하며 서운한 정을 금하지 못하더라. 처사가 아들에게 길을 떠나라 재촉하고 부인을 이끌어 돌아오더라.

창곡이 의견은 성숙하였으나 나이가 아직 어리고, 처음 어머니 곁을 떠나니 의지할 것은 나귀의 등뿐이라. 끝없는 눈물이 푸른 적삼을 적시거늘 번민을 억제하고 길을 찾아 황성으로 향할 새 때는 늦봄 초여름이라. 나무숲은 우거지고 꽃다운 풀은 아름다운데 동녘 바람에 우는 자고새가 나그네의 근심을 돕는 듯하더라.

양공자楊公子가 천천히 나귀를 몰아 산천을 구경하며 시구를 떠올리며 어버이 그리는 정을 풀더라. 십여 일을 가 소주蘇州 땅에 이르니, 이때 소주가 크게 가물어 도적이 이 지역에 가득하더라.

양공자와 동자가 행장을 뺏길까 조심하며 일찍 객점을 정해 쉬고 느지막이 길을 떠나 여러 마을을 거쳐 나아가더라. 하루는 길에 행인이 드물고 주점이 황량하여 투숙할 만한 곳이 없어 아득히 나귀를 몰아가는데 어느덧 해가 서산에 져서 어스름해졌더라. 양공자와 동자가 몹시 당황하여 다만 앞을 향해 몇 리를 가 한 곳에 이르니, 나무가 하늘에 닿고 험준한 고개가 앞을 막더라. 양공자가 나귀에서 내려 걸어서 고개를 넘으매, 달빛은 희미하고 산등성이에 나뭇잎이 흩어져 구불구불한 길이 분명하지 않은데, 동자는 채찍을 들고 나귀를 따라가고 공자는 그 뒤를 따라가더라. 겨우 고개 아래에 이르러 동자가 갑자기 크게 놀라 외치며

채찍을 땅에 던지고 물러나거늘, 양공자가 그 곡절을 물으니 동자가 숲속을 가리키며,

"이곳에 도적이 매우 많다 하더니, 저기 서 있는 자가 도적이 아니리이까?"

양공자가 자세히 보니, 위가 성근 고목이 바람에 닳고 비에 씻겨 등걸이 썩은 채로 달빛 아래에 서 있더라. 양공자가 웃으며 동자의 경솔함을 꾸짖고서 다시 채찍을 잡고 고삐를 당겨 앞으로 나아가는데, 수십 걸음을 채 못 가서 과연 도적 대여섯 명이 숲속에서 튀어나와 각각 서슬 퍼런 칼날을 달빛 아래서 휘두르니 문득 비린내가 코를 찌르더라. 동자가 소리지르고 엎어지거늘, 도적들이 곧바로 양공자를 향해 찌르고자 하니 양공자가 얼굴빛을 바꾸지 않고 태연히 일러,

"너희가 평소 양민으로 이 흉년을 당하여 굶주림과 추위가 핍박하매 행인의 재물을 탈취함은 군자가 측은히 여기는 바라. 내가 행장과 의복은 아끼지 않거니와, 사람을 해치는 마음은 어찌 용납하리오?"

도적들이 웃으며,

"세상 사람들이 재물을 목숨보다 더 무겁게 여기니, 만약 너를 죽이지 않으면 어찌 빼앗을 수 있으리오?"

양공자가 웃으며,

"군자는 헛된 말을 하지 않거늘, 너희가 잠시 물러나면 의복과 행장을 모두 주리라."

도적들이 비로소 칼을 거두고 물러나거늘, 양공자가 동자에게 명해 행장을 가져오라 하여 일일이 꺼내 도적들에게 주고서 입고 있던 옷을 차례로 벗는데 차분한 기색에 조금도 당황하는 모습이 없더라. 도적들이 서로 보며 혀를 내두르더니, 양공자가 의복을 다 벗고 속곳 하나만 남기고 말하길,

"이것은 값이 비싸지 않고, 벌거벗은 몸으로는 앞으로 나아갈 수 없으

니, 그대들은 용서하기 바라노라."

도적들이 흔쾌히 허락하고 길게 탄식하여 "우리가 이 일에 종사한 뒤로 담대한 남자가 허다했으나, 이러한 선비는 처음 보노라" 하고 의복과 행장을 거두어 숲속으로 들어가더라.

양공자와 동자가 정신을 차려 나귀를 이끌고 고개를 내려와 객점을 찾아갈 새 이미 삼사경이 지났더라. 객점 문을 두드리니 점원이 보고 크게 놀라,

"어떠한 공자이기에 이런 깊은 밤에 도적 소굴을 지나오셨소?"

양공자가 도적 만난 일을 대략 말하니, 점원이 또 놀라더라.

"이곳을 지나는 나그네 중 죽은 자가 무수하여, 해가 지면 고개를 넘기 어렵고 대낮이라도 그처럼 혼자의 몸으로는 왕래할 수 없는데, 오늘 그대들은 복이 많아 목숨을 보전함이로다."

양공자가 말하길,

"일찍이 들으니 소주는 강남에서 제일 큰 고을이라 하거늘, 관장官長이 어찌 도적을 막지 못하여 이같이 되었는가?"

점원이 비웃으며 답하지 않고, 객실 한 칸을 정하여 일행을 편안히 모시고 등불을 켜고 들어와 다시 도적 만난 일을 묻더라.

"관부官府가 멀지 않으나, 자사刺史가 주색에 빠져 정무를 조금도 보지 않으니 누가 도적을 막을 수 있으리오?"

한편으로 양공자의 행장이 전혀 없음을 보고 딱하게 여겨 찬밥을 대접하니, 양공자와 동자가 서로 지키며 밤을 지내고 날이 밝으매 길 떠날 방책을 생각하되 아득히 계책이 없더라. 문득 두 소년이 들어오거늘, 살펴보니 손에 각각 활을 들었고 호협한 기상이 얼굴에 나타나더라. 한편 주인을 불러 술을 청하더니, 양공자와 동자가 쓸쓸히 앉아 있는 것을 보고 묻기를,

"수재秀才는 어디로 가시오?"

양공자가 답하길,

"황성을 향해 가나이다."

또 묻기를,

"수재의 나이가 몇이오?"

답하길,

"열여섯이로소이다."

소년이 말하길,

"나이 어린 수재가 먼길 가는 행색이 어찌 그리 단출하오?"

양공자가 말하길,

"집이 가난하여 행장이 별로 없고, 길에서 도적을 만나 의복과 행장을 모두 빼앗겨 앞으로 나아갈 계책이 없나이다."

소년이 답하길,

"대장부가 한 사람을 대적하지 못하여 저같이 낭패하니 수재에게 용맹이 없음을 알지라. 지금 가는 행차를 보면 분명 과거 보러 가는 선비이리니, 시문을 지을 줄 아시오?"

양공자가 말하길,

"먼 시골에서 자라나 견문이 고루하니, 글자를 조금 배우기는 했으나 '어魚'자와 '노魯'자도 구별하지 못하나이다."

소년이 말하길,

"그대는 지나치게 겸양하지 마오. 내가 그대를 위하여 노자路資를 얻을 계책을 가르치리니, 내일 소주 자사가 압강정壓江亭에서 큰 잔치를 열고 소주와 항주杭州의 재능 있는 선비들을 모아 압강정을 주제로 시를 짓게 해 장원에게 큰 상을 준다 하오. 그대가 만약 시 짓는 재능이 있다면 황성 가는 노자를 어찌 근심할 필요가 있으리오?"

다른 소년이 또 말하길,

"그중에 기묘한 곡절이 있도다. 그대가 아직 관례冠禮 올릴 나이는 아니지만 결국 남자라. 이러한 일을 알아도 무방하리라. 강남의 서른여섯 주州 가운데 기악妓樂은 항주가 으뜸이요, 항주의 서른여섯 교방 가운데 기녀로 이름난 자는 강남홍江南紅이라. 가무와 문장, 지조와 외모가 강남에서 으뜸이니, 자사와 수령 중 마음을 빼앗기지 않은 자가 없으나, 강남홍의 성품이 드높고 군세어 지기知己가 아니면 죽어도 몸을 허락하지 않아, 강남홍의 나이가 열네 살인데 감히 가까이한 자가 없다 하더이다. 지금 소주 자사는 승상 황의병黃義炳의 아들로 나이가 서른에 가깝고 인물됨이 당당하여 문장으로 황성에 알려지고 풍채는 옛사람을 압도하는데, 평소 풍류와 주색에 탐닉하여 강남홍을 이끌어 옆에 두고자 하여, 내일 압강정의 놀이도 그 뜻이 온전히 강남홍에게 있음이라. 그 가운데 반드시 멋진 구경거리가 있을 것이나, 우리는 무부武夫인지라 문인들의 자리에 참석하기 어렵거니와, 그대는 한번 가봄이 어떠하오?"

양공자가 웃으며,

"나는 본디 재주가 없으니 어찌 그런 성대한 모임에 참석하리오?"

두 소년이 크게 웃고 비단주머니를 열어 술값을 치르고 가거늘, 양공자가 생각하되,

'황자사는 조정의 명을 받은 관리로 주색에 빠져 정무를 저버리니 내가 상대하고 싶지는 않으나, 지금 절박한 지경을 당하여 진퇴양난이니, 소년의 말을 따라 한때의 권도權道로 한바탕 우스운 일을 만들어보리라.'

다시 생각하되,

'강남은 천하의 명승지이니, 문장과 물색이 반드시 볼만하리라. 강남홍은 어떠한 기녀이기에 의지와 안목이 저처럼 고상하여 풍류남자의 호탕한 심정을 끌어당기는고?'

이에 주인을 불러 묻더라.

"이곳에서 압강정까지 몇 리나 되오?"

주인이 대답하길,

"삼십 리로소이다."

양공자가 말하길,

"이곳에 이르러 노자가 없어 앞으로 나아갈 수 없으니, 이 나귀를 객점에 맡겨두고 우리 노주奴主의 며칠 식사를 제공해주심이 어떠하오?"

주인이 대답하길,

"비록 평범한 행인이라도 노자가 없다고 괄시할 수 없거늘 하물며 공자의 비범한 풍채를 흠모하니, 며칠 거친 음식을 제공함에 어찌 어려움이 있으리오?"

양공자가 크게 기뻐하여 다시 객점에서 하루를 묵고, 이튿날 주인에게 압강정을 구경하러 간다 말하고 동자를 데리고 압강정을 찾아가는데, 동쪽으로 수십 리를 가매 산천이 아름답고 물색이 번화하여 곳곳마다 풍경이 뛰어나더라. 양공자가 생각하되,

'압강정이 반드시 물가에 있으리라.'

물을 따라 다시 몇 리를 가니 강이 탁 트이고 산세가 수려하여, 파란 구름은 비취색 산봉우리에 어려 있고 흰 갈매기는 밝은 모래사장에서 졸고 있거늘, 압강정이 멀지 않음을 알겠더라.

다시 수십 걸음을 가매 바람결에 희미하게 음악소리가 점차 들리더니, 과연 한 정자가 날개를 편 듯 강가에 우뚝 솟아 제도가 굉장한데, 정자 밑에는 수레와 말들이 시끄럽고 구경하는 이들이 여러 겹으로 둘러싸 인산인해를 이루었더라. 정자 위를 바라보니 푸른 기와와 비취색 난간은 하늘에 아득하고, 황금빛 큰 글씨를 새긴 현판을 높이 달았으니 곧 '압강정'이라. 겹겹의 비단 장막은 바람에 나부껴 상서로운 구름을 일으키고, 흐릿한 향연香煙은 강 위에 흩어져 푸른 안개로 엉겼으며, 질탕한 음악과 청아한 가곡이 누각에 울려퍼지더라.

양공자가 동자에게 "너는 여기서 기다리라" 하고 바로 정자 아래에 이르러 소주와 항주의 여러 선비를 따라 정자에 올라 살펴보니, 넓이가

수백 칸이요 금빛 푸른 단청이 사치가 극진하거늘, 이는 참으로 강남 제일의 누각이더라. 동쪽 의자에 오사모烏紗帽에 붉은 도포를 입고 반쯤 취하여 앉은 이는 소주 자사 황여옥黃汝玉이요, 서쪽 의자에 창백한 얼굴과 백발에 의젓하게 앉은 이는 항주 자사 윤형문尹衡文이라. 윤자사는 사람됨이 너그러워 비록 황자사와 나이도 맞지 않고 뜻도 합하지 않으나, 이웃 고을의 간청으로 우의를 생각해 온 것이더라.

소주와 항주의 문사들이 압강정에 가득 모여 의관을 정제하고 종이와 붓을 선택하여 동서로 나눠 앉으니, 두 고을의 기녀 백여 명이 아름다운 화장을 하고 좌우에 늘어앉아 예쁜 미소와 교태로 서로 안색을 뽐내며 각기 풍정을 희롱하더라. 양공자가 맑은 눈길로 일일이 살펴보니, 한 기녀가 말도 않고 웃지도 않으며 근심스럽게 앉아 있는데 구름 같은 귀밑머리는 부스스하고 수척한 얼굴은 파리하여, 냉담한 기색은 얼음 항아리와 가을달이 정기를 머금은 듯하고, 총명한 재질은 넓은 바닷속 진주가 빛을 감춘 듯하거늘, 침향정 위에서 졸고 있는 해당화보다 아름답더라. 양공자가 생각하되,

'나라와 성을 기울게 할 미인을 내가 옛 책에서 알게 되었더니 이제 그 사람을 봄이라. 이는 반드시 평범한 여자가 아니라. 필시 소년들이 말하던 강남홍이로다.'

그리고 여러 선비를 좇아 끝자리에 앉더라. 이때 강남홍이 하염없이 앉아 눈길을 보내 자리에 앉은 여러 선비를 살피니, 방탕한 거동과 시끄러운 언사가 용렬하고 보잘것없는 자들이거니와, 그 가운데 한 수재가 끝자리에 앉았는데 초라한 의복과 담박한 모습이 가난한 선비의 자취이나 밝고 드높은 기상이 온 자리를 압도하여, 마치 단산丹山의 아름다운 봉황이 닭 무리에 섞여 있고, 넓은 바다의 신룡神龍이 바람 구름을 타고 오르는 듯하더라. 홍랑이 놀라,

'내가 청루靑樓에 있으며 허다한 사람을 보았거니와, 어찌 일찍이 저처

럼 뛰어난 남자를 보았으리오?'

자주 고개를 들어 그 움직임을 살피고 양공자도 정신을 모아 은근히 홍랑의 기색을 살피더니, 황자사가 선비를 모두 정자 위에 불러모으고 홍랑을 돌아보더라.

"압강정은 강남에서 제일가는 누각이라. 오늘 문인재사가 자리에 가득하니 홍랑은 청아한 노래 한 곡을 불러 여러 공자의 흥을 도우라."

홍랑이 근심스레 머리를 숙이고 한동안 말이 없더니,

"상공께서 오늘 성대한 잔치를 베풀어 문인과 시인이 가득한 자리에 어찌 민간의 속된 곡조로 보배로운 시문을 더럽히리오? 마땅히 여러 공자의 아름다운 문장을 빌려, 황하백운의 청신한 가곡11)으로 술자리에서 우열을 가림을 본받고자 하나이다."

선비가 일제히 호응하여 환호하니, 황자사가 불쾌하나 생각하되,

'오늘 잔치는 풍류의 수법으로 짐짓 홍랑을 유혹하고자 함이거늘, 좌중에 만약 왕지환12)의 재주를 지닌 사람이 있다면 어찌 무색하지 않으리오? 그러나 홍랑의 뜻과 여러 선비의 환호가 저러하니, 이를 막으면 더욱 용렬해지리라. 내가 차라리 먼저 시 한 수를 지어 좌중을 압도하고 홍랑에게 나의 재주를 알게 하리라.'

이에 기쁜 듯이 웃으며 "홍랑의 말이 바로 나의 뜻과 같으니, 급히 시령詩令을 내리라" 하고, 모든 선비를 돌아보며 "각자에게 채전彩箋 한 장을

---

11) 황하백운(黃河白雲)의 청신한 가곡: '황하'와 '백운'으로 시작되는, 당나라 시인 왕지환(王之渙)의 「양주사凉州詞」를 가리키는 듯하다. "황하의 먼 상류 흰 구름에 닿을 듯하고, 외로운 양주성(凉州城)은 만 길 높은 산에 있도다. 오랑캐의 피리가 어찌 「절양류折楊柳」를 원망하리오? 봄바람은 옥문관을 넘지 못하는데(黃河遠上白雲間, 一片孤城萬仞山, 羌笛何須怨楊柳, 春風不度玉門關)."

12) 왕지환(王之渙, 688~742): 당나라 시인. 여러 곳으로 놀러 다니는 걸 좋아해 명사(名士)들과 자주 교유했고, 호방하여 항상 칼을 치며 구슬프게 시를 읊었다. 그의 시는 호방한 시풍과 동적 묘사로 유명한데, 당시 악공들이 지은 노래에 실려 많이 불렸다. 시는 대부분 망실되어 『전당시全唐詩』에 겨우 6수가 실려 있다.

내리노니, 압강정을 주제로 시를 지어 바쳐 우열을 가리리라" 하더라. 소주와 항주의 문사가 각기 이기려는 마음을 드러내 분분히 붓을 빼어 재능을 다툴 새, 황자사가 곧바로 몸을 일으켜 방으로 들어가 어렵사리 시구를 생각하나 시상은 막히고 말뜻은 아득하더라. 마음이 급해 눈썹을 찡그리고 앉았다가 나와 억지로 웃으며,

"옛적에 조식[13]은 「칠보시」[14]를 지었거든, 지금 여러 선비는 시령을 들은 지 반나절에 겨우 시 한 수를 완성하니 어찌 그리 더딘고?"

이때 홍랑은 눈길을 가만히 보내어 양공자의 거동을 살피더라. 양공자가 시령을 듣고 문득 미소하며 채전을 펼쳐, 물이 산에서 흘러나오듯 손길을 멈추지 않고 순식간에 시 세 수를 지어 자리 위에 던지거늘, 홍랑이 짐짓 소주와 항주 선비들의 시를 가져다가 우선 수십 수를 보았으나 모두 진부한 말이요 출중한 것이 없더라. 눈썹을 찡그리며 무료한 낯빛이더니 양공자가 던진 시전詩箋을 집어서 보는데, 종요鍾繇·왕희지王羲之의 필법과 안진경顔眞卿·유공권柳公權의 서체로, 용과 뱀이 날아오르는 듯, 종이에 구름과 연기가 떨어지는 듯하더라. 눈이 휘황하여 그 시를 다시 논하건대, 풍류재사의 기이하고 아름다운 수법으로, 성당盛唐 시대 여러 사람의 크고 깊은 생각이 있고 포조[15)]의 준일俊逸함과 유신[16)]의 청신淸新

---

13) 조식(曹植, 192~232): 중국 삼국시대 문인. 위(魏)나라 무제(武帝) 조조(曹操)의 아들이며, 문제(文帝) 조비(曹丕)의 아우. 자는 자건(子建). 시호(諡號)는 사(思). 마지막 봉지(封地)가 진(陳)이었기에 '진사왕(陳思王)'으로도 불린다. 건안문학(建安文學)의 중심적인 문인으로, 오언시를 서정시로 완성시켜 문학사에 큰 영향을 끼쳤다.
14) 「칠보시七步詩」: 위나라 문제 조비는 아우 조식의 재능과 인품을 시기하여 그에게 해마다 새 봉지(封地)에 옮겨 살도록 강요했다. 어느 날 잔치 자리에서 문제가 일곱 걸음을 걷는 사이 시 한 수를 짓지 못하면 대법으로 다스리겠다고 하자, 조식은 "콩을 삶기 위하여 콩대를 태우나니, 콩이 가마 속에서 소리 없이 우노라. 본디 한 뿌리에서 같이 태어났거늘, 서로 괴롭히기가 어찌 이리 심한고(煮豆燃豆萁, 豆在釜中泣. 本是同根生, 相煎何太急)"라는 「칠보시」를 지어 자기를 콩에, 형을 콩대에 비유하여 형제의 불화를 상징적으로 노래했다.
15) 포조(鮑照, 421?~465): 중국 남북조시대 송나라 시인. 전군참군(前軍參軍)을 지냈기에 포참군(鮑參軍)으로 불린다. 특히 악부(樂府)에 뛰어났으며, 두보는 그를 '준일(俊逸)'하다고 높이 평가했다.

함을 겸하였으니, 물속의 달이요 거울 속의 꽃이라. 그 시의 제일장은
이러하더라.

　　큰 강가의 높고도 높은 정자
　　그림 기둥, 붉은 난간이 푸른 물결에 임하도다.
　　흰 물새는 종경鍾磬 소리에 익숙하여
　　석양 무렵 드문드문 모래톱에 내려앉도다.

제이장은 이러하더라.

　　모래사장에 달빛 어리고 나무에 안개 서리어
　　강물에 비친 달은 하늘과 한 빛이라.
　　좋도다. 그대를 평지에서 바라보니
　　그림 속의 누각이요 거울 속의 신선이라.

제삼장은 이러하더라.

　　강남의 팔월 향기로운 바람 불어오니
　　일만 송이 연꽃 가운데 한 송이가 붉었도다.
　　원앙을 쳐 꽃 아래에 일으키지 마라.
　　원앙은 날아가고 꽃떨기만 꺾일까 하노라.

---

16) 유신(庾信, 513~581): 중국 남북조시대 북주(北周)의 시인. 개부의동삼사(開府儀同三司)를
지냈기에 유개부(庾開府)로 불린다. 남북조시대 시문을 집대성하고 당나라 율시의 선구가 되
는 작품을 썼다. 이백의 청신성(淸新性)과 두보의 침울성(沈鬱性)을 아우르는 시 세계를 보여주
었다.

홍랑이 자세히 보다가 검은 두 눈썹을 펴고 붉은 입술을 반쯤 열어 머리에 꽂은 황금 봉황비녀를 빼어 술 단지를 치며 맑은 목소리를 굴려 노래하니, 마치 남전[17]의 옥 조각이 돌 위에서 부서지는 듯하고 푸른 하늘의 외로운 학이 구름 사이에서 우는 듯하더라. 대들보의 티끌이 날리고 맑은 바람이 불어오거늘, 사람들이 두려워하며 얼굴빛이 변하고 소주와 항주의 문사들이 서로를 돌아보며 누구의 시인지 모르더라.

홍랑이 노래를 마치매 채전을 받들어 두 자사에게 올리니, 황자사는 매우 불쾌한 기색을 하고, 윤자사는 거듭 읊조리다가 무릎을 치며 찬탄하고 그 이름을 빨리 확인하길 재촉하더라. 홍랑이 다시 생각하되,

'내가 비록 사람을 알아보는 안목은 없으나 평생의 지기를 만나 일생을 의탁하고자 하거늘, 반악[18]의 풍채가 있는 자는 한기韓琦와 부필富弼의 공업功業을 기약하기 어렵고, 이백과 두보의 문장을 품은 자는 흔히 사마상여[19] 같은 방탕함이 있으니, 모두 내가 원하는 바가 아니라. 뜻밖에 말석에 앉은 보잘것없는 한 수재가 어찌 진주를 품은 보배일 줄 알았으리오? 이는 나의 짝 없음을 하늘이 가련히 여겨 영웅군자의 단아한 풍류로 내 숙원을 이루어주심이라. 그러나 수재의 행색이 필시 소주와 항주의 선비가 아닌지라 만약 이름이 드러나면 황자사의 방탕무뢰함과 여러 문사의 패역무도함으로 분명 그 재주를 시기하여 저 외로운 수재

---

17) 남전(藍田): 중국 섬서성(陝西省) 중부의 현(縣). 서안(西安)에서 동남쪽으로 약 35킬로미터 떨어진 진령산맥(秦嶺山脈) 북쪽에 있다. 예로부터 연옥(軟玉)의 산지로 알려져 있다.
18) 반악(潘岳, 247~300): 서진(西晉)의 문인. 외모가 잘생겨 젊을 때 길을 나서면 여인들이 던진 과일이 수레에 가득했다고 한다. 문학적 재능이 뛰어나 감각적인 애상(哀傷)의 시와 산수시(山水詩)의 걸작을 남겼다.
19) 사마상여(司馬相如, BC 179~BC 117): 전한의 문인. 자는 장경(長卿). 고향에서 곤궁에 처해 있을 때 부호인 탁왕손(卓王孫)에게 초대된 자리에서, 남편과 사별한 그 딸 탁문군(卓文君)을 보고 거문고로 〈봉구황곡鳳求凰曲〉을 연주했다. 탁문군과 함께 성도(成都)로 도주했으나 몹시 가난해 선술집을 차려, 탁문군은 술을 팔고 사마상여는 쇠코잠방이 차림으로 허드렛일을 했다. 탁왕손은 결국 이들의 사랑을 허락하고 많은 재산을 남겨주었다.

를 곤경에 빠뜨릴 것이니 어찌하면 좋으리오?'

홍랑이 문득 한 계교를 생각하여 두 자사에게 아뢰길,

"오늘 제가 여러 선비의 시 가운데 뽑아 노래를 부름은, 성대한 잔치의 즐거움을 돕고자 함이요 재주의 우열을 가려 감히 자리를 무색하게 하려 함이 아니오니, 원컨대 그 이름을 드러내지 않고 종일 함께 즐김이 가장 좋고, 해가 진 뒤에 확인해보는 것이 무방할까 하나이다."

두 자사가 허락하니, 양공자는 총명한 남자라. 어찌 홍랑의 뜻을 모르리오? 마음속으로 탄복하여 공경하게 되더라. 이윽고 술과 음식이 나오자 아름다운 연주와 뛰어난 노래와 춤에 강과 하늘이 진동하고 물과 육지의 온갖 귀한 음식이 자리에 가득하니, 자사가 기녀들에게 명하여 각기 잔을 바치게 하더라. 양공자는 본디 다른 사람보다 주량이 세서, 사양하지 않고 술을 연달아 마셔 취한 기색이 조금 있거늘, 홍랑이 혹 실수가 있을까 염려하여 기녀들과 더불어 몸을 일으켜 함께 술잔 돌리기를 요청하여 차례로 술잔을 바칠 새, 양공자에게 이르러서는 짐짓 자리에서 기우뚱하며 놀라는 척하니, 양공자가 바로 그 뜻을 알고 거나하게 취한 척하여 돌리는 술잔을 사양하더라. 술이 또 십여 잔 지나가매 좌중이 거나하게 취하여 거동이 어지럽고 말이 어그러지니, 소주와 항주의 선비 가운데 몇 사람이 일어나 자사에게 청하길,

"저희가 외람되이 성대한 잔치에 참석하여 황잡한 시구로 홍랑의 안목을 속이지 못하였으니 원망할 바 없으나, 듣건대 오늘 홍랑이 노래한 시는 소주와 항주의 선비가 지은 것이 아니라 하거늘, 저희가 시의 주인을 찾아 다시 우열을 가리고 승부를 결정해 소주와 항주의 수치를 설욕하고자 하나이다."

황자사가 미처 대답하지 못하매 홍랑이 마음속으로 크게 놀라더라.

'저 무뢰배의 취중 불쾌함이 이러하니, 수재가 분명 재앙을 입으리라. 내가 구하지 않으면 아니 되리라.'

홍랑이 즉시 손에 단판檀板을 들고 자리에 나아가,

"소주와 항주의 문사들이 천하에 유명하여 온 세상이 아는 바이거늘, 오늘 여러 문사의 울분은 제가 시를 보는 안목이 어둡기 때문이라. 날이 이미 저물고 좌중이 모두 취하여 다시 시문을 의논함은 옳지 않을 듯하오니, 제가 마땅히 노래 몇 곡으로 문사의 취흥을 도와, 시를 뽑는 일에 어두웠던 죄를 속죄하리이다."

윤자사가 웃으며 좋다고 칭찬하니, 홍랑이 다시 아름다운 눈썹을 펴고 단판을 치며 〈강남곡〉 몇 장을 부르거늘, 그 노래 초장은 이러하더라.

전당강錢塘江 밝은 달 아래 연밥 따는 아이들아.
십 리 맑은 강에 배 띄워 물결이 아름답다 하지 마라.
네 노래에 잠든 용 깨면 풍파 일까 하노라.

중장은 이러하더라.

검푸른 나귀 바삐 몰아 저기 가는 저 사람아.
해는 지고 길은 머니 주점에서 취하지 마소.
네 뒤에 폭풍우 일어나니 옷 젖을까 하노라.

삼장은 이러하더라.

항주성 돌아들어 큰길에 청루가 몇 곳인가.
문 앞의 벽도화碧桃花는 우물가에 어지러이 피고 담 끝쪽에 솟은 누각은 강남 풍월 분명하다.
이곳에 아이 불러 나오거든 연옥蓮玉인가 하소.

이 노래는 홍랑이 급작스럽게 지은 것이니, 초장은 자사와 여러 문사가 공자의 재주를 시기하여 풍파를 일으키려 한다는 뜻을 말함이요, 중장은 공자에게 도주하라는 뜻을 말함이요, 삼장은 홍랑이 자기 집을 가리키는 뜻이라.

이때 자사와 소주·항주의 문사들이 함께 취해 떠들썩하여 노래를 자세히 듣지 못하나, 양공자의 뛰어난 총명으로 어찌 홍랑의 뜻을 모르리오? 양공자가 크게 깨달아 곧 측간에 간다고 둘러대고는 몸을 일으켜 누각을 내려가더라.

이윽고 해가 서산에 지거늘 등불을 밝히고 잔치를 끝내려 할 때 황자사가 좌우에 명하여 으뜸으로 뽑힌 시를 가져오게 하여 열어보니, 여남 ^汝南^ 땅의 양창곡이 지은 시라. 급히 양창곡을 찾으니 대답하는 사람이 없고 좌우에서 아뢰길,

"아까 말석에 앉아 있던 수재가 간 곳을 모르겠나이다."

황자사가 크게 노하여,

"어떤 작은 아이가 우리의 성대한 잔치를 멸시하고 망령되이 옛 시로 좌중을 속이다가 본색이 탄로날까 두려워 몰래 도주하니, 어찌 당돌하지 않으리오?"

좌우에 호령하여 "즉각 붙잡아 오라" 하니 소주와 항주의 문사 가운데 무뢰배가 팔뚝을 흔들며 큰소리치더라.

"우리 소주와 항주 두 고을은 시와 술과 풍류로 천하에 유명하거늘, 이제 빌어먹는 아이에게 농락을 당하여 성대한 잔치가 무색해졌으니 우리의 수치라. 이 아이를 기필코 잡아 설욕하리라."

그리고 일제히 일어서니, 알지 못하겠도다. 양공자의 목숨이 어찌 되리오? 다음 회를 보라.

노파가 항주에서 청루에 대해 말하고
수재가 객관에서 홍랑을 만나더라

제3회

홍랑이, 양공자가 몸을 빼어 누각에서 내려감을 보고 '나이 어린 공자가 초라한 행색에 술 여러 잔으로 힘들어지니 그 어설픔이 염려될 뿐 아니라, 이미 내 집을 가르쳐 주었거늘 기이한 수재가 반드시 그 뜻을 알고 찾을 것이나, 평소 사리에 어두워 항주의 떠들썩한 곳에서 어떻게 찾아갈꼬?' 생각하며 마음이 조급하여 몸을 빼어 뒤를 따르고자 하나 도저히 몸을 뺄 방법이 없더라. 황자사가 거나하게 취하고 술자리가 요란하여 여러 선비가 소란을 일으키려 하자 홍랑이 크게 놀라,

'무뢰배가 이처럼 분노하니, 공자의 고단한 나그네 행적으로 어찌 길에서 곤욕을 피할 수 있으리오? 내가 마땅히 먼저 술자리를 진정시키리라.'

그리고 황자사에게 아뢰길,

"제가 감히 여러 선비의 시를 평하여 어지러움이 이에 이르니 어찌 이 자리에 앉아서 모시리이까? 마땅히 물러나 죄를 기다리겠나이다."

황자사가 이 말을 듣고 생각하되,

'오늘의 잔치는 오로지 홍랑을 위함이요 여러 선비의 문장을 비교하려 함이 아니라. 홍랑이 편협한 성품으로 자리를 피하고자 고집하니, 이 어찌 살풍경하지 않으리오?'

그리하여 성난 모습을 되돌려 웃음을 머금고 선비들을 위로하더라.

"창곡은 보잘것없는 어린아이라. 어찌 비교할 수 있으리오? 다시 자리를 정돈하고 시령을 내어 촛불을 밝히고 잔치를 계속하고자 하노라."

홍랑이 이 말을 듣고 더욱 놀라 가만히 생각하되,

'양공자가 주인 없는 빈집에서 홀로 앉아 나를 기다리고 있을 뿐 아니라, 황자사의 방탕함 때문에 내가 여기서 밤을 지새울 수는 없으나 모면할 계책이 없으니 어쩌면 좋으리오?'

한참 고민하다가 이윽고 한 계교를 생각해내어 웃음을 띠고 황자사에게 다시 아뢰길,

"관대한 선비님들께서 비천한 몸의 당돌한 죄를 용서하시고 다시 잔치 자리를 베풀어 밤낮으로 즐기고자 하시니 어찌 아름답지 않으리오? 듣건대 시를 지음에 시령이 있고 술을 마심에 주령酒令이 있다 하니, 주령을 내려 술자리의 흥을 돕게 하소서."

황자사가 크게 기뻐하여 "홍랑이 한번 입을 열면 어찌 거역할 수 있으리오?" 하고 이어 묻기를,

"주령을 어떻게 할꼬?"

홍랑이 웃으며,

"제가 비록 영민하지는 못하나, 아까 본 소주와 항주 여러 선비의 아름다운 시구를 가슴속에 새겨두었으니 마땅히 차례로 낭송할지라. 제가 한 편을 낭송하거든 선비님들은 한 바퀴 돌리는 술잔을 사양하지 마소서. 선비님들의 주량과 저의 총명을 서로 시험하여 우열을 가리려 한즉, 이 어찌 훗날 시와 술이 어우러진 잔치 자리의 절묘한 주령이 아니리이까?"

소주와 항주의 여러 선비가 이 말을 듣고 일제히 무릎을 치며 칭찬해 마지않고 자사에게 청하여,

"저희의 졸작이 홍랑의 노래에 들지 못해 한스러워하더니, 이제 한번 낭송하게 되면 수치를 씻을까 하나이다."

황자사가 허락하니, 홍랑이 웃고 자리에 나아가 머리를 숙이고 옥을 깨는 듯한 소리로 여러 선비의 시를 낭송하는데 한 글자의 착오도 없거늘, 좌중이 큰 소리로 칭찬하며 홍랑의 총명과 기이함에 놀라더라. 홍랑이 매번 낭송하고서 기녀들을 돌아보아 술잔 돌리는 것을 재촉하니, 여러 선비가 거나하게 취하였으나 자기 시를 낭송함을 영광으로 여겨 돌아오는 술잔을 앞다투어 마시고 도리어 낭송을 재촉하거늘, 홍랑이 연달아 시 오륙십 편을 낭송하매 술 또한 오륙십 잔이 넘었더라. 바야흐로 한껏 취하여 이리저리 넘어지거나 술을 토하고 잔을 엎어 차례로 쓰러지거늘, 황자사도 술에 취해 눈이 몽롱하고 말이 모호하여 "홍랑 홍랑, 총명 총명!" 하고는 술상에 의지하여 잠드니, 윤자사는 이미 술자리를 피하여 다른 방으로 옮겨갔더라. 홍랑이 몰래 정자를 내려와 항주의 남종에게 말하길,

"내가 술을 따르다가 실수해 소주 자사께 죄를 얻어 목숨이 위태로운지라. 여기서 달아나고자 하니, 너는 남종의 의복을 잠시 빌려다오."

그리고 머리에 꽂은 금비녀를 빼어 남종에게 주며,

"이것의 값이 천금이라. 너에게 주노니 내가 항주로 간 것을 누설하지 말라."

남종이 이미 같은 고향의 인정이 있고, 또 천금을 얻으니 크게 기뻐 즉시 응낙하고는, 머리에 쓴 푸른 복건幞巾과 몸에 착용한 푸른 옷과 짚신 한 켤레를 벗어주더라. 홍랑이 즉시 바꿔 입고 바삐 문을 나서 항주 길을 바라보고 십여 리를 가니, 밤이 이미 삼사 경에 이르렀더라. 달빛은 희미하여 겨우 길을 분별하겠고 안개는 자욱하여 옷을 적시더라. 주

점을 찾아 문을 두드리니 주인이 나와 괴이히 여겨 한밤의 행색을 묻거늘, 홍랑이 답하길,

"나는 항주의 남종인데 급한 일로 본부로 가거니와, 아까 어떤 수재가 이 길로 지나가지 아니하던고?"

주인이 말하길,

"우리 주점 문을 닫은 지 오래되지 않았고, 나는 술 파는 사람인지라 밤이 깊도록 길가에 앉아 있었으나 수재가 지나가는 것은 보지 못하였노라."

홍랑이 이 말을 듣고 더욱 초조하여 주인과 바삐 작별하고 또 십여 리를 가며 행인이 있으면 공자의 행색을 탐문하나 모두 보지 못하였다 하더라. 홍랑이 당황스러워 앞으로 나아갈 뜻이 없어 길가에 앉아 생각하되,

'양공자가 이 길로 갔으면 분명 만난 사람이 있을 것이거늘, 지금 행인에게 묻되 한 사람도 그를 본 이가 없다. 분명 어설픔이 있어 무뢰배를 만나 곤욕을 당했으리니, 이는 다 내 탓이로다. 어찌 홀로 편안한 마음으로 돌아가리오? 차라리 발걸음을 돌려 죄 없는 공자를 구하리라.'

그리고 다시 소주 길로 향하여 오더라.

한편 양공자는 측간에 간다고 둘러대고 누각을 내려와서 동자를 데리고 다시 객점으로 돌아와 주인에게 말하길,

"갈 길은 바쁘나 노자가 없으니, 이 나귀를 객점에 저당잡혔다가 돌아오는 길에 찾으리라."

주인이 웃으며 "비록 잠시라도 주인과 손님의 정이 있거늘 이런 말씀은 사람의 도리가 아니라. 공자는 행장을 잘 간수하시고 조금도 마음에 두지 마소서" 하고 나귀를 도로 주거늘, 양공자가 거듭 사양하나 끝내 듣지 않더라. 어쩔 수 없이 훗날의 기약을 남기고서 주인과 작별하고 다시 동자로 하여금 나귀를 몰게 해서 떠나는데 마음속으로 주저하여,

'홍랑의 노래 제삼장이 정녕 자기 집을 가리키나, 내가 처음 가는 길을 어찌 헤매지 않고 찾아갈 것이며, 황성으로 곧바로 가려 한즉 노자가 없으니 어찌 갈 수 있으리오?'

한참 생각하다가,

'홍랑은 둘도 없는 미색이라. 그녀의 말과 얼굴빛이 매우 아리따워 몰래 아름다운 약속을 맺었거늘, 나 역시 장부의 마음이라. 어찌 은근한 정을 저버리리오? 이제 곧바로 찾아감이 옳도다.'

그리고 나귀를 채찍질하여 항주로 향하는데 밤이 깊어 행인이 드물고 길을 물을 곳이 없더라. 한 주점을 찾아 문을 두드리니 주인이 나와 행색을 살피고는 혼잣말로 "이제야 오도다" 하거늘 양공자가 괴이히 여겨 묻기를,

"내가 주인과 일면식이 없거늘 어찌 이제야 옴을 아시오?"

주인이 말하길,

"아까 한 남종이 급히 항주로 가면서 수재의 행적을 탐문하기에 혼잣말했도다."

양공자가 또 묻기를,

"그런즉 그 남종이 무슨 일 때문에 가던고?"

주인이 말하길,

"그것은 미처 묻지 못하였으나 행색이 심히 급하더이다."

양공자가 더는 묻지 않고 나귀를 몰아갈 새 의심하여,

'홍랑의 노래에 주점에서 쉬지 말라 하였거늘 내가 주점에 들른 것이 후회가 되도다. 그 남종은 분명 황자사의 남종이라. 내 뒤를 밟아 온 것이니, 서로 만난다면 어찌 불행이 아니리오?'

또 몇 리를 가더니, 먼 마을에서 닭 우는 소리가 들리고 새벽빛이 동녘에 희미하더라. 멀리 바라보매 한 남종이 바삐 오거늘 공자가 말하길,

"저 사람은 분명 소주의 남종이라. 내 자취를 보지 못하고 돌아오는

것이니, 내가 잠시 피하리라."

그리고 동자에게 명해 나귀를 돌려 길가 숲속에 몸을 숨겨 그 움직임을 살피는데, 남종이 급히 걸어 지나가더라. 다시 나귀를 채찍질하여 수십 리를 가니 하늘이 이미 밝았고, 행인에게 항주 가는 길을 물으니 불과 삼십여 리라 하더라.

한 곳에 이르니 산은 낮고 물은 맑아 그림같이 아름답고, 둑 위 버들과 물가 누각의 경관이 빼어나, 큰 다리는 공중에 무지개를 이루고, 열두 굽이 돌난간은 흰 옥을 새겨 영롱하니 이는 소공제蘇公堤라. 옛날 송나라 소동파[1]가 항주 자사가 되었을 때 서호西湖의 물을 끌어들여 긴 둑을 쌓고서 이 다리를 만들었고, 다리 위에 정자를 지어 칠팔월에 연꽃이 한창 피면 여러 기녀와 물속에서 연밥을 따며 노닐었더라.

양공자가 초조하여 풍경을 감상하는 데는 마음이 없어 바로 성안으로 들어가 큰길을 따라가니, 사람과 물자가 번화하고 거리가 떠들썩하여 소주에 비할 바가 아니더라. 청루와 술집이 길가에 즐비하여 청루 앞에 붉은 깃발이 곳곳에 드날리거늘, 양공자가 나귀를 몰아 문 앞에 벽도화가 피어 있는 곳을 살피되 그런 곳이 없어 의심의 구름이 겹겹이 일더라.

'선비로서 청루를 찾는 것이 매우 괴이하리라.'

이에 길가 주점 있는 데서 나귀에서 내려 짐짓 쉬는 척하며 노파에게 묻기를,

"저 길가에 깃발 꽂은 곳은 누구의 집인고?"

---

1) 소동파(蘇東坡, 1037~1101): 북송(北宋)의 시인. 이름은 식(軾). 자는 자첨(子瞻). 호는 동파(東坡). 스물두 살 때 과거에 급제하고 구양수(歐陽修)에게 인정받아 문단에 등단했다. 왕안석(王安石)과 정치적 입장의 차이로 대립하여, 1071년에 항주 통판(通判)으로 전출되었다. 항주에서 지내는 4년 동안 많은 시를 남겼는데, 특히 서호(西湖)는 소동파의 문학적 감성을 자극하는 장소가 되었다. 그의 대표작 「적벽부赤壁賦」는 불후의 명작으로 널리 사랑받아왔다.

노파가 웃으며,

"공자가 이곳을 처음 와보는 것이로다. 저 깃발이 걸려 있는 집은 모두 청루라. 이곳 항주의 청루 교방이 일흔두 곳이니, 내교방이 서른여섯이요, 외교방이 서른여섯이라. 외교방에는 창녀가 있고 내교방에는 기녀가 있어, 내외 교방이 현격히 다름이라."

양공자가 말하길,

"내가 옛 책을 보니, 창녀와 기녀는 같은 무리라. 어떤 차이가 있는고?"

노파가 말하길,

"다른 곳은 차이가 없기도 하나, 우리 항주는 창녀와 기녀를 매우 엄격히 분별하는지라. 창녀는 외교방에 거처하여 누구라도 만나볼 수 있으나, 기녀는 내교방에 거처하는데 그 등급이 네 등급이라. 첫번째는 지조를 보고, 두번째는 문장을 보고, 세번째는 가무를 보고, 네번째는 자색을 보는데, 지나는 사람이 아무리 금과 비단이 태산같이 많아도 문장과 재능에서 취할 것이 없으면 만나보기 어렵고, 곤궁하고 한미한 선비라도 지기志氣가 서로 맞으면 절개를 지켜 마음을 바꾸지 않으니, 어찌 차이가 없으리오?"

양공자가 또 묻기를,

"그러면 내교방은 어디에 있으며, 기녀는 얼마나 되는고?"

노파가 말하길,

"여기 깃발이 걸려 있는 곳은 모두 외교방이요, 남문으로 들어가면 돌아드는 길이 있으니 그 길을 따라 내려가면 좌우에 늘어서 있는 집이 모두 내교방 청루라. 외교방의 창녀는 수백여 명에 이르되, 내교방의 기녀는 겨우 삼십여 명이라, 그중에 가무·자색·지조·문장을 갖춘 기녀는 제일방에 거처하고, 지조와 문장만 있는 기녀는 제이방에 거처하여, 각기 스스로 지키는 바가 매우 엄격하도다."

양공자가 또 물어보길,

"지금 제일방의 기녀는 누구인고?"

노파가 말하길,

"기녀의 이름은 강남홍이니, 항주 선비들이 논하는 바로는 지조·문장과 가무·자색이 강남에서 제일이라 하더이다."

양공자가 웃으며 "노파는 항주를 너무 자랑하지 마오. 내가 갈 길이 바쁘니 훗날 다시 보리라" 하고 나귀를 타고 다시 남문 길로 나가 좌우를 살펴보니, 과연 돌아들어가는 길이 있거늘 어슴푸레 깨달아,

"홍랑의 노래에 '항주성 돌아들어 큰길에 청루가 몇 곳인가' 하더니 이 어찌 분명하지 않으리오?"

그 길을 따라 내려가 좌우를 살펴보니, 거리가 가지런하고 누각이 정교하여 외교방보다 낫더라. 푸른 기와와 붉은 난간은 석양에 비쳐 영롱하고 가녀린 버들과 진기한 꽃은 봄바람에 흔들려 하늘거리니, 곳곳의 음악소리와 집집마다 노랫소리가 귓전에 아련하여 호탕한 마음을 일으키더라.

양공자가 나귀가 가는 대로 청루 서른다섯 채를 차례로 지나니, 마지막 한 곳에 분칠한 담장이 높고 정결하며 그림 같은 누각이 솟아올라 화려하더라. 맑은 시냇가에 흰 모래가 깔려 깨끗한 물이 흐르고, 작은 다리에 무지개다리를 만들어 오솔길을 냈거늘, 공자가 돌다리를 건너 십여 걸음 가니 과연 벽도화 한 그루가 우물가에서 꽃을 피웠더라. 나귀에서 내려 문 앞에 이르니, 문 앞에 큰 글씨로 '제일방'이라 쓰여 있더라. 동쪽으로 분칠한 담장이 버드나무 사이로 은은히 비치고 여러 층의 누각이 나는 듯이 담장머리에 우뚝 솟았으니, 분칠한 벽과 비단 창문에 주렴을 드리웠고 '서호풍월西湖風月' 네 글자를 분명하게 써서 걸었더라. 동자로 하여금 문을 두드리게 하니 한 계집종이 푸른 저고리에 붉은 치마를 입고 나오더라. 양공자가 묻기를,

"네 이름이 연옥이 아니냐?"

계집종이 답하길,

"공자께서는 어디에 사시며 제 이름을 어찌 아시나이까?"

양공자가 말하길,

"네 주인이 지금 집에 계시느냐?"

연옥이 대답하길,

"어제 본주 자사를 모시고 소주 압강정 잔치에 가셨나이다."

양공자가 말하길,

"네 주인과 일찍이 친분이 있어 찾아왔는데 만나지 못하니 안타깝도다. 언제 돌아오리오?"

연옥이 대답하길,

"오늘 돌아오신다 하더이다."

양공자가 말하길,

"그런즉 주인 없는 집에 어찌 머무르리오? 내가 마땅히 가까운 주점에서 기다리리니, 주인이 돌아오시거든 즉시 알려줄 수 있겠느냐?"

연옥이 말하길,

"주인을 찾아오셨는데 객점에서 방황하는 것은 아니 될 일이오니, 제 방이 비록 누추하나 매우 조용하거늘, 여기서 잠시 쉬면서 기다리소서."

공자가 생각하되,

'청루는 소란스러운 곳이라. 내가 수재의 신분으로 이곳에 머물면 어찌 다른 사람의 이목에 거리끼지 않으리오?'

그리고 나귀를 타고 연옥을 돌아보며 "주인이 돌아오시거든 다시 오리라" 하고 가까운 주점을 찾아 그곳에서 쉬며 홍랑이 돌아오길 기다리더라.

한편 홍랑이 다시 소주로 향하여 오는데 발이 부르트고 다리가 아파 앞으로 나아갈 기력이 없고 또 날이 점점 밝아오니, 복색은 남종 차림이

나 자색을 감출 길이 없더라. 돌아올 때 지나던 주점을 찾아 들어가니 주인이 말하길,

"그대는 지난밤에 이곳을 지나가던 남종이 아닌고?"

홍랑이 말하길,

"밤에 한 번 본 사람을 아직 기억하니, 주인의 다정함에 감사하도다."

주인이 말하길,

"어제 그대가 한 수재의 행색을 묻더니, 과연 한밤중에 수재가 이 길로 해서 항주를 향하여 가더이다."

홍랑이 이 말을 듣고서 놀랍고 기뻐 자세히 묻기를,

"그 수재의 행색이 어떠하던고?"

주인이 말하길,

"밤중이라 충분히 식별하기는 어려웠으나, 동자 한 명과 검푸른 나귀 한 마리에 행장은 초라하고 의복은 남루하고 행색이 매우 바쁜 듯 하되 용모와 풍채는 자못 비범하더이다. 알지 못하겠도다. 어찌 서로 만나지 못하였는고?"

홍랑이 말하길,

"깊은 밤 먼길에 공교롭게 어긋남이 이상할 것 없으나, 그 수재는 과연 항주로 가더이까?"

주인이 말하길,

"과연 항주로 갔으나, 길을 잃을까 하여 거듭 묻는 걸 보니 초행인가 싶더이다."

홍랑이 주인의 말을 듣고 생각하되,

'공자가 이미 이 길로 갔으니 그가 재앙을 면했음을 알겠으나, 내 집을 찾아갔다가 주인이 없으면 응당 서먹함이 많으리로다.'

다시 생각하니 오히려 조급하나 몇 발짝도 나아가지 못하고 바야흐로 고민하는 가운데, 문득 문밖에서 "물렀거라" 하는 소리가 들리며 한

관원이 지나가더라. 홍랑이 창틈으로 엿보니 이는 다른 사람이 아니고 항주 자사 윤공이라.

이날 소주 자사가 여러 선비와 더불어 거나하게 취하여 아주 요란하니, 윤자사가 이 광경을 보고 불쾌하고, 또 젊은 선비와 홍랑이 간 곳을 몰라 매우 이상하게 여기더라. 소주 자사가 잠에서 깨어 홍랑과 선비가 사라진 것을 알고 크게 노하여 소주 관리들을 두 길로 나누어 파견하여, 한 무리는 황성 가는 길로 가서 양창곡을 잡아오고, 한 무리는 항주 가는 길로 가서 강남홍을 잡아오라 하니, 고을이 진동하고 소주와 항주의 선비들이 취한 채 기세를 부려 그 형세가 매우 위태롭더라. 윤자사가 얼굴빛을 엄정히 하여,

"내가 그대와 함께 천자의 은혜를 입어 평안한 시대에 고을을 나누어 맡았으니, 백성이 안락하고 관아 일이 한가하여 술과 음악으로 기생과 누각에서 노니는 것은, 위로는 태평성대의 빛나는 다스림을 찬양하고 아래로는 평화로운 격양가[2]에 화답하여, 천자의 은혜에 만분의 일이라도 갚고자 함이라. 이번 압강정 잔치는 소주와 항주 일대에서 알지 못하는 사람이 없거늘, 그대의 지체가 높고 내 나이가 많은데 일개 창기의 풍정 때문에 소란을 피우고 어린아이의 재주를 시기하여 지나친 행동을 하니, 듣는 이들이 '두 고을의 자사는 정무를 폐하고 주색에 빠져 체통을 잃었도다' 하리라. 이것이 어찌 천자의 은혜에 보답하는 뜻이라고 일컬으리오? 또 강남홍은 내가 다스리는 고을의 기녀라. 그가 달아난 이유가 반드시 있으리니 조용히 처리하여도 늦지 않을 것이요, 양창곡

---

2) 격양가(擊壤歌): 중국 고대 요(堯)임금이 천하를 다스린 지 50년이 되었을 때 천하가 잘 다스려지고 있는지 확인하고자 평민 차림으로 길을 나섰는데, 한 노인이 길가에 두 다리를 쭉 뻗고 앉아 한 손으로 배를 두드리고 한 손으로 흙덩이를 두드리며(擊壤) 노래를 부르고 있었다. "해가 뜨면 일하고, 해가 지면 쉬고, 우물 파서 마시고, 밭을 갈아 먹으니, 임금의 덕이 내게 무슨 소용 있으랴(日出而作, 日入而息, 鑿井而飮, 耕田而食, 帝力於我何有哉)."

은 다른 고을의 선비라. 과거 보러 가는 길에 자취를 감추고 재능을 자랑해 문장을 희롱하는 것 역시 문인의 일상사이거늘, 그대가 이제 관아의 하인들을 시켜 패거리를 만들어 행패를 부리게 함이 어찌 해괴하지 않으리오? 내가 불행하게도 이 자리에 있으니 진실로 부끄럽도다."

말을 마치매 기색이 엄숙하거늘, 황자사가 자못 부끄러운 기색으로 사과하여,

"제가 젊고 기운이 날카로워, 생각이 다른 데 미치지 못하였나이다."

좌우를 꾸짖어 물리치니 여러 선비가 오히려 울분을 이기지 못하더라. 윤자사가 얼굴빛을 엄정히 하여 "선비의 도리는 마땅히 학업에 힘쓰고 문예를 닦아, 자기보다 나은 사람을 원망하지 않아야 하거늘, 오히려 타인의 재능을 시기하여 거동이 해괴하니, 내가 비록 영민하지 못하나 백성을 대하는 법관이요 선비를 대하는 스승이라. 만일 가르침을 듣지 않는 사람이 있으면 마땅히 회초리로 스승과 제자 사이의 존엄을 알게 하리라" 하고 행장을 수습하여 돌아가고자 하니, 황자사가 만류하여 잠시 소주부에 들어가길 청하더라. 윤자사가 거절할 수 없어 소주부에 들어가니, 황자사가 술잔을 올리며 은근한 뜻을 보이고 조용히 아뢰길,

"제가 허물없는 후의를 믿고 감히 우러러 부탁드릴 말씀이 있사오니, 선생께서는 그 당돌한 죄를 용서하소서."

윤자사가 웃으며,

"부탁할 일이 무엇이오?"

황자사가 웃으며,

"제 나이가 서른을 넘지 않았고, 남자에게 일처일첩一妻一妾은 흔히 있는 일이라. 비록 천하의 물색을 다 보지는 못하였으나, 강남홍 같은 미색은 옛적에도 없었고 이 시대에 둘도 없음이라. 제가 강남홍을 옆에 두지 못하면 목숨을 보전하기 어려울 듯하니, 옛말에 '여색에 빠지지 않을 영웅열사가 없다' 하거늘 이제 이 말이 진실임을 알겠나이다. 바라건대

선생께서는 강남홍을 타일러 제 소원을 이루게 해주소서.”

윤자사가 웃으며,

“속담에 ‘백만 군대에서 상장군上將軍의 머리는 오히려 쉽게 얻으려니와 한 사람의 뜻은 빼앗기 어렵다’ 하거늘, 홍랑이 비록 천한 기녀이나 그녀가 스스로 지키려는 마음을 나인들 어찌하리오? 다만 내가 방해하는 일은 없으리라.”

황자사가 말하길,

“그리하면 저는 이 세상 사람이 되기 어려울까 하나이다. 제게 계획이 있으니, 먼저 금은비단으로 강남홍의 마음을 달래고 오월 초닷새 전당호錢塘湖에서 경도희競渡戲를 베풀어 선생을 초청하고 강남홍을 부르면 강남홍이 오지 않을 수 없으리라. 제가 그때를 틈타 교묘한 방법을 쓸까 하나이다.”

윤자사가 웃으며 응낙하고 몸을 일으켜 황자사와 작별하고 항주로 돌아올 새 새벽빛을 띠고 한 주점을 지나더라. 이때 홍랑이 몸 둘 곳이 없어 주점에 있다가 기뻐하며 나아가 수레 앞에서 인사를 드리니, 윤자사가 그 복색을 보고는 의아해하며 놀라 묻기를,

“너는 누구인고?”

홍랑이 대답하길,

“저는 항주 기녀 강남홍이로소이다.”

윤자사가 놀라며,

“네가 잔치가 끝나기 전에 무단히 옷을 바꿔 입고 달아난 것은 어인 일인고?”

홍랑이 미안해하며,

“제가 들으니, 주나라 강태공은 여든 해 동안 위수에서 낚시질하였고, 상나라 부열[3]은 바위 아래 담을 쌓으며 살아 그 자취가 곤궁하였으나, 평범한 군주를 섬기지 않고 주나라 문왕과 상나라 고종을 기다려 몸을

허락했다 하니, 지기知己를 만나지 못한즉 복종하지 않는 마음은 남녀귀천이 한가지라. 제가 비록 창기라는 천한 이름이 있으나 스스로 지키고자 하는 마음은 옛사람과 다름이 없거늘, 지금 소주 상공께서 무단히 천대하고 그 마음을 핍박하시니, 제가 달아난 것은 그 낌새를 봄이거니와 알리지 않은 죄는 만 번 죽어도 애석함이 없나이다.”

윤자사가 묵묵히 대답하지 않고 한참 생각하다가 묻기를,

“항주가 여기서 머니 네가 걸어서 갈 수 있겠느냐?”

홍랑이 말하길,

“제가 밤을 타서 달아나느라 다리 힘이 다하고 몸이 불편하여 나아갈 방책이 없나이다.”

윤자사가 말하길,

“네가 소주에 올 때 탔던 수레가 뒤에 따라오고 있으니, 이 수레를 다시 타고 가라.”

홍랑이 절하여 감사해하고 남종 옷을 벗고 수레에 올라 윤자사의 뒤를 좇아 항주로 가더라. 항주부에 이르러 자사가 수레에서 내리는 것을 보고 물러나려 하는데, 자사가 말하길,

“소주 자사가 오월 초닷새에 다시 너를 초청하여 전당호에서 경도희를 열고자 하니 마음에 새겨두라.”

홍랑이 머리를 숙이고 대답하지 않거늘, 윤자사가 그 뜻을 알고는 물러가라 명하니, 홍랑이 문밖을 나와 수레에 오르는데 양공자의 소식을 몰라 수레 창문 틈으로 길가를 엿보며 자기 집을 향하여 오더라. 남문 안 작은 주점에 한 동자가 길가에 나귀를 매고 서 있거늘, 자세히 보니 주점에 앉아 있는 수재가 곧 양공자라. 홍랑이 기쁨을 이기지 못하나 다

---

3) 부열(傅說): 상(商)나라 고종(高宗) 때의 어진 재상. 고종이 어느 날 꿈에서 본 사람의 얼굴을 그리게 하여 찾다가 마침내 부암(傅巖)의 들에서 부열을 찾았다고 한다. 천한 신분으로 담 쌓는 일을 하고 있었는데, 재상으로 등용되어 중흥의 큰 업을 이룩했다.

시 생각하되,

'내가 뭇사람이 있는 자리에서 공자를 바삐 대면하여 그 용모와 문장을 대략 알았으나 언행과 지조를 아직 알지 못하니, 장차 백년을 의탁하고자 한다면 조급하게 몸을 허락하기 어려운지라. 내가 마땅히 한때의 권도를 사용해 그 마음을 시험하리라.'

그리고 수레를 몰아 곧바로 지나쳐 집에 돌아오니, 연옥이 반갑게 나와 맞더라. 홍랑이 묻기를,

"그동안 나를 찾아온 사람이 없더냐?"

연옥이 말하길,

"아까 한 수재가 낭자를 찾아왔다가 낭자가 외출중이라 앞 주점에 머물며 기다리나이다."

홍랑이 웃으며,

"찾아온 손님을 주인이 없다 하여 정성껏 대접하지 않았으니 너무 무례하였도다. 네가 술과 과일을 가지고 앞 주점에 가서 수재를 대접하고 이리이리하라."

연옥이 미소하며 대답하고 가더라. 이때 양공자가 외로운 주점에 홀로 앉아 매우 무료하게 반나절을 지내는데, 어느덧 지는 해가 산에 걸리고 저녁연기가 사방에서 일어나니, 사람 기다리는 어려움을 자연히 깨닫더라. 갑자기 문밖에서 시끄러운 소리가 들리더니 한 관원이 지나가거늘, 옆 사람에게 물으니 본주 자사라 하더라. 양공자가 생각하되,

'본주 자사가 이미 잔치를 마치고 돌아오니, 홍랑도 곧 집으로 돌아오리라.'

동자에게 나귀를 쓸어주라 하고 연옥의 전갈을 기다리는데, 한 여종이 술과 안주를 가지고 오거늘 자세히 보니 곧 연옥이라. 양공자가 기뻐 묻기를,

"네 주인이 돌아오셨느냐?"

연옥이 말하길,

"방금 본주 자사가 관아로 돌아왔기에 소식을 물은즉, 제 주인께서 소주 상공에게 억류되어 대엿새 뒤에 돌아오신다 하더이다."

양공자가 듣고 나서 안색이 어두워져 한동안 말이 없다가,

"이 술과 과일은 어찌된 것인고?"

연옥이 말하길,

"공자께서 적막한 객점에서 마음이 뒤숭숭하실까 하여, 제가 주인을 대신하여 맛없는 술과 차가운 과일을 가져왔나이다."

양공자가 그 은근한 뜻을 기특히 여겨 술을 겨우 한 잔 마시고서 서글픈 마음을 금하지 못하더라. 더 마실 뜻이 없어 연옥을 돌아보며,

"내가 갈 길이 매우 바빠 오래 머물기 어려우나, 오늘은 해가 이미 져서 길을 떠나기 어렵고 묵을 객점을 정하지 못하였으니, 나를 위하여 근처 객점을 정해줄 수 있겠느냐?"

연옥이 응낙하여,

"저의 집이 주인댁과 거리가 멀지 않고 심히 좁지도 않으니 공자께서 여러 날 머무르셔도 무방할까 하나이다."

양공자가 크게 기뻐하여 연옥을 따라 그 집에 이르니 과연 매우 한적하고 외진 곳이더라. 양공자가 검푸른 나귀와 동자를 연옥에게 부탁하고 객실을 한 칸 정하여 쉬더라. 연옥이 돌아와 홍랑에게 일일이 아뢰니 홍랑이 웃으며,

"내가 마땅히 저녁밥상을 차려드리리니, 조금도 누설하지 말라."

연옥이 응낙하고 저녁밥상을 갖추어 객실에 이르니, 양공자가 다 먹고 연옥에게 고마워하더라.

"한때의 나그네를 너무 정성껏 대접하니 심히 불안하도다."

연옥이 웃으며,

"주인이 계시지 않아, 공자께 누추한 객실에 머무르시게 하고 거친 밥

과 나물국을 대접하니 도리어 인정이 아니로소이다.”

　밤에 편안히 주무시길 청하고 돌아와서 홍랑에게 아뢰니 홍랑이 웃으며,

　“내가 공자를 보니 보잘것없는 선비가 아니라. 풍류남자의 기상을 띠었으나 오늘밤 내 계교에 말려들어 곤욕을 겪으시리라.”

　연옥에게 가만히 일러,

　“너는 다시 객실에 가서 공자의 움직임을 살피고 오너라.”

　연옥이 웃고 객실에 이르러 창문 밖에 몸을 감추고 움직임을 엿보니, 조용하여 코 고는 소리도 없더니 갑자기 등잔불을 돋우는 기척이 있더라. 연옥이 창틈으로 엿보니 양공자가 근심스레 등잔불을 대하여 앉아 서글픈 기색과 쓸쓸한 회포가 얼굴에 나타나고 아득한 마음과 어두운 정서가 눈썹 부근에 가득한 채 길게 탄식하고 뒤척이며 잠들지 못하거늘, 연옥이 자취를 감춰 돌아오려는데 방에서 다시 신음소리가 나며 양공자가 문을 열고 나오더라. 연옥이 담장 뒤로 피하여 몸을 숨기고 엿보니, 양공자가 뜨락에 내려와 거닐 새 밤은 이미 삼경이라. 반달은 서산에 걸려 있고 찬이슬은 하늘에 가득한데, 양공자가 달을 향하여 멍하니 서 있다가 문득 시 한 수를 읊더라.

　　은하수를 따라 종鐘과 물시계가 때를 재촉하니
　　객관의 외로운 등잔 불꽃을 여러 번 자르도다.
　　어찌하여 바람은 뜬구름을 일으키는가.
　　달을 바라보나 항아를 만나기 어렵도다.

　연옥이 본디 총명한 여자로 오래 홍랑을 좇아 제법 시의 뜻을 알기에 자세히 기억하고 돌아와 전말을 아뢰더라. 홍랑이 묻기를,

　“공자의 용모와 기색이 어떠하시던고?”

연옥이 말하길,

"어제는 공자의 용모와 기색이 변화하고 화려하여 동녘바람에 온갖 꽃이 봄비를 머금은 듯했는데, 하룻밤 사이 안색이 초췌하여 찬 서리 맞은 붉은 잎이 쓸쓸한 빛을 머금은 듯하니 매우 이상하더이다."

홍랑이 꾸짖으며,

"네 말이 너무 지나치도다."

연옥이 또 말하길,

"제가 어눌하여 오히려 그 형용을 다 표현하기 어려우니, 침상에서 신음소리가 그치지 않고 공자께서 등잔불을 대하여 처량한 기색이 가련하더이다. 가벼운 병이 아니면 분명 근심이 있으신가 하나이다."

홍랑이 다 듣고 생각하되,

'예로부터 대장부가 아녀자에게 속지 않음이 없으나, 내가 너무 조롱하지는 못하리라.'

그리고 연옥을 돌아보며 "공자가 이미 저토록 심란해하시니, 어찌 위로해드리지 않으리오?" 하고 궤짝에서 남자옷 한 벌을 꺼내더라. 이는 장차 무슨 일인고? 다음 회를 보라.

원앙 배개 위에서 운우의 정을 꿈꾸고
연로정 앞에서 버들가지를 꺾더라

홍랑이 남복을 입고 거울을 들어 비춰보고 웃으며,

"옛적에 무산선녀는 구름이 되고 비가 되어 초나라 양왕을 기롱했다[1] 하더니, 오늘 강남홍은 남자가 되고 여자가 되어 양공자를 희롱하니 어찌 우습지 않으리오?"

연옥이 웃으며,

"낭자께서 남복을 입은 용모와 풍채는 양공자와 흡사하나, 얼굴에 여

---

1) 무산선녀(巫山仙女)는 구름이~양왕(襄王)을 기롱했다: 중국 전국시대 초나라 양왕이 송옥(宋玉)과 더불어 운몽택(雲夢澤)에 있는 고당(高唐)의 누대(樓臺)에서 경관을 바라보니, 그 위에 구름이 있어 잠깐 사이에 변화가 무궁했다. 양왕이 송옥에게 물으니, 송옥이 아뢰길, "예전에 선왕인 회왕(懷王)께서 고당에서 노니실 때 낮잠을 주무시는데 꿈에 어떤 부인이 나타나 '이 몸은 무산의 여자로 고당에 들렀다가 왕께서 노니신다는 소식을 듣고 왔으니 잠자리를 모시게 해주소서' 하니, 회왕이 그녀와 사랑을 나누었습니다. 그녀가 떠나면서 '이 몸은 무산의 남쪽, 고구(高丘)의 북쪽에 있어, 아침에는 구름이 되고 저녁에는 비가 되어 아침마다 저녁마다 양대(陽臺)에 내려옵니다' 하더니, 아침에 하늘을 바라보니 그녀의 말과 같은 까닭에, 사당을 세우고 조운묘(朝雲廟)로 일컬었다 하옵니다" 했다. 송옥이 지은 「고당부高唐賦」 병서(並序)에 나오는 내용이다. 이 고사는 후대에 초나라 양왕이 무산선녀와 만난 것으로 자주 와전되어 쓰였다. 무산은 사천성(四川省) 무산현(巫山縣)에 있는 산으로, 열두 봉우리로 이루어져 있다.

전히 분을 바른 흔적이 있어 본색이 탄로날까 하나이다."

홍랑이 웃으며 "옛적에 반악潘岳은 남자지만 얼굴이 분을 바른 것 같았으니 세상에 얼굴 하얀 서생이 많은지라. 하물며 밤중에 달 아래에서 어찌 분별할 수 있으리오?" 하고 두 사람이 크게 웃더니 이윽고 귓속말을 하고는 훌쩍 문밖으로 나가더라.

양공자가 압강정에서 홍랑을 잠깐 본 뒤 사모하는 정으로 잠자리에서도 잊지 못하여 다시 만남이 곧 있을까 생각하거늘, 호사다마好事多魔하여 아름다운 기약이 늦어지니 객관의 외로운 등불을 대하여 밤이 깊도록 잠을 이루지 못하더라. 적막한 마음으로 달 아래에서 배회하며 시 한수를 지어 읊고 근심스레 방황하여 찬이슬에 옷이 젖는 줄 깨닫지 못하더라.

문득 한바탕의 서녘바람에 낭랑히 글 읽는 소리가 들려오거늘, 귀기울여 조용히 들으니 남자인지 여자인지 음성은 분별하기 어려우나 그 글은 좌사左思의 「초은조招隱調」더라. 낭송하는 목소리가 청아하여 구절마다 음률에 맞으니 마치 가을하늘에 돌아가는 기러기가 짝을 찾는 듯, 단산丹山의 외로운 봉황이 짝을 부르는 듯 평범한 사람의 읊조림이 아니더라.

양공자가 매우 기이하게 여겨 조식曹植의 「낙신부洛神賦」를 낭송하여 화답하더니, 그 소리가 동서로 서로 응하여 한 번 낭송하면 한 번 화답하매, 서쪽 소리는 맑아 마치 옥쟁반에 명주가 구르는 듯하고, 동쪽 소리는 호방하여 마치 전쟁터에서 칼과 창이 서로 울리는 듯하더라. 서로 화답하기를 한참 만에 서쪽 소리가 문득 끊기더니 문밖에서 두드리는 소리가 들리거늘, 양공자가 급히 나가보니 한 수재가 달 아래 서 있는데, 옥 같은 얼굴과 별 같은 눈동자로 용모가 빼어나고 풍채가 훤칠하여 인간 세상의 인물이 아니요, 이는 곧 옥경의 신선이 세상으로 귀양 온 것 같더라. 양공자가 허둥지둥 맞이하여,

"밤이 이미 깊었고 객관이 고요하거늘, 어떠한 수재께서 수고스럽게 찾아오셨소?"

수재가 웃으며,

"저는 서천西川 사람이라. 산수를 즐기는 취미가 있어, 소주와 항주의 아름다움이 천하에 유명함을 듣고 유람하고자 왔다가 이웃 객점에 머물며 마침 옛글을 낭송하여 회포를 풀고 있는데, 수재가 글을 낭송하는 소리를 들으매 옥을 깨뜨리는 듯하기에 달빛을 띠어 찾아왔소. 그대와 더불어 깊은 밤 이야기를 주고받는 것이 십 년의 독서보다 나을 듯하여, 나그네의 회포를 나누어 서로 위로하고자 하오."

양공자가 크게 기뻐하여 자신의 객실로 들어가길 청하니 수재가 말하길,

"이 같은 달빛을 버려두고 방으로 깊이 들어가 무엇 하리오? 달빛 아래 함께 앉아 마음을 논하는 것도 무방할까 하오."

양공자가 미소하고 달을 향하여 마주 앉으니, 양공자의 총명으로 어찌 반나절 동안 대면한 홍랑을 모르리오마는, 달빛이 밝으나 환한 낮과는 다르고 홍랑이 남복을 입었으며 조금도 부끄러워하는 태도가 없거늘, 양공자가 마음이 황홀하고 정신이 취한 듯하여 가만히 생각하되,

'강남의 인물이 천하에 이름을 떨쳐 산천의 빼어난 기운을 부여받았으니, 비록 남자라도 여자 같은 사람이 많다고 하나 어찌 저 같은 미남자가 있으리오?'

수재가 묻기를,

"형은 어디로 가시오?"

양공자가 답하길,

"저는 본디 여남 사람으로 과거를 보러 황성으로 가다가 이곳의 친한 벗을 방문하러 왔으나, 그 벗이 구름처럼 떠돌고 있어 객관에 머물고 있소."

수재가 웃으며,

"남자가 부평초처럼 떠돌다 만나는 것이 본래 이와 같으니, 오늘 저녁 만남은 하루살이 같은 인생에서 쉽게 얻을 수 없는 기이한 인연이라. 어찌 쓸쓸히 서로 마주하여 무료한 가운데 달빛을 허송하리오? 제 주머니에 청동 몇 닢이 있고 문밖에 데려온 동자가 있으니, 형은 봄 술 한 잔을 사양하지 마소서."

양공자가 웃으며,

"제가 비록 이백[2] 같은 주량은 없으나, 형께서 금초를 술로 바꾸는 하지장의 풍모[3]를 지니고 계시니, 술 한 잔을 어찌 사양하리오?"

수재가 웃으며 비단주머니를 열고 동자를 나직이 불러 술을 사오라 하니, 잠깐 사이 술상이 들어오거늘, 두 사람이 마주하여 한 잔 마시고 한 잔 권하여 어느덧 살짝 취기를 띠었더라. 수재가 웃으며,

"우리가 이처럼 만났으나 자취를 남길 방법이 없으니, 평범한 한담이 시 몇 구만 못할지라. 내가 술 한 말에 시 백 편을 짓는 이백의 재주는 없으나, 뇌문고 앞에서 포고를 자랑하는[4] 부끄러움을 피하지 아니하나

2) 이백(李白, 701~762): 당나라 시인. 자는 태백(太白). 두보와 함께 '이두(李杜)'로 병칭되는 중국 최고의 시인이며, 시선(詩仙)으로 불린다. 젊어서 도교(道敎)에 심취했으며 때로 유협(遊俠)의 무리와 어울리기도 했다. 천성이 호방하고 술을 좋아했으며, 자유분방한 감정을 시로 표현했다. 하지장은 그를 신선 세계에서 인간 세상으로 귀양 온 사람이라 하여 '적선인(謫仙人)'이라 불렀다.
3) 금초(金貂)를 술로~하지장(賀知章)의 풍모: 하지장은 당나라 시인. 자는 계진(季眞). 성격이 활달하고 문장에 능했으며 술을 좋아했다. 늘그막에 벼슬을 버리고 전원으로 돌아와, 자호를 '사명광객(四明狂客)'이라 했다. 금초는 황금 구슬과 담비 꼬리로 장식한, 높은 품계의 관원이 착용하는 관(冠)을 뜻한다. 금초를 술로 바꾼(金貂換酒) 고사는, 동진(東晉)의 완부(阮孚)가 황문시랑(黃門侍郞)이 되었는데 금초를 술로 바꾸었다가 탄핵을 받은 일이 있다. 하지장은 금거북을 술로 바꾼(金龜換酒) 고사가 있으니, 이백의 시 「대주억하감對酒憶賀監」에서 "사명산에 미친 나그네 있으니, 풍류 넘치는 하지장이로다. 장안에서 한 번 서로 만나서는, 나를 적선인이라 불렀지. 그 옛날 술을 그리도 좋아하더니, 어느새 솔 밑 티끌이 되었구려. 금거북으로 술 바꿔 마시던 일, 생각만 하면 눈물이 두건을 적시네(四明有狂客, 風流賀季眞. 長安一相見, 呼我謫仙人. 昔好杯中物, 翻爲松下塵. 金龜換酒處, 却憶淚沾巾)."

니, 형은 내가 목과를 드리더라도 경거를 돌려주는[5] 배려를 아끼지 마소서."

말을 마치매 양공자의 부채를 달라 하고는 주머니에서 아름다운 벼루를 꺼내어, 잠깐 깊이 생각하다가 달을 향하여 시를 한 수 짓더라.

구불구불 서른 개의 교방에서 동서를 물으니
안개비 서린 누대는 곳곳이 아련하도다.
꽃 속의 새를 무심하다 말하지 마소.
목소리 바꿔 다시 뜻을 다해 울려 하노니.

양공자가 보고 정묘한 문자와 곡진한 시정詩情을 탄복하나, 다만 시어에 숨겨진 뜻이 있음을 이상히 여겨 여러 번 자세히 보고는 수재의 부채를 달라 하여 시 한 수로 화답하더라.

방초는 우거지고 해는 이미 기울었으니
벽도화 나무 아래에서 누구의 집을 찾는가?
강남의 돌아가는 나그네, 신선과의 인연이 박하여
전당호만 보고 꽃은 보지 못하도다.

---

4) 뇌문고(雷門鼓) 앞에서 포고(布鼓)를 자랑하는: 뇌문고는 소리가 백 리 밖까지 들렸다는 중국 월(越)나라 회계성문(會稽城門)의 큰북이고, 포고는 베로 만들어 소리가 잘 나지 않는 북이다. 전한의 신하 왕존(王尊)이 동평왕(東平王)의 상(相)이 되어 있을 때, 동평왕의 태부(太傅)가 왕 앞에서 『시경』 「상서相鼠」를 강설(講說)하자, 왕존이 태부에게 말하길, "베로 만든 북을 가지고 뇌문을 지나지 말라(毋持布鼓過雷門)"고 했던 데서 온 말이다. 뇌문 위에 걸린 북은 소리가 커서 낙양(洛陽)에까지 들릴 정도인데, 베로 만든 북을 가지고 그 앞을 지나다가 조롱만 당할 뿐이라는 뜻으로, 고수 앞에서 작은 기예를 자랑함을 비유한 것이다.
5) 목과(木瓜)를 드리더라도 경거(瓊琚)를 돌려주는: 목과는 모과로 자신의 시문을 뜻하며, 경거는 보배로운 구슬로 상대방의 시문을 뜻한다. 『시경』 「위풍衛風」 「목과木瓜」의 "나에게 목과를 주거늘, 경거로써 갚는다(投我以木瓜, 報之以瓊琚)"에서 유래했다.

수재가 보고서 낭랑히 읊조리고는,

"형의 문장은 제가 미칠 바가 아니로소이다. 그러나 두번째 구절에서 '벽도화 나무 아래에서 누구의 집을 찾는가?'라 한 것은 누구의 집을 일컫는 것이오?"

양공자가 웃으며,

"우연히 쓴 것이오."

홍랑이 가만히 생각하되,

'공자의 문장은 다시 시험해볼 필요 없거니와 그 마음은 다시 시험해보리라.'

그리고 남은 술을 기울여 양공자에게 권하더라.

"이 같은 달빛 아래 취하지 않고 어찌하리오? 듣건대 항주의 청루 물색이 천하에 유명하다고 하니, 오늘밤 우리가 달빛을 띠어 잠깐 방문하는 것이 어떠하오?"

양공자가 한참 동안 생각하다가,

"선비가 청루에서 노니는 것이 옳지 않고, 또 형과 나는 모두 수재라. 떠들썩한 곳에 갔다가 다른 사람에게 발각되면 체면이 손상될까 두렵소."

수재가 웃으며,

"그대의 말이 지나치구려. 옛말에 '사람을 논함에 술과 여색은 제외하라' 하였으니, 한나라 소무[6]는 눈 덮인 감옥에서 털방석을 씹어 먹으며

---

6) 소무(蘇武, BC 140~BC 60): 전한의 충신. 자는 자경(子卿). 무제의 명을 받고 흉노 지역에 사신으로 갔다가, 선우(單于)에게 붙잡혀 복속을 강요당했으나 이에 굴하지 않았다. 흉노에게 항복한 지난날의 동료 이릉(李陵)이 설득했으나 굴복하지 않았고, 움막에 감금하고 음식을 주지 않았으나 소무는 털방석을 뜯어 눈과 섞어 먹고 살았다. 나중에 북해(北海, 바이칼호) 부근의 외진 곳에 감금되었다. 흉노에 억류된 지 19년 만에 흉노와의 화친으로 귀국했는데, 흉노족 여인에게서 얻은 아들 통국(通國)만 데리고 돌아왔다.

버틴 충렬이 있었으나 오랑캐 여자를 가까이하여 아들 통국通國을 낳았고, 사마상여는 문장이 뛰어났으나 탁문군卓文君을 사모하여 〈봉구황곡鳳求凰曲〉을 연주하였소. 이로 보건대 색계에 올바른 군자가 어찌 있으리오?"

양공자가 웃으며,

"그렇지 않소이다. 사마상여는 탁문군을 유혹해내어 쇠코잠방이를 입고 길가에서 술을 팔았으니, 그 주색의 방탕함을 평범한 사내로 하여금 본받게 하면 성인聖人의 가르침에 죄를 얻어 천년 세월에 버림받는 사람이 될지라. 다만 사마상여의 문장은 그 시대에 홀로 뛰어나고 충성은 임금께 풍간하기에 넉넉하여[7] 그 교화의 자취가 촉蜀 땅에 우레와 같았고, 풍채와 기상이 후세에 휘황하여 풍류 주색의 작은 허물로 그의 이름을 가릴 수는 없소. 이 또한 연성의 벽옥[8]의 흠이라 할 만하거든, 지금 그대와 나의 문학이 옛사람을 당할 수 없고 명망도 그에 미치지 못하거늘, 옛사람의 덕과 업적은 말하지 않고 그 허물만 본받고자 하니 어찌 그릇되지 않으리오?"

홍랑이 이 말을 듣고 감탄하길,

'공자가 풍류남자인 줄로만 알았더니 도학군자의 풍모가 있음을 어찌 알았으리오?'

---

7) 사마상여의 문장은~풍간(諷諫)하기에 넉넉하여: 전한의 문인 사마상여는 과부 탁문군을 〈봉구황곡〉으로 꾀어 함께 도주하여 술을 팔고 허드렛일을 한 적도 있었으나, 나중에 무제의 총애를 받아 궁정문인으로 많은 명작을 남겼다. 그의 부(賦)는 아름답고 뛰어나 육조문학(六朝文學)에 끼친 영향이 크며, 대표작 「자허부子虛賦」와 「상림부上林賦」는 임금의 사치를 논하고 절약과 검소에 유의해야 한다는 풍간의 뜻이 담겨 있다.
8) 연성(連城)의 벽옥(璧玉): '여러 성(城)과 맞바꿀 만한 벽옥'이라는 뜻으로, 화씨벽(和氏璧)을 말한다. 화씨벽은 춘추시대 초나라의 변화(卞和)가 형산(荊山)에서 발견한 박옥(璞玉)을 다듬어 얻은 벽옥으로 천하제일의 보배였다. 전국시대 조(趙)나라 혜문왕(惠文王)이 화씨벽을 갖고 있었는데, 그 소식을 들은 진(秦)나라 소왕(昭王)이 성(城) 열다섯 개와 맞바꾸자는 제의를 한 고사가 있다.

그리고 다시 묻기를,

"이는 그러하거니와 옛말에 이르기를 '선비는 지기知己를 위하여 죽는다' 하니 무엇을 '지기'라 일컬으리오?"

양공자가 웃으며,

"형이 이를 모르는 것이 아니라 내 뜻을 시험하고자 함이로다. 다른 사람과 친하여 능히 그의 심정을 아는 사람을 '지기'라 하리로다."

수재가 말하길,

"나는 저 사람의 마음을 아나 저 사람은 내 마음을 모른다면, 이 또한 '지기'라 할 수 있으리오?"

양공자가 웃으며,

"백아9)가 거문고를 연주하여야 종자기鍾子期가 있거늘, 사람이 지조를 닦아 마음속에 간직하였다가 밖으로 드러내면, 구름이 용을 따르고 바람이 호랑이를 따르듯, 같은 소리로 서로 응하며 같은 기운으로 서로 구하리니, 어찌 모를 리가 있으리오?"

수재가 말하길,

"세간에 두 사람이 마음을 같이하는 경우가 거의 드무니, 곤궁한 처지였을 때 나누던 정을 부귀하게 되면 잊는 이들이 흔히 있더이다. 부귀와 궁달에 있어서 처음과 끝이 한결같은 사람을 볼 수 있으리오?"

양공자가 웃으며,

"옛말에 이르되 '가난하고 천할 때의 친구는 잊어서는 안 되고, 지게미와 쌀겨를 먹으며 고생한 아내는 집에서 내보내서는 안 된다' 하니, 부귀와 궁달에 따라 친하기도 하고 멀어지기도 한다면 이는 경박한 일

---

9) 백아(伯牙): 중국 춘추시대 초나라 사람. 거문고를 잘 탔다고 한다. 백아가 타는 거문고를 들으면 친구 종자기(鍾子期)는 반드시 그의 심경을 알아차렸는데, 종자기가 죽고 나서 백아는 자기의 거문고 연주를 알아주는 사람이 없음을 탄식하여 거문고 줄을 끊고 다시는 거문고에 손을 대지 않았다 한다.

이라. 어찌 이 때문에 세상을 의심하리오?"

수재가 웃으며,

"형은 충직한 사람이로다. 저는 본디 지조가 없는 사람이라. 옛말에 '날아다니는 새도 나무를 가려서 깃든다' 하니, 신하가 임금을 섬기고 선비가 친구를 사귐에, 그 명망을 닦고 예절을 지켜 도리에 부합하는 사람도 있으며, 그 재주를 드러내고 권도를 사양하지 않아 서로 친하게 지내고자 하는 사람도 있소. 형은 어떻게 생각하시오?"

양공자가 답하길,

"사람의 나아가고 물러남을 어찌 가벼이 논하리오? 성인에게도 경법經法과 권도가 있나니, 임금과 신하 사이, 친구와 친구 사이에 마음 한구석을 비춰볼 따름이라. 나 역시 과거에 응시하려는 선비로, 덕을 닦아 이름을 드날리지 못하고 문장 찌꺼기로 망령되이 임금의 은혜를 얻고자 하니, 이 어찌 규중 처녀가 얼굴을 가리고 스스로 짝을 구함과 다르리오? 이로써 보건대 나아가고 물러남이 정대하고 깨끗하여 옛사람에게 부끄럽지 않은 자가 몇이나 있는고?"

수재가 미소하고 몸을 일으키며,

"밤이 깊었고 여행중에 잠을 못 자는 것이 몸을 보살피는 도리가 아니니, 무궁무진한 정담은 내일을 기약할지라."

양공자가 차마 떠나지 못하여 수재의 손을 잡고 다시 달빛을 구경하는데, 수재가 문득 깊이 생각하는 기색이 있더니 시를 한 수 읊더라.

점점이 빛나는 성긴 별과 반짝거리는 은하수.
푸른 창은 깊이 벽도화에 감추어져 있도다.
어찌 알았으리? 오늘밤 달을 보는 나그네가
예전 그 몸이 곧 월궁의 항아였음을.

양공자가 수재의 시를 듣고 매우 기이하게 여겨 분명 뜻하는 바가 있음을 알고 다시 묻고자 하나, 수재가 소매를 떨치고 바람에 나부끼듯 가더라.

강남홍이 양공자의 뜻을 보고자 하여 수재의 옷으로 갈아입고 객관에서 마주하여 몇 마디 말을 들으니 그 식견을 알 수 있겠고, 마음을 허락하여 백년가약을 정하더라도 결코 의심할 바 없음을 알겠더라. 그러므로 시를 한 수 읊어 자신의 자취를 은근히 드러내고 바람에 나부끼듯 돌아와, 즉시 화장과 옷을 바꾸어 선명한 의복과 농염한 화장으로 그 본색을 드러내고는 등불을 돋우고 앉아 연옥을 객관에 보내어 공자를 초청하더라.

양공자가 수재를 보내고 나서 눈앞이 번쩍거려 취한 듯 꿈꾸는 듯하다가, 침상에 누워 다시 수재의 용모와 시를 생각하고 멍하니 크게 깨달아 이윽고 웃더라.

"내가 홍랑에게 속은 것이로다."

창밖에 난데없이 인기척이 있거늘 놀라서 보니 곧 연옥이라. 연옥이 미소하며 아뢰길,

"주인께서 방금 돌아오셔서 공자를 청하나이다."

양공자도 빙그레 웃고 연옥을 따라 홍랑의 집에 이르니, 홍랑이 이미 중문中門에 기대어 기다리다가 웃으며 맞이하더라.

"제가 돌아오는 것이 늦어져 공자로 하여금 객점에서 고초를 겪게 하여 오만한 죄를 피하기 어려우나, 좋은 밤 달빛 아래에서 새 친구를 만나 시와 술을 즐기셨으니 축하해 마지않나이다."

양공자가 답하길,

"사람이 세상에서 모이고 흩어지며 만나고 헤어짐이 모두 꿈과 같을지라. 압강정에서 미인과 약속한 것도 꿈이요, 객점에서 수재를 만난 것도 꿈이라. 기뻤던 큰 꿈이 덧없이 사라지니, 장주가 꿈에서 나비가 된

건지 나비가 꿈에서 장주가 된 건지[10] 누가 분별할 수 있으리오?"

두 사람이 웃으며 마루에 올라 자리를 정하더라. 홍랑이 몸가짐을 가다듬고 사과하길,

"제가 창기의 천한 몸으로 노류장화路柳墻花의 본색을 면하지 못하여, 노래로 공자와 약속하고서도 한밤중에 객관에서 옷을 바꿔 입고 희롱하였으니 군자가 용서할 바 아니거니와, 꽃이 측간에 떨어지니 향기 없음을 한탄함이요, 옥이 티끌에 묻히되 광채를 잃지 않으려는 마음뿐이라. 바다와 산에 맹세하여 한 사람께 의탁해 백년을 함께 즐기고자 하오니, 이제 공자께서 한마디 소중한 말을 아끼지 않으시면, 저도 십 년간 청루에서 지켜온 애달픈 마음 한 조각으로 평생의 소원을 이룰까 하나이다."

말을 마치매 말투가 서글프고 얼굴빛이 비장하거늘, 양공자가 앞으로 다가가 손을 잡더라.

"내가 비록 호탕한 남자이나 옛 책을 읽어 신의를 대략 아노니, 어찌 꽃을 탐하는 미친 나비의 무정한 태도를 배워, 홍랑의 뜻을 저버려 오월에 서리 내리는 원한을 품게 하리오?"

홍랑이 감사해하며,

"공자께서 천한 몸을 거두어주고자 하시니 아녀자가 마땅히 견마犬馬의 정성을 본받고자 하거니와, 알지 못하겠나이다. 공자의 행장이 어찌 이리 간소하신지요? 어버이 두 분 다 살아 계셔서 즐겁고 아름다운 얼굴빛으로 여전히 모시고 계신지요?"

---

10) 장주(莊周)가 꿈에서~된 건지: 장주는 중국 전국시대의 사상가. 『장자』 「제물론齊物論」에 나오는 이야기로, 장주가 어느 날 꿈을 꾸었는데 나비가 되어 꽃 사이를 즐겁게 날아다녔다. 그러다가 문득 깨어보니, 자기는 분명 장주가 되어 있었다. 장주인 자기가 꿈속에서 나비가 된 건지, 아니면 나비가 꿈속에서 장주가 된 건지 구분할 수 없었다. 물아(物我)의 구별이 없는 만물일체의 경지에서 보면, 장주도 나비도 꿈도 현실도 구별이 없으며 만물의 변화에 불과할 뿐이라는 것이다.

양공자가 말하길,

"나는 본디 여남 사람이라. 어버이께서는 모두 살아 계시며 연세가 칠팔십 세에는 이르지 않으셨고, 집안이 평소 한미하니 망령되이 안탑에 이름 쓰기[11]를 생각하여 황성에 과거 보러 가다가 도중에 도적을 만나 노자를 잃었소이다. 나아갈 방책이 없어 객점에 머물다가 압강정을 구경하러 가서 우연히 홍랑을 만나니, 이 또한 아름다운 인연이라. 그대는 어떠한 사람이며 성명은 어찌 되는고?"

홍랑이 대답하길,

"저는 본디 강남 사람이요 성은 사(謝)씨라. 제가 태어나 세 살 되었을 때 산동(山東)에 도적이 일어나 어버이를 난리 중에 잃고 이리저리 떠돌아다니다가 청루에 팔렸으니, 이 또한 기박한 운명이라. 성품이 본디 괴이하여 평범한 사내에게는 몸을 허락하기 싫어하고 청루에서 여러 해 지내며 허다한 사람을 보았으나 지기를 만나기 어렵거늘, 이제 공자를 뵈오니 비록 관상을 보는 안목은 없으나 당대 최고의 인물인지라, 이 한 몸 의탁하여 천한 이름을 씻고자 하나이다."

이윽고 술상을 내어와 은근한 정회와 온화한 담소가 마치 푸른 물에서 원앙이 봄물결을 희롱하는 듯하고 단산의 봉황이 벽오동나무에서 조화롭게 지저귀는 듯하더라. 바야흐로 비단이불을 펴고 원앙베개를 나란히 하여 운우의 정을 꿈꾸려 할 새, 홍랑이 비단옷을 벗으니 옥 같은 팔이 드러나매 앵혈[12] 한 점이 촛불 아래 분명하여, 동녘바람에 복숭아

---

11) 안탑(雁塔)에 이름 쓰기: 안탑은 중국 섬서성(陝西省) 서안시(西安市) 화평문(和平門) 밖 자은사(慈恩寺) 경내에 있는 전탑(塼塔)이다. 652년 당나라 고종(高宗) 때 건립된 사각형 누각식 탑이다. 천축(天竺)을 다녀온 현장(玄奘)이 인도에서 가져온 불경을 보관하려고 석탑을 세우려 했으나 자재와 비용을 구하기 어려워 표면만 벽돌로 쌓고 내부는 흙으로 채운 토심전탑(土心塼塔)을 세웠다. 이 탑은 견고하지 못해 얼마 지나지 않아 무너졌고, 701년에서 704년 사이에 측천무후(則天武后)의 명으로 헐물어지고 다시 건립되었다. 과거시험에 급제한 사람들이 이 탑에 올라가 이름을 새겼다고 한다.

꽃이 봄눈 위에 날려 떨어진 듯하고 바다 위의 붉은 해가 구름 사이로 솟은 듯하더라. 양공자가 놀라,

'내가 홍랑의 얼굴은 보고 마음은 보지 못하다가 이제 그 마음을 알게 되었으나 오히려 지조가 이처럼 뛰어남은 믿지 못하였는데, 청루의 이름난 기생의 질탕한 몸으로 어찌 규중 아녀자처럼 정숙한 마음을 지키길 기약했으리오?'

홍랑은 절대가인이요 공자는 소년재사라. 잠자리 풍정이 어찌 담박하리오? 바삐 울리는 물시계 소리와 반짝거리는 은하수는 이삼랑이 육경의 짧음을 한스러워함[13]과 같더라. 홍랑이 베갯머리에서 양공자에게 아뢰길,

"공자께서 이미 장성하셨으니 마땅히 으뜸가는 가문의 기러기를 안을 것[14]이라. 중매로 정하심이 있나이까?"

양공자가 말하길,

"집이 본디 한미하고 먼 시골에 있기에 아직 정한 바 없소이다."

홍랑이 웃으며,

"제가 충성된 말씀을 드리려 하오니, 공자께서 그 외람됨을 질책하지 않을 수 있으리이까?"

양공자가 말하길,

---

12) 앵혈(鸚血): 앵혈(鶯血). 여자의 팔에 꾀꼬리의 피로 문신한 자국. 성교를 하면 이것이 없어진다고 하여 처녀의 징표로 여겼다.

13) 이삼랑(李三郎)이 육경(六更)의 짧음을 한스러워함: 이삼랑은 당나라 현종(玄宗)의 어렸을 때의 이름. 현종의 본명은 이융기(李隆基)로, 예종(睿宗)의 셋째 아들이기에 이렇게 불렸다. 현종이 양귀비에 매혹된 사실을 풍자한, 당나라 시인 백거이의 「장한가長恨歌」에 나오는 내용이다. "구름 같은 머리와 꽃다운 얼굴, 산들거리는 금장식, 연꽃 수놓은 따뜻한 휘장 속에서 봄밤이 지나네. 봄밤의 짧음을 괴로워하는데 해가 높이 뜨니, 이로부터 황제는 조회를 보지 않았네(雲鬢花顔金步搖, 芙蓉帳暖度春宵. 春宵苦短日高起, 從此君王不早朝)."

14) 기러기를 안을 것: 전안례(奠雁禮)를 일컫는다. 혼인 때 신랑이 신부집에 기러기를 가져가서 상 위에 놓고 절하는 예(禮). 살아 있는 기러기를 쓰기도 하나 흔히 나무로 만든 것을 쓴다.

"내가 이미 마음을 허락하였으니, 마땅히 그 생각을 말해보시오."

홍랑이 웃으며,

"제가 술 세 잔을 마실지언정 뺨 세 대는 맞지 않을지라. 가지 무성한 나무의 그늘이 짙어진 뒤에 칡덩굴이 번성하니, 공자께서 요조숙녀를 배필로 정하는 것은 천한 저의 복이라. 이 고을 자사 윤공에게 어여쁜 딸이 있으니 나이가 열일곱이요, 달 같은 태도와 꽃 같은 얼굴에 인품이 정숙하고 그윽해 군자의 짝이 될 만한지라. 윤공이 좋은 사위를 얻고자 하나 아직 정혼한 곳이 없다 하니, 공자께서 이번에 급제하여 안탑에 이름을 쓰는 것은 제가 예견하는 바라. 좋은 짝을 다른 곳에서 구할 필요 없으니 제 말을 받아들이소서."

양공자가 머리를 끄덕이더라. 동방이 이미 밝으매 홍랑이 일어나 아침 화장을 마치고 거울을 마주하여 보니 풍성한 얼굴에 화락한 기운이 충만하여, 마치 모란꽃이 새로 봉오리가 터진 듯 하룻밤 사이 화락한 모습이 더욱 아름답거늘 마음속으로 놀라고 기뻐하더라. 양공자가 홍랑에게 말하길,

"내가 갈 길이 바쁘니 오래 머물기 어려운지라. 내일은 황성으로 향하고자 하오."

홍랑이 근심하며,

"아녀자의 자디잔 감정으로 군자의 큰일을 그르치면 안 될지라. 마땅히 행장을 준비하리니 모레 출발하소서."

양공자도 떠나기 어려워 이틀을 더 묵고 길을 떠날 새 홍랑이 아뢰길,

"공자의 행색이 너무 초라하시니, 제가 비록 가난하지만 길을 떠나는 사람은 노자가 있어야 하는지라 의복 한 벌과 약간의 돈을 마련했으니 더럽다 말고 받아주소서. 황성이 이로부터 천여 리라 나귀 한 마리와 동자 한 명으로는 아마도 대비하기 어려울지라. 제 집에 남종이 있는데 행장을 수습할 만하오니, 바라건대 데려가소서."

양공자가 응낙하고 길을 떠날 새, 홍랑이 술상을 갖추어 연옥과 남종과 함께 작은 수레에 타고 십여 리 떨어진 역정驛亭까지 나와 전송하니, 정자는 산굽이에 있어 편액하길 '연로정燕勞亭'이라 하더라. "때까치가 동쪽으로 날고, 제비가 서쪽으로 날다"[15)라는 시의 뜻을 취함이요, 큰길가에 있어 경치가 뛰어나더라. 좌우에 버드나무 가지가 늘어져 짙푸르고 흐르는 물에 닿아 무지개다리를 가로지르니, 예로부터 재자가인이 나그네를 송별하는 곳이더라.

홍랑과 양공자가 정자 아래에 이르러 버드나무 가지에 수레와 나귀를 매어놓고 손을 잡고 정자에 오르니, 이때는 사월 초순이라. 버드나무 사이에서 꾀꼬리 소리는 아름답고 시냇가의 꽃다운 풀은 무성하니, 평범한 행인이라도 넋이 빠지고 창자가 끊어질 터인데, 하물며 미인이 옥 같은 낭군을 보내고 옥 같은 낭군이 미인을 이별함은 어떠하리오? 양공자와 홍랑이 기운 없이 서로를 대하여 아무 말이 없더니, 연옥이 술상을 내어오거늘 홍랑이 서글프게 잔을 들어 양공자에게 드리고 시 한 수를 노래하더라.

때까치가 동쪽으로 날고, 제비가 서쪽으로 날아가니
가느다란 버드나무는 천 줄기 또 만 줄기라.
줄기줄기 끊어지려 해 풍정이 적으니
노래하는 이 자리를 덮어 이별을 슬퍼함이라.

양공자가 잔을 기울여 마시고서 다시 한 잔을 따라 홍랑에게 주고 시

<hr />

15) 때까치(伯勞)가 동쪽으로~서쪽으로 날다: 때까치와 제비가 헤어져 날아가는 것으로, 남녀가 이별함을 일컫는 말. 『옥대신영玉臺新詠』의 고악부(古樂府)에 "때까치가 동쪽으로 날고 제비가 서쪽으로 날아가니, 견우와 직녀는 이 무렵 서로 만나리(東飛伯勞西飛燕, 黃姑織女時相見)"라는 시구가 있다.

한 수로 화답하더라.

> 때까치가 동쪽으로 날고, 제비가 서쪽으로 날아가니
> 버드나무는 푸르러 위성[16]을 덮었도다.
> 갈림길에서 남북으로 나뉨을 미워하노니
> 떠나보내는 정이 떠나는 정과 어떠한가?

홍랑이 술잔을 받으며 소매로 눈물을 훔치더라.

"저의 자잘한 회포는 공자께서 분명하게 아시니 더는 말할 필요 없거니와 부평초 같은 자취가 남북 천리에 나뉘는 것이 구름 같으니, 아득한 훗날의 기약이 없지 않으나, 사람의 일이 번복되는 것과 만남과 헤어짐이 정해지지 않은 것을 어찌 헤아릴 수 있으리오? 하물며 제 몸이 관부에 매여 있어 핍박하는 자가 많아 앞으로의 일을 알 수 없사오니, 공자께서는 천금 같은 몸을 보중하여 가는 길을 조심하시고, 공명을 세워 훗날 금의환향하실 때 천첩을 잊지 마소서."

양공자도 슬픔을 이기지 못하여 홍랑의 손을 잡고 위로하더라.

"세상 모든 일이 하늘이 정하지 않음이 없는지라. 사람의 힘으로 억지로 할 바가 아니거늘, 내가 그대와 이처럼 만난 것도 하늘이 정함이요 오늘 이별도 하늘이 정함이니, 정다운 인연을 다시 이어 부귀를 즐기는 것 역시 어찌 하늘이 정함이 아니리오? 잠깐의 이별을 너무 상심할 필요 없으니 가는 사람의 마음을 흔들지 마오."

홍랑이 이에 남종을 돌아보며,

"너는 공자를 모시고 조심히 다녀오라."

---

16) 위성(渭城): 중국 섬서성(陝西省) 장안(長安) 교외의 함양(咸陽)으로, 위수(渭水)에 임해 있기에 나온 이름이다. 장안 사람들은 서쪽으로 떠나는 사람을 위수 기슭에서 송별하면서 강가 버들을 꺾어 건네주었다 한다.

양공자가 몸을 일으켜 정자에서 내려가려 하니, 홍랑이 다시 잔을 들어올리며,

"이별을 아룀에 구름 낀 산이 아득히 멀고, 물고기와 기러기 편에 소식 전하는 것이 아득하니, 바람 부는 아침과 비 오는 저녁, 외로운 객점의 희미한 등잔불을 대하시면 창자가 끊어지는 듯한 저의 마음을 생각하소서."

양공자가 묵묵히 대답하지 않고 나귀를 채찍질하여 나아갈 새 동자와 남종을 거느리고 돌다리를 건너 바람에 나부끼듯 가더라. 홍랑이 난간머리에 홀로 서서 떠나는 나그네를 멀리 바라보니, 겹겹이 솟은 먼산은 노을을 띠어 들쭉날쭉하고, 아득한 들판 빛은 저녁 안개를 머금은 채 펼쳐져 있더라. 검푸른 나귀는 간 곳이 없는데 수풀 속 새 울음소리는 바람 따라 떠들썩하고, 하늘가 돌아가는 구름은 비를 머금어 어둡더라. 홍랑이 비단 적삼을 자주 들어올려 얼굴을 가리매 옥 같은 눈물이 줄줄 흐르는 것을 깨닫지 못하더라. 연옥이 술상을 거두어 돌아가길 재촉하니, 홍랑이 눈물을 뿌리며 수레에 올라 집으로 돌아오더라.

양공자가 홍랑과 이별하고 황성을 향하여 가는데 간절한 마음이 오직 홍랑에게 있어, 객점에 들어가 희미한 등잔불을 대하여도 잠을 이룰 수 없고, 길을 가다가 높은 언덕과 흐르는 물을 만나도 외롭고 서글픈 마음을 가라앉힐 수 없더라.

십여 일 만에 황성에 이르니, 웅장하고 화려한 궁궐과 떠들썩한 거리로 수도의 번화함을 알겠더라. 객관을 정하여 행장을 정리하고 며칠 쉰 뒤 남종을 돌려보낼 때, 채전을 꺼내어 편지 한 통을 써 남종에게 주고 돈 다섯 냥을 주어 빨리 돌아가라 시키니, 남종이 슬픈 기색으로 인사하며 "제가 객관을 알고 있으니 다시 낭자의 편지를 받들어 돌아오겠나이다" 하고 항주로 가더라.

한편 강남홍이 양공자를 보내고 집으로 돌아와 문을 닫고는 병이 들

었다 하며 손님을 사절하고 남루한 의복으로 세수도 화장도 아니 하더니, 하루는 생각하되,

'내가 이미 윤자사의 따님을 천거하였는데, 양공자는 신의 있는 남자인지라 반드시 잊지 않으리니, 그런즉 윤소저는 나와 더불어 백년고락을 함께할 사람이라. 내가 어찌 먼저 두터운 정을 만들지 않으리오?'

그리고 곧 옅은 화장과 평소 옷차림을 하고 부중府中에 들어가 윤자사에게 문안 인사를 드리더라. 윤자사가 웃으며,

"근래에 그대가 병이 들었다 하더니 어찌 나를 찾아올 수 있었는고?"

홍랑이 말하길,

"제가 관부에 매인 몸으로 일찍이 명을 받지 못하여 뵈올 길이 없었으나, 이제 자잘한 소회가 있기에 감히 뵈러 왔나이다."

윤자사가 말하길,

"근래에 번거로운 공무가 없어 한적한 시간이 많기에 그대를 불러 담소하며 지내려 하였으나, 그대가 병이 들었다는 얘기를 들어 그리 못 하였거니와 어떠한 소회가 있는고?"

홍랑이 말하길,

"근래에 제가 마음의 병이 있어 청루의 떠들썩함이 매우 괴로우니, 엎드려 바라건대 부중에 출입하여 내당에서 소저를 모시고 바느질과 길쌈을 배우고 청소와 몸단장을 도와드리며 병을 다스릴까 하나이다."

윤자사가 평소 홍랑이 단정하고 한결같아 규중 아녀자의 태도가 있음을 아끼더니 크게 기뻐하며 허락하고, 홍랑을 이끌어 내당에 들어가 소저를 부르더라.

"네가 외로이 지냄을 내가 늘 근심했는데, 이제 마침 강남홍이 자기 집의 소란스러움 때문에 너를 좇아 노닐고자 하여 내가 이미 허락하였도다. 네 뜻은 어떠한고?"

소저가 생각하되,

'홍랑은 창기라. 본디 지조가 있다고는 하나 어찌 본색이 전혀 없으리오? 같은 곳에서 서로 노니는 것이 안 될 일이나, 아버님께서 이미 허락하셨으니 거역하기 어렵도다.'

그리고 대답하길,

"명대로 하리이다."

자사가 크게 기뻐하여 홍랑을 불러 자리를 내어주고 반나절을 한가로이 얘기하다가 외당으로 나가시더라. 홍랑이 소저에게 아뢰길,

"제가 나이가 어리고 배운 것이 없어 청루 술집의 방탕함만 보고 규중 법도와 예절을 듣지 못했기에, 항상 소저를 모시고 그 가르침을 듣고자 하였나이다. 이제 옆에서 모시는 것을 허락하시니 두터운 은택에 감사드리나이다."

소저가 미소하고 대답하지 않더라. 날이 저물자 홍랑이 집으로 돌아감을 아뢰더라. 연옥에게 집을 지키라 명하고 다음날 아침에 다시 부중으로 들어와 바로 소저의 침실에 이르니, 소저가 한창 『열녀전』[17]을 읽고 있더라. 홍랑이 책상 앞에 나아가 묻기를,

"소저께서 보시는 책이 무엇이니이까?"

소저가 답하길,

"『열녀전』이로다."

홍랑이 아뢰길,

"『열녀전』에 이르길, '주周나라 태사[18]는 문왕의 아내라. 여러 첩이

---

17) 『열녀전列女傳』: 전한 성제(成帝) 때 유향(劉向)이 지은 책. 황후 조비연(趙飛燕)의 횡포와 음란이 도를 넘어 민심이 동요하자, 귀감이 되는 여인의 이야기를 모아 『열녀전』을 편찬했다고 전한다. 여인의 유형을 모의(母儀)·현명(賢明)·인지(仁智)·정순(貞順)·절의(節義)·변통(辯通)·얼폐(孽嬖)의 일곱 항목으로 나누어 모두 104명의 전을 수록했다.
18) 태사(太姒): 중국 고대에 부덕(婦德)이 뛰어났던 여인. 주나라 문왕의 비(妃)요, 무왕(武王)과 주공(周公)의 어머니. 문왕과 혼인하여 아들 무왕을 비롯해 자식 열 명을 낳았고, 많은 자식을 키우고 가르치는 데 정성이 지극하여 칭송이 높았다고 한다.

「규목」19)이라는 시를 지어 그 덕을 칭송하였다' 하니, 알지 못하겠나이다. 태사가 아랫사람을 잘 다스려 여러 첩으로 하여금 화목하게 지내게 한 것이니이까? 여러 첩이 섬기기를 잘해서 태사가 감동한 것이니이까? 옛 시에 이르길, '여자는 아름답건 밉건 궁중에 들어가면 질투를 받는다' 하니, 아녀자의 질투는 예로부터 있는 것이라. 한 사람의 덕으로 여러 첩의 질투심을 감화하는 것은 제가 믿기 어려운 바로소이다."

소저가 실눈으로 홍랑을 보며 부끄러워하는 빛이 있더니 한참 뒤에 말하길,

"듣건대 '샘이 맑으면 흐르는 물이 깨끗하고, 모습이 단정하면 그 그림자가 바르다' 하니, 자기 몸을 수양하면 오랑캐 나라에도 가서 살 수 있거든, 하물며 한집안의 사람은 어떠하리오?"

홍랑이 웃으며,

"『주역』에 이르길, '구름은 용을 따르고 바람은 호랑이를 따른다' 하니, 요堯·순舜의 덕으로도 후직后稷·설契 같은 신하가 없으면 어찌 태평성대를 이룰 수 있었으며, 탕왕湯王·무왕武王의 어짊으로도 이윤伊尹·주공周公 같은 신하가 없으면 어찌 상나라와 주나라의 정치를 행할 수 있었으리이까? 이로써 보건대 태사의 덕이 비록 크나, 여러 첩에게 포사20)와

---

19) 「규목樛木」: 『시경』 「주남周南」의 시. 주나라 문왕의 후궁들이 후비(后妃) 태사의 덕을 찬양한 시다. "남쪽에 휘늘어진 나무 있으니, 칡덩굴이 타고 오르도다. 즐거운 군자여, 복록이 편안하도다(南有樛木, 葛藟纍之. 樂只君子, 福履綏之)." 규목은 가지가 아래로 휘늘어진 나무를 뜻하는데, 휘늘어진 나무는 후비 태사를, 칡덩굴은 후궁을 가리킨다.

20) 포사(褒姒): 주(周)나라 마지막 왕인 유왕(幽王)의 애첩. 유왕이 포국(褒國, 섬서성, 포성의 남동쪽)을 토벌했을 때 포인(褒人)이 바쳐 포사(褒姒)라 불렸다. 포사가 한 번도 웃는 일이 없어 유왕은 그녀를 웃기기 위해 외적의 침입도 없는데 위급을 알리는 봉화를 올려 제후들을 모았다. 제후들이 급히 달려왔으나 아무 일도 없어 멍하니 서 있자, 포사는 그걸 보고 비로소 웃었다고 한다. 나중에 유왕은 왕비를 폐하고 포사를 왕비로 삼았다. 쫓겨난 왕비의 아버지 신후(申侯)가 격분하여 BC 771년 견융(犬戎)을 이끌고 쳐들어와 유왕을 공격했고, 유왕이 위급함을 알리려고 봉화를 올렸으나 제후는 한 사람도 모이지 않았다. 유왕은 견융의 칼에 살해되어 주나라는 멸망했고, 포사는 납치되어 견융의 여자가 되었다고 한다.

달기[21]의 간사함이 있다면 규목의 교화를 드러내기 어려울까 하나이다."

소저가 웃으며,

"듣건대 어질고 어질지 못함은 나에게 있고, 행운과 불행은 하늘에 있음이라. 군자는 내게 있는 도리는 말하고 하늘에 있는 운명은 말하지 않나니, 만약 착하지 않은 여러 첩을 만났다면 그 또한 운명이라. 태사는 덕을 닦았을 따름이니 어찌하리오?"

홍랑이 탄복해 마지않더라. 홍랑은 현숙한 소저를 마음으로 따르고 소저는 총명한 홍랑을 아껴, 정이 날로 깊어져 앉으면 책상을 같이하고 누우면 베개를 나란히 해 고금의 덕업과 문장을 토론하여, 서로 만난 것이 늦어졌음을 한탄하더라.

하루는 홍랑이 집에 돌아가 연옥에게 묻기를,

"황성으로 간 남종이 돌아올 때가 이미 지났으나 오지 않으니, 어찌 이상하지 않으리오?"

마음이 어수선하여 난간에 기대어 멀리 바라보며 얼굴에 근심의 빛을 띠는데, 갑자기 까치 한 쌍이 버드나무 가지에 앉았다가 난간머리로 내려오며 우짖더라. 홍랑이 괴이하게 여겨 혼잣말로 "우리집에 기쁜 일이 별로 없는데 혹 남종이 돌아오는가?" 하더니 말을 마치기도 전에, 남종이 과연 돌아와 양공자의 편지를 드리거늘, 홍랑이 바삐 받아 손에 들고 급히 안부를 묻더라. 공자가 무사히 도착하여 객관에 편안히 짐을 푼

---

21) 달기(妲己): 상(商)나라 마지막 왕인 주왕(紂王)의 애첩. 자가 달(妲), 성이 기(己)다. 주왕과 달기는, 구리 기둥에 기름을 발라 숯불 위에 걸쳐놓고 죄인에게 그 위를 걷게 하여 미끄러져 타 죽는 포락(炮烙) 형 같은 잔인한 형벌을 구경하며 즐겼다고 한다. 달기는 자신의 심장병이 나으려면 비간(比干)의 심장을 먹어야 한다고 해, 주왕이 충신 비간을 죽였다. '주지육림(酒池肉林)'이라는 말도 연못을 술로 채우고 고기를 숲처럼 매달아놓고 즐기던 주왕과 달기의 방탕한 행위에서 나왔다. 주(周)나라 군대가 도성을 함락시키자 주왕은 녹대(鹿台)에서 불길 속으로 뛰어내려 자살하고 달기 역시 죽임을 당했다.

것을 상세히 아뢰거늘, 홍랑이 슬프기도 하고 기쁘기도 하여 편지를 뜯어 보니 그 편지는 이러하더라.

"여남의 양창곡이 강남풍월의 주인에게 편지를 보내노라. 나는 옥련봉 아래 보잘것없는 백면서생이요, 그대는 강남의 번화한 청루의 아름다운 여인이라. 내가 이미 사마상여의 거문고 타는 재주가 없고, 그대 역시 두목에게 양주의 기녀들이 귤을 던져 희롱하던[22] 그러한 풍정이 없거늘, 하늘이 녹림 호걸을 보내어 월하노인의 붉은 끈으로 엮는 인연을 이루도다. 압강정 위에서 꽃을 희롱하고 연로정 아래에서 버드나무 가지를 꺾음은 진실로 풍류의 음악과 여색에 뜻을 둔 것이 아니라 높은 산과 흐르는 물에서 지기를 만난 것[23]이니, 연진의 칼이 잠시 헤어진 것[24]과 성도의 거울이 잠시 나뉘는 것[25]을 어찌 슬퍼하리오? 다만 객관의 차가운 등불 아래 외로이 누워 새벽 북소리와 물시계 소리에 잠을 못 이루니, 서호와 전당의 아름다운 풍경과 굽이진 골목의 청루에서 노닐

---

22) 두목(杜牧)에게 양주(揚州)의~던져 희롱하던: 두목(803~852)은 당나라 문인. 자는 목지(牧之). 이상은(李商隱)과 더불어 '이두(李杜)'로 불리며, 작품이 두보와 비슷하여 '소두(小杜)'로도 불린다. 특히 칠언절구에 뛰어났으며, 역사에서 소재를 빌려 세속을 풍자한 영사적(詠史的) 작품, 함축성이 풍부한 서정시를 남겼다. 양주 자사로 있을 때 술에 취해 수레를 타고 가는데, 기녀들이 잘생긴 두목을 유혹하려고 던진 귤이 수레에 가득했다고 한다.

23) 높은 산과~만난 것: 중국 춘추시대 초나라 사람 백아가 거문고를 타면 그의 벗 종자기만이 알아들었다고 한다. 백아가 높은 산에 뜻을 두고 거문고를 타면 종자기가 "치솟아 있는 것이 태산과 같구나(峨峨兮, 若泰山)"라 했고, 흐르는 강물에 뜻을 두고 거문고를 타면 종자기가 "드넓은 것이 강하와 같구나(洋洋兮, 若江河)"라 했다 한다.

24) 연진(延津)의 칼이~헤어진 것: 중국 서진(西晉) 때 풍성현(酆城縣)에 보검이 땅에 묻혀 있었는데, 밤마다 자기(紫氣)를 하늘에 쏘았다. 대신(大臣) 장화(張華)가 뇌환(雷煥)에게 이 기운에 대해 묻고 그를 풍성령(酆城令)으로 임명해 보검을 찾게 하니, 한 집터에서 석함(石函)이 나오고 그 석함 속에 용천검(龍泉劍)과 태아검(太阿劍)이 있었다. 칼 하나는 장화가 갖고 다른 하나는 뇌환이 가졌는데, 장화가 조왕(趙王) 윤(倫)에게 피살당하자 그 칼이 어디 갔는지 알 수 없었다. 나중에 뇌환이 죽고 나서 그 아들이 아비의 칼을 차고 연평진(延平津)을 건너는데, 문득 칼이 칼집에서 빠져나와 강물로 떨어지기에 사람을 시켜 물속으로 들어가보게 하니, 두 용이 서려 있었다. 뇌환의 아들이 말하길, "지난날 아버님께서 이 칼들은 신물(神物)이므로 반드시 서로 합쳐질 거라 하시더니, 과연 오늘 두 칼이 합쳐졌다" 했다 한다. 이후 '연진검합(延津劍合)'은 부부가 따로 묻혔다가 합장(合葬)하는 경우를 비유하는 말로 쓰인다.

던 자취가 눈앞에 삼삼하여 헛되이 남쪽 하늘을 바라보며 외롭고 서글 퍼 넋이 빠지고 창자가 끊어질 따름이라. 남종이 돌아간다 아뢰니 산천이 아득히 멀고 소식을 전할 길이 없는지라. 몇 줄 편지를 쓰니 기나긴 회포를 어찌 다 말하리오? 자디잔 소망은, 힘써 밥을 잘 먹고 스스로 몸을 아껴 천리 밖 먼 곳의 나그네로 하여금 그리워하는 마음이 없게 하는 것이오."

홍랑이 읽기를 마치매 줄줄 흐르는 눈물이 옷깃을 적시더라. 두세 번 다시 읽고 더욱 슬퍼하며 묵묵히 말이 없다가 이윽고 남종을 불러 금돈 열 냥을 상으로 주고서 훗날 다시 황성으로 가라 하고 비로소 몸을 일으켜 부중으로 들어가려 하는데, 연옥이 갑자기 아뢰길,

"문밖에 소주의 남종이 와 있나이다."

홍랑이 놀라 얼굴빛을 잃으니, 이는 어떠한 까닭인가? 다음 회를 보라.

<hr />

25) 성도(成都)의 거울이~나뉘는 것: 중국 남북조시대 남조의 진(陳)나라가 망하게 되었을 때, 마지막 임금이었던 후주(後主)의 누이동생 낙창공주(樂昌公主)는 서덕언(徐德言)의 아내였다. 589년 정월 북조인 수(隋)나라 대군이 쳐들어오자, 서덕언은 공주에게 "거울을 반으로 쪼개 각각 지니고 있다가, 정월 보름날 다시 만나길 기약합시다"라고 했다. 진나라가 망하고 공주는 양소(楊素)의 첩이 되어 끌려갔다. 이듬해 정월 보름날, 피란 갔다가 성도(成都)로 돌아온 서덕언이 시장에 갔더니, 쪼개진 거울을 비싼 가격으로 파는 하인이 있었다. 거울을 맞춰 합치고 그 뒷면에 시를 써서 보내니 공주가 그 거울을 잡고 우니, 양소가 애처로운 사정을 듣고 공주를 서덕언에게 돌려보냈다 한다.

경도회에서 탕자가 풍파를 일으키고
전당호에서 여러 기생이 떨어진 꽃을 슬퍼하더라
제5회

소주자사 황여옥이 호색하는 방탕한 버릇으로, 압강정 잔치에서 홍랑이 몸을 빼어 몰래 달아나 그 욕심을 이루지 못한 것을 한스러워하나, 홍랑을 사모하는 마음이 앞서 자나깨나 잊지 못하더라. 위력으로 빼앗기 어려움을 헤아리고, 부귀로 유혹하고자 하여 황금 백 냥, 비단 백 필, 온갖 패물이 든 궤짝을 준비하고 편지 한 통을 써서 심복 남종을 시켜 홍랑에게 보내니. 홍랑이 열어보고는 얼굴빛이 참담하여 생각하되,

'황자사가 비록 방탕하나 사리에 어두운 무리는 아니라. 내가 한낱 기녀로서 아뢰지 않고 도주하였으니 어찌 통분하지 않으리오마는, 이제 오히려 분노를 돌이켜 달래니 그 뜻이 매우 깊은지라. 내가 장차 어찌 모면하리오? 또 소주와 항주는 이웃 고을이라, 황자사가 내려준 것을 사양한즉 윗사람을 받드는 도리가 아니요, 만약 받은즉 내 뜻이 아니라. 어찌하면 좋으리오?'

한참 생각하다가 편지 한 통을 써서 답하니 그 편지는 이러하더라.

"항주의 천한 기생 강남홍은 소주 상공께 글을 올리나이다. 제가 본디

속병이 있어 약으로도 고칠 수 없는지라. 지난날 성대한 잔치에서 아뢰지 않고 왔으되, 이제 죄를 다스리지 않고 도리어 상을 내리시니 감히 받을 수 없다는 것을 분명히 알겠사오나, 소주와 항주는 형제 고을이라. 천한 기생이 웃어른을 모시는 도리는 어버이를 모시는 도리와 다름없거늘, 내리신 바를 물리친즉 불효막심이라. 감히 봉하여 두고 두려워하며 죄를 기다리나이다."

홍랑이 쓰기를 마치고 소주에서 온 남종 편에 편지를 부친 뒤 마음이 불쾌하고 답답하여 윤부尹府로 들어가 소저의 침실에 이르니, 소저가 창문 아래 앉아 마음을 다하여 붉은 비단에 원앙을 수놓으면서 홍랑이 들어온 것을 알아차리지 못하더라. 홍랑이 몰래 들어가보니, 소저가 섬섬옥수로 금빛 실을 뽑아 수를 놓음이, 누에 채반 위의 봄누에가 실을 토하는 듯, 바람 앞의 나비가 꽃송이를 희롱하는 듯하더라. 홍랑이 억지로 불쾌한 마음을 물리치고 웃음을 띠어,

"소저는 바느질만 중히 여기시고 사람이 들어오는 것은 돌아보지 않으시나이까?"

소저가 놀라 돌아보고 웃으며 "내가 한가하여 스스로 시간을 보내고자 하더니 그대에게 서툰 솜씨가 드러났도다" 하니 두 사람이 크게 웃거늘, 수놓은 것은 원앙 한 쌍이 꽃 아래 앉아 졸고 있는 모습이라. 홍랑이 얼굴빛을 고치고 원앙을 가리키며 탄식하여,

"이 새는 반드시 짝이 있어 서로 떨어지지 않거늘, 이제 지극히 신령스러운 인간이 도리어 이 새만도 못하여 그 뜻을 자유로이 할 수 없으니 어찌 가련하지 않으리오?"

소저가 그 까닭을 물으니, 홍랑이 소주 자사가 핍박하는 일을 자세히 말하고 눈에 옥 같은 눈물이 가득 고이거늘, 소저가 개탄하며 위로하더라.

"그대의 뜻과 절개는 내가 이미 아는 바라. 그러나 어찌 청춘을 홀로

보내리오?"

홍랑이 쓸쓸히 말하길,

"듣건대 '봉황은 대나무 열매가 아니면 먹지 않고 오동나무가 아니면 깃들지 않는다' 하니, 만약 굶주리는 모습을 보고 썩은 쥐를 던지며 깃들 곳이 없는 걸 보고 칡덩굴을 가리킨다면, 어찌 지기라 할 수 있으리오?"

말을 마치며 섭섭해하는 빛이 있거늘, 소저가 사과하여 "내가 어찌 그대의 뜻을 모르리오? 이 말은 농담일 뿐이라. 그러나 그대 얼굴빛을 보니 난처한 일이 있는 듯하니, 규중 여자가 논할 바는 아니나 아버님께 아뢰어 방편을 도모하라" 하니 홍랑이 감사해하더라.

한편 황자사가 홍랑의 편지를 보고 크게 노하여 "이웃 고을의 천한 기생에 불과한 것이 내게 모욕을 더하니, 징벌할 방법이 어찌 없으리오?" 하다가 반나절을 깊이 생각하고서 다시 웃으며 "예로부터 이름난 기생이 지조를 드러내고 짐짓 교만하여 자기의 뜻을 지키는 모습을 보이거늘, 그 실정은 재물을 탐하고 권세를 좇음에 불과하나니, 내게 어찌 묘책이 없으리오?" 하고 손가락을 꼽아 날짜를 헤아리며 경도희를 준비하더라.

세월이 빠르게 흘러 오월 초하루가 되니, 황자사가 윤자사에게 편지를 보내어 "초나흘에 압강정 아래에서 배에 올라, 초닷새 이른 아침에 물길을 거슬러 전당호에 이르되, 강남홍과 여러 기생과 악공을 데려오소서" 하거늘, 윤자사가 강남홍을 불러 황자사의 편지를 보이니 홍랑이 묵묵히 말이 없더라. 곧 집으로 돌아가 여러 날 윤부에 들어가지 않고 마음이 불편하여 가만히 생각하되,

'방탕무도한 황자사가 쓴 지난날의 편지 내용에 압강정에서 품은 원한이 드러나 있었으니, 이번에는 분명 예기치 못한 계교가 있으리라. 이미 모면할 계책이 없으니 일의 기미를 보아 차라리 만 이랑의 푸른 물

96

결에 몸을 던져 이 몸을 깨끗이 하리라.'

계책이 이미 정해지니 마음이 태평하나, 오직 양공자를 다시 보지 못해 아득한 원한이 끝이 없더라. 살아 이별하고 죽어 헤어짐에 어찌 한마디의 말이 없으리오? 이에 남종에게 "내일 다시 황성으로 가라" 분부하고 저녁식사를 마치고 나서 누각에 올라 멀리 황성을 바라보며 한숨 쉬거늘, 새로 떠오른 반달은 처마끝에 걸려 있고 반짝이는 은하수는 밤빛을 재촉하더라. 홍랑이 난간에 기대어 이백의 〈원별리〉[1] 한 곡조를 노래하고 길게 탄식하며 "인간 세상에서 이 노래가 〈광릉산〉[2]이 되지 않으리오?" 하더라.

다시 침실로 들어와 등불을 돋우고 채전을 펴 편지 한 통을 써서 두세 번 살펴보고 길게 탄식하다가 침상에 기대어 뒤척이며 잠을 이루지 못하는데 동쪽 창이 희미하게 밝아오더라. 남종을 불러 편지와 돈 백 냥을 주고 거듭 빨리 다녀오라 당부하고 눈물이 가득하매 남종이 이상하게 여겨 위로하여,

"제가 빨리 돌아와 공자의 안부를 알려드리리니, 너무 상심하지 마소서."

남종이 편지와 돈을 받고 황성으로 향하여 가더라.

이때 황자사가 부귀를 과시하고자 하여 위의를 성대히 베풀어 오월 초나흘에 압강정 아래에서 배를 타고 항주로 향할 새, 배 십여 척을 연

---

1) 〈원별리遠別離〉: 악부 잡곡가사(雜曲歌辭) 가운데 하나. 당나라 시인 이백(李白)이 지은 작품이다. 중국 고대 순임금의 두 비인 아황(娥皇)·여영(女英)이, 남방을 순행하다가 창오(蒼梧)의 들판에서 세상을 떠난 순임금에게 가려다 뜻을 이루지 못하고 상수(湘水)가에서 슬피 울며 강에 몸을 던진 고사를 노래한 것이다.

2) 〈광릉산廣陵散〉: 거문고 악곡의 이름. 『진서晉書』「혜강전嵇康傳」에 따르면, 중국 삼국시대 위(魏)나라의 혜강(嵇康)이 낙서(洛西)에서 노닐다가 화양정(華陽亭)에 묵으며 거문고를 타고 있을 때 어떤 나그네가 거문고를 달라 하여 〈광릉산〉을 연주하는데 성조(聲調)가 매우 뛰어났다. 그 곡을 남에게 전수해주지 않다가, 혜강이 사마흔(司馬昕)에게 해를 당하기 직전에 한 번 타고 죽으니 결국 곡조가 끊겼다고 한다.

결하고 소주의 기생과 악공 열두 무리를 뽑아 배에 가득 태우고 북을 치며 배를 운행하더라. 온갖 노래는 물속의 용을 일어나 춤추게 하고, 비단 닻줄과 상아 돛대는 물가 갈매기를 놀라게 하거늘, 언덕 위에서 구경하는 사람이 구름같이 모여들었더라. 윤자사가 황자사가 온다는 소식을 듣고 홍랑을 부르니, 홍랑이 바로 윤부에 들어가 소저의 침실에 이르거늘 소저가 기뻐하며,

"그대가 무슨 까닭으로 며칠 오지 않았는가?"

홍랑이 웃으며,

"며칠 발길 끊음이 어찌 평생의 발길 끊음이 아니리이까?"

소저가 놀라 그 까닭을 물으니 홍랑이 대답하길,

"제가 소저의 은덕을 입으니 평생 옆에서 모셔 견마의 정성을 바치고자 하나 조물주가 시기하여 이제 이별하나이다. 바라건대 소저께서는 훗날 군자를 맞이하여 종과 북이 어울리듯, 거문고와 비파가 어울리듯 즐기실 때 오늘 제 마음을 굽어 생각해주소서."

소저의 손을 잡고 눈물을 비 오듯 흘리거늘, 소저가 그 까닭은 알지 못하나 자신도 모르는 사이에 눈물을 머금고,

"그대가 일찍이 상서롭지 못한 말을 입 밖에 낸 적이 없는데, 오늘의 말은 어찌 그리 이상한가?"

홍랑이 더는 대답하지 않고 외당으로 나가 자사를 뵈오니, 자사가 눈물 자국을 보고,

"황자사의 오늘 놀이는, 내가 비록 그 의도를 알거니와 불행히 이웃 고을 사이라 청하는 바를 물리치기 어려우니, 너는 편협한 소견을 돌이켜 기회를 따라 행동하라."

홍랑이 절하여 감사해하고 집으로 돌아와 행장을 차릴 새, 근심스러운 얼굴에 해진 옷을 입고 화장을 하지 않고, 서글피 수레에 올라 연옥을 돌아보고는 비단 적삼으로 얼굴을 가리매 눈물방울이 수레 위로 떨

어짐을 깨닫지 못하더라. 연옥은 감히 그 까닭을 묻지 못하고 의아해하더라.

윤자사가 내당에 들어와 "지금 전당호로 가노라" 하니 소저가 아뢰길,

"아까 강남홍이 전당호로 향한다 하며 말과 얼굴빛이 자못 이상하니, 오늘 놀이에 무슨 까닭이 있나이까?"

윤자사가 한참 생각하다가,

"소주 자사가 홍랑을 몹시 사모하되 홍랑이 정절을 지키려 하기에, 계교를 써서 겁탈하려 함인가 하노라."

소저가 놀라,

"홍랑이 죽으리이다. 홍랑은 여자 중의 열협烈俠이라. 방탕한 자에게 핍박당하지 않으리니, 무죄한 여자로 하여금 물고기 뱃속의 외로운 혼이 되지 않게 하소서."

말을 마치매 눈물이 줄줄 흐르거늘 윤자사가 묵묵히 나가더라. 윤자사가 좌우에 명하여 항주부의 기생과 악공들은 강가에 대령하라 하고 수레에 올라 전당호로 가니, 황자사가 이미 강가에 배를 대고 정자에 올라 윤자사를 고대하다가 반가이 나와 맞이하여 홍랑이 오는지 묻더라. 윤자사가 웃으며,

"홍랑이 따라왔으나, 요즘 몸에 병이 있어 무료함을 면하기 어려우리로다."

황자사가 웃으며,

"그 병은 제가 아는 바이니 풍류 명기가 남자를 유혹하는 본색이라. 선생 같은 충직한 어르신은 속일 수 있으나 저는 속이기 어려우리니, 오늘 잔치 자리에서 수법을 보소서."

윤자사가 멋쩍어 웃고 대답하지 않더라. 담소하는 사이 멀리 바라보니 작은 수레가 멀리서 오더라. 황자사가 난간머리로 옮겨 앉아 자세히 살펴보니, 남종 두 명이 작은 수레를 몰아 정자 아래에 이르러 한 미인

이 수레 밖으로 나오는데 흐트러진 머리는 어수선한 봄 구름 같고, 때 묻은 얼굴은 가려진 밝은 달빛 같더라. 담박한 태도와 초췌한 모습은 마치 푸른 물의 연꽃이 서리를 띤 듯하고 미친바람에 버들개지가 진흙에 떨어진 듯하여, 깨닫지 못하는 사이 탕자의 눈은 어지러워지고 마음은 혼미하니 이는 곧 홍랑이라.

황자사가 웃음을 띠고 정자에 오르길 명하거늘, 홍랑이 정자에 올라 눈길을 돌려 황자사를 보는데, 머리에는 오사모를 쓰고 몸에는 비단 학창의鶴氅衣를 입고 허리에는 야자대也字帶를 두르고, 난간에 기대어 붉은 쥘부채를 한가로이 부치며 술에 취해 몽롱한 눈을 하고 앉아 있으니 방탕한 행동거지와 거친 기상이 흘러넘치는 듯하더라. 홍랑이 가까이 있는 맑은 물로 눈을 씻고자 하나 마지못해 앞으로 나아가 문안을 드리고 항주 기생을 따라 앉으니, 황자사가 얼굴빛을 바꾸며 꾸짖더라.

"소주와 항주는 이웃 고을이라. 그대가 지난날 압강정에서 잔치가 끝나기를 기다리지 않고 몰래 달아나니, 이것이 어찌 윗사람을 섬기는 도리리오?"

홍랑이 사죄하여,

"도망간 죄는 몸에 병이 나서 그러함이오니 상공께서 용서한 바이거니와, 그날 저의 죄가 세 가지라. 군자들이 글과 술로 잔치하는 자리에 감히 천한 몸으로 참석하였으니 그 죄가 하나요, 감히 여러 문사의 문장을 논하였으니 그 죄가 둘이요, 창기의 본색은 사람들을 기쁘게 하는 것이요 그 행실을 논할 수 없는 것이거늘 감히 보잘것없는 생각을 지켜 고집을 돌리지 않았으니 그 죄가 셋이라. 저에게 이 세 가지 큰 죄가 있거늘, 관대한 상공께서 방백 수령의 체면을 돌아보아 교화로 백성을 다스리며 예절로 한 고을을 이끄시어, 미천한 몸을 불쌍히 여기고 그 지조를 살펴 죄를 용서하고 도리어 상을 내리시니, 제가 죽을 곳을 더욱 알지 못하겠나이다."

황자사가 멍하니 있다가 "지나간 일은 말하지 말고, 내가 강가에 이미 고깃배 여러 척을 대어놓았으니 반나절 즐기는 것을 사양하지 말라" 하고 윤자사에게 배에 오르기를 청하여, 두 자사가 양쪽 고을의 기생과 악공들을 이끌고 정자에서 내려와 배에 오르더라. 큰 강에 바람은 고요하고 거울 같은 물결이 천리에 이어져, 갈매기는 춤추는 자리에 날아와 날개를 떨치고, 물소리는 노랫소리와 더불어 흐르더라. 배를 물 가운데 띄워놓아 술상이 어지럽고 음악이 질탕하니, 황자사가 방탕한 정취를 이기지 못하여 연달아 여러 잔을 마시고 뱃전을 두드리며 노래하더라.

미인을 이끌음이여.
물빛을 거슬러오르도다.
강물 한가운데 노넒이여.
즐거움이 끝이 없도다.

황자사가 노래를 마치매 홍랑에게 화답하라 하거늘, 홍랑이 사양하지 않고 노래하더라.

맑은 물결에 배 띄워 경도희를 함이여.
언덕에 단풍이 있고 물가에 난초가 있도다.
배 안이 초나라보다 큼이여.
충신의 외로운 혼을 의탁하리로다.
그대는 경도희에 외로운 혼을 부르지 말지니
외로운 혼이 죽음으로 안식하리로다.

홍랑이 노래를 마치매 황자사가 웃으며,
"그대는 강남 사람이라. 경도희의 뜻을 아는가?"

이때 홍랑이 맑은 강을 마주하여 눈에 가득한 풍광이 슬프고 울적한 마음을 돕는지라. 괴로이 토로할 곳이 없더니 황자사의 물음에 따라 쓸쓸히 대답하길,

"듣건대 옛날 굴원[3]은 초나라 충신이라. 충성을 다하여 회왕懷王을 섬겼으나 회왕이 모함하는 말을 믿어 그를 강가로 쫓아냈거늘, 굴원은 맑고 깨끗한 마음과 굳고 결백한 뜻으로 흐린 세상에 처하였으되 구차히 살고자 하지 않아 「어부사」[4]를 지은 뒤 오월 초닷새에 돌을 껴안고 강 한가운데 몸을 던졌더라. 후세 사람들이 그 원통한 죽음을 가련히 여겨 그날이 되면 배를 강 한가운데 띄워 충성스러운 혼을 건지려 함이라. 그러나 만일 굴원의 영혼이 있다면 맑은 강 물고기의 뱃속에 깨끗이 씻은 몸을 의탁해 티끌세상에서의 속된 인연의 더러움을 면하여 쾌활하고 안락하게 된 것이니, 어찌 탕자 범부가 돛을 희롱하고 물결을 일으켜 할 수 있는 일이리이까?"

황자사가 이미 몹시 취하였으니 홍랑의 말에 담긴 뜻이 있음을 어찌 알리오? 이에 웃음을 머금고 "내가 성스러운 군주를 섬겨 어린 나이에 공명이 재상의 반열에 올라 부유하고 영화로우니, 굴원의 초췌하고 불우함은 말하지 말라. 내가 왼손으로 강산의 풍월을 붙잡고 오른손으로 절대가인을 이끌어, 한 번 웃으매 봄바람이 호탕하고 한 번 노하매 눈서

---

3) 굴원(屈原, BC 343?~BC 278?): 중국 전국시대 초나라 문인. 이름은 평(平). 자는 원(原). 왕족 출신으로 회왕(懷王)을 도와 삼려대부(三閭大夫)가 되었으나 다른 신하들의 미움을 받았으며, 경양왕(頃襄王) 때 모함을 당해 추방되어 동정호(洞庭湖) 근처를 방랑하다가 멱라수(汨羅水)에 몸을 던져 죽었다. 「이소離騷」, 「어부사漁父辭」 등 그의 작품은 우수가 서린 뛰어난 작품으로 평가된다. 『초사楚辭』에 그의 작품 25편이 수록되어 있다. 굴원의 충정을 기리고자 해마다 그가 투신한 5월 초닷새에 멱라수에서 경도희를 개최하고 채색 비단줄에 음식을 매달아 강물에 넣어 제사를 지냈다 한다.

4) 「어부사漁父辭」: 중국 고대문학 『초사』에 수록된, 초나라 굴원이 지은 작품. 굴원이 조국에서 추방되어 강가를 방황하다가 어부의 물음에 답하여 이 세상의 오탁(汚濁)에 물들지 않으려는 깨끗한 의지를 말하는데, 은자(隱者)인 어부는 이 세상의 청탁(淸濁)에 구애받지 말라며 〈창랑가滄浪歌〉를 부르면서 떠나가는 내용이다.

리가 어지러이 일어나니, 마음에 품은 뜻이 바라는 것과 귀와 눈이 좋아하는 것을 감히 막을 자가 없는지라. 어찌 적막한 강 속 쓸쓸한 충혼忠魂을 말하리오?" 하고 여러 기생에게 풍악을 울리도록 명하더라.

질탕한 음악은 푸른 하늘에 또렷이 울리고, 춤추는 사람의 나붓거리는 소매는 강바람에 휘날리며, 알록달록한 화장이 물속에 비쳐 십 리 전당호가 꽃세계로 바뀌었더라. 황자사가 큰 술잔을 기울여 십여 잔 마시고 취흥이 도도하여 홍랑의 어깨를 어루만지며 웃더라.

"인생 백년이 저 흐르는 물과 같거늘 어찌 자잘한 생각과 견주리오? 황여옥은 풍류남자요 강남홍은 절대가인이라. 재자와 가인이 같은 경치로 강 위에서 만났으니, 쾌활한 풍정을 어찌 하늘이 내려주신 인연이라 일컫지 않으리오?"

홍랑이 사태가 점점 급박해짐을 보고는 쓸쓸히 대답하지 않으니, 황자사가 미친 흥을 이기지 못하여 좌우를 호령해 작은 배 한 척을 끌어와 강 가운데 띄우라 하더라. 소주의 여러 기생에게 홍랑의 손을 잡고 배에 오르게 하니, 배 안에 비단 장막이 겹겹이 쳐져 있고 다른 물건은 없더라. 황자사가 배 안으로 뛰어들어가 홍랑의 손을 잡으며,

"네 마음이 비록 쇠와 돌이라 해도 황여옥의 불 같은 욕심에 어찌 녹지 않으리오? 오늘은 내가 오호五湖의 조각배에 서시5)를 싣고 범려6)를

---

5) 서시(西施): 중국 춘추시대 월(越)나라 미인. 성이 시(施). 나무꾼의 딸로 태어났는데 뛰어난 미모를 지녀 많은 남자가 연정을 품었다고 한다. 월나라 왕 구천(句踐)이 회계(會稽)에서 오(吳)나라에 패하자, 충신인 범려(范蠡)가 서시를 데려다가 호색가인 오나라 왕 부차(夫差)에게 바쳐, 부차가 서시의 미색에 빠지게 해 마침내 오나라를 멸망시켰다. 나중에 범려와 함께 오호로 달아났다고도 하고, 강에 빠져 죽었다고도 전한다.
6) 범려(范蠡): 중국 춘추시대 월나라 대부(大夫). 구천이 월나라 왕으로 등극하자 그의 모신(謀臣)이 되었고, 월나라가 오나라에 패배하자 구천을 따라 3년 동안 오나라에서 신복(臣僕)으로 있었다. 귀국해서는 부국강병에 힘썼고, 미인 서시를 호색가인 오나라 왕 부차에게 바쳐, 부차가 정치를 태만하게 하여 마침내 오나라를 멸망시켜 상장군(上將軍)에 올랐다. 구천이 오나라 공신들을 탄압할 것을 알아채 벼슬을 내놓고 제(齊)나라로 떠났다. 그뒤 서시와 더불어 오호에 배를 띄우고 놀았다고 한다.

본받아 평생을 즐기리라."

홍랑이 이 행동을 보고 손쓸 겨를이 없어 강포한 치욕을 면하지 못할까 두려웠으나, 얼굴빛이 변하지 않고 태연하더라.

"상공의 귀중한 지체로 한낱 천한 기생을 이처럼 겁박하시니 좌우에 부끄러운 바라. 제가 청루의 천한 몸으로 어찌 감히 소소한 지조를 말하리까마는 평생 지켜온 바를 오늘 훼손하게 되니, 바라건대 이 자리의 거문고를 빌려 몇 곡 연주하여 근심스러운 마음을 풀고 화락한 기운으로 상공의 즐거움을 도울까 하나이다."

황자사가 이 말을 듣고 홍랑이 자기 위세를 두려워하여 마음을 돌려 즐거이 따르리라 생각하여, 그제야 홍랑의 손을 놓아주고 웃더라.

"그대는 참으로 여자 중의 호걸이요, 수법 역시 묘하도. 내가 일찍이 황성의 청루를 두루 다녀, 이름을 떨치는 기녀와 지조를 지키는 여자라도 내 손에서 벗어날 수 없었는지라. 그대가 한결같이 고집하여 순종하지 않으면 눈서리의 위세를 면하기 어려울 것이거늘, 이제 이처럼 마음을 돌려 전화위복이 되니 이는 그대의 복이라. 내가 비록 벼슬이 대단히 높지는 않으나, 이 시대에 승상의 사랑하는 아들이요 한 지역의 방백을 겸하였으니, 마땅히 황금 집을 지어 그대가 평생 부귀를 누리게 하리라."

말을 마치매 손수 거문고를 들어 홍랑에게 내려주더라.

"그대 평생의 솜씨를 다하여 금슬이 화락한 곡조를 드러내 떨치라."

홍랑이 미소하고 거문고를 받아 한 곡조를 타니, 그 소리가 화창하고 방탕하여 마치 삼월 봄바람에 온갖 꽃이 만발하는 듯하고, 풍류소년들이 준마를 달리는 듯하여, 언덕의 버드나무는 비를 머금고 물새는 날갯짓하여 춤추더라. 황자사가 호탕한 정을 이기지 못해 장막을 걷고 좌우에 명하여 다시 술상을 내어오라 하니, 어찌 홍랑에게 다른 뜻이 있음을 알리오?

홍랑이 다시 섬섬옥수로 거문고 줄을 골라 한 곡조를 연주하니, 그 소리가 쓸쓸하고 처절하여 마치 소상 반죽[7]에 성긴 비가 떨어지는 듯하고, 변새 밖 푸른 무덤[8]에 찬바람이 일어나는 듯하더라. 강가 나뭇잎에 비바람이 쓸쓸하고 하늘가 기러기 우는 소리가 서글프니, 자리의 모든 사람이 애처로운 기색이 있으며, 소주와 항주의 기생이 모두 자기도 모르는 사이 눈물을 흘리더라. 홍랑이 이윽고 곡조를 바꿔 작은 줄을 거두고 큰 줄을 울려 우조羽調를 연주하는데 그 소리가 슬프고 강개하여, 저녁에 백정과 칼로 죽일 마음을 의논하고, 대낮에 연燕나라 남쪽에서 축筑에 맞춰 노래로 화답하는[9] 듯하더라. 그 불평한 심사와 오열하는 흉금이 온 자리를 놀라게 하니, 배 안의 모든 사람이 거동과 안색에 두려워하지 않음이 없더라.

홍랑이 거문고를 밀쳐놓고 맹렬한 기색이 눈썹에 가득하여 이에 축원하길,

---

7) 소상(瀟湘) 반죽(斑竹): 중국 호남성(湖南省) 동정호(洞庭湖) 남쪽 소수(瀟水)·상수(湘水)가 합류하는 곳을 소상이라 부른다. 중국 고대 요임금이 후계자로 순(舜)을 정하고, 두 딸 아황·여영을 순임금의 비로 삼게 했는데, 순임금이 남방 각지를 순행하다가 창오(蒼梧)의 들판에서 세상을 떠나니, 두 비는 그곳으로 가려다 뜻을 이루지 못하고 상수가에서 슬피 울다가 강에 몸을 던졌다. 이때 흐르는 눈물이 강가 대나무에 뿌려져 마디마디에 얼룩이 졌고, 그때부터 모두 얼룩대(斑竹)가 되었다고 한다.
8) 변새(邊塞) 밖 푸른 무덤: 전한 원제(元帝)의 궁녀로, 흉노에게 시집간 왕소군(王昭君)의 무덤. 왕소군은 양가집 딸로 원제의 궁녀로 들어갔으나 원제의 사랑을 받지 못했다. BC 33년 원제의 명으로 흉노의 호한야선우(呼韓邪單于)에게 시집가 아들을 낳았고, 호한야가 죽고 나서 호한야 본처의 아들인 복주루선우(復株累單于)에게 재가하여 두 딸을 낳았다. 왕소군은 죽은 뒤 흉노 땅에 묻혔는데, 그 무덤은 푸른 풀이 시들지 않아 '청총(靑塚)'으로 불렸다.
9) 저녁에 백정(白丁)과~노래로 화답하는: 중국 전국시대 위(衛)나라 협객인 형가(荊軻, ?~BC 227)는 진(秦)나라가 위나라를 멸망시키자 연나라로 와서 머물며, 개를 도살(屠殺)하는 백정과 축을 잘 타는 고점리(高漸離)와 날마다 어울려 술을 마셨는데, 술이 얼큰해지면 고점리가 축을 타고 형가는 그에 맞춰 노래를 불렀다. 연나라의 태자 단(丹)이 진시황을 암살하고자 형가를 파견했는데, 그가 길을 떠나면서 역수(易水)를 건널 때 친구 고점리가 타는 축에 맞춰 "바람이 쓸쓸함이여. 역수 강물이 차도다. 장사가 한 번 떠남이여. 다시 돌아오지 않으리(風蕭蕭兮易水寒, 壯士一去兮不復還)"라는 〈역수가易水歌〉를 불렀다.

'아득한 푸른 하늘이 홍랑을 세상에 내실 때 처지는 미천하게 하시면서 품성은 특별하게 하시어, 드넓은 천지에 작은 몸을 용납할 곳이 없음은 어떠한 까닭인가? 맑은 강 물고기 뱃속에서 누가 굴원을 찾으리오? 오직 바라건대 제가 죽고 나면 시신을 건지지 못하게 하여, 외로운 혼으로 하여금 깨끗한 땅에서 노닐게 하소서.'

말을 마치매 물속으로 뛰어들어가니, 애석하도다. 마침내 그 목숨이 어찌되리오? 다음 회를 보라.

강남홍이 백운동에 몸을 의탁하고
양창곡이 자신전에서 책문을 올리더라

제6회

강남홍이 강물 속으로 몸을 던지니, 배 안의 사람들이 당황하고 크게 놀라 급히 구하려 하나, 몸은 가볍고 물살은 급해 미처 잡지 못하고 비단치마가 풍파에 휘날려 순식간에 간 곳을 알지 못하더라. 소주와 항주의 기생 중 얼굴을 가리고 울지 않는 이가 없고, 두 자사가 몹시 놀라 얼굴빛이 변하여 사공에게 급히 구하라고 호령하더라. 서로 연결된 배들을 풀어 강 위를 샅샅이 수색하되 있는 곳을 알지 못하니, 사공이 모두 마주보며 "사람이 물에 빠지면 반드시 물위로 떠오르거늘, 간 곳이 전혀 없으니 괴이하도다" 하더라. 두 자사가 어찌할 길이 없어 사공과 어부들을 모아 물이 드나드는 어귀를 지키라 하니, 사공과 어부들이 한목소리로 아뢰길,

"만약 이 호수에서 찾지 못하면 하류는 밀물과 썰물이 드나드는 곳이라, 물살이 매우 급하여 모래 속에 매몰되면 찾을 길이 없나이다."

두 자사가 더욱 놀라며 각기 자기 고을로 돌아가더라.

한편 윤소저가 홍랑을 보내고 생각하되,

'홍랑의 성정으로 오늘의 사태에 분명 구차하게 살려 하지 않으리라. 내가 이미 저와 더불어 지기의 사귐을 맺었거늘, 장차 죽으려는 것을 보고도 구하지 않으면 의리가 아니라.'

그리고 구할 방법을 생각하는데, 유모 설파薛婆가 마침 밖에서 들어오니 설파는 경성京城 사람이라. 사람됨이 영리하지 못하나 충직하여 소저를 좇아 부중에 있은 지 이미 여러 해여서 친밀히 사귀는 항주 사람이 많더라. 소저가 설파를 보고 반겨,

"내가 할멈에게 부탁할 것이 있으니 능히 나를 위해 주선하겠는가?"

설파가 말하길,

"늙은 이 몸이 소저를 위하여 끓는 물에 들어가거나 불을 밟아야 하더라도 사양하지 않으리니, 무슨 어려운 일이 있나이까?"

소저가 말하길,

"듣건대 강남 사람이 물에 익숙하여 물속에 몸을 감추어 수십 리를 갈 수 있다 하니, 할멈이 혹 그런 사람을 아는가?"

설파가 한참 생각하다가,

"널리 구하면 있을까 하나이다."

소저가 말하길,

"일이 급하여 시간이 지나면 소용없으니, 속히 한 사람을 추천하라."

설파가 다시 한참 생각하다가,

"소저는 규중 여자로 이런 사람을 구해 어디에 쓰려 하나이까? 진실로 알지 못하겠나이다."

소저가 눈썹을 찡그리며,

"할멈은 사람을 추천하고 나서 그 까닭을 들으라."

설파가 즉시 몸을 일으켜 나가니, 소저가 따라 나와 거듭 부탁하더라.

"반드시 지체하지 말라."

설파가 고개를 끄덕이고 나가더니, 잠시 뒤 한 사람을 데려와 소저를

보고,

"남자는 딱히 마땅한 사람이 없고 한 여자를 찾았으니, 강과 호수에서 연밥을 따는 사람이라. 물속에서 능히 오륙십 리를 가는 까닭에, '물속 야차夜叉 손삼랑孫三娘'이라 하더이다."

소저가 더욱 기이하게 여겨 즉시 들어오라 명하여 보니, 키가 팔 척이요 머리카락이 누렇고 얼굴이 검으며 비린내가 코를 찌르더라. 소저가 놀라 묻기를,

"삼랑이 물속에서 능히 몇 리를 갈 수 있는고?"

삼랑이 대답하길,

"늙은 이 몸이 강어귀에서 연밥을 딸 새 교룡蛟龍을 만나 서로 싸워 십여 리를 쫓아가 마침내 잡아서 등에 지고 나오다가, 저녁 썰물에 떠밀려 다시 수십 리를 가다가 물 밖으로 나왔나이다. 맨몸으로 간다면 칠팔십 리를 갈 수 있고, 몸에 무언가를 지닌 채로도 수십 리는 갈 수 있나이다."

소저가 놀랍고 기뻐,

"내가 삼랑을 쓸 곳이 있으니, 삼랑이 수고를 아끼지 않고 허락할 수 있으리오?"

삼랑이 말하길,

"마땅히 힘을 다하리이다."

소저가 백금 이십 냥을 내려주며,

"비록 적은 돈이나 먼저 정을 표하는 것이고, 성공하면 다시 상을 내리리라."

삼랑이 매우 기뻐하여 쓸 곳을 물으니, 소저가 좌우를 물리치고,

"오늘 전당호에서 두 고을의 상공이 경도희를 하실 새 한 여자가 분명 물속으로 빠지리니, 그대가 물속에 숨어 있다가 즉시 구하여 물속으로 멀리 달아나되 만약 소주 사람 눈에 발각되면 큰 재앙이 있으리니

자못 조심하라. 성공하면 큰 상을 내려줄 뿐 아니라 사람 목숨을 구한 은혜는 죽도록 잊지 않으리라."

삼랑이 응낙하고 가거늘 소저가 거듭 부탁하여,

"큰일을 삼가 누설하지 말라."

삼랑이 이십 냥을 받아 집에 돌아가 깊이 감추어두고 전당호 물가로 가서 반나절을 한가로이 앉아 경도희를 구경하되 끝내 물에 빠지는 사람이 없더니, 저무는 해가 산에 걸렸는데 작은 배에서 소주의 여러 기생이 한 미인을 붙들어 올리거늘 삼랑이 생각하되,

'분명 곡절이 있음이라.'

그리고 즉시 물속으로 뛰어들어가 배 밑에 숨어 엎드려 있는데, 잠시후 배 안에서 거문고 타는 소리가 들리더라. 삼랑이 귀를 기울여 몰래 듣더니, 홀연 배 안이 요란하며 한 미인이 뱃머리에서 떨어지는지라. 삼랑이 몸을 솟구쳐 받아 등에 업고 화살처럼 달려 순식간에 육십 리를 가니, 이곳에는 인적이 드물고 등에 업힌 여자가 물속에 오래 있음이 근심스러워, 물위로 솟구쳐 언덕을 찾고자 하더라.

마침 어선 한 척이 있어, 두 어부가 낚싯대를 들고 고기잡이 노래를 부르며 오거늘 삼랑이 크게 외쳐 "이 죽어가는 사람을 급히 구하라" 하니 어부가 노래를 그치고 노를 저어 빨리 오더라. 삼랑이 그 여자를 업고 배 안으로 뛰어올라가 뉘어놓고 자세히 살펴보니, 구름 같은 머리는 흐트러지고, 옥 같은 얼굴이 푸른빛을 띠어 생기가 조금도 없는지라. 마른 곳을 골라 눕히고 젖은 옷을 볕에 말리며 살아나기를 기다리는데, 어부가 묻기를,

"어떠한 낭자인데 이런 참혹한 재앙을 만났는가?"

삼랑이 말하길,

"나는 본디 연밥을 따는 사람으로 마침 이 여자가 물에 빠지는 것을 보고 급히 가서 구한 것이니, 알지 못하도다. 이 배는 어디로 향하는고?"

어부가 말하길,

"우리는 어부라. 강과 호수에서 자라 물에서 재난당한 사람을 많이 보았으나 이러한 재앙은 처음 보도다. 이곳에는 인가가 없으니 어찌 사람 목숨을 구하리오?"

삼랑이 말하길,

"잠시 기다려보고 만약 맥이 살아나면 다시 의논함이 좋으리라."

손과 발을 진맥해보니 살아날 가망이 있더니, 잠시 뒤 홍랑이 실눈을 뜨고 힘겹게 소리 내어 묻기를,

"노랑^{老娘}은 어떠한 사람이기에 이 죽어가는 사람을 구하였는고?"

삼랑이 오히려 이목이 번다함을 꺼려 "낭자는 정신을 차리고 나서 천천히 그 까닭을 들으소서" 하고 어부들을 돌아보며,

"해가 저물고 인가가 드무니, 배 안에 머물러 묵지 않을 수 없는지라. 우리는 밖에서 머물러도 무방하거니와, 이 여자는 규중의 약한 몸으로 죽을 고비를 넘긴지라. 바람과 이슬을 무릅쓰면 해로우리니, 배 안에 혹 바람 막을 도구가 있는고?"

어부가 뜸¹⁾ 몇 조각과 돗자리를 엮어 몸을 누일 곳을 만들고서 이윽고 물 한가운데 배를 멈추더라. 밤이 깊으매 두 어부가 뜸집 밖에서 잠드니, 삼랑이 가만히 홍랑에게 묻기를,

"낭자께서 항주 자사의 따님 윤소저를 아시나이까?"

홍랑이 놀라 일어나 앉아 그 까닭을 물으니, 삼랑이 윤소저가 자기를 보낸 일을 상세히 아뢰더라. 홍랑이 한숨을 쉬며 "나는 다른 사람이 아니라 바로 항주의 강남홍이라" 하고 죽으려 한 까닭을 상세히 말하니 삼랑이 크게 놀라더라.

"그러면 낭자가 제일방 청루의 강남홍이니이까?"

---

1) 뜸: 물에 띄워서 그물·낚시 따위의 어구(漁具)를 위쪽으로 지탱하는 데 쓰는 물건.

홍랑이 말하길,

"노랑이 어떠한 까닭으로 내 이름을 아는고?"

삼랑이 다시 놀라며,

"낭자의 계집종이 연옥이 아니니이까?"

홍랑이 말하길,

"그러하오."

삼랑이 놀라워하며 홍랑의 손을 잡고 "이 늙은 몸은 바로 연옥의 이모라. 연옥이 항상 낭자의 이름과 절개를 칭찬한 까닭에 자못 간절히 우러러 한번 뵙고자 하였으나, 제 생애가 몹시 괴이한지라. 추한 모습을 꺼려 작은 정성을 이루지 못하더니, 서로 어려운 처지에서 만나니 이는 하늘이 내려주신 바라" 하고 더욱 공경하는 기색이더라. 홍랑 역시 놀랍고 기뻐 특별히 친근함을 더하여 서로 위로하며 누우니, 강가 하늘에 달이 지고 어느덧 사오경에 가까워졌더라. 뜸창 밖에서 어부의 가느다란 말소리가 들리거늘, 삼랑이 귀기울여 들으니 한 어부가 말하길,

"정확한 것을 모르고 어찌 경솔히 행하리오?"

한 어부가 답하길,

"내가 일찍이 고깃배를 팔고자 항주 청루를 지나는데 누각 위에 앉아 있던 여자가 모습이 이 여자와 같은지라. 몹시 의아하거늘, 지금 노랑의 말을 들으니 과연 항주 제일방의 강남홍이로다."

한 어부가 말하길,

"우리가 여러 해 동안 강과 호수에서 도적질을 업으로 하였으나 가정을 이루는 즐거움이 없음을 근심하더니, 강남홍은 강남의 이름난 기녀라. 좋은 기회를 놓칠 수 없으니, 우리 두 사람이 힘을 합하여 이 노랑을 죽이면 가냘프고 약한 아녀자를 어찌 근심할 필요가 있으리오?"

삼랑이 듣기를 마치매 홍랑의 귀에 대고 아뢰길,

"위태로운 지경을 겨우 모면하였으나 죽음의 땅으로 들어왔으니, 오

늘밤 배 안의 사람이 모두 적인 것을 어찌 알 수 있었으리오?"

홍랑이 탄식하며,

"나는 하늘이 죽이려는 바라 어찌할 수 없거니와, 노랑은 목숨을 구할 계책을 생각하오."

삼랑이 말하길,

"제가 비록 용맹이 없으나 한 사람은 족히 감당하거니와, 다만 두 사람을 대적하기 어려우니 어찌하면 좋으리오?"

홍랑이 한참 생각하다가,

"구차하게 사는 것이 도리어 죽는 것만 못하나, 노랑을 위하여 한 가지 계책이 있으니 이리이리하리라."

그리고 다시 코 고는 소리를 내니, 잠시 뒤 두 어부가 갑자기 뜸방 문을 열어젖히고 들어오거늘, 삼랑이 크게 놀라 소리지르고 물속으로 뛰어들더라. 어부들이 삼랑이 물로 뛰어든 것을 보고 홍랑에게 말하길,

"낭자의 목숨이 우리에게 달렸으니 순종하면 살 것이요 거역하면 죽으리라."

홍랑이 비웃으며 뱃머리에 나와 서서,

"내가 젊은 여자로 풍류 마당에서 노닐어 허다한 사람을 겪었으니 어찌 순종하지 않으리오마는, 두 사람이 한 여자를 놓고 다투니 부끄럽게 여기는 바라. 한 사람이 확실히 정해진다면 내가 마땅히 몸을 허락하리라."

그중 젊고 건장한 자가 손에 작살을 잡고 앞에 나서며,

"내가 마땅히 여자를 차지하리라."

말을 마치기 전에, 뒤에 섰던 자가 손에 든 작살로 앞에 나선 자를 찔러 죽여 물속으로 던지거늘, 삼랑이 물속에 숨어 엎드려 있다가 한 사람이 물속으로 떨어지는 것을 보고 작살을 빼앗아 배 위로 솟구쳐 도적놈을 찔러 죽여 물속으로 던지고 배 닻줄을 끊어 언덕을 찾아가더라.

새벽 밀물이 점점 넘치매 작은 배가 폭풍에 밀려 그 빠르기가 화살 같으니, 홍랑이 정신을 차리지 못한 채 배 안에 엎드려 향하는 바를 알지 못하더라. 삼랑이 풍랑에 익숙하나 배를 부리는 것에 능하지 못해 가는 대로 맡겨놓으니, 날이 점점 밝아지고 바람이 더욱 거세게 불어 배가 쏜살같이 나아가는 것을 막을 수 없고, 하늘이 무너지고 땅이 울려 세찬 물결이 태산 같더라. 삼랑도 정신이 빠져나가 홍랑을 껴안고 엎드려 있는데, 배가 달린 지 반나절 만에 바람의 기세가 잠잠해지고 물결이 조금 가라앉거늘, 홍랑과 삼랑이 겨우 정신을 차려 자세히 살펴보니 망망대해에서 물가를 찾기 어렵더라.

　향하는 바를 알지 못하여 물결 따라 가는 대로 맡겨두더니, 저멀리 하늘가에 산 모양이 희미하거늘, 그곳을 향하여 나아간 지 반나절 만에 비로소 언덕이 보이더라. 갈댓잎과 대나무숲이 뒤섞여 울창하고 몇몇 촌락이 그 속에서 은은하게 비치거늘, 아래쪽에 배를 묶어놓고 엎어지며 언덕을 올라 인가를 찾아 문을 두드리니, 얼굴이 검고 눈이 우묵한 사람이 생소한 옷차림과 서먹한 음성으로 당황해하며 나와보고 이상하게 여겨 묻기를,

　"그대들은 어떤 사람이며 누구의 집을 찾는고?"

　삼랑이 말하길,

　"우리는 강남 사람으로 풍랑에 밀려 이곳에 표류했거니와, 이곳 지명이 어떻게 되나이까?"

　그 사람이 크게 놀라며,

　"이곳은 남방의 나탁해哪吒海요 나라 이름은 탈탈국脫脫國이니, 강남에서 육로로 삼만여 리요 수로로 칠만 리라."

　삼랑이 말하길,

　"우리가 죽을 고비를 넘기고 살았으나 갈 곳을 알지 못하니 하룻밤 묵고 가길 바라나이다."

주인이 안타까워하며 허락하고 객실 하나를 정하여 머물게 하니 갈댓잎으로 처마를 덮고 돌을 쌓아 벽을 만들었는데, 대나무 돗자리와 풀로 엮은 자리가 잠시도 앉아 있기 어렵더라. 날이 이미 저물었고 만리타국에서 달리 편안히 쉴 곳이 없는지라 어쩔 수 없이 유숙하는데, 잠시 뒤 주인이 나무 열매로 지은 밥을 지어 내오니 비린내 나는 물고기와 거친 채소는 젓가락을 대기도 어렵더라. 삼랑은 겨우 배고픔을 면할 만큼 먹을 따름이요 홍랑은 한 젓가락도 들지 못한 채 정신이 혼미해 누우니, 습한 기운과 더운 바람에 잠을 이루지 못하더라. 홍랑이 삼랑에게 말하길,

"노랑이 나 때문에 표류하다가 이곳에까지 이르렀으나, 여기는 잠시도 머물기 어려운지라. 나는 죽어도 애석하지 않거니와 노랑은 모름지기 살아 돌아갈 계책을 생각하오."

삼랑이 개탄하며,

"평소 흠모하던 정으로 이제 낭자를 만나 생사고락을 같이하리니, 이곳은 산이 높고 물이 맑아 반드시 도관道觀과 승당僧堂이 있을지라. 내일 다시 찾아보는 것이 좋을까 하나이다."

두 사람이 등불을 돋우어 밤을 지내고 이튿날 주인에게 묻기를,

"이곳에 혹 승려나 도사가 있나이까?"

주인이 말하길,

"이곳에 본디 도사와 승려는 없고 산중에 혹 처사處士가 있으나, 구름 속에서 노니는 자취가 원래 일정하지 않나이다."

두 사람이 주인과 이별하고 대나무 지팡이를 짚고 짚신을 신고서 산길을 찾아 발길 닿는 대로 가는데, 한 곳에 이르러 계곡이 깊고 길이 끊어졌거늘, 바위 위에 앉아 쉬다가 문득 보니 한줄기 맑은 시냇물이 높은 봉우리에서 흘러내리는지라. 홍랑이 손을 씻고 물을 움켜 마시고 삼랑을 돌아보며,

"이 물에서 향기가 풍기니 그 근원을 찾아감이 어떠한고?"

삼랑이 응낙하고 계곡을 따라 올라 백여 걸음을 가니 깊은 골짜기가 있거늘, 그 안에 들어가니 아름다운 꽃과 풀, 붉은 언덕과 푸른 봉우리로 경치가 빼어나 남방의 습한 기운이 없더라. 홍랑이 삼랑에게 "내가 고국을 떠난 지 오래되지 않았으나 남방 풍토에 기운이 꺾였는데, 오늘 이곳은 별천지요 인간 세상이 아니로다" 하고 수십 걸음을 가니 한 굽이 맑은 시내가 있고 그 위에 또 너럭바위가 있더라. 바위 위에서 한 동자가 흐르는 물 옆에서 차를 달이고 있거늘 홍랑이 앞으로 나아가,

"우리는 경치를 좋아하여 산에 들어왔다가 길을 잃어 이에 이르렀으니, 길을 가르쳐줌이 어떠하오?"

동자가 말하길,

"이곳에 다른 길이 없는 까닭에 일찍이 행인의 발자취가 없었거늘, 그대는 어떠한 사람인고?"

홍랑이 미처 대답하기 전에, 한 도사가 아이 같은 얼굴에 흰 머리카락으로 풍모가 빼어난데 머리에는 갈건葛巾을 쓰고 손에는 백우선白羽扇을 들고 대나무숲에서 웃음을 띠며 나오더라. 홍랑이 앞으로 나아가 예를 갖추고 꿇어앉아 아뢰길,

"이역 사람으로 풍랑에 표류하여 갈 곳을 알지 못하오니, 선생께서는 살길을 가르쳐주소서."

도사가 한참 동안 살펴보고서 동자에게 안내하라 명하고 다시 숲속으로 들어가더라. 홍랑이 삼랑과 더불어 동자를 따라 몇 걸음 가니 초당 몇 칸이 매우 정묘한데, 백학 한 쌍은 소나무 사이에서 졸고 있고, 고라니와 사슴 몇 마리는 돌길에서 배회하더라. 홍랑이 평소 떠들썩하고 번화한 곳에서 지내다가 맑고 깨끗한 선경을 처음 보니 가슴이 상쾌하고 정신이 개운하여 속세의 생각을 거의 잊겠더라. 도사가 두 사람에게 대청에 오르라 명하며 "나는 산속 노인이니 조금도 꺼리지 말라" 하니, 홍

랑이 삼랑과 더불어 대청에 올라 방에 들어가 좌우에 모시어 서더라. 도사가 말하길,

"그대 모습을 보니 중국 사람임을 알지라. 이곳에는 사람이 별로 없고 풍속이 짐승과 다름없어, 이역 사람이 발 들여놓을 곳이 아닌지라. 잠시 이곳에 머물러 고국에 돌아갈 시기를 기다리라."

홍랑이 거듭 절하여 감사해하고 도사의 존호를 여쭈니, 도사가 웃으며 "늙은 이 몸은 뜬구름처럼 떠도는 처지라. 무슨 도호道號가 있으리오? 사람들이 백운도사白雲道士라 일컫더라" 하더라. 홍랑이 이로부터 마음과 몸이 아주 편안하더라.

한편 윤소저가 손삼랑을 보내고 초조하고 울적하게 앉아 있는데, 윤자사가 전당호에서 돌아와 홍랑이 물속으로 투신한 것을 자세히 이야기하더라. 소저가 놀랍고 슬퍼 눈물을 머금어,

"그 죽음을 애도할 뿐 아니라 그 사람됨이 아깝나이다."

또 손삼랑의 회보를 기다리되 아득히 소식이 없더라. 며칠 뒤 윤자사가 내당에 들어와 소저를 대하여,

"홍랑의 용모와 사람됨으로 어찌 물속 원혼이 될 줄 알았으리오?"

소저가 놀라,

"과연 홍랑의 시신을 찾았나이까?"

자사가 말하길,

"절강浙江 뱃사공의 말을 들으니, 강변 썰물이 빠져나간 곳에 두 사람의 시신이 있되 모래와 돌에 손상되어 남녀노소를 분간하기 어렵다 하고, 썰물에 떠밀리게 되어 간 곳을 모른다 하니, 정확히는 알 수 없으나 분명 홍랑의 시신이로다."

소저가 더욱 놀라 요동하더라.

한편 연옥이 홍랑이 죽었다는 소식을 듣고는 가슴을 치며 통곡하고 자사의 관아에 달려가 문을 두드리며 아뢰길,

"소녀는 강남홍의 여종 연옥이라. 홍랑과 소녀가 어버이도 친척도 없는 외로운 신세로 주인과 여종으로 서로 의지하여 친자매와 다름없더니, 홍랑이 죄 없이 물속 원혼이 되어 뼈를 거둘 사람이 없사옵니다. 바라건대 관청의 힘을 빌려 백골을 수습하여 흙이라도 덮어 장사지낼까 하나이다."

자사가 그 뜻을 가엾게 여겨 즉시 관아의 배 수십 척을 내어주니, 연옥이 십여 일을 울며 강나루에서 찾으나 자취가 아득하더라. 집으로 돌아와 술과 과일을 갖춰 제사드려 강가에서 초혼招魂을 하고, 홍랑이 평소 입던 의복과 패물을 강 속으로 던져 부르짖으며 통곡하니, 지나가는 행인과 뱃사공 어부들도 눈물을 흘리지 않는 이가 없더라. 연옥이 제사를 마치고 집으로 돌아오니 적막한 누대에 먼지가 쌓이고 쓸쓸한 문 앞에 잡초가 가득해 지난날 풍류의 자취를 물어볼 곳이 없더라. 문을 닫고 밤낮으로 통곡하며 황성으로 간 남종이 돌아오기를 기다리더라.

한편 양공자가 항주의 남종을 돌려보내고 나서 객관의 외로운 회포를 날이 갈수록 풀기 어려워 오직 과거시험 날만 기다리더라. 이때 변방의 급한 보고가 이르러 조정에서 의논하여 과거시험 날을 뒤로 미루니 오히려 여러 달이 남았더라. 양공자가 더욱 울적한 마음을 이기지 못하여 오래도록 고향 생각을 하며 밤마다 잠을 이루지 못하더라. 하루는 책상에 기대어 잠들더니 비몽사몽간에 정신이 흩어져 한 곳에 이르니, 십리 강 위에 붉은 연꽃이 한창 피어 있는지라. 한 송이를 꺾으려다가 문득 한바탕 광풍이 물결을 일으켜 꽃송이가 꺾여 강물 속으로 떨어지거늘, 아까워하고 놀라워하며 잠에서 깨니 덧없는 꿈이라. 상서롭지 않게 여기더니 며칠 지나지 않아 항주의 남종이 갑자기 이르러 홍랑의 편지를 바치거늘, 공자가 기뻐하며 열어보니 그 편지는 이러하더라.

"천첩 강남홍은 운명이 기구하여, 어려서는 부모의 가르침을 듣지 못하고 자라서는 청루에 몸을 의탁하여 천한 창기가 되니, 군자에게 버려

진 바라. 오직 마음 한편에 지기를 만나, 형산 박옥[2]이 품은 가치를 논하고 영문에서 불린 〈백설곡〉[3]의 고상한 노래에 화답하여 평생의 숙원을 풀고자 하였나이다. 뜻밖에 공자를 만나 가슴을 서로 비추어, 강비江妃가 패옥을 풀어 정교보에게 준 것을 본받고 수건과 빗을 받드는 걸 특별히 허락하시니, 첩실이 될 것을 기약하였나이다. 군자의 말씀이 금석처럼 견고하고 제 소망도 바다처럼 깊더니, 조물주가 시기하고 신명神明이 방해함이런가. 소주 자사가 방탕한 마음으로 기생을 천대하여 이해득실로 달래며 위세로 위협하여 압강정에서 가라앉지 않았던 풍파를 다시 전당호에서 일으켜, 오월 초닷새 천중절[4] 경도희를 미끼로 삼아 저를 낚으려 하니, 실낱같은 목숨은 새장 안의 새요 그물 속의 물고기라. 가까이 있는 맑은 강물에 몸을 던져 바다에 몸 던지는 선비를 따르고자 하나, 돌아오실 공자를 망부산望夫山 꼭대기에서 보지 못하게 되니, 물고기 뱃속 외로운 혼백이 비록 영욕을 잊으나 차가운 파도 위에 백마

<hr />

2) 형산(荊山) 박옥(璞玉): 형산은 중국 호북성(湖北省)에 있는 옥이 나는 명산. 박옥은 다듬지 않은 천연 옥 덩어리. 중국 춘추시대 초나라 사람 변화(卞和)가 형산에서 박옥을 얻어 여왕(厲王)에게 바치니 왕을 속인다 하여 그 왼발을 잘랐다. 무왕(武王)이 즉위하고 변화가 박옥을 바치니 또 속인다 하여 그 오른발을 잘랐다. 문왕(文王)이 즉위하자, 변화는 그 박옥을 안고 형산에서 사흘 밤낮을 우니 눈물과 피가 나왔다. 문왕이 이를 듣고 옥공(玉工)을 시켜 박옥을 다듬게 하여 천하에 둘도 없는 보배인 화씨벽(和氏璧)을 얻었다 한다.
3) 영문(郢門)에서 불린 〈백설곡白雪曲〉: 영문은 중국 전국시대 초나라의 수도인 영도(郢都)를, 〈백설곡〉은 영도에서 불린 고상한 가곡을 가리킨다. 〈양춘곡陽春曲〉과 더불어 곡조가 고상하고 심오하여 화답할 수 있는 사람이 적었다고 한다. 『문선文選』에 실린 송옥(宋玉)의 「대초왕문對楚王問」에 "영중(郢中)에서 노래하는 나그네가 맨 처음 〈하리곡下里曲〉·〈파인곡巴人曲〉을 노래했을 때는 나라에서 그것을 이어 화답하는 자가 수천 명이요, 〈양아곡陽阿曲〉·〈해로곡薤露曲〉을 노래했을 때는 나라에서 그것을 이어 화답하는 자가 수백 명이요, 〈양춘곡〉·〈백설곡〉을 노래했을 때는 나라에서 그것을 이어 화답하는 자가 수십 명에 불과했으니, 이는 곧 곡조가 고상할수록 화답하는 자가 더욱 적기 때문이다."
4) 천중절(天中節): 단오(端午)를 달리 부르는 말. 단오의 '단'은 처음을 뜻하고, '오'는 오(五)의 뜻과 통하므로 단오는 초닷새라는 뜻이 된다. 단오의 유래는, 초나라 회왕을 도와 삼려대부가 된 굴원이 경양왕 때 모함을 입어 추방되고 동정호 근처를 방랑하다가 멱라수에 몸을 던져 죽었는데, 그날이 5월 초닷새였다. 그뒤 해마다 굴원의 영혼을 위로하고자 5월 초닷새에 멱라수에서 제사를 지내게 되었고, 이것이 우리나라에 전해져 단오가 되었다고 한다.

를 탄⁵⁾ 원한을 이루 말하기 어렵나이다. 엎드려 바라건대 공자께서는 저를 생각하지 마시고 청운에 뜻을 두어 금의환향하시는 날에 옛정을 기념하여 종이돈 한 장으로 강 위의 이 외로운 혼백을 위로하여주소서. 제가 죽은 뒤에는 알지 못하니 말씀드릴 바 아니오나, 만약 혼령이 사라지지 않는다면 명부冥府에 소원을 빌어 이승에서 다하지 못한 인연으로 다음 생을 기약할까 하나이다. 돈 일백 냥은 나그네의 취미에 보태시어, 멀리 떠나는 사람으로 하여금 아득한 저승에서 그리워하는 생각을 조금이나마 위로하게 하소서. 붓을 잡으매 가슴이 막혀 생리사별의 심회를 다하지 못하겠나이다."

양공자가 보기를 마치매 아연실색하여 주먹으로 책상을 치고 눈물을 흘려 옷깃을 적시더라.

"홍랑이 죽었단 말인가?"

편지를 두 번 세 번 펴보고 취한 듯 꿈꾸는 듯하여 남종에게 묻기를,

"네가 언제 집을 떠나왔는고?"

남종이 대답하길,

"초나흘에 출발하였나이다."

공자가 말하길,

"소주 자사가 언제 항주에 온다 하였는고?"

남종이 말하길,

---

5) 차가운 파도~백마를 탄: 중국 춘추시대 초나라 사람 오자서(伍子胥, BC 559~BC 484)는 아버지와 형이 참소를 입고 평왕(平王)에게 살해당하자 오나라를 섬겨 복수했다. 오나라 왕 합려(闔閭)를 보좌하여 강대국으로 키웠으나 합려의 아들 부차(夫差)에게 중용되지 못했다. 월나라를 멸하지 않으면 후환이 있을 것이라 간언했으나, 부차는 오자서를 멀리했다. 그리하여 아들을 제나라에 맡겼는데 이 때문에 모함을 입어 부차는 오자서에게 자결을 명했다. 『태평광기太平廣記』 제291권의 고사에 의하면, 부차가 사람을 시켜 오자서의 시신을 말가죽 자루에 넣어 전당강에 버렸는데, 이때 전당강의 파도가 노하여 높이 솟구쳤다. 사람들이 파도를 보면, 오자서가 도신(濤神)이 되어 파도의 맨 꼭대기에 백마를 타고 앉아 있는 것이 보였기에 묘사(廟祠)를 세우고 그에게 제사지냈다고 한다.

"초닷새에 전당호에서 경도희를 베푼다 하더이다."

공자가 탄식하길,

"아아! 홍랑이 이미 죽었도다."

그리고 책상에 기대어 자꾸 흘러내리는 눈물을 그치지 못하더라. 속으로 생각하되,

'홍랑은 이 시대에 다시없는 미색이요 비할 데 없는 인물이라. 분명 조물주가 시기함이로다.'

또 생각하길,

'홍랑의 타고난 성품이 너무 강하여 열협의 풍모가 있으나 화려한 기상과 아리따운 자태로 분명 물속의 외로운 혼백이 되지 않았으리라. 이는 필시 꿈이로다.'

책상머리의 채전을 취하여 바로 답장을 쓰려다가 다시 붓을 멈추고 탄식하길,

"홍랑이 분명 죽었으리로다. 내가 압강정을 주제로 쓴 시에 '원앙은 날아가고 꽃떨기만 꺾일까 하노라'라는 구절은 상서롭지 않다 하리요, 연노정燕勞亭에서 이별을 얘기할 때 '사람의 일이 번복되는 것'을 한탄한 말이 어찌 언참言讖이 아니리오?"

한참 동안 주저하다가 다시 붓을 잡아 몇 줄 쓰더라.

"홍랑아, 네가 어찌 나를 속이느냐? 만남은 어찌 그리 기이하며, 이별은 어찌 그리 쉬우며, 서로 친함은 어찌 그리 다정하며, 서로 버림은 어찌 그리 무심하며, 서로 사랑함은 어찌 그리 정중하며, 서로 잊음은 어찌 그리 쉬우냐? 만약 속이는 것이 아니라면 이는 꿈이로다. 너의 번화한 기상과 빼어난 풍류로 어찌 쓸쓸한 강 속의 적막하고 외로운 혼백이 되며, 총명한 자질과 슬기로운 성정으로 어찌 쓸쓸한 무덤의 참혹한 원혼이 되리오? 홍랑아! 꿈이냐 참이냐? 네 편지를 보고 남종의 말을 들으니 진실인 듯하나, 네 모습을 상상하면 필시 그러할 리가 없으니, 꿈

인지 참인지 누구에게 물으며 누구에게 따지리오? 사람이 지기를 귀하게 여김은 그 생사와 영욕을 함께하기 때문이거늘, 이제 천리 떨어진 남과 북에서 생사를 모르니 이는 내가 너를 저버림이요, 한때의 협기로 백년가약을 지푸라기처럼 버렸으니 이는 네가 나를 저버림이라. 나의 오늘 눈물이 어찌 등도자의 호색하는 마음[6]을 본받음이리오? 백아처럼 자기 거문고 소리를 알아줄 이 없는 것을 한스러워함이로다. 남종이 돌아간다 하기에 몇 줄 적은 편지를 보내노니 홍랑아, 네가 능히 살아서 이 답장을 볼 수 있겠느냐?"

양공자가 쓰기를 마치매 남종에게 주며,

"너는 즉시 돌아가고 나중에 다시 와서 소식을 전하라."

남종이 작별을 아뢰고 급히 가더라.

이때 연옥이 주인 없는 빈집에서 낮에는 눈물로 날을 보내고, 밤에는 깜빡이는 외로운 등잔불에 잠을 이루지 못하고 남종을 고대하되 아득히 소식이 없는지라. 하루는 심란하고 무료하여 구슬피 문에 기대어 서 있더니, 교방 앞 큰길에 수레와 말이 떠들썩하고 곳곳의 음악소리는 예전처럼 질탕하되, 제일방의 문 앞은 쓸쓸하고 적막하여 우물 위 벽도화는 꽃이 지고 열매가 열려 까막까치가 날아와 지저귀거늘, 처량함을 이기지 못하여 석양을 대하여 목소리가 잠길 만큼 통곡하더라. 문득 보니 남종이 황성에서 돌아오거늘, 연옥이 감격스럽기도 하고 슬프기도 하여 땅에 엎디어 목이 메니, 남종이 공자의 말을 비로소 깨닫고 방성대곡하며 연옥을 붙들어 일으켜 그 까닭을 묻더라. 연옥이 목메어 우는 소리로 자세히 이야기하니, 남종이 품속에서 편지 한 통을 꺼내더라.

"이는 공자의 편지라. 누구에게 전하리오?"

---

6) 등도자(登徒子)의 호색(好色)하는 마음: 중국 전국시대 초나라 문인 송옥이 「등도자호색부登徒子好色賦」에서, 아름다운 여인이 3년을 유혹해도 넘어가지 않은 자신보다는, 아내가 못생겼는데도 다섯 아들을 낳은 등도자야말로 여자를 가리지 않은 호색한이라고 했다.

연옥이 탄식하며 "우리 낭자가 평생에 다른 지기가 없고 오직 양공자뿐이라. 어찌 그 편지를 가지고 혼령을 위로하지 않으리오?" 하고 향탁香卓을 차리고 편지를 그 위에 펼쳐놓고서 남종과 연옥이 한바탕 통곡한 뒤, 연옥이 그 편지를 깊이 감추어두더라. 윤소저가 홍랑의 원통한 죽음을 불쌍히 여기고 연옥과 남종이 의탁할 곳 없음을 염려하여 부중에 거두어두더라.

이때 조정이 병부상서兵部尙書로 윤자사를 부르니, 윤공의 치적이 천하에 드러남이더라. 윤공이 여장을 꾸려 황성으로 떠날 새 연옥이 따라가 길 청하니 윤공이 가련히 여겨 허락하거늘, 연옥과 남종이 집으로 돌아와 행장을 조금 차리고 소저를 모셔 황성으로 향하더라.

한편 양공자가 홍랑의 소식을 알고자 하여 동자를 항주로 보냈는데, 하루는 항주 남종이 흰 옷 입은 여자를 데려오거늘 자세히 보니 연옥이라. 초췌한 모습과 처량한 낯빛으로 계단 아래에 서서 공자를 우러러보고 소매로 얼굴을 가리며 목소리가 잠길 만큼 흐느끼거늘, 공자도 눈물을 멈추지 못하더라.

"네 모습을 보니 세상이 뒤바뀐 것을 묻지 않아도 알겠도다. 내가 깊이 파헤치고 싶지는 않으나 앞뒤 사정을 대략 설명해보라."

연옥이 목멘 소리로 말을 제대로 하지 못하며 "홍랑이 공자와 이별하고 병을 핑계로 문을 닫고 윤소저와 사귀어 지기로 마음을 허락하더니, 황자사의 핍박을 받아 전당호에 몸을 던졌으나 백골을 수습하지 못하였나이다" 하고 일일이 아뢰거늘, 공자가 한숨을 쉬고 눈물을 흘리더라.

"처참하고 처참하도다! 내가 그 사람을 저버림이로다."

다시 묻기를,

"너는 어떻게 황성으로 왔는고?"

연옥이 대답하길,

"윤소저께서 제가 의지할 곳 없음을 가련히 여겨 이곳에 데려오셨나이다."

공자가 다 듣고서 생각하되,

'윤소저가 규중 여자로 이같이 신의를 저버리지 않으니, 홍랑의 식견을 충분히 알리로다.'

공자가 다시 연옥과 남종에게 이르길,

"어찌 주인이 없다 하여 너희를 저버리겠는가마는 잠시 거둘 여력이 없으니, 윤소저에게 의탁하여 좋은 때가 오길 기다리라."

연옥과 남종이 울며 감사해하고 가더라.

세월이 빠르게 흘러 몇 달이 지나매, 천자가 변방의 난리를 평정하시고 다시 사방에서 많은 선비를 모아 과거시험을 베풀어 인재를 뽑으실 때 연영전延英殿에 이르러 몸소 낸 책문策文으로 물으시니, 과거에 응시한 선비들이 구름같이 모였더라. 그 문제는 이러하더라.

"황제가 묻기를, 예로부터 나라를 다스리는 도가 하나가 아니나 반드시 선후와 완급이 있나니, 삼대7) 이전은 어떠한 도로 다스렸기에 백성의 일상이 즐겁고 평화로웠으며, 한漢·당唐 이후는 어찌 그리 어지럽고 소란스러웠는고? 짐이 새로이 황제의 자리에 올라 아득히 한몸으로 만백성을 대하니 전전긍긍하여 다스리는 도를 알지 못하노라. 오늘 많은 선비가 옛 책들을 읽어 평소 가슴속에 갈고닦음이 반드시 있으리니, 각기 감추지 말고 직언으로 힘껏 아뢰어 내 허물을 보완하게 하라."

양공자가 계단 아래 엎드려 순식간에 수천 마디 말을 아뢰니, 대략 이러하더라.

"신이 듣자오니, 임금이 천하를 다스리는 도는 마땅히 하늘을 본받을 따름이라 하더이다. 『주역』에 이르길, '바람과 비로 윤택하게 하고, 우레

---

7) 삼대(三代): 중국 고대의 하(夏)·상(商)·주(周) 왕조를 가리킨다. 요순 시대와 하·상·주의 삼대는 덕화(德化)로 왕도정치가 실현된 이상적인 태평성대로 일컬어졌다.

와 번개로 고취함이라' 하였고, 또 이르길, '사계절이 운행하며 만물이 이루어짐이라' 하였나이다. 무릇 하늘이 만물을 만들어내어 기르시되, 바람과 비로 윤택하게 하여 죽을 목숨도 살리는 덕을 베푸실 뿐 아니라 반드시 우레와 번개로 호령하여 놀라 움직이게 하는 위엄을 보인즉, 사계절의 운행이 막히지 않고 만물이 태어나 자라고 소통하나이다. 이러한 까닭에 봄과 여름에는 태어나 자라게 하고 가을과 겨울에는 말라 죽게 하여, 그 기운을 열었다 닫았다 하여 조화造化를 베풀고자 함이라. 옛 성왕聖王께서는 능히 이 법을 본받았기에, 혜택과 어진 정치는 봄과 여름의 태어나 자라게 함을 모방하고, 법령과 형벌은 가을과 겨울의 말라 죽게 함을 따랐나이다. 한 번 당기면 한 번 늦추고, 한 번 살리면 한 번 죽여 확고하고 단호하게 해야 교화가 이루어지며, 위엄 있는 명령이 행해지며, 혜택과 어진 정치가 나오며, 기강과 풍속이 세워지나이다. 만약 죽을 목숨도 살리는 덕으로 백성을 달래지 않고, 말라 죽게 하는 위엄으로만 징계한다면 이는 하늘에 사계절이 없는 것과 같으니, 만물이 어찌 나고 자라며 어찌 조화를 이루리이까?

이러한 까닭에 옛사람이 나라를 몸에 비유하였으니, 임금은 마음이요 신하는 손과 발이라. 평소 일이 없어 마음이 안일하면 손과 발의 쓰임이 게을러지고, 갑작스러운 환란에 마음을 청정하게 하면 손과 발의 움직임이 민첩해지나니, 이로 보건대 천하의 모든 일이 안일로부터 생겨나고 청정으로부터 쇄신됨이라. 그러므로 옛적 성군께서 위로 하늘의 도를 본받고 아래로 인간의 일을 살펴 안일을 근심하고 쇄신을 생각하시거늘, 이제 폐하께서 그 도를 듣고자 하시어 선후와 완급을 물으시니, 크시도다, 임금의 말씀이여!

무릇 나라를 다스리는 도의 완급을 알지 못하면 충성스러운 말과 좋은 계책이 모두 실속 없는 꾸밈이 되어버리고, 선후가 뒤바뀌면 경륜과 득실이 분명 실효가 없게 되나이다. 그러므로 요순의 다스림을 임금들이 모두 우러르나 이르지 못하고, 후직后稷 설契의 일을 신하가 모두 사모하나 실행하지 못함은, 다름아니라 선후와 완급을 알지 못한 것이니이다.

신이 생각하건대 오늘날 조정의 급한 일은 기강을 세우는 것이니, 옛일로 이를 밝혀보겠나이다. 요순 이전에는 덕으로 교화를 하였고 하夏·상商 이후에는 공功으로 다스렸으니 이는 '왕도王道'요, 진秦은 힘에 기대어 일어나 힘으로 지켰으니 이는 '패도覇道'요, 한漢은 지혜로 나라를 세워 지혜로 지켰으니 이는 '왕도와 패도를 아울러 사용했다' 함이요, 진晉·당唐은 경박한 문장에 빠지고 송宋은 옛글의 찌꺼기에 병들었으니, 이는 왕도이기도 하고 패도이기도 하여 득실이 반반이라.

요순 이전에는 풍속이 순박하여 덕으로 교화했고, 하·상 이후에는 인문人文이 밝아져 공으로 다스렸으며, 전국시대로부터 진秦에 이르기까지는 기풍이 강성하여 힘에 기대어 일어났고, 한·당·송 이후에는 사람의 기상이 점차 쇠해 순수함과 뒤섞임이 반반이 되니, 경법經法과 권도權道를 짐작하여 지혜로 다스림이라. 왕도는 더디게 일어나 그 다스려짐이 길고 멀며, 패도는 빠르게 일어나 그 무너짐도 빠른 것이며, 왕도는 마지막이 어리석고 혼미하며, 패도는 마지막이 거짓되고 어지러우니, 이는 천지의 운수가 옛날과 지금이 같지 않고, 국가의 다스려짐과 어지러워짐이 규모가 서로 다름이라.

무릇 왕도는 경법이요 패도는 권도이니, 경법과 권도가 중도를 얻으면 이 또한 성인의 도인지라. 신은 생각하건대 왕도와 패도를 아울러 사용하는 것이 후세의 바꿀 수 없는 법이거늘, 이즈음 괴상한 이론이 '패도를 물리치고 왕도를 행한다'는 핑계를 대더이다. 그 이론을 들으면 요순의 다스림에 가깝되 실효를 논하면 당·송의 다스림에도 미치지 못하니, 옛 시대를 따른다는 자는 간성干城을 장담하고, 지혜가 있다는 자는 조삼모사를 자랑하나이다.

조정으로 말할진대, 직책이 크고 체면이 무거워 이미 세세한 일은 묻지도 않고 태평을 누리며 안일을 일삼아 원대한 계책이 없나이다. 내각으로 말할진대, 옳음과 그름, 충성과 반역을 가려냄에 당시 형세만을 돌아보아 의론과 겉모양을 자유롭게 못하며, 벼슬에 등용하고 축출함에 전례를 따라 행할 뿐 말을 하든 침묵을 하든 전혀 주견이 없나이다. 자사와 수령으로 말할진대, 오직 관작의 등급을 논할 뿐 인재의 어질고 어질지 않음은 묻지도 않으며, 녹봉의 많고 적음으로 득실을 계산할 뿐 백성의 평안과 근심은 그다지 중요하지 않은 일로 간주하나이다. 선비로 말할진대, 곤궁하게 책 읽는 것은 조롱하고 요행히 벼슬에 나아가기만을 바라, 옹졸한 자는 곤궁한 집에서 비탄해하며 기운이 꺾이고, 과격한 자는 자포자기하여 불만으로 가득하나이다. 풍속으로 말할진대, 윤리가 무너지고 염치가 뒤집어져 사치스러운 풍습과 곤궁한 탄식만 남으며 아침에 저녁을 근심할 겨를이 없으니 원대한 생각이 없나이다. 변새邊塞의 일로 말할진대, 사방의 오랑캐들은 폐하의 교화를 알지 못하고, 여러 장수와 군졸은 오래도록 태평을 누려 어루만지는 교화도 없고 방비하는 계책도 소홀히 하나이다. 재화財貨로 말할진대, 민간에는 세금을 거둬들이는 데 원망이 끊이지 않고, 나라 안에는 날마다 쓰이는 재물이 부족하여 창고가 텅 비어 모아둔 것이 없나이다.

폐하께서는 궁중에 깊이 거처하시니 비록 신성한 지혜가 있으시나 좌우에서 도와 인도함이 없으면 어찌 천하의 안위를 아시리이까? 앞뒤의 신하들이 사해의 부유와 만승萬乘의 존귀만을 일컬어, 넓은 대궐과 고운 융단의 안일을 도울 뿐 백성을 대하는 어려움을 간언하는 자가 없나이다. 비록 궁궐의 새벽 물시계 소리에 침상에서 뒤척이시며, 총명이 이르는 곳마다 백성을 생각하고 나라를 걱정하시나, 해가 뜨면 또 예전과 같아 별다른 경륜이 없으시니, 이는 좌우의 도움이 없어 쇄신할 수 없음이라.

아아! 드넓은 사해와 수많은 백성의 괴로움과 편안함이 폐하께 달려 있거늘, 어찌 마음을 등한시하여 용감히 결단하시는 바가 없으리이까? 「홍범洪範」에 이르길, '오직 임금만이 벌을 주기도 하고 상을 주기도 한다' 하니, 상과 벌은 임금의 기율이요 나라를 다스리는 강령이라. 강령을 잡고 기율을 세우고 나서 법령이 행해지고 교화가 이루어지나니, 이를 일컬어 '기강紀綱'이라 하니라. 옛사람이 기강을 '강綱'에 비유한 것은, 그 줄을 들면 수많은 그물코가 따라 움직이기 때문이니, 조정은 천하의 기강이요 임금은 만백성의 기강이라. 폐하께서 천하를 다스리고자 할진대 먼저 조정의 기강을 세우시고, 만백성을 교화하고자 할진대 먼저 임금의 기강을 잃지 마소서. 장수 된 자가 백만 군대를 이끌어 진영에서 적을 대할 새, 반드시 상벌을 주관하고 병권兵權을 하나로 하여 삼군三軍을 장악한 뒤에야 성공이 이루어지나이다. 폐하께서 지금 수많은 백성을 이끌어 천하를 다스리고자 할진대 살리거나 죽이는 권한을 분명히 하지 않으시면 일의 기미가 마음과 서로 어긋나고 경륜과 마음이 서로 어긋나나니, 기강을 어찌 세울 수 있으며 풍속을 어찌 고칠 수 있으며 수많은 아랫사람을 어찌 감독할 수 있으며 폐단을 어찌 구할 수 있으리이까?

엎드려 생각하건대, 우리 태조 황제께서 나라를 세운 뒤로 폐하에 이르기까지 태평한 날이 오래 계속되어 많은 신하와 관료가 옛일을 지키고 전례를 따라 행하여, 자연히 마음이 안일하고 생각이 나태하니 이는 예나 이제나 변함없는 이치라. 비유하건대 큰 집을 지을 때 북산의 돌을 취하고 남산의 나무를 구하여 제도를 헤아리고 정신을 수고하여, 집이 견고하여 자손들이 들어와 살되 편안함만 알고 그 수고를 모르기에, 담장이 무너지고 기둥이 부러지면 처음에는 근심하다가 나중에는 태만하여 반드시 기울어져 엎어지는 환란을 당하나이다. 아아! 자손이 그의 할아버지와 아버지가 창건하시던 때의 마음을 만분의 일이나마 가져 쇄

신하였다면 어찌 이 지경에 이르렀으리이까?

폐하께서 이제 천자의 큰 자리에 계시면서 세월이 오래 흐르도록 그 무너짐을 근심하지 않으신다면 신이 감히 말씀드릴 바가 아니거니와, 전전긍긍하시어 살얼음을 걷는 듯하여 수많은 선비를 대하여 쓸모 있는 의견을 물으시니, 신이 어찌 감히 형식적인 문장으로 전례에 따라 대답하리이까? 비록 그러하나 자잘한 조목과 시급한 경륜은 작은 붓, 작은 종이로 급히 다 쓰기 어려운지라. 신의 말씀이 그릇되지 않음을 잠시 허락하시어, 다시 천장각天章閣을 여시고 붓과 종이를 특별히 내려주시어 가슴속에 품은 생각을 다 드러내라 하시면, 신은 감히 사양하지 않으리이다."

천자가 수많은 선비의 글을 친히 살펴보실 새, 대동소이하여 우열이 별로 없거늘 천자의 얼굴빛이 기쁘지 않더니 양창곡의 글에 이르러 크게 기뻐하시며 "이는 한나라의 가의賈誼요, 당나라의 육지陸贄도 이를 넘을 수 없으리라. 내가 이제 나라의 기둥과 주춧돌을 얻었도다" 하시고 제일등으로 뽑아 이름을 부르도록 명하시매, 양창곡이 나와 천자의 자리 앞에 엎드리더라. 각로閣老 황의병黃義炳이 아뢰길,

"양창곡은 나이 어린 아이라. 어찌 경륜의 문장을 지을 수 있으리오? 다시 폐하의 자리 앞에서 칠보시로 시험함이 좋으리이다."

말을 마치매 또 한 재상이 아뢰길,

"양창곡은 새로 출세한 소년이라. 시대의 중요한 일을 알기는 하나 폐하께 올리는 글에 경솔함이 매우 많으니, 급제를 취소하는 것이 좋으리이다."

마침내 천자가 어찌 처리하리오? 다음 회를 보라.

윤상서가 동상에서 좋은 사위를 맞이하고
양한림이 강주에서 선랑을 만나더라

천자가 양창곡의 글을 칭찬하고 제일등으로 뽑아두시니, 한 재상이 앞으로 나아와 아뢰길,

"옛 성인의 말씀에 이르길, '요순의 도가 아니거든, 감히 임금께 아뢰지 않노라' 하였거늘 이제 양창곡이 패도를 말하니 그 불가함이 첫번째요, 「홍범」에서 위엄과 복을 일컬음은 신하를 경계하는 것이거늘, 양창곡이 이를 들어 임금께 간언하니 그 불가함이 두번째라. 엎드려 바라건대 폐하께서는 양창곡의 이름을 삭제하여 천하의 선비들로 하여금 임금께 아뢰는 말을 신중히 하도록 하소서."

뭇사람이 보니 곧 참지정사參知政事 노균盧均이라. 노균은 당나라 노기盧杞의 후예이니, 천성이 간교하여 총명한 재능은 임금께 아첨하기에 족하고 말솜씨와 풍채는 조정을 억누르기에 족하니, 소인과 친하게 지내고 군자를 시기하여 조정의 권력을 어지럽힌 지 오래되었더라. 나이가 많고 옛일을 두루 거친 까닭에 천자가 즉위한 초기에 선왕의 노신老臣에 대한 예우로 대우를 받더니, 이날 양창곡의 문장과 경륜이 뛰어남과 천자

의 칭찬을 듣고는 마음이 불편하여 이같이 아뢰더라.

천자가 듣고 불쾌한 빛이 있으시더니, 또 한 재상이 앞으로 나아와 아뢰길,

"신이 듣자오니 당나라 왕발[1]은 아홉 살에 문장으로 세상에 알려졌고, 송나라 구준[2]은 열아홉 살에 과거에 급제하여 꽃다운 나이의 재능과 도량이 조정을 놀라게 했거늘, 예로부터 재능과 문장은 나이의 많고 적음에 있지 않은지라. 각로의 말씀이 자못 부당하오며, 폐하께서 많은 선비를 대하시어 시대의 중요한 일을 물으시니 대답한 바가 각기 자신의 뜻을 말한 것이요, 또 나라를 다스리는 도는 옛날과 지금이 같지 않으니 어찌 경법과 권도를 참작함이 없으리이까? 지금 노균의 말씀이 양창곡을 크게 핍박해 처음 벼슬에 나서는 예기銳氣를 꺾는 것은 나라의 선비를 발탁하는 도리가 아니요, 경서經書의 학술을 가탁해 언로言路를 막고자 하니 심히 공평한 논의가 아니로소이다. 신이 양창곡의 문장을 보니, 동중서董仲舒와 가의도 그에게 미치지 못할 바이며, 나라를 다스릴 경륜은 한기와 부필에게 양보하지 않을 것이요, 직언과 극간極諫은 급암[3]과 위징[4]이 짝할 바이니, 하늘이 보필 잘할 신하를 폐하께 특별히 내리신 것이라고 생각하나이다."

좌우에서 그 사람을 보니, 부마도위駙馬都尉 진왕秦王 화진花珍이라. 그는

---

1) 왕발(王勃, 650~676): 당나라 초기 시인. 여섯 살에 이미 문장을 잘했고, 아홉 살에 『지하指瑕』를 지어 안사고(顔師古)가 주를 단 『한서漢書』의 오류를 바로잡았다. 열일곱 살에 유소과(幽素科)에 급제했다. 닭싸움에 대해 장난으로 쓴 글이 고종(高宗)의 노여움을 사 중앙에서 쫓겨났고, 아버지 역시 이 일로 교지령(交趾令)으로 폄적(貶謫)되었다. 675년 교지로 아버지를 만나러 가는 길에 남창(南昌)을 지나며 도독 염백서(閻伯嶼)를 위해 쓴 「등왕각서滕王閣序」가 유명하다.
2) 구준(寇準, 961~1023): 북송 초기의 정치가. 열아홉 살에 과거에 급제해 태종(太宗)의 두터운 신임을 받았으나 지나치게 강직해 자주 지방으로 좌천되었다. 진종(眞宗) 때 재상이 되었다. 요(遼)나라 성종(聖宗)이 대군을 거느리고 침략하여 오자, 황제에게 친정(親征)을 권하여 요나라 군대를 무찌르게 되었다. 진종이 병이 들자 비밀리에 태자에게 국정을 맡길 것을 건의했는데, 일이 새어나가 파직되고 내국공(萊國公)에 봉해져 흔히 구래공(寇萊公)으로 불린다.

개국공신 화운花雲의 증손이요, 나이는 이제 스무 살에 문무를 모두 갖추었고 호방하며, 황제의 매부로 토번吐蕃을 평정하여 진왕으로 봉해졌는데, 마침 조정에 들어왔다가 양창곡을 보매 그가 탁월한 재능을 가졌음을 알고 노균의 간사한 속임수를 통한스럽게 여기더라. 노균은 분노하여 진왕과 다투기를 그치지 않거늘, 양창곡이 이에 일어났다가 다시 엎드려 아뢰길,

"신이 무딘 재주로 외람되이 과거에 급제하니 조정에서 인재를 구하는 뜻에 어긋남이요, 신하가 되어 임금을 처음 섬기는 때에 임금을 속인다는 오명을 무릅쓰고 임금께 아뢰는 문장을 삼가지 않아 대신大臣의 논박을 입는데, 어찌 은총만을 탐하고 염치를 돌아보지 않으리이까? 엎드려 바라건대, 폐하께서는 신의 이름을 급제에서 삭제하시어 천하의 선비들이 임금을 속이는 버릇을 징계하소서."

이때 양창곡의 나이가 열여섯 살이라. 언사가 당당하여 마치 대나무를 쪼개는 듯하니 궁중 사람이 다 크게 놀라 혀를 내두르지 않음이 없고, 천자의 얼굴에 기쁜 빛이 가득하더라.

"양창곡이 비록 나이는 어리나, 임금에게 아뢰는 모습은 학식 높은 나이든 선비라도 당하지 못하리로다."

하시고 즉시 붉은 도포와 옥대玉帶, 일산日傘 한 쌍과 안장 올린 말, 이원梨園의 법악法樂, 채화彩花 한 가지를 내리시고, 한림학사에 제수하여 자금성紫禁城 제일방第一坊의 큰 집을 내리시더라.

---

3) 급암(汲黯): 전한의 명신. 자는 장유(長孺). 그는 직간과 선정(善政)으로 유명해, 무제는 그를 사직(社稷)을 지탱하는 신하라고 칭송했다. 아첨하는 무리를 물리치고 무위(無爲)의 정치를 할 것을 간했으나 받아들여지지 않자 회양태수(淮陽太守)를 마지막으로 관직에서 물러났다.

4) 위징(魏徵, 580~643): 당나라 초기 명신. 수나라 말 혼란기에 이밀(李密)의 군대에 참가했으나 곧 당나라 고조(高祖)에게 귀순하여 고조의 장자 이건성(李建成)의 유력한 측근이 되었다. 이건성이 아우 이세민(李世民), 즉 태종과의 경쟁에서 패했으나, 위징의 인격에 끌린 태종의 부름을 받아 간의대부(諫議大夫) 등을 역임하고 재상으로 중용되었다. 평소 담력과 지략을 가져 굽힐 줄 모르고 직간을 거듭해 황제의 분노를 샀지만 조금도 흔들림이 없었다.

양한림楊翰林이 붉은 도포와 옥대 차림으로 천자의 은혜에 감사하는 예를 마치고서 총마騘馬를 타고 일산과 이원 법악을 앞세워 자금성 집으로 향할 새, 구경하는 사람이 구름 같고 양한림의 빼어난 풍모를 찬양하는 떠들썩함이 우레 같더라. 바야흐로 문 앞에 이르니 수레와 말이 구름같이 모여 있고, 대청 위로 오르니 손님이 이미 자리에 가득하더라. 옆에서 아뢰길,

"황의병 각로께서 오시나이다."

양한림이 대청에서 내려가 맞이하여 예를 마치고 자리에 앉으니 황각로가 웃으며,

"학사의 소년 공명이 온 세상에 널리 퍼지니 오래지 않아 반드시 내 지위에 이를지라. 국가가 인재를 얻은 기쁨이 끝없도다. 내가 어전御前에서 실수가 많았으나, 이는 짐짓 학사의 재능 연마를 칭찬함이니, 나의 어리석음을 허물하지 마시라."

양한림이 겸손하게 사양해 마지않더라.

이튿날 양한림이 선배 관료들에게 돌아가며 사례할 새 먼저 황각로의 집에 이르니, 황각로가 환대하여 말씀이 장황하거늘 갑자기 술과 안주 한 상이 주방에서 나오더라. 술이 여러 잔 지나자 황각로가 자리를 옮겨 양한림의 손을 잡더라.

"할말이 있으니 학사께서 능히 들어주실 수 있겠소? 나에게 늘그막에 얻은 딸이 있으니 족히 군자의 짝이 될지라. 학사께서 아직 혼인하지 않았다 하니 나와 더불어 장인과 사위의 정을 맺음이 어떠하오?"

양한림이 가만히 생각하되,

'황각로는 권력을 탐하고 권세를 즐기는 사람이니 나에게 온당하지 않은 바라. 홍랑이 이미 윤소저를 추천했으니, 그 식견이 밝을 뿐 아니라 어찌 그 사람이 없다 하여 그 말을 저버리리오?'

그리고 대답하길,

"제가 위로 어버이가 계시니 어찌 감히 말씀드리지 않고 아내를 맞이 하리이까?"

황각로가 말하길,

"이는 나도 알거니와 다만 학사의 뜻을 알고자 하니, 바라건대 말씀을 아끼지 마시라."

양한림이 얼굴빛을 바르게 하여,

"혼인은 인륜대사라. 제가 어찌 마음대로 처리하리이까?"

황각로가 멍하니 대답하지 못하더라. 양한림이 작별을 아뢰고 돌아올 새 바로 큰길로 나오는데, 길을 비키라는 소리가 나며 한 재상이 오거늘 살펴보니 곧 참지정사 노균이라. 노균이 수레를 멈추고 사과하며,

"내가 학사를 찾고자 하더니 길가에서 만났도다. 내 집이 멀지 않으니 함께 감이 어떠하오?"

양한림이 마지못해 따라가 자리를 정하니 노참정이 웃으며,

"일찍이 그대를 논박한 바 있으나, 이는 한때 소견이 같지 않아 그런 것이라. 그대는 마음에 두지 마시라."

양한림이 말하길,

"창곡은 나이 어린 후배라. 높은 가르침을 어찌 감히 가슴속에 담아 두리이까?"

노참정이 웃으며,

"문희연聞喜宴에서 혼처를 구하는 것은 예로부터 전해오는 풍습이라. 듣건대 그대가 아직 혼인하지 않았다 하니 과연 그러하오?"

양한림이 말하길,

"그러하니이다."

노참정이 말하길,

"나에게 누이가 있어 여러 범절이 남에게 뒤지지 않으니, 처남과 매부 관계를 맺음이 어떠하오?"

양한림이 매우 괴로워하며 대답하길,

"이는 어버이께서 명하실 바라. 제가 좌우할 바가 아니나 일찍이 혼인을 의논하는 곳이 있음을 들은 듯하나이다."

노참정이 양한림의 쌀쌀한 태도를 보고는 더이상 다른 말이 없더라. 노균이 그날 창곡의 과거 급제를 삭제하려다가 끝내 뜻처럼 되지 않자 자기 누이로 미인계를 써서 전화위복으로 삼으려 했는데, 그것을 이루기 어려움을 알고는 미워하는 마음이 전보다 더욱 심하더라. 양한림이 집으로 돌아와 생각하되,

'지금 노·황 두 가문의 구혼이 저토록 급하니, 만약 늦어지면 분명 간사한 계교가 생길지라. 내가 마땅히 윤상서를 뵙고 그 뜻을 알아본 뒤 집에 돌아가 즉시 윤소저와의 혼인을 이루리라.'

그리고 즉시 윤상서 댁에 가서 뵙기를 청하니, 윤상서가 맞이하여 자리에 앉은 뒤에 웃으며,

"학사는 나를 기억하시오?"

양한림이 미소하며 대답하길,

"떠도는 시인의 처지로 일찍이 압강정에서 존안을 뵈었으니 어찌 잊을 수 있으리이까?"

윤상서가 기뻐 웃으며,

"학사께서 몇 달 사이 엄연히 장대해져 눈을 비비고 보게 되니, 마땅히 부부 사이의 즐거움이 있어야 할지라. 혼인을 정한 가문이 있소?"

양한림이 말하길,

"저의 집이 한미하여 아직 혼인을 정하지 못하였나이다."

윤상서가 한참 생각하다가,

"학사께서 어버이 곁을 떠난 지 오래되었으니 언제 찾아뵈려 하시오?"

양한림이 말하길,

"천자께 사정을 아뢰고 휴가를 얻어 속히 돌아가 뵈려 하나이다."

윤상서가 다시 한참 생각하다가,

"학사께서 어버이를 뵈러 가는 날에 그대의 집으로 가서 송별하겠소."

양한림이 혼사를 의논할 뜻이 있음을 알고 몸을 일으켜 집으로 돌아와 천자께 상소하여 어버이를 뵈러 다녀오길 청하더라. 천자가 불러 보시고 "짐이 그대를 얻은 지 얼마 안 되어 갑자기 곁을 떠남은 진실로 서운하나, 문에 기대어 기다리는 그대 어버이의 심정을 위로하고자 하여 특별히 몇 달의 휴가를 주니, 속히 어버이를 모셔 황성 집에서 화목하게 지내길 바라노라" 하시고, 양창곡의 부친 양현을 예부원외랑禮部員外郞에 제수하여 해당 고을로 하여금 수레와 말을 내어 호송하라 하시니 이는 특별한 은전恩典에서 나옴이라. 천자의 대우가 융성함을 알 수 있으니 영광이 비할 데 없더라.

날씨가 맑은 어느 날 새벽에 윤상서가 작별하러 양한림을 방문하였더니 황각로가 마침 이르렀거늘, 윤상서가 조용히 얘기할 수 없음을 알고 한참 생각하다가 몸을 일으키더라.

"학사는 먼길에 행장을 조심하시오. 집으로 돌아오시는 날에 다시 방문하리라."

황각로는 쭈그리고 앉아 번잡한 말로 반나절을 보내고 돌아가더라. 다음날 양한림이 행장을 준비하고 동자를 거느려 길을 떠날 새, 지나는 곳마다 객점 사람들이 가리켜 말하길,

"몇 달 전에 초라하게 하인을 데리고 지나가던 수재가 오늘 이처럼 귀하게 되었으니, 인생의 궁달이 이처럼 예측하기 어려움을 어찌 알리오?"

양한림이 십여 일을 급히 가 한 곳에 이르니, 동자가 아뢰길,

"곧바로 가면 소주를 거쳐 가게 되고, 오십여 리를 돌아가면 항주를 거쳐 가게 되나이다."

양한림이 쓸쓸히 말하길,

"내가 일찍이 과거 보러 올 때 항주를 거쳐 왔으니 어찌 옛길을 잊으리오? 항주를 거쳐 가도록 하라."

동자가 양한림의 뜻을 알고 하루를 더 가니 아름다운 산천과 번화한 인물이 차츰 보여, 저멀리 맑은 물결과 빼어난 봉우리가 서호 전당의 아름다운 물색임을 알겠더라. 길옆에 한 정자가 있으니 지난날 홍랑과 손잡고 작별한 곳인 연로정이라. 제방 위 연약한 버들은 눈비가 부슬부슬 내리는 듯 오히려 옛 빛을 띠었고, 다리 아래 물소리는 노을을 띠어 흐느끼더라. 양한림이 비록 대장부의 마음이나 어찌 넋이 상하고 창자가 끊어지는 듯 슬프지 않으리오? 방울방울 떨어지는 눈물을 머금고 항주 성 밖에 숙소를 정하니, 객관의 외로운 등불에 슬픈 마음을 금하지 못하더라.

'내가 지난날 과거 보러 갈 때 이 객점에서 서천의 수재를 만나 아름다운 밤의 밝은 달을 향하여 시로 화답하며 보냈는데, 오늘은 누가 무료한 마음을 위로해주리오? 홍랑의 혼령이 조금이라도 있다면, 꿈속에서라도 이부인[5]처럼 본래 모습을 나타내어 응당 옛친구의 잊지 못하는 마음을 위로하리라.'

그리고 베개에 기대어 잠들고자 하더니, 항주 자사가 풍류 기생과 술을 갖추어 찾아와 접대하더라. 양한림이 사양하고 늙은 기생만 머물게 하여 긴 밤을 보내고자 할 새, 늙은 기생이 술잔을 받들고 노래 한 곡을 부르더라.

---

5) 이부인(李夫人): 전한 때 중산(中山) 사람. 이연년(李延年, ?~BC 87)의 누이로, 아름다운 외모에 춤을 잘 춰 무제의 총애를 받았다. 그녀가 일찍 죽자 무제는 그 모습을 그림으로 그려 감천궁(甘泉宮)에 걸어두고 항상 그리워했다. 방사(方士) 소옹(少翁)이 그녀의 혼령을 부를 수 있다면서 밤에 등을 켜고 장막을 치고 나서 무제에게 장막 안에 앉아 먼 곳을 바라보도록 했는데, 이부인의 모습을 닮은 묘령의 여자가 보였다고 한다.

해는 기울고 방초 우거진 길에, 반갑도다 벽도화야.

십 리 전당 여기건만 연꽃은 보지 못하도다.

강남의 돌아가는 나그네, 인연이 박한가 하노라.

양한림이 노래를 들어도 무료하더니 그 시를 들은즉 곧 자기가 홍랑의 부채에 써주었던 시라. 반갑고 또 슬퍼,

"이 노래는 누가 지은 것인고?"

늙은 기생이 쓸쓸히 탄식하며,

"이는 죽은 기생 홍랑이 지은 것이라. 홍랑은 지조가 높아 평생의 지기가 없었는데, 지나가는 수재를 만나 주고받았다 하더이다."

양한림이 슬퍼하는 기색을 다시 드러내니, 늙은 기생이 의아해하더라. 잠시 뒤 닭이 울고 북두성이 기울어 새벽을 재촉하매, 양한림이 동자에게 명하여 향불, 종이와 초, 술과 과일을 갖추고 전당호 물가에 이르더라. 강촌이 적막하고 별과 달이 쓸쓸하여 새벽노을이 물 위에 가득하거늘, 양한림이 심지의 향을 피워 홍랑에게 제사지내니 그 제문祭文은 이러하더라.

"모년 모월 모일에 한림학사 양창곡이 천자의 은혜를 입어 금의환향할 새 전당호에 이르러 술 한 잔을 들어 홍랑의 혼백을 불러 고하노라. 아아, 홍랑아! 오늘에야 내 간장肝腸이 철과 돌 같음을 알았도다. 내가 어찌 차마 항주 길을 다시 와서 서호의 풍경을 대하리오? 저 출렁이는 물결은 밤낮 동쪽으로 흘러 어디로 향하는고? 아득한 생각은 흐르는 물을 따라 끝이 없도다. 옥 같은 뼈를 강 속에서 거두지 못함이여, 꽃다운 혼백이 강 위에 떠다니는 듯하도다. 반죽斑竹에 찬바람이 일어남이여, 옷깃에 불어오니 무언가 알고 있는 듯하도다. 아아, 홍랑아! 평생에 지기가 없음이여, 서산에 지는 달이 술잔에 비치는도다. 눈물로 몇 줄 글을 씀

이여, 목이 메어 속마음을 다하지 못하노라."

양한림이 읽기를 마치매 눈물을 흘리며 소리 내어 통곡하길 금하지 못하니, 동자와 주위 사람들도 모두 목메어 울더라. 항주의 늙은 기생도 비로소 깨달아 감격해 눈물을 흘리며 탄식하길,

"홍랑은 죽어도 여한이 없으리로다."

양한림이 종이돈과 향과 초를 거두어 강 속으로 던지고서 마음에 쓸쓸함이 더하여 우두커니 서 있다가, 객관으로 돌아와 행장을 수습할 새 늙은 기생을 돌아보고 작별하더라.

"내가 여행중에 지닌 것이 없어 적은 돈으로 정을 표하노라."

늙은 기생이 사양하며,

"제가 어찌 감히 이것을 바라리이까? 다만 상공께서 지은 제문을 얻어 강남 청루의 아름다운 자취로 삼고자 하나이다."

양한림이 웃고 허락하더라. 날이 밝아오자 길을 떠나 소주 땅에 이르러 지난날 묵던 객점을 찾아 쉬니, 객점 주인이 엎어지면서 나와 맞이하여 동자를 보고는 기뻐하고 놀라며 비로소 지난날 지나가던 수재인 줄 알고 나와 인사하더라. 양한림이 웃으며 "내가 오랫동안 표모[6]의 후한 은혜를 갚지 못하였도다" 하고 상으로 돈 백 냥을 내리니, 객점 주인이 공손히 사양해 마지않더라. 양한림이 앞길을 재촉하여 다시 몇 리를 가는데 앞에 큰 고개가 있거늘 동자가 말하길,

"이 고개는 지난날 도적을 만나 노자를 빼앗긴 곳인데, 도적은 이제 어디로 가고 탄탄대로로 바뀌었는고?"

양한림이 살펴보니 과연 지난날 도적을 만났던 고개라. 산기슭에 나

---

6) 표모(漂母): 한나라 개국공신인 한신(韓信)이 일찍이 벼슬 없는 선비의 신분으로 성 아래에서 낚시를 하고 있을 때, 빨래를 하던 아낙네(漂母)가 그를 불쌍하게 여긴 나머지 수십 일 동안 밥을 먹여주었다. 나중에 한신이 초왕(楚王)이 되고 나서 그 여인을 찾아 고마움을 천금으로 보답했다 한다.

무가 없고 주점이 즐비하니 양한림이 의아해하더라. 이때 양한림이 가벼운 수레와 빠른 말을 거느려 위의가 대단하니, 지난날 동자와 다리 저는 나귀로 초라하게 나아가던 때와는 하늘과 땅 차이더라. 고향이 점점 가까워지니 어버이를 생각하는 마음이 다시 간절하여 일찍 길을 떠나고 날이 저물어 쉬더라. 하루는 동자가 멀리 가리키며 "기쁘도다, 옥련봉이여!" 하거늘, 양한림이 수레의 창을 열어 고향 산 빛을 바라보고 동자에게 명하여 먼저 가서 어버이에게 아뢰라 하더라. 양처사 부부가 아들이 과거에 급제한 소식을 이미 듣고 집으로 돌아오길 고대하다가 동자가 먼저 옴을 보고 기쁨을 이기지 못하더라. 두 사람이 지팡이를 짚고 문에 기대어 바라볼 새, 양한림이 천자가 내려주신 붉은 도포를 입고 머리에 채화를 꽂고 동구 밖에서 수레에서 내리니 번화한 기상과 성대한 위의가 송별하던 때의 수재 양창곡이 아니더라. 양처사가 기뻐 웃으며,

"내가 나이 쉰에 양씨 가문의 핏줄이 끊어지지 않은 것을 다행히 여기고 부귀영화가 이에 이를 줄 헤아리지 못하더니, 네가 이제 입신양명하여 엄연히 조정 관리의 모습을 이루었으니, 이것이 어찌 지난날 기대했던 바이리오?"

양한림이 절을 올리고 아뢰길,

"소자가 불초하여 반년 동안 어버이 곁을 떠나매, 어버이의 얼굴이 더욱 쇠하였나이다. 아침저녁으로 자식 기다리는 근심을 많이 끼쳤사오니 죄송스럽기 그지없나이다."

또 아뢰길,

"천자의 은혜가 끝이 없어 아버지께 원외랑員外郞 직함을 내리시고, 폐하를 하직하던 날 하교하시길, '속히 어버이를 모셔 황성 집에서 화목하게 지내길 바라노라' 하시더이다."

고을 수령이 이미 수레와 말을 갖추어 문 앞에서 기다리니, 양원외 부부가 행장을 수습하여 며칠 뒤 길을 떠나 황성으로 향하더라.

한편 윤상서가 그날 양한림을 보고 집으로 돌아와 소부인蘇夫人에게 말하길,

"내가 딸아이를 위하여 좋은 사위를 널리 구하였으나 마음에 맞는 자가 없더니, 새로 장원에 뽑힌 양창곡이 후배 가운데 으뜸가는 인물으로 되 그 가문이 본디 맑고 고고한 선비라. 우리집과 혼인을 의논하는 것을 기약하기 어려우나, 양씨 가문 사람들이 황성으로 오는 것을 기다려 믿을 만한 매파媒婆를 양씨 집안으로 먼저 보내 그 뜻을 알아보는 게 좋을 듯하오."

소부인이 말하길,

"근래 매파의 말은 믿기 어렵거니와, 유모 설파薛婆가 사람됨이 어리석으나 본디 간사함이 없는지라, 양씨 가문이 황성에 들어올 때를 기다려 설파를 보냄이 좋을 듯하나이다."

윤상서가 고개를 끄덕이더라. 이때 연옥이 우연히 창밖에 서 있다가 윤상서 부부의 말을 듣고 생각하길,

'창곡은 필시 공자의 이름이니, 공자께서 윤소저와 혼인을 이루면 홍랑의 혼백이라도 분명 기뻐하겠거니와, 홍랑이 평생 고심한 것을 알 사람이 없으니, 내가 어찌 소저께 말하지 않으리오마는 다만 발설할 기회가 없어 한스럽도다.'

이에 한 계교를 생각하여 이날 밤에 촛불을 돋우는 척하고 지난날 가슴속에 품고 있던 양공자의 편지를 일부러 침상에 떨어뜨리고 나가더라. 윤소저가 주워 보고는 이상하게 여겨 연옥을 불러 묻기를,

"이 종이는 필시 네가 떨어뜨린 것이니 무슨 편지인고?"

연옥이 짐짓 놀라는 체하며,

"이것은 옛 주인 홍랑의 필적이로소이다."

윤소저가 얼굴빛을 바르게 하고,

"너와 내가 서로 속인 적이 없거늘, 네가 지금 감추는 것이 있으니 이

것이 어찌 서로를 믿는 뜻이리오?"

연옥이 이에 눈물을 머금고,

"소저께서 이같이 물으시니 제가 어찌 감히 속이리이까? 옛 주인 홍
랑의 높은 지조는 소저께서 이미 잘 아시는 바라. 일찍이 평범한 남자에
게 몸을 허락하지 않았거늘, 뜻밖에 여남의 양공자를 압강정에서 보고
백년가약을 맺어 그 맹세가 금석같이 단단하더니, 조물주가 이를 가로
막아 편안하던 온갖 일이 일장춘몽이 되니, 홍랑의 원한은 더이상 논할
바 없고 제 소망도 끊어졌나이다. 간절한 마음을 편지 한 장으로 신표를
삼아 양공자와 더불어 주인과 노비의 정분을 이루어, 홍랑에게 갚지 못
한 은덕을 양공자께 갚아 옛 주인의 영혼으로 하여금 죽었든 살았든 간
에 두 마음이 없음을 알게 할까 하나이다."

말을 마치매 눈물을 머금고 목메어 우니, 윤소저가 그 뜻을 불쌍히 여
겨 묵묵히 말이 없더라. 연옥이 눈물을 거두고 등불 아래 앉아 홀로 미
소 지으니 소저가 묻기를,

"네가 문득 울다가 문득 웃음은 어째서인고?"

연옥이 고개를 숙이고 말하지 않거늘, 소저도 웃음을 머금고 "내가 무
료하니, 숨기지 말고 어떤 말이든 하여 무료함을 덜도록 하라" 하더라.
연옥이 다시 소저의 안색을 살피고 웃으며,

"제가 아까 노부인 침실에 다녀왔는데, 노상공께서 부인과 소저의 혼
사를 논하실 새 뜻이 양한림께 있으시니, 양한림은 곧 양공자로소이다."

말을 마치기 전에, 소저의 안색이 문득 변하여 연옥을 꾸짖더라.

"요망한 것이 어떤 말이든 엿듣기를 잘하도다."

연옥이 등불 아래 돌아앉아,

"제 웃음은 마음에 품은 바가 있음이라. 소저께서 지금 억지로 물어보
시고 도리어 꾸짖으시니, 앞으로 저는 다시 입을 열지 않겠나이다."

소저가 웃으며,

"네 마음에 품은 바가 무엇인고?"

연옥이 슬퍼하며 대답하지 않거늘 소저가 웃으며,

"내가 다시는 너를 꾸짖지 않으리니 마음에 품은 바를 말하라."

연옥이 다시 눈물을 머금고,

"오늘의 양한림은 지난날의 양공자요, 양공자는 홍랑의 지기라. 홍랑이 지난날 양공자를 대하여 소저의 현숙함을 칭찬하셨으니, 양공자께서 고개를 끄덕이며 즐거워하시는 것을 제가 몸소 보았나이다. 이제 소저의 혼사를 양한림께 정한다면, 노비와 주인 사이의 제 인연이 거의 어긋나지 않으리니 이는 저의 기쁨이라. 다만 홍랑의 애쓰는 마음과 참된 정성을 아는 사람이 없으니 어찌 애석하지 않으리이까?"

소저가 묵묵히 대답하지 않더라.

이때 양처사 일행이 황성에 이르니, 구경하는 자들이 양처사 부부가 복이 많음을 우러러 부러워하지 않음이 없더라. 예부원외랑 양현이 대궐 아래에서 천자의 은혜에 사례하거늘, 천자가 불러 보시고,

"그대가 비록 속세 밖에서 고상하게 지냈으나 정력이 아직 쇠하지 않았으니, 벼슬길에 나아와 내 부족함을 보필하라."

양원외가 머리를 조아리고 아뢰길,

"신하가 일찍이 작은 공로도 없거늘 외람되이 벼슬의 영예를 입으니 견마의 정성을 다하여 물방울과 티끌만큼이라도 보답하고자 하오나, 평소 고질병이 있어 달릴 가망이 없사옵니다. 엎드려 바라건대 폐하께서는 신하의 벼슬을 거두어 하는 일 없이 녹봉을 받는 부끄러움을 없게 하소서."

천자가 웃으시며,

"그대가 나라를 위하여 이처럼 기둥이 될 인재를 낳았으니 어찌 공로가 없다 하리오? 빨리 몸조리하여 내 의지하는 마음을 저버리지 말라."

양원외가 황공해하며 물러나와 사정을 아뢰어 벼슬을 사직하고 후원

별당에 머물며 거문고와 바둑, 글씨와 그림으로 세월을 보내더라. 하루
는 양한림이 부모님을 곁에서 모시고 있더니, 허부인이 양원외를 돌아
보며,

"우리 아이의 나이가 이미 열여섯이요, 과거에 올라 벼슬을 하니 혼사
를 치름이 마땅한지라. 장차 어떻게 처리하시려요?"

양원외가 미처 대답하기 전에 양한림이 자리에서 비켜 일어나 "소자
가 불초하여 미처 아뢰지 못하였으나 이미 정한 뜻이 있나이다" 하고
말하길,

"과거 보러 올라오는 길에 도적을 만난 뒤 압강정에서 강남홍을 만나
지기로서 허락하였는데, 홍랑이 윤소저를 추천하매 홍랑의 사람 보는
눈이 뛰어나니 그 말이 반드시 옳으리이다."

또 황각로가 혼처를 구하던 전말을 아뢰거늘, 양원외와 허부인이 탄
식하길,

"이는 하늘이 정해준 인연이니 사람의 힘으로 억지로 할 바 아니나,
윤상서는 신망이 두터운 재상이라. 어찌 한미한 우리 가문과 기꺼이 혼
인을 맺으려 하리오?"

양한림이 말하길,

"제가 윤상서를 뵈오니 충직한 어른이요 시속時俗의 재상이 아니시거
늘, 결코 한미함을 꺼리지 않을까 하나이다."

양원외가 고개를 끄덕이니 허부인이 근심스레 입을 열더라.

"사람이 숙원을 이루지 못하면 저승에서 원한을 맺는다 하니, 만약 윤
상서 댁과 혼인을 정하지 않으면 홍랑의 원혼을 위로하기 어려울까 하
나이다."

한편 소부인이 양처사 일행이 황성으로 들어왔다는 소식을 듣고 매
파를 보내려 하매 설파를 불러 이르길,

"그대로 하여금 양처사 가문에 찾아가 그분들의 뜻을 탐지하게 하고

자 하니, 잘할 수 있겠는가?"

설파가 말하길,

"인생 칠십 년에 이미 허다한 일을 겪었으니 어찌 남의 기색을 헤아릴 수 없으리이까?"

연옥이 웃으며,

"어떻게 남의 기색을 살피려오?"

설파가 말하길,

"세상 사람들이 좋은 말은 귀로 듣고 나쁜 말은 코로 대답하나니, 제가 흐릿한 눈을 씻고 남의 코와 눈을 본즉 귀신같이 알아내리라."

자리에 있는 모든 사람이 크게 웃더라. 소부인이 또 가르쳐,

"세상의 매파들은 말이 너무 많아 서투름을 쉽게 드러내니, 그대는 양부楊府에 가서 윤부의 자취를 드러내지 말고 그 기미를 몰래 탐지하라."

설파가 고개를 끄덕이며,

"만약 사는 곳을 물으면 어떻게 답하오리까?"

연옥이 또 웃으며,

"말하기 어려운 것이 있으면 귀먹은 체하소서."

자리에 있는 모든 사람이 또 크게 웃더라. 소부인이 말하길,

"이런 일에는 마땅히 임기응변이 있어야 하니, 절대 곧이곧대로 하지 말라."

설파가 머리를 흔들며 "바른말은 죄가 없으니, 천성을 어찌 바꾸리이까?" 하고 허둥지둥 가다가 몸을 돌려 다시 묻기를,

"이 혼인이 누구를 위한 것이니이까?"

소부인이 미처 대답하기 전에 연옥이 웃으며,

"양부에는 규수가 없고 윤부에는 신랑감이 없으니, 할멈은 생각해보소서."

설파가 한참 생각하다가 비로소 깨닫고 가더라. 소부인이 연옥에게

눈짓하여,

"너는 뒤따라가서 만약 실수가 있거든 은근히 가르쳐 이끌거라."

연옥이 양부에 가 뵙고자 한 지 오래인지라 명을 받아 설파와 더불어 양부에 가니, 허부인이 묻기를,

"노랑老娘은 어디에서 왔는고?"

설파가 대답하길,

"저는 윤부에 있지 않고, 지나가는 매파로소이다."

연옥이 곁에서 눈짓하여,

"다시는 윤부에 대해 말하지 마소서."

설파가 고개를 끄덕이며,

"내가 이미 윤부에 있지 않다고 말하였노라."

연옥이 웃음을 머금고 돌아보니 허부인이 말하길,

"이 아이는 누구인고?"

연옥이 설파의 서투름을 염려하여 대답하길,

"저는 노랑의 딸이로소이다."

허부인이 말하길,

"노랑이 매파라 하니 누구를 위하여 중매하러 왔는고?"

설파가 한참 생각하다가 대답하길,

"세상의 매파들은 말이 많으나 저는 사실을 아뢰리이다. 지금 병부상서 윤형문 댁에 딸이 있어 귀부貴府와 결혼하고자 하여 저를 보내시며 윤부에 대해 말하지 말라 하나, 제가 생각하기에 혼인은 인륜대사라. 그 이루어짐과 이루어지지 않음은 제게 있지 않고 하늘에 달려 있으니, 감추는 것이 어찌 유익하리이까? 저는 윤소저의 유모이고 이 아이는 윤소저의 여종 연옥이로소이다. 제 말이 다 진실되니 의심하지 마소서. 윤부 소저는 여자 중의 군자요, 이 시대에 둘도 없는 사람이라. 문장이며 살림이며 알지 못하는 것이 없나이다. 다만 맹광7)처럼 절굿공이를 들기에는 부족하

나, 제갈량의 부인[8]처럼 누런 머리칼에 검은 얼굴은 아니오니, 훗날 혼인을 이룬 뒤에 조금이라도 다름이 있거든 저를 발설지옥[9]으로 보내소서."

양부 사람 모두 크게 웃지 않는 자가 없더라. 허부인이 그 충직함을 기특히 여겨,

"노랑은 솜씨 좋은 매파로다. 다만 우리 가문은 한미하고 윤상서는 높은 품계의 재상이라. 무엇을 보고 우리 가문과 기꺼이 혼인을 맺으리오?"

설파가 말하길,

"혼인하기에 앞서 가풍과 신랑의 재능을 봐야 하거늘, 어찌 다른 것이 있으리이까?"

허부인이 술로 설파를 대접하고,

"혼인을 이루고 나서 다시 술 석 잔을 권하리라."

설파가 웃음을 머금고 응낙한 뒤 대청에서 내려가더라. 양한림이 마침 외당에서 들어오다 연옥을 힐끗 보고,

---

7) 맹광(孟光): 후한 사람 양홍(梁鴻)의 아내. 양홍은 본디 가난한 선비이나 덕행이 있었다. 같은 고을에 살던 맹광이 힘이 세고 못생겼는데 서른한 살이 되어서도 결혼하려 들지 않자, 부모가 까닭을 물으니 "양홍처럼 훌륭해야 합니다" 했다. 양홍이 그 말을 듣고 맹광에게 장가들었는데, 맹광이 처음 비단옷을 입고 화장을 하니 양홍이 이레가 지나도 말을 하지 않았다. 맹광이 이에 가시나무 비녀와 베옷을 입고 일하니, 양홍이 기뻐하며 "참으로 양홍의 아내로다" 했다. 부부가 함께 패릉산(覇陵山)에 들어가 밭 갈고 길쌈하며 살다가, 황제의 부름을 피해 오(吳)나라로 가서 절구를 찧으며 살았다. 남편을 지극히 존경하여 밥을 지어 남편에게 올릴 때마다 밥상을 자기 눈썹 높이까지 들어올렸다 하며, 이를 '거안제미(擧案齊眉)'라 부른다.

8) 제갈량의 부인: 중국 삼국시대 촉한(蜀漢)의 정치가인 제갈량(181~234)의 부인 황씨(黃氏). 추녀였으나 제갈량에게 많은 조언을 해주었다고 한다. 혹은 황부인이 절세의 미녀였으나 일부러 얼굴에 진흙을 묻혀 미모를 가리고 다녔고, 밤에만 진흙을 씻어내 제갈량에게만 보였다는 설도 있다.

9) 발설지옥(拔舌地獄): 불교 용어로, 말로써 죄를 지은 사람이 죽어서 간다는 지옥. 이곳에서는 죄인을 형틀에 매달고 집게로 입에서 혀를 길게 뽑아, 그 위에서 소가 밭을 갈듯 쟁기를 끌어 처참한 고통을 겪게 한다고 한다.

"네가 어찌 여기에 왔는고?"

연옥이 고개를 숙인 채 말을 하지 않자, 허부인이 그 까닭을 말하니 양한림이 미소하더라. 설파가 돌아와 소부인에게 아뢰고 큰소리쳐,

"범상한 매파들은 한갓 다리 힘을 허비하고 입술과 혀를 닳게 해도 일이 순조롭게 성사되지 않거늘, 저는 한번 가서 큰일이 뜻대로 되니 그 솜씨를 보소서."

연옥이 웃으며 설파가 했던 말을 아뢰니 설파가 반응하여,

"우리 댁 소저의 백년가약을 어찌 교묘히 꾸민 말로 거동하리오?"

윤소저가 우연히 어머니 소부인의 침실에 이르거늘, 설파가 갑자기 나서서 윤소저의 손을 잡고 "일이 순조롭게 이루어진 것은 우리 소저의 복이 많음이라" 하니 윤소저가 무슨 말인지 몰라 소매를 떨치더라.

"할멈은 어찌 그리 추하고 경솔하오?"

설파가 웃으며,

"오늘은 비록 추하고 경솔하다고 말하시나, 훗날 군자를 만나 백년해로하고 자녀를 많이 낳아 안락할 때 비로소 제 말의 의미를 알리이다."

윤소저가 그제야 깨달아 부끄러움을 이기지 못하더라. 설파가 윤소저를 보고 웃으며,

"양한림을 잠깐 보매 눈이 가늘고 얼굴이 아름다우니 분명 여색을 좋아할 것이라. 소저는 조심하소서. 또 허부인을 뵈오니, 유순하고 공손하여 분명 까다로운 성질이 없으리이다."

연옥이 말하길,

"할멈은 평소 눈이 침침하다 하더니, 얼굴빛을 어찌 이같이 자세히 살폈는고?"

설파가 곁눈질로 연옥을 보며,

"양한림께서 연옥을 집중해 보던 것이 가장 수상하니, 소저는 훗날 연옥을 데려가지 마소서."

윤소저가 그 말을 듣고 웃음을 머금고 훌쩍 자기 침소로 돌아가더라.

다음날 윤상서가 양부에 이르러 예를 마치고 자리를 정한 뒤 말하길,

"선생의 명성은 흠모한 지 오래되었으나 제가 티끌세상의 명리名利 속에 분주하여, 겸가가 옥수에 의지하는[10] 교제가 늦어졌나이다. 오늘의 만남이 어찌 늦은 것이 아니리이까?"

양원외가 대답하길,

"저는 초야에 사는 신세요 촌스러운 성정의 사람이라. 천자의 은혜가 망극하여 자식이 외람되이 입은 은택이 늙은 아비에게까지 미치거늘 보답할 길이 없으나 몸의 병으로 벼슬을 사양하였으되, 어린 자식이 조정에 출입하니 밤낮으로 조심스럽고 두렵소이다. 바라건대 대인께서는 일에 따라 가르쳐 이끌어주소서."

윤상서가 웃으며,

"양한림은 나라의 기둥이라. 천자의 안목이 매우 밝으시어 조정의 영광이 지극하오니, 저의 용렬함으로는 앞자리를 양보해야 하거늘 어찌 가르쳐 이끌리오?"

양원외는 윤상서의 충직하고 두터운 풍도에 감복하고, 윤상서는 양원외의 맑고 고상한 지조를 사랑하여, 서로 처음 만났으되 오랜 친구 같더라. 윤상서가 조용히 묻기를,

"이제 아드님이 장성하였으니 마땅히 부부 사이의 즐거움이 있어야 할지라. 제게 딸이 하나 있으니, 비록 규방에서 지켜야 할 예절에 어둡기는 하나 물 긷고 절구질하며 남편의 수건과 빗을 받드는 예절은 대략 알고 있나이다. 아비가 딸을 사랑하는 마음으로 귀 가문과 혼인을 맺고자 하나 알지 못하겠나이다. 대인의 뜻은 어떠한지요?"

---

10) 겸가(蒹葭)가 옥수(玉樹)에 의지하는: 겸가는 갈대. 옥수는 옥으로 만든 아름다운 나무. 갈대같이 변변치 못한 인물이 옥으로 만든 나무 같은 훌륭한 인물에게 의지함을 뜻한다.

양원외가 몸가짐을 조심하며 대답하길,

"한미한 가문의 어리석은 자식에게 댁의 따님을 허락하시니 이는 제 복이라. 어찌 다른 말이 있으리이까? 어리석은 자식이 벼슬을 하게 되고 나이가 이제 열여섯이라 혼례를 이루는 것이 시급하니, 빨리 좋은 날 잡기를 바라나이다."

윤상서가 매우 기뻐하며 허락하더라. 높은 산과 흐르는 물 같은 맑고 고아한 마음으로, 담쟁이덩굴과 이끼가 소나무와 잣나무에 얽히는 듯한 정중한 정을 겸하여 흥미진진한 담소와 깊은 정회로 서로 떠나려 하지 않더라. 문득 황각로가 찾아왔다고 아뢰거늘 윤상서가 몸을 일으켜 먼저 돌아가고, 양원외가 대청에서 내려가 맞이하여 인사를 마치자 황각로가 말하길,

"제가 아드님께 혼인을 의논하여 대략 그 뜻을 알았으나, 부모님께 아뢰지 못했다고 자못 주저함이 있더니 이제 선생께서 다행히 황성 집에 이르셨는지라. 제가 매우 부귀하지는 않으나 매우 가난하지도 않고, 딸아이가 학식은 없으나 용모와 범절이 매우 추하지는 않으니, 가문이 서로 비슷하다고 할지라. 별다른 뜻이 없으리니 언제 혼례를 이룸이 좋으리이까?"

양원외는 속세 밖의 고상한 선비라. 성정이 높고 곧으며 맑고 고결하여 황각로의 속된 태도와 비루한 말이 매우 불편하고, 이미 혼인 약속이 이루어진지라. 양원외가 옷깃을 여미고 얼굴빛을 고쳐 대답하길,

"상공의 따님으로 한미한 가문과 혼인을 맺고자 하시니 참으로 감사하나 자식의 혼사를 이미 병부상서 윤형문 댁으로 결정하였나이다. 말씀을 듣는 것이 늦어짐을 한스럽게 여기나이다."

황각로가 불쾌한 기색이 있어,

"제가 이미 아드님과 상의한 바 있거늘 어찌 늦었다고 말씀하시오?"

양원외가 그의 위협에 얼굴빛을 바르게 하여,

"제 자식이 불초하여 어버이에게 아뢰지 않고 큰일을 혼자 결정하니, 이는 제가 자식을 가르치지 못한 죄로소이다."

황각로가 비웃으며,

"선생의 말씀이 틀렸도다. 아버지와 아들 사이에 어찌 상의하지 않았으리오? 군자는 평범한 일이라도 식언食言이 불가하거늘 하물며 인륜대사이리오? 제가 이미 마음속에 정하였으니, 딸이 규중에서 홀로 늙을지언정 결단코 다른 가문에는 시집보내지 않으리이다. 이를 헤아려 처리하심이 어떠하오?"

소매를 떨치고 가니 양원외가 웃음을 머금을 따름이더라. 윤상서가 집으로 돌아와 소부인에게 혼인을 정한 일과 길일을 택하여 혼례 치를 것을 얘기하더니, 시간이 어느덧 흘러 길일에 이르렀는지라. 양한림이 붉은 도포와 옥대 차림으로 윤부에 가서 전안奠雁의 예를 행하니, 뛰어난 풍채와 화려한 용모를 누가 칭찬하지 않으리오? 집안 가득한 손님들이 떠들썩하게 축하하니 윤상서가 웃음을 머금을 뿐 응대할 겨를이 없더라. 소부인은 양한림의 옥 같은 용모와 풍채를 보고는 얼굴에 기쁜 빛을 띠고 사랑이 가득하여 형언할 수 없더라. 이날 양한림이 소저를 맞이할 새 아름다운 위의와 찬란한 광경이 큰길에서 빛나니, 은 안장과 수놓은 수레는 햇빛에 빛나고 금 휘장과 구름 깃발은 바람에 나부껴 윤부에서 양부에 이르기까지 끊이지 않더라.

양원외가 허부인과 더불어 내실에 자리를 차려놓고 신부의 예를 받더라. 윤소저가 머리에는 칠보로 단장한 부용관芙蓉冠을 쓰고, 몸에는 금실로 원앙을 수놓은 요군腰裙을 입고 여덟 번 절하는 예를 행하니, 정숙한 태도와 단아한 용모는 마치 보름날 밝은 달이 구름 사이에 나타난 듯하고, 연꽃 한 송이가 물속에서 붉게 피어난 듯하더라. 숙녀의 얌전한 태도로 비범한 기상을 띠었으니 천고에 규수의 모범이라 할 만하더라. 양원외 부부의 기쁨은 말로 표현하기 어렵고, 신방 양한림 부부의 즐거움이 이보다 더함이 없으나, 홍랑의 일을 생각하여 양한림과 윤소저가 각기 슬픔을 품더라.

한편 황각로가 집에 돌아와 생각하되,

'양창곡은 기상이 출중하고 천자의 총애를 한몸에 받으니 훗날 부귀가 나에 비할 바가 아니거늘, 내가 이처럼 좋은 사위를 택할 수 없어 실로 애석한 바라. 먼저 그 말을 꺼냈으되 윤상서에게 자리를 양보하니 어찌 부끄럽지 않으리오?'

하고 부인 위씨衛氏를 마주하여 분노를 이기지 못하니, 위부인은 이부시랑吏部侍郎 위언복衛彦復의 딸이요, 위시랑의 아내 마씨馬氏는 태후의 외종사촌이라. 태후가 마씨의 현숙함을 아끼시어 혈육과 같은 정을 나누거늘, 마씨가 아들이 없고 늦게야 딸을 두었으니 곧 위씨라. 마씨가 일찍 세상을 떠나매 태후가 그에게 아들이 없음을 불쌍히 여기시어 위부인을 돌봐주어 자주 궁중에 불러 보시나, 다만 그녀가 평소 부녀자의 덕이 모자람을 애석해하더라. 위부인이 황각로의 분노를 보고 비웃으며,

"상공이 원로대신으로 딸의 혼사를 주선함에 어떤 어려움이 있기에 이처럼 괴로워하시나이까?"

황각로가 탄식하며,

"내가 딸아이의 혼사를 걱정할 뿐 아니라 내 신세를 생각하니 도리어 가련하도다. 지난날 장인과 장모께서 살아계실 때 태후의 돌보심을 입어 그 공덕이 내게 미쳤으나, 장인과 장모께서 돌아가시고 나서는 앞길이 막막해 남에게 늘 수모를 받도다. 딸아이의 혼사를 내가 먼저 꺼냈거늘 도리어 윤상서에게 양보하니 어찌 통분하지 않으리오?"

위부인이 한참 생각하다가 대답하길,

"상공은 괴로워하지 마소서."

그리고 여종을 보내 가궁인賈宮人을 청하더라. 가궁인은 본래 태후의 궁인으로 지난날 위부衛府에 왕래하다가 마씨가 세상을 떠난 뒤에는 지

난날처럼 자주는 아니나 옛정을 생각하여 소식을 끊지 않더니, 위부인의 간청을 무시하기 어려워 이르더라. 위부인이 안부 인사를 마치매,

"내가 비록 부족하나 그대가 어찌 지난날의 정을 생각하지 않고 오래도록 소식을 끊는가?"

가궁인이 웃으며,

"요즘 궁중에 일이 많아 궁 밖으로 행차하기가 어려웠거늘, 오늘도 부인의 청이 아니라면 어찌 한가로이 행차할 수 있었으리오?"

위부인이 술과 안주로 대접하고서 탄식하며,

"이 몸이 오늘 그대를 청한 것은 간절한 회포가 있어 태후께 전달하고자 함이라. 이 몸이 느지막이 딸을 두어 올해 나이가 열다섯이라. 사람됨이 심히 용렬하지는 않아 아름다운 사위를 구하고자 하니, 이는 사람이라면 누구나 가지는 보통의 생각이라. 이미 한림학사 양창곡과 정혼하여 비록 납폐納幣를 하지는 않았으나 길일을 택해 혼례 올릴 것을 손꼽아 날짜를 헤아리는데, 중도에 괘卦가 바뀌어 병부상서 윤형문의 딸과 혼례를 이룬다 하니, 그 뜻은 우리 상공이 노쇠하여 앞길이 막막하기 때문이라. 다른 집안과 정혼해도 좋으나, 이웃과 친척이 모두 퇴혼당한 것으로 의심하여 쫓겨난 며느리로 여기니, 상공은 울분으로 병을 얻어 침식寢食을 물리치고 딸아이는 부끄러워 사람 볼 낯이 없어 자결하려 하는데, 이 몸이 늙은 나이에 이러한 곤경을 당하며 밖으로 조롱을 받으니 진실로 살고 싶은 마음이 없는지라. 태후께서 돌봐주시는 은택을 오래도록 우러르더니, 양원외가 세도를 좇아 식언하고 윤상서가 인륜대사를 이간질하는 것은 풍속을 손상시키는 것이라. 이는 군자가 행할 바가 아니니, 윤상서의 딸은 둘째부인으로 낮추고 다시 우리 딸아이로 혼례를 이루게 해주신다면, 끝없는 태후의 은혜를 죽어서도 갚으리라."

가궁인이 머리를 숙이고 한참 생각하다가,

"이 일은 극히 어려우니, 부인께서는 다시 생각하소서."

위부인이 눈물을 흘리며,

"지난날 어머니께서 살아 계실 때는 이런 일을 태후께 아뢰는 것이 매우 쉬웠거니와, 어머니 묘소의 풀이 자라기도 전에 남에게서 능멸을 당하니 어찌 한심하지 않으리오?"

말을 마치매 오열을 이기지 못하니, 가궁인이 위로하여 "일의 성패는 알 수 없으나 부인의 생각을 태후께 아뢰리이다" 하고, 가궁인이 돌아가 위부인의 말을 일일이 태후에게 아뢰더라. 태후가 편안하지 않은 기색으로,

"내가 마씨를 생각하여 돌봐주는 뜻이 있으나 이러한 일을 어찌 간섭할 수 있으리오? 그가 원로대신의 아내로 체면을 모르는 것이 이 지경에 이르니, 마씨가 살아 있었던들 이런 말이 어찌 내게까지 이르리오?"

가궁인이 황공하여 즉시 황부에 알리니, 황각로가 듣고 탄식하더라.

"태후의 뜻이 이러하시니, 도리어 아뢰지 않음만 못하도다."

위부인이 웃으며,

"상공은 염려하지 마시고 마땅히 이리이리하소서."

황각로가 그 말을 좋게 여겨 이날부터 병을 핑계로 문을 닫고 조회에 참석하지 않더라. 천자가 원로대신을 예로써 대우하여 의원과 약을 보내 문병하시니, 황각로가 애써 입궐하여 탑전榻前에 머리를 조아리고 아뢰길,

"신의 나이는 옛사람이 벼슬에서 물러나는 때라. 근래 몸에 병이 나서 세상 생각이 점점 없어지고 아침저녁으로 갑작스러운 죽음을 기다린 까닭에 오랫동안 조회에 들어오지 못하였나이다. 바라건대 벼슬에서 물러나 전원에서 남은 생을 보내고자 하나이다."

천자가 놀라 그 까닭을 물으시니, 황각로가 눈물을 흘리며 아뢰길,

"임금과 신하의 관계는 아비 자식 관계와 다름없으니, 노신의 자잘한 생각을 어찌 감출 수 있으리이까? 신이 일흔에 아들 하나와 딸 하나가

있어 아들은 지금 소주 자사 황여옥이고, 딸은 아직 시집가지 않았는데 한림학사 양창곡과 정혼하여 그 군은 약속을 온 세상이 아는 바이거늘, 무단히 약속을 저버리고 병부상서 윤형문의 딸과 급하게 혼인을 이루었나이다. 이웃과 친척이 이를 듣고 의아해하지 않음이 없어, 혹 고질병이 있는가 의심하며 혹 나쁜 행실이 있는가 의심하여 앞길이 막히니, 여자는 편벽된 성질이 있는지라. 신의 딸이 부끄러워 면목이 없어 목숨을 버리려 하고, 신의 아내는 울분이 병이 되어 목숨이 경각에 달려 있나이다. 일흔의 늙은이가 인간 세상에 오래 있다가 밖으로 다른 사람의 조롱을 받고 안으로 집안의 어려움을 당하니 빨리 죽어 근심을 잊고자 하나이다."

말을 마치매 눈물이 비 오듯 하더라. 천자가 이미 이 일을 태후에게서 들으신지라 한참 생각하다가 "이는 어렵지 않으니, 내가 승상을 위하여 중매하리라" 하시고 즉시 양현 부자를 불러 탑전에서 하교하시더라.

"황승상은 두 조정의 원로요, 내가 예로써 대우하는 신하라. 오늘 들으니, 그대의 집안과 혼인을 맺고자 하다가 그대가 이미 윤상서 가문과 혼인을 이루었다 하나, 예로부터 두 아내를 두는 경우가 많으니, 그대는 조금도 구애하지 말고 두 집안이 다시 혼인을 맺도록 하라."

양원외가 머리를 조아려 명을 받되, 양한림이 엎드려 아뢰길,

"부부는 오륜五倫 가운데 중요한 것이요 가도家道의 시작이라. 천한 종일지라도 은혜와 의리로 맺어질 뿐 위세로 핍박할 수 없거늘, 이제 승상 황의병이 원로대신으로 체면과 상례常例를 알지 못하고 규중의 세세한 사정을 무단히 황상께 아뢰어, 노망한 생각과 비루한 말로 천자의 위엄을 빌려 억지로 혼인을 이루고자 하니 분하기 짝이 없는지라. 엎드려 바라건대 폐하께서는 명을 거두어 천자의 말씀에 흠이 없게 하소서."

천자가 진노하여 "새로 벼슬길에 나온 어린 사람이 감히 원로대신을 논박하고 임금의 명을 거역하니 그 죄가 막대한지라. 금의옥禁義獄에 가

두라" 하시니, 양원외와 양한림이 황공하여 물러나오더라. 참지정사 노균이 아뢰길,

"황승상은 두 조정의 원로이거늘 양창곡이 탑전에서 논박하여 그 말이 불경한 지경에 이르니, 엎드려 바라건대 폐하께서는 양창곡을 멀리 유배하여 신하의 불경한 버릇을 징계하시고 원로의 거북한 마음을 위로하소서."

천자가 윤허하여 한림학사 양창곡을 강주부江州府로 귀양 보내도록 명하고 황각로를 위로하더라.

"양창곡이 어린 사람의 날카로운 기세로 임금 앞에서 말조심하지 않기에 엄한 명령을 내려 그 기세를 억눌렀거니와, 내가 이미 중매를 했으니 승상은 딸의 혼사를 걱정하지 말라."

황각로가 머리를 조아려 천자의 은혜에 사례하더라. 천자가 내전에 들어가 태후에게 황각로의 일을 아뢰니, 태후가 기뻐하지 않으시더라.

"폐하의 오늘 일은 원로대신에게 사사로운 정이 없지 않은가 하나이다."

천자가 웃으시며,

"황각로는 황혼의 나이라. 정신이 흐릿하고 기력이 쇠하여 불쌍할 뿐 아니라 이 일이 의리에 심히 어긋나지는 않으니, 모후母后께서는 너무 염려하지 마소서."

한편 양한림이 천자의 엄한 명을 받고 집으로 돌아와 부모님께 하직 인사를 드리니, 허부인이 양한림의 손을 잡고 탄식하더라.

"네가 벼슬길에 나아간 지 얼마 되지 않아 이러한 풍파를 당하니, 옥련봉 아래에서 밭 갈며 편안히 지내는 것만 못하도다."

양한림이 우러러 위로하여,

"소자의 죄명이 중하지 않아 나중에 마땅히 사면의 은덕을 입으리니, 상심하지 마시고 귀한 몸을 보중하소서."

양원외가 말하길,

"강주가 춥고 습하여 풍토가 좋지 않고 너 역시 어리니, 반드시 조심하여 울적한 마음을 품지 말라."

양한림이 두 번 절하여 명을 받들고 즉시 출발하더라. 행장을 간소히 해 작은 수레 한 대로 남종 몇 명과 동자 한 명을 데리고 십여 일 뒤 유배지에 도착하여 몇 칸짜리 민가에 머물더라.

양한림이 조심히 유배지에 머물러 강주에 이른 지 몇 달이 되어도 문밖으로 나서지 않더라. 주인이 조용히 아뢰길,

"이곳은 예로부터 유배된 선비들이 지나는 곳이라. 강산의 누각에 무수한 옛 자취가 있거늘, 상공은 어찌 국법을 고수하여 밤낮으로 한적하게 지내시나이까?"

양한림이 웃으며,

"내 몸에 죄명이 있고, 평소 구경 다니는 것을 좋아하지 않음이라."

세월이 훌쩍 흘러 여름이 지나고 가을이 되니, 하늘은 높고 가을바람은 쓸쓸하더라. 돌아가는 기러기는 서리에 울고 떨어지는 나뭇잎은 땅에 가득하니, 범상한 나그네라도 마음을 정하기 어렵거든 하물며 어린 유배객은 어떠하리오? 양한림이 울적하고 풍토에 적응하기 어려워 기력이 날이 갈수록 나빠지거늘 문득 생각을 돌이키더라.

'내가 남자로서 성정이 어찌 그리 편협한고? 이제 죄명이 무겁지 않고, 예로부터 유배객이 산수에서 소요함은 일상사라. 내가 여러 날 칩거하여 울적함이 병이 되니 이 어찌 충효를 저버림이 아니리오?'

집주인을 불러 묻기를,

"내가 매우 무료한데, 이 근처에 구경할 만한 곳이 있는고?"

집주인이 말하길,

"앞에 큰 강이 있으니 심양강潯陽江이요 강 위에 정자가 있으니 그 경치가 빼어나나이다."

양한림이 동자를 데리고 심양강을 찾아 정자에 오르니, 비록 크고 화려하지는 않으나 마음을 열 만하더라. 먼 포구로 돌아오는 돛배는 수면에 이어져 있고, 해 질 무렵 어촌은 언덕에 즐비하여 강호의 풍경이 세상 근심을 잊게 하더라. 양한림이 그 빼어난 경치를 좋아하여 매일 거닐더니, 하루는 팔월 열엿샛날이라. 달빛을 구경하고 싶어 저녁식사를 마치고 정자에 오르니, 언덕 위 갈대꽃에 가을바람소리가 쓸쓸하고 강 위 어선의 등불은 별빛처럼 깜빡이더라. 원숭이와 학의 구슬픈 울음소리가 타향 나그네의 근심을 불러일으키니, 공연히 처량하고 답답하여 즐겁지 않더라.

난간에 기대어 홀로 앉아 있으니 갑자기 어떤 소리가 바람결에 들려오거늘, 양한림이 귀기울이니 이는 어떤 소리인고? 다음 회를 보라.

벽성선이 오경에 옥피리를 불고
청루에서 십 년 지친 붉은 점에 놀라더라

제8회

한편 양한림이 심양정潯陽亭에 올라 서글프게 앉아 있더니 홀연 맑고 시원한 소리가 바람결에 들리거늘 동자에게 묻기를,

"너도 이 소리를 들었느냐?"

동자가 말하길,

"이는 거문고 소리가 아니리이까?"

양한림이 말하길,

"아니로다. 대현大絃은 떠들썩하고 소현小絃은 애절하니 이는 비파 소리로다. 옛적에 당나라의 백거이[1]가 이 땅에 유배되어 강나루에서 손님을 전송할 때 우연히 비파 타는 여인을 만났으니 그 풍류가 아직 남아 있

---

1) 백거이(白居易, 772~846): 당나라 문인. 자는 낙천(樂天). 다섯 살에 시 짓는 법을 배웠으며, 열다섯 살에 주위 사람을 놀라게 하는 시재(詩才)를 보였다. 814년에 동궁좌찬선태부(東宮左贊善太夫)에 임용되었으나, 이듬해에 사회를 비판하는 그의 글이 고급 관료의 반감을 사 강주사마(江州司馬)로 좌천되었다. 그곳에서 인생에 대한 회의와 문학에 대한 반성을 거쳐 명시「비파행琵琶行」을 지었다.

음이라.”

그리고 몸을 일으켜 동자를 데리고 그 소리를 따라 한 곳에 이르니, 초당 몇 칸이 숲속에 감추어져 있는데 대나무 사립문이 닫혀 있더라. 동자가 문을 두드리니 한 여종이 푸른 적삼과 붉은 치마 차림으로 나와 문에서 맞이하더라. 양한림이 말하길,

“나는 달빛을 감상하는 나그네라. 마침 비파 소리를 듣고 이르렀거늘, 이 집은 누구의 집인고?”

여종이 대답하지 않고 살펴보고는 들어가더니, 한참 만에 들어오길 청하매 양한림이 여종을 따라 들어가더라. 푸른 소나무와 초록 대나무는 얕은 울타리를 이루었고, 노란 국화와 붉은 단풍은 섬돌 아래에 늘어서 있는데, 띠 처마와 대나무 난간이 호젓하여 그림 같더라. 대청 위를 바라보니 미인이 달빛 아래에서 비파를 안고 바람에 나부끼듯 난간에 기대어 앉아 있는데, 티끌 한 점 없어 담박한 화장은 달과 빛을 다투고 가벼운 옷자락은 바람 따라 살짝 흔들리더라. 양한림을 보고 일어나거늘 양한림이 우두커니 서서 주저하니, 미인이 웃으며 촛불을 밝히고 대청에 오르길 청하더라.

“어떠한 상공께서 이 적막한 사람을 찾으시나이까? 저는 본 고을의 기녀라. 대청에 오르기를 꺼리지 마소서.”

양한림이 웃으며 대청에 올라 그 용모를 자세히 보니, 깨끗한 얼굴과 아리따운 태도는 얼음 항아리와 가을달처럼 맑고 해당화와 모란처럼 화사하여 참으로 경국지색이요 속세의 인물이 아니더라. 미인도 가을 물결 같은 눈길로 양한림을 보니, 관옥 같은 풍채와 빼어난 기상이 참으로 세상을 덮을 만한 군자요 풍류호걸이라. 마음속으로 크게 놀라 평범한 소년이 아님을 알고 고요히 말이 없으니 양한림이 말하길,

“나는 타향 유배객으로 마침 울적하여 달빛을 따라 나왔다가 바람결에 비파 소리를 듣고, 비록 면식은 없으나 우연히 이곳에 이르렀으니 다

시 한 곡조를 들을 수 있으리오?"

미인이 사양하지 않고 비파를 당겨 구슬 같은 줄을 고르고서 한 곡조를 연주하니, 그 소리가 슬프고 처절하여 끝없는 심경이 담겨 있더라. 양한림이 웃으며,

"오묘하도다. 꽃이 측간에 떨어지고 옥이 티끌과 흙에 묻혔으니, 이것은 왕소군의 〈출새곡出塞曲〉이 아닌가?"

미인이 다시 구슬 같은 줄을 고르고 또 한 곡조를 연주하니, 그 소리가 질탕하고 강개하여 속세 밖의 고상한 뜻이 있더라. 양한림이 말하길,

"아름답도다, 이 곡조여! 푸른 산은 치솟아 있고 푸른 물은 드넓은데 지기가 서로 만나 한 사람이 노래하면 한 사람이 화답하니, 이것은 종자기의 〈아양곡〉[2]이 아닌가?"

미인이 이에 비파를 밀어놓고 나서 옷깃을 여미고 얼굴빛을 고치고 앉더라.

"제가 비록 백아의 거문고는 없으나 종자기를 만나지 못하여 한탄하더니, 상공께서는 어디에 거처하시며 무슨 까닭으로 어린 나이에 유배객이 되었나이까?"

양한림이 유배된 까닭과 평소의 심경을 대략 말하니, 미인이 탄식하더라.

"저는 본디 낙양 사람이라. 성은 가씨賈氏요 이름은 벽성선碧城仙이라. 태어나 겨우 몇 살 되었을 때 병란을 만나 부모님을 잃고 떠돌다가 청루에 의탁하여 터무니없이 헛된 명성을 얻으니, 낙양 기생들이 늘 시샘하기에 몸을 피하여 이곳에 이르렀나이다. 장차 자취를 감추어 승려나

---

2) 〈아양곡峨洋曲〉: 중국 춘추시대 초나라 사람 백아가 거문고를 타면 그의 벗 종자기만이 알아들었다는 곡조. 백아가 높은 산에 뜻을 두고 거문고를 타면 종자기가 "치솟아 있는 것이 태산 같구나(峨峨兮, 若泰山)"라 했고, 흐르는 강물에 뜻을 두고 거문고를 타면 종자기가 "드넓은 것이 강하 같구나(洋洋兮, 若江河)"라 했는데, 그 명칭을 여기에서 따왔다.

도사로 여생을 마치려 했는데, 숲속 사향노루가 쉽게 향기를 누설하고 풍성의 칼[3]이 그 빛을 감추기 어려워, 다시금 본 고을의 기생 명부에 드니 노류장화는 본래 소원이 아니라. 하물며 이곳 풍속이 고루하여 집집마다 장사꾼이요 마을마다 고기잡이라 이익을 중히 여기고 평소 풍류가 없으니, 더욱 섭섭한 바로소이다."

양한림이 그 말에 안타까워하더라. 선랑이 등불 아래에 앉아 눈길을 보내 양한림을 보고 한참 있다가 묻기를,

"상공께서는 일찍이 어떤 벼슬을 하셨나이까?"

양한림이 말하길,

"나는 과거에 급제하여 한림학사를 했노라."

선랑이 말하길,

"매우 당돌하오나 감히 성함을 여쭈나이다."

양한림이 웃으며,

"내 성은 양이요 이름은 창곡이라. 그대가 어찌 자세히 묻는고?"

선랑이 기쁜 빛을 띠고 다시금 비파를 어루만지며 "제가 근래에 새로 얻은 곡조가 있으니 상공께서 한번 들으소서" 하고 철발鐵撥을 들어 서늘하게 한 곡조를 연주하니 그 소리가 강개하고 처절하더라. 슬피 사모함은 마치 동산이 무너지려 하자 낙종洛鐘이 스스로 울리는[4] 듯하고, 원

---

3) 풍성(酆城)의 칼: 풍성은 중국 서진(西晉) 때 있었던 현(縣)으로, 현재의 강서성(江西省) 남창현(南昌縣) 남쪽 지역이다. 풍성은 풍성(豐城)으로도 쓴다. 풍성현에 보검(寶劍)이 땅에 묻혀 있어, 밤마다 자기(紫氣)를 북두성(北斗星)과 견우성(牽牛星) 사이에 쏘아 비췄다. 감옥으로 사용했던 집터에서 석함(石函)이 하나 나오고, 그 석함 속에 용천검(龍泉劍)과 태아검(太阿劍)이 있었다 한다.
4) 동산(銅山)이 무너지려~스스로 울리는: 구리가 나는 산이 무너지려 하자 신령한 종이 먼저 울렸다는 말로, 같은 종류끼리 서로 감응한다는 의미다. 낙종은 낙양 미앙궁(未央宮)에 있는 종이다. 전한 무제 때 미앙궁 앞에 있는 종이 사흘간 계속해서 저절로 울렸다. 동방삭(東方朔)에게 그 이유를 물으니, "구리는 산에서 나오니 산은 구리의 어미입니다. 음양으로 말하면 아들과 어미가 서로 감응한 것이니, 산이 무너지려 하는지 모르겠습니다" 했다. 그로부터 사흘 뒤 남군태수(南郡太守)가 산이 20여 리나 무너졌다는 글을 올렸다 한다. 『한서』「동방삭전東方朔

망하여 옳은 푸른 하늘이 아득하고 푸른 바다가 망망함과 같아, 온전히 지기知己를 가련히 여김이요 조금도 방탕함이 없거늘, 양한림이 귀기울여 가만히 들으니 이는 곧 자기가 지은 강남홍의 제문이라. 선랑이 연주를 마치고서 얼굴빛을 고치고 사례하여,

"듣건대 '난초가 불에 타면 혜초蕙草가 탄식하고, 소나무가 무성하면 잣나무가 기뻐한다' 하니, 같은 병을 앓는 사람끼리 서로 가엾게 여기고 같은 기운을 가진 사람끼리 서로 찾는 것이라. 제가 강남홍과 안면은 없으나 자연히 소리와 기운이 합하고 간과 쓸개를 서로 꺼내 보이듯 하여, 향기로운 풀이 서리를 만나고 밝은 구슬이 바다에 빠진 것을 안타깝게 여겼나이다. 근일 청루에서 그 시가 회자되기에 제가 구하여 보니, 홍랑은 죽었어도 살아 있는 것이라. 양학사가 누구인지 몰라 한번 뵙고 속마음을 토로하고자 하나 어찌 기약할 수 있었으리오? 그 시를 노래하여 음악에 싣는 것은 그 풍류를 흠모할 뿐 아니라 지기를 사모함이라. 옛적에 공자孔子께서 사양5)에게서 거문고를 배우실 때 거문고를 탄 지 하루 만에 그 마음을 생각하시고, 이틀 만에 그 모습을 얻으시고, 사흘 만에 그 얼굴을 보아 엄숙히 눈앞에 있는 듯이 하고, 환하게 가까이 대하듯 하셨다 하더니, 제가 오늘에야 상공을 뵈오나 세상을 덮을 만한 풍채와 아름다운 얼굴빛은 이미 석 자尺의 거문고 속에서 여러 번 뵈었나이다."

양한림이 길게 탄식하며,

"내가 홍랑을 평범한 창기로 사귄 것이 아니요 백년의 지기로 허락하였는데, 지금 그대를 보매 말과 행동이 홍랑과 거의 비슷하여 한편으로

傳」에 나오는 이야기다.
5) 사양(師襄): 중국 춘추시대 노(魯)나라에서 음악을 담당하던 관리. 경쇠 연주에 뛰어나 '경양(磬襄)'으로도 불렸다. 그는 거문고 연주에도 뛰어나 공자가 그에게 거문고를 배웠다고 한다. 『논어』「미자微子」에 "경쇠를 치는 양(襄)은 바다로 들어갔다" 했는데 노나라의 악사들이 난리를 피하려 사방으로 흩어져 갈 때 사양은 바다의 섬으로 들어가 은거한 것을 일컬은 말이다.

반갑고 한편으로 슬프도다."

선랑이 이에 술상을 내어오니 서로 한가로이 얘기하여 끝이 없더라. 양한림이 유배 온 뒤로 술에 취한 적이 없는데 이날 한밤중에 풍류가인風流佳人을 만나 문장을 논하고 흉금을 토로하니, 선랑의 뛰어난 재주와 총명이 참으로 기녀 가운데 출중하더라. 양한림이 선랑을 돌아보며,

"내가 그대의 비파 소리를 들으니 평범한 솜씨가 아니라. 또 어떤 음악이 있는가?"

선랑이 웃으며,

"평범한 세속의 음악은 들으실 만한 것이 없으리이다. 제게 옥피리가 있어, 그 유래를 알지 못하나 전해지는 말에 본디 한 쌍이라 하더니 하나는 간 곳을 모르고 하나는 제게 있으니, 그 출처를 논한즉 평범한 피리가 아니라. 옛적에 황제헌원씨黃帝軒轅氏가 해곡嶰谷에서 대나무를 베어 봉황의 울음소리를 듣고 그 암수의 소리를 합하여 십이율十二律을 만들었으니, 지금의 음악은 그 십이율을 모방한 것이라. 이 옥피리는 온전히 수컷의 소리를 얻어 그 소리가 웅장하고 호방하여 슬퍼함이나 원망함이 없으니, 삼가 한 곡조를 상공께 들려드리나이다. 이곳이 어수선하니 내일 밤 달빛을 띠어 집 뒤의 벽성산碧城山에 올라 한 곡조를 부르리니, 상공께서는 다시 귀한 발걸음을 해주소서."

양한림이 허락하고 돌아오더라. 다음날 집주인에게 "오늘 벽성산에 오르리라" 하고 동자와 더불어 선랑의 집으로 가니, 문밖이 그윽하고 깊숙하며 경치가 뛰어나 밤에 보던 것보다 더욱 좋더라. 선랑이 대나무 사립문을 반쯤 열고 나와 맞이하니 고운 자태와 뛰어난 기상이 마치 요대瑤臺의 선녀가 대낮에 땅에 내려온 듯하여 기뻐 웃으며 맞이하거늘, 양한림이 그 손을 잡고,

"선랑은 그 명성이 헛되이 얻어진 것이 아니라고 일컬을 만하도다. 이곳 경치는 과연 신선의 세계요, 청루의 물색이 아니로다."

선랑이 웃으며,

"제가 평소 산과 물을 좋아하여 이곳에 별당 한 채를 지었으니 실로 벽성산의 경치를 끌어당김이라. 강주에 풍류소년들이 없어 세속 티끌이 문 앞에 이르지 않음을 다행히 여기나 기녀로서 명성만 있되 실상이 없음을 스스로 부끄러워하더니, 오늘 상공께서 왕림하시어 누추한 집에 빛이 나고 저의 가슴속 십 년 세속 티끌이 씻기니, 오늘에야 비로소 벽성선이 신선과 크게 다르지 않음을 깨닫겠나이다."

두 사람이 크게 웃고 대청에 올라 차를 마시더라. 잠시 뒤 해가 서산에 지고 달이 동쪽 고개에 떠오르니, 선랑이 두 여종에게 술병과 과일 접시를 들게 하고 스스로는 옥피리를 지니고, 양한림과 동자와 더불어 벽성산 가운데 봉우리에 올라 돌 위의 이끼를 쓸고 여종과 동자에게 명하여 낙엽을 주워 차를 달이라 하더라. 양한림에게 말하길,

"벽성산은 강주에서 비할 데 없는 명산이요, 팔월 보름날 달빛은 한 해 가운데 가장 아름다운 계절이라. 상공께서는 귀양살이의 한이 있고 저는 타향을 떠도는 한이 있사온데, 부평초처럼 서로 만나서 이 산에 올라 이 달을 마주하니 이것이 어찌 기약한 것이리이까? 가져온 술이 보잘것없으나 먼저 가슴속 회포를 씻고 옥피리 소리를 들으소서."

각기 술 여러 잔을 마시고 취흥을 타 선랑이 옥피리를 높이 들어 달을 향해 한 번 부니, 메아리가 산과 골짜기에 울리며 풀과 나무가 진동하여 소나무 사이에서 잠든 학이 꿈에서 깨어나 날더라. 또다시 부니 하늘과 땅이 어두워지고 중성中聲이 활달하여 골짜기와 봉우리가 일시에 요동하더라. 선랑이 눈썹을 찡그리고 붉은 입술을 모아 다시금 부니, 홀연 광풍이 크게 일어나 모래와 돌이 날리고 달빛이 캄캄해져 물속 교룡의 춤과 맹호의 울부짖음이 사방에서 일어나고 산속 귀신들이 구슬프게 울거늘, 양한림은 소스라치게 놀라 움직이고 동자와 여종은 서로를 돌아보며 어찌할 바 모르더라. 선랑이 옥피리를 던지고 기색이 갑갑하

여 구슬땀이 얼굴에 가득하더라.

"제가 일찍이 선인仙人을 만나 이 곡조를 배웠으니 이름이 〈운문〉[6]으로 광악廣樂의 첫 장章이라. 황제헌원씨黃帝軒轅氏가 처음 방패와 창을 사용해 군사를 훈련하실 때 흩어짐을 합치고 게으름을 경계한 음악이더니 폐하여진 지 오래되어 그 찌끼가 조금 남았나이다."

양한림이 칭찬해 마지않으니, 선랑이 옥피리를 양한림에게 바치며,

"이 옥피리는 평범한 사람이 불면 소리를 낼 수 없으니 상공께서 한 번 불어보소서."

양한림이 웃고 한번 부니 맑고 은은한 소리가 저절로 음률에 합한지라. 선랑이 탄복하여,

"상공께서는 인간 세계의 평범한 사람이 아니라, 의심컨대 하늘 위 별의 정령精靈인가 하나이다. 제가 어려서부터 음률에 밝아 사광師曠과 계찰季札에게 양보하지 않음을 일컫더니, 지금 상공의 옥피리 한 곡을 들으매 무시무시한 소리가 있나이다. 오래지 않아 분명 전쟁에 관련된 일이 있으리니, 이 옥피리를 배워두시면 훗날 반드시 쓸 곳이 있으리이다."

그리고 여러 곡을 가르치니, 양한림이 총명하여 원래 음률에 생소하지 않은지라 잠깐 사이에 곡조를 터득하더라. 선랑이 매우 기뻐하며,

"상공의 타고난 재능은 제가 미칠 바가 아니로소이다."

밤이 깊어 손을 잡고 달빛을 띠어 돌아오더라. 양한림이 매일 선랑의 집으로 가서 속마음을 토로하는데, 뜻과 기상이 서로 합하는 것이 교칠膠漆과 같되 잠자리 운우의 정은 벽성선이 굳이 사양하여 허락하지 않더라. 양한림이 의아하여 묻기를,

"내가 비록 그럴듯하지는 않으나 그대와 친하게 지낸 지 이미 한 달

---

6) 운문(雲門): 중국 고대 육악(六樂)의 하나. 황제(黃帝)의 음악으로, 그 뜻은 구름이 불어와 사방을 덮어주는 것이 마치 임금의 덕과 같음을 칭송한 것이다.

이라. 굳이 사양하여 몸을 허락하지 않음은 무슨 까닭인고?"

선랑이 웃으며,

"군자의 사귐은 그 맑기가 물과 같고, 소인의 사귐은 그 달기가 꿀과 같다 하니, 제가 평생의 지기에게 몸을 허락하기를 원하고 평범한 남자에게 몸을 허락하기를 즐겨하지 않는데, 지금 상공께서는 제 지기라. 어찌 감히 청루의 천한 기생의 음란한 풍정으로 사귀리오? 저와 상공의 부부의 인연은 군자께서 저를 버리지 않으신다면 훗날이 무궁하리니, 오늘 만남의 자리에서는 다만 뜻과 기상을 논하여 벗으로 알아주소서."

양한림이 그 지조를 기특히 여겨 억지로 따르게 하려 하지 않으나, 그 깨끗한 풍정을 의아해하더라. 하루는 양한림이 다시 선랑을 찾았으나 선랑이 본 고을로 불려갔거늘, 양한림이 무료히 돌아오다가 다시 생각하되,

'내가 밤에 벽성산을 보았으나 그 진면목을 아직 보지 못했으니, 지금 마땅히 다시 오르리라.'

그리고 동자를 데리고 산을 향하는데 기이한 꽃과 괴이한 돌이 곳곳에 널려 있고 맑은 시내와 빼어난 봉우리가 골짜기마다 둘러싸고 있더라. 양한림이 그 경치를 따라가 근원을 찾고자 하더니, 다리 힘이 이미 풀리고 피곤함을 이기지 못하여 바위 위에서 쉬는데 갑자기 정신이 희미해지더니, 비단 가사袈裟 차림에 석장錫杖을 든 보살이 꽃 같은 얼굴과 가느다란 눈썹에 상서로운 기운을 띠어 양한림을 보고 길게 읍하며,

"문창은 헤어진 뒤에 평안하셨나이까?"

양한림이 당황하여 대답하지 않으니 보살이 웃으며,

"홍란성은 어디에 두고 제천선녀와 더불어 즐기시나이까? 저는 남해 수월암水月菴 관음보살이라. 옥제의 명을 받아 무곡성 병서를 그대에게 전하노니, 그대는 중생을 널리 구제하고 빨리 천상계 극락으로 오소서."

말을 마치매 석장을 들어 바위를 치며 큰소리로,

"갈 길이 매우 바쁘니 빨리 돌아갈지어다."

양한림이 놀라 잠에서 깨니 꿈이라. 자기는 그대로 바위 위에 앉아 있고 단서丹書 한 권이 앞에 있거늘, 놀라우면서도 기뻐 책을 소매 속에 넣고 벽성산을 내려와 다시 별당에 이르니, 벽성선이 아직 돌아오지 않았더라. 양한림이 객관에 돌아와 단서를 꺼내보니 과연 천상 무곡성의 천문과 지리, 용병用兵과 강신降神의 비결이더라. 양한림은 본디 총명한 인재라. 어찌 여러 번 읽은 뒤에야 깨달으리오? 상자 속에 거두어두고 밤이 깊어 잠자리에 들려 하는데 갑자기 신발 끄는 소리가 들리더니, 선랑이 여종 둘을 데리고 달빛을 띠어 이르더라. 아리따운 자태가 월궁의 항아가 광한전에 내려온 듯하고, 은하수의 직녀성이 견우성을 찾는 듯하더라. 양한림이 정신이 흔들리고 마음이 황홀하여, 그녀가 인간 세상 사람임을 깨닫지 못하더라. 선랑이 자리에 앉아 그가 두 차례 헛걸음한 것에 대하여 사죄하고 다시 웃으며,

"덧없는 인생 백년 중에 한가한 날이 얼마 없거늘, 이같이 좋은 밤에 무료하게 주무시고자 하나이까? 강가 달빛이 매우 맑고 시원하리니, 잠시 심양정에 올라 달구경을 하고 나서 제 집으로 가는 것이 어떠하리이까?"

양한림이 기뻐 허락하고 동자로 하여금 객관을 지키라 하고 선랑과 더불어 강가로 나아가니, 십 리의 깨끗한 모래는 흰 눈을 펴놓은 듯하고, 둥근 달은 푸른 하늘에 멀리 걸려 있더라. 모래 위에서 졸던 왜가리가 인기척에 놀라 달 아래로 날아가니, 선랑이 달을 바라보며 모래 위를 거닐다가 양한림을 돌아보며 "강남 여자들에게 봄에 푸른 풀을 밟는 풍속이 있으나, 저는 도리어 달 아래에서 달빛을 밟는 것만 못하다고 생각되나이다" 하고 소매를 떨쳐 흰 갈매기를 날게 하고, 맑고 은은하게 한 곡조를 부르더라.

흰 갈매기야, 이유 없이 펄펄 날지 마라.
달이 희고 모래가 희고 너 역시 희니
옳고 그름과 검고 흰 것을 나는 모르노라.

벽성선이 노래를 마치자 양한림이 화답하더라.

강가의 흰 갈매기야. 나를 보고 날지 마라.
십 리의 깨끗한 모래. 저 달빛을 너 혼자 누리런가.
나 역시 태평성대의 유배객으로 경치 찾아 여기 왔노라.

양한림과 선랑이 노래를 마치고 서로 손을 잡고 심양정에 오르니, 강촌이 고요한데 고기잡이배 불빛은 깜빡이고 닻줄 거두는 소리가 자못 나그네의 근심을 거들더라. 양한림이 난간에 기대어 탄식하길,

"강물은 동쪽으로 흐르고 달빛은 서쪽으로 기우나니, 예로부터 재자가인으로 이 정자에 오른 이가 몇인지 알지 못하나 지금 그 자취를 물어볼 곳이 없도다. 빈산의 흰 원숭이와 대나무숲의 두견새가 고금의 흥망을 비웃을 따름이니, 덧없는 세상의 인생이 어찌 가련하지 않으리오?"

선랑도 쓸쓸한 기색으로,

"제게 술 한 말이 있으니, 달빛을 띠어 저의 누추한 집으로 오셔서 늦은 밤까지 한가로이 얘기하고 술을 주고받으며 마음속에 쌓인 회포를 씻으소서."

양한림이 다시 함께 선랑 집에 이르니 술상이 어지러이 흩어지고 악기 몇 개로 방중악房中樂을 연주하여 좋은 밤을 보내더라. 양한림이 나이 어린 마음으로 오랫동안 울적한 회포가 있더니, 이로부터 날마다 선랑의 처소에 이르러 밤새도록 담소와 음악으로 마음을 풀더라. 선랑도 양

한림이 지내는 객관으로 와서 돌아가는 것을 잊으니, 번갈아 오고감을 이루 헤아리기 어렵더라.

하루는 가을비가 쓸쓸히 내려 종일토록 개지 않으니, 양한림이 무료하게 혼자 앉아 상자 속 무곡병서를 꺼내어 보다가 책상에 기대어 졸더라. 어느덧 밤이 깊고 날씨가 쾌청하여 비 온 뒤 달빛이 뜰에 가득하거늘, 갑자기 선랑을 생각하여 몸을 일으켜 잠든 동자를 흔들어보다가 혼자 선랑을 찾아가는데, 멀리 바라보매 두 여종이 등불을 들고 앞길을 인도하고 그 뒤에 한 미인이 수놓은 신발을 끌며 오거늘, 자세히 보니 곧 선랑이라. 양한림이 웃으며,

"내가 무료하여 그대를 찾아감이거늘, 그대는 어디로 가는고?"

선랑이 말하길,

"밤이 깊은데 하늘이 개었고 달이 밝고 바람이 맑으니, 객관의 차가운 등불에 상공의 외로운 마음을 위로하고자 옴이로소이다."

양한림이 기뻐 웃고 함께 별당에 이르러 달을 바라보며 술 여러 잔을 마시는데, 선랑이 술잔을 들고 갑자기 슬픈 빛을 보이더라. 양한림이 이상하게 여겨 묻기를,

"그대는 무슨 생각을 하는고?"

선랑이 오랫동안 수줍어하다가 대답하길,

"제가 십 년 동안 청루에서 지내며 일편단심을 비출 곳이 없다가 뜻밖에 상공을 모시게 되어 울적한 심회를 서로 위로하였으나, 부평초 같은 인연으로 만남과 헤어짐이 무상하니, 지금 밝은 달을 바라보매 흰 달이 둥글어졌다 이지러지는 것을 한스러워하나이다."

양한림이 말하길,

"그대는 내가 유배에서 풀려날 날이 이른지 늦은지 어찌 아는고?"

선랑이 말하길,

"비록 정확히 알 수는 없으나, 제가 조금 전에 피곤하여 잠시 졸다가

꿈을 꾸니, 상공께서 푸른 구름을 타고 북방으로 향하시는데 저를 돌아보며 함께 갈 것을 명하시더니 갑자기 천둥소리가 크게 나고 벼락이 제 머리를 쳐 놀라 잠에서 깨었나이다. 이 꿈이 제게는 이롭지 않으나, 상공께서는 오래지 않아 반드시 죄에서 풀려나 영화롭게 돌아가시리이다."

양한림이 머리를 숙이고 생각하다가,

"이달 스무날이 황상 생신이라. 태후께서 황상을 위하여 이날이 되면 늘 연못에 물고기를 방생하고 온 나라의 죄인을 크게 사면하시니, 그대의 꿈이 헛되지 않을 듯하도다."

선랑이 더욱 놀라,

"죄를 씻어주는 황상의 명이 어찌 상공의 영광이 아니리오마는, 이제 헤어지매 아득히 훗날의 기약이 없으나 군자의 대범함으로 구태여 마음에 두실 필요는 없나이다. 듣건대 남쪽에 한 새가 있으니 그 이름은 난새라. 자기 짝이 아니면 울지 않는 고로, 그 새소리를 듣고자 하는 사람이 거울을 들어 비춰주면 난새가 거울에 비친 모습을 보고 종일토록 날며 울다가 기운이 다하여 죽는다 하더이다. 제가 비록 청루의 천한 몸이나 마땅한 짝을 만나기 어려울 것으로 생각하다가, 이제 상공을 모심은 꿈속 같고 황홀하기가 거울 속 모습을 대함과 같아, 제가 한번 날며 울었으니 오늘 죽더라도 여한이 없는지라. 이로부터 마땅히 산속에 자취를 감추어 승려나 도사를 좇아 달갑지 않은 세상 치욕을 면할까 하나이다."

양한림이 웃으며,

"내가 그대의 뜻을 아나, 그대는 나의 뜻을 모르도다. 나는 이미 정한 뜻이 있으니 영원히 근심과 즐거움을 같이하여 벽성산 꼭대기의 둥근 달로 하여금 우리 두 사람의 마음을 비추게 하여 평생 이지러짐이 없게 하리라."

선랑이 감사해하며,

"군자의 말씀이 천금같이 무거우니 제가 죽어도 여한이 없나이다."

이에 잔을 들어 권하니, 양한림이 술에 살짝 취하여 선랑의 손을 잡고 웃으며,

"나에게는 가섭迦葉의 계율이 없고, 그대는 보살의 후신이 아니라. 서로 만난 지 여러 달이 지났는데 담담히 헤어짐은 사람 사이에 마땅한 정이 아니니 오늘의 아름다운 약속을 헛되이 보낼 수 없도다."

선랑이 부끄러워 복숭아꽃 같은 두 뺨에 붉은 기운이 가득 일더라.

"제가 일찍이 들으니 증자曾子의 효성으로도 어머니가 베틀 북을 던지고 달아남7)을 면하지 못했고, 악양8)의 충성으로도 중산中山에서 비방하는 글이 상자에 가득하였거든, 하물며 저처럼 풍류마당에서 노닐어 출신이 비천한 자는 어떠하리오? 훗날 군자의 가문에서, 중산에서와 같은 비방이 갑자기 이르고 증자의 어머니처럼 베틀 북을 던지고 달아난다면, 제 신세는 나아가거나 물러날 길이 없으리이다. 십 년 동안 청루에 있으면서도 붉은 앵혈 한 점을 지킨 것은, 군자의 군은 믿음을 바란 것이요, 고당高唐에서 초나라 양왕과 무산선녀가 만난 운우의 정이 없어서가 아니옵니다."

7) 어머니가 베틀~던지고 달아남: 증자(BC 506~BC 436)는 춘추시대 유학자. 이름은 삼(參). 공자의 도를 계승했으며, 그의 가르침은 공자의 손자 자사(子思)를 거쳐 맹자에게 전해졌다. 『전국책戰國策』「진책秦策」에, "옛날에 증자가 노(魯)나라 비(費) 땅에 살았는데, 증삼(曾參)이란 자가 있어 증자와 이름이 같았다. 증삼이 살인하여 사람들이 증자의 어머니에게 증삼이 살인했다고 하자, 증자의 어머니는 내 아들은 살인할 사람이 아니라면서 태연히 베를 짰다. 얼마 있다가 또 사람들이 증삼이 살인했다고 했으나, 증자의 어머니는 그대로 베를 짰다. 한참 뒤에 어떤 사람이 또 증삼이 살인했다고 하자, 증자의 어머니는 두려워하며 북(杼)을 던지고 달아났다" 했다.
8) 악양(樂羊): 중국 전국시대 위(魏)나라 군주 문후(文侯, BC 445~BC 396)의 장수. 문후가 중산(中山)을 정벌할 때 악양이 공격하는 임무를 맡았는데, 악양의 아들이 중산에 있어 주위의 비방이 많았다. 그러나 악양은 문후의 신임을 얻고 진군하여 마침내 함락시켰다. 문후가 중산을 정벌하고 돌아와 공을 논할 때 그동안 다른 이들이 악양을 비방하는 글이 가득 담긴 상자를 악양에게 보여주었는데, 그것은 '나는 너를 믿었다'는 뜻이었다고 한다.

양한림이 이 말을 듣고 선랑의 팔을 이끌어 소매를 걷고 보니 팔 위 앵혈이 달빛 아래 완연하더라. 양한림이 그 뜻을 어여삐 여겨 얼굴빛을 고쳐 탄식하고, 이로부터 사랑하고 공경함을 더하더라.

한편 세월이 훌쩍 흘러 양한림이 유배 온 지 이미 네다섯 달이 되었더라. 천자가 탄신일을 맞아 뭇 신하의 하례를 받으시고 "한림학사 양창곡이 유배 간 지 오래되었으니, 특별히 그 죄를 용서하고 예부시랑禮部侍郎을 제수하여 부르도록 하라" 하시더라.

양한림이 선랑과 매일 만나 나그네의 시름을 거의 잊었으나 아침저녁으로 북쪽 하늘을 바라보며 천자와 어버이를 그리워하더니, 하루는 문밖에 떠들썩한 소리가 있고 동자가 황급히 들어와 아뢰길,

"예부禮部의 하인들과 본 고을의 남종이 이르렀나이다."

편지를 바치며 천자의 명령을 전하니, 양한림이 향을 피워 천자의 은덕에 사례하고 집에서 온 편지를 열어 보되 이미 날이 저물었거늘 명령을 내려,

"내일 출발하리라."

이 밤에 양창곡이 선랑과 작별하고자 하여 동자를 데리고 선랑 집에 이르니, 선랑이 소식을 알고 축하하더라.

"상공께서 이제 천자의 은혜를 입어 평안한 상태로 영화롭게 돌아가시니 감축해 마지않나이다."

예부시랑 양창곡이 손을 잡고 섭섭해하며,

"내가 이제 그대와 같은 수레를 타고 가고자 하나, 이 몸이 유배객이 되어 왔다가 기첩妓妾을 데리고 가는 것이 어려운지라. 또 일찍이 어버이께 아뢰지 않았으니 내가 마땅히 황성에 올라가고 나서 따로 수레를 보내어 데려가리니, 그대는 이별의 마음을 너그러이 억눌러 옥같이 아름다운 모습을 잃지 말라."

선랑이 쓸쓸히 말하길,

"상공께서 음률로써 저를 만나셨으니, 마땅히 음률로 이별을 아뢰리이다."

그리고 상 위에 놓인 거문고를 이끌어 삼 장을 연주하니, 그 곡조는 이러하더라.

오동나무가 무성함이여.
대나무 열매가 많이 열렸도다.
봉황이 와서 모임이여.
화평하고 즐겁게 울도다.

강가 구름이 아득함이여.
강물은 유유히 흐르도다.
행인이 떠나려 말을 먹임이여.
낭군을 좇아 함께 돌아가리로다.

마음속의 한을 거문고로 아룀이여.
거문고 줄이 목메도다.
한없는 생각이 마음에 얽힘이여.
밝은 달을 향하도다.

선랑이 연주를 마치매 거문고를 밀어놓고 서글프게 눈물을 머금고 묵묵히 말이 없거늘, 양시랑이 거듭 위로하고 나서 몸을 일으키니, 선랑이 문밖으로 따라 나와 소매를 들어 눈물을 닦을 따름이더라.

양시랑이 선랑을 작별하고 객관으로 돌아와 행장을 수습하여 황성으로 향하는데, 때는 이미 한겨울 날씨라. 산천은 적막하고 경치가 쓸쓸한데 갑자기 한바탕 북풍이 불어 흰 눈을 날리더라. 순식간에 옥가루 같은 눈이 땅에 가득하고 온 세상이 텅 비어 하얗게 되니, 겨우 오육십 리를 가다가 더이상 앞으로 나아가지 못하고 객점에 들어가더라.

하늘빛이 저물어가고 눈이 개어 달빛이 매우 좋거늘, 동자를 데리고 객점 문을 나와 배회하며 달빛을 구경하는데 높은 산봉우리는 백옥을 깎아 세운 듯하고, 넓은 벌판은 평평히 유리를 깔아놓은 듯하더라. 온 산의 나무들은 배꽃이 만발한 세계가 되어 청정한 경치와 담박한 모습이 마치 옥으로 새긴 사람의 얼굴을 대하는 듯하더라. 서글프게 우두커니 서 있다가 다시 객점으로 들어와 가물거리는 등불을 마주하여 침상에 누워 있거늘, 갑자기 문 두드리는 소리가 들리고 한 소년이 두 여종을 데리고 들어오는데 행색이 깨끗하고 용모가 아름다워 남자의 기상이 없더라. 낭랑한 목소리로 양시랑의 객실을 찾거늘, 양시랑이 의아하여 자세히 보니 곧 선랑이라. 선랑이 웃음을 띠고 자리에 앉으며,

"제가 비록 청루에서 노닐었으나 나이가 어린 까닭에 일찍이 이별이 어떤 것인지 알지 못하였고, 상공을 모셔 서로 떨어지지 않기만을 바랐는데, 하루아침에 동쪽 문에서 버드나무를 꺾어 「양관곡」[9]을 부르니 가슴은 막히고 마음은 부끄러워, 회포를 만분의 일도 드러내지 못하고 갑자기 길을 떠나시니 더욱 한스러웠나이다. 북풍한설北風寒雪로 멀리 가시기 어려운 것을 알고, 객관의 차가운 등불에 적막한 심회를 위로하고자 밤을 무릅쓰고 왔나이다."

양시랑이 그 뜻을 기특히 여겨 함께 침상에 앉으니, 새로운 정이 더욱

9) 「양관곡陽關曲」: 당나라 시인 왕유(王維)의 시 「송원이사안서送元二使安西」의 다른 이름. 송별연에서 자주 불렸다. "위성의 아침 비가 가볍게 먼지를 적시는데, 객사 뜰의 버드나무는 한층 더 푸르도다. 그대에게 다시 술 한잔을 권하노니, 서쪽 먼 양관에 가면 벗이 없으리라(渭城朝雨浥輕塵, 客舍靑靑柳色新, 勸君更盡一杯酒, 西出陽關無故人)." 안서는 서역(西域)에 주재한 도호부(都護府)가 있던 곳이고, 양관은 감숙성(甘肅省) 돈황(敦煌)에 위치한 관문이다. 위성은 섬서성(陝西省) 장안 교외의 함양(咸陽)으로 위수(渭水)에 임해 있기에 나온 이름이다. 장안 사람들은 서쪽으로 떠나는 사람을 위수 기슭에서 송별하면서 강가 버들을 꺾어 건네주었다 한다.

두터워져 운우의 정을 희롱하고자 하더라. 선랑이 사양하지 않으나 부끄러워하는 기색이 있어,

"세상 여자들이 색色으로 사람을 섬기는 도리가 세 가지 있나이다. 하나는 심사心事니 마음으로 섬기는 것이요, 둘은 기사幾事니 일의 낌새에 따라 섬기는 것이요, 셋은 안사顔事니 얼굴을 곱게 하여 섬기는 것이라. 제가 비록 부족하나 마음으로 지아비를 섬기고자 하나이다. 세상 남자가 모두 얼굴을 취하고 마음은 알지 못함이라. 이제 상공께서 저와 만난 지 몇 달 동안 담담히 서로 지나쳤으니 상공께서 서먹서먹해하는 꺼림이 있을 뿐 아니라, 이는 여자로서 순종하는 도리가 아닌 까닭에 객관의 가물거리는 등불 속에 화촉을 이루고 돌아가고자 하오니, 상공께서는 이 가련한 뜻을 아시리이까?"

양시랑이 팔을 뻗어 선랑을 안고자 할 때 갑자기 밖에서 급히 부르는 소리가 들리니, 알지 못하겠도다. 이는 무슨 소리인고? 다음 회를 보라.

천자가 중매하여 황소저와 정혼하고
남만을 정벌하러 양원수가 출전하더라

양시랑이 객점의 찬 등불 속에서 선랑을 만나 담소하며 마주하여 못다한 정을 풀 때 애틋함을 이기지 못하여 팔을 뻗어 선랑을 안고자 하더라.

동자가 "상공께서 무엇을 찾으시나이까?" 하거늘 놀라 잠에서 깨니 꿈이라. 선랑은 간 곳이 없고, 베개를 어루만지며 한바탕 잠꼬대를 하였더라. 웃고 나서 시간을 물으니 이미 사오경이 지나, 깜빡이는 등불은 벽 위에 걸려 있고 꼬끼오 새벽 닭 우는 소리가 먼 마을에서 들리더라. 양시랑이 일어나 앉아 생각하되,

'선랑은 지조가 맑고 높은 여자라. 내가 그 뜻을 기특히 여기나 오히려 스스로 고집하여 마침내 순종하지 않으니 서먹함에 대한 탄식이 없지 않거늘, 꿈속 일이 이러하거든 하물며 임금과 신하 사이는 어떠하리오? 내가 새로 벼슬에 나아간 소년으로 나이는 어리고 기상은 날카로워 내 뜻을 고집하고 임금의 명을 거역하였으니, 이것이 어찌 임금께 바른 도리를 행하는 일이리오?'

그리고 날이 밝으매 길을 떠나 날마다 역참을 거쳐 황성에 이르렀더라.

양시랑이 어버이 곁을 떠난 지 이미 반년이 가까운지라. 천자의 은혜를 특별히 입어 다시 슬하에 모시게 되니 온 집안의 화락함을 어찌 말로 다하리오? 양시랑이 황성으로 들어왔다는 소식을 듣고 윤상서가 즉시 찾아와 축하하며 양시랑에게 말하길,

"황상께서 다시 황각로 집안과의 혼사를 지시하시면, 우리 사위는 어찌하고자 하시오?"

양원외가 말하길,

"이 일이 의리에 크게 어긋나지 않으니 신하가 되어 어찌 거듭 거역하리오?"

윤상서가 또 여러 차례 권하고 가다라. 이튿날 양시랑이 궁궐에 들어가 천자의 은혜에 사례할 때, 천자가 불러서 보시고,

"그대가 오랫동안 유배지에 있어 응당 고초가 많았으리라. 아름다운 옥은 갈면 갈수록 더욱 빛이 나고, 보배로운 칼은 불에 단련하면 단련할수록 더욱 날카로워지니, 그대는 뜻과 기상을 잃지 말고 앞길을 위하여 스스로 힘쓰라."

양시랑이 황공하여 머리를 조아리니, 또 하교하시길,

"황각로 집안과의 혼사는 이미 내 명이 있었고 예절에 어긋남이 없으니 그대는 굳이 사양하지 말라."

양시랑이 머리를 조아리고,

"성스러운 말씀이 이에 이르니 마땅히 명대로 하리이다."

천자가 크게 기뻐하여 즉시 일관日官을 불러 탑전에서 길일을 택하라 하시고 또 "내가 중매를 몸소 했으니, 혼렛날에 모든 관료가 두 집안으로 가 잔치에 참석하고 호부戶部로 하여금 여러 빛깔의 비단 백 필을 내리도록 하라" 하시더라.

양원외와 황각로가 천자의 뜻을 받들고 길일에 이르러 혼례를 올리

거늘, 그 위의는 이루 다 말할 수 없이 성대하고, 조정의 관료가 모두 천자의 명을 받들어 찾아와 축하하여 두 집안의 문 앞에 구름같이 모였더라. 황소저가 봉황족두리에 용비녀를 하고 비단옷을 입고서 시부모를 뵈올 때 광채가 사람을 감동시키고 자태가 빼어나기는 하나, 뛰어난 기상과 민첩한 행동이 오히려 요조숙녀의 유순한 기색이 아니더라. 사흘간 화촉의 예를 마치자마자 양시랑이 윤소저의 침실에 이르러 시무룩하게 근심하는 빛이 있더니 침상에 누워 조용히 묻기를,

"부인이 여러 날 황소저의 사람됨을 보았으니 어떠하다 생각하시오?"

윤소저가 묵묵히 대답하지 않으니 양시랑이 탄식하여,

"내가 부인에게는 부부로서만 알지 않고 지기의 벗으로 믿는 까닭에 이같이 묻거늘, 작은 혐의를 피하여 마음을 드러내려 하지 않으니 이것이 어찌 평소 바라던 바이리오?"

윤소저가 대답하길,

"아녀자의 안목으로 머리장식과 패물, 용모와 자태를 살필 따름이니, 마음이나 품행의 장단과 우열은 보통 남자들도 알기 어렵나이다. 지금 상공의 지혜로 사리에 어두운 여자에게 같은 항렬의 우열을 물으시니, 저는 그 뜻을 알지 못하겠나이다."

양시랑이 탄식하여 "내가 천자와 아버님의 명을 거역하기 어려워 황소저를 맞이하였으나 훗날 집안을 어지럽힐 조짐이 보이니, 부인의 말은 예절에 맞고 도리에 합당하나 깊은 속내를 드러냄은 아니로다" 하더라.

이때 교지[1]의 남쪽 오랑캐가 자주 반란을 일으켜 군사에 관한 일이

---

1) 교지(交趾): 베트남 북부 통킹·하노이를 포함한 송꼬이강 유역의 역사적 지명. BC 111년 전한의 무제가 남월(南越)을 정복하고 이 지역에 교지군(交趾郡)을 포함한 영남구군(嶺南九郡)을 설치하여 그 이름이 유래했으며, 영남구군을 다스리고자 교지자사부(交趾刺史部)를 설치했다. 수(隋)·당(唐) 때는 교지현(交趾縣)이 설치되었다. 명(明)나라 때인 1427년 이 지역에서 일어난 독립군과 싸워 패배하자, 명나라는 식민 통치를 포기하고 독립한 베트남을 교지국이라 했다.

몹시 복잡해지더라. 천자가 깊이 근심하시어 병부상서 윤형문을 우승상右丞相에 제수하고 참지정사 노균에게 평장군국중사平章軍國重事를 겸하도록 하시어, 매일 궁으로 불러 보며 변방의 일을 의논하시더라. 하루는 익주益州 자사 소유경蘇裕卿의 상소가 이르니 그 대략은 이러하더라.

"교지의 남쪽 오랑캐가 창궐하여 남방 십여 군郡을 함락시켰고 그 무리가 백여만 명이라. 산골짜기에 웅거하며 백성을 노략하여 괴이한 묘술과 생소한 기계에 대적할 방법이 없으니, 여러 고을의 남은 병사들이 그 형세를 보고는 기왓장 깨지듯 흩어져, 머지않아 반드시 익주 지경을 범할지라. 엎드려 바라건대 폐하께서는 천자의 군대를 일찍 일으켜 소멸케 해주소서."

천자가 읽기를 마치고 크게 놀라 황의병 각로와 윤형문 각로, 노균 평장사와 양창곡 시랑을 불러 계책을 물으시니, 윤각로가 아뢰길,

"남쪽 오랑캐가 예로부터 천자의 교화가 미치지 못하고 풍속이 사나워 짐승과 다를 바 없으니, 이는 덕으로 어루만질 수 있고 힘으로는 다투기 어렵나이다. 신은 생각건대 형주荊州와 익주 두 고을의 군대를 일찍 일으켜 요해처要害處를 지키고 순무사巡撫使를 뽑아 보내시어 천자의 은혜와 위엄으로 타이르고 이로움과 해로움으로 달래되, 만약 항복하지 않거든 그때 천자의 군대를 일으켜도 늦지 않으리이다."

양시랑이 아뢰길,

"승상의 말씀은 삼대에 군사를 부리던 떳떳한 이치라. 다만 오늘날 적의 형세를 생각건대, 먼 곳의 오랑캐들이 중국을 엿보니 그 계획이 이미 오래되어 분명 쉽게 그만두지 않을 것이요, 지금 중국 군대는 태평시대가 오래되어 임기응변이 어렵나이다. 여러 고을에 조서를 내려 군병을 점검하고 병기를 수리하여 뜻밖의 재난을 방비하소서."

참지정사 노균이 아뢰길,

"양창곡은 시대의 중요한 일을 모르나이다. 어지러운 시대를 만나 먼

저 인심을 진정시키는 것이 옳거늘, 지금 조서를 내리시어 군병을 훈련시키며 병기를 준비한다면 민심의 소동이 어떠하리이까? 신은 생각건대 소유경의 상소를 잠시 반포하지 마시고 민심을 진정시킴이 좋을까 하나이다."

양시랑이 또 아뢰길,

"근래 조정의 의론이 잠시 모면하는 계책을 위주로 하니, 신이 개탄하는 바로소이다. 지금 민심의 소동을 염려하여 편안하게 앉아 있다가 하루아침에 남쪽 오랑캐가 국경을 침범한다면, 갑작스러운 소동이 더욱 어떠하리이까?"

노균이 정색하고 소리 높여,

"남쪽 오랑캐는 쥐나 개와 같은 좀도둑에 불과하니 어찌 이에 이를 수 있으리오? 또 군대와 나라의 큰일을 경솔히 할 수 없거늘 도적의 소란은 군대로 막을 수 있거니와, 민심의 소동은 양시랑이 어찌 막으리오?"

양시랑이 웃으며,

"참정의 말씀은 당장의 일만 걱정하고 앞일을 생각하지 않음이라. 작은 소동을 근심하고 큰 소란은 걱정하지 않으니, 이는 이른바 '그림자를 피해 빨리 달아남'이로소이다."

이렇게 두 사람이 다투는데, 노균이 벌컥 크게 노하여,

"천자께서 불초한 이 몸에게 군국중사 직책을 맡기셨으니, 신하 가운데 자신의 좁은 소견을 고집하여 민심을 소동케 하는 자가 있다면 마땅히 군법으로 처리하리라."

관료가 모두 그 말에 호응함이 마치 한입에서 나오는 것 같더라. 천자가 한참 생각하다가 노균의 의론을 따라 소유경의 상소를 반포하지 않고 순무사를 뽑도록 명하시니, 윤각로가 아뢰길,

"상소를 반포하지 않고 순무사를 명하여 보내시면 소문이 어찌 민간

에 전파되지 않으리이까? 익주 자사 소유경은 신의 처조카로, 문무를 두루 갖추고 장수로서의 지략이 보통 사람보다 뛰어나오니, 소유경으로 하여금 순무사를 겸하게 하여 그 고을의 군사를 거느려 적의 정세를 탐지해 보고하게 함이 좋을까 하나이다.”

천자가 윤허하시더라. 양시랑이 집으로 돌아와 아버지 양원외를 뵙고는 남쪽 오랑캐의 소란과 노균 참정의 말을 일일이 아뢰고 근심하는 기색이 있더라.

“제가 최근에 천문을 살펴보니 태백성太白星이 남두육성南斗六星을 범하여 남방에 전쟁의 징조가 있으니, 이는 국가의 막대한 근심이로소이다.”

양원외가 말하길,

“내가 일의 기미를 알지는 못하나, 근래 사람들의 기운이 점점 쇠약해져 문무의 재주가 없도다. 만약 불행히 남방을 정벌해야 한다면 누가 장수가 될 수 있으리오?”

양시랑이 머리를 숙이고 한참 생각하다가 웃으며 대답하길,

“제가 강주에 있을 때 한 여자를 만났으니 그 고을의 기녀라. 음률에 밝아 그 소리를 듣고 길흉을 알 수 있더이다. 제 피리 소리를 듣고는 저에게 ‘오래지 않아 반드시 전쟁이 일어나리라’ 하더니, 마침 그 말이 적중하나이다.”

양원외가 놀라며,

“나 역시 염려하던 바라. 그 여자의 이름이 무엇인고? 보통 사람보다 훨씬 총명하도다.”

양시랑이 대답하길,

“이름은 벽성선이라. 제가 반년 동안의 귀양살이에 울적한 마음을 이기지 못하여 벽성선과 더불어 시간을 보냈고 이미 첩실로 허락하여 데려오기로 약속했으나, 미처 아버님께 아뢰지 못하였나이다.”

양원외가 말하길,

"군자가 모름지기 여색에 뜻을 두어서는 안 되거니와, 이미 오래된 약속을 하고서 신의를 잃어도 안 될 일이로다."

양시랑이 즉시 내당으로 들어가 허부인에게 아뢰니, 허부인이 질책하여,

"네가 나이가 어리고 앞길이 만리와 같거늘, 여자에게 신의를 잃으면 어찌 오뉴월에 서리가 내리는 원한이 없으리오? 내가 아직 강남홍의 일을 잊지 못하니, 오늘이라도 벽성선을 데려오라."

양시랑이 즉시 편지 한 통을 쓰고 동자와 남종에게 명하여 강주로 보내더라.

한편 선랑이 양시랑과 이별하고서 대나무 사립문을 굳게 닫고 병이 있다는 핑계로 손님을 사양하더라. 이미 몇 달이 지났으되 소식이 감감하거늘 속으로 실망하여 즐겁지 않아, 낮에는 벽성산을 바라보고 망연자실 앉아 있고, 밤에는 차가운 등불을 마주하여 잠을 이루지 못하더라.

하루는 강주 지부知府가 부르거늘, 선랑이 병이 있다고 핑계 대고 들어가지 않으니, 지부가 약을 보내고 친히 문안 인사를 왔더라. 선랑이 의아하여 '지부의 후의와 양시랑의 박정함이 모두 뜻밖이로다. 만약 그 후의에 의도가 있고 그 박정함이 무정함이라면, 내가 어찌 구차히 살아 그 모욕을 감수하리오?' 하고 온갖 상념이 마음속을 떠돌아 난간에 기대어 먼산을 바라보고 길게 탄식하는데, 갑자기 한 동자가 들어와 편지한 통을 전하거늘, 자세히 보니 지난날 왕래하던 동자라. 동자도 반가운 빛을 띠어 아뢰길,

"남종과 수레와 말이 함께 왔나이다."

선랑이 허둥지둥 손으로 편지를 뜯어 보니 그 대략은 이러하더라.

"구름 낀 먼산에서 이별하매 옥 같은 얼굴이 꿈같도다. 티끌세상의 명예와 이익에 취한 듯 꿈꾸는 듯 골몰하여 황혼녘의 아름다운 기약을 이같이 늦추었으니 매우 부끄럽도다. 지난날 강주부에 편지를 보내 선랑

의 이름을 기생 명부에서 삭제하도록 하였거늘 혹 알고 있는가? 이제 어버이의 명을 받들어 수레와 말을 보내니, 무궁한 정은 화촉을 밝히고 원앙금침을 펴기만을 기다리노라.

선랑이 읽기를 마치매 수레와 말을 이틀 동안 머물게 하고 행장을 꾸려 길을 떠나 황성에 이르더라.

한편 익주 자사 소유경이 천자의 명을 받들어 적의 정세를 탐지하여 밤새 역마를 달려 보고하니, 그 보고는 이러하더라.

"신이 천자의 명을 받들고 적진에 이르러 우두머리를 보고 은혜와 의리로 타일렀으나, 항복할 뜻이 없을 뿐 아니라 패역한 기운과 무례한 말이 끝이 없어, 간사한 계책으로 신을 유인하여 적진 가운데를 에워싸고 제 수하 부장副將을 참수하니, 위급한 형세와 예측 못할 계교가 신의 몸에 이를지라. 신이 다행히 칼과 창으로 막아 겨우 목숨을 구하였나이다. 신이 천자의 명을 받들되 오랑캐의 작은 추장에게 모욕을 당하니 도끼에 죽임당하는 형벌을 감히 면하기 어렵거니와, 다만 적의 세력의 강성함은 다 아뢸 수 없는지라. 엎드려 바라건대, 폐하께서는 급히 대군을 일으켜 익주의 고립된 성에 다급한 위태로움이 없게 해주소서."

천자가 보기를 마치매 크게 놀라 대신을 다 불러 방어할 계책을 의논하시더라. 형주 자사의 밀봉한 표문이 또 이르니 그 표문은 이러하더라.

"남쪽 오랑캐가 창궐하여 이미 동주표2)를 지나 광서廣西 성을 함락하고, 계림桂林과 형양衡陽 사이에서 가축을 약탈하고 백성을 살해하였나이다. 변방 여러 고을이 일찍이 대비를 못하다가 적병이 갑자기 이른 형세를 보고 소동하여, 형주와 익주의 남쪽에 인가가 쓸쓸하고 적병이 무인지경인 듯 들어오는지라. 군졸들을 수습하고자 하나 태평시대가 오래되

---

2) 동주표(銅柱標): 국경을 표시하는 구리 기둥. 『한서』 「마원전馬援傳」 주(註)에 "마원이 교지(交趾)에 이르러 구리 기둥을 세워 한(漢)나라 국경을 표시했다"고 했다.

어 약속한 것이 없으니, 흙이 무너지고 기와가 깨지듯 하는 모습을 걷잡기 어렵게 되어 삼가 표문을 올리오니, 지체하지 마시고 천자의 군대를 속히 일으켜주소서."

천자가 또 표문을 보시고 얼굴빛을 잃어 좌우를 돌아보며 방책을 물으시니, 윤형문 각로가 아뢰길,

"적의 형세가 이리 위급하니, 천자의 군대가 토벌을 지체하지 못할지라. 급히 문무의 신하를 모아 상의하도록 함이 좋을까 하나이다."

천자가 윤허하여 관리를 모두 부르시니, 원임각로原任閣老 황의병, 우승상 윤형문, 참지정사 겸 평장군국중사 노균, 호부상서 한응덕韓應德, 병부시랑 양창곡, 우림장군羽林將軍 뇌천풍雷天風 등 문무 관원이 동반東班과 서반西班으로 나뉘어 입시하더라. 천자가 하교하시길,

"남쪽 오랑캐가 창궐하여 중국을 침범하니 어찌하면 좋으리오?"

황각로가 아뢰길,

"작은 오랑캐가 천명을 알지 못하니, 대군을 일으켜 단번에 토벌하여 평정할지라. 어찌 근심할 필요가 있으리이까?"

노균이 아뢰길,

"변방의 여러 신하가 방비를 소홀히 하여 적의 형세가 이 같으니, 우선 형주와 익주의 두 자사와 광서성 수장守將의 죄를 논하시고 거용관3)을 수축修築하였다가, 혹시 위급해지면 수레를 타고 북쪽으로 순행하시어 거용관을 지켜 만전의 계책을 삼으소서."

윤각로가 아뢰길,

"당당한 만승의 나라로 일개 오랑캐의 군대가 이르는 것을 보고 어찌 조정을 버리고 외로운 성을 지키리오? 급히 천자의 군대를 일으켜 토벌

---

3) 거용관(居庸關): 중국 북경(北京) 북서쪽 60킬로미터 지점에 있는 관문(關門). 화북(華北) 평원에서 몽골고원으로 향한 도로가 산맥을 가로질러 만리장성을 넘어가는 지점에 있다. 예로부터 변방의 요새로서, 남구(南口)·관성(關城)·상관(上關)의 세 개 관으로 되어 있다.

함이 옳을까 하나이다."

천자가 그 말을 옳게 여겨,

"누가 도원수都元帥가 되어 위태로운 종묘사직을 부지하리오?"

좌우 모두 묵묵히 말이 없고 서로 얼굴만 쳐다보더라. 이때에 조정과 민간이 소동하여 말하길 "오래지 않아 적이 황성에 이른다" 하며, 또 말하길 "적장의 계략과 요술이 신묘막측하여 전쟁에 나가는 자는 반드시 돌아오지 못한다" 하며, 혹은 말하길 "그 무리가 몇백만 명인지 알지 못한다" 하니, 소문을 들은 사람이 모두 낙담하고 기력을 잃어 조정의 관료가 다 전쟁에 나가길 원하지 않더라.

천자가 탄식하여 "내가 덕이 없어 사방의 오랑캐를 감화하지 못하여 수백 년 종묘사직이 하루를 넘기기 어렵게 되었으며 수많은 백성이 도탄에 빠졌거늘, 충성과 울분으로 위태로운 나라를 구할 자가 한 사람도 없도다. 이는 나의 허물이라. 누구를 원망하고 누구를 탓하리오?" 하시고 옥 같은 눈물을 흘려 용포를 적시더라. 갑자기 한 재상이 당당히 자리에서 나아와 아뢰길,

"신이 무능하오나 망극한 천자의 은혜를 입어 보답할 길이 없사오니, 마땅히 견마의 힘을 다하여 남쪽 오랑캐를 토벌하고 평정하여 폐하의 밤낮 근심을 덜고자 하나이다."

사람들이 보니 관옥 같은 얼굴에 풍채가 빼어나고, 샛별눈에 정기가 영롱하여, 모습이 당당하고 목소리가 낭랑하니 곧 병부시랑 양창곡이라. 탑전에 엎드려 있으니, 황각로가 생각하되,

'현재 적의 형세가 저같이 위급하거늘, 양시랑은 내 귀한 사위라. 출전했다가 혹시 불행한 일이 있으면 딸아이가 평생 잘못되리라.'

하여 탑전에 아뢰길,

"양창곡은 백면서생이요 청춘소년이라. 군대를 이끌고 변경에 출정하는 일을 감당하기 어려우니, 엎드려 바라건대 폐하께서는 지략 있는

장수를 다시 택하시어 큰일을 그르치지 마소서."

말을 마치기 전에 동반의 한 늙은 장수가 칼을 빼려고 하며 큰 소리로 말하길,

"승상의 말씀이 틀렸소이다. 옛적에 항우⁴⁾는 스물네 살에 강동江東에서 군대를 일으켰고, 손책⁵⁾은 열일곱 살에 천하를 횡행했으니, 용맹과 지략은 재질에 있지 나이의 많고 적음에 있지 않으며, 한나라의 제갈량⁶⁾과 송나라의 조빈⁷⁾은 평생 독서하여 서생을 벗어나지 못했으나 역사에 길이 남을 장상將相의 재목이 되었나이다. 지금 양시랑이 나이 어린 서생이나 나라를 위하여 몸을 돌아보지 않으니 그 충성을 알 수 있고, 뭇사람의 논의를 물리치고 스스로 위험한 곳으로 나아가니 그 용맹이

---

4) 항우(項羽, BC 232~BC 202): 진(秦)나라 말기 무장. 이름은 적(籍). 자는 우(羽). BC 209년 진 승(陳勝)·오광(吳廣)의 난을 당하여 진나라가 혼란에 빠지자, 숙부 항량(項梁)과 더불어 오중(吳 中)에서 군대를 일으켰다. 진승·오광이 내부 반란에 의해 피살되자 항우는 세력이 더욱 확장되 었고, 팽성(彭城)에 도읍하여 스스로 서초패왕(西楚霸王)이라 일컬었다. 전한의 유방과 천하를 다투다가 해하(垓下)에서 패하여 자결했다.

5) 손책(孫策, 175~200): 후한 말기 무장. 오나라를 세운 손권(孫權)의 형. 이름난 장수였던 부 친 손견(孫堅)이 죽은 뒤 194년 원술(袁術)의 휘하에 들어가 부친의 군대를 물려받았으나, 원술 의 견제를 받자 독립하여 강남(江南)을 평정하여 진무(鎭撫)에 힘썼다. 원술이 제위에 오르려 하자 격렬하게 비난하며 원술과의 관계를 청산했다. 이때 조조는 손책을 오후(吳侯)에 봉하고 혼인 관계를 맺었다. 200년 조조와 원소(袁紹)가 관도(官度)에서 대치하고 있을 때, 손책은 허 도(許都)에 있는 후한의 헌제(獻帝)를 맞아들이려 했으나 실행에 옮기기 전 자객의 칼에 맞아 죽었다.

6) 제갈량(諸葛亮, 181~234): 중국 삼국시대 촉한의 정치가. 자는 공명(孔明). 시호는 충무후(忠 武侯). 명성이 높아, 누워 있는 용, 즉 때를 기다리는 호걸을 뜻하는 와룡선생(臥龍先生)으로 일 컬어졌다. 207년 조조에게 쫓겨 형주(荊州)에 와 있던 유비(劉備)로부터 삼고초려의 예로써 초 빙되어 '천하삼분지계(天下三分之計)'를 진언했다. 유비를 도와 오(吳)나라의 손권과 연합하여 남하하는 조조의 대군을 적벽(赤壁)의 싸움에서 대파하고 형주와 익주(益州)를 점령했다. 유비 가 제위에 오른 뒤 승상이 되었다.

7) 조빈(曹彬, 931~999): 북송 초기 무장. 태조(太祖) 2년(964)에 촉(蜀)을 정벌하고 협중(峽中) 의 군현을 함락했는데, 다른 장수는 성을 도륙했지만 그는 명령만 내려 진압시켰고, 다른 장수 는 옥백(玉帛)을 차지했지만 그는 청렴해 도서와 의복만을 가졌다고 한다. 974년 남당(南唐)을 정벌하고 금릉(金陵)을 함락했을 때도 함부로 사람을 죽이지 않았다. 진종(眞宗)이 즉위한 뒤 노국공(魯國公)에 봉해졌다.

큰지라. 신은 생각건대 양시랑이 출전하지 않는다면, 중원의 온 나라가 머리를 풀고 옷깃을 왼쪽으로 여미는 오랑캐가 될 것이요 명나라의 온 땅이 도적의 소굴이 될까 하나이다."

모두 그 장수를 보니 흰 머리카락이 귀를 덮었으며 목소리는 우레 같고 눈은 번개 같으니 곧 호분장군虎賁將軍 뇌천풍이라. 뇌천풍은 당나라 뇌만춘雷萬春의 후예로, 사내 만 명도 감당하지 못하는 용맹이 있으나 평생 운수가 기구하여 벼슬이 호분장군에 머물러 있더라. 참지정사 노균이 노하여 꾸짖기를,

"변변치 못한 무관이 어찌 조정 대사에 참여할 수 있으리오? 그대는 무관으로 평소 지략이 없어 조그만 도적도 평정하지 못하고 이처럼 어지럽히니, 다시 말한다면 먼저 그대의 머리를 베어 삼군을 호령하리라."

뇌천풍이 개탄하여 웃으며,

"노신이 아무 공로 없이 천자의 녹祿을 먹으며 백발이 성성하니 어찌 한몸을 아껴 천자의 일을 피하길 꾀하리오? 이제 개 같은 오랑캐가 쥐처럼 도적질하여 남방을 어지럽히거늘, 문무백관이 종일 상대하되 아무런 경륜이 없고 기백은 모자라 도성을 버리고 거용관을 지키고자 하니, 만일 불행하여 백만 적군이 황성을 핍박하면, 조정의 관료가 다 각기 처자식을 들쳐업고 일제히 도망하여 폐하를 돌보지 않으리니 어찌 한심하지 않으리오? 노신이 비록 용맹은 없으나 원컨대 양시랑을 좇아 도끼를 둘러메고 전방 선봉이 되어 남쪽 오랑캐를 평정하고 오랑캐 왕의 머리를 베어 천자께 바치리이다."

말을 마치매 위풍이 늠름하고 기세가 등등하여 흰 머리카락이 솟구치니, 좌우가 그 용맹을 칭찬하더라. 천자가 크게 기뻐하시어 즉시 양창곡을 병부상서 겸 정남대원수征南大元帥에 제수하고 절월節鉞과 궁시弓矢, 붉은 도포와 금빛 갑옷, 말 한 필, 황금 천 일鎰을 하사하시고, 호분장군 뇌천풍은 파로장군破虜將軍을 더하여 전부선봉前部先鋒으로 삼으시더라.

188

"행군하는 날에 남교南郊에서 친히 전송하리라."

대원수 양창곡이 머리를 조아려 명을 받들고 집으로 돌아가니, 장수와 군졸이 이미 문 앞에 가득하더라. 중군사마中軍司馬를 불러 명령을 내리길,

"적의 형세가 매우 위급하니 행군을 지체하기 어려운지라. 내일 행군하되 시간을 어기는 자가 있으면 반드시 군율軍律이 있으리라."

중군사마가 명령을 듣고 나가더라. 양원수가 어버이에게 하직 인사를 드리며,

"저는 이미 국가에 몸을 맡겨 사사로운 일을 돌아보지 않고 이제 어버이 슬하를 떠나오나, 남쪽 오랑캐가 천명을 거역하여 중국을 침략하니 반드시 패배할 것을 알지라. 바라건대 존귀한 몸을 보중하시고 자식 기다리는 근심을 너그러이 억제하소서."

양원외가 말하길,

"우리 부자가 외람되이 천자의 은혜를 입었으나 갚을 길이 없더니, 이제 천자의 명을 받아 만리 밖으로 출전하니 너는 집안일은 조금도 염려하지 말고 힘써 큰 공을 세우고 돌아오라."

허부인이 눈물을 머금고,

"우리가 아직 그리 늙지 않았고 어진 며느리가 두 명 있으니, 너는 염려 말고 속히 큰 공을 세우고 돌아오라."

말을 마치매 섭섭함을 이기지 못하여 말을 이루지 못하니, 양원수도 눈물을 머금더라. 양원외가 얼굴빛을 바르게 하여,

"군자가 충성을 다해 국가에 보답해야만 큰 효도라 일컫거늘, 네가 지금 장수가 되어 구차하게 아녀자의 태도를 드러내니 어찌 평소 네 아비가 가르친 본래의 뜻이리오?"

양원수가 곧 몸을 일으켜 두 번 절하고 명을 받아 물러나 윤소저의 침실에 이르러 소저를 보고,

"이제 천자의 명을 받들어 장수로 출전하니 아내를 대하여 이별의 소회를 말할 것은 아니나, 다만 어머님께 맛있는 음식을 올려드리기를 부인에게 부탁하노니, 마땅히 어버이께 효도를 다하고 동렬同列 간에 화목하여 귀한 몸을 보중하시오."

윤소저가 공손히 대답하니, 양원수가 다시 웃으며,

"또 부탁할 일이 있으니, 내가 풍류에 젖음이 아니라 나이 어린 유배객의 외로운 회포로 벽성선과 사귀었거늘, 이미 데려오려고 사람을 보냈으니 부인이 수습해주소서."

윤소저가 근심스레 대답하길,

"마땅히 명하신 바를 잊지 않으리이다."

양원수가 다시 황소저를 보고,

"아녀자의 행실은 '잘함도 잘못함도 없이 오직 술과 밥 짓는 솜씨를 익히게 한다' 하니, 부인은 어버이를 잘 모셔 정성을 다해 공양하여 근심이 없게 하시오."

황소저가 대답하길,

"제가 비록 부족하나 현숙한 동렬이 계시니 어버이 모시는 예절은 염려스럽지 않으나, 본디 배운 것이 없어 「관저」8)의 후비后妃같이 조용하고 그윽한 정이 없나이다. 듣자오니 군자께서 풍류에 젖어 첩을 데려오신다 하니, 제가 이때를 틈타 친정으로 돌아가 허물을 면하고자 하나이다."

양원수가 정색하여 대답하지 않고 외당으로 나가더라.

이튿날 남쪽 교외에 담을 쌓고 양원수가 붉은 도포와 금빛 갑옷에 대

---

8) 「관저關雎」: 『시경』 「주남周南」의 시. 주나라 문왕이 요조숙녀인 태사(太似)를 후비(后妃)로 맞음으로, 부부의 금슬이 좋아 그 덕화가 천하에 베풀어짐을 노래한 시다. "구욱구욱 우는 물수리, 강가 모래톱에 있도다. 얌전한 숙녀는 군자의 좋은 짝이로다(關關雎鳩, 在河之洲, 窈窕淑女, 君子好逑)."

우전大羽箭을 차고 백모白旄와 황월黃鉞을 좌우에 세우고 단상에 오르니, 이때 나이가 열여덟 살이라. 호령은 눈서리 같고 기상은 산악 같으니, 장수와 삼군의 병사가 다 감히 우러러보지 못하더라. 잠시 뒤 천자가 진영 문밖에 이르러 표신標信으로 명령을 전달하시니, 양원수가 단상에서 내려와 천자의 어가御駕를 영접하더라.

"갑옷과 투구로 무장한 무사는 절을 하지 않으니, 청컨대 군례軍禮로 뵈옵나이다."

천자가 얼굴빛을 고쳐 답례하고 술잔에 술을 따라 친히 권하여,

"오늘부터 왕성 안은 내가 통제하고 왕성 밖은 장군이 통제하여, 명을 따르지 않는 자가 있거든 자사부터 그 아래까지 먼저 목을 베고 나중에 보고하여 편의대로 일을 처리하라."

천자가 예를 마치매 걸어서 진영 문을 나가 황옥거黃玉車에 오르시니, 양원수가 다시 단상에 올라 천자가 하사한 황금으로 삼군의 병사들에게 상을 주고 음식을 베풀어 위로하고서 즉시 행군하더라. 북과 나팔 소리는 천지를 울리고 깃발은 해와 달을 가려, 대오가 가지런하고 군령이 엄숙하니 지나는 곳마다 백성이 감탄하여 "우리의 성스러운 천자께서 어진 장수를 얻으시어 관군官軍이 이처럼 가지런하니 조그만 도적을 어찌 근심할 필요가 있으리오?"하여 인심이 점차 안정되어가더라.

한편 벽성선이 강주를 떠나 황성에 삼백여 리 못 미쳤는데 날이 저물어 객점에 머물 때, 길가의 백성들이 다리를 보수하고 도로를 새로 만들어 분주하거늘 그 까닭을 물으니 대답하길,

"오늘밤에 정남대원수께서 이곳에 머무르신다"하거늘 다시 묻기를, "대원수는 누구시오?"하니 "병부상서 양노야楊老爺니이다"하더라.

선랑이 놀라,

"상공께서 출전하는 것을 내가 이미 알았으나 이같이 급할 줄을 어찌 생각하였으리오? 내가 지금 서먹서먹한 처지로 떠들썩한 가문에서 누

구에게로 가며, 지니고 있는 옥피리가 군중에서 소용될 것이나 어찌 상 공께 전하리오? 군중이 엄숙하여 남자도 출입하기 어렵거늘 하물며 여 자는 어떠하리오?"

한 계책을 생각해내고 동자를 불러,

"네가 문밖에서 원수의 행차를 기다렸다가 들어와 아뢰어라."

잠시 뒤 북과 나팔 소리가 하늘을 울리니, 동자가 급히 들어와 아뢰길,

"원수께서 행군하여 오시나이다."

선랑이 또 말하길,

"네가 진영을 살펴보고 와서 아뢰어라."

동자가 말하길,

"원수께서 남쪽으로 백여 걸음 떨어진 배산임수의 인적 없는 곳에 머 무르시나이다."

밤이 깊어 선랑이 동자에게 말하길,

"내가 상공 진영의 형세를 보고자 하니 네가 인도하라."

그리고 옥피리를 지니고 동자를 따라 진영 앞에 이르니, 달빛이 밝게 비치는데 깃발과 창검은 가지런하고 당당하여 각기 방위를 지키고 있 고 부대의 행렬은 겹겹이 겹쳐져 군영을 크게 이루었으니, 위의는 엄숙 하고 군율은 가지런하더라. 선랑이 동자에게 말하길,

"내가 이 산에 올라 진영 한가운데를 굽어살펴보리라."

이윽고 산길을 찾아 봉우리 중턱에 올라 동자에게 명하여 산 아래에 서 기다리고 있다가 올라오는 사람이 있으면 인도하라 하고, 바위 위에 높이 앉아 군중의 경점更點 소리를 들으니 벌써 삼경을 알리더라. 선랑이 옥피리를 들어 한 곡을 부르니, 양원수가 장막 안에 머물러 한창 무곡병 서를 보다가 뜻밖에 어떤 소리가 바람결에 들리는지라. 멍하니 병서를 놓고 귀기울여 조용히 듣더니, 그 소리가 허공에 맑고 또렷하여 마치 서 녘바람에 돌아가는 기러기가 무리를 이룬 듯하고 푸른 하늘에 외로운

192

학이 짝을 부르는 듯하니, 평범한 목동의 피리 소리가 아니더라. 총명한 양원수가 어찌 벽성산에서의 옛 곡조를 모르리오? 놀라 의아해하며 생각하되,

'이는 분명 선랑이 이곳을 지나다가 나를 보고자 피리를 붊이로다.'

즉시 중군사마를 불러 "행군하는 초반 이곳에서 밤을 보내니, 대오와 막사를 어지럽히지 말라. 내가 평복 차림으로 한번 둘러보고자 하니, 누설하지 말고 장막 안을 지켜라" 하고 부장 한 명을 데리고, 지니고 있던 대우전大羽箭 하나를 뽑아 들고 군영을 나가더라. 영문을 지키는 군사가 표신을 찾으니, 원수가 대우전을 보여주고 진영 밖으로 나가 앞뒤 좌우를 돌아볼 때 산 위의 옥피리 소리가 여전히 그치지 않고 가느다랗게 들리더라.

양원수가 부장을 돌아보며 "내 뒤를 따르라" 하고 앞장서서 산 위로 올라 길을 찾더라. 동자가 산 아래에서 기다리고 있다가 반갑게 맞이하거늘, 양원수가 다시 부장에게 "이곳에서 기다리라" 하고 동자를 따라 산을 오르더라. 선랑이 옥피리 불기를 그치고 바위에서 내려와 맞이하며,

"상공의 행차가 어찌 그리 급하시나이까?"

양원수가 대답하길,

"적이 창궐하여 지체할 수 없는지라. 이 같을 줄 일찍 알았던들, 어찌 그대에게 이토록 급히 오라 하여 그 처지를 불안하게 하였으리오?"

선랑이 눈물을 머금고,

"제가 미천한 몸으로 존귀한 문중이 생소하니, 이제 들어가더라도 그 처지가 서먹서먹하여 누구에게 의탁하리이까?"

양원수가 근심스레 손을 잡고, 황소저와 혼인한 사실을 말하더라.

"내가 그대의 지혜와 식견이 남보다 뛰어남을 아나니, 난처한 일이 있더라도 더욱 조심하여 내가 돌아옴을 기다리라."

선랑이 말하길,

"상공께서 대원수의 높은 지위로, 천첩 때문에 오래 막사를 떠나 있으시니 불안하기 그지없나이다."

그리고 옥피리를 들어,

"이것이 군중에서 쓸 데가 있으리니, 바라건대 거두어주소서."

양원수가 그것을 소매에 거두어 넣고 다시 선랑을 돌아보며 애틋한 기색으로,

"그대가 집안으로 들어와 난처한 일이 있거든 윤소저와 상의하라. 윤소저는 천성이 인자하고 또 내가 부탁한 일이 있으니 분명 저버리지 않으리라."

선랑이 눈물을 뿌려 작별하니, 양원수가 산을 내려와 부장을 데리고 진영으로 돌아와 이튿날 남쪽으로 행군하더라.

한편 선랑이 동자를 데리고 객점으로 돌아와 잠을 이루지 못하더니 하늘이 이미 밝았더라. 행장을 수습하여 황성에 이르러 양부 문밖에 수레를 멈추고 동자로 하여금 먼저 알리게 하니, 양원외가 내당에 들어와 불러서 보는데, 아리따운 태도와 얌전한 얼굴이 조금도 교묘하게 꾸민 것이 없어, 깨끗한 기색은 얼음 한 조각 같은 마음에 티끌이 다 사라진 듯하고, 어여쁜 모습은 가을날 반달이 맑게 갠 빛을 새로이 띤 듯하더라. 집안 위아래가 모두 떠들썩하게 칭찬하고, 양원외 부부도 사랑하여 자리를 내어주고 윤소저와 황소저를 부르매, 윤소저는 명을 받들어 즉시 왔으나 황소저는 오지 않더라. 양원외가 웃으며,

"황소저는 어찌 오지 않았는고?"

주위에서 말하길,

"황소저가 갑자기 몸이 불편하여 명을 받들 수 없었나이다."

양원외가 고개를 숙여 알아차리고는 불쾌한 기색이 있더니 윤소저를 돌아보며,

"군자가 첩실을 두는 것은 예로부터 있는 일이며, 부녀자의 질투는 후

세의 나쁜 풍습이라. 우리 며느리의 현숙함으로는 더 권면할 것이 없거니와 더욱 화목하게 지내 집안의 법도가 어지러워지지 않도록 하라."

즉시 후원 별당에 처소를 정하니, 윤소저가 연옥에게 명하여 별당으로 인도하게 하더라. 연옥이 선랑을 모시고 후원으로 향할 때 그 걸음걸이와 동작을 보니 다름없이 홍랑의 자태가 있는지라. 연옥이 눈물을 머금어 구슬픈 기색이 있거늘, 선랑이 묻기를,

"그대는 어떠한 까닭으로 나를 보고 슬퍼하는 기색이 있는고?"

연옥이 목메어,

"제가 마음속에 맺힌 한이 있더니 지금 그 한이 떠올라 자연히 얼굴에 나타남을 면하지 못하였나이다."

선랑이 웃으며,

"그대는 부귀한 문중에 있고 주인께서도 인자하시거늘, 어찌 한이 있는고?"

연옥이 대답하길,

"저는 본디 강남 사람으로 옛 주인을 잃고 이곳에 왔는데, 지금 낭자의 모습을 뵈오니 옛 주인과 거의 비슷한지라. 스스로 마음을 억누를 수 없었나이다."

선랑이 말하길,

"그대의 옛 주인이 누구인고?"

연옥이 말하길,

"항주 제일방 청루의 강남홍이로소이다."

선랑이 놀라며,

"네가 홍랑의 수하에 있던 여종이라면 어찌 이곳에 이르렀는고? 내가 홍랑과 일찍이 만난 적은 없으나 기질이 서로 비슷하여 형제와 같거늘, 지금 네 말을 들으니 어찌 친밀하고 사랑스럽지 않으리오?"

연옥이 선랑의 손을 잡고 눈물을 비 오듯 흘리며,

"우리 낭자께서 원통하게 돌아가셨으니 그 후신後身이 낭자가 되신 것이니이까? 낭자의 전신前身이 곧 우리 낭자이니이까? 스스로 일컫기를 세상의 아름다운 여인 중 우리 낭자 같은 이 없다 하여, 자나깨나 한번 뵙기를 원하는데 지금 낭자의 행동과 용모가 우리 낭자와 흡사하시니, 슬픔과 기쁨이 엇갈림을 깨닫지 못하겠나이다."

또 말하길,

"낭자께서 우리 낭자와 더불어 지기의 벗이라 하시니, 이는 하늘이 저의 주인 잃은 외로움을 가련히 여겨 낭자를 내심이로소이다."

그리고 윤소저가 거두어준 사실을 말하니, 선랑이 윤소저의 두터운 덕에 탄복하더라. 다음날 선랑이 시부모에게 문안 인사를 올리고 윤소저의 침실에 이르러 아뢰길,

"제가 청루의 천한 몸으로 예법을 알지 못하오나, 일찍이 듣기를 소저가 두 분 계시다 하더니, 지금 소저 한 분을 뵙지 못했사오니 감히 뵙기를 청하나이다."

윤소저가 한참 생각하다가 연옥에게 명하여 황소저의 침실로 인도하라 하더라.

이때 황소저가 선랑의 소식을 몰래 알아내니 칭찬하는 사람만 있고 비방하는 사람이 없더라. 황소저가 불쾌하여 밤새도록 잠을 이루지 못하고 일찍 일어나 세수할 때 거울을 보고 눈썹을 그리며 탄식하길,

"하늘이 나를 내실 때 어찌 경국지색을 아끼시어, 위로 윤소저에게 양보하게 하시고 아래로 천한 기생에게 미치지 못하게 하시는고?"

그리고 살과 쓸개가 떨림을 깨닫지 못하더니, 좌우에서 아뢰길,

"선랑이 뵙기를 청함이라."

하거늘 황소저가 벌컥 화를 내 안색이 갑자기 파래지며 표독스러운 기운이 눈썹 사이에 나타나더라. 마침내 어찌하려는가? 다음 회를 보라.

흉악한 음모로 여종이 별당을 시끄럽게 하고
요사스러운 계교로 노파가 단약을 팔더라

황소저가 선랑이 뵙기를 청한다는 말을 듣고 표독한 성정을 이기지 못하더니 갑자기 생각하되,

'물고기를 낚으려는 자는 미끼를 맛좋은 것으로 하고, 토끼를 잡으려는 자는 그물을 숨기나니, 그가 지혜가 뛰어나고 꾀가 많다 하더라도 내가 웃고 달래어 농락을 잘하면 내 수단에서 벗어나지 못하리라.'

그리고 즉시 화락한 얼굴과 온유한 말로 선랑에게 대청에 오르길 재촉하더라. 선랑이 즉시 대청에 올라 눈길을 보내 황소저의 용모를 자세히 보니, 옥 같은 얼굴에 살짝 푸른빛을 띠었고 별 같은 눈동자가 매우 슬기로우나 얇은 입술과 가느다란 눈썹에 덕스러움과 의로운 기상이 없더라. 황소저가 선랑을 보고 기쁜 듯이 웃으며,

"그대의 이름을 들은 지 오래되었으나 이제야 얼굴을 보니, 지아비가 사랑함이 마땅하도다. 오늘부터 백년을 기약하여 함께 한 사람을 섬기리니, 깊은 마음으로 사귀고 간담^{肝膽}으로 비추어 서로 숨김이 없을지라."

선랑이 사례하여,

"저는 노류장화의 천한 몸으로 규방 범절의 바른말을 듣지 못하여 경솔한 행동과 추한 태도로 단엄한 얼굴을 우러러뵈오니, 모든 몸가짐에 그 허물을 용서하시고 그 부족함을 가르쳐주소서."

황소저가 낭랑히 웃으며,

"그대는 너무 겸양하지 말라. 나는 사람을 사귈진대 깊은 마음속을 숨기지 못하고 미워할진대 겉모습을 속이지 못하나니, 그대는 허물없이 따르고 의심하거나 염려하지 말라."

선랑이 사례하고 돌아와 생각하되,

'옛적에 이임보[1]는 웃음 속에 칼이 있다 하더니, 오늘날 황소저는 말 속에 그물이 있도다. 칼은 오히려 피할 수 있으나 그물은 어찌 면할 수 있으리오?'

이튿날 황소저가 선랑을 방문해 별당에 이르러 한가로이 얘기할 때 두 여종이 좌우에 모시고 서 있거늘, 황소저가 묻기를,

"이 여종은 누구인고?"

선랑이 말하길,

"제가 데려온 천한 여종이로소이다."

황소저가 한참 보다가,

"그대는 여종을 두어도 이같이 뛰어나니 참으로 크나큰 복이로다. 그 이름은 무엇인고?"

선랑이 대답하길,

"한 여종은 이름이 소청小蜻이니 나이가 열세 살로 사람됨이 그다지

---

1) 이임보(李林甫, ? ~752): 당나라 현종 때 재상. 황실의 종친이자 재상으로 있으면서 전권을 휘두르고 조정의 기강을 크게 어지럽혔다. 부관참시 형을 받았으며, 자손도 모두 유배되었다. 그는 성격이 음험하고 정치적 모함에 능해 간신의 전형으로 여겨진다. 겉으로는 감언으로 절친한 척하지만 뒤에서는 음해를 일삼아 세상 사람들이 그를 "입에는 꿀이 있고, 뱃속에는 칼이 있다(口有蜜, 腹有劍)"고 했다. 이로부터 '구밀복검(口蜜腹劍)'이라는 성어가 생겼다.

용렬하지 않으나, 한 여종은 이름이 자연紫薑이니 나이가 열한 살로 천성이 어리석고 사리에 어두워 저의 근심이로소이다."

황소저가 말하길,

"나도 두 여종이 있으니, 한 여종의 이름은 춘월春月이요 다른 여종의 이름은 도화桃花라. 사람됨이 용렬하나 본심은 충직하니, 이제부터는 서로 통하여 쓰리라."

며칠 뒤 선랑이 소청을 데리고 황소저에게 답례를 하고자 이르니, 황소저가 기쁜 듯이 손을 잡고 "내가 정말 무료하거늘 그대가 이렇게 방문하니 다정함을 알리로다" 하고 춘월을 돌아보며,

"내가 선랑과 종일토록 시간을 보내리라. 그러나 자연이 홀로 별당에 있어 분명 외로우리니, 너희끼리 놀다가 돌아오너라."

춘월이 응낙하고 가더라. 이때 자연이 홀로 별당에 있더니, 홀연 나비한 쌍이 날아와 난간머리에 앉거늘 자연이 잡으려 하는데 나비가 날아후원 꽃숲 속으로 들어가더라. 자연이 쫓아가 헤매더니, 춘월이 크게 부르길,

"자연아, 꽃만 알고 친구는 알지 못하는가?"

자연이 웃으며,

"춘월은 어느 겨를에 바쁜 틈을 내어 여기 왔는가?"

춘월이 말하길,

"우리 소저께서 너의 낭자와 한가로이 얘기하시기에, 내가 그 틈을 타서 왔노라."

자연이 크게 기뻐하여 서로 손잡고 숲속에 앉으니, 춘월이 말하길,

"네가 강주에 있을 때 일찍이 이런 후원과 꽃숲을 보았는가?"

자연이 웃으며,

"내가 일찍이 황성이 좋다고 들었으나 이제 보니 도리어 강주만 못하도다. 내가 강주에 있을 때 무료하면, 집 뒤 벽성산에 올라 친구들과 꽃

싸움도 하고 강변에 나아가 물빛도 구경하더니, 황성에 온 뒤로는 늘 무료하거늘 오히려 강주에 있을 때만 못하도다."

춘월이 말하길,

"벽성산은 어떤 산이며, 강은 어떤 강인고?"

자연이 말하길,

"벽성산은 집 뒤에 있고, 강은 심양강이라. 강 위에 정자가 있어 경치가 빼어나니 춘월이 보지 못한 것이 안타깝도다."

춘월이 말하길,

"너희 낭자께서는 강주에 있을 때 어떤 일을 하셨는고?"

자연이 말하길,

"청루에서 손님을 맞으시기도 하고 별당에서 비파를 연주하시기도 했으니 이처럼 적적하시지 않았노라."

춘월이 말하길,

"낭자의 별당이 어떠하였는고?"

자연이 말하길,

"사방에 기둥을 세우고 앞뒤에 문을 만들어 흙으로 벽을 쌓고 종이로 도배를 하는 것은 집집마다 비슷하리라. 묻는 바가 무엇인고?"

춘월이 벌컥 화를 내며 "내가 진실로 무료하여 물었거늘 이처럼 냉대하니, 나는 마땅히 돌아가리라" 하고 몸을 일으켜 가거늘, 자연이 그 손을 잡으며,

"내가 그림 그리는 것처럼 분명하게 일러주리니 화내지 말라. 우리 낭자의 별당은 띠로 처마를 만들고 대나무로 문을 만들고, 분 바른 벽과 비단 창문에 그림과 글씨를 가득 붙여놓고, 노란 국화와 붉은 단풍, 푸른 소나무와 초록 대나무를 섬돌 아래에 나란히 심었으니, 누구인들 찬양하지 않으리오?"

춘월이 말하길,

"우리 상공께서 몇 번이나 가셨던고?"

자연이 말하길,

"날마다 오셔서 밤이 깊은 뒤에 돌아가셨노라."

춘월이 웃으며,

"몇 번이나 잠자리를 같이하시던고?"

자연이 말하길,

"잠자리를 같이하시는 것은 보지 못하였노라."

춘월이 웃음을 머금고 자연의 손을 잡으며,

"내가 누설하지 않으리니 숨기지 말고 솔직히 말하라."

자연이 말하길,

"어찌 속이리오?"

춘월이 다시 웃고 자연의 귀에 대고 몇 마디 말을 물으니, 자연이 말하길,

"이는 내가 모르거니와, 우리 낭자께서 상공의 말씀을 듣지 않고 '오늘은 친구로 알아주소서'라 하셨으니, 그 밖에는 내가 모르노라."

춘월이 바로 다시 묻고자 하는데, 문득 연옥이 와서 꽃숲 뒤에 서 있더라. 춘월이 즉시 몸을 일으켜 "황소저 앞에 응대할 사람이 없으니, 나는 돌아가리라" 하고 갑자기 가더라.

이때 황소저가 선랑을 만류하여 쌍륙雙陸을 놀며 소일하더니 문득 쌍륙판을 밀쳐놓고 웃으며,

"그대의 재주가 이러하니 응당 글씨와 그림에 생소하지 않으리라. 서법書法은 어떠한가?"

선랑이 웃으며,

"창기가 글 쓰는 것이 정을 둔 낭군에게 소식을 전하는 것에 불과하니 어찌 서법이라 일컬으리오?"

황소저가 크게 웃고 도화를 불러 붓과 벼루를 가져오라 명하더라.

"내가 요즘 글씨와 그림으로 소일하니, 그대는 두어 줄 글쓰기를 아끼지 말라."

선랑이 선뜻 쓰려 하지 않으니, 황소저가 웃으며 붓을 들어 먼저 몇 줄을 쓰더라.

"내가 졸렬한 솜씨로 먼저 썼으니 그대도 쓰라."

선랑이 마지못해 한 줄을 쓰니, 황소저가 십분 유의하여 여러 번 보고는 칭찬하여,

"그대의 글씨는 내가 미칠 바가 아니나 다시 다른 글씨체로 쓰라."

선랑이 말하길,

"천한 재주가 이에 불과하니라. 어찌 두 가지 글씨체가 있으리이까?"

황소저가 미소하며,

"오늘은 맑고 아름답게 소일하였으니 내일 다시 찾아오라."

선랑이 응낙하고 가니, 선랑의 총명과 지혜로 어찌 황소저의 간계를 모르리오마는 나이가 어리고 성정이 유약하여 본디 강남홍과 같은 용기가 없는 까닭에 자기 처지를 생각하고 차마 거절하지 못하여 날마다 상종하니, 윤소저가 선랑에게 어려움이 있을까 염려하여 방심할 수 없더라.

하루는 양원외가 내당에 들어와 황소저를 불러,

"조금 전 네 아버님께서 보낸 편지를 보니, 네 어머님의 병환이 갑자기 위중해져 즉시 너를 보내도록 요청하시더라. 너는 즉시 친정에 가서 약시중을 들라."

황소저가 명을 듣고 즉시 친정으로 가서 황각로와 위부인을 뵈오니, 황각로가 묻기를,

"조금 전 네 편지를 보니 몸의 병이 매우 깊다고 하기에 너를 데려와 몸조리하고자 한즉, 네 어미가 말하길 '시댁에서 보내지 않으리니, 어버이의 병을 핑계하여 부름이 좋을 듯하다' 하여 내가 네 시아버님께 요청

202

했도다. 이제 네 모습을 보니 병색이 별로 없거늘 어찌 당황스러운 편지로 늙은 아비를 놀라게 하느냐?"

황소저가 구슬피 대답하길,

"얼굴에 보이는 증상은 의약으로 고칠 수 있으나 마음속의 근심으로 위태로움이 다급하니, 두 분 어버이께서 살아 계신데 제 목숨이 다할까 두렵나이다."

황각로가 크게 놀라,

"네 병이 어찌 그리 깊으냐?"

황소저가 눈물을 흘리며,

"아버님께서 딸아이를 사랑하여 좋은 사위를 택하려 하시더니 오히려 풍류탕아를 만나, 오작교가 은하수에서 끊어지고, 항아의 신세는 월궁에서 외로워, 젊은 나이에 규방에서 헛되이 〈백두음〉[2]을 부르게 되니, 소녀의 신세는 도리어 죽어 아무것도 모름만 못하나이다."

황각로가 분개하여,

"내가 늦게 너를 낳아 손안의 귀한 구슬로 여기거늘 아마도 네 신세를 그릇되게 하였나보다. 그 까닭을 자세히 말해보라."

황소저가 오열하며,

"양원수가 강주에 유배 가서 천한 기생을 데려오니, 음란한 행실과 요악한 태도가 남자를 미혹하여 공교한 웃음과 듣기 좋은 말로 윗사람 아랫사람과 한통속이 되어 소녀를 멸시하나이다. 그 말에 '황씨는 나중에 들어온 사람이라. 내가 어찌 본처와 첩실의 분수를 지켜 아랫사람 되는 것을 달갑게 여기리오?' 하니, 지금의 형세는 함께 존재할 수 없음이라.

---

2) 〈백두음白頭吟〉: 중국의 옛 악부. 전한 사마상여의 부인 탁문군의 작이라고 전한다. 사마상여가 무릉(武陵)의 딸을 첩으로 맞이하려 하자, 탁문군이 "원컨대 한 사람의 마음을 얻어, 머리가 희게 세도록 서로 헤어지지 않으리(願得一心人, 白頭不相離)"라는 뜻을 담은 오언고시를 지어 사마상여가 첩 두는 것을 단념했다고 한다.

소녀가 차라리 죽어 아무것도 모르고자 하나이다."

황각로가 듣기를 마치매 크게 노하여,

"하찮은 천한 기생이 어찌 이처럼 당돌하리오? 내 딸이 재주와 덕이 없으나 황상의 명을 받들어 혼인을 한 사람이라. 양원수도 박대할 수 없거든 하물며 천한 기생은 어떠하리오? 마땅히 양부에 가서 천한 기생을 축출하리라."

위부인이 만류하며,

"상공은 노여움을 가라앉히시고 일이 돌아가는 낌새를 서서히 살펴 처리하소서."

황각로가 그 말을 옳게 여기더라. 그러나 위부인의 음흉한 마음과 악독한 성품을 황각로가 감히 거역하지 못하고, 딸을 도와 선랑을 모해하고자 하여 비밀스러운 계교와 기괴한 계책은 헤아리기 어렵더라. 십여 일 뒤 황소저가 양부로 돌아갈 때 황각로가 황소저의 손을 잡고,

"너는 시댁에 돌아가서 만약 어려움이 있거든 즉시 통지하라. 내가 비록 무능하나 천한 기생 하나쯤은 지푸라기같이 여기니, 어찌 근심할 필요가 있으리오?"

위부인이 비웃으며,

"시집간 여자는 생사고락이 시댁에 달려 있으니, 상공께서 어찌할 수 있으리오? 네가 돌아가 모욕을 당하거든 차라리 자결하여 다른 사람의 비웃음을 당하지 말라."

황소저가 눈물을 뿌리며 수레에 오르니, 황각로가 차마 보지 못하여 위부인을 꾸짖고 딸을 위로하더라.

세월이 훌쩍 흘러 양원수가 출전한 지 이미 서너 달이 되었더라.

여름이 지나고 가을이 되어 날씨가 맑고 서늘한 바람이 쓸쓸하니, 선랑이 별당에 외로이 거처하여 두 여종을 데리고 난간에 기대어 서 있더라. 서리 기운은 하늘에 맺혀 있고 밝은 달빛은 땅에 가득하여 기러기가

짝지어 울며 남쪽으로 날아가거늘, 선랑이 구슬픈 기색으로 길게 탄식하며,

"아아! 이 몸이 두 날개가 없음을 원망하노니, 어찌 저 기러기를 따라갈 수 있으리오?"

이에 시 한 구절을 읊더라.

"'가련한 규방에 비친 저 달은 복파[3] 장군 군영에 흘러가 비추리' 하였으니, 바로 오늘밤 나의 마음을 일컫도다."

그리고 구슬 같은 눈물이 옷을 적시거늘, 갑자기 춘월이 와서 알리되,

"황소저께서 저를 보내시어 소청과 자연을 보내라 하셨나이다."

선랑이 두 여종을 돌아보며,

"황소저께서 늘 너희를 칭찬하시니, 시키시는 일이 있거든 삼가서 받들어 행하라."

두 여종이 명을 받아 가더라. 춘월이 선랑을 향하여 웃음을 머금고,

"낭자의 일생이 자못 외롭지 않으시다가, 이제 깊숙한 별당에서 지냄은 우리 상공께서 출전하신 까닭이로소이다."

선랑이 미소하고 대답하지 않으니, 춘월이 웃으며,

"제가 재상의 문하에서 태어나 자라 규중 처자를 많이 보았으나, 낭자 같은 아름다운 용모는 처음 보나이다. 집안의 윗사람과 아랫사람이 모두 '우리 황소저의 아랫사람 된 것이 진실로 원통한 바라' 하더이다."

선랑이 웃으며,

"내가 십 년 동안 청루에 있으면서 배운 바가 없으나 사람 말을 들으

---

3) 복파(伏波, BC 14~AD 49): 후한 장수 마원(馬援). 광무제(光武帝) 때 농서태수(隴西太守)가 되어 감숙성(甘肅省) 방면의 외민족을 토벌하였다. 41년 이후 촉(蜀)을 쳐서 복파장군(伏波將軍)이 되고, 교지(交趾: 북베트남) 지방의 반란을 토벌하여 국경에 동주표(銅柱標)를 세웠으며 43년 신식후(新息侯)에 봉해졌다. 45년 이후 북방의 흉노(匈奴)와 오환(烏丸)을 토벌하는 데 활약하였다.

면 오히려 그 뜻을 대략 아나니, 지금 어찌 네 농락을 모르리오?"

춘월이 멍하니 말이 없더라. 이때 소청과 자연이 황소저의 침실에 이르니, 황소저가 기쁜 듯이 웃으며,

"마침 친정에서 송강[4] 농어를 보내왔기에 내가 끓여먹고자 하나, 춘월과 도화 두 여종은 삶고 지지는 솜씨가 없는 까닭에 특별히 너희를 불렀으니 한때의 수고를 아끼지 말라."

두 여종이 명에 응하여 부엌으로 들어가 국을 끓이더라.

한편 선랑이 춘월의 음흉한 말을 들으매 그가 자신의 뜻을 엿봄을 알고 등잔불을 돋우고 말없이 앉아 있더라. 소청과 자연이 밤이 깊도록 돌아오지 않거늘 춘월이 말하길,

"소청과 자연이 떠난 뒤에 소식이 없으니, 제가 가서 보리이다."

그리고 문을 열고 나가더니 역시 반응이 없더라. 선랑이 베개에 기대어 뒤척이며 잠을 이루지 못하고 외롭고 서글픈 마음을 이기지 못하더니, 문밖에서 갑자기 인기척이 나더라. 두 여종이 돌아오는가 하여 다시 일어나 앉아 기다리는데, 돌연 고함소리가 들리더니 소청과 자연이 방 안으로 뛰어들어오거늘, 선랑도 크게 놀라 급히 창문을 열고 보니, 춘월이 섬돌 아래에 엎어져 있고, 한 남자가 신발을 벗어 들고 담장을 넘으려 하다가 도로 외당 중문을 찾아 나가더라. 춘월이 급히 일어나 소리쳐 "별당에 수상한 남자가 있도다" 하고 쫓아가더라.

이때 양원외가 외당에 있어 아직 잠들지 않았다가 크게 놀라 창문을 보니, 과연 달빛 아래 한 남자가 모습이 선명하고 기세가 사나워 몸을 되돌려 외당의 담장을 넘거늘, 춘월이 쫓아와 그 허리띠를 잡아당기니 남자가 휘둘러 끊고 달아나더라. 양원외가 급히 남종을 불러 그 자취를

---

4) 송강(松江): 중국 상해(上海) 남서쪽에 있으며, 절강성(浙江省)과 접해 있다. 양자강(揚子江) 삼각주(三角洲) 평원에 위치하며, 이 삼각주 지대에서 생산되는 쌀 송강미(松江米)와 양식하는 농어인 송로(松鱸)가 유명하다.

살피게 하나 이미 간 곳이 없더라. 양원외가 여러 남종에게 단단히 일러 "이는 분명 도적이라. 너희는 밤새도록 순찰하라" 하고 문을 닫고 비로소 잠자리에 들려 하더니, 춘월이 여러 남종과 창문 밖에서 떠들기를,

"도적의 주머니 속에서 이상한 향기가 나니 분명 재상 집안의 물건이라."

하니 양원외가 꾸짖어 물리치더라. 춘월과 남종이 문밖으로 나가 사사로이 그 주머니를 뒤져보니 채전 한 장이 있거늘, 춘월이 웃음을 머금고 "그 도적이 분명 글을 아는 도적이로다. 이것이 어찌 도적질한 문서가 아니리오? 우리 부인께 보여드리리라" 하며 내당으로 들어가더라. 허부인이 그 까닭을 물으니 춘월이 말하길,

"조금 전에 소청과 자연이 황소저의 침실에 와서 한가로이 얘기하다가 밤이 깊어 돌아갈 때 저에게 함께 가길 청한 까닭에 별당 섬돌 아래에 이르렀는데, 갑자기 장대한 미남자가 신발을 벗어 들고 별당의 침실 대청을 내려오다가 저를 보고는 불문곡직하고 발로 차 넘어뜨리고서 담장을 넘으려다가 도로 외당으로 달아나 담장을 넘었나이다. 제가 쫓아가서 그 주머니를 빼앗으니 곧 비단 주머니라. 주머니 속에 이 종이가 있사오니 부인께서 보소서."

허부인이 웃으며,

"도적을 이미 쫓았으니 주머니 속 물건을 보는 것이 무슨 유익이 있으리오?"

말을 마치기 전에 황소저가 허둥지둥 와서,

"시어머님께서 놀라셨을까 두려워 감히 와서 문안하나이다."

허부인이 말하길,

"며느리가 어찌 잠들지 않았던고?"

황소저가 대답하길,

"집안이 떠들썩하여 자연히 놀라 잠에서 깼나이다. 주위에서 잘못 알

려주길 '어머님 침실에 도적이 들었다' 하기에 더욱 놀라 안부를 여쭈나이다."

허부인이 말하길,

"도적이 별당에 들어왔으나 이미 쫓아 보냈으니, 며느리는 마음놓고 돌아가거라."

황소저가 다시 놀라는 기색이 있어 춘월을 돌아보며,

"별당에 쌓아둔 재물이 없거늘 무엇을 취하려고 도적이 들었는고?"

춘월이 웃으며,

"꽃이 향기를 토하매 나비가 스스로 오나니, 어찌 금은과 비단만이 재물이 되리이까?"

황소저가 웃으며,

"네 손에 가지고 있는 것이 무엇인고?"

춘월이 웃으며 드리니 황소저가 받아 촛불 아래에서 펴보려 하거늘, 허부인이 웃으며,

"도적의 물건을 규중 여자가 펴볼 것이 아니로다."

황소저가 그렇게 여겨 도로 춘월에게 주고 즉시 윤소저의 침실에 이르니, 춘월이 장황하게 설명하고 주머니 속 물건을 내놓으려 하더라. 윤소저가 얼굴빛을 엄정히 하여,

"도적의 주머니 속 물건을 보길 원하지 않으니, 거두어 멀리 두라."

황소저가 윤소저의 기색이 준엄하여 조금도 흔들림이 없는 것을 보고 춘월에게 "선랑이 외로운 처지로 낯선 가문에서 뜻밖의 변고를 만났으니, 내가 마땅히 가서 위로하리라" 하고 몸을 일으켜 별당에 이르더라. 선랑과 두 여종이 놀라움을 이기지 못하여 촛불 아래 둘러앉아 있거늘, 황소저가 선랑의 손을 잡고 눈물을 머금으며,

"그대가 집안에 들어와 다정한 것을 보지 못하고 이러한 변고를 당하니 혹시 놀라지 않았는가?"

선랑이 웃으며,

"저는 천한 기생이라. 외간남자를 많이 거치고 평지풍파를 많이 겪었으니 사소한 변고에 어찌 놀라리오마는, 소저께서 특별히 천한 몸을 보살펴주어 이러한 심려를 쏟으시니 불안하나이다."

황소저가 묵묵히 말이 없으니 춘월이 웃으며,

"집안에 도적이 드는 것은 흔히 있는 일이거니와, 도적의 장물을 빼앗음은 저의 솜씨일까 하나이다."

선랑이 묻기를,

"장물은 어떤 물건인고?"

춘월이 또 그 종잇조각을 내어놓거늘 황소저가 꾸짖어,

"터무니없는 물건을 퍼뜨려 무슨 소용이 있으리오? 빨리 불속에 넣어 그 자취를 없애라."

선랑이 황소저의 말이 수상하여 춘월의 손안에 있는 종이를 빼앗아 보니, 채전 한 장을 동심결同心結로 봉하고 자세히 글을 써놓았으니 그 대략은 이러하더라.

"군자를 뵙지 못하니 하루가 삼 년 같은지라. 깜빡거리는 외로운 등불에 생각이 아득하나이다. 양원수는 박정하여 이미 변방 밖의 나그네가 되었으니, 적막한 후원에 가을달이 둥글고 꽃이 담장머리에 떨어지매, 아름다운 사람이 오셨는가 의심하나이다. 제가 양원수께 몸을 허락하였으되 친구로서 사귐이요, 지금 경성에 이른 것은 한때의 유람을 위함이니, 우리 두 사람의 백년 굳은 약속은 심양강처럼 깊고 벽성산처럼 높은지라. 마땅히 별당의 대나무 사립문을 닫고 비파를 연주하여 푸른 소나무와 푸른 대나무, 노란 국화와 붉은 단풍으로 옛 인연을 이으리니, 정담은 이 바람막이 지게문에 기대어 보름날 밝은 달을 고대하나이다."

선랑이 보기를 마치매 안색을 태연히 하고 웃으며,

"이는 도적의 장물이 아니고 바로 벽성선의 장물이나, 그리움을 담은 사랑의 편지는 창기의 일상사라. 소저는 이상하게 여기지 마소서."

황소저가 기운이 꺾여 한 마디도 대답하지 못하고 돌아가더라. 선랑이 황소저와 춘월을 보내고 혼자 외로운 베개에 누워 곰곰이 생각하되,

'내가 비록 청루에서 자랐으나 더러운 말이 귀에 들린 적이 없는데, 이제 간사한 사람의 음해에 빠져 이 한을 씻을 길이 없으니 어찌 기박한 운명이 아니리오? 또 이상한 일은 내 필적은 모방할 수 있으나 벽성산과 심양강, 별당의 대나무 사립문을 닫고 상공과 속마음을 나눈 말은 응당 아는 사람이 없거늘, 이처럼 분명히 말을 하니 간사한 사람의 조화를 과연 헤아리지 못하리로다.'

그리고 마음이 어지럽더니 문득 다시 생각하되,

'양원수께서 이별할 때 나에게 말씀하길, '혹 어려움이 있거든 윤소저와 상의하라' 하셨으니, 내가 마땅히 내일 윤소저를 찾아뵙고 속마음을 다 얘기하여 변고에 대처할 방법을 물으리라.'

날이 밝기를 기다렸다가 윤소저의 침실에 이르니, 윤소저가 웃으며 맞이하여,

"그대가 지난밤에 한바탕 소란을 겪었으니 어찌 심란하지 않으리오?"

선랑이 근심스레 대답하길,

"제가 상공을 좇아 천리를 멀다 여기지 않고 온 것은, 풍정을 탐닉함이 아니라 진실로 우러러 사모함이더니, 집안에 들어온 지 며칠 안 되어 더러운 소리와 해괴한 일이 법도法度 있고 조용한 가문을 어지럽히니, 훗날 무슨 면목으로 상공을 우러러 대하리오? 고향으로 돌아가고자 하나 진퇴를 마음대로 할 수 없고, 집안에 있고자 하나 후환이 끝없으리니, 변고에 대처할 방법을 알지 못하겠나이다. 바라건대 소저께서는 밝은 가르침을 주소서."

윤소저가 웃으며,

"내가 무슨 식견이 있어 그대에게 가르치리오마는 일찍이 들으니 군

자는 일상에 대처하듯 변고에 대처한다 하니, 내 몸을 닦고 내 뜻을 지켜 천명을 따를 따름이니라. 그대는 마음을 편안히 하여 자신의 도리에 힘쓸지라."

선랑이 탄복하여 '윤소저는 참으로 여자 가운데 군자라. 어찌 우리 상공의 정숙한 좋은 짝이 아니리오?' 하더라. 말을 마치기 전에 창밖에서 연옥이 소리질러 "춘월은 무엇을 엿듣느냐?" 하거늘 선랑이 몸을 일으켜 돌아가더라.

이때 황소저가 선랑이 윤소저의 침실에 간 것을 알고 춘월을 보내어 두 사람 말을 엿듣게 하다가 연옥에게 들켰더라. 춘월이 웃으며 연옥의 손을 잡고 "너를 찾아왔느니라" 하고 몸을 돌이켜 돌아가 선랑과 윤소저가 상의한 전말을 일일이 아뢰니, 황소저가 비웃으며 "윤씨의 지혜와 천한 기생의 요사로 일의 기미를 대략 알고 이처럼 모의하니, 내가 단속을 소홀히 할 수 없도다" 하더라.

하루는 선랑이 별당에 앉아 있는데 갑자기 한 노파가 들어오더라. 선랑이 묻기를,

"할멈은 어떤 사람인고?"

노파가 말하길,

"저는 방물장사라."

자연이 나와 묻기를,

"어떤 패물이 있는고?"

노파가 말하길,

"달 같은 명월明月 노리개, 별 같은 진주 부채, 불 같은 산호 구슬, 꽃 같은 일곱 보요5) 등 없는 것이 없으니 마음대로 골라보라."

차례로 내어놓거늘 자연이 말하길,

---

5) 보요(步搖): 여자의 머리나 화관(花冠)에 꽂는, 걸을 때마다 흔들리는 장식품.

"이것은 무엇인고?"

들어서 보니, 둥글기는 구슬 같고 향기가 코를 찌르더라. 노파가 말하길,

"이것은 벽사단僻邪丹이니, 이것을 몸에 지니면 밤에 다니더라도 온갖 도깨비가 모습을 드러내지 못하고, 질병이 유행하더라도 돌림병이 침범하지 못하도다. 규중 부인에게는 긴요하지 않으나 노비는 모두 가지고 있으니 그대는 사도록 하라."

자연이 벽사단 한 개를 집어 선랑에게 보이고 사고자 하니, 선랑이 웃으며 하나 사주고 소청을 돌아보며,

"너도 가지고 싶으냐?"

소청이 웃으며,

"행실이 밝으면 도깨비가 어찌 나타나며, 운수가 불행하면 질병을 어찌 면할 수 있으리오? 저는 사고 싶지 않나이다."

선랑이 미소하더라. 자연이 그 단약을 가지고 손에서 놓지 않고 아끼길 마지않으니, 소청이 꾸짖기를,

"한갓 쓸데없는 물건을 가지고 놀면서 세월을 허송하니, 내가 마땅히 빼앗아버리리라."

자연이 두려워하여 깊이 감추더라.

하루는 자연이 별당 문밖에 서 있으려니, 춘월이 와서 놀다가 웃으며 묻기를,

"너에게 기이한 단약이 있다 하니, 잠깐 구경하고자 하노라."

자연이 가슴속에서 꺼내어 보여주니, 춘월이 웃음을 머금고,

"이 물건을 어찌 저고리 속에 지니고 있느뇨?"

자연이 웃으며,

"몸에 지니고 있으면 도깨비가 범접하지 못하고 질병이 침범하지 못한다 하기에 저고리 속에 감추었노라."

춘월이 말하길,

"나도 하나를 사서 지니리라."

이때는 팔월 중순이라. 섬돌에 차가운 이슬이 내리고 사방 벽에서 벌레 소리가 울리니, 전쟁터에 남편을 보낸 규방 여인의 처량한 심회를 돕는지라. 선랑이 무료하게 홀로 앉아 쓸쓸한 마음을 상의할 곳이 없어 등불을 끄고 침상에 누우니, 소청과 자연은 이미 곤하게 잠자더라. 춘월이 급히 와서 문을 두드리거늘 선랑이 일어나 문을 여니, 춘월이 한 손에 초롱불을 들고 방으로 들어와 황소저의 말을 전하더라.

"내가 갑자기 병이 들어 침상에 쓰러져 있으니, 더는 서로 보기 어려울까 하노라."

선랑이 말하길,

"증세가 어떠하기에 이처럼 위급한고?"

춘월이 대답하면서 초롱불을 놓고 소청과 자연이 누워 자는 곁에 앉아 "오늘밤 날씨는 맑으나 서녘바람이 쓸쓸하여 서늘한 느낌이 자못 심하니, 어찌 친정집에 가리오?" 하거늘 선랑이 말하길,

"무엇 때문에 가는고?"

춘월이 말하길,

"약을 지으러 감이로소이다."

선랑이 말하길,

"내가 지금 황소저의 처소에 가리라."

그리고 소청을 불러 초롱의 불을 옮겨 촛대에 붙이고자 하는데, 춘월이 말하길,

"곤하게 잠자니 천천히 깨우소서."

춘월이 촛대를 가져가서 불을 옮겨 붙이고자 하다가 우연히 쳐 넘어뜨려 촛대와 초롱의 불이 한꺼번에 꺼지더라. 춘월이 불평하며 "속담에 '급히 먹는 밥이 쉽게 체한다' 하더니 헛된 말이 아니로다. 저는 긴급하여 가나이다" 하고 훌쩍 나가거늘, 선랑이 소청을 불러 다시 불을 붙이

도록 하니, 소청이 몸을 일으켜 저고리를 찾으나 저고리가 간 곳이 없더라. 어둠 속에서 몹시 바삐 찾으니 선랑이 속히 일어나라고 꾸짖으매, 소청이 허둥지둥 자연의 저고리를 입고 선랑을 따라 황소저의 침소에 이르더라. 황소저가 침상에 누워 신음하다가 선랑을 보고,

"원래 병든 사람이 친근한 사람을 생각함이라. 그대가 문병을 오니 그 다정함을 알리로다."

선랑이 좌우를 돌아보니 어떤 물건도 없고 풍로風爐에 달이는 약만 끓어넘치거늘, 황소저에게 묻기를,

"도화는 어디 가서 오지 않나이까?"

황소저가 말하길,

"춘월은 본부로 보냈고, 도화는 밖에 나가서 돌아오지 않으니 괴이하도다."

선랑이 소청과 더불어 탕약을 살펴보니 약이 다 끓었거늘, 선랑이 황소저에게 아뢰길,

"약이 다 끓었나이다."

황소저가 말하길,

"미안하지만 소청에게 명하여 약을 걸러 가져오게 함이 어떠한가?"

소청이 즉시 약을 걸러 바치니, 황소저가 벽을 향해 누워 있다가 돌아누우며 눈썹을 찡그리고 도화를 거듭 꾸짖더라. 춘월이 들어와 크게 놀라며,

"탕약을 누가 걸렀나이까?"

황소저가 힘겹게 말하길,

"나는 정신이 혼미하여 어떻게 된 것인지 알지 못하나, 선랑이 소청을 시켜 거르도록 한 것인가 하노라."

춘월이 주절거리다가 윗사람을 삼가 받들지 못한 도화를 꾸짖고, 뜨거운 탕약이 조금 식기를 기다려 황소저에게 바치더라. 황소저가 힘겹

게 일어나 그릇을 들고 마시려다가 눈살을 찌푸리고 고개를 돌리며,

"이번 약은 독한 냄새가 비위를 거스르니 어째서인고?"

춘월이 말하길,

"약이 쓰지 않으면 병이 나을 수 없으니, 소저는 각로와 노부인의 심려를 생각하여 마셔보소서."

황소저가 다시 그릇을 들어 입술에 대다가 땅에 던지고 침상에 엎어져 기절하니, 선랑과 소청이 크게 놀라 살펴보고자 하더라. 춘월이 발을 구르고 가슴을 치며 "우리 소저가 분명 중독됨이로다" 하고 즉시 머리에 꽂았던 은비녀를 빼어 약그릇에 넣으니, 순식간에 비녀가 푸른빛으로 변하더라.

춘월이 소리질러 도화를 부르니 도화가 황급히 들어오매, 춘월이 하늘을 우러러 크게 통곡하며 "그동안 어디에 가 있어, 우리 소저로 하여금 악독한 사람의 손안에 들어 이 지경에 이르게 하는고?" 하고 소청의 몸을 수색해 나머지 약을 보고자 하더라.

소청이 풀이 죽어 옷을 벗으며 "하늘이 우리 선랑과 나를 죽이고자 할진대, 어찌 천도天道가 없게 하여 이 지경에 이르렀는고?" 하고 저고리를 벗으니 환약 한 봉지가 아직 저고리 속에 있더라. 춘월이 환약을 가져가서 쪼개며,

"우리 소저께서 적의 간사한 계략을 알지 못하고 진심으로 대우하더니, 도리어 이런 일을 만나 젊은 나이에 원통한 일을 겪으시니, 아득한 하늘이시어, 어째서 이렇게 하셨나이까?"

도화를 돌아보며 "소청과 선랑은 같은 하늘 아래 살 수 없는 원수이니, 단단히 붙들고 놓치지 말라" 하고 허부인 침실에 이르러 울며 황소저가 중독되었음을 아뢰더라. 허부인이 크게 놀라 그 까닭을 물으니, 춘월이 눈물을 뿌리며 아뢰길,

"소저가 저녁식사를 마친 뒤 몸이 불편하여 친정에서 약 두 첩을 지

어와, 한 첩은 제가 달였사오며 다른 한 첩은 제가 소저의 친정에 간 사이 선랑이 소청과 더불어 까닭 없이 와서 달여 마시길 권하였나이다. 소저가 정신이 혼미하여 조금 마시자마자 자리에 제대로 앉지 못하고 인사불성이 된 까닭에, 제가 은비녀를 빼어 약그릇에 넣으니 푸른빛이 분명하고, 소청의 몸을 수색해보니 남은 약이 아직 품속에 있었기에 빼앗아 가져왔나이다."

허부인이 묵묵히 말이 없고 즉시 윤소저의 침실로 가서 윤소저를 데리고 황소저의 침실에 이르니, 선랑은 침상 아래에 진흙으로 만든 인형처럼 앉아 있고 도화는 소청을 붙잡고 서 있다가, 윤소저가 온 것을 보고 눈물을 비 오듯 흘리더라. 윤소저가 선랑의 처지를 가련히 여겨 차마 바로 보지 못하고 눈물을 머금고 고개를 숙이더라. 이에 앞으로 나아가 황소저를 진맥하여보니 체온이 고른 것이 평소와 다름없으나, 숨을 가쁘게 쉬는 것은 위태롭기가 경각에 달린 듯하더라. 윤소저가 묵묵히 물러나니, 허부인이 침상 앞에 이르러,

"며느리가 하룻밤 사이에 이 무슨 변고인고?"

황소저가 대답하지 않고 짐짓 구역질하며 흐느껴 마지않거늘, 허부인이 좌우를 돌아보며 "소동하지 말고 소저를 잘 돌봐 마음을 안정시켜 회생케 하라" 하니 춘월이 통곡하고 선랑을 바로 향하여 "네가 우리 소저의 약에 독약을 섞고서 무슨 면목으로 자리에 앉아 있느냐?" 하고 내쫓으려 하더라. 윤소저가 얼굴빛을 엄정히 하여,

"천한 종은 절대 무례히 굴지 말라. 죄가 있고 없음은 위로 부인께서 계시니 마땅히 처분하실 것이요, 신분으로 말하면 가군※郡의 소실이니, 네가 어찌 이렇게 당돌하게 구느냐?"

말을 마치매 기상이 가을 서리 같으니, 춘월과 도화가 두려워하며 물러서더라. 허부인과 윤소저가 반나절 동안 황소저의 동태를 살피나 특별한 증상이 없더라. 허부인이 돌아갈 때 윤소저가 선랑을 보고 눈짓하

여 소청을 데리고 허부인의 침소에 이르더라. 양원외가 내당으로 들어와 그 변고에 대해 대략 듣고서 바로 황소저의 침실에 이르러 진맥하고 춘월과 도화에게 명하여 "너희는 소저를 돌볼 따름이니, 만약 소란을 일으킨다면 엄히 다스릴 것이라" 하고 허부인의 침소에 이르더라. 허부인이 묻기를,

"며느리의 상태가 어떠한지요? 집안의 법도가 이같이 어그러지니, 상공께서는 장차 어떻게 처리하려 하시나이까?"

양원외가 한참 생각하다가,

"며느리가 중독되었다고 하나 다행히 탈이 없으니, 방책을 다시 생각하리라."

황소저가 간교한 수법으로 첩실을 모해하고자 하여 시부모를 놀라게 하고 눈엣가시 때문에 자기 목숨을 돌아보지 않으니, 이것이 어찌 천년 후세까지 부인들이 경계할 바가 아니리오? 일부러 침상에 누워 집안의 움직임을 살피되, 집안에 선량을 의심하는 이가 없더라. 더욱 초조해하고 분노와 악독이 속에 가득 차, 춘월을 부추겨 친정으로 보내어 늙고 혼미한 아버지에게 다시 걱정을 끼치고자 하더라.

춘월이 황부黃府 문 앞에 달려들어가 대성통곡하고 땅에 엎드려 혼절하거늘, 위부인과 황각로가 크게 놀라 그 까닭을 물으니 춘월이 다시 땅을 두드리고 하늘을 향해 울부짖더라.

"안타깝도다, 우리 소저여! 무슨 죄로 젊은 나이에 원통한 혼령이 되었는가?"

황각로가 이 말을 듣고 소리질러,

"이것이 무슨 말인고? 춘월아, 상세히 말하라."

춘월이 울면서 아뢰길,

"소저가 지난밤에 몸이 불편하여 약 두 첩을 지어, 한 첩은 제가 달여 올렸으나, 밖에 나간 사이 벽성선이 자기 여종 소청을 데려와서 나머지

약 한 첩을 찾아 달여 올렸나이다. 소저가 정신이 혼미하여 의심하지 않고 결국 한 모금 마시고는 인사불성이 된 까닭에, 제가 비녀를 빼어 시험해보니 은빛이 갑자기 변하거늘 소청의 몸을 수색하니 독약 한 알이 품속에 있더이다. 엎드려 바라건대 상공께서는 빨리 이 원수를 갚아 우리 소저의 외로운 혼령으로 하여금 참혹히 독살당한 한을 풀게 해주소서."

위부인이 비웃으며,

"딸아이의 죽음은 잘된 일이로다. 살아서 모욕을 당하는 것이 죽어서 아무것도 모르는 것만 못하리로다. 한 나라의 원로대신의 천금 같은 딸아이가 죄 없이, 천한 기생이 넣은 독약에 죽은 것이 한심할 따름이라."

황각로가 손바닥으로 자리를 치며,

"내가 마땅히 집안의 남종을 데리고 양부로 가서 그 원수를 붙잡아 처단하리라."

위부인이 소매를 잡으며,

"춘월이 전하는 말을 들으니, 양부의 윗사람이나 아랫사람이 모두 간사한 계집과 한통속이 되어 도리어 딸아이를 의심한다 하거늘 상공은 가지 마소서."

황각로가 소매를 뿌리치며 "부인은 나약한 여자의 말을 하지 말라" 하고 남종 십여 명을 호령하여 양부로 가고자 하니, 알지 못하겠도다. 결국 어찌되리오? 다음 회를 보라.

양원수가 흑풍산에서 크게 승리하고
와룡선생이 반사곡에 나타나더라

제11회

황각로가 남종 십여 명을 거느리고, 길을 가득 메우고 물렀거라 외치며 양부로 들이닥쳐 양원외를 보고 분노하더라.

"내가 오늘 딸아이의 원수를 갚으러 왔으니, 형은 간사한 사람을 집안에 두지 말고 속히 축출하시오. 내가 비록 부족하지만 일개 천한 기생을 살리거나 죽이는 권세는 손바닥 안에 있소이다."

양원외가 웃으며,

"승상의 말씀이 너무 지나치시오. 이 일은 저의 집안 일이니, 제가 비록 부족하나 스스로 처리할 것이거니와, 따님이 탈이 없으니 괴로워하지 마소서."

황각로가 노하여,

"내가 이미 알고 왔거늘, 형이 어찌 요악스러운 천한 기생을 보호하여 귀중한 사람 목숨이 달린 일을 은닉하고자 하시오? 형이 원수를 축출하지 않으면, 나의 늙은 아내로 하여금 내당을 수색하게 해서라도 오늘 이 원수를 갚고 돌아가리이다."

말을 마치매 분한 기운으로 가슴이 막혀 숨이 가빠 위태롭거늘, 양원외가 그 늙어 어둡고 어리석은 모습을 보고 다시 웃으며,

"승상이 어찌 이같이 헤아리지 못하시나이까? 제가 비록 인자하지는 못하나 승상의 따님은 곧 저의 며느리라. 자식 사랑하는 마음은 부모나 시부모나 다름이 없거늘, 그 생사에 즈음해 어찌 이처럼 편안하리오? 또 여자가 시집가면 그 소중함이 시댁에 있는데, 지금 승상께서 근거 없는 말을 믿고 이처럼 함부로 하시니 이는 도리어 따님을 사랑하는 도리가 아니로소이다."

황각로가 바야흐로 멍한 기색으로,

"과연 형의 말과 같다면 딸아이의 한 가닥 남은 목숨이 아직 이 세상에 있는 듯하니, 잠깐 보고자 하오."

양원외가 허락하고 즉시 내당에 알려 황각로를 안내하여 황소저의 침실에 이르니, 황소저가 짐짓 침상 위에 누워 눈을 감고 호흡이 거의 끊어진 척하더라. 황각로가 주저앉아 침침한 눈을 떠 황당히 바라보니, 구름 같은 머리는 흐트러져 옥 같은 얼굴을 덮고, 예쁜 눈썹은 잔뜩 찡그려 온화한 기운이 이미 사라져, 손발을 움직이지 못하며 호흡이 있는 듯 없는 듯하더라. 황각로가 앞으로 나아가 황소저의 몸을 어루만지며 불러,

"딸아, 이것이 어떠한 까닭인고? 네 아버지가 여기 왔으니 눈을 떠 바라보라."

황소저가 갑자기 구역질하고 가느다란 소리로 대답하길,

"소녀가 불효하여 이 지경까지 근심을 끼치나, 아버님은 조금도 괘념하지 마소서."

황각로가 위로하여,

"춘월이 망령되이 나쁜 소식을 전하기에 급히 왔거늘, 네가 살아 있음을 보니 다행이로다. 간사한 계집을 처치함은 시댁에서 할 일이요 내 알

바가 아니라. 시집간 여자는 그 소중함이 시댁에 있으니 내가 어찌하리오?"

황소저가 오열하여,

"소녀가 이 지경에 이르니, 죽고 사는 것은 흔히 있는 일이라. 잠시 친정으로 돌아가 악독한 사람의 손길을 피하고자 하나이다."

황각로가 측은한 기색이 있어 양원외를 보고 친정으로 돌아감을 요청하니 양원외가 허락하더라. 황각로가 즉시 집으로 돌아가 위부인을 대하여 기쁜 빛이 얼굴에 가득하여,

"딸아이에게 별 탈이 없거늘, 춘월이 소동하여 나로 하여금 사람 목숨을 죽일 뻔하였도다."

위부인이 비웃으며,

"상공께서는 딸아이가 죽어 복수하는 것만 아시고, 살아 설욕하는 것은 생각하지 않으시나이까?"

황각로가 그 말을 옳게 여겨 "딸아이가 곧 올 것이니, 그 말을 듣고 다시 상의하리라" 하더라.

이때 양원외가 내실로 들어가 허부인과 윤소저를 대하여 황각로의 일을 말하고 처리할 방도를 상의하는데, 허부인이 탄식하더라.

"대략 생각하건대, 한 사람의 죄를 밝히고자 하면 다른 한 사람의 허물이 드러나고, 한 사람의 허물을 덮고자 하면 다른 한 사람의 억울한 죄를 만드니, 상공께서는 깊이 생각하시어 잘 처리하소서."

양원외가 고개를 끄덕이며,

"나도 대략 아나니 마땅히 아들이 돌아옴을 기다려 처리하리라."

잠시 뒤 황부에서 교자를 보내어 황소저를 데려갈 때 허부인이 황소저의 손을 잡고 탄식하며,

"내가 덕이 부족하여 가문의 법도를 바르게 하지 못한 까닭에 이런 일을 빚어냈도다. 누구를 원망하고 누구를 탓하리오?"

황소저가 대답하지 않고 그저 눈물을 흘리며 교자에 올라 황부로 가더라.

이때 위부인이 뱀과 전갈 같은 성품과 귀신과 물여우[1] 같은 마음으로, 질투하는 딸을 도와 간특한 흉계를 행하다가 일이 뜻대로 되지 않자, 사납고 악독함을 이기지 못하여 황각로를 격분시키고자 딸을 보더니 손을 잡고 통곡하더라.

"네 아버지가 사위를 잘못 택하여 늘그막에 얻은 딸아이로 하여금 이러한 고초를 겪게 하고, 복수를 못해 훗날 간사한 사람의 음해를 입으리니, 우리 모녀가 차라리 일찍 죽어 아무것도 모르는 편이 나으리라."

서로 안고 울거늘, 춘월도 황소저를 붙잡고 대성통곡하여 한바탕 소란을 일으키더라. 황각로가 들어와 그 모습을 보고 허둥지둥 위부인과 딸을 위로하여,

"부인은 울음을 그치고 복수할 방책을 생각하소서. 양원외는 편협한 사람인지라, 내가 다시 말하고 싶지 않소. 내일 황상께 아뢰어 마땅히 서둘러 조치할 것이니 부인은 근심하지 마시오."

이튿날 황각로가 조회를 마친 뒤 천자에게 아뢰길,

"출전한 원수元帥 양창곡은 신의 사위라. 집안의 법도가 어지러워져, 양창곡이 출전한 뒤 요악스러운 첩이 정실부인을 독살하고자 하였으니 그 정실부인은 신의 딸이라. 해괴한 소문과 망측한 거동이 삼강오륜을 그르치는 변고라 할 만하니, 신이 감히 사사로운 정으로 함이 아니요 양창곡은 폐하의 신임하는 신하인지라. 지금 외방에 있어 돌아오지 않은

---

1) 귀신과 물여우: '귀역(鬼蜮).' 음흉하여 남몰래 남을 해치는 사람을 비유적으로 일컫는 말. 물여우는 날도래의 유충으로 물속에 사는데, 주둥이에 긴 뿔이 앞으로 뻗어 있어 독기로 사람의 그림자를 쏘면 사람에게 종기가 생긴다고 한다. 『시경』 「소아小雅」 「소민지집小旻之什」 「하인사何人斯」에, "귀신이나 물여우는 모습을 볼 수 없다지만, 뻔뻔스러운 몰골로 사람 눈을 흐리게 하네(爲鬼爲蜮, 則不可得, 有靦面目, 視人罔極)."

터에 가문의 법도가 이처럼 어지러우니, 폐하께서 그 악독한 첩을 다스려 가문의 법도를 바르게 하지 않으면 해로움이 양창곡에게 미칠까 두렵나이다."

천자가 그 말을 듣고 윤형문 각로를 돌아보며,

"그대 역시 양창곡과 무관한 사람이 아니라. 어찌하여 이런 말을 듣지 못하였는고?"

윤각로가 아뢰길,

"신도 들었으나, 규중 일은 조정이 간섭할 바가 아니기에 아뢰지 않았나이다. 이제 물으시니 신의 어리석은 소견으로는 양창곡이 돌아오기를 기다려 처리하심이 좋을까 하나이다."

천자가 그 말을 따르니, 황각로가 어찌할 수 없어 물러나 대루원[2]에 이르러 윤각로를 질책하더라.

"형께서는 훗날 따님의 근심을 생각하지 않고 천한 기생에게 맡기니, 어찌 그리 앞날에 대한 염려가 없소?"

윤각로가 웃으며,

"제가 비록 부족하나 대신의 반열에 있거늘, 어찌 사사로운 정 때문에 조정을 어지럽히리오? 지금 양원수가 먼 곳에 있고, 우리가 사돈 사이로 가문의 풍파를 조용히 다스림이 옳거늘, 이렇게 일을 크게 만들고자 하시니 그것이 옳은지 알지 못하겠소이다."

황각로가 오히려 분노의 기색이 있더라.

이때 선랑이 죄인으로 자처하여 별당에 거처하지 않고 물러나 좁은 행랑에 거처하여 거적자리와 베덮개에 머리도 빗지 않고 세수도 하지 않더라. 소청·자연과 서로 의지하여 문밖에 나오지 않으니, 그 참담한

---

2) 대루원(待漏院): 이른 아침에 대궐 안으로 들어갈 사람이 대궐문이 열리기를 기다리던 곳. '루(漏)'는 누수기(漏水器), 즉 물시계를 뜻한다. 물시계가 입조(入朝) 시간을 가리키기를 기다리던 곳이라는 뜻이다.

기색과 초췌한 모습을 집안사람이 모두 측은히 여기더라. 선랑의 억울함을 아나 처지를 헤아려 그 뜻을 억지로 돌이키지 못하더라.

한편 양원수가 행군하여 구강九江 땅에 이르러 병사들을 쉬게 할 때 오초 지역3)의 모든 고을에 격문檄文을 보내어 병사와 말을 징발하라 하고 크게 사냥하더라. 전부선봉 뇌천풍이 말하길,

"이제 적의 형세가 매우 급하여 남방 고을이 다 천자의 군대를 고대하오니, 대군이 이틀 갈 길을 하루에 가지는 못할지라도 이곳에 오래 머무르려는 뜻을 알지 못하겠나이다."

양원수가 웃으며,

"이는 장군이 알 바 아니라. 삼군이 먼길을 행군하여 노고가 많으니, 잠시 쉬며 병사들을 먹이고자 사냥도 하고 무예도 구경함이니, 오초 지역 병사들이 와서 모인 뒤에 행군하는 것이 만전의 계책이 되리라."

이때 남방 고을이 모두 양원수의 격문을 보고 병사와 말을 독려하며 장수와 병사를 뽑아 나흘째 되는 날에 일제히 이르고, 닷새째 되는 날에 양원수가 대군을 이끌어 무창산武昌山 아래에 옮겨 주둔하고 오초 지역 병사들을 합하여 무예의 기량을 시험해보고자 하더라. 먼저 활솜씨를 시험하는데 활시위 소리는 허공에 비바람을 일으키는 듯하고, 날아가는 화살은 푸른 하늘에 별이 떨어지는 듯하여 각기 솜씨를 다투더라. 갑자기 두 소년이 장막 아래에서 소리질러,

"원수께서 지금 장수의 재목을 뽑고자 하시니, 어찌 약한 활과 가느다란 화살로 아이들의 놀이를 본받으리이까? 긴 창과 큰 칼로 용맹을 드러내고자 하나이다."

모두 그 두 소년을 보니, 신장이 팔 척이요 위풍이 늠름하여 호협한

---

3) 오초(吳楚) 지역: 중국 전국시대 오나라와 초나라가 있던 지역, 곧 양자강 중하류 지역을 말한다.

기상과 담대한 모습이 외모에 나타나더라. 양원수가 성명을 물으니 대답하길,

"저희는 본래 소주 사람이니, 한 사람은 살인을 좋아하는 본성을 지녀 사람들이 소살성小煞星 마달馬達이라 칭하고, 한 사람은 담대하고 용맹하여 어디를 가든 대적할 자가 없기에 사람들이 백일표白日豹 동초董超라 칭하나이다."

양원수가 그 성명을 들으매 일찍이 서로 아는 듯하나 어렴풋하여 자세히 살펴보니, 아닌 게 아니라 전에 소주 객점에서 압강정 잔치를 알려주던 소년들이라. 반갑게 묻기를,

"그대들이 일찍이 소주와 항주의 청루에서 방황하더니 어찌 여기에 이르렀는고?"

소년들이 우러러 양원수의 얼굴을 보고 놀라는 기색이 있어,

"저희가 눈은 있으되 눈동자가 없어 회음 주막에서 뛰어난 선비를 비웃으며 겁이 많다 하였는데,[4] 이제 원수께서는 젊은 나이에 군막軍幕에서 공명이 뛰어나고, 저희는 기생집과 술집에서 일찍이 살인죄를 범하고 이 땅으로 망명하여 사냥을 일삼다가, 원수께서 장수의 재목을 뽑는다는 말을 듣고 왔나이다."

양원수가 크게 기뻐하여 창과 칼, 활과 말을 하사하여 무예의 기량을 시험하더라. 동초와 마달이 각각 창과 칼을 들고 군막 앞에서 말을 달려 앉고 서고 나아가고 물러남과, 접전하여 충돌하는 법에 소홀함이 하나도 없어 곰같이 뛰어오르고 호랑이같이 달리니, 좌우의 장수가 모두 떠들썩하게 칭찬하더라. 양원수가 크게 기뻐하여 동초를 좌익장군으로 삼

---

4) 회음 주막에서~많다 하였는데: 회음은 중국 강소성(江蘇省) 회음현(淮陰縣)으로, 한(漢)나라 개국공신인 한신(韓信)의 고향이며 그가 실각(失脚)한 뒤의 봉지(封地)였다. 한신은 평민 출신으로 가난하여 일찍이 강가에 나가 물고기를 잡아 허기를 때운 적도 있고, 어릴 때 회음 시정 잡배의 가랑이 밑으로 기어나가는 치욕을 당하기도 했다.

고 마달을 우익장군으로 삼아 대군을 휘몰아 무창산을 에워싸고 크게 사냥할 때, 북과 뿔피리와 대포 소리는 천지를 흔들고 깃발과 창칼은 일월과 빛을 다투니, 산천초목이 살기를 띠고 짐승이 자취가 없더라. 밤부터 낮까지 숲을 에워싸고 불을 놓아 호랑이·표범·이리·꿩·토끼·여우를 포획하여 삼군을 잘 먹이고 나서야 남쪽으로 행군하더라.

이때 남만南蠻 왕 나탁那咤이 군대를 크게 일으켜 쳐들어와 중원 경계에 이르러 대비가 없음을 보고 크게 기뻐하여 운남雲南과 당진唐眞 두 고을을 공격해 함락시키고, 형주·익주·연주兗州·양주揚州 네 고을을 엿보더라. 병사를 세 길로 나누어 곧바로 남경南京을 침범하고자 하는데, 양 원수의 대군이 구강 땅에 이르러 사흘 동안 한바탕 사냥한다는 소식을 듣고 크게 놀라더라.

"명나라 군대가 칠천여 리를 행군하였으나 오히려 남은 용맹이 있으니 그 강성함을 알지라. 변경이 소란스러워도 태연히 사냥을 하니, 분명 믿는 방책이 있는지라. 하물며 오초 지역의 막강한 병사를 더했다 하니 가볍게 대적할 수 없도다."

그리고 급히 세 길의 병사들을 거두어 물러나더라. 양원수의 대군이 익주에 이르니 자사 소유경이 고을 경계까지 나와 맞이할 새 양원수가 적의 동태를 물으니 소유경 자사가 대답하길,

"원수의 지략은 옛적의 명장이라도 대적할 사람이 없을까 하나이다. 구강에서 사흘간 크게 사냥을 하지 않았더라면, 세 길의 남만 군대를 어찌 물리칠 수 있었으리오? 지금 남만 왕 나탁이 군대를 퇴각시켜 흑풍산黑風山에 웅거하니, 그 군대가 몇만이 되는지 알지 못함이라. 독화살과 괴이한 기계를 가지고 전쟁에 임하면 능히 바람과 구름을 불러일으켜, 검은 모래가 흑풍산에서 내려와 지척을 분간하기 어렵고 병사들이 눈을 뜰 수 없어, 형주와 익주 두 고을의 병사들이 세 번 싸워 거듭 패하여 어찌할 수 없는지라. 바로 요해처를 지키며 대군을 기다렸나이다."

양원수가 말하길,

"흑풍산이 여기에서 몇 리나 되는고?"

소유경이 대답하길,

"삼백여 리니이다."

양원수가 말하길,

"그 땅으로 들어가는 어귀가 어디인고?"

소유경이 대답하길,

"구진5)과 맞닿은 곳이 남만으로 들어가는 어귀니이다."

양원수가 말하길,

"군대의 일은 멀리서 헤아리기 어려우니 행군을 지체하지 못하리라."

그리고 뇌천풍으로 하여금 익주 병사 오천 기騎를 거느리게 해 전부 선봉으로 삼고, 소유경을 중군사마로 삼고, 동초와 마달을 후군으로 삼아 흑풍산을 향하여 나아가더라. 사흘째 되는 날 산 아래 십여 리 되는 곳에 진을 치고, 양원수가 소유경 사마를 불러,

"먼저 흑풍산의 지형을 보고 나탁을 사로잡으리라."

이날 밤 삼경에 양원수가 소유경·동초·마달과 더불어 짧은 병기를 들고 몇몇 병사로 하여금 길을 안내하게 하여 흑풍산에 이르러 보니, 흙산에 불과하더라. 흙과 돌이 모두 재처럼 검고 사방 십 리에 풀 한 포기도 없거늘, 양원수가 지형과 흙 색깔을 자세히 살피고 다시 산 위에 올라 오랑캐의 진영을 굽어보니, 흑풍산 동남쪽 백여 걸음 밖에 무수한 남만 병사가 백여 명 혹은 수백 명이 대오 없이 모여 있고 앞뒤 좌우에 병

---

5) 구진(九眞): 베트남 북부 탕호아(淸化)에 설치되었던 군(郡). BC 111년 전한 무제가 남월국(南越國)을 정복하고 설치한 아홉 개 군 중 하나다. 남조(南朝)의 양(梁)나라 때 애주(愛州)라고 개칭했으나, 수나라 때는 구진의 옛 이름을 다시 사용했고, 당나라에서는 다시 애주로 불렸다. 천 년 이상 계속된 중국의 통치를 벗어나 독립한 안남(安南)에서도 구진 또는 애주라는 명칭이 사용되었다. 그러나 11세기부터 청화부(淸化府)라고 개칭하여 현재에 이르고 있다.

기로 겹겹이 방비하였더라. 양원수가 바라보고 놀라는 기색이 있어 소유경을 돌아보며,

"장군은 저 진세陣勢를 아는가?"

소유경이 말하길,

"제가 몇몇 병서를 보았으나 이러한 진법은 듣지 못하였나이다."

양원수가 감탄하며,

"나탁이 오랑캐의 인물이나 참으로 뛰어난 인재로다. 이 진법의 이름은 천창진天槍陣이니 하늘에 천창성6)이 있어, 세상이 태평하면 북쪽에서 광채를 감추어 현무7)의 방위를 지키고, 전쟁으로 어지러우면 중원을 침범하여 적시성8)이 되나니, 지금 나탁의 진법이 이에 응한 것이라. 만약 알지 못하고 침범하면 반드시 크게 패하리라. 그러나 천창성은 살벌을 관장하는 별이라 생왕生旺의 방위를 크게 꺼리거늘, 지금 나탁이 진영의 머리를 생왕의 방위에 두었으니 반드시 패하는 것을 보게 되리라."

그리고 즉시 돌아와 군대를 퇴각시켜 삼십 리 밖으로 진영을 옮기고 삼군에 휴식하라 명하더라. 양원수가 매일 밤 천문을 우러러보더니, 나흘째 되는 날 다시 흑풍산 백여 걸음 밖으로 진영을 옮기고 군중에 명령을 내려,

"오늘 오시午時에 접전하여 미시未時에 적진을 격파하리라. 동초는 오천

---

6) 천창성(天槍星): 혜성의 이름. 천창성(天搶星)으로도 쓴다. 옛날 사람들은 이별의 흉조를 알리는 요성(妖星)으로 여겨, 이 별이 낮에 빛나면 병화(兵禍)가 일어날 조짐으로 여겼다.

7) 현무(玄武): 북쪽 방위를 지키는 신. 고대 중국에서 별자리 28수 가운데 7수씩으로 구성된 사방(四方) 성좌(星座)의 모습이 사신(四神)의 네 동물 모습을 하고 있다고 보아, 동방 7수의 모습은 청룡을, 북방 7수의 모습은 현무를, 서방 7수의 모습은 백호를, 남방 7수의 모습은 주작(朱雀)으로 보았다. 현무는 거북과 뱀을 합친 모습이며, 현은 검은색을 뜻하고 무는 거북의 딱딱한 갑의(甲衣)와 뱀의 날카로운 이빨을 뜻한다.

8) 적시성(積尸星): 알골(Algol). 페르세우스자리 β별로, 광도가 2.867일을 주기로 하여 2.2등에서 3.5등까지 변하는 변광성(變光星)이다. 알골은 '악마'라는 뜻인데, 옛날 사람들에게 항성(恒星)이 광도를 바꾼다는 것이 매우 기묘하게 생각되었기에 이런 이름이 붙었다. 고대 중국에서는 알골이 관측되면 나라에 재난이 발생해 시체가 많이 쌓이게 된다 하여 '적시성'이라 불렀다.

기를 거느려 흑풍산 동남쪽 백 걸음 밖에 매복하고, 마달은 오천 기를 거느려 흑풍산 서남쪽 수백 걸음 밖에 매복하였다가 나탁이 돌아가는 길을 끊으라."

두 장수가 명을 받고 물러나와 병사들을 거느리고 가더라. 잠시 뒤 나탁이 흑풍산 남쪽으로 진영을 옮겨 싸움을 돋우거늘, 양원수가 붉은 도포와 금빛 갑옷을 입고 진영 앞에 나와 앉아 병사들로 하여금 외치게 하여,

"대명국大明國 원수가 할말이 있으니 오랑캐 왕은 잠시 진영 앞으로 나오라."

나탁이 즉시 진영 앞으로 나와 예를 베풀거늘, 양원수가 바라보니 키가 구 척이고 허리둘레는 열 아름이요, 깊은 눈과 높은 코, 둥근 얼굴과 붉은 수염에 기상이 영특하고 용감하더라. 오른손으로 긴 칼을 집고 왼손으로 작은 깃발을 흔들고 승냥이 같은 목소리로 외치길,

"명나라는 우리나라와 형제의 나라이거늘, 이제 갑옷과 투구의 예禮로써 서로 대하니 어찌 불행하지 않으리오?"

양원수가 꾸짖어,

"네가 남방을 지키매 중국의 두터운 예우가 작지 않아 남만 왕으로서 부귀가 이미 충분하거늘, 무단히 변방을 어지럽게 해 도끼에 죽임당할 형벌로 스스로 나아가니, 내가 황제의 명을 받들어 백만 대군을 거느려 네 머리를 취하러 왔으되, 네가 일찍 항복하면 큰 죄를 사면하고 황상께 아뢰어 남만 왕의 부귀를 예전처럼 누리게 하겠거니와, 그렇지 않으면 남만 왕의 머리를 북쪽 대궐에 매달아 사방의 모든 오랑캐에 호령하리라."

나탁이 크게 웃으며,

"듣건대 천하는 모두의 것이라. 덕을 닦으면 왕이 되고 덕을 잃으면 망하거늘, 내가 중원을 도모하고자 하여 오십 년 동안 정예병을 기르더

니, 이제 하늘의 운세가 나에게 있어 명나라를 멸망시키고 천하를 통일하는 것이 이 한 번의 거사에 있음이라. 때를 놓칠 수 없으리니, 원수는 속히 군대를 퇴각시켜 천명을 거역하지 말고 어육魚肉이 되는 것을 면하라.”

양원수가 크게 노하여 좌우를 돌아보며,

“누가 능히 출전하리오?”

선봉장군 뇌천풍이 도끼를 휘두르며 나아가니, 원래 뇌천풍은 벽력부霹靂斧를 잘 다루어 사내 만 명도 당하지 못할 용맹이 있더라. 나탁과 더불어 싸우길 돋우니, 남만 진영에서 한 장수가 뛰어나와 맞서 싸우거늘, 삼 합合이 못 되어 뇌천풍의 손이 올라가고 도끼가 떨어지며 남만 장수를 찍어 말 아래로 떨어뜨리더라.

갑자기 남만 진영에서 북소리가 둥둥 울리더니 장수 두 명이 한꺼번에 나오거늘, 명나라 진영에서 소유경 역시 말을 달려 나아가니, 원래 소유경은 방천극方天戟을 잘 다루니 창 쓰는 법이 비할 데 없이 뛰어나더라. 이때 네 장수가 얽혀 싸우기 십여 합에 승부를 내지 못하거늘, 나탁이 크게 노하여 왼손으로 깃발을 휘두르니, 갑자기 한바탕 광풍이 진영에서 일어나 흑풍산의 모래를 휘감아 일으켜 검은 티끌이 명나라 진영으로 날아드니, 지척을 분간하기 어려워 병사들이 눈을 뜰 수 없더라.

양원수가 징을 쳐 군대를 불러들이고, 등사기螣蛇旗를 진영 앞에 꽂고, 진의 형세를 바꿔 다시 무곡성의 팔괘진八卦陣을 만들고 손방9)의 문을 닫으니, 진영 안이 편안해져 바람과 티끌이 침범하지 못하더라.

양원수가 군리軍吏를 불러 군중의 시각을 물으니, 바야흐로 오시午時를 알리더라. 양원수가 다시 진영 문을 열고 궁노수弓弩手를 불러, 화살 끝에

___

9) 손방(巽方): 팔방(八方)의 하나. 정동과 정남 사이 한가운데를 중심으로 한 45도 각도 안의 방위. 곧 남동쪽을 의미한다.

각각 화승火繩을 묶어 불을 붙이고 있다가 서북풍이 일어나거든 흑풍산을 향하여 일제히 쏘라 하니, 궁노수 수백 명이 명령을 듣고 활을 당겨 기다리더라. 과연 오시에서 미시未時로 넘어가는 때에 서북풍이 크게 일어나 나무를 부러뜨리고 집을 뽑고 모래를 날리고 돌멩이를 날리니, 흑풍산의 모래가 도리어 남만 진영으로 향하더라. 명나라 진영에서 궁노수 수백 명이 불화살을 한꺼번에 쏘니, 공중으로 날아가는 화살이 바람 따라 별같이 흘러 어지러이 흑풍산에 떨어지거늘, 검은 티끌에 불이 번져 흑풍산이 온통 화산으로 변하고, 바람에 날리는 먼지가 불꽃처럼 맹렬히 남만 진영을 뒤덮더라. 나탁이 급히 풍차를 되돌려 동남풍을 만들되, 사람이 만든 바람의 힘이 어찌 천지조화를 대적하리오? 나탁이 부득이 풍차를 부수고 말 한 필을 타고 동남쪽을 바라보고 달아나는데, 갑자기 한 무리의 군마가 길을 막고 한 대장이 창을 휘두르며 소리질러,

"대명국 좌익장군 동초가 여기 있으니, 남만 왕은 달아나지 말라."

나탁이 감히 싸울 뜻이 없어 말을 몰아 서남쪽으로 달아나더니, 또 한 무리의 군마가 길을 막고 한 대장이 월도月刀를 휘두르며 호되게 꾸짖어,

"대명국 우익장군 마달이 여기 있으니, 쥐 같은 도적은 달아나지 말라."

나탁이 크게 노하여 말을 돌려 수십 합을 얽혀 싸우더니, 등뒤에서 함성이 크게 일어나며 양원수가 대군을 몰아 무찌르니, 나탁이 말을 몰아 정남방을 향해 달아나더라. 양원수가 그를 쫓지 않고 대군을 옮겨 흑풍산 정남 오십여 리에 나아가 영채營寨를 베풀고 밤을 지내니, 소유경이 양원수에게 아뢰길,

"원수의 용병술은 제갈량도 미치지 못할까 하나이다. 이 흑풍산 싸움에서 제가 의아하게 여기는 것이 두 가지 있으니, 미시에 서북풍이 일어날지 어떻게 미리 아셨으며, 흑풍산의 흙이 불꽃으로 변함은 어떤 까닭이니이까?"

양원수가 웃으며,

"장수가 위로 천문에, 아래로 지리에 통달할 수 없다면 어찌 장수가 되었다 하리오? 내가 흑풍산을 바라보니 평원광야에 뻗어내린 산맥이 없고 전후좌우에 풀과 나무가 드무니, 이는 평범한 산이 아니라 남방의 불기운이 이곳에 모여 있음이라. 그 별자리를 나누어 보니 천화심성[10]이 비추고 있고, 그 방위를 살펴보니 삼리화덕[11]이 정가운데 있어 위와 아래에서 모두 불기운을 받으니, 그 돌을 태우고 그 흙을 재로 만들면 곤명지의 겁화[12]를 만들 수 있음이라. 만약 불을 붙이면 어찌 널리 번지지 않으리오? 내가 어젯밤에도 천문을 잠깐 보니, 기성[13]이 달에 가깝고 검은 구름이 북두표성[14]에 모여 있거늘, 기성은 바람을 관장하고 그 위치가 남방 오위午位에 있으니 이는 오후에 바람이 일어날 징조요, 검은 구름이 표성杓星을 덮으니 이는 서북풍이 일어날 조짐이라. 그러나 천문 지리를 온전히 믿을 수는 없으니 반드시 인사人事를 합하여 헤아려야만 완전하여 흠이 없음이라. 내가 나탁의 진을 보매, 태세[15]가 상문[16]을 침

---

10) 천화심성(天火心星): 심성(心星)은 28수의 하나로 청룡 7수 가운데 다섯번째에 해당하는 큰 별. 심수(心宿)에서 붉은빛을 크게 내는 별로, 화성이라고도 한다.
11) 삼리화덕(三离火德): 삼리는 『주역』 팔괘의 하나. 팔괘는 『주역』에서 자연계 및 인간계의 현상을 음양을 겹쳐서 여덟 가지의 상으로 나타낸 것. 건(乾)·태(兌)·리(离)·진(震)·손(巽)·감(坎)·간(艮)·곤(坤)이 그것이다. 이 가운데 리는 불을 상징한다.
12) 곤명지(昆明池)의 겁화(劫火): 곤명지는 중국 섬서성(陝西省) 장안현(長安縣) 서남쪽에 있는 연못으로, 전한 무제가 인도(印度)로 통하려 하는 것을 방해하는 곤명이(昆明夷)를 치려고, 이 못을 파서 수전(水戰) 훈련을 시켰다고 한다. 무제가 곤명지를 팔 때 밑바닥에서 검은 재가 나와 동방삭에게 물어보았으나 동방삭도 몰랐는데, 그뒤 명제(明帝) 때 인도에서 온 승려가 보고는 "이것은 겁회로, 천지가 다 타고 남은 재다"라고 했다 한다. 겁화는 천지가 파멸할 때 일어난다는 큰 불로, 우주가 한 번 생성해서 존속하는 기간을 일 겁(劫)이라 하고, 겁이 다하여 우주가 괴멸하는 시기를 괴겁(壞劫)이라 하는데, 이때 세찬 불길이 하늘과 땅을 태운다 한다. 겁회는 이때 생겨난 재다.
13) 기성(箕星): 28수의 하나. 청룡 7수 맨 끝의 성수(星宿)로, 별 네 개로 구성되어 있다. 동북방에 있으며 바람을 좋아한다고 한다.
14) 북두표성(北斗杓星): 북두칠성의 자루가 되는 부분.
15) 태세(太歲): 태양에서 다섯번째로 가까운 행성인 목성.

범하여 검은 기운이 진중에 가득하니, 패할 것을 알리로다."

좌우의 모든 장수가 탄복하지 않음이 없더라. 동초와 마달이 묻기를,

"오늘밤 나탁이 분명 남쪽으로 달아날 것을 아셨으니, 한 장수를 보내어 정남방에 매복했다면 나탁을 사로잡았을 것이거늘, 어찌 그렇게 하지 않으셨나이까?"

양원수가 웃으며,

"내가 남만의 마음을 복종시키고자 하노니, 이제 처음 싸우는 까닭에 나탁을 놓아주어 재주를 다 부려보게 한 것이라. 장군은 어찌 제갈량이 남만 장수를 일곱 번 사로잡았다가 일곱 번 놓아주었던 뜻을 듣지 못했는가?"

모든 장수가 그 말에 복종하더라.

양원수가 남방으로 행군할 때 나탁의 자취를 살피니, 이미 오록동五鹿洞으로 들어가 다시 남만 병사들을 모으더라. 원래 나탁의 깊은 골짜기가 다섯 곳이니, 첫번째는 철목동鐵木洞이니 나탁이 거처하는 곳이고, 두번째는 태을동太乙洞이요 세번째는 화과동花果洞이요 네번째는 대록동大鹿洞이요 다섯번째는 오록동이니, 각 골짜기마다 창고와 병기가 있고, 길과 산천이 참으로 험한 곳이더라. 양원수가 병사에게 오록동으로 가는 길을 물으니, 병사가 아뢰길,

"오록동이 이로부터 백여 리이니, 길이 매우 험하고 지나는 곳에 반사곡盤蛇谷이 있나이다."

양원수가 우익장군 마달에게 이천 기를 거느리고 앞서 가서 길을 열라 하고, 한 곳에 이르니 산세가 험준하고 돌 모서리가 가팔라서 군마가 갈 수 없더라. 마달이 나무를 베어 다리를 만들고 돌을 옮겨 길을 닦아가니, 어느덧 날이 저물었더라. 마달이 골짜기 입구의 평탄한 곳에 병사

---

16) 상문(喪門): 몹시 흉악한 방위(方位).

를 머물게 하고 대군을 기다리는데, 양원수가 이르러 살펴보고,

"이곳이 험하고 좁아 대군을 주둔시킬 수 없으니 황혼의 달빛을 띠고 몇 리를 더 나아가리라."

말을 마치기 전에 한바탕 광풍이 갑자기 일어나고 군대의 고함소리가 바람을 따라 요란하거늘, 양원수가 크게 놀라 군대를 머물게 하고 산에 올라 멀리 바라보되 아무런 기척이 없더라. 병사에게 묻기를,

"이곳 지명이 무엇인가?"

대답하길,

"반사곡이니이다."

양원수가 대군을 거느려 십여 리 떨어진 평지로 내려가 진을 치고 밤을 지낼 때 한밤중에 광풍이 또 일어나 함성 소리가 요란하더라. 양원수가 매우 괴이하게 여겨 동초와 마달을 불러 먼 곳까지 가서 정찰하고 오라 하니, 또 아무런 기척이 없는지라. 양원수가 군중 경계를 엄중히 하고 막사에 앉아 책상에 기대어 병서를 보는데, 갑자기 군중이 요란하며 앓는 소리가 연달아 나더라. 양원수가 크게 놀라 군중을 순찰하고 병사들의 움직임을 살피니, 병사가 모두 이마를 감싸고 앓는 소리가 물 끓듯 하더라. 양원수가 한참 생각하다가 병사를 불러 묻기를,

"이곳에 혹 옛적의 전쟁터가 있는가?"

병사가 대답하길,

"제가 이곳에 왕래가 드물어 반사곡을 알 따름이요 옛적에 전쟁터였는지는 듣지 못하였나이다."

양원수가 한참 생각하다가,

"적막한 빈산에 함성이 갑자기 일어나고 병이 없던 병사들이 한꺼번에 병드니, 이는 반드시 곡절이 있으리로다. 옛 성인께서 비록 괴력난신怪力亂神을 말씀하지 않았으나, 혹 산중에 귀신이 있어 장난하는 것인가 하노라."

말을 마치기 전에 함성이 또 일어나거늘, 뇌천풍이 크게 노하여 벽력부를 들고 나가며,

"제가 마땅히 함성이 일어나는 곳을 찾아, 그 까닭을 알아내고 오겠나이다."

말을 마치매 담담히 도끼를 들고 그 소리를 따라 한 곳에 이르니, 산이 높고 골이 깊고 나무들이 하늘을 찌를 듯하고 귀신의 울음소리가 구슬프더라. 뇌천풍이 걸음을 멈추고 소리가 일어나는 곳을 살펴보니, 나무 사이와 바위틈에서 정처 없이 괴이한 바람과 음산한 기운이 사람을 갑작스럽게 덮쳐오는지라. 뇌천풍이 더욱 노하여 도끼를 휘둘러 나무를 베고 바위를 찍어 벌거숭이산으로 만들고 돌아오더니, 잠시 뒤 광풍이 크게 일어나고 군중의 앓는 소리가 더욱 심하더라.

양원수가 매우 근심하여 평복 차림으로 진영 문을 나서 달 아래 배회하며 계책을 생각하는데, 갑자기 광풍과 함성이 잦아들고 어디선가 맑은 거문고 소리가 멀리서 들리더라. 양원수가 기이하게 여겨 그 거문고 소리를 찾아 백여 걸음을 가니, 오래된 묘당 몇 칸이 산 아래에 있더라. 묘당 앞에 이르니, 푸른 넝쿨이 낡은 담장에 얽혀 있고 두루미가 고목에 깃들어 있으니, 세월이 오래된 신성한 묘당임을 알겠더라.

양원수가 문을 열고 보니, 사람 형상이 단 위에 앉아 있는데, 천하를 셋으로 나누던 무궁한 근심이 눈썹 사이에 가득하고 오랜 세월 변함없는 하늘의 맑고 높은 기상이 얼굴에 나타나니, 묻지 않아도 와룡선생臥龍先生 제갈량의 형상임을 알지라. 양원수가 매우 기뻐하며 앞으로 나아가 공경하여 두 번 절하고 가만히 빌더라.

"후학後學 양창곡이 황제의 명을 받들어 이곳에 이르렀사오니, 옛적에 선생께서 오월에 노강17)을 건넜던 땅이라. 창곡이 본래 선생과 같은 재주와 덕이 없고, 선생과 같은 직책만 갖고 있는지라. 황명을 받은 뒤로 이른 아침부터 밤늦게까지 근심하고 두려워하여 그 은혜에 보답할 바

를 알지 못하나이다. 선생의 신이한 도움이 없다면, 두렵건대 중국이 망하여 오랑캐의 풍속을 따르는 수치를 당할까 하나이다. 엎드려 생각하건대, 선생께서 한漢나라 황실을 위하여 몸과 마음을 다하였으나 공업功業을 이루지 못하였사오니, 정령이 아주 없어지지 않으셨을지라. 우리 대명국이 한漢·당唐을 계승하여 당당한 정통이 수백 년간 이어져오다가, 오늘날의 위태로움이 마치 머리털 하나로 천균千鈞이나 되는 물건을 끌어당기는 듯하니, 선생의 정령이 계셔서 한나라 황실을 위하던 충성으로 대명국을 도우시어 중국을 드높이고 오랑캐를 물리쳐주신다면 의리가 평소와 다름이 없을까 하나이다. 지금 대군이 멀리서 와 무단히 병이 들고 적막한 빈산에 함성이 크게 일어나되, 창곡이 어리석어 그 이유를 알지 못하오니, 엎드려 바라건대, 선생께서는 신병神兵을 지휘하시어 모진 바람과 괴이한 병을 물리쳐 큰 공업을 이루게 해주소서."

양원수가 빌기를 마치매 다시 단 위를 보니 점치는 거북이 놓여 있거늘, 한 괘를 뽑아 얻으니 무척 길한지라. 양원수가 크게 기뻐하여 두 번 절하고 묘당문을 나오는데, 공중에서 벼락 소리가 문득 일어나더니 광풍과 함성이 사라져 들리지 않더라.

양원수가 군중으로 돌아와 시간을 물으니, 이미 오경更 삼점點을 알리더라. 잠깐 피곤하여 책상에 기대어 앉았더니, 한바탕 맑은 바람이 장막을 걷어올리고 장막 밖에서 신발 끄는 소리가 있거늘, 양원수가 놀라 보니, 알지 못하겠도다. 그는 누구인고? 다음 회를 보라.

---

17) 노강(瀘江): 중국 운남성(雲南省)에서 발원하여 양자강으로 흘러가는 강. 양쪽 기슭 봉우리에 사람을 해치는 나쁜 기운이 있어 더운 여름에는 건너지 못하는데, 촉한의 제갈량이 5월 심한 더위에 이 강을 건너 남만(南蠻)의 맹획(孟獲)을 평정했다.

골짜기를 잃은 나탁은 구원병을 요청하고
도사를 천거한 운룡은 산으로 돌아가더라

제12회

양원수가 군막 밖에서 들려오는 신발 끄는 소리에 놀라 바라보니, 한 선생이 윤건綸巾과 학창의鶴氅衣를 입고 손에는 백우선白羽扇을 들었는데, 맑고 빼어난 눈매와 그윽하고 우아한 풍채는 묻지 않아도 와룡선생임을 알지라. 양원수가 허둥지둥 몸을 일으켜 예를 마치고 자리를 잡아 앉고서 공손하게 묻기를,

"저는 후생後生이라. 선생의 높으신 이름을 평생 우러렀으나, 저승과 이승이 현격히 다르고 옛날과 지금이 같지 않아 감히 뵙기를 바라지 못하더니, 오늘 정령께서 어찌 오랑캐 땅에 강림하셨나이까?"

선생이 웃으며,

"이곳은 내가 남방을 정벌하여 남만 군대를 격파한 곳이라. 남방 사람들이 나를 생각하여 초가 한 칸에 향불을 끊지 않으니, 아득한 혼령이 정처 없이 왕래하다가 마침 원수의 대군이 이곳에서 곤경에 처함을 듣고 진실로 위로하고자 왔노라."

양원수가 무릎을 꿇고 묻기를,

"인기척 없는 빈산에 함성이 크게 일어나고, 하룻밤에 삼군 병사들이 아무런 까닭 없이 병에 걸리니, 어찌된 일이니이까?"

제갈량이 웃으며,

"내가 일찍이 등갑군[1] 수만 명을 이곳에서 죽였으므로, 하늘이 흐리고 비가 내려 축축할 때면 지나가는 사람들을 괴롭게 하더니, 이제 망령되이 대군을 침범했기에 내가 이미 금하였으나, 원수께서 소와 양 몇 마리를 오래도록 굶주린 원혼들에게 먹인다면 이것이 그들을 그치게 하는 방법일까 하노라."

양원수가 또 아뢰길,

"남만 왕 나탁이 지금 오록동에 웅거하고 있거늘 격파할 방책이 없나이다. 엎드려 바라건대 선생께서는 밝은 가르침을 주소서."

제갈량이 웃으며 "원수의 지략으로 어찌 작은 도적을 근심하리오마는, 먼저 미후동彌猴洞을 공격함이 좋으리라" 하고 말을 마치매 바람에 나부끼듯 가거늘, 양원수가 놀라 잠에서 깨니 곧 군막 안에서의 꿈이라. 이윽고 영문의 북과 나팔이 새벽을 알리고 동방이 점차 밝아오더라. 양원수가 즉시 장막을 걷어올리고 군대의 정황을 물으니, 병세가 갑자기 사라지고 광풍이 그쳐 군중이 편안하더라. 양원수가 크게 기뻐하여 그날 밤에 동초와 마달을 즉시 보내어 반사곡 입구에 제단을 세우고 전쟁에서 죽은 등갑군을 위해 제사를 지내니, 제문은 이러하더라.

"모년 모월 모일에 대명국 도원수는 우익장군 마달을 보내어 전쟁에서 죽은 등갑군의 혼령을 불러 고하노라.

아아! 시운時運이 불행하고 천하가 요란하여 전쟁이 사방에서 일어나 백성이 도탄에 빠지니, 그대들이 비록 만 리 밖 멀리 떨어진 곳의 오랑

---

1) 등갑군(藤甲軍): 중국 삼국시대 촉한의 제갈량이 남만을 정벌할 때 오과국(烏戈國) 군대가 입었던, 등나무를 기름에 절여 짜서 만든 갑옷. 창칼이 들어가지 않고 물에도 가라앉지 않으나, 결국 제갈량의 화공(火攻)으로 전멸되었다.

캐 사람들이나 한 하늘 아래 백성으로, 쟁기를 버리고 창을 잡으며 아내와 자식들을 떠나 군대에 참가했거늘, 급한 불에 뼈와 살은 재가 되고, 정령이 모여 있되 주인 없는 외로운 혼백을 불러주는 사람이 없으니, 한식寒食날 보리밥을 누가 제사지내주리오? 그러나 삶과 죽음은 운명에 달려 있고 성공과 실패는 하늘에 달려 있거늘, 아무 까닭 없이 거친 바람을 일으키고 괴질을 만들어 지나가는 사람을 곤란케 하니, 내가 비록 가냘프고 변변치 못하나 황명을 받들었고, 백만 대군은 곰이나 말곰 같고 비휴2)나 표범 같도다. 한번 호령하면 우레 같은 도끼와 번개 같은 창으로 산천을 뒤집어, 겨우 남은 혼백들로 하여금 의탁할 곳이 없게 할 것이로되, 그들이 살아서는 왕의 교화를 입지 못하고, 죽어서는 원혼이 되어 굶주려 의탁할 데 없음이 매우 측은하기에, 맑은 술 몇 섬과 소와 양 수십 마리를 굶주린 원혼에게 먹이노라. 만약 다시 어지럽힌다면 군율에 따라 죽은 자와 산 자를 다름없이 하리라."

동초와 마달이 제문 읽기를 마치고 술과 제물을 제단 아래에 묻으니, 참담한 구름이 골짜기 안에서 사라지고 음습한 바람이 골짜기 어귀에서 흩어지고, 머리가 타고 이마가 데인 수많은 귀졸鬼卒이 숲 아래와 언덕 위에서 머리를 조아려 백번 절하고 은은히 돌아가더라.

날이 밝으매 양원수가 행군할 때 맑은 바람이 깃발을 날리고 산속 초목이 병사들의 기세를 돕는 듯하더라. 양원수가 남만 척후병을 사로잡아 나탁의 자취를 물으니 대답하길,

"왕께서 지금 오록동에 계시나이다."

또 묻기를,

"미후동은 이로부터 몇 리나 되는가?"

---

2) 비휴(貔貅): 범과 비슷하다고도 하고 곰과 비슷하다고도 하는 맹수. 비는 수컷이고 휴는 암컷이다.

대답하길,

"남방에는 본디 미후동이 없나이다."

익주 병사가 곁에 있다가 호되게 꾸짖어,

"내가 일찍이 복숭아를 파는 남만 사람을 만났는데 이곳에 이르러 말하길 '미후동 복숭아라' 했거늘 어찌 미후동이 없으리오?"

양원수가 크게 노하여 남만 병사의 머리를 진영 앞에서 베고 다른 병사에게 묻기를,

"내가 이미 알고 짐짓 묻는 것이니, 만약 바로 아뢰지 않으면 네 머리 역시 베리라."

남만 병사가 크게 겁내어 바로 아뢰길,

"우리 왕께서 군대를 두 부대로 나누어, 한 부대는 왕께서 직접 거느려 미후동에 매복하고, 다른 한 부대는 가짜 왕이 거느려 오록동에 매복해 있다가, 원수의 대군이 오록동의 가짜 왕을 공격하면, 미후동의 진짜 왕이 복병을 데리고 그 뒤를 습격하고자 함이니, 내외 협공이 그 계책이니이다."

양원수가 바야흐로 와룡선생의 가르침이 헛되지 않음을 알고, 소유경 사마를 불러 귀에 대고 나직이 말하길,

"이리이리하라."

소유경이 명령을 듣고 즉시 대군을 네 부대로 나눠 각각 지휘하더라.

한편 미후동은 남만 왕의 별장으로, 오록동 동쪽에 있더라. 나탁이 남만 장수 철목탑鐵木塔을 변장시켜 한 명의 남만 왕으로 만들어 오록동에 두고, 나탁은 정예병을 거느려 미후동에 매복하였다가 양원수 대군이 오록동을 습격하길 기다리더라. 잠시 뒤 북과 나팔 소리와 함성이 하늘과 땅을 흔들며 양원수가 대군을 몰아 오록동을 바로 공격하거늘, 철목탑이 나탁의 깃발과 복색을 갖추고 동쪽 문을 열어 맞서 싸울 새 나탁이 양원수와 철목탑이 맞붙어 싸우는 것을 보고 복병을 거느려 미후동

에서 나와 양원수의 뒤를 습격하고자 하더라. 동쪽 문을 나서자마자, 미후동 서쪽에서 한 명의 양원수가 한 무리의 군대를 거느려 길을 막고 무찌르니, 나탁이 크게 놀라 몹시 당황해하는데, 미후동 동쪽에서 또 한 명의 양원수가 한 무리의 부대를 이끌고 길을 막고 무찔러 좌우에서 협공하여 나탁을 포위하더라. 철목탑이 나탁의 위태로움을 보고 오록동을 버리고 나탁을 구할 새 두 명의 남만 왕과 세 명의 양원수가 각각 대군을 호령하여 반나절 동안 싸우다가, 나탁이 계책과 힘이 다하고 두 명의 양원수가 전후좌우에서 협공하니, 남만 왕이 마음이 어릿어릿하고 정신이 현란한지라 어찌 명나라 군대의 승세를 당하리오? 필마단기로 포위를 벗어나 오록동으로 들어가려는데, 동쪽을 향하니 동쪽 문이 이미 닫혀 있고 문 위에 또 한 명의 양원수가 호령하길,

"나탁아! 네가 남만 왕이 두 명인 것은 자랑하면서, 어찌 양원수가 네 명인 것은 모르느냐? 내가 이미 오록동을 취하였으니 빨리 항복하라."

말을 마치기 전에 양원수가 대우전을 뽑아 쏘니, 나탁 머리 위의 붉은 정자頂子가 땅에 떨어지더라. 나탁의 혼이 몸에서 빠져나가 말을 돌려 남쪽을 향해 달아나더니, 한 노장老將이 또 길을 막고 호되게 꾸짖어,

"대명국 파로장군 뇌천풍이 기다린 지 오래니, 흑풍산에서 살아남은 너의 혼백이 오늘 내 도끼 끝에서 다하리라."

나탁이 대답하지 않고 서로 십여 합을 싸우다가 돌아보니 철목탑 역시 패하여 달아나고, 그뒤에 먼지가 하늘에 가득하고 함성과 대포 소리가 천지를 진동하면서 양원수의 대군이 이어 이르더라. 나탁이 크게 놀라 말을 몰아 서남쪽으로 달아나니, 원래 미후동 서쪽에서 나온 양원수는 마달이요, 미후동 동쪽에서 나온 양원수는 동초요, 오록동을 공격하던 양원수는 소유경이요, 오록동 문 위에 앉았던 양원수가 곧 진짜 양원수라. 이때 나탁이 기이한 계교를 행하다가 이루지 못하고 도리어 패하여 필마단기로 몸을 빼어 대록동으로 들어가거늘, 양원수가 끝까지 추

격하지 않고 대군을 거두어 오록동으로 들어가니 소와 양과 곡식, 군마와 활과 화살을 획득한 것이 매우 많더라.

이튿날 양원수가 소유경과 더불어 오록동 뒤편 주산主山에 올라 멀리 바라보니, 서남쪽 십여 리 밖에 높은 산이 있는데, 산세가 험하고 첩첩한 봉우리는 무시무시한 기운에 싸였으며, 빽빽이 늘어선 나무는 검은 안개에 잠겨 있더라. 산 앞을 보니, 들이 넓고 풀이 드물어 물어보지 않아도 남만 왕의 골짜기임을 알겠더라. 양원수가 소유경을 돌아보며,

"남만 산천이 이처럼 험하니, 어느 날에 평정하여 장안으로 돌아가리오?"

소유경이 말하길,

"원수의 지략으로는 며칠 안에 평정하시리이다."

양원수가 탄식하며 "북방은 순연한 음기를 띤 곳인지라 일양一陽이 생기는 까닭에 풍속이 우직하고 교활함이 적고, 남방은 순연한 양기를 띤 곳인지라 일음一陰이 생기는 까닭에 풍속이 거세고 교활함이 많도다. 그런고로 예로부터 장수들이 북방에서 성공하기는 쉬웠으되 남방에서 성공하기는 어려웠도다. 내가 이제 백면서생으로 이 무거운 임무를 맡아 충효로 보답함이 오직 이에 있으니, 깃발을 휘두르고 북을 울리는 것을 어찌 경솔하게 하리오? 지금 대록동을 보니 참으로 하늘이 내린 험한 곳이라. 힘으로 격파하기 어려우니 오늘밤에 마땅히 이리이리하라" 하고 군막으로 돌아와 사로잡은 남만 병사를 모두 묶어 군막 앞에 꿇어앉히고 명령하길,

"너희는 모두 이 나라 백성이라. 나탁에게 속아 죽을죄를 범하였으니, 만약 성심껏 항복하면 큰 죄를 용서하고 내 휘하에 두리라."

남만 병사 수십 명이 일시에 머리를 조아리고 목숨을 빌거늘, 양원수가 크게 기뻐하여 묶은 것을 풀어주고 술과 고기를 내리고 달래더라.

"너희가 이미 항복하였으니 모두 나의 병사라. 내가 낯선 땅에 들어와

길과 산천이 생소하니, 너희가 앞장서서 길을 가리켜라."

남만 병사들이 응낙하거늘, 양원수가 다시 군중에 명령하길,

"나탁이 골짜기를 잃고 멀리 달아났으니 걱정할 바가 아니라. 대군을 골짜기 안에서 편안히 쉬게 하였다가 사흘 뒤에 행군하라."

그리고 여러 장수와 더불어 술을 마시고 바둑을 두며 군중을 단속하지 않으니, 장수와 병사가 모두 깃발을 뉘어놓고 활을 부리고, 말안장을 풀고 말을 풀어놓더라. 모두 대오에서 벗어나 창을 베고 낮잠을 자거나 산에 올라가 노래를 하니, 군중이 해이하여 방어하는 행동이 없더라. 남만 병사들이 몰래 도망갈 계책이 있거늘, 명나라 진영의 장수와 병사들이 취하여 남만 병사들을 아무런 이유 없이 모욕하거나 칼을 빼어 치고자 하여 능욕하고 구박하니, 남만 병사들이 의논하여 "명나라 원수가 우리를 너그러이 대우하나 여러 장수와 병사가 이렇게 구박하니, 우리가 어찌 이때를 틈타 달아나지 않으리오?" 하고 고개를 넘어 달아나거나 길을 따라 달아나니, 반나절이 지나지 않아 달아난 자가 이미 절반이 넘거늘, 양원수가 다시 북을 쳐 군대를 모으고 병기를 정돈하여 방어 계책을 세우더라.

이때 나탁이 오록동을 잃고 대록동으로 돌아와 남만 장수들과 상의하길,

"대명국 원수의 지략이 마원馬援과 제갈량보다 못하지 않으니, 오록동을 어찌 회복하리오?"

의론이 분분하더니, 갑자기 한 남만 병사가 명나라 진영에서 도망쳐 와 명나라 진영의 동태를 일일이 아뢰더라. 남만 장수들이 앞다투어 말하길,

"이때를 틈타 습격함이 좋으리라."

나탁이 반신반의하여 계책을 정하지 못하고 있는데, 잠시 후 또 도망쳐 온 병사가 있어 말하는 것이 한입에서 나오는 것 같고, 그 뒤를 이어

대여섯 명 혹 십여 명이 끊이지 않고 돌아와 모두 앞의 말과 같더라. 나탁이 그래도 의아하여 자세히 묻기를,

"양원수는 무슨 일을 하더냐?"

대답하길,

"술을 마시고 바둑을 두며 군중 일을 묻지 않으니, 군중이 어수선하더이다."

또 묻기를,

"여러 장수는 무슨 일을 하더냐?"

대답하길,

"늙은 장수는 낮잠을 자고, 젊은 장수는 술주정하고, 병든 장수는 침상에 누워 있나이다."

또 묻기를,

"병사들은 무슨 일을 하더냐?"

대답하길,

"병 있는 병사는 신음하고, 병 없는 병사는 칼을 빼 서로 치며 조금도 단속함이 없나이다."

나탁이 또 묻기를,

"골짜기 입구는 누가 지키느냐?"

대답하길,

"남쪽 문은 마달이 지키고 북쪽 문은 동초가 지키나 모두 거나하게 취하여 골짜기 입구의 출입을 묻지 않기에, 저희가 무리를 이루어 어지러이 달아났으나 묻는 사람이 전혀 없더이다."

나탁이 한참 생각하다가 웃으며,

"양원수는 비범한 장수라. 군중을 분명 이처럼 해이하게 하지 않으리니, 이 어찌 계교가 아니리오?"

철목탑이 말하길,

"제가 마땅히 오록동으로 가서 명나라 진영을 몰래 살피고 오리이다."

나탁이 크게 기뻐하여 철목탑을 보내니, 필마단기로 달빛을 띠어 오록동으로 향하더라. 이때 양원수가 다시 군중을 단속하고, 여러 장수 중 영리한 사람 몇 명을 보내어 오록동 입구에 은신해 있다가 남만 장수의 왕래를 탐지하여 알리라 하더라. 철목탑이 오록동에 이르러 몰래 산 위에 올라 군중을 굽어보니, 깃발과 창칼이 항오가 정돈되어 어지러움이 없고 등불이 휘황하며, 시간을 알리는 북소리가 분명하여 삼군이 자지 않고 있거늘, 크게 놀라 즉시 산에서 내려와 본진으로 돌아와 명나라 진영의 방어 상황을 자세히 아뢰니, 나탁이 크게 노하여 도망쳐 온 병사들을 붙잡아들여 문책하더라. 남만 병사들이 변명하여,

"명나라 진영에서 단속이 있었다면 저희가 어찌 도망쳐왔으리오?"

남만 장수 아발도兒拔都가 말하길,

"제가 다시 자세히 탐지하고 오겠나이다."

그리고 필마단기로 오록동을 향하더라. 이때 명나라 진영의 척후병 장수들이 양원수에게 아뢰길,

"방금 남만 장수 철목탑이 필마단기로 우리 진영의 동태를 엿보고 갔나이다."

양원수가 웃으며 소유경·뇌천풍·동초·마달을 군막으로 불러 몰래 약속하여,

"뇌천풍 장군과 소유경 사마는 각각 오천 기를 거느려 대록동 남쪽 문밖에 매복하였다가 본진에서 함성이 일어나면, 남만 병사들이 나탁을 구하고자 하여 반드시 대록동을 비우고 나오리니, 이때를 틈타 돌입하여 대록동을 빼앗으라. 동초와 마달 두 장수는 각각 오천 기를 거느리고 대록동에서 오록동에 이르는 길의 중간에서 좌우로 매복해 있으면, 나탁이 분명 오록동을 향해 올 것이니 군대를 내보내 포위하되 억지로 잡지 말고 함성을 높이며 에워싸고 대군을 기다리라."

즉시 네 장수에게 분부하여 보내고 다시 군중에 명령을 내려 깃발을 눕히고 갑옷을 벗게 하고, 오직 늙은 병사 수십 명으로 동쪽 문을 지키게 하더라. 아발도가 오록동에 이르러 명나라 진영을 엿보니 과연 방비가 없고 등불이 드물어 병사들이 잠든 것 같거늘, 또 남쪽 문을 보니 두 늙은 병사도 문 앞에 앉아서 졸고 있더라. 아발도가 크게 기뻐하며 급히 돌아와 나탁을 보고 "명나라 진영에 과연 방비가 없으니 조금 이상한 일이라" 하니 나탁이 크게 의심하여 두 장수의 말이 각기 같지 않음을 보고 칼을 뽑고 몸을 일으키더라.

"내가 직접 가서 보고 계책을 정하리라."

그리고 몇몇 남만 병사를 데리고 오록동으로 향하여 오륙십 리를 가다가 갑자기 크게 놀라,

'내가 명나라 원수의 계략에 빠졌도다. 철목탑과 아발도는 심복 장수라. 그들의 말이 어찌 이처럼 서로 어긋나리오? 명나라 원수가 나를 유인함이라.'

그리고 즉시 말을 돌리고자 하는데, 함성이 갑자기 일어나며 한 무리의 군마가 가는 길을 막고 한 대장이 크게 외치더라.

"대명국 좌익장군 동초가 여기 있으니, 남만 왕은 달아나지 말라."

말을 마치기 전에 함성이 또 일어나고 한 무리의 군마가 튀어나오며 크게 외쳐,

"대명국 우익장군 마달이 여기 있으니, 나탁은 달아나지 말라."

두 장수가 합력하여 포위하니, 나탁이 칼자루에 손을 대고 바로 포위를 헤치려는데, 양원수가 또 대군을 몰아 오록동에서 나와 겹겹이 철통같이 포위하니 십만 대군이 일제히 용맹을 떨쳐 함성이 천지를 진동하더라. 이때 철목탑과 아발도가 대록동에서 남만 왕이 돌아오기를 고대하더니, 갑자기 오록동에서 함성이 크게 일어나고 척후병이 급히 와 아뢰길,

"왕께서 명나라 군대에 포위되었나이다."

아발도와 철목탑이 크게 놀라 남만 병사 수백 명으로 골짜기를 지키게 하고 대군을 거느려 골짜기 문을 나서 오록동을 향하여 남만 왕을 구하고자 하더니, 길에서 마달을 만나 오십여 합을 크게 싸우매, 철목탑이 싸울 뜻이 없고 명나라 진영을 헤쳐 남만 왕을 구하고자 하여 좌충우돌하더라. 양원수가 포위를 열어 길을 내어주는 척하니 나탁이 필마단기로 허둥지둥 나오다가 철목탑과 아발도를 만나 대록동으로 갈 새, 대록동 앞에 이르니 한 늙은 장수가 손에 벽력부를 들고 문루門樓에 앉아 웃으며,

"남방에 온 뒤로 오랫동안 도끼를 사용하지 못하였는데 오늘 너희 골짜기를 빼앗았거늘, 너희가 싸울 수 있을진대 도끼의 먼지를 씻을 수 있으리라."

나탁이 크게 노하여 남만 병사들을 호령하여 대록동 문을 부수려 하거늘, 골짜기 뒤에서 함성이 또 일어나며 양원수가 대군을 몰아오더라. 나탁이 병사들을 돌려 몇 합을 서로 싸우매, 소유경과 뇌천풍이 골짜기 문을 열고 안과 밖에서 협공하니, 나탁이 스스로 대적하기 어려움을 알고 다시 동남쪽으로 달아나더라.

이날 밤 양원수가 대록동을 얻고 골짜기 안으로 들어가 병사들을 배부르게 먹일 때 여러 장수가 양원수에게 아뢰길,

"옛적의 명장도 한 달에 세 번 싸워 이기는 것이 매우 어렵다 하였거늘, 이제 원수께서는 며칠 사이 남만 왕의 두 골짜기를 빼앗되 대군을 수고롭게 하지 않고 한 장수도 잃음이 없으니, 이는 천년 세월의 명장에게도 없었던 일인가 하나이다."

양원수가 웃으며 "그대들이 쉬움만 보고 어려움을 생각하지 못하도다. 지금 나탁이 이미 두 골짜기를 버리고도 죽기 살기로 싸우지 않으니, 분명 믿는 바가 있음이라. 마땅히 더욱 조심할 것이니 어찌 쉽다 하

리오?" 하더라.

　나탁이 대록동을 잃고 세번째 골짜기로 들어가니, 이곳은 이른바 화과동이라. 절벽이 사면을 둘러싸고 골짜기 안에 나무가 무성하여, 골짜기 문을 닫으면 십만 대군이라도 부수기 어렵더라. 나탁이 여러 장수를 불러 서로 의논하길,

　"명나라 원수의 뛰어난 재능과 지략은 당할 수 없도다. 내게 한 계교가 있으니, 골짜기 문을 굳게 닫고 명나라 병사들의 식량을 나르는 길을 끊으면 불과 수십 일 만에 대록동을 되찾을까 하노라."

　여러 장수가 칭찬하고 일제히 골짜기 문으로 들어가 굳게 닫고 나오지 않더라.

　이때 양원수가 나탁이 나오지 않음을 보고 크게 놀라,

　"분명 계교가 있음이라. 가장 어려운 곳이니 화과동 지형을 봐야 계책을 정할 수 있으리라."

　이튿날 양원수가 대군을 거느려 화과동 앞에 이르러 싸움을 돋우니, 나탁이 과연 나오지 않고 남문과 북문을 굳게 닫고 있더라. 양원수가 짐짓 병사들을 호령하여 나무와 돌을 쌓고 남문 언덕을 오르려 하니 나탁이 화살과 돌을 아래로 던져 방비하더라. 양원수가 다시 북을 치며 화과동 사면을 둘러싸고 공격하는 척하면서 지형을 자세히 탐지하고 해가 저문 뒤에 돌아와, 동초와 마달로 하여금 수천 기를 거느려 날마다 공격하는 척하되 나탁이 더욱 굳게 지키고 나오지 않더라. 다섯째 날 양원수가 소유경 사마를 군막으로 불러 귀에 대고 이르길,

　"낙타 오십 마리와 늙고 쇠약한 병사 오백 명을 장군에게 줄 터이니 이리이리하라."

　또 동초와 마달 두 장수를 불러 각기 삼천 기를 주며 "이리이리하라" 하니 세 장수가 명령을 듣고 병사들을 이끌고 나가더라. 나탁이 양원수가 돌아가는 것을 보고 크게 기뻐하여 "열흘 동안 나가지 않으면, 명나

라 병사 백만 명이 대록동에서 굶어죽어 귀신이 됨을 면하지 못하리라"
하고 남만 병사 수십 명을 풀어 명나라 진영의 동태를 탐지하되,

"식량을 나르는 기미가 있거든, 즉시 달려와 알려라."

하루는 밤이 깊은 뒤에 남만 병사가 급히 알리되,

"명나라 진영의 식량을 나르는 수레가 밤을 틈타 끊임없이 오더이다."

나탁이 산에 올라 바라보니 십 리 밖에서 깜빡이는 불빛이 삼삼오오
무리를 이루어 오거늘, 급히 남만 장수 두 사람을 불러 분부하길,

"두 장수는 각각 일천 기를 거느리고 명나라 병사들의 식량 나르는
수레를 탈취하되, 명나라 병사의 수가 많고 의심할 만한 일이 있거든 함
부로 나서지 말고 즉시 돌아오라."

두 장수가 명령에 응하여 각기 길을 나누어 갈 때 달빛이 희미한데
명나라 병사 수백 명이 수레 수십 대를 몰아오되 모두 소리를 내지 않
도록 입에 나무막대기를 물고 등불을 깜빡이고, 한 장수가 뒤에 따르며
나아가길 재촉하더라. 남만 장수가 생각하되,

'밤을 틈타 움직이고 소리를 내지 않도록 입에 나무막대기를 물고 있
으니, 분명 우리의 탈취를 두려워함이라. 손에 무기가 없으니 대적함이
어렵지 않으리라.'

그리고 한꺼번에 튀어나가 길을 막으니 명나라 병사들이 크게 놀라
수레를 버리고 달아나거늘, 명나라 장수가 칼을 뽑아 도망치는 자들을
호령하고 남만 장수와 접전하여 겨우 몇 합에 이르매, 남만 병사들이 이
미 식량 수레를 몰아 화과동에 이르렀더라. 나탁이 크게 기뻐하여 골짜
기 문을 열고 수레의 짐을 풀어보니, 몽글고 옹골찬 낟알 아닌 것이 없
더라. 서로 축하하며 기뻐해 마지않더니 몇몇 남만 병사가 알리되,

"명나라 병사들의 식량 나르는 수레 수십 대가 또 이름이라."

나탁이 크게 기뻐하여 다시 남만 장수 두 사람으로 하여금 일천 기를
거느려 탈취해오라 하더라. 남만 장수가 명령에 응하여 급히 쫓아가보

니, 늙고 쇠약한 병사들이 낙타 수십 마리와 수레 수십 대를 몰아오면서 서로 원망의 말을 하여 "앞서가던 수레는 어디로 갔으며, 어두운 밤에 촛불이 없으니 대록동이 어디인가?" 하거늘 남만 장수 두 사람이 일시에 튀어나가 길을 막으니, 그 병사들이 크게 놀라 수레를 버리고 달아나더라.

남만 장수들이 일천 명의 남만 병사로 하여금 수레 수십 대를 탈취하여 비바람같이 몰아가더니, 몇 리를 가지 못하여 함성이 공중에서 일어나며 두 남만 장수가 말 아래로 떨어지더라. 왼쪽의 마달과 오른쪽의 동초가 입에 나무막대기를 문 대군을 거느리고 남만 병사들을 포위하고서 호령하여,

"항복하는 자는 죽이지 않고, 도망치는 자는 머리를 베리라."

남만 병사들이 어찌할 수 없어 일시에 투항하거늘, 동초와 마달이 가리지 않고 남만 병사들을 결박하고 옷을 벗겨 명나라 병사들에게 입히고 나서 조금 전처럼 수레를 몰아 화과동에 이르더라. 나탁이 두 장수를 보내고 돌아오기를 기다리다가 남만 병사들이 수레 수십 대를 몰아오는 것을 보고 기쁨을 이기지 못하여 골짜기 문을 즉시 열고 맞이하니, 수레가 문에 들어오자마자 뒤에서 갑자기 외쳐,

"나탁아! 대명국 원수께서 한 수레의 불을 보냈으니, 네 머리를 바쳐 사례하라."

말을 마치기 전에 불이 수십 대의 수레에서 솟아나, 흐르는 별처럼 빠르게 골짜기 문으로 번져 연기와 불꽃이 하늘에 가득하더라. 나탁이 크게 놀라 방비하지 못하고, 동초와 마달이 이미 골짜기 안으로 들어와 좌충우돌하니, 순식간에 불이 나무에 번져 화과동이 온통 화염에 휩싸였더라. 나탁이 이 형세를 보고 칼을 뽑고 말에 올라 바로 접전하고자 하는데, 골짜기 밖에서 함성이 크게 일어나고 한 대장이 도끼를 휘두르며 외치더라.

"원수의 대군이 이미 골짜기 문에 이르렀으니, 나탁은 빨리 나와 항복하라."

그리고 골짜기 안으로 돌입하여 동초·마달과 합력하여, 동쪽에서 소리를 내며 서쪽을 공격하고 남쪽에서 소리를 내며 북쪽을 공격하니, 대포 소리와 함성이 산천을 뒤흔들고 불빛과 연기와 화염이 골짜기 안에 가득하더라. 나탁이 스스로를 구하지 못할 것을 알고 필마단기로 몸을 빼어 골짜기 문을 나서거늘, 양원수의 대군이 가는 길을 막으니 나탁이 형세가 매우 급한지라 말 위에서 외쳐,

"듣건대 '호랑이는 죽은 고기를 먹지 않는다' 하니, 바라건대 원수는 한 길을 내어주어 내일 다시 우열을 가림이 어떠하오?"

소유경이 크게 질책하여,

"네가 계교와 힘이 다하였거늘, 오히려 항복하지 않고 무슨 말을 더 하는가?"

나탁이 말하길,

"오늘은 간사한 속임수에 빠졌거니와, 내일 정당한 방법으로 다시 한 번 싸우기를 청하노라."

양원수가 미소하고 깃발을 흔들어 진영 문을 여니, 나탁이 말을 몰아 달아나더라. 양원수가 화과동을 얻고 그 지형을 보며 "이곳은 대군이 오래 머물 곳이 아니라" 하고 화과동에서 수백 걸음 밖 배산임수의 터에 진을 옮기니, 소유경이 묻기를,

"원수께서는 나탁이 우리의 식량 수레를 탈취할 줄 어찌 아셨나이까?"

양원수가 말하길,

"나탁이 골짜기 안에서 나오지 않는 것은 우리 군대의 식량이 떨어지기를 기다리는 것이라. 식량을 나르는 것을 보면 어찌 와서 빼앗지 않으리오? 이것이 이른바 상대의 계교를 알아채 계교를 행함이라. 그러나

나탁이 이미 골짜기 세 곳을 잃었으니, 이것이 이른바 궁지에 몰린 도적이라. 내가 염려하는 바는 저들이 분명 온 힘을 다해 한번 싸우리니, 무기를 정확히 점검하고 병사들을 배불리 먹여 대비하리라."

한편 나탁이 화과동을 잃고 두번째 골짜기로 들어가니, 이곳은 이른바 태을동이라. 다섯 골짜기 가운데 태을동이 가장 크나, 산천이 아름답고 지형이 광활하여 수비하기에 적당하지는 않더라. 나탁이 여러 장수를 마주하여 탄식하길,

"우리 남방의 다섯 큰 골짜기는 대대로 전하여 지켜온 옛터이거늘 나에게 이르러 잃게 되었으니, 어찌 속수무책으로 앉아서 죽기를 기다리리오? 내일 마땅히 대군을 징발하여 죽기 살기로 싸워 승부를 결정하리라."

말을 마치기 전에 막하의 한 남만 장수가 소리쳐,

"명나라 원수는 천신天神이 하강함이라. 사람의 힘으로는 서로 다툴 수 없으니, 바라건대 왕께서는 속임수로 항복하는 척하였다가 천천히 때를 기다려 안팎으로 대응함이 좋을까 하나이다."

나탁이 그 말을 듣고 크게 노하여,

"대장부가 시대의 운수가 불행하면 차라리 죽어 씩씩한 혼령이 될지언정 어찌 아녀자의 간사한 계교를 본받으리오? 두 번 다시 항복을 말하는 사람이 있으면 머리를 베리라."

골짜기 안의 남만 병사들을 한꺼번에 징발하여 이튿날 태을동 앞에 진을 펼치니, 양원수도 와서 싸움을 돋우더라. 나탁이 진영 앞으로 나와 "내가 여러 차례 간사한 계교에 패하였으나 오늘은 몸소 명나라 원수와 접전하여 승부를 결정하고자 하노니, 원수는 나오라" 하거늘 뇌천풍이 호되게 꾸짖어,

"우리 원수께서는 황제의 명을 받들어 삼군을 책임지는 지위가 막중하시니, 어찌 조그마한 남만 왕에게 맞서 창검으로 다투리오? 내가 비

록 병들었으나 이 도끼를 시험하여 너의 무례한 주둥이를 자르리라."

말을 마치자 벽력부를 휘두르며 나탁을 잡으려 하니, 나탁이 크게 노하여 좌우를 돌아보매, 왼쪽의 철목탑과 오른쪽의 아발도가 한꺼번에 나아가 뇌천풍을 대적할 때 명나라 진영에서 동초와 마달도 나아가 다섯 장수가 뒤섞여 여러 합을 싸우더라. 나탁이 바라보다가 붉은 수염을 거스르고 푸른 눈을 부릅뜨고 우레 같은 소리를 지르며 말을 달려나오니 그 기세가 매우 용맹하더라.

양원수가 소유경을 돌아보며 "나탁이 저렇게 흉악하고 사나우니, 쉽게 사로잡지 못하리라" 하고 즉시 진의 형세를 바꾸어 기정팔문진奇正八門陣을 만들고 징을 쳐 대군을 불러들이더라. 나탁이 크게 웃으며 "너희가 간사한 술수가 아니면 어찌 나를 감당하리오? 내가 이미 중국 사람이 겁 많음을 알고 있으니, 여러 장수는 물론이고 양원수가 몸소 나와 싸우더라도 두렵지 않느니라" 하고 천천히 본진으로 돌아가니, 양원수가 소유경·뇌천풍·동초·마달을 불러 은밀히 약속하여,

"이리이리하라."

네 장수가 명을 듣고 물러나거늘, 뇌천풍이 다시 벽력부를 들고 진영 앞에 나아가 외쳐 "어리석고 굼뜬 오랑캐가 무지하고 포악한 것만 믿고 나의 쇠약함을 멸시하여 감히 당돌하게 구니, 나탁은 다시 나와 싸우라" 하고 말을 달려 나아가니 나탁이 크게 노하여 칼을 휘두르며 말을 돌려 다시 뇌천풍을 대적하는데, 크게 여러 합을 싸우다가 뇌천풍이 맞서기도 하며 물러나기도 하더라. 나탁이 크게 웃으며,

"저 보잘것없는 사내가 음흉하여 다시 나를 유인하고자 함이로다."

말을 마치기 전에 명나라 장수 동초가 말을 달려나오며 나탁을 욕하여,

"수염이 붉은 오랑캐가 겉으로는 대담하나 속으로는 겁이 많도다. 들건대 남방 사람들은 화기火氣를 많이 받아 심장이 아주 크다 하니, 내가

반드시 네 심장을 얻어 소의 심장을 대신해 구워 술안주 삼으리라."

나탁이 크게 노하여 다시 쫓아나와 여러 합을 싸우는데, 동초가 맞서기도 하며 물러나기도 하더라. 나탁이 웃으며,

"내가 이미 명나라 원수의 간사한 계교를 알았으니, 보잘것없는 사내는 또 유인하지 말라."

말을 마치기 전에 마달이 명나라 진영에서 말을 달려나오며 꾸짖고 욕하여,

"듣건대 남방 오랑캐들이 어미만 알고 아비는 모른다 하니, 이는 오륜 가운데 한 구멍이 막힌 것이라. 내가 마땅히 그 구멍을 뚫어주리라."

허리춤의 화살을 뽑아 나탁의 가슴을 가리는 갑옷을 쏘아 맞히니, 나탁이 크게 노하여 칼을 휘두르며 말을 달려 추격하더라. 마달이 그를 맞아 여러 합을 싸우다가 맞서기도 하며 물러나기도 하더니, 명나라 진영에서 소유경이 방천극을 휘두르며 나와 소리질러,

"나탁은 빨리 돌아갈지어다. 대명국 원수께서는 위로는 천문에, 아래로는 지리에 통달하여, 바람과 구름을 부르는 조화의 오묘함을 두루 아시니, 네가 만약 진영 가운데로 들어오면 벗어날 수 없으리라."

말을 마치기 전에 소유경이 말을 돌려 달아나더니, 그 뒤로 양원수가 작은 수레를 타고 진영 문을 열고 천천히 나와 웃으며,

"나탁아! 네가 비록 작은 용맹이 있어 나를 대적하고자 하나 나는 마땅히 지혜로 싸우리니, 어찌 조그마한 남만 왕과 힘을 다투리오?"

나탁이, 양원수가 가까이에 있는데도 침착하게 겁내지 않음을 보고 화가 만 장^丈이나 일어나니 어찌 생사를 돌아보리오? 소리지르며 말을 몰아 맹호처럼 추격하거늘, 양원수가 미소하고 급히 수레를 몰아 진영 가운데로 들어가더라. 나탁이 급히 진영 가운데로 추격해 들어가나, 양원수는 간데없고 진영 문이 이미 닫히니 칼과 창이 서릿발같이 매섭거늘, 나탁이 분노를 이기지 못하여 칼을 휘두르며 좌충우돌하되 탈출할

길이 없더라.

철목탑과 아발도가, 나탁이 명나라 진영에 포위된 것을 보고 크게 놀라 나란히 창과 칼을 들고 명나라 진영으로 쳐들어오되, 사면이 철통같이 둘러싸여 있고 문 하나만 열려 있더라. 두 장수가 돌입하니, 칼과 창이 숲과 같이 들어차고 화살과 돌이 비 오듯 하여, 들어온 문을 더는 찾을 수 없더라. 이때 나탁·철목탑·아발도 세 사람이 진영 가운데 포위되어 온 힘을 다해 포위망을 뚫으려 하나 어찌 벗어날 수 있으리오? 동쪽 문을 치고 나가면 문밖에 또 문이 있고, 북쪽 문을 치고 나가면 문밖에 또다른 문이 있더라. 종일토록 문 예순네 개를 들락날락하나 진영 밖으로 나가지 못하니, 나탁이 하늘을 찌를 듯한 분노로 호랑이처럼 날뛰는데, 중앙 문이 갑자기 열리며 양원수가 높이 앉아 호령하더라.

"나탁아! 아직도 항복하지 않을 것이냐?"

나탁이 크게 노하여 그 문으로 돌입하고자 하되 양원수가 웃으며 깃발을 흔들어 문을 닫으니 칼과 창이 서릿발같이 매섭더라. 나탁이 어찌할 수 없이 다른 길을 찾으려는데, 갑자기 문 하나가 남쪽에서 열리고 양원수가 또 높이 앉아 호령하더라.

"나탁아! 아직도 항복하지 않을 것이냐?"

나탁이 더욱 분노를 이기지 못하여 그 문으로 들어가고자 하거늘, 양원수가 웃으며 깃발을 흔들어 문을 닫으니 칼과 창이 서릿발같이 매섭더라. 이렇게 문 다섯 개를 지나니, 나탁의 용맹으로도 기가 꺾여 머리를 떨구고는 하늘을 우러러 탄식하더라.

"내가 죽기를 두려워함이 아니라. 오록동 골짜기를 회복하지 못하면 무슨 면목으로 지하에서 조상의 혼령을 뵈오리오?"

그리고 스스로 목숨을 끊으려 하니, 철목탑과 아발도가 허둥지둥 손을 붙잡으며 "큰일을 경영하는 사람은 작은 부끄러움을 돌아보지 않는다 하나니, 양원수는 의리 있는 장수라. 다시 목숨을 구걸하는 것이 좋을까 하나이다" 하고 울면서 머리를 조아리고 양원수에게 애걸하더라.

"원수께서 황제의 명을 받들어 덕으로 남방을 복종시키려 함은 저희도 아는 바라. 저희가 한때의 분노로 명나라 진영 가운데로 잘못 들어왔으니, 재능을 다하지 못하고 죽는다면 비록 죽더라도 혼령 역시 원통함을 품어 기쁜 마음으로 복종하지 못할까 하나이다."

양원수가 웃으며,

"내가 이미 그대들을 여러 차례 살려주었으나 끝까지 복종하지 않으니, 오늘은 용서하지 못하리라."

철목탑이 다시 아뢰길,

"제가 후일 또 패한다면 죽더라도 여한이 없으리니, 어찌 항복하지 않으리이까?"

양원수가 웃으며 서쪽 문을 열어주니, 나탁이 두 장수를 데리고 본진으로 돌아가 쓸쓸히 길게 탄식하더라.

"내가 구차하게 목숨을 보전하였으나 계책과 힘이 다하였도다. 여러 장수는 각기 경륜을 드러내어 과인의 오늘 치욕을 씻게 하라."

섬돌 아래에서 한 사람이 그 말에 대답하길,

"제가 왕을 위하여 한 사람을 추천하여, 며칠 지나지 않아 골짜기를 되찾으리이다."

나탁이 크게 기뻐하여 그 사람을 보니 우추장右酋長 맹렬孟烈이니, 한漢나라 때 맹획孟獲의 형인 맹절孟節의 후손이라. 나탁이 말하길,

"맹추장은 어떤 사람을 추천하는가?"

맹렬이 말하길,

"오계도五溪都 채운동彩雲洞에 한 도인이 있으니, 도호는 운룡도인雲龍道人이라. 도술이 비상하여 능히 바람과 비를 부르며 귀신과 맹수를 부리나니, 왕께서 만약 지성으로 찾아가 청하여 군사軍師로 삼는다면 어찌 근심할 필요가 있으리이까?"

나탁이 크게 기뻐하며 즉시 맹렬을 데리고 채운동에 이르러 울면서 운룡도인에게 아뢰길,

"다섯 큰 골짜기는 남방에서 대대로 전해오던 땅이라. 이제 중국에 빼앗기게 되었사오니, 선생께서는 속세 밖의 고상한 분이시나 남방 사람이라. 바라건대 도술을 아끼지 마시어 과인이 옛 땅을 되찾게 해주소서."

운룡도인이 웃으며,

"왕과 같은 영웅이 골짜기를 잃으셨거늘, 한낱 산사람이 어찌 되찾을 수 있으리이까?"

나탁이 거듭 절하고 울며,

"선생께서 구해주지 않으신다면, 차라리 죽어 돌아가지 않으리이다."

말을 마치매 칼을 뽑아 자결하고자 하니 운룡도인이 어찌할 수 없이 허락하고, 도관道冠과 도복으로 사슴을 타고 남만 왕을 따라 태을동에 이르더라. 이때 운룡도인이 나탁에게 청하여,

"진의 형세를 보고자 하니, 왕께서는 싸움을 돋우소서."

나탁이 응낙하고 즉시 양원수와 다시 한번 싸우고자 하니, 양원수가 웃으며 "남만 추장이 분명 구원병을 청하여 왔음이라" 하고 대군을 이끌어 태을동 앞에 진을 치더라. 운룡도인이 진의 형세를 바라보고 놀라거늘 갑자기 주문을 외우고 칼을 뽑아 사방을 가리키니 비바람이 크게 일어나고 우렛소리가 진동하더라. 무수한 신장神將과 귀병鬼兵이 명나라 진영을 포위하고 공격하되 반나절에 이르도록 격파하지 못하니, 운룡도인이 칼을 던지고 탄식하더라.

"대명국 원수는 평범한 사람이 아니라. 경천위지經天緯地의 재능을 갖추었으니, 왕께서는 승부를 겨루지 마소서. 저 진법은 하늘의 무곡성의 선천음양진先天陰陽陣이라. 진방3)·손방巽方의 문을 닫았으니, 진4)은 우레요 손5)은 바람이라, 바람과 우레가 침범할 수 없나이다. 곤방6)에 현무

깃발을 꽂고 징과 북을 울리고 있으니, 곤[7]은 음陰이라, 신병귀졸神兵鬼卒이 침범하기 어려우니, 이는 모두 당당한 정도正道라. 요사스러운 술법으로는 이기기 어렵나이다."

나탁이 듣기를 마치매 대성통곡하여,

"그러면 나의 다섯 큰 골짜기는 언제 되찾으리오? 바라건대 선생께서는 불쌍히 여겨 계책을 가르쳐주소서."

운룡도인이 한참 생각하면서 대답하지 않거늘, 나탁이 거듭 절하며,

"선생께서 끝까지 가르쳐주시지 않는다면 내가 남만 백성을 더이상 대할 수 없으니, 바라건대 선생을 좇아 입산하여 여생을 마치고자 하나이다."

운룡도인이 난처하여 생각하다가 다시 말하길,

"나에게 한 계책이 있으나, 누설하면 일이 이루어지지 못하고 내게 해가 미치리라. 왕께서는 스스로 헤아려 처리하소서."

나탁이 즉시 좌우를 물리치고 계책을 물으니, 운룡도인이 이윽고 말하길,

"나의 스승께서 탈탈국脫脫國 총황령叢篁嶺 백운동에 계시니, 도호는 백운도사라. 음양 조화의 술법과 천지의 현묘한 이치를 통달하여 모르는

---

3) 진방(震方): 팔방의 하나. 정동을 중심으로 한 45도 각도 안의 방위. 곧 동쪽을 의미한다.

4) 진(震): 『주역』 64괘 중 51번째 괘명. 진(震)은 우(雨)와 진(辰)의 합성어로, 우레가 쳐서 사물을 진동시키는 것을 의미하는 글자다. 진괘(震卦)는 아래에 있는 양기가 지면의 음기를 뚫고 나오는 모습을 본뜬 것이다.

5) 손(巽): 『주역』 64괘 중 57번째 괘명. 손은 본래 신에게 제사드리는 모습을 그린 글자인데, 제사지낼 때 사람은 겸손해지지 않을 수 없으므로 '겸손하다'라는 의미를 갖게 되었다. 그리고 손괘(巽卦)는 바람을 상징하는데, 바람은 사물을 움직이므로 '명령'의 뜻이 있게 되었다.

6) 곤방(坤方): 팔방의 하나. 정남과 정서 사이 한가운데를 중심으로 한 45도 각도 안의 방위. 곧 남서쪽을 말한다.

7) 곤(坤): 『주역』 64괘 가운데 두번째 괘명. 곤괘(坤卦)는 음효(陰爻)로만 이루어진 순음괘(純陰卦)다. 곤은 건(乾)과 대응되는데, 건이 강건한 성질을 띤다면 곤은 유순함이 있다. 즉, 건이 남성적이라면 곤은 여성적 성질을 대표한다.

것이 없으니, 이분이 아니면 명나라 군대를 대적할 수 없나이다. 그러나 그 높은 뜻과 맑은 덕으로 평생 산문山門을 나오지 않으시니, 왕께서 성의를 다하지 않으면 청하여 오기 어려울까 하나이다."

말을 마치매 사슴을 타고 바람에 나부끼듯 채운동으로 돌아가더라. 나탁이 운룡도인의 말을 듣고 즉시 예물을 갖추어 백운동으로 향하니, 우습도다. 나탁이 구원을 요청하여 적국을 돕고, 적국을 도와 다섯 큰 골짜기를 잃으니, 모르는 사람은 문장의 교묘함을 웃으려니와, 천하의 모든 일이 정해진 것 없이 뒤집혀 득실과 화복禍福이 무릇 이와 같으니, 어찌 사람의 힘으로 할 수 있으리오? 다음 회를 보라.

| 원문 |

옥루몽

1

文昌承帝命玩月　觀音持佛力散花

第一回

　　話說. 上帝臨御ᄒᆞ신 白玉京에 十二樓가 有ᄒᆞ고 十二樓의 一은 白玉樓 ㅣ니 制度가 宏麗ᄒᆞ고 景槪가 平遠ᄒᆫ데 西連兜率宮ᄒᆞ고 東通廣寒殿이 라. 雕甍畵棟은 碧空에 聳出ᄒᆞ고 玉窓繡戶ᄂᆞᆫ 瑞色이 凝結ᄒᆞ야 上淸樓觀 에 第一指를 屈ᄒᆞᆯ러라. 玉帝ᄭᅴ셔 此白玉樓를 重修ᄒᆞ시고 招待各仙官ᄒᆞ 샤 設落成盛宴ᄒᆞ시니 羽衣霓裳之群仙이 于于而來ᄒᆞ야 左右에 列席ᄒᆫ데 鷺笙鳳管은 迭奏互答ᄒᆞ야 響徹重霄ᄒᆞ고 碧桃[1]火棗[2]ᄂᆞᆫ 左排右列ᄒᆞ야 醻酢이 淋漓라. 玉帝ᄭᅴ셔 玻璃[3]盃에 注流霞酒[4]ᄒᆞ사 特賜文昌星君[5]ᄒᆞ

---

1) 벽도(碧桃): 3000년에 한 번씩 열매가 열린다는 선계의 복숭아인 반도(蟠桃)를 가리킨다.
2) 화조(火棗): 신선이 먹는 대추. 금단(金丹)보다도 오히려 약효가 뛰어나 복용하기만 하면 날
개가 돋아 공중을 날 수 있다는 전설상의 선과(仙果).
3) 파리(玻璃): 수정(水晶). 산스크리트어의 sphaṭika에서 연유하며, 불경에서는 칠보의 하나로
꼽는다. 일반적으로 무색투명한 유리를 지칭하기도 한다.
4) 유하주(流霞酒): 신선들이 마시던 술. 후한의 왕충(王充)이 지은 저서 『논형論衡』에, 옛날에
항만도(項曼都)라는 사람이 산중에 들어가서 신선술을 배우고 10년 만에야 돌아왔다. 집안사
람들이 그 까닭을 물으니, "어떤 선인이 유하주 한 잔을 나에게 주었는데, 그것을 마실 때마다
몇 개월씩 배고프지도 않고 목마르지도 않았다" 했다.

시고 命作白玉樓詩ᄒ라 ᄒ시니 文昌이 帶醉興ᄒ야 手不停筆ᄒ고 連奏三章詩ᄒ니

第一章에 曰

珠露金颷上界秋　紫皇高宴五雲樓
霓裳一曲天風起　吹散仙香滿十州

第二章에 曰

乘鸞夜入紫微城　桂月光搖白玉京
星斗滿空風露薄　綠雲時下步虛聲[6]

第三章에 曰

雲裡青龍玉絡[7]頭　平明騎出向丹邱
閒從碧戶窺人世　一點秋烟辨九州[8]

5) 문창성군(文昌星君): 문창성을 선관으로 인격화한 존재. 문창성은 북두칠성 가운데 첫째 별. 인간의 문장을 맡은 별로, 뛰어난 문장가는 이 별과 응하여 있다고 한다.
6) 보허성(步虛聲): 신선이 허공을 걸으며 내는 소리. 중국 삼국시대 위(魏)나라 문인 조식(曹植)이 산에 오르니 공중에서 불경 읽는 소리가 들렸는데 이를 '보허성(步虛聲)'이라 하며, 이는 신선이 허공을 걸으며 내는 소리였다고 한다.
7) [교감] 락(絡): 적문서관본 영인본 13쪽에는 '로(路)'로 되어 있으나, 의미상 오식으로 여겨져 바로잡는다. 신문관본 제1권 2쪽에는 '락(絡)'으로 바르게 되어 있다.
8) 구주(九州): 중국 고대 전적(典籍) 중에 기재되어 있는 하(夏)·상(商)·주(周) 시대의 지역 구획을 가리키는 명칭. 이후 중국을 지칭하는 일반적인 용어가 되었다. 『서경』 「하서夏書」의 편명인 「우공禹貢」에, '대우(大禹)의 시기에 천하를 기주(冀州)·연주(兗州)·청주(青州)·서주(徐州)·양주(揚州)·형주(荊州)·예주(豫州)·양주(梁州)·옹주(雍州)의 아홉 주로 나누었다'라는 기록이 있다.

玉帝끠셔 覽畢에 大喜稱贊ㅎ사 命揭樓楣ㅎ시고 再三吟詠ㅎ시더니 忽然玉色이 不悅ㅎ사 顧太乙眞君[9]曰

"文昌之詩가 極佳나 第三章에 似帶塵世之貪緣ㅎ니 是甚故也오. 文昌은 年少望重之仙官이라 此는 我之所愛니 豈不惜哉리오?"

眞君이 奏曰

"近日文昌星이 眉宇에 滿紫黃之氣ㅎ야 帶富貴氣像ㅎ니 暫爲謫降塵世ㅎ야 消滅劫氣가 似好ㅣ로소이다."

玉帝ㅣ 微笑點頭ㅎ시고 罷宴席後에 歸靈霄寶殿ㅎ실 시 謂文昌曰

"今夜月色이 極佳ㅎ리니 仍留玉樓ㅎ야 玩月叙情而歸ㅎ라."

文昌이 奉聖旨ㅎ야 祇送寶駕ㅎ고 更登白玉樓ㅎ니 此時는 秋七佳節이라 金風은 蕭瑟ㅎ고 銀河는 耿耿혼데 萬里碧空에 點雲이 如掃ㅎ더니 俄然東北方一陣黑雲이 彌滿中天ㅎ고 北海龍王이 驅雷車ㅎ야 過樓下어눌 文昌이 大怒曰

"吾方觀月色이어눌 老龍이 何以起雲ㅎ야 遮月光고?"

老龍이 稽首曰

"今日은 七七佳節이라 雲孫娘娘이 下降牽牛ㅎ실 시 四海龍王이 爲洗車而去ㅎ느이다."

文昌이 微笑ㅎ고 卽命龍王ㅎ야 收雲ㅎ라 혼디 小頃에 玉宇峥嶸ㅎ고 白露ㅣ 橫空혼데 半輪新月이 斗牛間에 徘徊ㅎ니 文昌이 醉依欄干ㅎ야 望月而思曰

'玉京이 雖好나 難耐淸淨澹泊이로다. 彼月宮姮娥[10]는 孤守廣寒殿ㅎ야 豈無無聊之愁리오?'

---

9) 태을진군(太乙眞君): 태을성을 선관으로 인격화한 존재. 태을성은 북쪽 하늘에 있어 병란·재화·생사를 맡아 다스린다고 한다.
10) 항아(姮娥): 달에 산다는 선녀의 이름. 원래는 하(夏)나라 명궁수인 예(羿)의 아내로, 예가 곤륜산의 선녀 서왕모에게서 청해 얻은 불사약을 훔쳐 먹고 달로 도망갔다고 전해진다.

ᄒ더니 忽聞樓下에 車聲이 隱隱터니 仙童이 報曰

"帝傍玉女ㅣ 來臨이니이다."

文昌이 疑訝曰

"玉女난 玉帝宮中侍女라 豈到此處리오?"

少頃에 玉女ㅣ 上樓ᄒ야 見文昌ᄒ고 以賓主之禮로 定東西坐혼 後에 玉女ㅣ 曰

"玉帝ᄭᅥ셔 慮文昌之過醉ᄒ사 使妾으로 奉蟠桃六枚와 玉液一壺ᄒ야 今夜玉樓에 以助玩月敍情ᄒ라 ᄒ시더이다."

文昌이 一邊으로 起身拜奉ᄒ고 一邊으로 流目視玉女ᄒ니 星冠月珮로 擧止端雅혼데 十分貞靜ᄒ고 七分嬝娜ᄒ야 與月爭光이라. 文昌이 笑曰

"玉女ㅣ 靑春之年에 處深宮ᄒ야 應多鬱寂이시리라. 今奉玉帝聖旨ᄒ야 到此ᄒ시니 暫留ᄒ야 逍遙散懷而歸ᄒ소셔."

玉女ㅣ 微笑曰

"妾이 來路에 逢紅鸞星ᄒ니 賀織女娘娘之佳期而去라가 回路에 合來於此處ᄒ기로 期會ᄒ니 紅鸞은 風流多才之星君이라 可以助文昌之今夜騷興일신 ᄒ나이다."

言未畢에 一位仙女가 乘彩雲ᄒ고 自西而來커놀 詳視之ᄒ니 乃是諸天仙女ㅣ라. 手持玉蓮花一朶ᄒ고 飄然而過去樓下여놀 文昌이 呼曰

"諸天仙女는 今向何處오?"

仙女ㅣ 停雲車而對曰

"妾이 赴靈山會ᄒ야 聞世尊之說法ᄒ고 回路에 過摩訶池터니 玉蓮花ㅣ 盛開而極佳키로 折取一枝ᄒ고 向兜率宮ᄒᄂ이다."

文昌이 笑曰

"其花ㅣ 極奇ᄒ니 望須暫玩ᄒ노라."

仙女ㅣ 微笑而手中蓮花를 投於空中ᄒ니 文昌이 取視ᄒ야 微微히 笑ᄒ고 卽成詩二句ᄒ야 裹花葉而投空中ᄒ니 其詩에 曰

266

可憐玉蓮花 淸淨摩訶池

尙得春風意 任君折一枝

仙女ㅣ 蓮花를 反受而擧ㅎ고 慇懃向文昌而致謝意터니 忽然自東으로
又有一位仙女ㅣ 駕彩鳳ㅎ고 飄忽而到커놀 視之ㅎ니 乃天妖星이라. 大
聲曰

"諸天仙女ᄂ 入道仙女로셔 奈何效南浦採蓮과 江津解珮之風情고?"

言畢에 奪取仙女所持玉蓮花ㅎ야 詳看題詩ㅎ고 有怏怏不樂之色ㅎ더
니 冷笑曰

"此花此詩ᄂ 天上無雙之寶라 吾ㅣ 上玉帝而供玩ㅎ리라."

仙女ㅣ 羞愧而顏頳ㅎ야 方在唐荒이러니 自南方으로 又一位仙女ㅣ 戴
七寶冠ㅎ고 乘紅鸞而來ㅎ니 慧黠氣像과 英拔風彩ᄂ 不問可知爲紅鸞星
이라. 琅琅而呼曰

"兩位仙娘이 所爭何事오?"

天妖星이 笑曰

"文昌이 以詩로 慇懃酬酌ㅎ야 壞損上界淸淨之規模로다."

紅鸞이 琅然而笑曰

"妾은 聞麻姑仙子ᄂ 年高德邵ㅎᄂ 對王方平ㅎ야 擲米相戲ㅎ고 西王
母ᄂ 位尊望重ㅎᄂ 逢周穆王ㅎ야 和答白雲謠ㅎ니 今에 諸天仙女ㅣ 投
花文昌이 文昌이 以詩酬酌이 有何不可리오? 且文昌은 望重仙官이어놀
娘이 豈[11]比於鄭交甫耶아?"

因奪天妖所持之玉蓮花ㅎ야 揷於自己頭上ㅎ고 右手로 執諸天之手ㅎ

---

11) [교감] 기(豈): 적문서관본 영인본 15쪽에는 '우(友)'로 되어 있으나, 의미상 오식이므로 바
로잡는다. 덕흥서림본 제1권 4쪽에는 '기(豈)'로 바르게 되어 있다.

며 左手로 引天妖之袖ᄒᆞ야 曰

"今夜月色이 極佳ᄒᆞ니 請上白玉樓而玩月ᄒᆞ노라."

兩娘이 從紅鸞ᄒᆞ야 上玉樓ᄒᆞ니 文昌과 玉女ㅣ 相迎定座ᄒᆞᆯ 시 文昌은 座第一位ᄒᆞ고 玉女ᄂᆞᆫ 第二位요 天妖星은 第三位요 紅鸞星은 第四位요 諸天仙女ᄂᆞᆫ 第五位라. 次第定座後에 文昌이 帶笑曰

"玉樓景色이 何夜不好리오마ᄂᆞᆫ 諸位仙娘이 如此相會ᄂᆞᆫ 可謂奇異之奇緣이로다."

紅鸞이 笑曰

"此皆玉帝之所賜요 文昌之淸福이라. 但妾이 其間에 演出一場風波가 實爲歉歉이로소이다."

玉女ㅣ 驚而慰之曰

"是何說耶오?"

紅鸞이 更微笑曰

"妾이 俄者에 賀雲孫而歸라가 過銀河ᄒᆞᆯ 시 烏鵲이 成橋ᄒᆞ야 制度가 絕異ᄒᆞᆫ지라 妾이 以年少之心으로 渡其橋러니 忽然北海龍王이 洗車歸路에 一陣烏鵲이 驚散함으로 妾幾成水中劫魂이러니이다."

文昌이 笑曰

"烏鵲橋ᄂᆞᆫ 織女牽牛의 結緣之橋어ᄂᆞᆯ 紅鸞이 無故而渡ᄒᆞ니 造物이 暫弄함이로다."

一座가 大笑러라. 紅鸞이 又笑曰

"妾이 俄逢桃花星ᄒᆞ니 亦甚無聊키로 要與同來ᄒᆞᆫ 則終是年少星君이라 欲玩廣寒殿羽衣舞而來ㅣ라 ᄒᆞ니 其回路에 必過此處라 請而同樂이 似好일ᄉᆡᆼᄒᆞ노이다."

言未畢에 一位仙女ㅣ 乘紫霞車ᄒᆞ고 衣雲錦裳ᄒᆞ고 顏色이 夭夭ᄒᆞ야 如一枝桃花가 春風에 半開ᄒᆞ니 不問可知爲桃花星이러라. 紅鸞이 微笑而 出立樓頭ᄒᆞ야 高聲曰

"桃花星은 來何晚耶오? 此處에 諸位玉女及諸天仙女天妖星이 會坐ᄒ
시니 同與玩月이 如何오?"

桃花星이 微笑ᄒ고 旋登玉樓ᄒ야 坐第六位ᄒ니 總六位仙官이라. 文
昌이 宿醉朦朧ᄒ야 揮玉塵而笑曰

"白玉樓ᄂ 天上第一樓觀이오 秋七은 一年中最好佳節이라. 吾奉玉帝
之命ᄒ와 良宵明月을 幾乎獨樂터니 不期諸娘이 邂逅相逢ᄒ니 此亦不易
得之奇遇라. 但恨無酒ᄒ니 如此盛會에 何오?"

紅鸞이 笑曰

"向逢麻姑仙子ᄒ니 君山[12]에 千日酒가 新熟ᄒ야 極爲醇美라 ᄒ니 命
送一個侍女則可得ᄒ리이다."

玉女가 笑而命一侍女ᄒ야 送天台山ᄒ니 麻姑ㅣ 見而大驚曰

"諸方玉女ᄂ 持操高尙ᄒ야 曾無求酒之事러니 最可怪之事로다."

卽取碼瑠壺ᄒ야 纔以數斗酒而送之ᄒ니 紅鸞이 語娘娘曰

"天台山之姑가 見東海桑田之三變이ᄂ 吝嗇之心은 依舊不變이로다.
些小斗酒를 何處用之오? 妾聞向日에 玉帝끠셔 聞鈞天廣樂[13]ᄒ실 시 因
蒼鶚之作亂而暫醉러시니 追悔而囚酒星ᄒ시고 更不受酒ᄒ시니 必酒星
部之所積이 應如滄海라 文昌이 求之則可得ᄒ리라."

文昌이 應諾ᄒ고 卽命送仙童이러니 而已요 天駟星[14]은 載酒ᄒ고 北
斗星은 洗盃ᄒ야 玉液金漿과 龍脯鳳炙이 卽成酒席에 滿座ㅣ 大醉라. 紅
鸞星이 垂娥眉ᄒ고 流秋波而擧手指月曰

12) 군산(君山): 중국 호남성(湖南省)에 있는 동정호 어귀에 있는 산. 전설에 의하면, 군산에서
노신선(老神仙)이 술을 마시고 달밤에 옥피리를 분다고 한다.
13) 균천광악(鈞天廣樂): 균천은 하늘의 중앙으로, 상제(上帝)가 사는 궁전을 가리키며, 광악은
너그럽고 넓은 음악(寬廣之樂)을 의미한다.
14) 천사성(天駟星): 방성(房星) 혹은 방사성(房駟星). 말의 수호신이며 조상신이라고 일컬어지
는, 하늘의 말(天馬)과 수레를 맡은 별자리. 28수(宿)의 하나로, 청룡 7수 가운데 네번째에 있으
며 별 4개로 이루어져 있다.

"這一輪明月은 天上人間이 都是一樣이니 雖上界光陰이 長久ᄒᆞᄂᆞ 大羅龍漢[15]에 劫塵이 一起ᄒᆞ면 姮娥雙鬢에 秋霜이 更新홀지라. 豈可以談仙術로 自高ᄒᆞ야 如此良夜를 無聊虛送耶아? 萬一此席에 大白을 辭讓者ᄂᆞ 罰以桃核ᄒᆞ리라."

ᄒᆞ니 文昌이 大笑ᄒᆞ야 醉興이 陶陶ᄒᆞ고 六仙官이 亦依欄而睡ᄒᆞᄆᆡ 玉山이 自倒ᄒᆞ고 花影이 散亂이라. 皎潔星月은 繞在天河ᄒᆞ고 淸亮風露ᄂᆞᆫ 滿襲衣裳혼데 居然히 玉樓風月이 變作壺中天地라. 但侍女와 仙童은 侍立於欄頭ᄒᆞ고 彩鳳靑鸞은 徘徊於樓下러라.

此時에 釋迦世尊이 罷靈山道場ᄒᆞ고 坐蓮花臺ᄒᆞ야 與諸弟子로 講論佛法홀 시 忽然司摩訶池和尙이 報曰

"摩訶池의 十朶玉蓮花가 應十方而爛開러니 今日에 一朶가 不知去處러이다."

世尊이 沉吟良久에 告觀音菩薩[16]曰

"此花ᄂᆞᆫ 帶天地精華與日月精氣ᄒᆞ야 異香과 瑞彩가 可照十方이라. 菩薩은 審其去處어다."

菩薩이 合掌受命ᄒᆞ고 卽乘雲而向空中ᄒᆞ야 上으로 仰觀十二天ᄒᆞ고 下으로 俯察三千界ᄒᆞ니 玉京十二樓에 放出一線異常光彩어ᄂᆞᆯ 菩薩이 隨其光彩ᄒᆞ야 到白玉樓ᄒᆞ니 杯盤이 浪藉ᄒᆞ고 觥籌交錯혼데 六仙官이 一時大醉ᄒᆞ야 相與枕藉而東頹西倒之中에 一朶玉蓮花가 放置座上이어ᄂᆞᆯ 菩薩이 擧慧眼而視之ᄒᆞ고 微微而笑ᄒᆞ며 取蓮花而下樓ᄒᆞ야 復乘雲而歸靈

---

15) 대라용한(大羅龍漢): 대라는 도교에서 말하는 36천 가운데 가장 높은 곳에 있는 하늘이며, 용한은 도교 원시천존(元始天尊)의 연호인데, 세상이 한 번 뒤집어져 대변천을 겪은 것을 의미한다.
16) 관음보살(觀音菩薩): 자비로 중생의 괴로움을 구제하고 극락왕생의 길로 인도하는 불교의 보살. '관세음보살(觀世音菩薩)' 혹은 '관음(觀音)'이라고 한다. 관음보살이 왼손에 들고 있는 연꽃은 중생이 본래부터 갖추고 있는 불성(佛性)을 상징한다. 『법화경法華經』에 의하면 위난(危難)을 당한 중생이 그 이름을 부르기만 하면 관음보살이 즉시 33종류의 화신으로 변해 구해준다고 한다.

山ᄒ야 獻玉蓮花於世尊ᄒ고 告六仙官醉倒之事ᄒ니 世尊이 受玉蓮花ᄒ
야 覽其題葉詩ᄒ시고 微笑而誦蜜多心經[17])ᄒ신ᄃᆡ 題葉詩ㅣ 字字落下於
塔上ᄒ야 遽然히 化成二十顆之明珠여ᄂᆞᆯ 世尊이 更誦輪回之言ᄒ며 擧玉
塵而擊塔ᄒ신ᄃᆡ 二十明珠가 雙雙轉流而再變ᄒ야 成五顆明珠ᄒ니 光彩
明瑩이라. 世尊이 收珠與蓮花而置前ᄒ시고 大慈大悲하사 寂寞入定ᄒ신
지라 觀音菩薩이 微笑ᄒ고 卽成偈一句而和答ᄒ니 其詩에 曰

妙哉蓮花 原有妙法
並帶春風 示我結習

伊時世尊이 聞偈ᄒ시고 稱讚曰
"善哉라 佛音이여! 更以一言으로 曉諭大衆ᄒ라."
菩薩이 再拜ᄒ고 持蓮花而說法曰
"這玉蓮花가 本質이 雖淸淨ᄒ고 又得天地間淑氣ᄒᄂ 暫帶輪回中浩蕩
之劫ᄒ니 譬之於衆生則天性이 虛靈이ᄂ 塵根이 重濁ᄒ야 五慾七情을
不能自由ᄒ고 七戒十律에 恰似自取라. 吾佛法이 廣大無量ᄒ야 由情根而
言因緣ᄒ고 由因緣而使覺舊境ᄒᄂ니 大槪人之性은 如蓮花ᄒ고 情慾은
如春風이라 非春風則蓮花가 難可發이며 無情慾則心情을 難覺이니 諸大
衆과 善男信女ᄂ 備法心ᄒ며 明法眼ᄒ야 蓮花가 已發ᄒ니 看春風來到
之處ᄒ라. 天地가 淸淨ᄒ고 江山이 虛寂ᄒ니 此所謂妙法이요 性覺이니
라."
此時世尊이 聽菩薩之說法ᄒ고 大喜曰

---

17) 밀다심경(蜜多心經): 마하반야바라밀다심경(摩訶般若波羅蜜多心經). 반야심경 혹은 심경이
라고도 한다. 260자의 짧은 경전이나, 풍부한 내용을 응축하고 있어 동아시아 여러 나라에서
널리 유통되었다. 마하는 크다는 뜻이고, 반야는 근본 이치로서 최상의 지혜를 의미하며, 바라
밀다는 불도를 닦아 이상의 경지에 이른다는 뜻이고, 심은 본질을 의미한다.

"善哉라 佛說이여! 誰能將此意ᄒᆞ야 這蓮花與明珠로 以作他日結拾이리요?"

阿難이 合掌告曰

"弟子가 雖無法力이오ᄂᆞ 請持這蓮花ᄒᆞ고 變爲貝多羅[18]數ᄒᆞ야 葉葉히 寫出八萬大藏經ᄒᆞ야 世界衆生之聰明智力으로 使歸法界호리이다."

世尊이 微笑不答ᄒᆞ시더니 迦葉이 又合掌告曰

"弟子가 雖不敏ᄒᆞ오ᄂᆞ 願持這明珠로 變爲長明燈ᄒᆞ야[19] 世界衆生之六根[20]六塵[21]을 如照日月ᄒᆞ야 使歸淸淨廣大之界호리이다."

世尊이 又微笑無言ᄒᆞ시더니 觀音菩薩이 更起ᄒᆞ야 就蓮花臺前ᄒᆞ야 告世尊曰

"食八珍之味則知菽粟之淡ᄒᆞ고 被紋繡之衣則覺布帛之儉素ᄒᆞᄂᆞ니 弟子ㅣ 持這蓮花與明珠ᄒᆞ야 作一種夤緣ᄒᆞ야 千秋萬世之醉夢浮生으로 使覺舊境케 ᄒᆞ고 以知佛家上乘之淸淨廣大矣리이다."

世尊이 大喜ᄒᆞ사 塔上所在一枝蓮花와 五個明珠를 賜ᄒᆞ시니 菩薩이 合掌再拜ᄒᆞ고 擔菩提珠[22]ᄒᆞ며 被金縷袈ᄒᆞ고 左手로 擧五個明珠ᄒᆞ며 右

---

18) 패다라(貝多羅): 산스크리트어 patta로, 다라수(多羅樹)의 잎을 가리킨다. 다라수는 야자과 상록교목으로, 잎은 부채·모자·종이 등을 만드는 데 사용되며, '패다라엽(貝多羅葉)'이라 하여 옛날 인도에서 바늘로 불교 경문(經文)을 새기는 데 쓰였다.

19) [교감] 世界衆生之聰明智力으로 使歸法界호리이다." 世尊이 微笑不答ᄒᆞ시더니 迦葉이 又合掌告曰 "弟子가 雖不敏ᄒᆞ오ᄂᆞ 願持這明珠로 變爲長明燈ᄒᆞ야: 이 부분은 조문서관본 영인본 18쪽을 비롯한 모든 한문본에 누락되어 있으나, 문맥상 꼭 필요한 부분으로, 신문관본 제1권 9쪽의 다음 대목을 토대로 〈옥루몽〉 원본의 복원을 꾀하였다. "셰계즁싱의 총명지력으로 법계에 도라오게 하리라. 셰존이 미쇼 부답ᄒᆞ시니 가셥이 쏘 합쟝 고 왈, 뎨지 비록 불민하오나 원컨대 뎌 구술을 가져 변ᄒᆞ야 쟝명등이 되야."

20) 육근(六根): 안식(眼識)·이식(耳識)·비식(鼻識)·설식(舌識)·신식(身識)·의식(意識)인 육식(六識)을 낳는 눈·귀·코·혀·몸·뜻의 여섯 가지 근원.

21) 육진(六塵): 심성을 더럽히는 육식(六識)의 대상으로 색(色)·성(聲)·향(香)·미(味)·촉(觸)·법(法)의 육경(六境)을 가리킨다. 육경은 육근을 통하여 몸속에 들어가서 정심(淨心)을 더럽히고 진성(眞性)을 덮어 흐리게 하므로 진(塵)이라 한다.

22) 보리주(菩提珠): 보리는 불교에서 최고의 이상인 불타(佛陀) 정각(正覺)의 지혜. 보리주는 보리를 얻기 위한 수행 도구인 염주.

手에 持一枝花ᄒ고 登南天門ᄒ야[23] 俯視大天土ᄒ니 茫茫苦海에 慾浪이 接天ᄒ고 蕭蕭紅塵에 醉夢이 朦昧커눌 菩薩이 微笑ᄒ고 右手之蓮花와 左手之珠를 一時向空而投ᄒ니 明珠논 四散ᄒ야 不知去處요 但一朶玉蓮이 飛白雲間ᄒ야 落下下界ᄒ야 爲一座名山ᄒ니 不知케라. 菩薩法力이 將作如何夤緣ᄒ야 作如何結果오? 且看下回ᄒ라.

---

23) [교감] 持一枝花ᄒ고 登南天門ᄒ야: 적문서관본 영인본 19쪽에는 '持一枝花ᄒ고'와 '登南天門ᄒ야' 사이에 '(五個明珠一枝蓮花爲他日伏線)'의 구절이 삽입되어 있으나, 이는 적문서관본의 대본이 된 필사본에 들어 있던 첨기(添記)를 인쇄 과정에 넣은 것으로 여겨져 삭제했다. 덕흥서림본 제1권 7쪽에는 이 구절이 들어 있지 않다.

許夫人覺夢玉蓮峰 楊公子投笺壓江亭

第二回

却說. 南方에 有一座名山ㅎ니 周回가 五百餘里요 高可一萬八千丈이라. 石光이 如束白玉ㅎ야 遠遠望見則如一朶蓮花가 削出靑天하니 稱者ㅣ 謂玉蓮峰이러라. 中古에 有一個道士ㅣ 過去라가 登峰頭ㅎ야 見山勢而歎曰

"美哉라 此山이여! 突然形勢는 鳳蹇龍蟠이오 受淸淑之氣運ㅎ니 此非禹貢의 導山導水之山이라 佛家所謂飛來峰이니 不出三百年에 生一特異之奇男子ㅎ야 必應淸明地氣이라."

ㅎ더니 其後數百年에 漸成數三村落ㅎ고 村中에 有一處士ㅎ니 姓은 楊이오 名은 賢이라. 與其妻許氏로 登山採菜ㅎ며 臨水釣魚ㅎ야 世間榮辱을 視如浮雲ㅎ야 故作物外逍遙君子ㅣ러라. 但年滿四十에 無一子女ㅎ미 夫妻相對ㅎ야 每快快不樂이러니 一日은 三月暮春이라 許氏ㅣ 方開紗窓ㅎ고 正無聊而坐홀 시 見雙雙春鶯이 樑上爲巢而飛去飛來에 攫虫哺雛ㅎ고 長歎曰

"天地萬物이 無非禀生生之理ㅎ고 無不知子母之情者어늘 我獨何故로

274

平生이 悽憷ᄒᆞ야 反不如彼物乎아?"

ᄒᆞ고 自然淚沾衣襟이라. 楊處士가 自外而入ᄒᆞ야 曰

"夫人은 何爲而面帶愁色耶아? 今日은 日氣淸朗이라 吾夫婦ㅣ 居此已久로디 未曾一登玉蓮峰ᄒᆞ니 今에 一陟高岡ᄒᆞ야 舒此鬱寂之懷가 若何오?"

許氏大喜ᄒᆞ야 携竹杖而從山區ᄒᆞ야 次第而上홀 시 時에 杏花已盡ᄒᆞ고 躑躅滿發ᄒᆞᆫ데 處處蝶舞와 谷谷蜂歌ᄂᆞᆫ 一年春光을 無奈而催促이라. 或弄流水而洗手ᄒᆞ며 或覓樹陰而歇脚터니 漸次前進에 石角이 峻急ᄒᆞ고 山路가 蹔險커ᄂᆞᆯ 許氏가 坐岩上ᄒᆞ야 喘息이 脈脈ᄒᆞ고 玉汗이 滿沾羅衫이라 處士가 笑曰

"尙未免凡骨이라 難得見上峰이로다."

許氏笑答曰

"妾은 實無仙分이어니와 君子之氣色이 亦不安舒ᄒᆞ시니 爲朗吟飛過洞庭湖ᄒᆞ던 呂洞賓之所羞ㄹ까 ᄒᆞ노니 蹔休岩上타가 更爲前進이 似好로이다."

處士가 大笑ᄒᆞ고 擧竹杖ᄒᆞ야 指上峰曰

"吾ㅣ 已到於此處ᄒᆞ니 蹔歇後에 遍踏此山而歸ᄒᆞ리라."

坐已半晌에 更起ᄒᆞ야 與夫人으로 共登中峰ᄒᆞ니 山高谷深ᄒᆞ야 蒼松老檜ᄂᆞᆫ 陰蔽前後ᄒᆞ고 奇岩怪石은 列羅左右요 麋鹿之足跡과 猿猩之影子ᄂᆞᆫ 頗多驚人ᄒᆞ야 閃忽紛紛ᄒᆞᄂᆞᆫ지라. 許氏가 停步ᄒᆞ고 有悚然之色ᄒᆞ야 曰

"此處ㅣ 最爲崎險ᄒᆞ야 難可前進이니 妾은 不願登上峰ᄒᆞᄂᆞ이다."

處士ㅣ 微笑ᄒᆞ고 徘徊石逕타가 望見一處ᄒᆞ니 一面石壁이 半空에 陡絶ᄒᆞ고 落落長松이 壁上에 垂下커ᄂᆞᆯ 許氏ㅣ 擧手而指曰

"彼處가 幽深ᄒᆞ니 請且行尋ᄒᆞ사이다."

處士ㅣ 点頭ᄒᆞ고 捫蘿跂石而行百餘步에 果有蒼然之岩이 高可數十丈이오 前面에 有雕刻之痕커ᄂᆞᆯ 許氏ㅣ 以手剝苔而見ᄒᆞ니 乃是觀音菩薩之眞像이라. 彫刻極巧ᄒᆞ야 耳目이 分明ᄒᆞ고 藤蘿가 布列ᄒᆞ야 有古奇之色

커늘 許氏謂處士曰

"此佛이 在名山人跡不到處ㅎ니 必有靈驗矣리니 吾ㅣ 今에 祈禱ㅎ야 求子發願이 如何오?"

處士ㅣ 素不好佛事나 感動許氏之精誠ㅎ야 拾竹杖而前進ㅎ야 夫婦二人이 恭敬禮拜ㅎ고 求嗣一念으로 心中暗祝ㅎ고 禮畢而相對ㅎ야 不禁寒心之淚터니 携手而尋迷路下去홀 시 日已黃昏ㅎ야 空山은 寂寂ㅎ고 松風은 瑟瑟ㅎ되 石逕上竹杖之聲이 驚動宿鳥ㅎ니 不勝孤寂之心思와 凄凉之懷抱ㅣ라. 許氏가 步步而心中暗祝曰

'吾之夫妻가 自顧半生에 別無積惡이온데 今流落山間ㅎ야 不知其死所ㅣ로소니 身外無物이라. 伏願神靈菩薩은 憐愛祝願之忱ㅎ사 慈悲餘生ㅎ소셔.'

祝畢에 緩步ㅎ야 已到山門이라 携手陞堂ㅎ야 夫婦兩人이 悄然挑燈ㅎ고 兀然相對ㅎ니 時夜將半이라. 不勝勞力ㅎ야 方睡朦朦터니 許氏가 眼中에 有一位菩薩이 持一朶花ㅎ고 自玉蓮峰而下ㅎ야 恭賜許氏어놀 驚覺ㅎ니 乃一夢이오 餘香이 滿室이어놀 對處士ㅎ야 告夢事한대 處士ㅣ 笑曰

"吾亦今에 得異夢ㅎ니 一道金光이 從天而下ㅎ야 變爲一個奇男子ㅎ야 曰 '吾는 天上文昌星이러니 有貴門未盡之緣ㅎ야 欲依托而來'라'ㅎ고 入懷中터니 瑞氣滿室ㅎ고 光彩輝煌ㅎ야 驚覺ㅎ니 此豈尋常之夢哉리오?"

ㅎ고 夫婦가 心中에 暗喜ㅎ더니 果自此月로 便有胎占ㅎ야 居然十朔에 生一貴男子ㅎ니 此時에 玉蓮峰上에 仙樂이 琅琅ㅎ고 瑞氣藹菀ㅎ야 三日三夜를 不散이러라.

兒生에 風範이 如冠玉ㅎ고 眉宇에 帶山川之精氣ㅎ며 兩眼에 凝日月之光華ㅎ야 淸秀之才質과 俊逸之風度가 仙風道骨이요 英雄君子ㅣ라. 處士夫妻가 如得萬金은 且莫論이오 鄰里觀者ㅣ 誰不讚楊家之瑞麟祥鳳이리오? 生之一歲에 形容言語ㅎ고 二歲에 分辨是非ㅎ고 三歲에 從鄰兒而

遊門外ᄒᆞᆯ 시 畫地成字ᄒᆞ며 驅石而列陣法ᄒᆞ니 適有客僧이 過去라가 熟
視良久에 大驚曰

"此兒ᄂᆞᆫ 文昌武曲[1]之精氣로 不意來在於此로다. 他日에 必爲大貴로
다."

說罷에 因忽不見ᄒᆞ니 處士ㅣ 尤奇尤異ᄒᆞ야 兒子之名을 變爲昌曲ᄒᆞ니
라. 昌曲이 與諸兒로 登家後園上ᄒᆞ야 交戱花戰ᄒᆞᆯ 시 處士ㅣ 來見ᄒᆞ니
諸兒ᄂᆞᆫ 皆折山花ᄒᆞ야 滿揷頭上ᄒᆞ되 昌曲은 獨坐不揷이어늘 問其故ᄒᆞ되
對曰

"小子ᄂᆞᆫ 非名花則不願取ᄒᆞᄂᆞ이다."

處士ㅣ 笑曰

"何花를 謂之名花오?"

昌曲이 對曰

"沈香亭海棠의 窈窕之態와 西湖上梅花의 淡泊之節과 洛陽牧丹의 富
貴之像을 謂之名花ㅣ라."

하니 可知他日爲風流男子일네라. 年至五六歲에 能爲集字成句ᄒᆞ니 處
士ㅣ 惜其多才而不敎ㅣ러니 一日은 夜深後月色이 滿天ᄒᆞ고 星光이 照
耀ᄒᆞ되 抱昌曲而步庭이라가 偶然指月曰

"汝能取引而作詩耶아?"

昌曲이 應口卽對曰

大星明煌煌　小星明耿耿
唯有一片月　四海懸如鏡

楊處士가 見之大奇ᄒᆞ야 誇許氏曰

---

1) 무곡(武曲): 북두칠성 가운데 여섯째 별인 무곡성. 무운(武運)을 맡고 있다고 한다.

"此兒之氣像이 卓越ᄒ야 不效廼父之寂寞이라."

ᄒ더라.

一日은 處士ㅣ 釣於峰下홀 시 昌曲이 隨其父親而玩景터니 處士ㅣ 顧而問曰

"唐之杜工部ᄂ 浣花溪에 釣魚홀 시 稚子宗文이 效乃翁ᄒ야 敲針作鉤홈으로 其詩에 曰 '稚子敲針作釣鉤라' ᄒ야 傳來至今ᄒ니 此亦詩人文士의 山居風味라. 汝能效宗文之敲針ᄒ야 以助乃父之興致耶아?"

昌曲이 對曰

"宗文之畢竟成就가 果如何哉잇가?"

處士ㅣ 笑曰

"別無卓越之事業이니라."

昌曲이 對曰

"問漁答樵ᄂ 閑人之事라 大丈夫ㅣ 年少氣銳ᄒ고 膂力이 方强홀졔 有事四方ᄒ며 救濟萬民홀지니 豈可以一個疎拙之竹竿으로 遨遊山間ᄒ야 寂寂而虛送歲月耶잇가?"

此時昌曲之年이 六歲라 處士ㅣ 心中에 喜不自勝ᄒᄂ 欲見其志ᄒ야 故爲詰難曰

"韓信은 國士로되 家貧ᄒ야 釣於城下ᄒ고 太公은 賢人이로되 未逢文王[2]ᄒ야ᄂ 釣於渭濱[3]ᄒ니 富貴窮達은 非人力所能爲也ㅣ라. 兒子ㅣ 豈嘲漁翁之寂寞耶아?"

2) 문왕(文王): 주(周)나라를 창건한 무왕(武王)의 아버지. 상(商)나라 주왕(紂王)이 약해진 시기에 여러 제후의 지지를 받아 세력을 키웠으며, 만년에 위수에서 만난 강태공의 도움을 받아 덕치(德治)에 힘썼다. 상나라로부터 서방 제후의 패자(霸者)로 서백(西伯)의 칭호를 사용하도록 허락받았다. 죽은 뒤 그의 아들 무왕이 상나라를 멸망시키고 주나라를 창건했으며, 그에게 문왕이라는 시호를 추존했다.
3) 위빈(渭濱): 위수(渭水) 물가. 위수는 중국 황하의 지류. 감숙성(甘肅省) 남동쪽에서 발원하여 동쪽으로 흘러 섬서성(陝西省)으로 들어가 동관(潼關) 부근에서 황하로 흘러든다.

昌曲이 更跪而告曰

"成事と 在天이느 經綸은 在人이라. 小子ㅣ 雖不肖나 當效皐·夔·
稷·契[4]과 方叔[5]·召虎[6]하야 勳業이 傳於千秋홀지니 豈羨老將之鷹揚
과 匹夫之乞食이릿고?"

處士ㅣ 聞此言하고 奇愛之러라.

光陰이 倏忽하야 昌曲이 年至十六歲에 儼然成就하야 文章이 驚人하
고 知見이 出衆하며 根天之孝誠과 日就之學問이 有賢人君子의 出類之持
操하고 英拔之風流와 豪放之氣像은 有經天緯地才德兼備之資러라. 此時
新天子ㅣ 卽位하시고 大赦天下後에 廣招多士하야 懸榜文武홀 시 昌曲
이 聞之하고 告父親曰

"男子ㅣ 出世에 表桑弧蓬矢로 以射天地四方하야 讀古書하며 學古事
と 將以事君澤民하야 爲兼善天下라. 小子ㅣ 雖不肖느 年已過志學[7]에 當
先天下之憂호리니 豈區區潛跡於田園하야 添父母之憂ㅣ리잇가? 願赴擧

---

4) 고(皐)·기(夔)·직(稷)·설(契): 순임금을 섬기며 태평성대를 이끌었던 뛰어난 신하들. 고는 고
요(皐陶). 고요는 법을 세워 형벌을 제정하고 감옥을 만들었다 한다. 기는 교육과 음악을 전담
한 전악(典樂)이었다. 직은 후직(后稷). 후직은 주(周)나라 왕실의 시조 기(棄)로, 요임금 때 농
사(農師)가 되고 순임금 때 후직이 되었다. 설은 전설상의 제왕 고신씨(高辛氏) 제곡(帝嚳)의 아
들로, 순임금 때 사구(司寇) 벼슬을 했다.
5) 방숙(方叔): 주(周)나라 선왕(宣王) 때 명장. 선왕의 명을 받아 북쪽으로 험윤(玁狁)을 정벌하
고 남쪽으로 형초(荊楚)를 정복하여 공로를 세웠다.『시경』「소아小雅」「채기采芑」에 "미련한
남쪽 오랑캐가, 대국을 원수로 삼았도다. 방숙이 나이가 많으나, 그 꾀함이 씩씩하도다(蠢爾蠻
荊, 大邦爲讎. 方叔元老, 克壯其猶)" "북의 험윤을 정벌하니, 남쪽 오랑캐가 와서 복종하도다(征伐
玁狁, 蠻荊來威)"라 했다.
6) 소호(召虎): 주(周)나라 선왕(宣王) 때 명장. 선왕의 명을 받고 회이(淮夷)를 평정했다.『시
경』「대아大雅」「강한江漢」에 "소호가 엎드려 절하고, 천자의 만세를 빌었도다(虎拜稽首, 天子
萬年)" "소호가 엎드려 절하고, 임금의 아름다운 명을 선양했도다(虎拜稽首, 對揚王休)"라 했다.
7) 지학(志學): 열다섯 살을 일컫는 말. 공자가 열다섯 살 때 학문에 뜻을 두었다고 한 데서 유래
한다.『논어』「위정爲政」에 "나는 열다섯 살에 학문에 뜻을 두었고, 서른 살이 되어 바로 섰고, 마
흔 살이 되어 미혹되지 않았고, 쉰 살이 되니 하늘의 명을 알게 되었고, 예순 살이 되니 듣는 대로
이해되었고, 일흔 살이 되니 마음 내키는 대로 해도 법도를 넘어서지 않게 되었다(吾十有五而志于
學, 三十而立, 四十而不惑, 五十而知天命, 六十而耳順, 七十而從心所欲不踰矩)"라 했다.

皇城ᄒ야 欲立身揚名而顯父母ᄒᄂ이다."

處士ㅣ 愛其壯志ᄒ야 率兒子而入內堂ᄒ야 與許氏相議ᄒ니 許氏ㅣ 喟然嘆曰

"吾夫婦ㅣ 年至四十에 橘林이 無實타가 幸得天助ᄒ야 生汝ᄒ니 將於 玉蓮峰下에 採菜釣魚ᄒ야 長置膝下ᄒ야 以終餘生이 足矣라. 豈更求所謂 富貴功名ᄒ야 輕作離別이리오? 汝年이 不過二八이오 皇城이 自此로 千 餘里라 我ㅣ 豈忍送汝耶아?"

昌曲이 更跪而告曰

"小子ㅣ 雖無萬里封侯之知見이오ᄂ 深有慕於班定遠之投筆ᄒ옵ᄂ이 다. 歲月이 如流ᄒ니 時不我與라 如失此時則造物이 不借閑日일싸 ᄒᄂ 이다."

處士ㅣ 慨然曰

"男子ㅣ 留意於書劍에 不顧區區私情이라 夫人은 莫惜一時之離別ᄒ고 第爲治裝送之가 何如오?"

夫人이 一喜一悵ᄒ야 執昌曲之手曰

"吾夫婦ㅣ 姑未隆老에 暫時分離를 豈可結戀이리오마는 吾ㅣ 今視汝 猶乳兒ᄒᄂ니 初離膝下ᄒ야 遠離作客ᄒ면 晨昏朝夕에 倚閭之情이 將何 如哉리오?"

說罷에 不覺潸然流涙라. 昌曲이 仰慰曰

"小子ㅣ 雖不孝오ᄂ 當不至蹈危涉險ᄒ야 以貽兩堂之憂ᄒ오리니 但 祝尊體保重ᄒ소셔."

許氏ㅣ 乃賣篋中之餘在衣裳與破釵ᄒ야 準備行李ᄒ야 一匹靑驢와 一 個家童으로 備數十兩銀子ᄒ야 擇日登程홀 시 處士夫婦ㅣ 送出洞口外ᄒ 니 戀戀之色과 申申之辭가 不禁缺然之私情이라. 處士ㅣ 見兒登程之催ᄒ 고 引夫人以歸러라. 此時昌曲이 意見이 夙成이ᄂ 年尙鬖齡이라 初離慈 庭에 所恃ᄂ 一驢背而已라 無端零涙가 自濕靑衫커ᄂ 裁抑悶懷ᄒ고 取

路向皇城홀 시 此時 春末夏初라 綠陰은 依依 고 芳草 萋萋 디 東風之鵬鵠 如助客愁라. 楊公子 ㅣ 徐徐驅驢 야 玩山川而思句 며 望雲之懷를 消遣터니 行十餘日에 到蘇州[8]地境 니 此時蘇州가 大饑 야 盜賊이 遍滿一境이라. 公子奴主가 操心行李 야 早定客店而宿 고 晚後登程 야 寸寸轉進터니 一日은 路上에 行人이 稀少 고 酒店이 荒凉 야 無可投宿處 야 茫茫驅驢而行홀 시 於焉間日落西山 고 漸近黃昏이라. 公子奴主 ㅣ 最爲慌忙 야 但向前而行數里 야 到一處 니 樹木이 參天 고 峻嶺이 遮前 니 公子 ㅣ 下驢而步越에 月色이 熹迷 고 山麓에 樹葉이 散布 야 逶迤之路가 十分不明 데 童子 驢後에 擧鞭 고 任驢而行 고 公子 隨後而來러니 纔臨嶺下 야 童子 ㅣ 忽然大驚一呼에 投鞭於地 고 退步而立이어놀 公子 ㅣ 問其曲折 디 童子 ㅣ 指林中曰

"此處에 賊漢이 甚多라 더니 彼立者 ㅣ 非人乎잇가?"

公子 ㅣ 熟視之 니 上疎혼 古木이 風磨雨洗 야 朽敗餘槎이 立於月下 ㅣ 라. 公子 ㅣ 笑而責童子之輕 고 更卽執鞭攬轡而前進이러니 行不數十步에 果然五六個賊漢이 自林中突出 야 各各麾揚霜刃於月下 니 忽覺腥臭觸鼻라. 童子 ㅣ 又大聲而倒어놀 其賊漢이 卽向公子而欲刺 니 公子 ㅣ 顔色을 不變 고 泰然而謂曰

"汝等이 平日良民으로 當此凶年 야 飢寒이 逼迫 니 奪取行人之財 君子之所惻隱이라. 吾 ㅣ 不惜行資衣服이어니와 害人之心은 豈可也 ㅣ 리오?"

賊黨이 笑曰

"世人이 認財物을 猶重於身命 ᄂ니 若不殺之則何可奪之리오?"

---

8) 소주(蘇州): 중국 강소성(江蘇省) 남부 태호(太湖) 동쪽에 있는 도시. 일찍이 춘추전국시대에 오나라의 수도로 발전했고, 항주(杭州)와 더불어 아름다운 풍광으로 명성이 있다.

公子ㅣ 笑曰

"君子는 無虛言ᄒᆞ느니 汝等이 暫退ᄒᆞ면 衣服行具를 沒數付給ᄒᆞ리
라."

賊漢이 方收劍而退어늘 公子ㅣ 命童子ᄒᆞ야 取行具而來ᄒᆞ라 ᄒᆞ야
一一取出ᄒᆞ야 付給賊漢ᄒᆞ고 着衣를 一一盡脫홀 시 氣色이 晏然ᄒᆞ야 少
無蒼黃之狀커늘 賊漢이 相視而搖舌터니 公子ㅣ 衣服을 盡脫ᄒᆞ고 但留
着身之單衣一襲曰

"此는 價格이 不貴ᄒᆞ고 赤身으로 不能前進이니 願君은 容恕ᄒᆞ라."

賊漢이 快諾ᄒᆞ고 長嘆曰

"我等이 此事에 從事後로 雖膽大男子ㅣ 許多로ᄃᆡ 如此秀才는 初見이
라."

ᄒᆞ고 收其衣服行資ᄒᆞ야 入林中이러라. 公子奴主ㅣ 收拾精神ᄒᆞ야 引
驢而下嶺ᄒᆞ야 尋客店而去홀 시 已過三四更이라 敲店門ᄒᆞ니 店人이 見
而大驚曰

"如何公子가 如此深夜에 何以能過賊窟而來오?"

公子ㅣ 略告逢賊之事ᄒᆞ니 店人이 又驚曰

"此處에 行人過客이 死者ㅣ 無數ᄒᆞ야 日暮則難越ᄒᆞ고 雖白日이라도
如彼孤行은 不能往來ᄒᆞ느니 今日奴主는 福力이 無量ᄒᆞ야 保全性命이로
다."

公子ㅣ 曰

"吾ㅣ 曾聞蘇州는 稱江南中第一雄府ㅣ러니 官長이 豈不禁戢而乃若是
耶아?"

店人이 冷笑不答ᄒᆞ고 定一間客室ᄒᆞ야 安頓一行ᄒᆞ고 点燈火而入ᄒᆞ야
更問逢賊之事ᄒᆞ고 曰

"官府ㅣ 雖不遠이ᄂᆞ 刺史ㅣ 沈溺酒色ᄒᆞ야 少不聽政ᄒᆞ니 誰能禁盜리
요?"

ᄒᆞ더라. 一邊으로 見公子之行資乏絶ᄒᆞ고 心中에 憫然ᄒᆞ야 以冷飯으로 待之ᄒᆞ니 奴主ㅣ 相守過夜ᄒᆞ고 天明에 商量登程之方略호ᄃᆡ 茫然히 進退無策이러니 忽然有兩個少年이 入來커늘 視之ᄒᆞ니 手中에 各擧弓ᄒᆞ고 豪俠之氣가 露出面上이라. 一邊呼主人而請酒ㅣ러니 見昌曲奴主之 蕭瑟而坐ᄒᆞ고 問曰

"秀才ᄂᆞᆫ 向何而去오?"

公子ㅣ 答曰

"向皇城而去ᄒᆞᄂᆞ이다."

又問曰

"秀才ㅣ 年今幾何오?"

答曰

"十六歲니이다."

少年曰

"年少秀才가 遠路行色이 何其孤單耶아?"

公子ㅣ 曰

"家貧無資ᄒᆞ고 又路中逢賊ᄒᆞ야 衣服行資를 沒數見奪ᄒᆞ고 無前進之策이니이다."

少年이 答曰

"大丈夫ㅣ 不能敵一人ᄒᆞ야 如彼狼狽ᄒᆞ니 可知秀才之無勇이로다. 秀才之今行은 意必赴擧之士니 能知詩文乎아?"

公子ㅣ 曰

"生長遐土ᄒᆞ야 聞見이 孤陋ᄒᆞ니 雖學幾個文字나 不辨魚魯ᄒᆞᄂᆞ이다."

少年曰

"秀才ᄂᆞᆫ 勿爲過謙ᄒᆞ라. 吾爲秀才ᄒᆞ야 指導得行資之計ᄒᆞ노니 明日蘇州刺史가 設大宴於壓江亭ᄒᆞ고 集蘇州 · 杭州[9]之文人才士ᄒᆞ야 作壓江亭詩ᄒᆞ야 壯元者ᄂᆞᆫ 施重賞이라 ᄒᆞ니 秀才ㅣ 若有詩律之才ㅣ면 往皇城之

資를 何其憂也] 리오?"

其中一個少年이 又曰

"其中에 且有奇妙曲折호니 秀才之年이 雖不成冠이느 終是男子라 知有如此之事則無妨矣리라. 江南三十六州中妓樂이 杭州] 第一이오 杭州三十六教坊中妓女之有名者는 江南紅이라. 歌舞文章과 志操姿色이 江南第一이니 刺史守令이 莫不傾心이느 紅之性이 淸高剛直호야 非知己則死不許身이오 紅年이 方十四歲에 未曾有敢近者] 러니 今蘇州刺史는 丞相黃義炳之子] 라. 年幾三十에 其人物이 軒昂호야 以文章으로 聞於皇城호고 風采는 能壓古人혼데 素耽風流酒色故로 期引江南紅而置左右호야 明日壓江亭之遊도 其意] 專在於江南紅이라. 其中에 必有壯觀이느 吾儕는 武夫라 難參於文人座席이어니와 秀才는 文士] 라 一往이 如何오?"

公子] 笑曰

"我素無才호니 豈能參如此盛會리오?"

二少年이 大笑호고 開錦囊호야 償酒債而去어늘 公子] 心中에 暗思道호디

'黃刺史는 朝廷命吏로 沈惑酒色호야 廢却政事호니 吾] 不欲相對나 然이나 今當迫厄之境호야 進退無路호니 依少年之言而用一時之權호야 試行一場可笑之事호리라.'

再思道호디

'江南은 天下名勝之地라 文章物色이 必有可觀處오 江南紅은 何如妓女완디 意志眼目이 如彼高尙호야 牽動風流男子의 浩蕩之心情고?'

乃呼主人而問曰

"自此로 到壓江亭이 爲幾里오?"

9) 항주(杭州): 중국 절강성(浙江省) 전당강(錢塘江) 하구에 위치한 도시. 서쪽 교외에 서호(西湖)를 끼고 있다.

對曰

"三十里니이다."

公子ㅣ曰

"到此에 絶乏行資ᄒᆞ야 不能前進이라 置此驢於店中ᄒᆞ고 吾奴主之數日 朝夕餐을 供給이 如何오?"

主人이 對曰

"雖尋常行人이라도 若無行資則不能侮視어던 況欽慕公子之非凡風采 ᄒᆞ니 數日蔬食糲飯之供이 有何難哉잇가?"

公子ㅣ大喜ᄒᆞ야 更留店中一日ᄒᆞ고 翌日에 對主人而語壓江亭之玩景 ᄒᆞ고 率童子ᄒᆞ고 尋壓江亭而去ᄒᆞᆯ 시 東行十數里에 山川이 明麗ᄒᆞ고 物 色이 繁華ᄒᆞ야 處處에 景槪絶勝ᄒᆞ더라. 公子ㅣ心中에 暗思ᄒᆞ되

'壓江亭이 必在於江邊이라.'

ᄒᆞ고 隨流水而行이러니 更進數里에 江色이 遙濶ᄒᆞ고 山勢ㅣ秀麗ᄒᆞ 야 碧雲은 凝於翠岫ᄒᆞ고 白鷗ᄂᆞᆫ 眠於明沙ᄒᆞ니 可知壓江亭之不遠이라. 更進數十步에 風便依俙에 漸聞絲竹之聲터니 果有一亭子ㅣ翼然臨江而 聳出ᄒᆞ야 制度가 宏傑ᄒᆞᆫ데 亭下에 車馬가 喧鬧ᄒᆞ고 觀覽者가 圍之三匝 에 人山人海라. 望見亭上ᄒᆞ니 靑瓦翠欄은 縹緲半空ᄒᆞ고 以黃金大書로 高揭懸板ᄒᆞ니 乃壓江亭也ㅣ러라. 疊疊錦帳은 飄風前而起瑞雲ᄒᆞ고 濛濛 香煙은 散江上而凝碧霧ᄒᆞ니 迭宕音樂과 淸雅歌曲은 響動樓臺라. 楊公子 ㅣ謂童子曰

"汝ᄂᆞᆫ 待此處ᄒᆞ라."

ᄒᆞ고 卽臨亭下ᄒᆞ야 從蘇杭諸士ᄒᆞ야 登亭而視之ᄒᆞ니 廣可數百間이요 金碧丹靑이 窮奢極侈ᄒᆞ니 此眞江南第一樓觀이라. 東便椅子上에 烏紗紅 袍로 半醉而坐者ᄂᆞᆫ 蘇州刺史黃汝玉이오 西便椅子上에 蒼顔白髮로 儼然 而坐者ᄂᆞᆫ 杭州刺史尹衡文이라. 尹刺史ᄂᆞᆫ 爲人이 寬弘ᄒᆞ야 雖與黃刺史로 年齒不適ᄒᆞ고 志氣不合이ᄂᆞ 以隣邑之誼로 因其懇請而來러라. 此時蘇杭

文士ㅣ 滿集江亭ᄒᆞ야 整齊衣冠ᄒᆞ고 選擇紙筆ᄒᆞ야 分排東西ᄒᆞ니 兩府妓女百餘名이 朱翠紅粧으로 列在左右ᄒᆞ야 巧笑嬌態로 相誇顔色ᄒᆞ며 各戱風情커ᄂᆞᆯ 楊公子ㅣ 流秋水兩眼ᄒᆞ야 ──一審視ᄒᆞ니 其中에 有一妓가 不言不笑ᄒᆞ고 悄然而坐ᄒᆞᆫ데 雲鬟이 鬖髿ᄒᆞ고 瘦顔이 憔悴ᄒᆞ야 冷淡氣色은 氷壺秋月이 含精ᄒᆞ고 聰明才質은 滄海明珠가 隱光ᄒᆞ니 猶勝於沈香亭上海棠花之睡也ㅣ러라. 公子ㅣ 心中에 暗思ᄒᆞ되

'傾國傾城之態10)를 吾於古書而知之러니 今見其人이로라. 此必非尋常女子라 必是少年所言江南紅이로다.'

ᄒᆞ고 從諸士ᄒᆞ야 參坐末席ᄒᆞ니라. 此時江南紅이 脈脈而坐ᄒᆞ야 流一雙秋波ᄒᆞ야 審視席上諸士ᄒᆞ니 放蕩之擧動과 喧藉之言辭ᄂᆞᆫ 無非區區碌碌者요 其中一個秀才가 坐末席ᄒᆞ니 草草之衣와 淡淡之狀이 雖貧士之踪跡이ᄂᆞ 昂昂落落之氣像이 壓頭一座ᄒᆞ야 如丹山彩鳳이 處鷄群이오 如滄海神龍이 乘風雲이라. 紅娘이 心驚曰

'吾ㅣ 處靑樓ᄒᆞ야 許多閱人이어니와 豈曾見如彼奇男이리오?'

數擧目而察其動靜ᄒᆞ고 公子ㅣ 亦注其精神ᄒᆞ야 慇懃視紅娘之氣色터니 黃刺史ㅣ 集諸士於亭上ᄒᆞ고 顧紅娘曰

"壓江亭은 江南中第一樓觀이라 今日文人才士ㅣ 滿座ᄒᆞ니 娘은 奏一淸歌ᄒᆞ야 以助諸公之興ᄒᆞ라."

紅이 悄然低首ᄒᆞ고 沉沉吟良久에 曰

"相公이 今設盛筵ᄒᆞ시니 文士騷客濟濟之席에 豈以巴歈11)之調로 汚染

---

10) 경국경성지태(傾國傾城之態): 전한 무제 때 협률도위(協律都尉)로 있던 이연년(李延年)이 무제 앞에서 절세미인인 자기 누이동생을 자랑하여 지은 다음 시에서 비롯되었다. "북방에 미인이 있어, 세상에서 벗어나 홀로 서 있네. 한 번 돌아보면 성을 기울게 하고, 두 번 돌아보면 나라를 기울게 하네. 어찌 성을 기울게 하고 나라를 기울게 하는 것을 모르리오만, 미인은 다시 얻기 어렵도다(北方有佳人, 絶世而獨立. 一顧傾人城, 再顧傾人國. 寧不知傾城與傾國, 佳人難再得)."

11) 파유(巴歈): 파유가(巴歈歌)의 약칭으로, 민간의 노래를 뜻한다. 원래 파유(巴渝)로 표기하는데, 파는 사천성(四川省) 파현(巴縣)이고, 유는 호북성(湖北省) 유수(渝水)를 가리킨다. 『후한서』 「남만열전南蠻列傳」에 "파유의 풍속이 노래와 춤을 좋아하였는데, 고조(高祖)가 이를 보

瓊琚哉잇가? 當借諸公之錦繡文章ㅎ야 以黃河白雲淸新之歌曲으로 欲倣
旗亭甲乙ㅎㄴ이다.”

諸士ㅣ 一齊應聲而踊躍ㅎ니 黃剌史ㅣ 心中不悅而自思ㅎ되

‘今日之遊ᄂ 吾以風流手段으로 擬欲誘致紅娘이어늘 座中에 若有王之
渙之才則吾ㅣ 豈不爲無色哉리오? 然이ᄂ 紅娘之意와 諸士之踊躍이 如
此ㅎ니 若沮戲則尤爲庸俗이리니 吾寧先作一首詩ㅎ야 壓頭座中ㅎ고 使
紅으로 知吾之才ㅎ리라.’

乃欣然而笑曰

“紅娘之言이 定合吾意ㅎ니 急下詩令ㅎ라.”

ㅎ고 顧諸士而語曰

“各賜一張彩箋ㅎ노니 書呈壓江亭詩ㅎ야 以定甲乙ㅎ라.”

ㅎ니 蘇杭諸士ㅣ 各出勝癖ㅎ야 紛紛抽筆ㅎ야 以爭詩才홀 시 黃剌史
ㅣ 卽抽身入室ㅎ야 苦思詩句ᄂ 然이ᄂ 詩思澁然ㅎ고 語意索然ㅎ니 心
中이 着急ㅎ야 縮眉而坐라가 强笑曰

“昔日曹子建은 作七步詩커든 今諸公은 聽詩令半日에 纔成一首詩ㅎ니
何其遲也오?”

此時에 紅娘은 秋波를 暗傳ㅎ야 見楊公子之擧動ㅎ더라. 公子ㅣ 聞詩
令ㅎ고 便微笑而展彩箋ㅎ야 水湧山出에 手不停筆ㅎ고 頃刻間에 搆成三
首詩ㅎ야 投於席上커놀 紅娘이 故取蘇杭諸士之詩ㅎ야 先看數十章ㅎㄴ
都是陳談이오 無出衆者어놀 蛾眉를 微縮ㅎ며 有無聊之色터니 方拾見楊
公子之投箋ㅎ니 鍾王[12]之筆法과 顔柳[13]之書体로 龍蛇飛騰ㅎ야 落紙雲

___

고, ‘이것은 주(周)나라 무왕(武王)이 주왕(紂王)을 칠 때의 노래다’ 하고, 악인(樂人)에게 명하
여 익히도록 하였다”라 했다.
12) 종왕(鍾王): 위(魏)나라 서예가 종요(鍾繇, 151~230)와 동진(東晉)의 서예가 왕희지(王羲之,
307~365). 종요는 처음 후한에서 벼슬을 하다가, 위나라 건국 후 조조 이후 3대를 섬겨 중용되
었다. 예서(隷書)·해서(楷書)·행서(行書)의 서체에 뛰어났다. 왕희지는 벼슬이 우군장군(右軍將
軍)에 이르러 왕우군(王右軍)으로도 불린다. 그는 예서를 잘 썼고, 당시 아직 성숙하지 못했던

烟[14]이라. 眼目이 輝煌혼데 再論其詩컨디 風流才士之奇麗手段으로 有 盛唐諸公雄深之思호고 兼鮑參軍之俊逸과 庾開府之淸新호니 可爲水中之 月이오 鏡中之花ㅣ라. 其詩

第一章에 曰

崔嵬亭子大江頭　畫棟朱欄壓碧流
白鳥慣聞鍾磬響　斜陽點點落平洲

第二章에 曰

平沙籠月樹籠煙　積水空明[15]一色天
好是君從平地望　畫中樓閣鏡中仙

第三章에 曰

江南八月聞香風　萬朶蓮花一朶紅
莫打鴛鴦花下起　鴛鴦飛去折花叢

해서·행서·초서(草書)의 3체를 예술적인 서체로 완성했다. 서체가 힘차고 전아하여 그는 일찍부터 서성(書聖)으로 추앙되었다.

13) 안류(顔柳): 당나라 서예가인 안진경(顔眞卿, 709~785)과 유공권(柳公權, 778~865). 안진경은 노군개국공(魯郡開國公)에 봉해졌기에 안노공(顔魯公)으로도 불린다. 왕희지의 전아한 서체에 대한 반동이라 할 만큼 박력 속에 균제미(均齊美)를 발휘한 글씨로 당나라 시대 이후 중국 서도(書道)를 지배했다. 해서·행서·초서의 서체에 모두 능했고 많은 걸작을 남겼다. 유공권은 왕희지의 서체를 익혀 기초를 닦고, 여러 명필의 서체를 연구하여 각체에 모두 능했다. 안진경의 뒤를 이어 당나라의 해서를 집대성했다. 유공권체는 안진경체의 두툼한 멋보다는 힘찬 필력이 더 강조되고, 점과 획이 강건하여 날카로운 느낌이 든다.

14) 낙지운연(落紙雲烟): '종이에 떨어뜨린 것이 구름이나 연기와 같다'는 뜻으로, 초서의 필세가 웅혼함을 형용해 일컫는 말.

15) 공명(空明): 고요한 물에 비친 달그림자.

紅娘이 熟視라가 綠眉를 雙展ᄒᆞ고 丹脣을 半開ᄒᆞ야 抽出髻上金鳳釵
ᄒᆞ야 擊酒壺ᄒᆞ고 轉淸音而歌ᄒᆞ니 如藍田片玉이 碎於石上ᄒᆞ고 似靑天孤
鶴이 唳於雲間이라. 樑塵이 飛出에 淸風이 颯颯어늘 滿座ㅣ 竦然變色ᄒᆞ
고 蘇杭文士ㅣ 相顧而不知何人之詩러라. 紅娘이 曲終에 雙手로 奉彩箋ᄒᆞ
야 獻兩刺史ᄒᆞ니 黃刺史ᄂᆞᆫ 最有不快之色ᄒᆞ고 尹刺史ᄂᆞᆫ 再三吟詠에 擊
節讚嘆ᄒᆞ고 催其開見名字ᄒᆞ니 此時紅娘이 更思曰

'我ㅣ 雖無藻鑑이ᄂᆞ 逢平生之知己ᄒᆞ야 將結托一生ᄒᆞ니 有潘岳之風采
者ᄂᆞᆫ 難期韓富16)之事業이요 懷李杜之文章者ᄂᆞᆫ 易多長卿之放蕩ᄒᆞ니 此
ᄂᆞᆫ 皆非吾之所願이라. 意外梁園末席에 寒微一秀才ㅣ 豈意懷珠而爲席上
之珍이리오? 此ᄂᆞᆫ 天이 愛紅娘之無偶ᄒᆞ샤 以英雄君子之愷悌風流로 成
就紅之宿願이로다. 雖然이ᄂᆞ 秀才之行色이 必非蘇杭之士ㅣ라 若露出姓
名則黃刺史之放蕩無賴와 諸文士之違悖不法으로 必猜其才ᄒᆞ야 以如彼孤
寂一秀才로 必陷溺苦境矣리니 如之何則可리오?'

하고 忽思一計ᄒᆞ야 告兩刺史曰

"今日에 妾以諸公之詩로 奏歌ᄂᆞᆫ 欲助盛會之和樂이요 非敢以才之優劣
로 貽滿座之無色이오니 願不露其名ᄒᆞ고 終日同樂이 最好요 日暮後開見
이 似無妨일ᄭᅵ ᄒᆞ나이다."

兩刺史ㅣ 許之ᄒᆞ니 楊公子ᄂᆞᆫ 聰明男子ㅣ라 豈不知紅娘之意리오? 心

---

16) 한부(韓富): 북송 명신인 한기(韓琦, 1008~1075)와 부필(富弼, 1004~1083). 한기는 인종(仁
宗) 때 섬서경략안무초토사(陝西經略安撫招討使)가 되어 범중엄(范仲淹)과 함께 섬서성(陝西省)
으로 진군해 서하(西夏)의 반란을 진압했다. 영종(英宗)을 세워 위국공(魏國公)에 봉해졌으며,
다시 신종(神宗)을 세워 시중(侍中)이 되었다. 성품이 순수하고 충성스러워 사직(社稷)을 편하
게 했다. 부필은 인종 때 과거에 급제하여 추밀사(樞密使)를 거쳐 중서문하시랑평장사(中書門
下侍郞平章事)가 되었다. 범중엄과 경력신정(慶曆新政)을 추진하고, 하북(河北) 수비에 대한 열
두 가지 대책을 올렸다. 1055년에 재상이 되었으나 질병으로 사직했다가, 1069년에 다시 재상
이 되어 왕안석(王安石)의 변법(變法)에 반대했다. 학문에 전념했고 대도(大度)가 있어 어진 재
상이라 일컬어졌다.

內에 不覺嘆服起敬이러라. 俄已오 進盃盤홀 시 鳳笙龍管과 燕歌趙舞[17]
눈 江天이 震動ᄒ며 水陸之品과 八珍之味눈 座上狼藉터니 刺史ㅣ 命諸
妓ᄒ야 各獻盃홀 시 公子ㅣ 本有過人之酒量홈으로 連飮不辭ᄒ야 有微
醉之色이어늘 紅娘이 慮或有失ᄒ야 起與諸妓로 請同行盃ᄒ야 次第獻酒
홀 시 巡到楊公子ᄒ야 故傾席上而佯驚ᄒ니 公子ㅣ 已知其意하고 佯作
大醉ᄒ야 固辭巡盃러라. 酒又過十餘盃에 座中이 大醉ᄒ야 擧措錯亂ᄒ
고 言辭ㅣ 妄悖러니 蘇杭諸士中數人이 起請刺史曰

"生等이 猥參盛會ᄒ야 以荒雜之詩句로 不欺紅娘之藻鑑ᄒ니 無所怨尤
이ᄂ 聞今日紅娘所唱之詩눈 非蘇杭士子之所作이라 ᄒ니 生等이 尋其詩
主ᄒ야 更較其優劣而決其雌雄ᄒ야 願雪蘇杭兩州之恥ᄒ노이다."

刺史ㅣ 未及對에 紅娘이 心中大驚曰

"彼無賴輩之醉中不悅이 如此ᄒ니 秀才ㅣ 必受其禍리라. 吾若不救則
不可라."

ᄒ고 卽擧手中檀板ᄒ고 就座曰

"蘇杭文士之有名於天下者눈 一世所知니 今日衆士之忿鬱은 妾이 未免
詩眼不明之罪라. 日色이 已暮ᄒ고 座中이 皆醉혼데 更論詩文이 恐或不
可ᄒ오니 妾이 當以數曲으로 以助諸公之醉興ᄒ와 以贖考試不明之罪호
리이다."

尹刺史ㅣ 笑而稱善ᄒ니 紅娘이 更展蛾眉ᄒ고 擊檀板而唱江南數曲ᄒ
니 其歌初章에 曰

錢塘[18]明月下에 採蓮兒야

17) 연가조무(燕歌趙舞): 중국 전국시대에 연나라와 조나라 땅은 하북성(河北省) 북부와 산서성
(山西省) 서부 지역으로, 예로부터 우국지사가 많아 나라를 근심하는 슬픈 노래를 부른 사람이
많았다 한다.
18) 전당(錢塘): 전당강. 중국 절강성(浙江省) 북쪽으로부터 항주만(杭州灣)으로 흘러드는 절강

泛舟十里清江ᄒ야 莫言水波艷ᄒ라
爾歌에 驚潛龍이면 恐起風波ᄒ노라

中章에 曰

急驅靑驢ᄒ야 那去這人아
日暮路遠ᄒ니 莫醉酒店ᄒ라
爾後에 暴風急雨가 並作ᄒ니 疑其濕衣일싸 ᄒ노라

三章에 曰

回入杭州城홀제 大道靑樓幾處인고
門前碧桃花ᄂᆞᆫ 井上에 亂開ᄒ고 牆頭樓閣은 江南風月分明ᄒ다
此處에 呼兒來커든 蓮玉인가 ᄒ소

此歌ᄂᆞᆫ 紅娘之倉卒間所作이니 其初章은 言刺史與諸士ㅣ 猜公子之才
ᄒ야 欲起風波之意요 中章은 言欲使公子로 避走之意요 三章은 紅娘이
指渠家之意也ㅣ라. 此時刺史及蘇杭之士ㅣ 共醉喧嘩ᄒ야 皆未得詳聞이
ᄂᆞ 以楊公子絶人之聰明으로 豈不知紅娘之意리오? 心中에 大覺ᄒ야 卽
託如厠ᄒ고 起身下樓ᄒ더라. 已而오 日落西山이어ᄂᆞᆯ 因明燈燭ᄒ고 將
欲罷宴홀 시 黃刺史ㅣ 命左右ᄒ야 持壯元詩來ᄒ라ᄒ야 開封視之ᄒ니
汝南[19]楊昌曲이라. 急呼昌曲ᄒ니 一無應答者라 左右ㅣ 報曰
"俄者에 參於末席之秀才가 不知去處로이다."

의 하류. 삼각(三角)의 형상으로 벌어진 하구는 조석(潮汐)의 영향으로 간만(干滿) 때 수위 변화
가 매우 심하며, 특히 만조(滿潮) 때 일어나는 거센 물결 소리인 해소(海嘯)가 유명하다.
19) 여남(汝南): 중국 하남성(河南省) 남부 도시 주마점(駐馬店)에 있는 현(縣).

黃刺史ㅣ 大怒曰

"何許么麽小童이 蔑視我盛會호고 妄以古詩로 欺吾座中타가 恐其本色之綻露호야 暗然逃走호니 豈不唐突哉아?"

號令左右호야

"卽刻捉來호라."

蘇杭諸士中無賴者等이 成群作黨호야 揚臂大談曰

"吾蘇杭兩州가 詩酒風流로 擅名於天下어놀 今者에 受此籠絡於乞兒호야 此盛會가 無色호니 吾等之羞恥라. 此兒를 期使捕捉而雪恥호리라."

호고 一齊起立호니 不知커라. 楊公子之性命이 如何오? 第看下回호라.

老婆杭州談靑樓 秀才客舘遇紅娘

第三回

却說. 此時紅娘이 見公子之脫身下樓ᄒ고 以爲

'年少公子가 以草草行色으로 爲盃酒所困ᄒ니 非徒念慮其疎漏라 旣指吾家ᄒ니 奇異秀才ㅣ 必知其意而尋往ᄒ리니 素昧平生으로 杭州熱鬧之處에 何以尋去홀고?'

心思燥急ᄒ야 欲抽身追後ᄂ 到底無抽身之策터니 此時에 黃刺史ㅣ 大醉ᄒ고 座席이 擾亂ᄒ야 見諸士ㅣ 將欲作鬧어ᄂᆯ 大驚曰

"無賴之類가 如此憤鬱ᄒ니 以公子之孤單客踪으로 豈能免中路之困辱이리오? 吾當先圖安頓座席ᄒ리라."

ᄒ고 告黃刺史曰

"妾이 敢評多士之詩ᄒ야 諸公之紛紜이 至此ᄒ니 妾이 豈能侍坐於此席哉리잇고? 當退而待罪ᄒ리이다."

黃刺史ㅣ 聞此言而思ᄒ되

'吾今日之遊ᄂ 專爲紅娘이오 不較計多士文章이라. 紅이 以偏狹之性으로 固執避席ᄒ니 此ㅣ 豈不爲殺風景이리오?'

호야 回嗔含笑而慰諸士曰

"昌曲은 么麽小童이라 何足較計리오? 更欲整頓座席호고 又下詩令호야 以續秉燭之遊호노라."

紅娘이 聞此言而尤驚호야 暗思道호디

'非徒楊公子ㅣ 無主空舍에 獨坐待我ㅣ라. 以黃刺史之放蕩으로 吾ㅣ 不可在此經夜ㅣ나 無可免之計호니 如之何則可리오?'

호고 沉吟半晌타가 乃思一計호고 帶笑而更告黃刺史曰

"以諸公之含容寬洪으로 赦賤妾唐突之罪호시고 更設宴席호야 以夜繼晝호랴 호시니 豈不美哉잇가? 妾은 聞作詩에 有詩令호고 飮酒에 有酒令이라 호니 願下酒令호야 以助座上之興케 호소셔."

黃刺史ㅣ 大喜曰

"紅娘이 一次開口면 豈可逆哉리오?"

호고 仍問曰

"酒令을 如何히 홀고?"

紅娘이 笑曰

"妾雖不敏이나 俄見蘇杭多士之佳句호고 尙自銘在胸中호오니 當次第朗誦호올지라 妾誦一篇커던 諸公은 莫辭一巡盃酒호샤 諸公之酒量과 妾之聰明을 相試호야 以較優劣則此豈非文酒宴席에 絶妙酒令乎잇가?"

蘇杭多士ㅣ 聞言而一齊擊膝에 稱讚不已호고 言於刺史曰

"生等之拙作이 恨未入於紅娘之歌러니 今得一誦則足雪其恥긴신 호노이다."

黃刺史ㅣ 許之호니 紅娘이 笑而就座호야 低垂蛾眉호고 出碎玉聲호야 誦多士之詩홀 시 無一字之差錯이어눌 座中이 皆嘖嘖稱善而驚紅娘之聰明奇絶이러라. 每誦一次後에 紅娘이 顧諸妓호야 促擧酒盃호니 此時諸文士ㅣ 皆大醉나 然이나 以誦己詩로 爲榮호야 爭飮當巡之盃호고 反促朗誦호니 紅娘이 連誦五六十篇에 酒亦過五六十盃라. 座中이 方盡醉호야

或東頽西圮ᄒᆞ며 或吐酒覆盃ᄒᆞ야 次第迷倒어ᄂᆞᆯ 黃刺史ㅣ 亦醉眼이 矇矓ᄒᆞ고 語言이 糊塗ᄒᆞ야 曰

"紅娘紅娘, 聰明聰明!"

ᄒᆞ고 因倚案而睡ᄒᆞ니 此時尹刺史ᄂᆞᆫ 已避酒席ᄒᆞ야 移入他堂이라. 紅娘이 暗降亭下ᄒᆞ야 謂杭州蒼頭曰

"吾ㅣ 今於盃酒間에 失錯ᄒᆞ야 得罪於本刺史ᄒᆞ니 命在頃刻이라 欲自此而逃ᄒᆞ노니 汝ᄂᆞᆫ 暫借蒼頭衣服ᄒᆞ라."

ᄒᆞ고 拔鬒上金鳳釵ᄒᆞ야 賜蒼頭曰

"此價ᄂᆞᆫ 千金이라 賜汝ᄒᆞ노니 勿漏說我向杭州ᄒᆞ라."

蒼頭ㅣ 已有同鄕之情ᄒᆞ고 又得千金ᄒᆞ니 大喜ᄒᆞ야 卽爲應諾ᄒᆞ고 戴頭之靑幅巾과 着身之靑衣와 一雙草鞋를 一倂脫上커ᄂᆞᆯ 紅이 卽相換着後에 慌忙出門ᄒᆞ야 望杭州路而行十餘里에 夜色이 已至三四更이라 月色은 熹迷ᄒᆞ야 僅僅辨路ᄒᆞ고 細霧ᄂᆞᆫ 紛紛濕衣라 尋酒店而敲門ᄒᆞ니 店主ㅣ 出來ᄒᆞ야 怪而問半夜行色이어ᄂᆞᆯ 紅이 答曰

"我ᄂᆞᆫ 杭州蒼頭러니 以急事로 往本府어니와 俄者如何秀才가 不由此路而過런가?"

主人曰

"閉吾店門이 不久ᄒᆞ고 我ᄂᆞᆫ 賣酒人이라 夜深토록 坐於路邊이ᄂᆞ 未見秀才之過ᄒᆞ니이다."

紅이 聞言ᄒᆞ고 心尤促急ᄒᆞ야 忙別主人ᄒᆞ고 又行十餘里ᄒᆞ야 有行人則問公子之行色이ᄂᆞ 皆云未見이어ᄂᆞᆯ 紅이 心神이 惶惻에 無前進之意ᄒᆞ고 坐於路邊ᄒᆞ야 暗思ᄒᆞ되

'楊公子ㅣ 由此路而去則必有逢着者어ᄂᆞᆯ 今問行人에 無一人相見者ᄒᆞ니 此ᄂᆞᆫ 必有疎漏之事ᄒᆞ야 逢彼無賴輩而見辱이니 此皆吾之過也ㅣ로다. 豈能獨安心而歸리오? 寧旋踵而救無罪之公子ᄒᆞ리라.'

ᄒᆞ고 更向蘇州[1]之路而去ㅣ러라.

且說. 楊公子ㅣ 託以如厠ᄒᆞ고 下樓而率童子ᄒᆞ고 更還店中ᄒᆞ야 見主人曰

"吾ㅣ 行期ᄂᆞᆫ 忽忽ᄒᆞ고 無資斧ᄒᆞ니 質此驢於店中이라가 回路에 還推ᄒᆞ리라."

主人이 笑曰

"雖一時라도 有主客之誼어ᄂᆞᆯ 此言은 非人道也ㅣ라. 公子ᄂᆞᆫ 保重行李ᄒᆞ사 少勿掛念ᄒᆞ소셔."

ᄒᆞ고 以驢還付어ᄂᆞᆯ 公子ㅣ 辭之再三이ᄂᆞ 終不聽이라 無可奈何ᄒᆞ야 留後約而別主人ᄒᆞ고 復使童子로 策驢而行ᄒᆞᆯ새 心中에 躊躇曰

'紅娘歌第三章이 雖丁寧指其家ᄒᆞᄂᆞ 吾以初行으로 何以尋到不錯이며 若欲直向皇城則亦無行資ᄒᆞ니 豈可作行이리오?'

良久에 曰

'紅은 無雙國色이라 辭氣極嬌ᄒᆞ야 暗結佳約이어ᄂᆞᆯ 吾亦丈夫之心이라 豈可負其慇懃之情이리오? 今卽往訪이 可也ㅣ라.'

ᄒᆞ고 加鞭而向杭州ᄒᆞᆯ 시 夜深人稀ᄒᆞ야 問路無處ㅣ라 尋一酒店而敲門ᄒᆞ니 主人이 出來ᄒᆞ야 熟視行色ᄒᆞ고 自言曰

"今果來矣로다."

ᄒᆞ야ᄂᆞᆯ 公子ㅣ 怪問曰

"吾與主人으로 曾無一面커ᄂᆞᆯ 何以知此來오?"

主人曰

"俄者一個蒼頭ㅣ 急向杭州에 探問秀才之行踪일시 是以自言이로다."

公子ㅣ 又問曰

"然則其蒼頭ㅣ 因何事而去ㅣ런고?"

---

1) [교감] 소주(蘇州): 적문서관본 영인본 33쪽에는 '항주(杭州)'로 되어 있으나, 문맥상 오식이므로 바로잡는다. 신문관본 제1권 29쪽에는 '소쥬'로 바르게 되어 있다.

主人曰

"此ᄂ 未及問이ᄂ 行色이 甚急이러이다."

公子ㅣ 更不問他事ᄒ고 策驢而去홀 시 心中疑惑曰

'紅娘之歌에 莫休酒店云이어ᄂᆯ 吾ㅣ 悔入酒店이로다. 其蒼頭ᄂ 必黃刺史之蒼頭ㅣ라 追吾而來也ㅣ니 若相逢則豈非不幸이리요?'

ᄒ고 又行數里러니 遠村에 鷄聲이 喔喔ᄒ고 曙色이 依俙於東方이라. 遙望一個蒼頭ㅣ 忙忙而來어ᄂᆯ 公子ㅣ 曰

"彼必蘇州蒼頭가 不見吾踪跡而還來니 吾暫避之라."

ᄒ고 命童子回驢ᄒ야 隱身於路傍林中ᄒ야 觀其動靜이러니 其蒼頭ㅣ 急步過去어ᄂᆯ 更擧鞭而行數十里ᄒ니 天色이 已明이라. 問杭州里程於行人훈디 不過三十餘里云이라. 至一處ᄒ니 山低水淸ᄒ야 明麗如畵ᄒ고 堤上之楊柳와 水邊之樓閣이 景槪絶勝ᄒ야 大橋ᄂ 成半空之虹이오 十二曲石欄은 彫白玉而玲瓏ᄒ니 此ᄂ 蘇公堤ㅣ라. 昔者에 宋蘇東坡가 爲杭州刺史時에 導西湖之水ᄒ야 築完長堤而成此橋ᄒ고 橋上에 作亭ᄒ야 七八月에 蓮花ㅣ 盛開則與諸妓로 採蓮於水中而遊賞之處ㅣ라. 公子ㅣ 心事가 促急ᄒ야 無意於玩賞風光ᄒ고 直入城中ᄒ야 遵大路而行ᄒ니 人物이 繁華ᄒ고 市井이 熱鬧ᄒ야 非蘇州之比也러라. 靑樓酒肆ㅣ 櫛比路傍ᄒ야 樓前紅旗가 處處飄揚ᄒ니 公子ㅣ 驅驢ᄒ야 審視門前碧桃之開處호디 未得見其處ᄒ니 心中에 疑雲이 重重이라. 心思道호디

'以秀才로 訪靑樓가 甚怪底事라.'

ᄒ고 乃下驢於路傍酒店ᄒ야 故作休息之狀ᄒ고 偶問於老婆曰

"彼路傍揷旗處ᄂ 何人之家오?"

老婆ㅣ 笑曰

"公子ㅣ 初見此處로다. 彼懸旗處ᄂ 皆靑樓라. 我杭州之靑樓敎坊이 七十二니 內敎坊이 三十六이오 外敎坊이 三十六이라. 外敎坊은 有娼女ᄒ고 內敎坊은 有妓女ᄒ야 內外敎坊이 懸殊ᄒ니이다."

公子ㅣ曰

"吾見古書ᄒ니 娼妓ᄂ 一類也ㅣ라 有何分別이리오?"

婆ㅣ曰

"不知케라 他處에ᄂ 或有無所分別이ᄂ 我杭州ᄂ 娼妓之分이 絕嚴하니 娼女ᄂ 處於外敎坊ᄒ야 張三李四라도 皆可得見이나 妓女ᄂ 處於內敎坊ᄒ야 其品敎ㅣ 有四級이니 第一은 見其持操ᄒ고 第二ᄂ 見其文章ᄒ고 第三은 見其歌舞ᄒ고 第四ᄂ 見其姿色ᄒᄂ니 行人過客이 雖金帛如山이ᄂ 無文章才藝之可取則難可得見이오 窮儒寒士라도 志氣相合則守節不移ᄒᄂ니 豈無分別也ㅣ리오?"

公子ㅣ又問曰

"然則內敎坊은 在何處而妓女ㅣ 幾何오?"

婆ㅣ曰

"此懸旗處ᄂ 皆外敎坊이라. 自南而入이면 有迂回之路ᄒ니 遵其路而下則列在左右之樓가 却是內敎坊靑樓라. 外敎坊娼女ᄂ 多至數百餘名이로ᄃ 內敎坊妓女ᄂ 纔三十餘名이라. 其中歌舞姿色持操文章이 具備之妓女ᄂ 處第一坊ᄒ고 但有持操文章之妓女ᄂ 處第二坊ᄒ야 各自所守ㅣ 絕嚴이니라."

公子ㅣ又問曰

"方今第一坊妓女ᄂ 誰也오?"

婆ㅣ對曰

"妓名江南紅이니 杭州人士之所論에 其持操文章과 歌舞姿色이 江南第一이니이다."

公子ㅣ笑曰

"婆ᄂ 勿過譽杭州ᄒ라. 我ㅣ 歸路忽忽ᄒ니 他日更逢ᄒ리라."

ᄒ고 騎驢而更出南門路ᄒ야 左右審視ᄒ니 果有迂回之路어ᄂᆯ 悗然而覺호ᄃ

"紅之歌에 曰 '杭州城門回入之際에 大道靑樓幾處인고?' ᄒ더니 豈不分明哉리오?"

從此路而下ᄒ야 顧眄左右ᄒ니 街路整齊ᄒ고 樓閣이 精緻ᄒ야 有勝於外敎坊ᄒ니 靑瓦紅欄은 照夕陽而玲瓏ᄒ고 弱柳奇花ᄂᆞᆫ 搖春風而旖旎ᄒ니 處處絲竹之音과 家家歌曲之聲은 入耳朶而嘹喨ᄒ야 惹出心情之豪蕩이라. 公子ㅣ 信驢而行ᄒ야 已過了三十五樓ᄒ니 最終一處에 粉牆高而淨潔ᄒ고 畵閣聳而華麗라. 淸川에 布明沙ᄒ야 導晶潔之水ᄒ고 小橋에 成虹霓ᄒ야 作一小路어ᄂᆞᆯ 公子ㅣ 渡石橋ᄒ야 行十餘步ᄒ니 果有碧桃一株가 開花於井上이라. 下驢而到門前ᄒ니 門前에 以大書特筆曰 第一坊이라 ᄒ고 自東便으로 一帶粉牆이 隱映柳間ᄒ고 數層樓閣이 飄然聳出於牆頭ᄒ니 粉壁紗窓에 垂下珠廉ᄒ고 西湖風月四字를 分明寫掛커ᄂᆞᆯ 使童子로 敲門ᄒ니 有一個丫鬟이 着綠衣紅裳而出이어ᄂᆞᆯ 公子ㅣ 問曰

"爾名이 非蓮玉乎아?"

丫鬟이 答曰

"公子ᄂᆞᆫ 住何處ᄒ시며 何以知得丫鬟之名乎잇가?"

公子ㅣ 曰

"汝主人이 現今在家否아?"

蓮玉이 對曰

"昨侍本州刺史ᄒ고 往蘇州壓江亭之遊니이다."

公子ㅣ 曰

"與汝主人으로 曾有親分터니 來訪不遇ᄒ니 可悵이라 何時可還耶아?"

對曰

"今日回還云이러이다."

曰

"然則無主之家에 豈可留連耶아? 吾當留待於隣近酒店矣리니 主人이

還來커든 卽行通知否아?"

玉曰

"旣訪主人而來ᄒ시니 彷徨於客店이 不可이오니 小鬟之房이 雖醜ᄂ 最爲從容이라 暫休而待ᄒ소셔."

公子ㅣ 自思曰

'靑樓ᄂ 熱鬧之處라. 吾以秀才로 逗遛此地가 豈不有碍人耳目이리오?'

ᄒ고 騎驢而顧蓮玉曰

"主人이 歸어던 更來ᄒ리라."

ᄒ고 擇近處酒店而休ᄒ야 待紅娘之歸러라.

且說. 紅娘이 向蘇州[2]路而來홀 시 足繭脚痛ᄒ야 無前進之力ᄒ고 且天色이 漸明ᄒ니 服色은 雖蒼頭ᄂ 容貌姿色을 無可隱之端이라 更入來時所過酒店ᄒ니 主人曰

"君非昨夕過此之蒼頭乎아?"

紅娘曰

"夜間一見之人을 尙此記憶ᄒ니 多謝主人之多情이로다."

主人曰

"俄者에 君이 問秀才之行色터니 果然夜半에 有一秀才ㅣ 由此路ᄒ야 向杭州而去ㅣ러이다."

紅娘이 聞此言ᄒ고 且驚且喜ᄒ야 詳問曰

"其秀才之行色이 如何런고?"

曰

"夜間이라 十分難辨이ᄂ 一個童子와 一匹靑驢로 行李ᄂ 草草ᄒᆫ데 衣服은 襤褸ᄒ고 行色이 最爲忽忽이ᄂ 其容貌風采ᄂ 頗非凡ᄒ니 不知케

2) [교감] 소주(蘇州): 적문서관본 영인본 36쪽에는 '항주(杭州)'로 되어 있으나, 문맥상 오식이므로 바로잡는다. 신문관본 제1권 33쪽에는 '소쥬'로 바르게 되어 있다.

라 何故로 不能相逢고?"

紅曰

"深夜遠路에 巧致相違는 容或無怪나 其秀才는 果向杭州런가?"

主人曰

"果向杭州나 迷失路ᄒᆞ야 問路再三ᄒᆞ니 疑是初行이러라."

紅이 聞主人之言ᄒᆞ고 心中自思ᄒᆞ되

'公子ㅣ 已由此路而去則可知其免禍나 然이나 訪吾家而去ᄒᆞ야 若無主人則應多齟齬로다.'

更思之에 反爲燥急이나 寸步를 難進ᄒᆞ야 方在納悶之際에 忽聞門外에 有喝導聲ᄒᆞ고 一位官員이 過去어늘 紅이 自牕隙窺視之ᄒᆞ니 此非別人이오 卽杭州刺史尹公이라. 是日에 蘇州刺史ㅣ 與諸儒로 大醉ᄒᆞ야 頗極擾亂ᄒᆞ니 尹公이 見此景狀ᄒᆞ고 心中不悅ᄒᆞ고 且見秀才及紅娘의 不知去處ᄒᆞ고 甚異之러니 蘇州刺史ㅣ 睡覺에 知紅娘與秀才之不在ᄒᆞ고 大怒ᄒᆞ야 派本州官屬而分二路ᄒᆞ야 一隊는 向皇城之路ᄒᆞ야 捉來昌曲ᄒᆞ라 ᄒᆞ고 一隊는 向杭州之路ᄒᆞ야 捕來江南紅ᄒᆞ라 ᄒᆞ니 府中이 震動ᄒᆞ고 蘇杭諸士ㅣ 乘醉使氣ᄒᆞ야 其勢ㅣ 甚是危悖라. 尹刺史ㅣ 正色曰

"老夫ㅣ 與明公으로 共被天恩ᄒᆞ야 昇平無事之時에 分面而任ᄒᆞ니 百姓이 安樂ᄒᆞ고 簿牒이 閒暇ᄒᆞ야 以酒色聲妓로 優遊樓舘은 將欲上而贊襄春臺玉燭[3]熙皞之治ᄒᆞ고 下而和答康衢煙月擊壤之歌ᄒᆞ야 以報聖恩之萬一이라. 今者壓江停之遊는 蘇杭一境에 無人不知어늘 明公之體重과 老夫之年高로 因一個娼妓之風情ᄒᆞ야 釀出閙端ᄒᆞ고 猜忌三尺童子之才ᄒᆞ야 以作過擧ᄒᆞ니 聞者ㅣ 皆曰'兩州刺史는 廢却政事ᄒᆞ고 沈溺酒色ᄒᆞ야 失其體操라'ᄒᆞ리니 此豈謂報答聖恩之意리오? 且江南紅은 老夫之府妓

---

3) 춘대옥촉(春臺玉燭): 춘대는 '봄의 전망 좋은 고층 전각'이라는 뜻으로, '성(盛)한 세상'을 비유하는 말이고, 옥촉은 촛불이 밝게 비치듯 사시(四時)의 기운을 조화롭게 한다는 것으로, 임금이 나라를 잘 다스려 태평성대를 연다는 뜻이다.

라 其逃走ㅣ 必有其故ᄒᆞ리니 從容處置가 當爲未晚이오 至於楊昌曲ᄒᆞ야
ᄂᆞᆫ 他郡之士ㅣ라 赴擧之路에 隱踪衒能ᄒᆞ야 以戲文章도 亦文人之常事어
ᄂᆞᆯ 明公이 今縱官隷ᄒᆞ야 成群作黨ᄒᆞ야 中路之作梗이 豈不駭然이리오?
老夫ㅣ 不幸히 來參此座ㅣ 誠極慚愧로라."

言畢에 氣色이 嚴肅ᄒᆞ거ᄂᆞᆯ 黃刺史ㅣ 頗有慚然之色而謝曰

"侍生이 年少氣銳ᄒᆞ야 念不及他ㅣ로소이다."

因叱退左右ᄒᆞ니 諸生이 猶不勝忿鬱이어늘 尹刺史ㅣ 正色曰

"士子之道ㅣ 當務學業ᄒᆞ고 修其文藝ᄒᆞ야 不怨勝己者ㅣ 可也어늘 乃
反猜忌他人之才ᄒᆞ야 擧措駭妄ᄒᆞ니 老夫ㅣ 雖不敏이ᄂᆞ 對百姓則爲法官
이오 對士子則爲師表ㅣ라. 若有不聽敎訓者ㅣ면 當以榎楚之物로 俾知師
弟之尊嚴케 호리라."

ᄒᆞ고 因欲收拾行裝而歸ᄒᆞᄃᆡ 黃刺史ㅣ 挽留ᄒᆞ야 請暫入府中이어ᄂᆞᆯ 尹
刺史ㅣ 不爲慇却ᄒᆞ야 入蘇州府中ᄒᆞ니 黃刺史ㅣ 進杯酒ᄒᆞ야 示慇懃之意
ᄒᆞ고 從容告曰

"生이 恃無間之厚誼ᄒᆞ고 敢有仰請之言호니 先生은 幸恕唐突之罪ᄒᆞ소
셔."

尹刺史ㅣ 笑曰

"所請者ㅣ 何事오?"

黃刺史ㅣ 笑曰

"侍生之年이 不過三十이오 一妻一妾은 男子之常事ㅣ라. 雖未能盡見
天下物色이ᄂᆞ 如江南紅之國色은 亘古絶倫이오 當世無雙이라. 侍生이 若
不置紅於左右則不能保天命ᄒᆞ리니 古語에 云 '色界에 無英雄烈士ㅣ라'
ᄒᆞ더니 今者에 乃知此語逼眞이로소니 願先生은 曉諭江南紅ᄒᆞ야 以遂所
欲케 ᄒᆞ소셔."

尹刺史ㅣ 笑曰

"俗語에 云 '百萬之衆에 得上將之首ᄂᆞᆫ 猶可爲어니와 一人之志ᄂᆞᆫ 難奪

이라' ᄒᆞ더니 紅雖賤妓ᄂᆞ 其如守心에 老夫ㅣ들 奈何오? 老夫ㅣ 但無沮

戱之理로라."

黃刺史ㅣ 曰

"侍生은 難爲此世之人이로소이다. 侍生이 有一計ᄒᆞ니 先以金銀綵緞

으로 甘誘其心ᄒᆞ고 五月五日錢塘湖에 設行競渡戱而請先生ᄒᆞ고 呼江南

紅則江南紅이 不能不來矣리니 生이 乘其時ᄒᆞ야 自有妙理ㄹᄊᆡ ᄒᆞᄂᆞ이

다."

尹刺史ㅣ 笑而應諾ᄒᆞ고 卽起身ᄒᆞ야 作別黃刺史ᄒᆞ고 回來杭州홀 ᄉᆡ

帶曉色而過一酒店ᄒᆞ니 此時紅娘이 起身無路ᄒᆞ야 方在店中이라가 歡喜

而出ᄒᆞ야 車前問候ᄒᆞ니 尹刺史ㅣ 見其服色ᄒᆞ고 依俙驚異而問曰

"汝ᄂᆞᆫ 何如人고?"

紅이 對曰

"妾은 杭州妓女江南紅이로소이다."

刺史ㅣ 驚曰

"汝ㅣ 罷宴之前에 無端變服而逃走ᄂᆞᆫ 何也오?"

紅이 謝曰

"妾은 聞周之呂尙은 釣渭八十年ᄒᆞ고 殷[4]之傅說은 築牆岩下ᄒᆞ야 踪跡

이 困窮이ᄂᆞ 不事凡主ᄒᆞ고 待殷宗·周文而許身ᄒᆞ니 不遇知己則不服之心

은 貴賤男女ㅣ 一般이라. 妾이 雖有娼妓之賤名이ᄂᆞ 自守之心은 無異於

古人어어ᄂᆞᆯ 今蘇州相公이 無端賤待ᄒᆞ고 逼迫其心ᄒᆞ시니 妾之逃走ᄂᆞᆫ 觀

其機也어니와 不告之罪ᄂᆞᆫ 萬死無惜이로소이다."

刺史ㅣ 黙黙不答이러니 沉吟良久에 問曰

---

4) 은(殷): 중국 고대 상(商)나라. 문헌에 따라 은이라는 명칭도 나타나 한때는 은으로 부르기
도 했으나, 은은 상나라의 마지막 수도일 뿐이며, 정확한 명칭은 상이다. 탕왕(湯王)이 하(夏)나
라 걸왕(桀王)을 물리치고 세웠으며, BC 1600년경부터 BC 11세기까지 이어지다가 제30대 주
왕(紂王) 때 주(周)나라 무왕(武王)에게 망했다.

“杭州ㅣ 自此路遠ㅎ니 汝能徒步而進乎아?”

紅曰

“妾이 乘夜逃走ㅎ야 脚力이 已盡ㅎ고 身氣不平ㅎ야 無前進之策이니이다.”

刺史ㅣ 曰

“汝來時乘車ㅣ 此後隨來ㅎ니 更乘此車而歸ㅎ라.”

紅이 拜謝ㅎ고 脫蒼頭之衣ㅎ고 乘其車ㅎ야 從刺史之後而向杭州ㅎ야 行至府中ㅎ야 見刺史下車ㅎ고 方欲退出터니 刺史ㅣ 曰

“蘇州刺史ㅣ 五月五日에 更招汝ㅎ야 錢塘湖에 欲開競渡戱ㅎ니 銘心ㅎ라.”

紅이 低首不答이어눌 刺史ㅣ 知其意ㅎ고 命退ㅎ니 紅이 出門外ㅎ야 上車홀 시 不知公子之消息ㅎ야 車窓으로 窺視路邊ㅎ면셔 向其家而來러니 南門內小酒店에 有一箇童子ㅣ 繫驢路傍而立커눌 詳視之ㅎ니 店中所坐秀才는 乃是楊公子ㅣ라. 紅이 雖不勝歡喜나 更思則

‘吾ㅣ 忽忽對公子於衆人之席ㅎ야 略知其容貌文章이오 未知其言行志操ㅎ니 將欲托百年인된 難可遽然許身矣라. 吾ㅣ 當用一時之權ㅎ야 更試其心ㅎ리라.’

ㅎ고 驅車直過而歸家ㅎ니 蓮玉이 歡喜出迎커눌 紅娘이 問曰

“其間에 無訪我者乎아?”

玉曰

“俄者一秀才ㅣ 訪娘子而來라가 娘子ㅣ 出他故로 留前村酒店而待니이다.”

紅娘이 笑曰

“來客을 因主人之不在ㅎ야 不得歆待ㅎ니 甚無禮也로다. 汝ㅣ 持盃酒與果種ㅎ고 前往酒店ㅎ야 接待秀才호되 如此如此ㅎ라.”

玉이 微笑ㅎ고 諾諾而去ㅣ러라.

此時楊公子ㅣ 獨坐孤店ᄒ야 甚無聊而且經半日ᄒ니 斜陽이 掛山ᄒ고 夕烟이 四起ㅣ라. 自覺待人難이러니 忽聞門外喧鬧에 一位官人이 過去어ᄂᆞᆯ 問諸傍人ᄒ니 乃本州刺史也ㅣ라. 公子ㅣ 心中思量ᄒ되

'本州刺史ㅣ 旣罷宴而歸ᄒ니 紅娘之歸家도 亦不遠矣리라.'

使童子로 刷驢ᄒ고 以待蓮玉之報러니 一個丫鬟이 持酒殽而來어ᄂᆞᆯ 詳視之ᄒ니 乃蓮玉也ㅣ라. 公子ㅣ 喜問曰

"汝主人이 還來否아?"

玉曰

"方今本州刺史ㅣ 還衙故로 問其消息則主人이 爲蘇州相公之所留ᄒ야 五六日後歸云이러이다."

公子ㅣ 聽罷에 氣色이 落莫ᄒ야 黙然良久에 曰

"此酒與果ᄂᆞᆫ 何爲也오?"

蓮玉이 曰

"公子ㅣ 寂寞客店에 心事擾亂일ᄊᆡᄒ야 小的가 以薄酒冷果로 代主人以來니이다."

公子ㅣ 奇其慇懃之意ᄒ야 纔飮一杯ᄒ고 不禁怊悵之心ᄒ야 無意於更飮ᄒ고 顧蓮玉曰

"吾行期甚急ᄒ야 不可久留ᄂᆞ 今天은 日已暮矣라 不得登程이오 宿店을 未定ᄒ니 汝ᄂᆞᆫ 爲我ᄒ야 定一旅店於近地乎아?"

玉이 應聲曰

"小鬟家ㅣ 與主宅으로 相距不遠ᄒ고 不甚湫隘ᄒ오니 公子ㅣ 雖留多日이라도 無妨이로소이다."

公子ㅣ 大喜ᄒ야 隨蓮玉而至其家ᄒ니 果極閑僻이라. 公子가 靑驢與童子ᄂᆞᆫ 托於蓮玉ᄒ고 定一間客室而休ᄒ니 玉이 回來ᄒ야 一一告紅娘ᄒᆫ디 紅娘이 笑曰

"吾當供夕飯矣리니 少勿漏泄ᄒ라."

玉이 應諾ᄒᆞ고 具夕飯而至客室ᄒᆞ니 公子ㅣ 食畢에 向蓮玉而謝曰

"一時過客을 欵待太甚ᄒᆞ니 心甚不安이로다."

玉이 笑曰

"因主人之不在ᄒᆞ야 使公子로 來留陋室ᄒᆞ고 待以蔬食菜羹ᄒᆞ오니 還非其情이로소이다."

因請夜間安寢ᄒᆞ고 歸報紅娘ᄒᆞ니 紅이 笑曰

"吾見公子ㅣ 非碌碌書生이라 帶風流男子之氣ᄒᆞᄂᆞ 今夜에 入吾計而受困ᄒᆞ리로다."

暗謂蓮玉曰

"汝ㅣ 更去客室ᄒᆞ야 見公子之動靜而來ᄒᆞ라."

玉이 笑而至客室ᄒᆞ야 隱身於窓外ᄒᆞ고 窺視動靜ᄒᆞ니 寂無鼻息之聲이러니 忽有挑燈之跡이어ᄂᆞᆯ 玉이 從窓隙窺視ᄒᆞ니 公子ㅣ 悄然對燈而坐ᄒᆞ야 怊悵之色과 踽凉之懷가 露出面上ᄒᆞ고 瞭瞭之心思와 黯黯之情緖ㅣ 充滿眉宇ᄒᆞ야 或作長嘆ᄒᆞ고 轉輾不寐어ᄂᆞᆯ 玉이 欲潛跡而歸러니 自房中으로 更有呻吟之聲ᄒᆞ면셔 公子ㅣ 開門而出이어ᄂᆞᆯ 玉이 回避於墻後ᄒᆞ야 隱身窺之ᄒᆞ니 公子ㅣ 下庭而步ᄒᆞᆯ 시 夜已三更이라 半輪殘月은 掛於西山ᄒᆞ고 寒露ᄂᆞᆫ 滿天ᄒᆞ니 公子ㅣ 向殘月하야 茫然而立이라가 忽吟一首詩ᄒᆞ니 其詩에 曰

鍾殘漏促[5]轉星河 客舘孤燈屢剪花

緣何風掇浮雲起 難向月中見素娥

蓮玉이 素以聰慧女子로 久從紅娘ᄒᆞ야 頗解詩意故로 心中에 詳記ᄒᆞ야

---

5) 종잔루촉(鍾殘漏促): '종루가 때를 재촉한다'는 뜻. 종루는 때를 알리는 종과 물시계를 일컫는다.

歸告顚末ᄒ니 紅娘이 問曰

"公子之容貌氣色이 如何런고?"

玉曰

"昨日은 公子之容貌氣色이 繁華佳麗ᄒ사 東風百花ㅣ 如帶春雨ㅣ러니 一夜之間에 顔色이 憔悴ᄒ야 寒霜紅葉이 如含蕭條之色ᄒ니 甚怪러이다."

紅娘이 責曰

"小婢之言이 太過로다."

玉이 又曰

"賤婢ㅣ 猶以語訥로 難可盡其形容이니 公子ㅣ 就寢에 呻吟之聲이 不絶ᄒ고 對燈에 凄凉之色이 可憫ᄒ니 若非微恙이면 必有愁思ㅣ러이다."

紅이 聽畢에 心中思量ᄒ되

'自古로 大丈夫ㅣ 無不見欺於兒女子ㅣ나 吾不必過爲嘲也ㅣ로다.'

ᄒ고 顧玉曰

"公子ㅣ 旣如彼心亂인딘 吾ㅣ 豈不安慰ㅣ리오?"

ᄒ고 自篋中으로 取出一套男服ᄒ니 此將如何오? 且看下回ᄒ라.

鴛鴦枕上夢雲雨　燕勞亭前折楊柳
第四回

　却說. 紅娘이 衣男服ㅎ고 擧鏡而照에 笑曰

　"昔者에 巫山神女는 爲雲爲雨ㅎ야 欺楚襄王ㅎ더니 今日江南紅은 爲男爲女ㅎ야 戲楊公子ㅎ니 豈不笑哉리오?"

　玉이 笑曰

　"娘子ㅣ 着男服ㅎ시니 容貌風彩ㅣ 恰似楊公子ㅣ나 面上에 尙有粉痕ㅎ야 恐露本色일싸 ㅎ노이다."

　紅娘이 笑曰

　"昔者에 潘岳은 男子로디 面如粉粧ㅎ니 世間에 多有白面書生이라. 況夜間月下에 豈能明辨이리오?"

　ㅎ고 兩人이 呵呵大笑러니 仍付耳低言ㅎ고 飄然而出門外러라. 楊公子ㅣ 於壓江亭에 暫見紅娘ㅎ고 愛慕之情이 不忘於寤寐ㅎ야 謂其相逢이 在於朝夕터니 好事多魔ㅎ야 佳期腕晚ㅎ니 旅舘孤燈에 夜深而睡不能成ㅎ고 寂寞之懷로 徘徊於月下ㅎ야 作一首詩而吟ㅎ고 惆悵彷徨ㅎ야 不知寒露之濕衣러니 忽有一陣西風에 琅然혼 讀書聲이 吹來어놀 側耳靜聽ㅎ

니 雖難辨男女之聲音이ᄂ 其書ᄂ 乃是左太沖[1] 招隱調[2]]라. 誦聲이 淸雅ᄒ야 節節合律呂ᄒ니 如秋天歸鴈之尋侶ᄒ고 如丹山孤凰之嘆偶ᄒ야 非凡人之吟詠이라. 公子] 甚奇之ᄒ야 誦曹子建洛神賦[3]而和之ᄒ니 其聲이 東西相應ᄒ야 一唱一和홈이 西聲은 嘹喨ᄒ야 如玉盤明珠之圓轉ᄒ고 東聲은 豪放ᄒ야 如戰場刀鎗之相鳴이라. 酬唱半晌에 西聲이 忽絶ᄒ더니 門外에 有剝喙之聲이어ᄂ 公子] 急出而視之ᄒ니 一個秀才] 立於月下흔데 玉顔星眸로 狀貌가 突兀ᄒ고 風彩] 拔越ᄒ야 非塵世人物이오 疑是玉京神仙이 謫降이라. 公子가 慌忙迎之曰

"夜已深矣오 客舘이 寂寥어ᄂ 何許秀才가 辛勤來訪乎아?"

秀才] 笑曰

"弟ᄂ 西川[4]人이라 有山水之癖이러니 聞蘇杭佳麗之著名於天下ᄒ고 欲遊覽而來ᄒ야 留於近隣客店이라가 適誦古文而瀉懷러니 聞秀才書聲이 如碎玉聲ᄒ고 特此帶月而來ᄒ야 共君半夜話가 似可勝十年之讀일시

---

1) 좌태충(左太沖): 서진(西晉)의 문인 좌사(左思). 자는 태충(太沖). 무제(武帝)의 귀빈(貴嬪) 좌분(左芬)의 오빠. 하급 관리의 집에 태어났으나, 여동생이 궁중에 여관(女官)으로 들어갔기에 도읍 낙양(洛陽)으로 나와 10년 동안 구상하여 『삼도부三都賦』를 지었다. 이것이 당시 문단의 영수였던 장화(張華)에게 절찬을 받아 일약 유명해졌다. 낙양 지식인들이 이것을 앞다투어 필사했으므로 '낙양의 지가(紙價)를 올린다'는 말이 생겼을 정도다.

2) 초은조(招隱調): 서진(西晉)의 문인 좌사(左思)가 지은 오언고시「초은시招隱詩」를 가리키며, '초은(招隱)'은 은사(隱士)를 초청한다는 뜻으로, 산속에 은거하여 사는 즐거움을 읊은 시다. 그 앞부분은 다음과 같다. "지팡이를 짚고 은사를 찾아 나서니, 예나 이제나 거친 길이 가로막네. 바위굴에 만들어진 얼개가 없으나, 언덕에서 거문고 소리 들려오네(杖策招隱士, 荒塗橫古今. 嚴穴無結構, 丘中有鳴琴)."

3) 낙신부(洛神賦): 중국 삼국시대 위(魏)나라 조식(曹植, 192~232)이 지은 부. 222년 조식이 조정에 들어갔다가 고향으로 돌아가는 도중에 낙수(洛水)를 지나며 지은 작품으로, 낙포(洛浦)의 선녀와 조식의 이루어질 수 없는 사랑을 표현했다. 상고시대 복희씨(伏羲氏)의 딸 복비(宓妃)가 낙수에서 익사하여 수신(水神)이 되었다는 전설이 있는데, 이를 토대로 낙신이라는 선녀를 창조했다. 창작 배경에 대해 견(甄)부인에 대한 조식의 사모하는 마음을 기탁한 것으로 보기도 한다. 견부인은 본명이 복(宓)으로, 조비(曹丕)가 그녀를 처로 삼아 위(魏)나라 문제(文帝)로 즉위한 후 문소황후(文昭皇后)가 되는데, 조비는 아우 조식과의 관계를 의심했으며, 후에 후궁 곽씨의 모함으로 죽임을 당한다.

4) 서천(西川): 지금의 중국 서부 내륙 지방에 있는 사천성(四川省) 일대.

欲以相慰客懷ᄒ노라."

公子ㅣ 大喜ᄒ야 請入自己客室혼ᄃᆡ 秀才曰

"捨如此月色ᄒ고 深入房中而何爲리오? 共坐月下ᄒ야 論心이 亦自不妨이로라."

公子ㅣ 微笑ᄒ고 向月對坐ᄒ니 以公子之聰明으로 豈不知半日相對之紅娘이리오마는 月色이 雖耀ᄂ 不同白晝ᄒ고 又着男服而無半點羞澁之態ᄒ니 公子ㅣ 心思怳惚ᄒ고 精神이 如醉如狂ᄒ야 暗思ᄒ되

'江南人物이 擅名於天下ᄒ야 稟山川秀氣ᄒ니 雖男子라도 或有如女子者ㅣ나 豈能有如此美男子리오?'

ᄒ더니 秀才ㅣ 問曰

"兄은 將往何處오?"

公子ㅣ 答曰

"弟本汝南人으로 欲赴擧而向皇城이라가 訪此處親友而來러니 因其友人이 雲遊ᄒ야 逗遛客舍이로라."

秀才ㅣ 笑曰

"男兒之萍水相逢이 本自如此ᄒ니 今夕邂逅ᄂ 蜉蝣人生에 未易得之奇緣이라 豈可蕭索相對ᄒ야 虛送月色於無聊之中이리오? 吾囊中에 有數葉靑銅ᄒ고 門外에 有率來之童子ᄒ니 兄은 不辭一杯春酒乎아?"

公子ㅣ 笑曰

"吾ㅣ 雖無太白金星5)之酒量이ᄂ 兄이 能有賀知章金貂換酒之風ᄒ니 卮酒를 安足辭ㅣ리오?"

秀才ㅣ 笑開錦囊ᄒ고 細呼童子ᄒ야 沽酒而來ᄒ라 ᄒ니 須臾에 杯盤

---

5) 태백금성(太白金星): 금성은 태양계 내에서 태양으로부터 두번째에 위치한 행성으로, 새벽에 동쪽 하늘에서 보이는 금성을 '계명성(啓明星)'이라 부르고, 저녁에 서쪽 하늘에서 보이는 금성을 '태백성(太白星)'이라 부른다. 여기서는 자가 태백(太白)인 당나라 시인 이백을 가리키는 것으로 보인다.

이 進來어놀 兩人이 對酌ᄒ야 一酬一勸ᄒ니 於焉에 盡帶微醉라. 秀才ᅵ
笑曰

　"我等이 如此相會ᄒ야 無可留跡ᄒ니 尋常閒談이 不如數句詩라. 我無
李太白의 一斗百篇之才ᅵᄂ 不避雷門布鼓之羞ᄒ노니 兄은 莫惜木瓜瓊
琚之投報ᄒ라."

　說罷에 請公子之扇ᄒ야 出囊中之華硯ᄒ야 沉吟須臾에 向月而題一首
詩ᄒ니 其詩에 曰

　　曲坊三十問東西　烟雨樓臺處處迷
　　莫道無心花裏鳥　變音更欲盡情啼

　公子ᅵ 覽畢에 雖歎服文字之精妙와 詩情之逼盡이ᄂ 惟詩外有意ᄒ야
怪其有所托意ᄒ야 再三熟視ᄒ고 請秀才之扇ᄒ야 和一首詩ᄒ니 其詩에
曰

　　芳草萋萋日已斜　碧桃樹下訪誰家
　　江南歸客仙緣薄　只見錢塘不見花

秀才ᅵ 見而朗吟曰
　"兄之文章은 弟之所難及이로다. 然이ᄂ 第二句에 所云 '碧桃樹下訪誰
家'ᄂ 指誰家也오?"
　公子ᅵ 笑曰
　"偶然所發이로다."
　紅娘이 暗思ᄒ되
　'公子之文章은 不須更試어니와 更試心ᄒ리라.'
　ᄒ고 傾其餘酒而勸於公子曰

"如此月下에 不醉而何오? 吾聞杭州之靑樓物色이 著名於天下ᄒ니 今夜我等이 帶月色而暫訪이 若何오?"

公子ㅣ 沉吟良久에 曰

"以士子로 遊於靑樓ㅣ 不可ᄒ고 且兄與我ㅣ 同是秀才라 往於熱鬧之處라가 爲他人所覺則恐有毁損일까 ᄒ노라."

秀才ㅣ 笑曰

"兄言이 太過로다. 古語에 云 '論人於酒色之外라' ᄒ니 漢之蘇子卿은 有雪窖啗氈之忠烈이로되 近胡姬ᄒ야 生通國ᄒ고 司馬長卿은 文章이 絶世ᄂ 慕卓文君ᄒ야 奏鳳凰曲ᄒ니 由此觀之則色界上에 豈有正人君子리오?"

公子ㅣ 曰

"不然ᄒ다. 司馬相如ᄂ 誘出文君ᄒ야 被犢鼻褌ᄒ고 賣酒路傍ᄒ니 其酒色之放蕩을 使凡夫로 效則이면 得罪名敎ᄒ야 爲千秋棄人일까 ᄒ노라. 惟長卿之文章이 當世獨步오 忠足以諷諫人君ᄒ야 敎化遺風이 如蜀中之雷ᄒ고 風采氣像이 輝煌後世ᄒ야 以風流酒色之小過로 不能遮其名ᄒᄂ 此亦足爲連城之瑕어든 今兄我之文學이 不能當古人이오 名望이 又不及이어놀 今不言古人之德業ᄒ고 但欲效其過ᄒ니 豈不誤哉아?"

紅娘이 聞言而歎曰

'吾ㅣ 徒知公子之風流男子ㅣ러니 豈知兼道學君子之風範이리오?'

ᄒ고 更問曰

"此ᄂ 可也어니와 古語에 云 '士爲知己者死ㅣ라' ᄒ니 何謂而爲知己오?"

公子ㅣ 笑曰

"兄이 非不知也ㅣ라 欲試弟意로다. 與人相親에 能有知其心情者則此所謂知己로다."

秀才ㅣ 曰

"我ᄂᆫ 雖知其人之心이ᄂ 其人은 不知我心則此亦云知己乎아?"

公子ㅣ 笑曰

"奏伯牙琴則有鍾子期ᄒᆞ니 人이 修其持操ᄒᆞ야 存諸中而發於外則雲
從龍風從虎ᄒᆞ야 同聲相應ᄒᆞ며 同氣相求ᄒᆞ리니 豈有不知之理리오?"

秀才ㅣ 曰

"世間에 有二人同心者ㅣ 幾稀ᄒᆞ니 窮途交情을 及其富貴而忘之者ㅣ
比比有之라 能見富貴窮達之有始有終者乎아?"

公子ㅣ 笑曰

"古語云ᄒᆞ되 '貧賤之交ᄂᆫ 不可忘이오 糟糠之妻ᄂᆫ 不下堂이라'6) ᄒᆞ니
以富貴窮達로 變易其親疎면 此ᄂᆫ 輕薄之事ㅣ라 豈因此而疑世리오?"

秀才ㅣ 笑曰

"兄之言은 近於忠厚ㅣ로다. 弟ᄂᆫ 本無持操之人이라. 古語에 云 '飛鳥
도 擇木而棲ㅣ라' ᄒᆞ니 臣之事君과 士之交友에 或修其名望ᄒᆞ고 守其禮
節ᄒᆞ야 有以道理合者ᄒᆞ며 或顯出其才ᄒᆞ고 不讓其權ᄒᆞ야 有要求相親者
ᄒᆞᄂᆞ니 兄은 以爲何如오?"

公子ㅣ 答曰

"人之出處行藏을 豈可易論이리오? 聖人도 亦有經權7)ᄒᆞᄂᆞ니 君臣之
際와 朋友之間에 但照一片心而已라. 吾亦赴擧之士로 不能修德揚名ᄒᆞ고

---

6) 빈천지교불가망(貧賤之交不可忘), 조강지처불하당(糟糠之妻不下堂): 후한 광무제(光武帝)가
일찍이 과부가 되어 쓸쓸히 지내는 누님에게 의중을 떠보니, 송홍(宋弘) 같은 사람이라면 시집
가겠다고 했다. 마침 송홍이 편전에 들어오자 광무제가 누님을 병풍 뒤에 숨기고 그에게 물었
다. "속담에 이르길, 지위가 높아지면 친구를 바꾸고 집이 부유해지면 아내를 바꾼다 하니 그
럴 수 있을까?" 그러자 송홍이 "신은 듣건대, 가난하고 천할 때의 친구는 잊어서는 안 되고, 지
게미와 쌀겨를 먹으며 고생한 아내는 집에서 내보내서는 안 된다고 합니다(臣聞, 貧賤之交不可
忘, 糟糠之妻不下堂)"라고 했다. 광무제가 누님이 있는 쪽을 돌아보며 조용히 "일이 틀린 것 같
습니다" 했다. 『후한서』 「송홍전宋弘傳」에 나오는 이야기다.
7) 경권(經權): 경법(經法)과 권도(權道)를 아울러 일컫는 말. 경법은 대경대법(大經大法), 즉 공
명정대한 큰 원리와 법칙. 권도는 목적 달성을 위하여 그때그때의 형편에 따라 임기응변으로
일을 처리하는 방도.

但以文章糟粕으로 妄欲徼君父之恩ᄒ니 此豈異於閨中處女之掩面自媒리
오? 由此觀之則出處行藏이 正大介潔ᄒ야 無恥於古人者ㅣ 幾人고?”

秀才ㅣ 微笑而起身曰

“夜深ᄒ고 客中失睡ㅣ 非調養之道也ㅣ니 無盡情話를 更期明日ᄒ노
라.”

公子ㅣ 不忍別離ᄒ야 握秀才之手ᄒ고 更玩月色ᄒᆯ 시 秀才ㅣ 忽有沉
吟之色터니 吟一句詩曰

　　點點疎星耿耿河　綠窓深鎖碧桃花
　　那識今宵看月客　前身曾是月中娥

公子ㅣ 聞秀才之詠詩ᄒ고 甚異之ᄒ야 知必有所意ᄒ고 更欲試問이러
니 秀才ㅣ 拂袖飄然而去러라. 此時江南紅이 欲觀公子之意ᄒ야 變着秀才
之服ᄒ고 客舘相對ᄒ야 聽數句語ᄒ니 可知其識見이오 知其許心ᄒ야 以
定百年佳約이 決無可疑也ㅣ라. 故로 誦一首詩ᄒ야 微露其踪跡ᄒ고 飄
然而歸ᄒ야 卽變粧束ᄒ고 以鮮明之服과 濃艶之粧으로 現出其本色ᄒ고
挑燈而坐ᄒ야 送蓮玉于客舘ᄒ야 請公子ᄒ니 此時公子ㅣ 自送秀才로 眼
前이 閃閃ᄒ야 如醉如夢타가 移臥枕上ᄒ야 更思秀才之容貌與吟咏ᄒ고
怳然大覺ᄒ야 乃笑曰

“吾爲紅娘之所欺로다.”

窓外에 忽有人跡이어늘 驚視之ᄒ니 乃蓮玉이라. 蓮玉이 微笑曰

“主人이 方歸來ᄒ야 請公子ㅣ러이다.”

公子가 亦莞爾而隨蓮玉ᄒ야 至紅娘家ᄒ니 紅娘이 已倚中門而待라가
笑而迎之曰

“妾之歸來가 遲緩ᄒ야 使公子로 經苦於客店ᄒ오니 難道傲慢之罪이오
ᄂ 良宵月下에 邂逅新朋ᄒ야 以詩酒로 消遣ᄒ시니 攢賀不已로소이다.”

公子ㅣ 答曰

"人之處世에 聚散逢別이 都是夢也ㅣ라. 約美人於壓江亭도 夢也요 逢秀才於客店도 亦夢也ㅣ라. 栩栩大夢이 飄蕩無情ᄒ니 莊周之爲蝴蝶과 蝴蝶之爲莊周를 誰能辨之리오?"

兩人이 喜笑陞堂ᄒ야 定座後에 紅娘이 斂容謝曰

"妾이 以娼妓之賤으로 不能免路柳墻花之本色ᄒ야 以歌曲으로 約公子ᄒ고 半夜旅舘에 變服而戲ᄒ니 非君子之所容이어니와 區區所懷ᄂ 花落厠中ᄒ니 可恨無香이ᄂ 玉沒塵中ᄒ되 不失光彩라. 欲以海誓山盟으로 依托一人ᄒ고 鍾鼓琴瑟로 偕樂百年ᄒ니 今公子ㅣ 不惜一言之重則妾은 又以十年靑樓之一片苦心으로 欲遂平生宿願일ᄊ ᄒ노이다."

言畢에 辭氣悽惋ᄒ고 顔色이 慷慨어놀 公子ㅣ 近前握手曰

"吾ㅣ 雖豪蕩男子ㅣᄂ 讀古書ᄒ야 略知信義ᄒ니 豈效貪花狂蝶無情之態ᄒ야 以負五月飛霜含冤之意리오?"

紅娘이 謝曰

"公子ㅣ 旣欲收拾賤身이신딘 兒女子가 當效犬馬之誠이어니와 未知케라 公子之行裝이 何其草草이시며 兩堂이 具慶ᄒ사 愉色婉容으로 尙侍膝下乎잇가?"

公子ㅣ 曰

"我本汝南人이라. 兩親이 俱存ᄒ사 春秋ㅣ 不至隆老ᄒ시고 家庭이 素是寒微러니 妄想雁塔之題名ᄒ야 赴擧皇城이라가 中途逢賊ᄒ야 見失行資而無前進之策故로 逗遛店中ᄒ야 欲玩壓江亭而去러니 偶逢紅娘ᄒ니 此亦佳緣이라. 娘은 何如人이며 姓名은 云何오?"

紅이 對曰

"妾本江南人이오 姓은 謝氏라. 妾이 生纔三歲에 山東에 盜起ᄒ야 失父母於亂中ᄒ고 轉轉漂泊ᄒ야 爲靑樓所賣ᄒ니 此亦命途畸薄이라. 性本怪異ᄒ야 不欲許身於凡夫ᄒ고 靑樓多年에 許多閱人이로되 難逢知己러

니 今見公子호니 雖無相人之眼이노 知爲當世一人이라 欲托一身호고 伸雪賤名이로소이다."

因進盃盤호야 慇懃情懷와 溫和談笑ㅣ 如綠水鴛鴦이 戲弄春波호고 似丹山鳳凰이 和鳴碧梧ㅣ러라. 方舖錦衾호고 聯鴛鴦枕而夢雲雨홀 시 紅娘이 脫羅衫호니 玉腕이 露出에 一點鸚血이 分明於燭下호야 東風桃花ㅣ 飛落春雪호고 海上紅日이 聳出雲間이라. 公子ㅣ 驚日

'吾見紅娘之顔호고 不見其心이라가 旣知其心이노 猶不信持操之如此卓越터니 豈期以靑樓名妓蕩佚之身으로 守紅閨婦女貞靜之心이리오?'

호더라. 紅娘은 絶代佳人이오 公子는 少年才士라 衽席風情이 豈可淡然이리오? 忽忽漏鼓와 耿耿星河는 猶恨李三郞의 六更之短이러라. 紅娘이 枕邊에 告公子日

"公子ㅣ 年旣長成호시니 宜抱高門甲第之雁이라 已有氷語8)之定乎잇가?"

公子ㅣ 日

"家本寒微호고 且在遐土호야 姑未有定이로라."

紅娘이 笑日

"妾進忠告一言이오니 公子ㅣ 不責其猥濫乎잇가?"

公子ㅣ 日

"吾已許心호니 當言其所懷호라."

紅이 笑日

"妾이 寧飮三盃酒언뎡 不受三次打頰이라. 樛木之陰이 厚然後에 葛藟之依ㅣ 爲之繁盛이니 公子之定窈窕好逑는 賤妾之福이라. 今本州刺史尹公이 有一位小嬌호니 年紀十七歲요 月態花容이 貞靜幽閑호야 可爲君子之偶라. 尹公이 欲求佳婿ㅣ노 尙無定婚處라 호니 公子ㅣ 今登龍門호사

8) 빙어(氷語): 혼인 중매하는 사람의 말.

316

題名雁塔은 妾所預度이니 佳偶를 不必求於他處] 요 採納妾言호소셔."

公子] 點頭러라. 東方이 旣白호니 紅娘이 起罷曉粧호고 對鏡視之호니 丰茸之顔에 和氣充滿호야 如牡丹之新綻호야 一夜之間에 和悅之容이 尤爲丰美호니 心中에 且驚且喜러라. 公子] 謂紅娘曰

"吾] 行期促急호니 難可久留라. 明日은 欲向皇城이로라."

紅이 悄然曰

"以兒女之細細私情으로 不誤君子之大事호야 當準備行李호오리니 請以再明日登程호소셔."

公子] 亦難別離호야 信宿發行홀 시 紅이 告曰

"公子之行色이 頗甚草草호니 妾雖貧寒이ㄴ 行者ᄂ 有贐이라 一套衣服과 些少銀子를 勿鄙之而領之호소셔. 且皇城이 自此로 千餘里라 匹驢單僕으로 又恐有不虞] 라. 妾家에 有一個蒼頭호야 猶可收拾行李오니 幸望率去호소셔."

公子] 應諾而登程홀 시 紅娘이 具杯盤호고 率蓮玉與蒼頭호고 乘小車而往餞十餘里驛亭호니 亭在山隈호야 揭額曰 燕勞亭이라. 取'東飛伯勞西飛燕'之詩意호야 臨大路邊호니 景槪絶勝호야 左右에 楊柳垂而靑靑호고 前臨流水호야 以橫虹橋호니 自古佳人才子의 送客處] 러라. 紅娘與公子] 至亭下호야 繫車驢於柳枝호고 携手登亭호니 此時ᄂ 四月初旬이라 柳間鶯聲은 間關[9]호고 溪邊芳草ᄂ 萋萋호니 雖尋常行人이라도 猶自消魂斷腸이어던 況美人이 送玉郎호고 玉郎이 別美人이리오? 公子與紅娘이 悄然相對호야 脉脉無言터니 蓮玉이 進杯盤이어놀 紅娘이 慨然擧杯호야 獻於公子호고 歌一首詩호니 其詩에 曰

東飛伯勞西飛燕 弱柳千絲復萬絲

---

9) 간관(間關): 새의 지저귀는 소리가 아름다움.

絲絲欲斷風情少 爲拂歌筵悵別離

公子ㅣ 傾飮而更斟一杯ㅎ야 賜紅娘ㅎ고 和一首詩ㅎ니 其詩에 曰

東飛伯勞西飛燕 楊柳靑靑拂渭城
生憎岐路分南北 送客何如去客情

紅娘이 受杯에 眼淚가 盈襟ㅎ야 曰

"妾之區區所懷는 公子之所明燭이니 不必更言이어니와 萍水踪跡이 南
北千里에 分散이 如雲ㅎ니 非無悠悠後期로디 人事之翻覆과 聚散之無定
을 豈可測哉리오? 況妾이 身係官府ㅎ야 每多相逼者일시 不知來頭事ㅎ
오니 但望公子는 保重千金之體ㅎ사 愼旃行李ㅎ시고 樹立功名ㅎ야 他時
錦衣還鄕之日에 勿忘賤妾ㅎ소셔."

公子ㅣ 亦不勝悵然ㅎ야 執紅娘之手而慰之曰

"世間萬事ㅣ 無非天定이라 非人力所强也ㅣ니 吾與娘으로 如此相逢도
天定이오 今日相別도 天定이니 更續情緣ㅎ야 歡樂富貴가 亦豈無天定이
리오? 暫作別離를 不須過傷心神ㅎ야 以擾行者之心ㅎ라."

紅娘이 乃顧蒼頭曰

"汝侍公子ㅎ고 小心往返ㅎ라."

公子ㅣ 起身ㅎ야 方欲下亭이러니 紅娘이 復擧杯進曰

"從此告別에 雲山이 杳杳ㅎ고 魚鴈10)이 茫茫ㅎ니 風朝雨夕과 孤店殘
燈에 回思賤妾之斷腸ㅎ소셔."

公子ㅣ 默然不答ㅎ고 策驢而前홀 시 率童子與蒼頭ㅎ고 渡石橋ㅎ야

---

10) 어안(魚鴈): 물고기와 기러기가 편지를 대신 전한다는 뜻. 물고기는 『문선文選』의 고악부(古
樂府) 「음마장성굴행飮馬長城窟行」에 나오고, 기러기는 『한서漢書』 「소무전蘇武傳」에 나온다.

飄然而去어눌 紅娘이 獨立欄頭ᄒᆞ야 遙望征客ᄒᆞ니 疊疊遠山은 帶夕陽而
高低ᄒᆞ고 茫茫野色은 含暮烟而平舖라. 一匹靑驢ᄂᆞᆫ 頓無去處ᄒᆞᆫ데 林中鳥
聲은 隨風而噪ᄒᆞ고 天際歸雲은 含雨而暗이라. 紅娘이 頻擧羅衫而掩面에
不覺珠淚之潸然이러라. 蓮玉이 收拾杯盤而催歸ᄒᆞ니 紅娘이 揮淚而上車
回家ᄒᆞ다.

此時楊公子ㅣ 別紅娘ᄒᆞ고 向皇城而行홀 시 耿耿一念이 惟在紅娘ᄒᆞ야
入客店則對殘燈而不能成眠ᄒᆞ고 登程則臨高岸流水而不能定踽凉惆悵之
懷러니 行十餘日에 到皇城ᄒᆞ니 宮闕之壯麗와 市井之熱鬧ᄂᆞᆫ 可知京都之
繁華也ㅣ러라. 定舍舘而安頓行李ᄒᆞ고 休息數日後에 回送蒼頭홀 시 擧
彩箋修一封書ᄒᆞ야 付蒼頭ᄒᆞ고 給五兩銀子ᄒᆞ야 使之速還ᄒᆞ라 ᄒᆞ니 蒼頭
ㅣ 悵然拜謝曰

"小的가 已知舍舘ᄒᆞ니 更奉娘子書簡而來ᄒᆞ리라."

ᄒᆞ고 向杭州而去ᄒᆞ다.

且說. 江南紅이 送公子而回家ᄒᆞ야 杜門稱病ᄒᆞ야 謝絶來客ᄒᆞ고 襤褸
衣服으로 不梳不粧ᄒᆞ더니 一日은 自思曰

'吾已薦尹刺史之小嬌ᄒᆞ니 公子ᄂᆞᆫ 有信男子ㅣ라 庶幾不忘矣러니 然則
尹小姐ᄂᆞᆫ 與我로 百年同苦樂之人이라. 吾ㅣ 豈不先訂厚誼哉리오?'

ᄒᆞ고 卽以淡粧褻服11)으로 入府中ᄒᆞ야 問候于刺史ᄒᆞᆫ되 刺史ㅣ 笑曰

"近日에 娘有身恙이라 ᄒᆞ더니 何能來尋老夫耶아?"

紅이 曰

"妾이 以官府所係之身으로 未曾承命ᄒᆞ와 不得見謁이러니 今有區區所
懷ᄒᆞ와 敢此謁見이로소이다."

刺史ㅣ 曰

"近日은 無公事之紛擾ᄒᆞ야 每多閑寂之時라 欲喚紅娘ᄒᆞ야 談笑消遣이

---

11) 설복(褻服): 예복이 아닌, 평상시에 입는 옷.

ㄴ 聞娘之有志而未果어니와 有何所懷也오?"

紅曰

"近日에 妾이 有心腹之疾ᄒ와 靑樓之熱鬧ㅣ 甚苦ᄒ오니 伏願出入府
中ᄒ야 侍內堂小姐ᄒ야 學針線女工ᄒ고 奉灑掃巾櫛ᄒ야 以便調病일ᄊᆡ
ᄒ노이다."

刺史ㅣ 素愛紅娘의 端正貞一ᄒ야 有閨中婦女之風度ㅣ러니 大喜許諾
ᄒ고 引紅娘而入內堂ᄒ야 呼小姐曰

"老父ㅣ 常憂汝之孤寂터니 今適江南紅이 因渠家之煩擾ᄒ야 欲從汝而
遊故로 吾已許之ᄒ니 汝意ㅣ 何如오?"

小姐ㅣ 心中自量ᄒ되

'紅娘은 娼妓라. 雖曰素有持操ㅣㄴ 豈能全無本色이리오? 同處相遊ㅣ
似或不可ㅣㄴ 父親이 已爲許之라 不可拂逆.'

ᄒ야 對曰

"如命호리이다."

刺史ㅣ 大喜ᄒ야 呼紅而賜座ᄒ고 半日閑談이라가 出外堂홀 시 紅娘
이 告小姐曰

"妾이 年幼薆學ᄒ야 但見靑樓酒肆之放蕩ᄒ고 不聞閨範內則之禮節故
로 欲恒侍小姐ᄒ야 聞其敎訓ᄒ옵더니 今許置左右ᄒ시니 實感厚澤이로
소이다."

少姐ㅣ 微笑不答이러라. 日暮後에 紅이 告以歸家ᄒ야 命蓮玉ᄒ야 守
家ᄒ고 翌朝에 更入府中ᄒ야 卽至小姐寢室ᄒ니 小姐ㅣ 方讀列女傳이어
늘 紅이 就案前而問曰

"小姐所看書ᄂᆞᆫ 何也ㅣ잇고?"

小姐ㅣ 答曰

"列女傳이로다."

紅曰

"妾이 聞列女傳에 云ᄒ되 '周之太姒난 文王之妻] 라 衆妾이 作樛木詩而頌德이라' ᄒ니 未知케라. 太姒] 善爲御下ᄒ샤 使衆妾으로 和睦歟잇가? 衆妾이 善爲事上ᄒ야 太姒] 爲之感歟잇가? 古詩에 云ᄒ되 '女無美惡이라 入宮見妬] 라'[12] ᄒ니 婦女之妬忌ᄂ 自古有之ᄂ 以一人之德으로 感化衆妾之妬心은 妾之所不信이로소이다."

小姐] 微擧秋波ᄒ야 視紅而有羞澁之色이러니 良久에 曰

"吾ᄂ 聞源淸則流水] 爲之淸ᄒ고 形容이 端正則影隨而正이라 ᄒ니 修其身則雖蠻貊之邦이라도 可行커던 況一室之人이리오?"

紅이 笑曰

"周易[13]에 曰 '雲從龍ᄒ고 風從虎[14]] 라' ᄒ니 以堯舜[15]之德으로도 無稷契之臣則豈得唐虞之治[16]며 以湯武[17]之賢으로도 無伊周[18]之臣則豈

---

12) 여무미악(女無美惡), 입궁견투(入宮見妬): '여자는 아름답건 밉건, 궁중에 들어가면 질투를 받는다.' 『사기』「노중련·추양열전魯仲連·鄒陽列傳」에 나오는 말.

13) 주역(周易): 유교 경전의 하나인 『역경易經』. '주나라의 역'이라는 뜻이며, 역은 변역(變易)의 의미로, 천지만물이 끊임없이 변화하는 자연현상의 원리를 설명하고 풀이한 것이다. 『주역』은 8괘와 64괘, 그리고 괘사(卦辭)·효사(爻辭)·10익(十翼)으로 이루어져 있다. 태극이 변하여 음·양으로, 음·양이 다시 변하여 8괘가 되는데, 이로부터 64괘를 만들고 거기에 괘사와 효사를 붙여 설명했다.

14) 운종룡(雲從龍), 풍종호(風從虎): '구름은 용을 따르고 바람은 호랑이를 따른다.' 성군(聖君)이 나오면 현신(賢臣)이 반드시 나와 돕는다는 것을 비유하는 말. 『주역』 건괘(乾卦)에 나오는 구절.

15) 요순(堯舜): 중국 고대에 태평성대를 이루었던 두 임금. 요임금은 즉위하여 도(陶)에 도읍을 세웠다가 나중에 당(唐)으로 옮겨 살아 도당씨(陶唐氏)라 일컫기에, 당요(唐堯)로도 불린다. 순임금은 조상이 우(虞)에서 일어나 유우씨(有虞氏)라 일컫기에, 우순(虞舜)으로도 불린다. 순임금은 요임금에게서 왕위를 물려받았으며, 자신도 치수(治水)에 공이 컸던 우(禹)에게 왕위를 물려주었다.

16) 당우지치(唐虞之治): 중국 고대의 도당씨 요임금과 유우씨 순임금이 다스리던 태평 시대.

17) 탕무(湯武): 상(商)나라를 창건한 탕왕과 주(周)나라를 창건한 무왕. 탕왕과 무왕은 폭정을 일삼은 하나라 걸왕(桀王)과 상나라 주왕(紂王)을 각각 토벌하여 태평 시대를 이루었기에 후대에 성왕(聖王)으로 추앙되었다.

18) 이주(伊周): 이윤(伊尹)과 주공(周公). 이윤은 상나라 탕왕을 도운 신하. 상나라 개국 과정에 적진의 전략을 정탐하는 '용간(用間)'의 임무를 훌륭히 수행하여 탁월한 정치적·군사적 재능을 발휘했다. 주공은 주나라를 세운 문왕의 아들이며 무왕의 동생. 성은 희(姬), 이름은 단(旦). 무

行殷周之政이리오? 由此觀之컨딘 太姒之德이 雖大ᄂ 衆妾에 有褒姒·妲己之姦則恐難顯其樛木之化ㅣ니이다."

小姐ㅣ 笑曰

"吾聞賢不賢은 在我ᄒ고 幸不幸은 在天이라 君子ᄂ 言在我之道ᄒ고 不言在天之命ᄒᄂ니 如遇衆妾之不善은 亦命也ㅣ라. 太姒ᄂ 但修德而已니 如之何哉리오?"

紅이 歎服不已러라. 自此로 紅은 心服小姐之賢淑ᄒ고 小姐ᄂ 愛紅之聰明ᄒ야 情誼日深ᄒ야 坐則同榻ᄒ고 臥則聯枕ᄒ야 討論古今人之德業文章ᄒ야 猶恨相見之晚也러라. 一日은 紅娘이 歸家ᄒ야 問蓮玉曰

"往皇城之蒼頭ㅣ 歸期已過而不來ᄒ니 豈不怪哉리오?"

ᄒ고 心亂而依欄遙望ᄒ며 面帶愁色이러니 忽有一雙靑鵲이 坐柳枝라가 下欄頭而鳴이어놀 紅이 奇之ᄒ야 自言曰

"吾家에 別無喜事ᄒ리니 或蒼頭ㅣ 歸來耶아?"

ᄒ더니 言未畢에 蒼頭ㅣ 果入來ᄒ야 獻公子之書ᄒ니 紅娘이 忙接在手ᄒ고 急問安否혼딘 公子之無事得達과 安頓舍舘之事를 詳述一遍이어놀 紅娘이 且悵且喜ᄒ야 坼書視之ᄒ니 其書에 曰

"汝南楊秀才ᄂ 付書於江南風月主人ᄒ노니 我ᄂ 玉蓮峰下의 疎拙之白面書生이오 娘은 江南中熱鬧之靑樓佳姬라. 吾ㅣ 旣無長卿挑琴之手段이오 娘亦非揚州[19]投橘之風情이라. 天送綠林豪客ᄒ야 成赤繩月姥之緣ᄒ니 弄花於壓江亭上ᄒ고 折柳於燕勞亭下ᄂ 實非留意於風流聲色이라. 逢

왕과 그 아들 성왕(成王)을 보필하여 주나라의 기초를 확립했다. 예악(禮樂)과 법도(法度)를 제정하는 등 중국 고대의 정치·사상·문화에 두루 공헌하여 유학자들에게 성인으로 숭배되었다. 저서로 『주례(周禮)』가 있다.

19) 양주(揚州): 중국 강소성(江蘇省) 중부, 양자강 하류 북쪽에 위치한 도시. 내륙 교통의 중심 수단인 운하의 남북을 연결하는 요충지로, 예로부터 강남 경제의 중심지로 번영했다. 당나라 말기 번영했던 모습은 두목(杜牧, 803~852)의 시에 잘 나타나 있다.

知己於高山流水ᄒ니 延津之劍[20]과 成都之鏡이 一時分離를 豈足悲哉리오? 但孤臥旅舘寒燈之下ᄒ야 曉鼓殘漏에 耿耿不寐ᄒ니 西湖錢塘의 佳麗之景과 曲坊靑樓의 遨遊之跡이 森森眼前ᄒ야 空望南天而踽凉惆悵ᄒ고 消魂斷腸而已라. 蒼頭ㅣ 告歸ᄒ니 山川이 遙遠ᄒ고 魚鴈이 無憑이라 因風而書數行ᄒ니 豈能盡綿綿之懷ㅣ리오? 區區所望은 努力加餐ᄒ고 千萬自愛ᄒ야 使千里遠客으로 無戀戀之懷ㅣ케 ᄒ라."

紅娘이 覽畢에 濟然珠淚가 自沾衣襟이라. 再三更讀ᄒ고 尤加惆悵ᄒ야 黙黙無言타가 乃呼蒼頭而賞賜十金ᄒ고 命他日에 更往皇城ᄒ라 ᄒ고 方欲起身入府中이러니 蓮玉이 忽報曰

"門外에 有蘇州蒼頭ㅣ라."

ᄒ거눌 紅娘이 愕然失色ᄒ니 是何緣由인고? 且看下回ᄒ라.

---

20) [교감] 연진지검(延津之劍): 적문서관본 영인본 51쪽에는 '창진지검(昌津之劍)'으로 되어 있으나, 나뉜 칼이 연진(延津)에서 만나는 고사에 관련되므로, 오식으로 여겨져 바로잡는다.

競渡戲蕩子起風波 錢塘湖諸妓泣落花
第五回

却說. 黃刺史ㅣ 以放蕩之習과 好色之心으로 壓江亭之遊에 因紅娘之脫身暗走而未遂其欲을 痛恨ᄒᆞᄂᆞ 愛慕之情이 居先ᄒᆞ야 寤寐一念이 耿耿不忘ᄒᆞ되 自料難以威力劫之ᄒᆞ고 欲以富貴誘之ᄒᆞ야 賫黃金百兩・彩緞百疋・雜珮一篋ᄒᆞ고 修一封書ᄒᆞ야 使心服蒼頭로 送於紅娘ᄒᆞ니 紅娘이 開視之ᄒᆞ고 氣色이 慘淡不樂ᄒᆞ야 心中에 自思ᄒᆞ되

'黃刺史ㅣ 雖是放蕩이ᄂᆞ 亦非昏暗者流ㅣ라. 吾以一個妓女로 不告逃走ᄒᆞ니 豈不痛駭리오마는 今反回嗔而甘誘ᄒᆞ니 其意殊深이라. 吾ㅣ 將何以圖免이리오? 且蘇杭은 隣邑이라 辭其所賜則非承上之道也요 若受之則非吾意也ㅣ라 如之何則可也ㅣ리오?'

ᄒᆞ고 沉吟良久에 修一封書而答ᄒᆞ니 其書에 曰

"杭州賤妓江南紅은 上書于蘇州相公閤下ᄒᆞ노이다. 妾이 素有心腹之疾ᄒᆞ와 非藥石之所能治也ㅣ라. 向日盛會에 不告而來러니 今不治罪而反有賞賜ᄒᆞ시니 明知其不敢受오ᄂᆞ 蘇杭은 兄弟之邑이라 賤妓事上之道ᄂᆞᆫ 無異於父母어늘 却其所賜則不孝莫大라 敢封置而惶恐待罪로소이다."

紅娘이 寫畢에 付送蘇州蒼頭ᄒᆞ고 悒悒不樂ᄒᆞ야 入府中ᄒᆞ야 至小姐寢室ᄒᆞ니 小姐ㅣ 方坐窓下ᄒᆞ야 潛心而刺繡鴛鴦於紅緞에 不覺紅娘之入來라. 紅이 潛入視之ᄒᆞᆫ디 小姐ㅣ 以纖纖玉手로 繡抽金絲ㅣ 如箔上春蠶이 吐經綸이오 如風前蝴蝶이 弄花朶ㅣ라. 紅娘이 强排悒悒之思ᄒᆞ고 帶笑而言曰

"小姐ᄂᆞᆫ 惟重針線之工ᄒᆞ시고 不顧人之入來乎잇가?"

小姐ㅣ 驚顧而笑曰

"吾因閒寂ᄒᆞ야 欲自消遣터니 露拙於娘이로다."

ᄒᆞ고 兩人이 呵呵大笑ᄒᆞ니 其繡ᄂᆞᆫ 乃一雙鴛鴦이 坐睡於花下ㅣ라. 紅娘이 改容ᄒᆞ고 指鴛鴦而歎曰

"此鳥ᄂᆞᆫ 必有偶ᄒᆞ야 自不相離어ᄂᆞᆯ 今以至靈之人으로 反不如此鳥ᄒᆞ야 不能自由其志ᄒᆞ니 豈不可憐哉아?"

小姐ㅣ 問其故ᄒᆞᆫ디 紅이 具言蘇州刺史逼迫之事ᄒᆞ고 珠淚ㅣ 盈盈이어ᄂᆞᆯ 小姐ㅣ 慨然慰之曰

"娘之志槪ᄂᆞᆫ 吾所已知也ㅣ라. 豈可獨送靑春乎아?"

紅娘이 愀然對曰

"妾은 聞鳳凰은 非琅玕1)不食ᄒᆞ며 非梧桐不巢ᄒᆞᄂᆞ니 今見其飢而投腐鼠ᄒᆞ며 見其無巢而指藤蘿則豈可云知心이리오?"

說罷에 有怏怏之色이어ᄂᆞᆯ 小姐ㅣ 謝曰

"吾ㅣ 豈不知娘之志리오? 此言은 特戱耳로라. 然이ᄂᆞ 觀娘之色則心中에 似有難處之事ᄒᆞ니 非閨中女子之所論이ᄂᆞ 告父親ᄒᆞ야 以圖方便ᄒᆞ

---

1) 낭간(琅玕): 푸른 대나무 빛을 형용하는 말로, 대나무를 가리킨다. 낭간은 본래 중국에서 나는 경옥(硬玉)의 한 가지로, 어두운 녹색 또는 청백색이 나는 반투명의 아름다운 돌로서 예로부터 장식에 많이 쓰였다. 당나라 두보의 시 「정부마댁연동중鄭駙馬宅宴洞中」에 "주인집 어둑한 골짜기는 옅은 안개에 싸이고, 손님 머무는 여름 대자리는 푸른 낭간 같도다(主家陰洞細煙霧, 留客夏簟靑瑯玕)"라 했다.

라.”

ᄒ니 紅이 謝之러라.

且說. 黃刺史ㅣ 見紅娘書ᄒ고 大怒曰

“渠不過鄰邑賤妓로 加辱於我ᄒ니 懲罰이 豈無其法이리오?”

ᄒ다가 沈吟半晌에 更笑曰

“自古名妓之行이 假托持操ᄒ고 故作驕亢ᄒ야 以示守志ᄂ 其情은 不過貪財與追勢ᄒᄂ니 吾ㅣ 豈無妙策이리오?”

ᄒ고 乃屈指計日ᄒ고 準備競渡戲ᄒ니 光陰이 焂忽ᄒ야 遽當五月初一日ᄒ니 黃刺史ㅣ 致書尹刺史ᄒ야 初四日에 乘舟壓江亭下ᄒ고 初五日早朝에 溯流至錢塘湖ᄒ되 率江南紅及衆妓樂而來ᄒ라 ᄒ야ᄂᆞᆯ 尹刺史ㅣ 招江南紅ᄒ야 示黃刺史書ᄒ니 紅이 黙黙無語ᄒ고 因卽歸家ᄒ야 連日不入府中ᄒ고 怏怏不樂ᄒ야 暗思ᄒ되

‘以黃刺史之放蕩無道로 日前書中에 已有壓江亭餘恨이러니 此際에 必有不測之計라. 旣無謀免之策ᄒ니 觀其事機ᄒ야 寧投身於萬頃滄波ᄒ야 澡潔此身ᄒ리라.’

ᄒ고 計已定ᄒ니 心自泰然이ᄂ 惟以不復見楊公子로 悠悠怨恨이 自無涯際라 生離死別에 豈無一言이리오? 乃分付蒼頭ᄒ야 曰

“明日에 復往皇城ᄒ라.”

ᄒ고 夕飯後登樓ᄒ야 遙望京華ᄒ고 噓唏嗟嘆ᄒ니 此時半輪新月은 掛於簾下ᄒ고 耿耿星河ᄂ 正催夜色이라. 紅娘이 倚欄而歌李謫仙遠別離[2]曲ᄒ고 長嘆曰

“人間此曲이 能不爲廣陵散乎아?”

ᄒ더라. 更入寢室ᄒ야 挑燈而展彩箋ᄒ야 修一封書ᄒ야 再三熟視ᄒ고

---

2) [교감] 원별리(遠別離): 적문서관본 영인본 53쪽에는 ‘원별리(怨別離)’로 되어 있으나, 이백이 지은 작품명은 ‘원별리(遠別離)’므로 오식으로 여겨져 바로잡는다.

長吁短嘆이라가 倚床而轉輾不寐러니 東窓曙色이 微明이어놀 招蒼頭흐
야 賜書封與銀子百兩흐고 申命速回흐라 흐고 珠淚盈盈이어놀 蒼頭ㅣ
怪而慰之曰

"小的ㅣ 當速還흐야 以報公子之安否흐리니 幸勿過爲傷心흐소셔."

蒼頭ㅣ 領受書封與銀子흐고 發向皇城而去흐니라.

此時黃刺史ㅣ 欲誇富貴흐야 盛張威儀흐고 五月初四日에 乘舟壓江亭
下흐야 向杭州홀 시 聯結十餘艘흐고 選出蘇州妓樂十二隊흐야 滿載舟中
흐고 鳴鼓而行舟흐니 江謳越吟[3]은 起舞潛蛟흐고 錦纜牙檣은 驚起沙鷗
흐니 岸上觀光者ㅣ 如雲이러라. 尹刺史ㅣ 聞黃刺史來흐고 命招紅娘흔
디 紅娘이 直入府中흐야 至小姐寢室흐니 小姐ㅣ 喜曰

"娘이 因何故흐야 數日不來오?"

紅娘이 笑曰

"數日絶跡이 安知非平生絶跡乎잇가?"

小姐ㅣ 驚問其故흔디 紅娘이 對曰

"妾이 蒙小姐愛恤之德흐니 將欲終身侍左右흐야 效犬馬之誠이러니 造
物이 猜忌흐야 今將離別흐오니 望小姐난 他日迎君子흐사 以樂鍾鼓琴瑟
흐실 시 俯思今日賤妾之心事흐소셔."

흐고 執小姐之手而淚如雨下어놀 小姐ㅣ 雖不知其故나 亦不覺含淚흐
고 曰

"娘이 口未嘗出不祥之言이러니 今日之言은 何其殊常也오?"

紅이 更不能答흐고 出外堂흐야 見刺史흔디 刺史ㅣ 見其淚痕曰

"黃刺史今日之遊난 老夫ㅣ 雖知其意나 不幸處隣邑흐야 難却所求ㅣ 니
娘은 回其偏狹之見흐고 隨機而周旋흐라."

---

3) 월음(越吟): '월나라 노래'를 말한다. 중국 전국시대 월나라의 장석(莊舃)이 일찍이 초(楚)나
라에 가서 높은 벼슬을 하다가 병이 들었을 때 고향을 그리워하여 월나라 노래를 불렀던 데서
온 말이다. 고향을 몹시 그리워하는 것을 의미한다.

紅이 拜謝歸家ᄒᆞ야 方理行裝할ᄉᆡ 愁顏弊衣로 不施脂粉ᄒᆞ고 悽然登車
하야 顧蓮玉而以羅衫掩面ᄒᆞ고 不覺珠淚ㅣ 滴於車上이라. 玉이 不敢問其
故ᄒᆞ고 心中에 十分疑訝러라. 此時에 尹刺史가 入內堂ᄒᆞ야 曰

"方往錢塘湖라."

ᄒᆞ니 小姐ㅣ 告曰

"俄者江南紅이 謂向錢塘湖ㅣ라 ᄒᆞ며 辭氣頗異ᄒᆞ니 不知케라. 今日之
遊ㅣ 有何故乎잇가?"

刺史ㅣ 沉吟曰

"蘇州刺史ㅣ 甚慕紅娘호ᄃᆡ 紅娘이 守貞故로 欲劫之以計인가 ᄒᆞ노
라."

小姐ㅣ 愕然曰

"紅이 死矣로소이다. 紅은 女中烈俠이라 不爲蕩子所逼矣리니 使無罪
女子로 不爲魚腹之孤魂ᄒᆞ소셔."

言畢에 潸然垂淚어ᄂᆞᆯ 尹刺史ㅣ 黙黙而出이러라. 尹刺史ㅣ 命左右ᄒᆞ
야 本府妓樂을 待令於江頭ᄒᆞ라 ᄒᆞ고 登車至錢塘湖ᄒᆞ니 黃刺史ㅣ 已泊
舟江頭ᄒᆞ고 上湖亭ᄒᆞ야 苦待尹刺史ㅣ라가 喜而出迎ᄒᆞ야 問紅之來어ᄂᆞᆯ
尹刺史ㅣ 笑曰

"娘雖隨來ᄂᆞ 近有身病ᄒᆞ니 難免無聊ㅣ로다."

黃刺史ㅣ 笑曰

"其病은 侍生所知也ㅣ니 風流名妓誘引男子之本色이라 如先生之忠厚
長者ᄂᆞᆫ 可以欺어니와 難欺侍生ᄒᆞ리니 請見今日宴席上手段ᄒᆞ소셔."

尹刺史ㅣ 無聊ᄒᆞ야 笑而不答이러라. 談笑之際에 遙望小車ㅣ 自遠而
來러라. 黃刺史ㅣ 移坐欄頭而詳視之ᄒᆞ니 兩個蒼頭ㅣ 驅一輛小車ᄒᆞ고
至亭下ᄒᆞ야 一個美人이 自車中出홀 ᄉᆡ 散髮은 似擾亂春雲ᄒᆞ고 垢面은
如掩映明月이라. 淡泊之態와 憔悴之色은 如綠水芙蓉之帶霜이오 如狂風
柳絮之落泥ᄒᆞ야 不覺蕩子之眼眩心迷ᄒᆞ니 是卽紅娘이라. 黃刺史ㅣ 帶笑

而命登亭이어놀 紅이 登亭ᄒ야 流秋波而見黃刺史ᄒ니 頭戴烏紗折角帽
ᄒ고 身穿絳紗鶴氅衣ᄒ고 腰橫也字帶[4)]ᄒ고 憑欄而懶搖紅摺扇ᄒ고 醉
眼이 朦朦而坐ᄒ야 放蕩容止와 荒麤氣像이 若將浼焉ᄒ야 欲拭目於咫尺
淸波ᄂ 不得已進前問候ᄒ고 從杭州妓而坐ᄒ니 黃刺史ㅣ 盛色而責曰

"蘇杭은 隣邑이라. 娘이 向日壓江亭에 不待宴罷而暗走ᄒ니 此豈事上
之道ㅣ리오?"

紅이 謝曰

"逃走之罪ᄂ 因身病而然이오니 相公之所恕也어니와 當日賤妾之罪ㅣ
有三이라. 君子之文酒宴席에 敢以賤身參之ᄒ오니 其罪一也요 敢論多士
之文章ᄒ니 其罪二也요 娼妓本色은 每人悅之ᄒ야 其行을 無足可論이어
놀 敢守區區所懷ᄒ야 固執不回ᄒ오니 其罪三也ㅣ라. 妾이 今有三大罪
어놀 以相公之仁厚寬大로 顧方伯守令之體貌ᄒ사 以風化而臨百姓ᄒ시
고 以禮節而導一邑ᄒ사 憐其身之微賤ᄒ고 審其志之持操ᄒ사 赦其罪而
返有賞ᄒ시니 妾이 尤不知死所ㅣ로소이다."

黃刺史ㅣ 憮然曰

"旣往은 莫說ᄒ고 吾於江頭에 已泊數隻漁船ᄒ니 莫辭半日之消遣ᄒ
라."

ᄒ고 請尹刺史登船ᄒ야 兩州刺史ㅣ 率兩府妓樂ᄒ고 下亭而登舟ᄒ니
大江이 風靜ᄒᆫ데 鏡波千里에 片片白鷗ᄂ 來舞席而振翮ᄒ고 水聲이 與
歌聲而幷流ㅣ라. 縱舟中流ᄒ야 杯盤이 浪藉ᄒ고 絲竹이 迭宕ᄒ니 黃刺
史ㅣ 不勝蕩情ᄒ야 連飮數杯ᄒ고 扣舷而歌之ᄒ니 其歌에 曰

携美人兮 溯流光

---

4) 야자대(也字帶): 허리에 두르는 띠. 띠의 한끝이 아래로 늘어져 '야(也)'자 형상이 된다 하여
붙인 이름.

中流逍遙兮 樂未央

黃刺史ㅣ 歌終에 使紅娘而和之어눌 紅娘이 不辭而歌ᄒ니 曰

泛淸波而競渡兮 岸有楓兮汀有蘭
舟中大於楚國兮 托忠臣之孤魂
君莫競渡招孤魂兮 孤魂安所返眞[5)]

紅娘이 歌終에 黃刺史ㅣ 笑曰
"娘은 江南人이라 能知競渡戲之意乎아?"
此時紅娘이 臨淸江ᄒ야 滿目風光이 但助感慨鬱悒之心思ㅣ라 苦無吐說之處ㅣ러니 因黃刺史之問ᄒ야 悄然對曰
"妾은 聞昔者三閭大夫는 楚之忠臣이라 盡忠事懷王이러니 懷王이 信讒言ᄒ고 放逐江上이어눌 三閭大夫ㅣ 以淸淨之心과 介潔之意로 處濁世而不欲苟生일ᄉ 作漁父辭ᄒ고 五月五日에 抱石而投於江心ᄒ니 後人이 憐其寃死ᄒ야 當其日則泛舟江心ᄒ야 欲拯忠魂이라. 然이ᄂ 若使屈三閭로 有靈魂則淸江魚腹에 澡潔托身ᄒ야 以免塵世俗緣之汚ᄒ야 爲快活安樂矣리니 豈蕩子凡夫之弄帆激波의 所能爲哉리잇고?"
此時黃刺史ㅣ 已大醉ᄒ니 豈知紅娘之言이 有所寓意리오? 乃含笑曰
"吾事聖主ᄒ야 少年功名이 處於宰列ᄒ야 富且榮焉ᄒ니 且莫道屈三閭之憔悴不遇ᄒ라. 吾ㅣ 左手로 挹江山風月ᄒ고 右手로 携絶代佳人ᄒ야 一笑에 春風이 浩蕩ᄒ고 一怒에 霜雪이 紛起ᄒ니 心志之慾과 耳目之好를 無敢禦者라 豈言寂寞江中之蕭瑟忠魂이리오?"
ᄒ고 命諸妓奏樂ᄒ니 迭宕管絃은 嘹喨碧空ᄒ고 聯翩舞袖는 飄揚江風

5) 반진(返眞): 도교에서 '죽음'을 일컬는 말.

ᄒ고 珠翠紅粧이 照輝水中ᄒ야 十里錢塘이 幻成一片花世界라. 黃刺史ㅣ
傾大白ᄒ야 飮十餘盃ᄒ고 醉興이 陶陶ᄒ야 撫紅娘之肩而笑曰

"人生百年이 如彼流水어ᄂᆞᆯ 豈較區區心懷리오? 黃汝玉은 風流男子요
江南紅은 絶代佳人이라 才子佳人之同一景槪로 江上相逢에 快濶風情이
豈不謂天賜之緣이리오?"

紅이 猛見了事機之漸迫ᄒ고 悄然不答ᄒ니 黃刺史ㅣ 不勝狂興ᄒ야 號
令左右ᄒ야 曳一隻小船ᄒ야 泛彼中流ᄒ라 ᄒ고 使蘇州諸妓로 執紅娘之
手而上船ᄒ니 船中에 錦帳이 疊疊ᄒ고 別無他物이라. 黃刺史ㅣ 超入舟
中ᄒ야 執紅娘之手曰

"汝之肝臟이 雖曰鐵石이라도 黃汝玉之火欲에야 豈不鎔解耶아? 今日
은 吾以五湖扁舟로 載西施ᄒ고 效范大夫ᄒ야 快樂平生矣리라."

此時紅娘이 見此擧措ᄒ고 措手不及ᄒ야 恐不免强暴之辱이라 顏色을
不變ᄒ고 泰然曰

"以相公體重으로 一個賤妓를 如是劫迫ᄒ시니 左右所恥라. 妾以靑樓
賤踪으로 豈敢言小小持操ㅣ릿가마는 但平生所守를 毁於今日ᄒ오니 願
借席上之琴ᄒ야 以奏數曲ᄒ야 解盡愁懷ᄒ고 歡樂之氣로 助相公之樂ᄒ
노이다."

黃刺史ㅣ 聞此言ᄒ고 自謂畏己之威ᄒ야 回心樂從이라 ᄒ야 方縱紅娘
之手而笑曰

"娘은 眞女中豪傑이오 手段이 亦妙ㅣ로다. 吾曾遍踏皇城靑樓ᄒ야 擅
名妓女와 守操女子라도 不能脫吾手中이어ᄂᆞᆯ 娘이 一向固執ᄒ야 若不順
從則幾不免霜雪之威러니 今如此回心ᄒ야 轉禍爲福ᄒ니 此ᄂᆞᆫ 娘之福이
라. 吾雖不甚隆赫이ᄂᆞ 當時丞相之愛子요 且兼一道方伯之尊ᄒ니 當作黃
金屋ᄒ야 使娘으로 得享平生富貴矣리라."

說罷에 自手擧琴而賜紅娘曰

"盡娘之平生手段ᄒ야 發揮琴瑟友之之調ᄒ라."

紅娘이 微笑而受琴ᄒᆞ야 彈一曲ᄒᆞ니 其聲이 和暢放蕩ᄒᆞ야 如三月春風에 百花滿發이오 似五陵少年[6]之馳駿馬ᄒᆞ야 岸柳ᄂᆞᆫ 含雨ᄒᆞ고 水禽은 翻舞ㅣ라. 黃刺史ㅣ 不勝豪蕩之情ᄒᆞ야 捲帳而命左右ᄒᆞ야 更進杯盤ᄒᆞ니 誰知紅娘之有他意리오? 復以纖手로 調絃ᄒᆞ야 更奏一曲ᄒᆞ니 其聲이 蕭瑟悽切ᄒᆞ야 如落疎雨於瀟湘斑竹ᄒᆞ고 如起寒風於塞外靑塚이라. 江上樹葉에 風雨蕭蕭ᄒᆞ고 天邊鴻雁이 叫聲哀哀ᄒᆞ니 一座ㅣ 有悽然之色ᄒᆞ고 蘇杭諸妓ᄂᆞᆫ 不覺下淚ㅣ러라. 紅娘이 乃變曲ᄒᆞ야 收小絃ᄒᆞ고 鳴大絃ᄒᆞ야 奏羽調ᄒᆞ니 其聲이 悲愴慷慨ᄒᆞ야 屠門斜陽에 論議劍心ᄒᆞ고 燕南白日에 和答歌筑ᄒᆞ야 不平之心思와 嗚咽之臆衿이 驚動一座ᄒᆞ니 舟中諸人이 莫不竦然動容이러라. 紅娘이 推琴ᄒᆞ고 烈烈之色이 充滿眉宇ᄒᆞ야 乃心祝曰

'悠悠蒼天이 生紅之時에 旣使處地微賤ᄒᆞ고 又令稟賦非常ᄒᆞ야 廣濶天地에 無容微軀之地ᄂᆞᆫ 何故也오? 淸江魚腹에 誰尋屈三閭런고? 唯伏望妾死之後에 莫拯身體ᄒᆞ야 使孤魂으로 遊於澡潔之地케 ᄒᆞ소셔.'

言畢에 躍入水中ᄒᆞ니 惜哉라! 畢竟性命이 如何오? 且看下回ᄒᆞ라.

---

6) 오릉소년(五陵少年): 한(漢)나라 수도 장안(長安)에서 노닐던 풍류소년. 오릉은 장안 부근에 있던 한나라 황제의 다섯 능으로, 고조(高祖)의 장릉(長陵), 혜제(惠帝)의 안릉(安陵), 경제(景帝)의 양릉(陽陵), 무제(武帝)의 무릉(茂陵), 소제(昭帝)의 평릉(平陵)을 가리킨다. 능을 세울 때마다 사방의 부호와 외척들이 와서 살게 했고, 오릉 부근은 풍류소년들이 모여 노닐던 곳이었다. 백거이의 「비파행琵琶行」에 늙은 기녀(妓女)가 옛일을 회상하며 "오릉의 소년들이 앞다투어 비단 머리싸개를 주었나니, 한 곡조를 마치면 붉은 비단이 헤아릴 수 없이 많이 쌓였다네(五陵年少爭纏頭, 一曲紅綃不知數)"라 하여, 장안 부호 자제들의 사치스러운 풍류를 묘사했다.

江南紅托身白雲洞　楊昌曲對策紫宸殿

第六回

却說. 此時江南紅이 投於江中ᄒᆞ니 舟中左右ㅣ 莫不蒼黃大驚ᄒᆞ야 急欲救之느 身輕波急ᄒᆞ야 未及挽執이오 羅裙이 飄揚風波ㅣ러니 俄頃에 不知去處ㅣ라. 蘇杭諸妓ㅣ 莫不掩面而哭ᄒᆞ고 兩刺史ㅣ 愕然失色ᄒᆞ야 令船夫急救ᄒᆞᆯ 시 解相結之船ᄒᆞ야 遍滿江上而搜之호ᄃᆡ 莫知所在ᄒᆞ야 諸船夫ㅣ 相顧曰

"人若溺水則必浮水上이어ᄂᆞᆯ 頓無去處ᄒᆞ니 可怪로다."

ᄒᆞ더라. 兩刺史ㅣ 無可奈何ᄒᆞ야 聚船夫與漁父ᄒᆞ야 守水口ᄒᆞ라 ᄒᆞ니 船夫漁父ㅣ 同聲告曰

"若未尋於此湖則下流ᄂᆞᆫ 潮汐出入之處라 水勢最急ᄒᆞ야 埋沒沙中ᄒᆞ면 無處可尋이니이다."

兩刺史ㅣ 尤加驚愕ᄒᆞ야 各歸其府ᄒᆞ니라.

且說. 尹小姐ㅣ 送江南紅後에 心思道호ᄃᆡ

'紅之性情이 今日事機에 必不欲苟且偸生矣리니 吾旣與彼로 結知己之交ᄒᆞ니 見其將死而不救則非義也ㅣ라.'

호고 思所救之方이러니 乳母薛婆ㅣ 適自外而來호니 薛婆는 京城人이
라. 爲人이 雖不伶俐누 其心則忠正故로 從小姐호야 在府中者ㅣ 已數年
에 自與杭州人으로 親交者ㅣ 多矣라. 此時小姐ㅣ 見薛婆而喜曰

"吾有一言於婆호니 能爲我周旋乎아?"

薛婆曰

"老身이 爲小姐事호야는 赴湯蹈火라도 亦不辭矣리니 有何所難乎잇
가?"

小姐ㅣ曰

"吾聞江南人이 慣習於水호야 或有潛於水中호야 能行數十里라 호니
婆之所知에 或有其人乎아?"

薛婆ㅣ 沉吟曰

"廣求則或有ㄹ가 호누이다."

小姐ㅣ曰

"事急호니 若過時刻則無用이니 速薦一人호라."

薛婆ㅣ 更沉吟良久曰

"小姐는 閨中女子로 求此等人호야 何處用之잇고? 實所不知로소이
다."

小姐ㅣ 蹙眉曰

"婆는 但薦其人然後에 聞其故호라."

薛婆ㅣ 卽起身出去어놀 小姐ㅣ 隨出호야 申申付託曰

"必勿遲緩호라."

婆ㅣ 點頭而去ㅣ러니 須臾에 引一人而來호야 見小姐曰

"男子는 適無可合之人이오 得一個女子호니 江湖上採蓮人이라 自水中
으로 能行五六十里故로 稱之曰 水中夜叉[1]孫三娘이니이다."

小姐ㅣ 尤奇호야 卽命入來호야 視之호니 身長이 八尺이오 髮黃面黑
호고 腥臭觸鼻라. 小姐ㅣ 驚問曰

334

"三娘이 水中에 能行幾里오?"

對曰

"老身이 採蓮於江口홀 시 逢蛟龍而相鬪ᄒᆞ야 追逐十餘里라가 畢竟捕獲ᄒᆞ야 負出홀 시 爲夕潮所推ᄒᆞ야 更走數十里ᄒᆞ야 得出水外ᄒᆞ니 以單身行之則可行七八十里요 若有所持則僅行數十里니이다."

小姐ㅣ 且驚且喜曰

"吾ㅣ 有用三娘處ᄒᆞ니 娘이 莫惜其勞而許之否아?"

三娘曰

"當盡力矣리이다."

小姐ㅣ 賜白金二十兩曰

"此雖些少ㄴ 先表其情ᄒᆞ노니 成功後更施重賞ᄒᆞ리라."

三娘이 大喜ᄒᆞ야 問其用處ᄒᆞᆫ디 小姐ㅣ 辟左右而言曰

"今日錢塘湖에 兩州相公이 行競渡戲ᄒᆞ실 시 一個女子ㅣ 必溺於水中矣리니 娘이 潛在水中이라가 卽救之ᄒᆞ야 因於水中遠走ᄒᆞ되 若發覺於蘇州人之眼則有大禍矣리니 十分操心ᄒᆞ라. 成功則不啻重賞이라 活人之恩이 至死難忘也ㅣ리라."

三娘이 應諾而出이어놀 小姐ㅣ 再三付托曰

"愼勿漏泄大事ᄒᆞ라."

三娘이 受二十兩銀子ᄒᆞ야 歸家深藏ᄒᆞ고 往錢塘湖水邊ᄒᆞ야 閑坐半日而觀競渡戲ᄒᆞ되 終無溺水者ㅣ러니 夕陽이 在山ᄒᆞᆫ데 一葉小船에 蘇州諸妓ㅣ 扶上一美人이어놀 三娘이 思量ᄒᆞ되

'此必有曲折이라.'

---

1) 야차(夜叉): 산스크리트어의 음역으로 '약차(藥叉)'라고도 쓴다. 불교에서 야차는 생김새가 추악하고 포악하여 사람을 잡아먹기도 했는데 나중에 부처의 감화를 받아 비사문천왕(毘沙門天王)의 권속이 되어 불법(佛法)을 수호하는 신이 되었다고 한다. 민간 전설에서 야차는 사람을 괴롭히거나 해치는 사나운 귀신으로 알려져 있다.

ᄒ고 卽躍入水中ᄒ야 潛伏其船底ㅣ러니 俄而오 舟中에 有彈琴聲이라 三娘이 側耳潛聽이러니 忽然舟中이 擾亂하며 一個美人이 落於船頭ᄒ니 三娘이 湧身ᄒ야 受而負之ᄒ고 疾走如矢ᄒ야 瞬息間에 行六十里ᄒ니 此處에 人跡이 稀少ᄒ고 所負女子ᄂᆫ 久在水中이 可憫ᄒ야 湧於水上ᄒ 야 將欲尋岸이러니 適有一隻漁船에 兩個漁父ㅣ 擧釣竿ᄒ고 唱漁歌而來 어놀 三娘이 高聲曰

"急救此濱死之人ᄒ라."

ᄒ되 漁父ㅣ 止歌ᄒ고 搖棹疾來어놀 三娘이 負其女子ᄒ고 超上船中 ᄒ야 按下而臥ᄒ고 審視之ᄒ니 雲鬟이 盡散ᄒ고 玉顔에 帶靑ᄒ야 無一 分生道ㅣ라. 擇乾燥處而臥ᄒ야 曝晒濕衣ᄒ고 唯待回甦이러니 漁父ㅣ 問曰

"如何娘子완되 當如此慘厄고?"

三娘曰

"我本採蓮之人으로 適見此女子之溺死ᄒ고 急去而救ㅣ러니 不知케라. 此船은 將向何處오?"

漁父ㅣ曰

"我等은 漁父ㅣ라 生長於江湖ᄒ야 多見水患之人이ᄂᆞ 此等厄境은 今 是初見이로다. 此處에 若無人家ᄒ니 何以救人命乎아?"

三娘曰

"姑俟之ᄒ야 若有生脈이어던 更議之ㅣ 可也ㅣ라."

ᄒ고 診其手足ᄒ니 有回甦之望이러니 須臾에 微開兩眼而視之ᄒ고 强 作聲而問曰

"老娘은 以何人으로 救此垂死之人고?"

三娘이 猶忌耳目之煩ᄒ야 曰

"娘子ᄂᆞᆫ 收拾精神ᄒ야 徐聞其故ᄒ소셔."

ᄒ고 顧漁父曰

"日暮而人家ㅣ 稀疎ᄒ니 不可不留宿船中이라. 吾等은 無妨露處어니와 此女子ᄂᆫ 閨中弱質로 死中求生이라 若冒風露則有害矣리니 船中에 或有防風之具乎아?"

漁父ㅣ 以數片篷簟2)으로 構一棲息處ᄒ고 乃停船於中流ᄒ고 夜深에 兩個漁父ㅣ 已睡於篷外라. 三娘이 細問於紅曰

"娘子ㅣ 知杭州刺史之小嬌尹小姐乎아?"

紅이 驚而起坐ᄒ야 問其故ᄒ되 三娘이 詳告尹小姐의 求送自己之事ᄒ니 紅이 喟然嘆曰

"我非別人이라 卽杭州江南紅이라."

ᄒ고 詳言其欲死之故ᄒ니 三娘이 大驚曰

"然則娘子ㅣ 第一坊靑樓紅娘이니잇고?"

紅曰

"老娘이 何由로 知吾名字오?"

三娘이 復驚曰

"娘子之丫鬟이 非蓮玉乎잇가?"

紅曰

"然ᄒ다."

三娘이 有愕然之色ᄒ야 執紅之手曰

"老身은 卽蓮玉之姨母ㅣ라. 玉이 常稱娘子之名節故로 頗切欽仰ᄒ고 願一見之ᄂᆫ 老身之生涯ㅣ 甚怪라 惡其醜態ᄒ와 未遂微誠이러니 窮途相見ᄒ니 此ᄂᆫ 天之所賜ㅣ라."

ᄒ고 尤有恭敬之色이어ᄂᆯ 紅亦驚喜ᄒ야 特加親近ᄒ야 相慰而臥러니 江天에 月落ᄒ고 將近四五更이라. 篷窓外에 有漁父細語聲이어ᄂᆯ 三娘

---

2) 봉점(篷簟): 뜸과 삿자리. 뜸은 물에 띄워서 그물·낚시 따위의 어구를 위쪽으로 지탱하는 데 쓰는 물건이다. 삿자리는 갈대를 엮어 만든 돗자리를 말한다.

이 側耳而聽ᄒ니 一個漁父ㅣ 曰

"未知確的ᄒ고 豈可輕擧ㅣ리오?"

一個漁父ㅣ 答曰

"吾ㅣ 曾欲賣漁船而過杭州靑樓홀 시 坐樓上之女子가 貌如此女라 心甚疑之러니 今聞老娘之語ᄒ니 果杭州第一坊紅娘이로다."

一個漁父ㅣ 曰

"吾等이 數年江湖에 以盜爲業ᄒᄂ 患無室家之樂이러니 江南紅은 江南名妓라 不可差失好機니 吾兩人이 協力ᄒ야 殺此老娘則一個屛弱兒女를 何足憂哉리오?"

三娘이 聽畢에 付紅娘之耳而告曰

"僅免危境ᄒ고 又入死地ᄒ니 豈知今夜에 舟中之人이 皆敵國이리오?"

紅이 嘆曰

"我ᄂ 天之所殺也ㅣ라 無可奈何어니와 老娘은 思求生之策ᄒ라."

三娘曰

"老身이 雖無勇이ᄂ 足當一人이어니와 但不能敵二人이오니 如之何則可也잇고?"

紅이 沉吟良久에 曰

"苟且偸生이 反不如死也ㅣᄂ 爲老娘ᄒ야 有一計ᄒ니 如此如此ᄒ리라."

ᄒ고 更作鼾聲ᄒ니 須臾에 兩個漁父ㅣ 突披蓬戶而入이어놀 三娘이 大驚一號ᄒ고 躍下水中ᄒ니 漁父ㅣ 見三娘之投水ᄒ고 對紅娘曰

"娘子之性命이 懸於我等ᄒ니 順從則生이오 拒逆則死矣리라."

紅이 冷笑而出立船頭曰

"吾ㅣ 年少女子로 遊風流場ᄒ야 許多閱人ᄒ니 豈不順從이리오마ᄂ 兩人이 爭一女ᄒ니 吾所羞惡로라. 一人이 指定則吾當許身矣리라."

其中年少健壯者ㅣ 手執斫鉤ᄒ고 當先曰

"吾ㅣ 當救女子矣리라."

言未畢에 立背後者ㅣ 以所持斫鉤로 刺殺在前者ᄒ야 投水中이어ᄂᆞᆯ 三娘이 潛伏水中이라가 見一人之落水中ᄒ고 奪其斫鉤ᄒ고 超上舟中ᄒ야 刺殺盜漢ᄒ야 投於水中ᄒ고 斷其舟纜ᄒ야 尋岸而去홀 시 曉潮漸漲에 一葉小船이 爲暴風所驅ᄒ야 其疾如矢라. 紅娘이 不得收拾精神ᄒ야 潛伏船中而莫知所向ᄒ니 三娘이 雖慣習於風浪이ᄂᆞ 御舟則不能이라 任其所之러니 日已漸明ᄒ고 風勢尤急ᄒ야 其走를 莫禦요 天崩地震ᄒ야 狂瀾이 如山이라. 三娘도 亦精神이 飛越ᄒ야 抱紅而伏이러니 走之半日에 風勢纔息ᄒ고 波浪이 稍靜이어ᄂᆞᆯ 紅與三娘이 纔定精神ᄒ야 審視之ᄒ니 茫茫大洋에 難見其涯라 莫知所向ᄒ야 隨波瀾而任其所之러니 遠見天涯에 山形이 依俙어ᄂᆞᆯ 向其處而行之半日에 始見堤岸ᄒ니 蘆葉竹林이 交錯鬱密ᄒ고 數三村落이 隱映其中이어ᄂᆞᆯ 繫舟其下ᄒ고 顚倒登岸ᄒ야 尋人家而敲門ᄒ니 有一黑面深目之人이 生疎衣冠과 齟齬音聲으로 唐荒而出ᄒ야 見而異之曰

"君等은 何人이며 訪誰家오?"

三娘이 曰

"吾等은 江南人으로 爲風濤所驅ᄒ야 漂流此處어니와 此處地名이 云何오?"

其人이 大驚曰

"此處ᄂᆞᆫ 南方哪咤海요 國名은 脫脫國이니 自江南으로 至此處ㅣ 陸路로 三萬餘里요 水路로 七萬里라."

三娘이 曰

"吾等이 以萬死餘生으로 不知所向이오니 望一夜留宿ᄒ노라."

主人이 慨然許之ᄒ고 定一座客室而處之ᄒ니 覆簷以蘆葉ᄒ고 築石爲壁ᄒ고 竹簟草席이 難可暫坐ㅣ나 日已暮矣요 殊方萬里에 無他安身之所

ㅣ라 沒奈何留宿 시 少頃에 以木實로 炊飯而進 니 腥魚荒菜를 難可
下箸라 三娘은 療飢而已요 紅娘은 不能進一箸 고 精神이 昏昏而臥
니 濕氣薰風에 不能成寐라. 紅이 謂三娘曰

"老娘이 因我而漂泊到此 니 此處 不可暫留ㅣ라. 我 死不足惜이
어니와 老娘은 須思生還之策 라."

三娘이 慨然曰

"以平日老身欽慕之情으로 今逢娘子 야 與同死生苦樂矣리니 此處
山高水淸 야 必有道觀僧堂이라. 明日更尋이 似好일가 이다."

兩人이 挑燈經夜 고 翌日에 問主人曰

"此處에 或有僧尼道士乎아?"

主人曰

"此處에 素無道士僧尼 고 山中에 或有處士ㅣ 雲遊踪跡이 原自無
常이러라."

兩人이 別主人 고 竹杖芒鞋로 尋山逕 야 信步而行이러니 行到一處
 니 谷深而路絕이어 坐岩上而休러니 忽見一道淸溪가 自高峰而下어
 紅娘이 洗手掬飮 고 顧三娘曰

"此水ㅣ 香臭觸鼻 니 往尋窮源이 如何오?"

三娘이 應諾 고 沿溪而上 야 行百餘步에 有一洞壑이어 入洞中
니 琪花瑤草와 丹崖碧嶺이 景槪絕勝 야 無南方濕鬱之氣라. 紅娘이 謂
三娘曰

"吾離故國이 不久 야 南中風土에 神氣沮喪터니 今日此處 別有天
地非人間이로다."

 고 談話而行數十步 니 有一曲淸溪 고 其上에 又有一座磐石이라.
石上에 一個童子ㅣ 臨流煮茶어 紅娘이 進前曰

"吾等은 愛景入山이라가 迷路至此 니 指導如何오?"

童子ㅣ 曰

"此處에 無他路故로 曾無行人之跡이어눌 君은 如何人고?"

紅娘이 未及對에 一位道士가 童顏鶴髮로 風度飄逸ᄒ야 頭戴葛巾ᄒ고 手執白羽扇ᄒ고 自竹林으로 帶笑而出이어눌 紅娘이 進前禮畢에 跪告曰

"以異域之人으로 爲風濤所漂ᄒ야 不知所向ᄒ오니 先生은 指示生道ᄒ소셔."

道士ㅣ 熟視良久에 命童子而引導ᄒ라 ᄒ고 還入林中이어눌 紅이 與三娘으로 隨童子而行數步ᄒ니 數間草堂이 極爲精妙ᄒᆫ데 一雙白鶴은 眠於松間ᄒ고 數個麋鹿은 徘徊石逕ᄒ니 紅娘이 常居熱鬧繁華之地라가 初見淸淨仙境ᄒ니 胸襟이 爽然ᄒ고 精神이 灑落ᄒ야 幾忘塵世情念이러라. 道士ㅣ 命兩人陞堂ᄒ야 曰

"我ᄂᆫ 山中老人이라 少勿嫌忌ᄒ라."

ᄒ니 紅娘이 與三娘으로 陞堂入室ᄒ야 侍立左右ᄒᆫ디 道士ㅣ 曰

"觀君之貌ᄒ니 可知中國之人이라. 此處에 別無居人ᄒ고 風俗이 與禽獸無異ᄒ야 非異域人의 投足處ㅣ라. 姑留此處ᄒ야 以待回國之期ᄒ라."

紅이 百拜稱謝ᄒ고 問道士之尊號ᄒᆫ디 道士ㅣ 笑曰

"老夫ᄂᆫ 雲遊踪跡이라 有何道號ㅣ리오? 人이 謂白雲道士ㅣ라."

ᄒ더라. 紅娘이 自此로 心身이 極安ᄒ니라.

且說. 尹小姐ㅣ 送三娘ᄒ고 燥鬱而坐러니 尹刺史ㅣ 自錢塘湖歸來ᄒ야 備說紅娘之投水ᄒ니 小姐ㅣ 大驚且悲ᄒ야 含淚曰

"非但悼其死ㅣ라 可惜其爲人이로소이다."

且待三娘之回報ᄒ디 杳無消息이러니 居數日에 刺史ㅣ 入內室ᄒ야 對小姐曰

"以若紅娘容貌爲人이 豈知爲水中寃魂이리오?"

小姐ㅣ 驚曰

"果得紅之屍乎잇가?"

刺史ㅣ 曰

"聞浙江[3]船夫之言則江邊退潮處에 有二人屍호디 爲沙石之所傷ㅎ야 難辨男女老少ㅎ고 因汐水所推ㅎ야 不知去處ㅣ라 ㅎ니 未能的知ㄴ 必紅 之屍로다."

小姐ㅣ 心中에 尤爲驚動ㅎ더라.

却說. 蓮玉이 聞紅之死홈이 搥胷痛哭ㅎ고 走向刺史府ㅎ야 叩閽而告 曰

"小女ㄴ 江南紅之婢蓮玉이라 紅이 無父母親戚ㅎ고 小女도 亦無父母 親戚ㅎ야 以孤子身勢로 主奴ㅣ 相依ㅎ야 無異同氣骨肉이러니 紅이 無 罪而爲水中寃魂ㅎ야 收骨無人ㅎ오니 願借官力ㅎ야 收拾白骨而掩土ㅎ 노이다."

刺史ㅣ 矜惻其意ㅎ야 卽賜官船數十隻ㅎ니 玉이 十餘日間을 哭尋江頭 ㅎㄴ 踪跡이 渺然이라. 歸其家ㅎ야 具酒果祭奠ㅎ야 招魂於江上ㅎ고 紅 之平日所着衣服佩物을 投於江中하야 叫號而哭에 哀寃悽切ㅎ니 行人過 客과 船夫漁父도 莫不流涕러라. 玉이 奠畢歸家ㅎ니 寂寂樓臺에 塵埃堆 積ㅎ고 冷落門前에 草色이 埋沒ㅎ야 前日風流之跡을 無處憑問이라 閉 門而晝夜號哭ㅎ고 待皇城蒼頭之回來러라.

且說. 楊公子ㅣ 回送杭州蒼頭以後로 客舘孤懷를 日益難寬ㅎ야 唯待科 試之日이러니 此際에 有急至之邊報ㅎ야 朝廷이 議退定科期ㅎ야 猶隔數 朔이라. 公子ㅣ 愈不勝鬱悒ㅎ야 遙思故鄕ㅎ고 夜不能成寐러라. 一日은 倚案而眠이러니 似夢非夢中精神이 飄蕩ㅎ야 至一處ㅎ니 十里江上에 紅 蓮花ㅣ 盛開ㅣ라 欲折一枝라가 忽然狂風一陣이 吹起波濤ㅎ야 花枝折落 於江中이어놀 且惜且驚而覺之ㅎ니 南柯一夢[4]이라. 心中에 以爲不祥이 러니 不數日에 杭州蒼頭ㅣ 忽到ㅎ야 獻紅娘之書어놀 公子ㅣ 歡喜開視

3) 절강(浙江): 중국 절강성(浙江省)의 북동으로 흘러 항주만(杭州灣)으로 흐르는 강. 강 입구에 산이 있어, 강의 조수가 산에 부딪혀 열 번이나 꺾이고 굽이돌기에 절강이라고 불렀다 한다.

ᄒ니 書에 云:

"賤妾江南紅은 命道奇薄ᄒ와 幼不聞父母之敎訓ᄒ고 長而托身靑樓ᄒ야 爲娼妓之賤ᄒ니 君子之所棄라. 唯一片苦心이 一逢知己ᄒ야 論荊山璞玉之懷價ᄒ고 和郢門白雪之高歌ᄒ야 欲遂平生宿願이러니 意外에 逢公子ᄒ야 膺衿이 相照에 效江妃之解珮ᄒ고 巾櫛을 特許에 期小星之抱衾[5]ᄒ야 君子之言이 堅如金石ᄒ시니 賤妾之望이 深似河海러니 造物이 猜忌ᄒ고 神明이 沮戲ᄒ야 蘇州刺史ㅣ 以放蕩之心으로 賤待娼妓ᄒ야 說之以利害ᄒ며 脅之以威勢ᄒ야 壓江亭未息之風波ㅣ 更起於錢塘湖ᄒ야 欲以五月五日天中節競渡戲로 爲餌而釣賤妾ᄒ니 如縷殘命이 籠中之鳥요 網中之魚ㅣ라. 咫尺淸波에 欲從蹈海之士ㅣ나 望夫山頭에 未見歸人ᄒ니 魚腹孤魂이 雖忘榮辱이ᄂ 白馬寒潮에 難說餘恨이라. 伏望公子ᄂ 勿念賤妾ᄒ시고 致意靑雲ᄒ야 錦衣還鄕之日에 紀念故情ᄒ사 以一陌紙錢으로 慰此江上孤魂ᄒ소셔. 妾이 死後無知則非所可言이오ᄂ 一分精靈이 若不泯滅則發願於冥府ᄒ야 此生未盡之緣으로 以期後生일가 ᄒ노이다. 一百兩銀子ᄂ 以補客中趣味ᄒ사 使長逝者로 悠悠九原에 少慰戀戀之想ᄒ소셔. 執筆에 膺中이 抑塞ᄒ야 不能盡生離死別之懷로소이다."

此時楊公子ㅣ 見畢에 愕然失色ᄒ야 拳推書案ᄒ고 淚下而沾襟日

"紅娘이 死乎아?"

---

4) 남가일몽(南柯一夢): 덧없는 꿈. 당나라 이공좌(李公佐)의 소설 「남가태수전南柯太守傳」에서 유래한 고사. 순우분(淳于棼)의 집 남쪽에 큰 회화나무(槐木)가 있었는데, 어느 날 술에 취해 나무 밑에서 잠이 들었다. 순우분은 두 관원의 안내로 '대괴안국(大槐安國)'에 이르러 국왕의 사위가 되어 20년간 남가군(南柯郡) 태수로 지극한 영화를 누렸는데 잠에서 깨어나니 꿈이었다. 회화나무 밑둥에는 큰 구멍이 있었고, 파보니 수많은 개미가 왕개미 두 마리를 둘러싸고 있었다.

5) 소성지포금(小星之抱衾): 소성은 본래 작고 희미한 별을 가리키는데, 후세에는 첩을 소성이라 했다. 포금(抱衾) 혹은 포주(抱裯)는 이불과 홑이불을 안고 자기 처소로 가는 첩을 말한다. 『시경』 「소남召南」의 「소성小星」에 "희미한 저 작은 별이여. 삼성과 묘성이로세. 조심조심 밤길을 가서, 이불과 홑이불을 안고 가니, 이는 운명이 똑같지 않기 때문이네(嘒彼小星, 維參與昴, 肅肅宵征, 抱衾與裯, 寔命不猶)"라 한 바, 후궁들은 임금을 모실 수 없으므로 저녁이 되자 이불과 홑이불을 안고 자기 처소로 돌아갔다.

再三披讀ᄒ고 如醉如狂ᄒ야 問於蒼頭曰

"汝ㅣ 何時離家오?"

蒼頭ㅣ 對曰

"初四日登程이로소이다."

公子ㅣ 曰

"蘇州刺史ㅣ 何日來杭州云고?"

蒼頭ㅣ 曰

"初五日에 設競渡戲於錢塘湖ㅣ라 ᄒ더이다."

公子ㅣ 嘆曰

"嗚呼ㅣ라! 紅이 已死矣로다."

ᄒ고 倚書案而不禁下淚汪汪이라. 心中思之ᄒ되

'紅은 絶代國色이오 無雙人物이라 必爲造物所猜ㅣ로다.'

又思曰

'紅之天性이 太剛ᄒ야 有烈俠之風이ᄂ 以其繁華之氣와 嬌妖之態로 必不作水中孤魂이라. 此必夢也ㅣ로다.'

取床頭彩箋ᄒ야 方欲作答이라가 更停筆而嘆曰

"紅이 必死矣로다. 吾壓江亭詩에'鴛鴦飛去折花叢'之句ᄂ 可謂不祥이오 燕勞亭話別之時에 嘆'人事飜覆'之語ㅣ 豈非言讖이리오?"

ᄒ고 躊躇良久에 更執筆寫數行書曰

"紅娘아 汝豈不欺我耶아? 相逢은 何以其奇也ㅣ며 相離ᄂ 何其易也ㅣ며 相親은 何其多情이며 相棄ᄂ 何其無心이며 相愛ᄂ 何其鄭重이며 相忘은 何其容易오? 如其不欺則是ㅣ 夢也로다. 以汝繁華氣像과 英拔風流로 豈作蕭瑟江中의 寂寞孤魂이며 聰明姿質과 慧點性情으로 豈成踽凉夜臺의 慘毒寃魂이리오? 紅娘아! 夢耶아 眞耶아? 見紅娘之書ᄒ고 聞蒼頭之言ᄒ니 似或其眞이ᄂ 想像汝之相貌則必無其然之理니 其夢與眞을 問於誰ㅣ며 質於誰ㅣ리오? 人之貴有知己ᄂ 謂同其死生榮辱이라 今於千

344

里南北에 莫知生死하니 此는 吾負汝也요 以一時俠氣로 百年佳約을 如棄草芥하니 此는 汝負我也ㅣ라. 吾今日之淚ㅣ 豈效鄧徒子[6]好色之心이리오? 恨無伯牙知音之琴이로다. 蒼頭告歸에 付去數行書하노니 紅娘아 汝能不死而覽此答乎아?"

公子ㅣ 書畢에 付蒼頭曰

"汝卽歸去하고 日後에 更來傳信하라."

蒼頭ㅣ 告別急歸하니라.

此時蓮玉이 無主空舍에 晝則以淚送日하고 夜則耿耿孤燈에 不能成寐하고 苦待蒼頭호되 杳無消息이라. 一日은 心亂無聊하야 悽然倚門而立하니 教坊大路에 車馬熱鬧하고 處處管絃은 依舊迭宕호되 第一坊之門前은 冷落寂寥하야 井上碧桃는 花盡結實하야 烏鵲이 來噪어늘 不勝凄凉하야 對夕陽而失聲痛哭터니 忽見蒼頭自皇城而歸來어늘 玉이 且感且愴하야 伏地哽塞하니 蒼頭ㅣ 始覺公子之言하고 放聲大哭而扶起蓮玉하야 問其故한대 玉이 哽咽之聲으로 細述一遍하니 蒼頭ㅣ 自懷中으로 出一封書曰

"此는 公子之書ㅣ라 傳於何處ㅣ리오?"

玉이 嘆曰

"吾娘子ㅣ 平生에 無他知己하고 惟楊公子一人이라. 豈不擧其書而慰其靈이리오?"

하고 排設香卓하고 展書於卓上하고 蒼頭與蓮玉이 一場大哭後에 玉이 深藏其書하니라. 尹小姐ㅣ 矜紅娘之冤死하고 慮蓮玉與蒼頭之無依하야 收置府中이러니 此時朝廷이 以兵部尙書로 召尹刺史하니 盖因尹公之治蹟이 著於天下ㅣ러라. 尹公이 治裝登途홀 시 蓮玉이 請隨行호되 尹公이

---

6) [교감] 등도자(鄧徒子): 적문서관본 영인본 66쪽에는 '등도자(鄧都子)'로 되어 있으나, 오식이므로 바로잡는다.

亦憐而許之ᄒᆞ니 玉與蒼頭] 歸家ᄒᆞ야 收拾若干行裝ᄒᆞ고 侍小姐而向皇城ᄒᆞ니라.

且說. 楊公子] 欲知紅娘之信ᄒᆞ야 將送童子於杭州] 러니 一日은 杭州蒼頭] 伴一個素衣女子而來어늘 熟視之ᄒᆞ니 蓮玉이라. 憔悴之貌와 踽凉之色으로 立於階下ᄒᆞ야 仰見公子ᄒᆞ고 擧袖掩面에 失聲嗚咽이어늘 公子] 亦不禁淚下曰

"見汝之狀ᄒᆞ니 滄桑浩劫은 不問可知] 라. 吾] 不欲深究] ᄂ 略說前後事狀ᄒᆞ라."

玉이 以哽咽之聲으로 不能成言ᄒᆞ야 曰

"紅이 別公子後에 稱病杜門ᄒᆞ고 交尹小姐ᄒᆞ야 知己許心이러니 遭黃刺史之威逼ᄒᆞ야 投身錢塘ᄒᆞ야 未收白骨이니이다."

ᄒᆞ고 一一告之ᄒᆞ니 公子] 嘘唏流涕曰

"慘矣慘矣로다! 吾] 負人이로다."

更問曰

"汝ᄂ 何以來京고?"

玉이 對曰

"尹小姐] 矜惻小婢之無依ᄒᆞ야 率來此處로소이다."

公子] 聽罷에 商量ᄒᆞᄃᆡ

'尹小姐] 以閨中女子로 不負信義如此ᄒᆞ니 足知紅娘之藻鑑이로다.'

公子] 更謂玉與蒼頭曰

"豈可以無主人而抛却汝等이리오마는 姑無收拾之力ᄒᆞ니 托身尹小姐ᄒᆞ야 以待好機ᄒᆞ라."

玉與蒼頭] 哭謝而去ᄒᆞ니라. 光陰이 焂忽ᄒᆞ야 已過數朔에 天子] 戡定邊擾ᄒᆞ시고 更集四方多士ᄒᆞ사 設科選才ᄒᆞ실 시 親臨延英殿ᄒᆞ야 問以親策ᄒᆞ시니 赴場之士] 坌集如雲이러라. 其題에 曰

"皇帝問曰 自古治國之道] 不一이ᄂ 必有先後緩急ᄒᆞᄂ니 三代以前은

治以何道ᄒᆞ야 熙熙皞皞ᄒᆞ며 漢唐以後ᄂᆞᆫ 何其紛紛擾亂也오? 朕이 新臨大位ᄒᆞ야 眇然一身으로 以臨萬民ᄒᆞ니 戰戰兢兢ᄒᆞ야 不知其治道ㅣ로라. 今日多士ㅣ 讀古書ᄒᆞ고 平日胷中에 必有講磨ㅣ라 各勿隱諱ᄒᆞ고 直言極諫ᄒᆞ야 以補朕過ᄒᆞ라."

楊公子ㅣ 俯伏階下ᄒᆞ야 頃刻에 奏數千言ᄒᆞ니 其略에 曰

"臣은 聞人君의 治天下之道ᄂᆞᆫ 當法天而已라. 周易에 曰 '潤之以風雨ᄒᆞ고 鼓之以雷霆이라'[7] ᄒᆞ고 又曰 '四時行焉ᄒᆞ며 萬物이 成焉이라'[8] ᄒᆞ니 夫天이 化育萬物ᄒᆞ사ᄃᆡ 非徒以潤澤風雨ᄒᆞ야 施以好生之德이라. 又必號令以雷霆ᄒᆞ야 示以驚動之威則四時運行이 不滯ᄒᆞ고 萬物이 生長疏通ᄒᆞᄂᆞ니 是故로 春夏以生長ᄒᆞ고 秋冬以肅殺ᄒᆞ야 闔闢其氣ᄒᆞ야 欲施造化也ㅣ라. 古之聖王은 能則此法故로 惠澤仁政은 摹倣春夏之生長ᄒᆞ고 法令刑政은 效則秋冬之肅殺ᄒᆞ야 一張一弛ᄒᆞ고 一生一殺ᄒᆞ야 有牢確剛斷然後에 敎化ㅣ 由是而成焉ᄒᆞ며 威令이 由是而行焉ᄒᆞ며 惠澤仁政이 由是而出焉ᄒᆞ며 紀綱風俗이 由是而立焉ᄒᆞᄂᆞ니 若不以好生之德으로 撫摩蒼生ᄒᆞ고 肅殺之威로 一分懲厲則此ᄂᆞᆫ 如天之無四時라. 萬物이 豈可生長乎ㅣ며 豈成造化哉리오?

是故로 古人이 一國을 譬於一身ᄒᆞ니 君은 心이오 臣은 手足이라. 平居無事에 心神安逸則手足之運用이 懈怠ᄒᆞ고 倉卒患亂에 淸淨其心則手足之周旋이 捷利ᄒᆞᄂᆞ니 以此觀之則天下萬事ㅣ 叢生於安逸ᄒᆞ고 振刷於淸淨이라. 故로 古之聖君이 上法天道ᄒᆞ고 下察人事ᄒᆞ사 憂其安逸ᄒᆞ고 思其振刷ᄒᆞᄂᆞ니 今陛下ㅣ 欲聞其道ᄒᆞ사 問先後緩急ᄒᆞ시니 大哉라 王言

---

7) 윤지이풍우(潤之以風雨), 고지이뇌정(鼓之以雷霆): '바람과 비로 윤택하게 하고, 우레와 번개로 고취함이라.'『주역』「계사전繫辭傳」에 나오는 구절.
8) 사시행언(四時行焉), 만물성언(萬物成焉): '사계절이 운행하며, 만물이 이루어짐이라.'『논어』「양화陽貨」에 나오는 구절.『논어』에는 '사시행언(四時行焉), 백물생언(百物生焉)'으로 되어 있다.

이여!

夫治國之道ㅣ 不知緩急則忠言嘉謨ㅣ 歸於文具[9]ㅎ고 倒錯先後則經綸
得失이 必無實效ㅎㄴ니 故로 堯舜之治를 人君이 皆仰之而不致ㅎ고 稷
契之事를 臣子ㅣ 皆慕之而不行은 無他라 不知其先後緩急일ㅅ라.

臣은 以爲今日朝廷之急務ㄴ 先立紀綱이니 臣이 請以古事而徵之ㅎ리
이다. 唐虞以前은 化之以德ㅎ고 夏殷以後ㄴ 治之以功ㅎ니 是謂王道요
秦은 仗力而起ㅎ고 以力守之ㅎ니 是謂霸道요 漢은 以智創業ㅎ고 以智
守成ㅎ니 此所謂王霸幷用이라. 晉唐은 失於浮文ㅎ고 大宋은 病於糟粕
ㅎ니 此ㄴ 或王或霸ㅎ야 得失이 相半이라.

唐虞以前은 風俗이 淳朴故로 以德化之ㅎ고 夏殷以後ㄴ 人文이 開明
故로 以功治之ㅎ고 戰國以來로 及於秦ㅎ야ㄴ 風氣强盛故로 仗力而起ㅎ
고 漢唐宋以後ㄴ 人氣降殺ㅎ야 純雜相半ㅎ니 斟酌經權ㅎ야 以智治之
라. 王道ㄴ 其起也ㅣ 遲故로 其治ㅣ 長遠ㅎ고 霸道ㄴ 其起也速故로 其
敗ㅣ 急ㅎ며 王道ㄴ 其終이 愚迷ㅎ고 霸道ㄴ 其終이 詭亂ㅎ니 此ㄴ 天
地運數ㅣ 古今不同이오 國家治亂이 規模相異也ㅣ라.

夫王道ㄴ 經法이오 霸道ㄴ 權術이니 經權이 得中則亦聖人之道ㅣ라.
臣은 以爲王霸幷用은 後世不易之法이어늘 近日迂怪之論이 藉口於黜霸
行王ㅎ고 聞其言論則近於堯舜之治요 論其實效則不及唐宋之治ㅎ니 其蒼
古者ㄴ 大談干城ㅎ고 其有智者ㄴ 誇朝三暮四[10]ㅎ야 以廟堂言之則職責
이 大ㅎ고 體貌ㅣ 重故로 旣不問細務ㅎ고 以享昇平ㅎ야 事其安逸호ㄷ

---

9) 문구(文具): 실속은 없이 겉만 그럴듯하게 꾸밈.
10) 조삼모사(朝三暮四): 간사한 잔꾀로 남을 속이는 것을 이르는 말. 『장자』「제물론齊物論」에
나오는 이야기다. 중국 전국시대 때 송나라에 저공(狙公)이라는 사람이 있었다. 저공은 원숭이
를 많이 기르고 있었는데 먹이를 대는 일이 날로 어려워졌다. 그래서 나누어줄 먹이를 줄이기
로 하고, "너희에게 나눠주는 상수리를 앞으로는 아침에 세 개, 저녁에 네 개(朝三暮四) 주겠노
라" 하니 원숭이들이 화를 냈다. 저공이 "그럼 아침에 네 개, 저녁에 세 개(朝四暮三) 주겠노라"
하니 원숭이들이 기뻐했다고 한다.

亦無長遠之慮ㅎ며 以臺閣言之則是非忠逆이 顧瞻時勢ㅎ야 言議風采를 不得自由ㅎ며 進退黜陟을 遵行前例ㅎ야 一語一默에 全沒主見ㅎ며 以刺史守令으로 言之則惟論官爵之階梯ㅎ고 不問人材之賢否ㅎ며 祿俸豐薄으로 計其得失ㅎ야 民生休戚은 看做餘事ㅎ며 以士言之則嘲笑固窮讀書ㅎ고 希覬僥倖就職ㅎ야 拙者ᄂᆞᆫ 悲嘆窮廬에 沮喪元氣ㅎ고 激者ᄂᆞᆫ 自暴自棄ㅎ야 意思怫鬱ㅎ며 以風俗言之則倫氣頹敗ㅎ고 廉恥倒傷ㅎ야 奢侈之習과 困窮之歎이 朝不慮夕ㅎ야 無長遠之思ㅎ고 以邊務言之則四夷八蠻이 不知王化ㅎ고 諸將軍卒이 久享昇平ㅎ야 旣無撫摩之化ㅎ고 又疎防備之策ㅎ며 以財貨言之則民間에 不絶聚斂之怨ㅎ고 國中에 不足日用之財ㅎ야 倉廩이 空虛無儲ㅎ니 陛下ㅣ 深處宮中ㅎ사 雖神聖睿智ᄂᆞ 非左右之補導則豈知天下安危哉리잇가? 前後之臣이 稱四海之富와 萬乘之貴ㅎ야 補廣廈細氈之安逸ㅎ고 無極諫臨民之克艱者ㅎ니 雖龍樓曉漏에 丙枕[11]이 轉輾ㅎ시며 聰明所到에 思民憂國ㅎ시ᄂᆞ 日出則又復如前ㅎ사 無別般經綸ㅎ시니 此ᄂᆞᆫ 無左右之贊襄[12]ㅎ야 不能振刷라.

嗚呼ㅣ라! 四海之廣과 萬民之衆으로도 疾苦休戚이 懸於陛下어늘 豈可置心汗漫ㅎ사 無所勇斷哉잇가? 洪範[13]에 曰 '惟辟이사 作威作福이라'[14] ㅎ니 威福은 主人之紀律이오 治國之綱領이라. 執綱領ㅎ며 立紀律

---

11) 병침(丙枕): 임금이 침소에 듦. 또는 그 시각. 하룻밤을 갑·을·병·정·무의 오야(五夜)로 나누어 병야(丙夜)를 임금의 취침 시간으로 정한 데서 유래한다.

12) 찬양(贊襄): 도와서 일을 이룰 수 있게 함. 임금을 도와 치적을 쌓게 함.

13) 홍범(洪範): 『서경』 「주서周書」의 한 편명으로, '홍범구주(洪範九疇)'라고도 한다. 홍범은 세상의 큰 규범을 뜻하며, 구주는 아홉 조목을 뜻한다. 정치는 천(天)의 상도(常道)인 오행(五行)·오사(五事)·팔정(八政)·오기(五紀)·황극(皇極)·삼덕(三德)·계의(稽疑)·서징(庶徵)·오복(五福)의 구주로 인식되고 실현된다는 것이 그 주요 내용이다. 하(夏)나라 우왕(禹王)이 홍수를 다스릴 때 낙수(洛水)에서 나온 신령스러운 거북의 등에 쓰여 있던 글인 낙서(洛書)를 보고 만들었다고 하며, 주(周)나라 무왕(武王)이 기자(箕子)에게 선정(善政) 방법을 물었을 때 기자가 '홍범구주'로 교시했다고 한다.

14) 유벽(惟辟), 작위작복(作威作福): '오직 임금만이 벌을 주기도 하고 상을 주기도 한다.' 『서경』 「주서」 「홍범洪範」에 나오는 구절. 『서경』에는 "유벽작복(惟辟作福), 유벽작위(惟辟作威)"로 나온다.

然後에 法令이 行 ㅎ 고 敎化 ㅣ 成ㅎ 느니 是謂紀綱이라. 古人이 比紀綱於
綱은 謂其擧其綱則衆目之隨動이니 朝廷은 天下之紀綱이오 人君은 萬民
之紀綱이라. 陛下 ㅣ 欲治天下 ㅣ 딘 先立朝廷之紀綱ㅎ 시고 欲敎化萬民인
딘 先勿失人君之紀綱ㅎ 소셔. 世之爲將者ㄴ 率百萬之衆ㅎ 야 臨陣對敵홀
시 必主賞罰ㅎ 며 專兵權ㅎ 야 掌握三軍然後에 乃成其功ㅎ 느니 陛下 ㅣ
今率億兆蒼生ㅎ 사 欲治天下ㅎ 시 는 디 不明於生殺與奪之權ㅎ 사 事機 ㅣ
與心相違ㅎ 며 經綸이 與心相左ㅎ 니 紀綱을 何可以立이며 風俗을 何可
以改며 羣下를 何可以督이며 弊瘼을 何可以救也 ㅣ 리잇고?

伏惟我太祖[15]皇帝開國以後로 傳至陛下ㅎ 야 昇平日久ㅎ 야 羣臣百僚
ㅣ 皆守古事ㅎ 고 遵行前例ㅎ 야 自然心情이 安逸ㅎ 고 思想이 懈怠ㅎ 니
此 는 古今常理라. 譬喩컨딘 經營大廈홀 시 取北山之石ㅎ 며 求南山之木
ㅎ 야 裁度其制度ㅎ 고 焦勞其精神ㅎ 야 制作이 堅固ㅎ 야 子孫이 入處호
딘 但知其安ㅎ 고 不知其勞故로 墻垣이 頹廢ㅎ 고 棟樑이 摧折則初憂後
慢ㅎ 야 必當傾覆之患ㅎ 느니 嗚呼 ㅣ 라! 爲其子孫者 ㅣ 若有乃祖乃父創建
時萬一之心而振刷則豈至此境哉잇가? 陛下 ㅣ 今居天子之大位ㅎ 야 若歲
久年深而不憂其傾頹則非臣之所敢言이어니와 戰戰競競하사 如履薄氷ㅎ
야 對于于多士而問一得之見ㅎ 시니 臣이 豈敢以定式文字로 循例而對也
ㅣ 리잇고? 雖然이ㄴ 細瑣條目과 時急經綸은 難以寸管尺紙로 倉卒盡題
라. 暫許臣言之不非ㅎ 사 更開天章閣ㅎ 시고 特下筆札ㅎ 샤 苟使盡胥中蘊
抱則臣不敢辭 ㅣ 리이다."

此時天子 ㅣ 親考多士之文ㅎ 실 시 大同小異ㅎ 야 別無優劣이어놀 天顔

---

15) 태조(太祖, 1328~1398): 명나라 개국 황제인 주원장(朱元璋). 묘호(廟號)는 태조이고, 시호
(諡號)는 고황제(高皇帝)이며, 연호에 따라 홍무제(洪武帝)라고도 한다. 어린 시절 가난으로 고
생하다가, 곽자흥(郭子興)의 홍건군(紅巾軍)에 투신해 구부장(九夫長)에 오르고, 곽자흥의 사위
가 되었다. 곽자흥의 군대가 분열되자 독자적으로 군대를 모아 세력을 키워 각지의 군웅을 차
례로 굴복시키고, 1368년 남경(南京)에서 명나라를 세워 연호를 홍무(洪武)라 했다. 북벌군을
일으켜 원나라를 몽골로 몰아내고 한족(漢族)의 왕조를 다시 열었다.

이 不悅이러니 及見昌曲之文ᄒ시고 大喜曰

"此ᄂᆫ 漢之賈誼[16]요 唐之陸贄[17]가 不能過此ㅣ라. 朕이 今以後에 得棟樑柱石이라."

ᄒ시고 選置第一ᄒ고 命唱名ᄒ시니 昌曲이 進伏榻前ᄒ디 閣老黃義炳이 奏曰

"昌曲은 年少幼兒ㅣ라 豈能作經綸文字ㅣ리오? 更於榻前에 試以七步詩ㅣ 似好ㅣ로소이다."

言畢에 又有一位宰相이 奏曰

"昌曲은 新進少年이라 識時務ᄒ고 奏御文字에 太多妄率ᄒ오니 削科가 似好ㅣ로소이다."

畢竟天子ㅣ 何以處之오? 且看下回ᄒ라.

---

16) 가의(賈誼, BC 200~BC 168): 전한의 문인이자 학자. 시문에 뛰어나고 제자백가에 정통하여 문제(文帝)의 총애를 받아 약관으로 최연소 박사가 되었다. 1년 만에 태중대부(太中大夫)가 되어 전한의 관제(官制)를 정비하기 위한 의견을 많이 아뢰었다. 그러나 당시 고관들의 시샘으로 좌천되어 장사왕(長沙王)의 태부(太傅)가 되었고, 멱라수에 빠져 죽은 굴원을 조상하는 「조굴원부弔屈原賦」를 지어 자신의 불우(不遇)한 운명을 이에 비유했다. 진(秦)나라의 멸망 원인을 논한 「과진론過秦論」도 명문장으로 알려져 있다.
17) 육지(陸贄, 754~805): 당나라 관료이자 문인. 덕종(德宗) 때 한림학사가 되어 783년 주차(朱泚)가 반란을 일으키자 덕종을 따라가 조서(詔書)를 지었는데, 그 간절한 문장을 읽고 눈물 흘리며 감동하지 않는 사람이 없었다 한다. 폐정(弊政)을 고치고 가혹한 세금을 없앴으나, 간신 배연령(裴延齡)의 잘못을 극간하다가 그의 술책으로 파직되었다. 문장은 배우(排偶)를 잘 활용해 유창했으며, 그의 주의(奏議)는 후세에까지 전승되었다.

尹尙書東床迎佳婿 楊翰林江州遇仙娘

第七回

却說. 天子ㅣ 讚昌曲之文ᄒ고 選置第一ᄒ시니 一位宰相이 出班奏曰

"古聖之言에 曰'非堯舜之道어던 不敢陳於君'[1]이어ᄂᆞᆯ 今楊昌曲이 言 霸道ᄒ니 其不可ㅣ 一也요 洪範之稱威福은 戒爲人臣者어ᄂᆞᆯ 昌曲이 擧 此以諫君父ᄒ니 其不可ㅣ 二也ㅣ라. 伏願陛下ᄂᆞᆫ 削昌曲之名ᄒ사 使四 方之士로 以愼告君之辭ᄒᆞ소셔."

衆이 視之ᄒ니 乃參知政事盧均이라. 盧均은 唐盧杞[2]之後裔니 天性이 奸巧ᄒ야 聰明才局은 足以阿諂人主ᄒ고 言論風采ᄂᆞᆫ 足以鉗抑朝廷ᄒ니 親附小人ᄒ고 猜疑君子ᄒ야 濁亂朝權이 已久ᄂᆞ 年高而閱歷古事故로 天

---

1) 비요순지도(非堯舜之道), 불감진어군(不敢陳於君): '요순의 도가 아니거든, 감히 임금께 아뢰 지 않노라.'『논어』「공손추 하公孫丑下」에 나오는 구절.『논어』에는 '비요순지도(非堯舜之道), 불감이진어왕전(不敢以陳於王前)'으로 나온다.

2) 노기(盧杞): 당나라 신하. 덕종(德宗)이 그 재능을 아껴 발탁하여 동중서문하평장사(同中書門 下平章事)에 올랐다. 성격이 음흉하여 국정을 담당할 때 권력을 멋대로 휘둘러 사람을 많이 죽 였다. 783년 경원(涇原)의 병사들이 들고일어나 경사(京師)가 함락되자, 삭방절도사(朔方節度 使) 이회광(李懷光)이 여러 차례 글을 올려 그의 죄를 성토해 신주사마(新州司馬)로 폄적(貶謫) 되었고, 나중에 풍주별가(灃州別駕)로 갔다가 죽었다.

352

子卽位初에 待以先朝老臣之禮러니 此日에 見昌曲文章經綸之絶人과 天子之讚揚ᄒ고 心懷不平ᄒ야 奏之如此ㅣ러라. 天子ㅣ 聞之ᄒ시고 殆有不悅之色이러니 又有一位宰相이 出班奏曰

　"臣은 聞之호니 唐之王勃은 九歲에[3] 以文章으로 聞於世ᄒ고 宋之寇準은 十九歲에 登第ᄒ야 妙年才局이 驚動朝廷ᄒ니 自古로 才藝文章은 不在於年齒多少ㅣ라. 閣老之言이 十分不穩이오며 陛下ㅣ 對多士ᄒ사 問時務ᄒ시니 其所對ㅣ 各言其志요 且治國之道ᄂ 古今不同ᄒ니 豈無參酌經權이릿고? 今盧均之言이 太逼昌曲ᄒ야 出身之初에 折其銳氣ᄂ 非獎拔國士之道요 托辭經術ᄒ야 欲塞言路ᄒ니 甚非公平之論이로소이다. 臣이 見昌曲之文章호니 董仲舒[4]·賈誼之所不能及이오 治國經綸은 不讓於韓魏公·富弼이오 直言極諫은 汲長孺·魏徵之所可儔也ㅣ니 臣은 以爲天以良弼로 特賚陛下ㅣ라 ᄒ노이다."

　左右ㅣ 視其人ᄒ니 駙馬都尉秦王花珍이니 開國功臣花雲[5]之曾孫이오 年今二十에 文武雙全ᄒ고 風流豪放ᄒ야 以皇上之妹婿로 討平吐蕃[6]故로 封秦王이러니 適入朝ㅣ라가 一見昌曲에 知其有卓越之才ᄒ고 痛恨盧均之詭譎이러라. 盧均이 憤怒ᄒ야 與秦王으로 相爭不已어놀 昌曲이 乃起伏奏曰

　"臣이 以鹵莽之才로 猥參科甲ᄒ오니 非聖朝求才之意요 且爲臣子ᄒ야

---

3) [교감] 구세(九歲)에: 적문서관본 영인본 71쪽에는 '구세(九歲)에' 부분이 빠져 있으나, 신문관본 제1권 84쪽에는 들어 있어 의미상 인쇄 과정의 누락으로 여겨져 보완했다.

4) 동중서(董仲舒, BC 179~BC 104): 전한의 유학자. 경제(景帝) 때 박사가 되었고, 무제가 즉위하여 크게 인재를 구할 때 「현량대책賢良對策」을 올려 인정받았다. 백가를 몰아내고 유학만을 존중할 것을 주장했는데, 무제가 이를 받아들여 이후 유학이 정통 학술로 자리하는 계기를 만들었다.

5) 화운(花雲, 1321~1360): 명나라 개국공신. 무장으로서 1353년에 주원장에게 투항하여 숙위(宿衛)·총관(總管)을 지냈다. 세상을 떠난 뒤 동구군후(東丘郡侯)로 추봉(追封)되었고, 충신사(忠臣祠)에 배향되었다.

6) 토번(吐蕃): 7세기 초에서 9세기 중엽까지 활동한 티베트 왕국 및 티베트인에 대한 당(唐)·송(宋) 때 호칭. 이 호칭은 티베트 왕국이 망한 뒤에도 14세기 무렵까지 사용되었다.

事君之初에 冒欺君之名ᄒᆞ고 不愼奏御文字ᄒᆞ야 被大臣之論駁ᄒᆞ오니 豈可徒貪恩寵ᄒᆞ고 不顧廉隅哉릿가? 伏願陛下ᄂᆞᆫ 亟削臣之科名ᄒᆞ샤 以懲天下士子欺君之習ᄒᆞ쇼셔."

此時昌曲之年이 十六歲라. 言辭堂堂ᄒᆞ야 恰如劈竹ᄒᆞ니 宮中上下ㅣ 莫不大驚吐舌ᄒᆞ고 天子ㅣ 喜動顔色ᄒᆞ사 曰

"昌曲이 雖年淺이ᄂᆞ 奏對之體貌ㅣ 以老士宿儒로도 不可當이라."

ᄒᆞ시고 卽賜紅袍玉帶와 雙蓋鞍馬와 梨園[7]法樂과 彩花一枝ᄒᆞ시고 拜翰林學士ᄒᆞ고 賜紫禁城第一坊甲第ᄒᆞ시니 楊翰林이 紅袍玉帶로 謝恩禮畢에 乘御麃驄馬ᄒᆞ고 雙盖法樂이 在前ᄒᆞ야 向紫禁城私第而來ᄒᆞᆯ 시 觀者如雲ᄒᆞ야 讚楊翰林의 玉貌英風ᄒᆞ야 喧鬧如雷러라. 方到門前ᄒᆞ니 車馬ㅣ 如雲集ᄒᆞ고 纏陛堂上에 賓客이 已滿座라. 左右ㅣ 報曰

"黃閣老來賀라."

ᄒᆞ야ᄂᆞᆯ 翰林이 下堂迎之ᄒᆞ야 禮畢坐定에 閣老ㅣ 笑曰

"學士之少年功名이 震動一世ᄒᆞ니 未久에 必至老夫之地位矣리라. 國家之得人이 喜歡無量이로다. 老夫ㅣ 失錯於榻前이 多矣ᄂᆞ 此ᄂᆞᆫ 故欲磨礱學士之利器니 勿咎老夫之昏眊ᄒᆞ라."

翰林이 遜辭不已러라.

翌日에 翰林이 回謝於先進ᄒᆞᆯ 시 先至黃閣老府中ᄒᆞ니 閣老ㅣ 欣然欵待ᄒᆞ야 言辭娓娓러니 忽有一卓酒饌이 自內廚出來ᄒᆞ야 酒巡數盃에 閣老ㅣ 移席而執翰林之手曰

"老夫ㅣ 有一言ᄒᆞ니 學士ㅣ 能聽許否아? 老夫ㅣ 晚來에 有一女ᄒᆞ니 足爲君子之偶라. 吾知學士ㅣ 姑未成娶ᄒᆞ니 與我로 結晉秦之誼가 如何

---

7) 이원(梨園): 당나라 현종이 궁궐 내 설치한 음악 교습소. 현종은 음악을 좋아하여 정규 음악 기관인 태상시(太常寺)와 교방(敎坊) 외에 이원을 설치하고 한(漢)나라 이후의 구곡(舊曲)인 청악(淸樂) 계통의 법곡(法曲)을 교습시켜 그 연주를 담당하게 했다. 후세에 이원은 배우들의 사회 또는 연주계의 호칭으로 쓰이게 되었다.

오?"

翰林이 心中暗思호디

'黃閣老는 貪權樂勢之人이라 吾所未妥也요 紅娘이 已薦尹小姐호니 非徒其藻鑑之明이라. 豈可以無其人而負其心이리오?'

호고 對日

"侍生이 上有父母호니 豈敢不告而娶哉잇가?"

閣老日

"此는 老夫所知어니와 但欲知學士之意니 惟望莫惜一言호라."

翰林이 正色對日

"婚姻은 人倫大事라. 小子ㅣ 豈可擅斷哉잇가?"

閣老ㅣ 憮然不答이러니 翰林이 告別而歸홀 시 方出大路街호니 有喝導聲而一位宰相이 來어늘 視之호니 乃是盧均이라. 均이 停車而謝日

"吾ㅣ 欲訪學士ㅣ러니 路畔相逢이로다. 吾家ㅣ 不遠호니 同往이 如何오?"

翰林이 不得已隨往호야 坐定에 參政이 笑日

"曾有所彈駁吾兄이나 此는 一時所見之不同이라. 兄은 幸勿掛意호라."

翰林이 日

"昌曲은 後進少年이라. 尊教를 豈敢留着胸中哉잇가?"

參政이 笑日

"求婚於聞喜宴은 古來風氣라. 吾聞兄이 姑未娶妻라 호니 果然否아?"

翰林日

"然호이다."

參政日

"弟有一妹호야 諸般凡節이 不下於人호니 兄與弟로 結男妹之誼가 若何오?"

翰林이 甚苦之호야 對日

"此는 父母之所命이라 非昌曲之所左右ㅣㄴ 似聞曾有議婚處인가 ㅎ노이다."

參政이 見翰林之冷落ㅎ고 更無他言ㅎ니 盖盧均이 當日欲削昌曲之科 ㅣ라가 竟不如意ㅎ야 欲以其妹로 用美人計ㅎ야 轉禍爲福이러니 知其不 成ㅎ고 怏怏之心이 尤甚於前日이러라. 翰林이 歸而思之호디

'今盧黃兩家之求婚이 如彼其急ㅎ니 若遲緩則必生詭計라. 吾當見尹尙 書ㅎ고 探知其意後歸家ㅎ야 卽成婚於尹小姐ㅎ리라.'

ㅎ고 卽往尹府而通刺ㅎ니 尹尙書ㅣ 迎入坐定에 笑曰

"學士ㅣ 能記憶老夫乎아?"

翰林이 微笑而對曰

"以詩人浪跡으로 曾謁尊顔於壓江亭이오니 豈可忘哉잇가?"

尙書ㅣ 欣然笑曰

"學士ㅣ 時月之間에 儼然壯大ㅎ야 刮目相對ㅎ니 當有室家之樂이라 定婚於誰家乎아?"

翰林이 曰

"侍生之家ㅣ 寒微ㅎ야 姑未定婚이로소이다."

尙書ㅣ 沉吟良久에 曰

"學士離側이 已久ㅎ니 何時覲行乎아?"

翰林曰

"陳情請由ㅎ야 早欲歸覲ㅎ노이다."

尙書ㅣ 更沉吟曰

"學士覲行之日에 前往貴府送別ㅎ리라."

翰林이 知有議婚之意ㅎ고 起身而歸ㅎ야 上疏請覲親ㅎ니 上이 引見榻 前ㅎ시고 下敎曰

"朕이 得卿未幾에 遽離左右는 實所悵然이나 欲慰卿父母倚閭之情[8]ㅎ 야 特授數月之由ㅎ노니 速奉兩親而團聚京第ㅎ라."

ᄒ시고 仍下敎ᄒ사 以昌曲之父楊賢으로 拜禮部員外郞ᄒ야 使本郡으로 賜車馬治送ᄒ라 ᄒ시니 此ᄂ 出於特典이니 可知際遇之隆盛에 榮耀無比러라. 一日淸晨에 尹尙書ㅣ 作別次로 來訪翰林이러니 黃閣老ㅣ 又適至어ᄂᆯ 尹尙書ㅣ 知其不得從容談話ᄒ고 沉吟良久에 起身曰

"學士ᄂ 遠路에 保重行李ᄒ라. 還第之日에 更來訪矣리라."

黃閣老ᄂ 蹲巡而坐ᄒ야 以煩雜之言으로 半晌後에 歸去ᄒ니라. 明日에 楊翰林이 準備行裝ᄒ고 率童子而登程ᄒᆯ 시 所過處에 店人等이 指而語曰

"數月前에 以草草單僕으로 過去之秀才가 今日에 如此榮貴ᄒ니 豈知人生之窮達이 如此難測이리오?"

ᄒ더라. 翰林이 急行十餘日에 至一處ᄒ니 童子ㅣ 告曰

"行直路則經入蘇州ᄒ고 若迂回五十餘里則由杭州路而去로소이다."

翰林이 愀然曰

"吾ㅣ 曾赴擧時에 由杭州而來ᄒ니 豈忘舊路乎아? 由杭州路而作行ᄒ라."

童子ㅣ 知翰林之意ᄒ고 復行一日에 漸看山川이 明麗ᄒ고 人物이 繁華ᄒ야 遙望之ᄒ니 淸波秀峰이 可知西湖錢塘之佳麗物色이러러라. 路邊에 有一亭ᄒ니 乃往日與紅娘執手相別之燕勞亭이라. 堤上衰柳ᄂ 雨雪이 霏霏ᄒ야 猶帶舊色ᄒ고 橋下水聲은 帶夕陽而嗚咽이라. 翰林이 雖是丈夫之心腸이ᄂ 豈不傷魂斷腸이리오? 自含滴滴之淚ᄒ고 定舍處於杭州城外ᄒ니 旅舘孤燈에 不禁怊悵之懷ᄒ야 曰

---

8) 의려지정(倚閭之情): 마을 문 앞에 기대어 서서, 밖에 나간 자식이 돌아오길 기다리는 부모의 간절한 심정. 주(周)나라 때 행정구역으로 스물다섯 집을 '리(里)'라 했는데, 리마다 세운 문, 곧 이문(里門)을 '려(閭)'라고 했다. 중국 춘추시대 때 왕손가(王孫賈)는 열다섯 살에 제(齊)나라 민왕(湣王)을 모시는 신하가 되었다. 왕손가의 어머니는 자식을 몹시 사랑하여, 그가 입조(入朝)하여 집에 늦게 돌아올 때면 마을 문 앞에 기대어 서서 아들이 돌아오길 기다리곤 했다 한다.

"吾ㅣ 前日赴擧時此處客店에 逢西川秀才ᄒ야 良宵明月을 和韻而送이러니 今日無聊之心을 有誰可慰리오? 紅이 若有一分精靈이면 雖夢中이라도 現李夫人之眞面ᄒ야 應慰故人耿耿之心ᄒ리라."

ᄒ고 欲倚枕而睡ㅣ러니 本州刺史ㅣ 具妓樂盃酒而來ᄒ야 接待어놀 翰林이 固辭하고 留一個老妓ᄒ야 以消長夜홀 시 老妓ㅣ 奉盃而奏一歌ᄒ니 其歌에 曰

夕陽芳草萋萋路에 可愛碧桃花야
十里錢塘이 此處언만은 難見蓮花ㅣ로다
正是江南歸客이 緣薄인가 ᄒ노라

翰林이 聽歌而猶無聊러니 聞其詩ᄒ니 乃自己作題紅娘扇之詩라. 一喜一愴ᄒ야 曰

"此歌ᄂᆫ 何人所作고?"

老妓ㅣ 愀然嘆曰

"此ᄂᆫ 故妓紅娘之所傳이라. 紅은 持操高尙ᄒ야 平生에 無知러니 逢過去秀才而酬唱云이러이다."

翰林이 怊悵之色이 更見於外ᄒ니 老妓ㅣ 疑之러라. 有頃에 鷄聲이 喔喔ᄒ고 北斗傾而催曉ᄒ니 翰林이 命童子ᄒ야 備香火紙燭與酒果ᄒ고 到錢塘湖邊ᄒ니 江村이 寂寞ᄒ고 星月이 蕭瑟ᄒ야 曉霞ㅣ 滿水面이어놀 翰林이 燒一炷香ᄒ야 祭紅娘홀 시 其祭文에 曰

"某年某月某日에 翰林學士楊昌曲이 蒙天恩ᄒ야 錦衣還鄕홀 시 至錢塘湖ᄒ야 擧一盃酒ᄒ고 呼紅娘之魂而告之曰, 嗚呼ㅣ라 紅娘아! 今日에 吾知其鐵石肝腸이로다. 吾豈忍復來杭州路ᄒ야 更對西湖風景이리오? 彼滾滾水波ᄂᆫ 晝夜東流而向何處오? 悠悠我思ᄂᆫ 隨流水而無涯로다. 玉骨不收江中兮여 芳魂游乎江上이로다. 起斑竹之寒風兮여 吹衣襟而似有知

로다. 嗚呼紅娘아! 平生無知己兮여 西山落月이 照酒盃로다. 淚題數行書兮여 哽咽未盡衷曲이로다."

翰林이 讀畢에 涕淚漣漣에 不禁放聲而哭ᄒᆞ니 童子與左右ㅣ 亦皆嗚咽ᄒᆞ고 杭州老妓도 方覺而流感淚ᄒᆞ고 嘆曰

"紅娘은 可謂死無餘恨이라."

ᄒᆞ더라. 翰林이 收紙錢香燭ᄒᆞ야 投於江中ᄒᆞ고 心思ㅣ 更加怊悵ᄒᆞ야 茫然而立이라가 歸來客舘ᄒᆞ야 收拾行裝ᄒᆞᆯ 시 顧老妓而別曰

"吾無行中所携ᄒᆞ야 以些少銀子로 表情ᄒᆞ노라."

老妓辭曰

"妾이 豈敢望此乎잇가? 但願得相公所作祭文ᄒᆞ와 以爲江南靑樓之美蹟ᄒᆞ노이다."

翰林이 笑而許之ᄒᆞ니라. 天明後登程ᄒᆞ야 到蘇州地境ᄒᆞ야 尋昔日所休客店而息ᄒᆞ니 店人이 顚倒出迎ᄒᆞ야 見童子而一喜一驚ᄒᆞ야 始知其爲前日過去之秀才ᄒᆞ고 進前問候어ᄂᆞᆯ 翰林이 笑曰

"吾ㅣ 久不報漂母厚誼라."

ᄒᆞ고 賞賜百金ᄒᆞ니 店人이 恭謝不已러라. 翰林이 催促前路ᄒᆞ야 更行數里ᄒᆞ니 前有大嶺이어ᄂᆞᆯ 童子曰

"此嶺은 前日逢賊被奪行資之處러니 盜漢은 今去何處ᄒᆞ고 變成坦坦大路오?"

하야ᄂᆞᆯ 翰林이 審視之ᄒᆞ니 果昔日所踰逢賊之嶺也라. 山麓이 童濯[9]ᄒᆞ고 酒店이 櫛比ᄒᆞ니 翰林이 心中疑之러라. 此時翰林이 輕車快馬로 宏壯威儀가 與前日率單僕策蹇驢ᄒᆞ고 草草前進之時로 不啻霄壤之分이오 故鄕이 漸近ᄒᆞ니 望雲之思ㅣ 更切ᄒᆞ야 早而登程ᄒᆞ고 暮而休宿터니 一日은 童子ㅣ 遙指曰

---

9) 동탁(童濯): 씻은 듯이 깨끗함. 산에 나무나 풀이 없음.

“喜哉라 玉蓮峰이여!”

ᄒᆞ야ᄂᆞᆯ 翰林이 開車窓而望故鄕山色ᄒᆞ고 命童子ᄒᆞ야 先往而告兩親ᄒᆞ라 ᄒᆞ니 此時處士夫婦ㅣ 已聞兒子之登科ᄒᆞ고 苦待歸覲이라가 見童子之先來ᄒᆞ고 不勝喜悅ᄒᆞ야 兩人이 扶杖倚門而望ᄒᆞᆯ 시 學士ㅣ 身着御賜紅袍ᄒᆞ고 頭揷彩花ᄒᆞ고 洞外下車ᄒᆞ니 繁華氣像과 盛大威儀가 非送別之時秀才昌曲이라. 歡喜而笑曰

“吾ㅣ 五十之年에 幸不絶楊氏血脈이ᄂᆞ 不料富貴榮耀之至此ㅣ러니 汝今立身揚名ᄒᆞ야 儼爲成朝官之貌ᄒᆞ니 此豈夙昔所期望哉리오?”

昌曲이 拜而告曰

“小子ㅣ 不肖ᄒᆞ야 半年離側에 尊顔이 尤衰ᄒᆞ사 多眇朝夕倚閭之憂ᄒᆞ오니 不勝悚惶이로소이다.”

又告曰

“天恩이 罔極ᄒᆞ사 下賜爺爺以員外郞ᄒᆞ시고 辭陛之日에 下敎曰 ‘從速團聚京第ᄒᆞ라’ ᄒᆞ시더이다.”

本縣知府[10]ㅣ 已備車馬於門前而待ᄒᆞ니 員外夫婦ㅣ 收拾行裝ᄒᆞ야 數日後登程ᄒᆞ야 向皇城ᄒᆞ니라.

且說. 尹尙書ㅣ 當日에 見楊翰林而歸其家ᄒᆞ야 對蘇氏曰

“吾爲女兒ᄒᆞ야 廣求佳婿ᄂᆞ 別無合意處ㅣ러니 新榜壯元楊昌曲이 後進中第一人物이로되 但其家ㅣ 本是淸高之士ㅣ라 其議婚於吾家를 恐難期必이ᄂᆞ 待楊家一行之上京ᄒᆞ야 先送可信媒婆於楊家之內間ᄒᆞ야 探知其意ㅣ 似妙일가 ᄒᆞ노라.”

---

10) 지부(知府): 주(州)와 현(縣)을 맡아 다스리는 벼슬아치. 당나라 때는 수도인 장안과 황제의 군대가 주둔했던 지역에 특별히 ‘부(府)’를 설치했고, 송나라 때는 태조 조광윤(趙匡胤)이 아직 황제가 되지 않았을 때 다스렸던 지역을 모두 ‘부’로 승격시켰으며, 조정의 신하가 파견되어 임시로 다스리는 경우도 있었는데 이를 ‘지부(知府)’라고 불렀다. 명(明)·청(淸) 때는 ‘지부’가 관직 명칭이 되어 주와 현을 맡아 다스렸다.

蘇夫人이 曰

"近間媒婆之言을 難可準信이오니 其乳母薛婆ㅣ 爲人이 雖庸愚ㅣ노 素無詭詐ᄒᆞ니 待楊家入城ᄒᆞ야 送薛婆ㅣ 似好로소이다."

尙書ㅣ 點頭ㅣ러라. 此時蓮玉이 偶立窓外라가 聞尙書夫婦之言ᄒᆞ고 自思曰

'昌曲은 必公子之名이노 公子ㅣ 若成婚於尹小姐ㅣ면 紅娘之魂이라도 必當欣然而喜어니와 無人知娘之平生苦心者ᄒᆞ니 吾ㅣ 豈可不說破於小姐也ㅣ리오마는 但恨無發說之期로다.'

乃心生一計ᄒᆞ야 此夜에 佯作挑燈之狀ᄒᆞ고 前日所藏楊公子之書를 故遺床前而出이러니 小姐ㅣ 拾見而怪之ᄒᆞ야 呼蓮玉而問曰

"此紙노 必汝之所遺ㅣ니 是何書也오?"

玉이 佯驚曰

"此노 故主紅娘之筆跡이로소이다."

小姐ㅣ 正色曰

"吾與汝로 曾無相欺어놀 汝ㅣ 今有隱諱ᄒᆞ니 此豈相信之意리오?"

玉이 乃含淚曰

"小姐ㅣ 如此下問ᄒᆞ시니 賤婢ㅣ 豈敢欺罔이리잇고? 故主紅娘之志操高尙은 小姐之已所深燭也ㅣ라. 曾不許身於凡夫ㅣ러니 意外에 一見汝南楊公子於壓江亭ᄒᆞ고 結百年之約ᄒᆞ야 堅如金石터니 爲造物所沮ᄒᆞ야 悠悠萬事ㅣ 幻成一場春夢ᄒᆞ니 紅娘之寃은 毋容更論이오 賤婢之望이 亦絶ᄒᆞ니 區區之心이 欲以一片書로 爲信蹟ᄒᆞ야 與楊公子로 定奴主之誼ᄒᆞ야 未盡報紅娘之恩을 欲以報於楊公子ᄒᆞ야 使故主之靈으로 知死生間無二心이로소이다."

言畢에 含淚嗚咽ᄒᆞ니 小姐ㅣ 矜其志ᄒᆞ야 黙然無語러니 玉이 收淚而坐燈下ᄒᆞ야 獨自微笑어놀 小姐ㅣ 問曰

"汝ㅣ 忽哭而忽笑노 何也오?"

玉이 低首不語호디 小姐ㅣ 亦含笑曰

"吾正無聊호니 毋論何言호고 勿諱而罷寂호라."

호니 玉이 更察小姐顔色而笑曰

"賤婢가 俄者에 通往老夫人寢室이러니 老相公이 與夫人으로 論小姐婚事호실 시 意向이 在於楊翰林호시니 楊翰林은 卽楊公子니이다."

言未畢에 小姐ㅣ 顔色이 忽變호야 責蓮玉曰

"妖妄之物이 毋論何言호고 善爲窺聽이로다."

玉이 回坐燈下曰

"賤婢之笑ᄂ 有所懷라. 小姐ㅣ 今强問之호시고 反責之호오시니 自今以後ᄂ 賤婢가 更不開口호리이다."

小姐ㅣ 笑曰

"汝之所懷ᄂ 何也오?"

玉이 悄然不對어놀 小姐ㅣ 笑曰

"吾ㅣ 更不責汝矣리니 第言所懷호라."

玉이 更含淚曰

"今日楊翰林은 昔日楊公子요 楊公子ᄂ 紅娘之知己라. 紅이 先時에 對公子호야 薦小姐之賢淑호니 賤婢가 親見公子之點頭快樂이러니 今小姐婚事를 定於楊翰林則賤婢奴主之緣이 庶不齟齬矣리니 此ᄂ 賤婢之所喜오ᄂ 但無知紅娘之苦心血誠者호오니 豈不可惜哉잇가?"

小姐ㅣ 默默不答이러라.

此時楊處士一行이 到皇城호니 觀者ㅣ 莫不欽羨處士夫婦之多福이러라. 楊員外ㅣ 謝恩闕下홀 시 天子ㅣ 引見諭之호사 曰

"卿이 雖高尙物外ᄂ 精力이 未衰호니 進輔朕之不逮호라."

員外ㅣ 頓首奏曰

"臣이 曾無寸尺之功이어늘 濫蒙爵祿之榮호오니 宜盡犬馬之誠호야 以圖涓埃之報이오ᄂ 素抱宿痼호와 趨走無望호오니 伏願陛下ᄂ 收臣之

362

官爵ᄒ사 使無素餐之恥ᄒ소셔."

天子ㅣ 笑曰

"卿爲國家ᄒ야 生此棟樑之臣ᄒ니 豈曰無功이리오? 亟加調養ᄒ야 勿負朕相依之心ᄒ라."

員外ㅣ 惶恐退出ᄒ야 陳情辭職ᄒ고 處於後園別堂ᄒ야 以琴某書畵로 消遣歲月이러라. 一日은 翰林이 侍坐兩親이러니 許夫人이 顧員外曰

"兒子ㅣ 年已十六歲요 今旣科宦則早宜成婚이라. 將何以處之오?"

員外ㅣ 未及對ᄒ야 翰林이 避席對曰

"小子ㅣ 不肖ᄒ와 未及告之어니와 旣有定意로소이다."

因曰

"赴擧之路에 遭盜患ᄒ고 往歷江亭ᄒ야 逢江南紅而相許知心이러니 紅이 薦尹小姐ᄒ니 紅之藻鑑이 絶人ᄒ야 其言이 必善ᄒ리이다."

且告黃閣老求婚之顚末ᄒ니 員外與夫人이 嘆曰

"此ᄂᆫ 天定之緣이라 非人力所强이ᄂᆞ 尹尙書ᄂᆫ 望重宰相이라 豈與寒微吾家로 肯相通婚이리오?"

翰林曰

"小子ㅣ 見尹尙書ᄒ니 忠厚長者ㅣ라 非時俗宰相이오니 想當不拘寒微ᄒ오리이다."

員外ㅣ 點頭어ᄂᆞᆯ 夫人이 愀然曰

"人若未遂宿願則結寃於冥冥ᄒᆞ니 若未定婚於尹府ㅣ면 難慰紅娘之寃魂이로다."

且說. 蘇夫人이 聞楊家一行之入城ᄒ고 將送媒婆ᄒᆯ 시 招謂薛婆曰

"欲使婆로 往探其意ᄒ노니 將何以善圖오?"

婆ㅣ 曰

"人生七十에 已多閱歷ᄒ니 豈不能察人之色이리오?"

蓮玉이 笑曰

"何以察人之色고?"

婆ㅣ曰

"世人이 善言은 以耳聽之ᄒᆞ고 惡言은 以鼻答之ᄒᆞᄂᆞ니 吾拭迷眼ᄒᆞ고 見人之鼻眼則其知ㅣ如神ᄒᆞ리라."

一座ㅣ大笑ᄒᆞ더라. 蘇夫人이 又敎曰

"時俗媒婆ᄂᆞᆫ 言語太多ᄒᆞ야 易致露拙이니 婆ᄂᆞᆫ 往楊府ᄒᆞ야 莫露在尹府踪跡ᄒᆞ고 秘探其機ᄒᆞ라."

薛婆ㅣ點頭曰

"若問所居則何以答之잇가?"

蓮玉이 又笑曰

"若有難言之處어던 作耳聾之狀ᄒᆞ라."

一座ㅣ又大笑러라. 蘇夫人曰

"此等事ᄂᆞᆫ 宜隨機應變이니 切勿固守天眞ᄒᆞ라."

婆ㅣ搖頭曰

"直說이 無罪ᄒᆞ니 天性을 豈可變乎잇가?"

ᄒᆞ고 茫茫而去라가 婆ㅣ回身而更問曰

"此婚이 爲誰오?"

蘇夫人이 未及答에 蓮玉이 笑曰

"楊府에 無閨秀ᄒᆞ고 尹府에 無郞才ᄒᆞ니 婆婆ᄂᆞᆫ 思之ᄒᆞ라."

婆ㅣ良久에 始覺知而去ᄒᆞ니라. 蘇夫人이 目送蓮玉曰

"汝ᄂᆞᆫ 隨後而去라가 如有失錯이어던 殷勤敎導之ᄒᆞ라."

蓮玉이 已欲往見楊ㅣ久矣라가 承命而伴往楊府ᄒᆞ니 許夫人이 問曰

"老娘은 自何而來오?"

對曰

"老娘은 不在尹府ᄒᆞ고 過去媒婆ㅣ로소이다."

玉이 在傍目視曰

“更勿稱尹府ᄒ라.”

薛婆點頭曰

“吾ㅣ 已稱不在尹府로라.”

蓮玉이 含笑而顧視ᄒ니 許夫人이 曰

“此兒ᄂᆫ 誰也오?”

玉이 念慮薛婆之露拙ᄒ야 對曰

“小女ᄂᆫ 老娘之女로소이다.”

夫人이 問曰

“老娘은 媒婆ㅣ라 ᄒ니 爲誰行媒而來오?”

薛婆ㅣ 沉吟良久에 對曰

“時俗媒婆ᄂᆫ 言語ㅣ 多ᄒᆞ나 老身은 以實告之ᄒ오리다. 今兵部尙書尹衡文宅에 有一個小嬌ᄒ야 欲結婚於貴府ᄒ와 送老身而莫稱在尹府ᄒ라 ᄒᆞ나 老身은 思之ᄒ니 婚姻은 人倫大事ㅣ라. 其成與不成은 不在老身而在於天ᄒ오니 隱諱ㅣ 何益이리잇고? 老身은 小姐之乳母이옵고 此兒ᄂᆫ 小姐之侍婢蓮玉이로소이다. 老身之言이 皆眞正ᄒ오니 幸勿疑訝ᄒᆞ소셔. 尹府小姐ᄂᆫ 女中君子요 當世에 無雙一人이라. 文章女工을 無不通知오나 唯不足孟光之擧杵ᄒ고 非諸葛夫人之黃髮黑面이오니 他日成婚時에 若有一分相違어던 送老身於拔舌地獄ᄒᆞ소셔.”

楊府左右ㅣ 莫不大笑ᄒ니 許夫人이 奇其忠直ᄒ야 曰

“老娘은 善手段之媒婆ㅣ로다. 但吾家ᄂᆫ 寒微ᄒ고 尹尙書ᄂᆫ 崇品宰相이라 與吾家로 何所取而肯結婚이리오?”

婆ㅣ 曰

“婚姻은 先觀其家風與郞才ᄒᆞ나니 豈有他哉리오?”

許夫人이 以杯酒로 待薛婆曰

“成婚後에 更勸三盃ᄒ리라.”

薛婆가 含笑諾諾而下堂ᄒᆯ 시 楊翰林이 適自外堂而入이라가 瞥見蓮

玉曰

"汝ㅣ何以來此오?"

蓮玉은 低首不語ㅎ고 許夫人이 言其來意ㅎ니 翰林이 微笑ㅣ러라. 薛婆ㅣ歸告蘇夫人而大談曰

"凡常媒婆ᄂᆞᆫ 徒費脚力ㅎ고 弊盡唇舌이ᄂᆞ 事不順成이어ᄂᆞᆯ 老身은 一往에 大事ㅣ如意ㅎ니 見其手段ㅎ소셔."

蓮玉이 笑述薛婆之言辭ㅎ니 婆ㅣ應聲曰

"吾宅小姐之百年佳約을 豈可以巧言飾辭로 儀之哉리오?"

小姐ㅣ偶到母夫人寢室이러니 薛婆ㅣ突出而執小姐之手曰

"事之順成은 吾小姐之多福이라."

ㅎ니 小姐ㅣ不知其何言ㅎ고 拂袖曰

"老娘은 何其醜率乎아?"

薛婆ㅣ笑曰

"今日은 雖曰醜率이ᄂᆞ 他日에 逢君子ㅎ야 百年偕老ㅎ고 多子安樂之時에 始知老身之言이 有味ㅎ리다."

小姐ㅣ方悟ㅎ고 不勝羞愧ㅣ러라. 薛婆ㅣ見小姐而笑曰

"暫見楊翰林에 目細顔美ㅎ니 必是好色이라 小姐ᄂᆞᆫ 小心ㅎ소셔. 見許夫人에 柔順且恭ㅎ니 必無奇性矣리다."

蓮玉이 曰

"婆婆ᄂᆞᆫ 常稱眼昏이러니 觀形察色이 何能如此其仔詳乎아?"

婆ㅣ側目而視蓮玉曰

"最所殊常處ᄂᆞᆫ 楊翰林이 凝精而視蓮玉ㅎ니 小姐他日에 幸勿率去ㅎ소셔."

小姐ㅣ聞言含笑ㅎ고 飄然而歸去自己寢室이러라.

翌日에 尹尙書ㅣ至楊府ㅎ야 禮畢坐定에 尹尙書ㅣ曰

"先生之聲華ᄂᆞᆫ 仰慕已久ㅣᄂᆞ 老夫ᄂᆞᆫ 奔走於塵埃名利之場ㅎ야 尙遲兼

葭玉樹之契ᄒᆞ니 今日相逢이 豈不晩乎아?"

　員外ㅣ 答曰

"晩生은 草野踪跡이오 麋鹿性情이라. 天恩이 罔極ᄒᆞ사 家兒猥蒙之澤
이 波及老父ᄒᆞ니 圖報無地ᄂᆞ 以身病으로 辭職ᄒᆞ고 幼子ㅣ 出入朝班ᄒᆞ
오니 晝宵戒懼ㅣ라. 幸望大人은 隨事而敎導之ᄒᆞ소셔."

　尹尙書ㅣ 笑曰

"翰林은 國家棟樑이라 聖鑑이 孔昭ᄒᆞ시니 朝廷之榮幸이 極矣오니 以
小生之劣로 讓一頭地어ᄂᆞᆯ 何有敎導ㅣ리오?"

　員外ᄂᆞᆫ 服尙書忠厚之風ᄒᆞ고 尙書ᄂᆞᆫ 愛員外淸高之操ᄒᆞ야 一面이 如舊
ㅣ러니 尙書ㅣ 從容問曰

"今郞之年紀長成ᄒᆞ니 宜有室家之樂이라. 弟有一女ᄒᆞ니 雖曚昧於閨範
內則之禮節이ᄂᆞ 略解井臼巾櫛之節ᄒᆞ니 以乃父舐犢之私情으로 欲結晉秦
之好於貴門ᄒᆞ노니 未知尊意何如오?"

　員外ㅣ 斂容斂曰

"寒門迷豚11)을 許以令愛ᄒᆞ시니 此ᄂᆞᆫ 晩生之福이라. 豈有他言哉ㅣ리
오? 愚迷之子ㅣ 身縻官爵ᄒᆞ고 年今十六이라 成禮爲急ᄒᆞ니 從速涓吉12)
을 是望이로소이다."

　尙書ㅣ 大喜許之ᄒᆞ고 以高山流水之淸雅胷襟으로 兼之以蔦蘿松栢13)之
鄭重情誼ᄒᆞ야 娓娓談笑와 深深情懷로 不欲相離러니 忽報黃閣老ㅣ 來訪
이어ᄂᆞᆯ 尹尙書ᄂᆞᆫ 起身先歸ᄒᆞ고 員外ㅣ 下堂迎之ᄒᆞ야 寒暄畢에 閣老曰

---

11) 미돈(迷豚): '어리석은 돼지'라는 뜻으로, 남에게 자기 아들을 낮춰 일컫는 말.
12) 연길(涓吉): 좋은 날을 고름. 전통 혼례에서 사주단자를 받은 신부집에서 신랑집에 택일단
자를 보내는 일.
13) 조라송백(蔦蘿松栢): '담쟁이덩굴과 이끼가 소나무와 잣나무에 얽히는 듯.'『시경』「소아」
「상호지집桑扈之什」「규변頍弁」에 나오는 구절. "어찌 우리가 남이리오? 다른 사람이 아니라
형제로다. 담쟁이덩굴과 이끼가 소나무와 잣나무에 얽히는 듯(豈伊異人, 兄弟非他. 蔦與女蘿, 施
于松栢)."

"老夫ㅣ 議婚於令郎ᄒ야 略知其意ᄂ 以其不告父母로 頗有躊躇러니 今先生이 幸到京第라. 老夫ㅣ 雖不甚富貴ᄂ 亦不甚貧寒ᄒ고 女息爲人이 縱無學識이ᄂ 容貌凡節이 不甚鹵陋ᄒ니 可謂門當戶對라 庶無他意ᄒ오리니 何時成禮可乎잇가?"

員外ᄂ 物外高士라 性情이 峻直淸介ᄒ야 黃閣老의 庸俗之態와 鄙陋之言이 十分未穩ᄒ고 且與尹尙書로 已成牢約이라 整襟改容答曰

"以相公之小嬌로 欲結婚於寒門ᄒ시니 實所感謝이오ᄂ 兒子婚事를 已定於兵府尙書尹衡文ᄒ니 恨相聞之晩也로소이다."

閣老ㅣ 有不悅之色ᄒ야 曰

"老夫ㅣ 旣與令郎商議ᄒ니 豈曰晩也ㅣ리오?"

員外ㅣ 知其威脅ᄒ고 正色曰

"賤息이 不肖ᄒ야 不告而擅斷大事ᄒ니 此ᄂ 晩生敎子不敏之罪로소이다."

閣老ㅣ 冷笑曰

"先生之言이 誤矣로다. 父子之間에 豈不商議리오? 士君子ㅣ 雖尋常事라도 食言이 不可어던 況人倫大事리오? 老夫ㅣ 旣有心中牢定ᄒ니 吾女ᄂ 雖虛老閨中이언뎡 斷不嫁他門矣러니 以此諒處가 如何오?"

ᄒ고 拂袖而去ᄒ니 員外ㅣ 含笑而已러라. 尹尙書ㅣ 歸家ᄒ야 與夫人으로 言定婚之事ᄒ고 擇日行禮ᄒ니 荏苒之頃에 吉日이 已及이라. 翰林이 以紅袍玉帶로 奠雁於尹府ᄒ니 俊逸風度와 繁華容貌를 孰不欽歎이리오? 滿堂賓客이 紛紛致賀ᄒ니 尙書ㅣ 但含笑而不暇酬應이러라. 蘇夫人은 見玉貌風采ᄒ고 面帶欣喜ᄒ고 情鍾憐愛ᄒ야 不可形言이러라. 是日翰林이 親迎小姐홀 시 美麗威儀와 燦爛光景이 輝揚大路ᄒ니 銀鞍繡轂은 照耀日光ᄒ고 金張雲旛은 飄飄風前ᄒ야 自尹府로 至楊府히 連絡不絶이러라. 員外與夫人이 設席於內室ᄒ고 受新婦之禮홀 시 尹小姐ㅣ 頭戴七寶芙蓉冠ᄒ고 身着鴛鴦金縷繡腰裙ᄒ고 行八拜之禮ᄒ니 貞靜之態

와 端雅之容은 如三五明月이 出於雲間ㅎ고 一枝芙蓉이 紅於水中ㅎ야 以淑女窈窕之態로 又帶非凡之氣ㅎ니 可謂千古閨秀之師表ㅣ러라. 員外 夫婦之歡喜ᄂᆞᆫ 不可形道요 洞房華燭에 翰林之琴瑟湛樂이 莫過於此ᄂᆞᆫ 但 追憶紅娘之事ㅎ고 翰林與小姐가 心內에 各懷惆悵이러라.

且說. 黃閣老ㅣ歸家而思ㅎ되

'楊昌曲은 人氣出衆ㅎ야 聖上之寵愛ㅣ隆盛ㅎ시니 他日富貴ᄂᆞᆫ 非我 所比어ᄂᆞᆯ 吾不能擇此佳郎ㅎ니 實所可惜이오 先發其言而讓頭於尹尙書 ㅎ니 豈不恥哉리오?'

ㅎ고 對夫人衛氏ㅎ야 不勝忿恨ㅎ니 夫人은 吏部侍郎衛彦復之女요 衛 侍郎之妻馬氏ᄂᆞᆫ 皇太后中表兄弟라. 太后ㅣ愛馬氏之賢淑ㅎ사 情同骨肉 이러니 馬氏ㅣ無子ㅎ고 晩育一女ㅎ니 卽衛氏라. 馬氏ㅣ早世어ᄂᆞᆯ 皇太 后ㅣ憐其無子ㅎ야 顧恤衛夫人ㅎ사 頻數召見於宮中ㅎ시ᄂᆞ 但惜其素欠 婦德이러라. 衛氏ㅣ見閣老之憤恨ㅎ고 冷笑曰

"相公이 以元老大臣으로 一個小嬌之婚事를 有何難處ㅎ야 如此煩惱乎 잇가?"

閣老이 嘆曰

"吾ㅣ非但憂女子婚事이요 念此身勢에 還爲可憐이로다. 前日岳翁岳 母之在世時에 蒙皇太后之顧恤ㅎ야 其餘蔭이 及於老夫ㅣ러니 岳翁岳母 下世以後로 前程이 無足觀ㅎ야 受侮於人이 每每如此로다. 女兒婚事를 吾先發說이어ᄂᆞᆯ 乃反讓步於尹尙書ㅎ니 豈不痛恨哉리오?"

衛氏ㅣ沉吟良久에 對曰

"相公은 勿爲煩惱ㅎ소셔"

ㅎ고 遣侍婢ㅎ야 請賈宮人ㅎ니 賈宮人은 本是太后宮人으로 前日에 往來衛府ㅣ라가 馬氏死後에 雖不如前日頻數이ᄂᆞ 猶念世誼ㅎ고 不絶信 息이러니 難恕衛氏懇請而至ㅎ니 衛夫人이 寒暄畢에 曰

"老身이 雖不敏이ᄂᆞ 君이 豈不念前日之誼ㅎ고 久絶音信耶아?"

宮人이 笑曰

"因近日宮中多事ᄒ야 不能作宮外之行이러니 今日도 非夫人之請이러면 豈能作汗漫之行이리잇고?"

衛夫人이 待以酒饌ᄒ고 嘆曰

"老身이 今日之坐屈은 有區區所懷ᄒ야 欲轉達太后ᄒ노라. 老身이 晚來有一女ᄒ야 年今十五歲라. 爲人이 不甚庸愚ᄒ야 欲求佳婿ᄒ니 此ᄂ 人情常事ㅣ라. 已與翰林學士楊昌曲으로 定婚ᄒ야 雖未納綵ᄂ 擇日成禮를 屈指計日터니 中道變卦ᄒ야 與兵部尚書尹衡文之女로 成婚이라 ᄒ니 其意ᄂ 因我相公의 衰老前程을 無足可觀이라. 定婚於他處ㅣ 似好ㅣᄂ 隣里親戚이 皆疑退婚ᄒ야 認作出婦ᄒ니 相公은 憂憤成疾ᄒ야 全却寢食ᄒ시고 女兒ᄂ 羞愧無面ᄒ야 期欲自處ᄒ니 老身衰耗之年에 當此厄境而猶且外受嘲笑ᄒ니 實無苟生之心이ᄂ 久仰皇太后顧恤之恩이오니 楊員外之追勢食言과 尹尚書之間人大事ᄂ 傷風敗俗이라 非士君子之行이니 尹氏女ᄂ 貶爲第二夫人ᄒ고 更使女兒成婚則罔極之恩을 結草報恩[14]ᄒ리라."

宮人이 低首ᄒ고 沉吟良久에 曰

"此事ㅣ 極難ᄒ니 夫人은 更思之ᄒ소셔."

衛夫人이 流涕曰

"前日母親在世時에ᄂ 此等事를 仰達於太后ㅣ 甚容易러니 母夫人之墓草ㅣ 未宿ᄒ야 甘受他人之凌踏이 如此ᄒ니 豈不寒心哉리오?"

---

14) 결초보은(結草報恩): 죽어서도 잊지 않고 풀을 묶어 은혜를 갚음. 중국 춘추시대 진(晉)나라 군주 위무자(魏武子)는 평소 아들 위과(魏顆)에게 자신이 죽으면 애첩을 다른 곳에 시집보내라고 말했으나, 위독해진 뒤에는 애첩도 함께 순장하라는 유언을 남겼다. 위과는 애첩을 다른 곳에 시집보내며 "아버지께서 맑은 정신에 남기신 말씀을 따르겠다" 했다. 그뒤 전쟁중에 위과가 적장의 뒤를 쫓던 중, 무덤 위 풀이 묶여 적장의 발목이 걸려 넘어져 위과가 공을 세우게 되었다. 그날 밤 위과의 꿈에 애첩의 아버지가 나타나 "오늘 풀을 묶어 그대의 은혜에 보답한 것이다" 했다 한다.

言畢에 不勝嗚咽ᄒ니 宮人이 慰曰

"事之成否ᄂ 非妾之所能知이오ᄂ 但夫人所懷를 仰達太后ᄒ리이다."

ᄒ고 賈宮人이 以衛夫人之言으로 一一入告皇太后ᄒ니 太后ᅵ 有未安
之色曰

"吾但追念馬氏而有顧恤之意ᄂ 然이ᄂ 此等事를 吾ᅵ 豈可干涉也리
오? 彼以元老大臣命婦로 不識體貌ᅵ 至於如此ᄒ니 若馬氏在世런들 此
等言이 豈及於我也ᅵ리오?"

宮人이 惶恐ᄒ야 卽回報黃府ᄒ니 閣老ᅵ 聞而嘆曰

"天意若此ᄒ시니 反不如不爲仰達이로다."

衛氏笑曰

"相公은 勿慮ᄒ시고 當如此如此ᄒ소셔."

閣老ᅵ 善其言ᄒ야 自此日로 稱病杜門ᄒ고 不參朝會ᄒ니 天子ᅵ 禮
待元老大臣ᄒ사 送醫藥而問ᄒ신ᄃᆡ 閣老ᅵ 黽勉入闕ᄒ야 頓首榻前曰

"臣이 犬馬之年이 古人致仕之時라. 近有身病ᄒ옵와 漸無世念ᄒ옵고 惟
待朝暮溘然故로 久未入朝ᄒ오니 願乞骸骨歸田園ᄒ야 以送餘生ᄒ노이
다."

上이 驚問其故ᄒ신ᄃᆡ 閣老ᅵ 流涕而奏曰

"君臣之席이 無異父子ᄒ오니 老臣之細細所懷를 豈可隱諱乎잇가? 臣
이 七十之年에 有一子一女ᄒ오니 子ᄂ 今蘇州刺史黃汝玉이오 女ᄂ 姑
未出嫁矣러니 與翰林楊昌曲으로 定婚ᄒ야 其牢約은 一世所共知어ᄂᆯ 無
端背約ᄒ고 與兵部尙書尹衡文으로 急急成婚ᄒ오니 隣里親戚이 聞之ᄒ
고 莫不致訝ᄒ야 或疑有貞痼ᄒ며 或疑有悖行ᄒ야 以塞前程ᄒ오니 女子
ᄂ 偏性이라 臣女ᅵ 羞愧無面ᄒ야 以死自處ᄒ고 臣妻ᄂ 憂憤成疾하야
命在朝夕ᄒ오니 七十老物이 久在人間ᄒ야 外受他人之嘲笑ᄒ고 內當家
間之難處ᄒ오니 但願速死而忘憂로소이다."

說罷에 淚下如雨러라. 天子ᅵ 已聞此事於太后ᅵ러시니 沈吟良久에 曰

"此事不難호니 朕爲丞相行媒호리라."

호시고 卽命招楊賢父子호샤 榻前下敎曰

"黃丞相은 兩朝元老요 朕所禮待之臣이라. 今聞欲與卿家로 通婚이라가 卿이 旣與尹尙書家로 成婚이라 호니 昔有一人二妻者ㅣ 多矣라. 卿은 少勿拘碍호고 兩家ㅣ 更爲結婚호라."

員外ㅣ 頓首受命혼디 翰林이 起伏奏曰

"夫婦는 有五倫之重호고 家道之所始也라. 雖輿儓[15] 下賤이라도 可以恩義而合이오 不可以威勢而迫이어놀 今丞相黃義炳이 以元老大臣으로 不知體例호고 閨中細細事情을 無難登徹[16]호야 以老昏之思와 鄙悖之言으로 欲借天威而成勒婚호오니 不勝慨然이온지라 伏願陛下는 還收成命호샤 使無瑕於王言호소셔."

天子ㅣ 震怒曰

"新進少年이 乃敢論駁元老大臣而拒逆君命호니 其罪ㅣ 莫大라. 下禁義獄호라."

호시니 員外與翰林이 惶恐退出호니라. 參知政事盧均이 奏曰

"黃丞相은 兩朝元老ㅣ라. 楊昌曲이 榻前論駁호야 言及不敬호오니 伏願陛下는 遠竄昌曲호샤 以懲臣子不敬之習호시고 以慰元老未安之心호소셔."

上이 依允호샤 命配學士楊昌曲於江州府[17]호시고 慰黃閣老曰

"楊昌曲이 以少年銳氣로 不愼言語於君父之前홈으로 卽下嚴旨호야 以抑其氣어니와 朕旣行媒호니 丞相은 勿慮女兒之婚호라."

---

15) 여대(輿儓): 남의 집에서 대대로 천한 일을 하던 사람. '여'는 수레 혹은 수레를 모는 하인, '대'는 하인이나 심부름꾼을 뜻한다.

16) 등철(登徹): 정식 경로를 통해 보고된 상소문·장계(狀啓)·공초(供招) 같은 글을 임금이 직접 보는 일.

17) 강주부(江州府): 지금의 중국 강서성(江西省) 구강현(九江縣) 지역.

黃閣老ㅣ 頓首謝恩이러라. 天子ㅣ 入內殿ᄒᆞ사 告黃閣老之事於太后ᄒᆞ시니 太后ㅣ 不悅曰

"陛下今日之政이 爲老臣ᄒᆞ야 不無私情인가 ᄒᆞ노이다."

上이 笑曰

"黃閣老ᄂᆞᆫ 蚤暮之年이라. 非但矜憐其昏耗ㅣ라 此事ㅣ 不甚悖於義理ᄒᆞ오니 母后ᄂᆞᆫ 勿爲過慮ᄒᆞ소셔."

且說. 楊翰林이 蒙嚴旨ᄒᆞ고 回家ᄒᆞ야 拜辭兩親ᄒᆞᆯ 시 許夫人이 執手而歎曰

"兒子ㅣ 居官未幾에 當此風波ᄒᆞ니 反不如玉蓮峰下에 耕田安過ㅣ로다."

翰林이 仰慰曰

"小子ㅣ 罪名이 不至重大ᄒᆞ야 從當連蒙恩宥ᄒᆞ오리니 勿爲傷心ᄒᆞ시고 保重尊體ᄒᆞ소셔."

員外ㅣ 曰

"江州ㅣ 寒濕ᄒᆞ야 風土ㅣ 不好ᄒᆞ고 汝且年幼ᄒᆞ니 必自操心ᄒᆞ야 勿懷鬱寂之想ᄒᆞ라."

翰林이 再拜受命ᄒᆞ고 卽時發程ᄒᆞᆯ 시 行裝을 從略ᄒᆞ야 一輛小車로 率數個蒼頭와 一個童子ᄒᆞ고 十餘日後에 得到謫所ᄒᆞ야 處於數間民家ᄒᆞ니라. 此時翰林이 小心居謫ᄒᆞ야 到江州數月에 踪跡이 不出門外ᄒᆞ니 主人이 從容告曰

"此處ᄂᆞᆫ 自古逐臣謫客之經過處ㅣ라 江山樓臺에 有無數古蹟이어ᄂᆞᆯ 相公은 豈可固守國法ᄒᆞ야 晝宵索居ㅣ잇고?"

翰林이 笑曰

"吾ㅣ 身有罪名ᄒᆞ고 且素不好遊賞이로라."

ᄒᆞ더라. 光陰이 悠忽ᄒᆞ야 夏盡秋屆ᄒᆞ니 玉宇[18]ᄂᆞᆫ 崢嶸ᄒᆞ고 金風은 蕭瑟이라 歸雁은 叫霜ᄒᆞ고 落葉은 滿地ᄒᆞ니 雖尋常遠客이라도 難抑心

懷커던 況少年謫客이리오? 翰林이 胷懷는 自鬱ᄒ고 水土는 不服ᄒ야 身氣가 日益不快어놀 翻然回想ᄒ되

'吾以男子로 性情이 何其偏狹고? 今日罪名이 不重ᄒ고 自古로 謫客이 逍遙山水는 便是常事어놀 吾ㅣ 多日蟄伏ᄒ야 鬱鬱成病ᄒ니 此豈非反負 忠孝乎아?'

呼主人而問曰

"吾ㅣ 無聊太甚ᄒ니 此近에 或有可以玩賞處乎아?"

主人曰

"前有大江ᄒ니 潯陽江¹⁹⁾이요 江上에 有一亭ᄒ니 景槪가 絶勝이로소 이다."

翰林이 率童子ᄒ고 訪潯陽江而登亭ᄒ니 雖非壯麗ㅣ나 亦自暢懷라. 遠浦歸帆은 連絡水面ᄒ고 夕陽漁村은 櫛比岸頭ᄒ야 江湖物色이 可忘塵 慮ㅣ러라. 翰林이 愛其勝景ᄒ야 每日逍遙ㅣ러니 一日은 中秋旣望이라 欲玩月色ᄒ야 夕飯後에 又登亭上ᄒ니 岸頭蘆花는 秋聲이 瑟瑟ᄒ고 江 上漁燈은 星點이 耿耿이라 哀猿啼鶴이 惹起他鄕客愁ᄒ니 空自凄凉怊悵 ᄒ고 悒悒不樂ᄒ야 倚欄而獨坐ㅣ러니 忽然有聲이 隨風而來어놀 翰林이 側耳聽之ᄒ니 此是何聲고? 且看下回ᄒ라.

---

18) 옥우(玉宇): 천제(天帝)가 사는 집이라는 뜻으로, '하늘'을 일컫는 말.
19) 심양강(潯陽江): 중국 양자강의 한 지류. 강서성(江西省) 구강현(九江縣) 부근을 흐르는 강을 심양강이라 한다. 당나라 시인 백거이가 그곳에 유배되었는데, 가을밤에 비파 소리를 듣고 「비파행琵琶行」을 지었다.

五更碧城吹玉笛　十年靑樓驚紅點

第八回

且說. 楊翰林이 登潯陽亭ᄒ야 怊悵而坐ㅣ러니 忽有泠泠之聲이 隨風而聞이어늘 問於童子曰

"汝聞此聲乎아?"

童子ㅣ曰

"此非琴聲乎잇가?"

翰林曰

"非也ㅣ라. 大絃은 嘈嘈ᄒ고 小絃은 切切ᄒ니 此是琵琶聲이로다. 昔에 唐白樂天이 謫居此地ᄒ야 江頭送客홀 시 偶逢彈琵琶之女ᄒ니 其餘風이 尙存이라."

ᄒ고 起身而率童子ᄒ고 隨其聲而到一處ᄒ니 數間草堂이 隱於林裡ᄒᆫ데 竹扉已閉어늘 童子ㅣ 叩門ᄒ니 一個丫鬟이 着綠衣紅裳ᄒ고 出而應門이라. 翰林曰

"我ᄂᆫ 玩月客이라 適聞琵琶而來ᄒ니 此家ᄂᆫ 何人家오?"

丫鬟이 不答ᄒ고 熟視而入이러니 良久에 請入이어늘 翰林이 率童子

ᄒ고 隨丫鬟而入ᄒ니 靑松綠竹은 自成短籬ᄒ고 黃菊丹楓은 列於階下흐 데 茅簷竹欄이 蕭然如畫ㅣ러라. 望見堂上ᄒ니 有一美人이 橫抱琵琶於月 下ᄒ고 飄然倚欄而坐ᄒ니 無一點塵埃ᄒ야 淡泊之粧은 與月爭光ᄒ고 縹 緲之衣는 隨風微動이러니 見翰林而起立이어늘 翰林이 佇立而躊躇ᄒ니 美人이 笑而剪燭ᄒ고 請陞堂曰

"如何相公이 訪此寂寞之人乎잇가? 妾은 本府妓女ㅣ라. 勿嫌堂上ᄒ소셔."

翰林이 笑而陞堂ᄒ야 詳視其容貌ᄒ니 淸秀眉宇와 嬌妖容態는 如氷壺 秋月之瀅澈ᄒ고 如海棠牧丹之濃艷ᄒ야 眞傾國之色이오 非塵世人物이 라. 美人이 又流秋波而視翰林ᄒ니 冠玉風采와 英拔氣像이 眞盖世君子요 風流豪傑이라 心中大驚ᄒ야 知非尋常少年ᄒ고 悄然無語ᄒ니 翰林이 曰

"我는 他鄕謫客일너니 適因鬱積ᄒ야 隨月色而出이라가 聞琵琶聲於 風便ᄒ고 雖無親面이노 偶爾來此ᄒ니 可得更聞一曲否아?"

美人이 不辭ᄒ고 引琵琶調珠絃ᄒ야 奏一曲ᄒ니 其聲이 哀怨淒絶ᄒ야 有無限心思ㅣ라. 翰林이 笑曰

"妙哉라! 花落厠中ᄒ고 玉埋塵土ᄒ니 此非王昭君之出塞曲乎아?"

美人이 更調珠絃而又彈一曲ᄒ니 其聲이 迭蕩慷慨ᄒ야 有物外高尙之 意어늘 翰林曰

"美哉라 此曲이여! 靑山은 峨峨ᄒ고 綠水는 洋洋흔듸 知己相逢ᄒ야 一唱一和ᄒ야 此非鍾子期峨洋曲乎아?"

美人이 乃推琵琶ᄒ고 斂袵改容而坐曰

"妾이 雖無伯牙之琴이노 恨不遇鍾子期러니 相公은 居何處이오며 以 何故而爲少年謫客이시니잇고?"

翰林이 略言謫居之故及平生心懷ᄒ니 美人이 嘆曰

"妾本洛陽人이라. 姓은 賈氏요 名은 碧城仙이니 生纔數歲에 遭兵亂ᄒ 야 失父母ᄒ고 漂泊踪跡이 依托靑樓ᄒ야 浪得虛名ᄒ니 洛陽諸妓ㅣ 每 多猜疑故로 避身到此ㅣ라. 將欲潛踪隱跡ᄒ야 僧尼道士로 以終餘年이러

니 林中之麝ㅣ 易泄其香ᄒᆞ고 酆城之劍이 難韜其光ᄒᆞ야 更入本府妓案ᄒᆞ니 路柳墻花가 本非所願이온데 況此處風俗이 孤陋ᄒᆞ야 家家商賈요 村村漁業이라 但重殖利ᄒᆞ고 素乏風情ᄒᆞ니 尤所怏怏者로이다."

翰林이 亦爲之嗟惜이러라. 仙娘이 坐於燈底ᄒᆞ야 流目視翰林ᄒᆞ고 沉吟良久에 問曰

"相公이 曾居何官이니잇고?"

翰林曰

"吾ㅣ 登科之初에 居翰林學士ㅣ로라."

仙娘曰

"極涉唐突ᄒᆞ오ᄂ 敢問尊姓ᄒᆞ노이다."

翰林이 笑曰

"吾ㅣ 姓은 楊이오 名은 昌曲이라. 娘은 何以詳問고?"

仙娘이 有喜色ᄒᆞ야 更撫瑟而言曰

"妾於近日에 有新得之調하니 相公은 一聽ᄒᆞ소셔."

ᄒᆞ고 擧鐵撥ᄒᆞ야 颯颯彈一曲ᄒᆞ니 其聲이 慷慨淒絶ᄒᆞ야 其哀慕ᄂ 如銅山壞而洛鐘이 自鳴ᄒᆞ고 其怨泣은 靑天이 悠悠ᄒᆞ고 滄海ㅣ 茫茫ᄒᆞ야 十分憐其知己ᄒᆞ고 無一分放蕩이어ᄂᆞᆯ 翰林이 側耳靜聽ᄒᆞ니 乃是自己祭紅娘之文이라. 仙娘이 彈終에 改容謝曰

"妾은 聞 '蘭焚蕙嘆ᄒᆞ고 松茂栢悅이라'[1] ᄒᆞ니 同病相憐ᄒᆞ고 同氣相求ㅣ라. 妾이 與江南紅으로 縱無顔面이오ᄂ 自然聲氣相合ᄒᆞ고 肝膽相照ᄒᆞ야 惜其芳草逢霜ᄒᆞ고 明珠溺海러니 近日靑樓에 其詩膾炙어ᄂᆞᆯ 妾이 求見之ᄒᆞ니 紅娘은 死而猶生이라. 楊學士ᄂ 不知其誰ᄒᆞ야 願一見而討

---

1) 난분혜탄(蘭焚蕙嘆), 송무백열(松茂栢悅): '난초가 불에 타면 혜초(蕙草)가 탄식하고, 소나무가 무성하면 잣나무가 기뻐한다.' 서진(西晉) 때 문인 육기(陸機)가 지은 「탄서부歎逝賦」에 "소나무가 무성하면 잣나무가 기뻐하고, 지초가 불에 타면 혜초가 탄식하네(信松茂而栢悅, 嗟芝焚而蕙歎)"에서 비롯된 것으로, 벗의 불행이나 행복에 마음을 함께한다는 뜻이다.

論胷襟이오ᄂ 何可期也ㅣ리오? 但歌其詩ᄒ야 載於聲樂은 非欽羨其風
情이오 唯慕知己라. 昔者에 孔子ㅣ 學琴於師襄ᄒ실 시 彈之一日에 思其
心ᄒ시고 二日에 得其像ᄒ시고 三日에 觀其容ᄒ사 森然如在目前ᄒ고
釋然如對咫尺이라 ᄒ더니 妾이 見相公於今日이오ᄂ 盖世風采와 美麗容
光은 業已屢見於三尺琴中이로소이다."

翰林이 長歎曰

"吾於紅娘에 不是交以尋常娼妓요 許以百年知己러니 今見仙娘ᄒ니 言
語動靜이 與紅娘으로 十分彷彿ᄒ니 一喜一悲로다."

仙娘이 因進杯盤에 相與閑談이 娓娓러라. 翰林이 謫居以後로 無杯酒
之醉러니 是日半夜에 逢風流佳人ᄒ야 論文章吐胸衿하니 仙娘의 絶人之
敏才聰明이 眞是粉黛中出類拔萃러라. 翰林이 顧仙娘曰

"吾ㅣ 聽娘之琵琶ᄒ니 非尋常手段이라. 又有何音樂乎아?"

仙娘이 笑曰

"尋常俗樂은 無足可聽이오 妾有一個玉笛ᄒ니 雖不知其所從來나 傳言
에 曰 '本是一雙'이러니 一個ᄂ 不知去處요 一個ᄂ 在此ᄒ니 論其出處
則非尋常之器라. 昔者에 黃帝軒轅氏[2]ㅣ 伐竹於嶰谷[3]ᄒ야 聞鳳凰之聲ᄒ
고 合其雌雄聲ᄒ야 作十二律ᄒ니 今之樂은 但倣其律이라. 此玉笛은 全
得雄聲ᄒ야 其聲이 雄壯豪放ᄒ야 無哀怨ᄒ니 謹試一曲ᄒ야 聞於相公ᄒ
려니와 此處煩擾ᄒ니 明夜에 帶月色ᄒ고 登家後碧城山ᄒ야 試一曲ᄒ오
리니 請相公은 更屈玉趾ᄒ소셔."

2) 황제헌원씨(黃帝軒轅氏): 중국 고대의 오제(五帝) 중 첫번째 제왕. 삼황(三皇)에 이어 중국을
다스렸다고 한다. 중국을 처음으로 통일한 군주이자 문명의 창시자로 숭배되고 있다. 『사기』
「오제본기五帝本紀」에는 "황제는 소전(少典)의 아들로, 성은 공손(公孫)이요 이름은 헌원(軒
轅)"이라고 기록되어 있다. 헌원이라는 이름은 '수레와 끌채'라는 뜻으로, 그가 수레를 발명했
다는 신화의 내용과 관련있다.
3) 해곡(嶰谷): 해곡(嶰谷). 중국 고대의 황제(黃帝)가 악관(樂官)인 영륜(伶倫)에게 성률(聲律)을
제정하라고 명하자, 영륜이 곤륜산 북쪽 해계(嶰谿)의 골짜기에서 좋은 대나무를 베어 성률을
제정하였으니, 육률(六律)과 육려(六呂), 즉 십이율이 그것이다.

翰林이 許之而歸ᄒᆞ니라. 明日에 言於主人曰

"今日에 登碧城山ᄒᆞ리라."

ᄒᆞ고 與童子로 往仙娘家ᄒᆞ니 門巷이 幽邃ᄒᆞ고 景槪ㅣ 絶勝ᄒᆞ야 大勝 於夜間所視러라. 仙娘이 半開竹扉ᄒᆞ고 出門迎之ᄒᆞ니 嬋娟之態와 飄逸 之氣가 如瑤臺之仙이 白晝下降ᄒᆞ야 欣然笑迎이어ᄂᆞᆯ 翰林이 執手曰

"仙娘은 可謂名不虛得이로다. 此處景槪ᄂᆞᆫ 果仙界요 非靑樓物色이로 다."

仙娘이 笑曰

"妾이 素抱山水之癖ᄒᆞ야 構一座別堂於此處ᄒᆞ니 實吸碧城山之景이라. 江州에 幸無五陵少年ᄒᆞ야 紅塵이 不到門前ᄒᆞ니 自愧名存實無러니 今日 相公이 枉臨ᄒᆞ사 蓬蓽生輝ᄒᆞ고 洗妾胷中之十年塵累ᄒᆞ오니 今日에 始覺 碧城仙이 去神仙不遠이로소이다."

兩人이 大笑ᄒᆞ고 陞堂而飮茶러니 有頃에 日落西山ᄒᆞ고 月出東嶺이 라. 仙娘이 使兩個丫鬟으로 携酒壺與果楪ᄒᆞ고 自持玉笛ᄒᆞ고 與翰林及 童子로 登碧城山中峰ᄒᆞ야 掃石上之苔ᄒᆞ고 命丫鬟與童子ᄒᆞ야 拾落葉而 烹茶ᄒᆞ고 言於翰林曰

"碧城山은 江州內에 無雙名山이오 仲秋月色은 一年中第一佳節이라. 相公은 有謫居之恨ᄒᆞ시고 賤妾은 有淪落之愁ᄒᆞ온디 萍水相逢ᄒᆞ야 登此 山對此月ᄒᆞ니 是豈所期哉잇가? 帶來之酒ㅣ 雖薄이ᄂᆞ 先澆胷中不平之懷 ᄒᆞ고 且聽玉笛ᄒᆞ소셔."

各飮數杯ᄒᆞ고 乘醉興ᄒᆞ야 仙娘이 高擧玉笛ᄒᆞ야 向月而一吹ᄒᆞ니 山鳴 谷應ᄒᆞ며 草木이 震動ᄒᆞ야 松間睡鶴이 驚夢而飛ᄒᆞ고 再吹에 天地昏暗 ᄒᆞ고 中聲이 磊落ᄒᆞ야 萬壑千峰이 一時搖動이어ᄂᆞᆯ 仙娘이 攢蛾眉合丹 脣ᄒᆞ고 更吹一聲ᄒᆞ니 忽然狂風이 大作ᄒᆞ야 揚沙走石ᄒᆞ고 月色이 沉黑 ᄒᆞ야 潛蛟之舞와 猛虎之嘯ㅣ 起於四處ᄒᆞ고 山中陰鬼가 愀愀而哭이어ᄂᆞᆯ 翰林은 竦然驚動ᄒᆞ고 童子與丫鬟은 相視而唐荒이라. 仙이 投玉笛而氣色

이 脈脈ᄒ야 珠汗이 滿面日

"妾이 曾遇仙人ᄒ야 學此調ᄒ니 其名이 雲門廣樂初章이라. 黃帝軒轅
氏 ㅣ 初用干戈ᄒ야 敎鍊兵士ᄒ실 시 合其離散ᄒ고 警其懈怠之樂이러니
廢之已久ᄒ야 但餘其糟粕이니이다."

翰林이 稱善不已ᄒ되 仙娘이 獻玉笛於翰林日

"此玉笛을 凡人이 吹之면 不能發聲ᄒᄂ니 相公은 一吹試之ᄒ소셔."

翰林이 笑而一吹ᄒ니 戛然[4]之聲이 自合律呂라. 仙娘이 嘆日

"相公은 非人間凡骨이라 疑是天上星精이로다. 妾이 自幼로 明於音
律ᄒ야 自謂不讓於師曠[5]·季札[6]이옵더니 今聞相公之玉笛一曲ᄒ니 暫有
殺伐之聲ᄒ야 不久에 必有事於兵革이오ᄂ 學此玉曲이면 他日에 必有所
用處이리이다."

ᄒ고 敎數曲ᄒ니 以翰林之聰明으로 原不生疎於音律이라 頃刻間에 能
成曲ᄒ니 仙娘이 大喜日

"相公之天才ᄂ 妾之所不能及也 ㅣ 로소이다."

夜深에 携手帶月而歸ᄒ니라. 自此로 翰林이 日往仙娘家ᄒ야 談論肯
襟홀 시 志氣之相合이 如膠似漆ᄒ되 至於衽席雲雨ᄒ야ᄂ 仙娘이 固辭
不許ᄒ니 翰林이 疑之日

"我雖不似ᄒᄂ 與娘相親이 今已一朔이라. 固辭不許ᄂ 是何故也오?"

---

4) 알연(戛然): 쇠붙이가 부딪치는 소리나 학의 울음소리 따위가 맑고 아름다움. 멀리서 들려
오는 노래나 악기 소리가 맑고 은은함.
5) 사광(師曠): 중국 춘추시대 진(晉)나라 사람. 평공(平公) 때 악사(樂師)를 지냈다. 태어날 때
부터 장님이었는데 음률을 잘 판별했고 소리로 길흉까지 점쳤다고 한다. 진나라와 제(齊)나라
가 싸울 때 새소리를 듣고 제나라 군대가 이미 후퇴한 것을 알아냈으며, 평공이 큰 종을 주조
했는데 모든 악공이 음률이 정확하다고 했지만 사광만 그렇지 않다고 판단했다 한다.
6) 계찰(季札): 중국 춘추시대 오나라 사람. 오나라 왕 수몽(壽夢)의 넷째 아들로, 연릉(延陵)에
봉해져 연릉계자(延陵季子)라고도 한다. 아버지 수몽이 왕으로 세우려 했지만 고사했고, 형 제
번(諸樊)이 양보하려 하자 또 사양했다. 계찰이 노(魯)나라에 사신으로 가서 주(周)나라의 음악
을 청해 들었는데, 노나라는 주공(周公)이 봉해진 나라로 천자의 예악이 남아 있었기 때문이
다. 계찰은 음악을 듣고 여러 나라의 치란과 흥망을 정확하게 비평했다고 한다.

仙娘이 笑曰

"君子之交ᄂᆞᆫ 其淡이 如水ᄒᆞ고 小人之交ᄂᆞᆫ 其甘이 如蜜이라 ᄒᆞ니 妾이 願許身於平生知己ᄒᆞ고 不肯許於凡夫러니 今日相公은 妾之知己라 豈敢以靑樓賤妓의 亂淫風情으로 交之리오? 至於妾與相公夫婦之緣ᄒᆞ야ᄂᆞᆫ 君子ㅣ 倘不棄之ᄒᆞ시면 餘日이 無窮이오니 今日相逢之場은 但論志氣ᄒᆞ야 知以朋友ᄒᆞ소셔."

翰林이 奇其志操ᄒᆞ야 不欲强迫이ᄂᆞ 自疑其風情之淡然이러라. 一日은 翰林이 更訪仙娘ᄒᆞ니 仙娘이 自本府로 招往이어ᄂᆞᆯ 翰林이 無聊而歸라가 更思之호ᄃᆡ

'吾ㅣ 夜見碧城山ᄒᆞ야 未得見其眞面ᄒᆞ니 今當更登ᄒᆞ리라.'

ᄒᆞ고 率童子而向山홀 시 奇花怪石은 處處排置ᄒᆞ고 淸溪秀峰은 谷谷圍繞ᄒᆞ니 翰林이 隨其景槪ᄒᆞ야 欲尋其源이러니 脚力이 已盡ᄒᆞ고 不勝困勞ᄒᆞ야 憩于岩上홀 시 忽然 精神이 昏昏터니 一位菩薩이 着錦袈裟携錫杖ᄒᆞ고 花顔細眉에 凝着瑞氣ᄒᆞ야 見翰林而長揖曰

"文昌은 別來無恙가?"

翰林이 唐荒不答ᄒᆞ니 菩薩이 笑曰

"紅鸞星은 置之何處ᄒᆞ고 與諸天仙女로 行樂고? 貧道ᄂᆞᆫ 南海水月庵觀音菩薩이라. 奉玉帝聖旨ᄒᆞ야 以武曲星官兵書로 傳之於君ᄒᆞ노니 君은 普濟蒼生ᄒᆞ고 速還上界極樂ᄒᆞ라."

言畢에 擧錫杖ᄒᆞ야 擊石而高聲曰

"歸路ㅣ 甚忙ᄒᆞ니 速還이어다."

翰林이 驚覺ᄒᆞ니 乃是一夢이라. 自己ᄂᆞᆫ 依然坐在巖上ᄒᆞ고 丹書一卷이 在前이어ᄂᆞᆯ 翰林이 且驚且喜ᄒᆞ야 收藏袖中而下來ᄒᆞ야 更到別堂ᄒᆞ니 仙娘이 尙未歸라. 翰林이 因歸客舘ᄒᆞ야 出視丹書ᄒᆞ니 果然天上武曲星之天文地理와 用兵降神之秘訣이라. 翰林은 本是聰明之才라 奚至於屢閱而覺之리오? 收置篋中ᄒᆞ고 夜深後將欲就枕홀 시 忽有曳履聲이러니 仙娘

이 率兩個丫鬟호고 帶月而至호니 嬋娟之態ㅣ 如月宮姮娥之降廣寒殿호고 似銀浦雲孫之訪牽牛星이라. 翰林이 精神이 飄蕩호고 意思ㅣ 怳惚호야 不覺其爲塵世人物이러라. 仙娘이 就座호야 謝其兩次虛臨호고 更笑曰

"浮生百年에 閒日이 無幾어놀 如此良夜에 欲無聊就枕乎잇가? 江頭月色이 應甚淸爽이오니 暫上潯陽亭觀月호시고 因歸妾所가 何如호니잇고?"

翰林이 欣然許之호고 使童子로 守客舍호고 與仙娘으로 聯袂호야 向江頭而進호니 十里明沙는 平鋪白雪호고 一輪明月은 遙掛碧空호데 沙際眠鷺가 聞人跡而驚飛月下호니 仙娘이 望月而徘徊沙上이라가 顧翰林曰

"江南女子ㅣ 雖有踏靑之俗이느 妾은 以爲江南踏靑이 反不如月下踏白이라."

호고 拂袖而飛白鷗호고 憂然奏一曲호니 其歌에 曰

　　白鷗야 不須無端翩翩飛호라
　　月白沙白汝亦白호니
　　是非黑白을 吾不知로라

仙娘이 歌闋에 翰林이 和之호니 曰

　　江上白鷗야 見我莫飛하라
　　明沙十里彼月色을 汝獨享가
　　吾亦聖代謫客으로 探景而來此로라

此時翰林與仙娘이 歌終호고 相携手而上潯陽亭호니 江村이 寂寥호데 漁火는 明滅호고 漁舟收纜聲이 頗助客愁라. 翰林이 倚欄而嘆曰

382 |

"江水ᄂᆞᆫ 東流ᄒᆞ고 月色은 西轉ᄒᆞ니 自古以來로 才子佳人之上此亭者
ㅣ 不知其幾人이나 至今踪跡은 更無向問處ᄒᆞ고 但空山白猿과 竹林杜鵑
이 嘲古今興亡而已리니 浮世人生이 豈不可憐哉아?"

仙娘이 亦有愀然之色曰

"妾有斗酒ᄒᆞ니 帶月而臨蓬蓽ᄒᆞ샤 半夜閑談ᄒᆞ고 斟酒以澆胸中의 磈磊
不平之氣ᄒᆞ소셔."

翰林이 復伴到仙娘家ᄒᆞ니 盃盤이 浪藉ᄒᆞ고 以數個樂器로 奏房中之樂
ᄒᆞ야 消遣良宵ᄒᆞ니라. 翰林이 以年少之心으로 久有鬱積之懷러니 此後
로 每到仙娘之所而以夜繼晝ᄒᆞ야 以談笑音樂으로 消暢ᄒᆞ고 仙娘도 亦來
客舘而忘返ᄒᆞ니 迭往迭來를 不記其數러라. 一日은 秋雨蕭蕭ᄒᆞ야 盡日
不霽하니 翰林이 無聊獨坐ᄒᆞ야 自篋中으로 出視武曲兵書ᄒᆞᆯ 시 倚案而
睡ㅣ라가 於焉夜色은 已深ᄒᆞ고 天氣ᄂᆞᆫ 淸明ᄒᆞ야 雨後月色이 滿庭이어
ᄂᆞᆯ 忽思仙娘ᄒᆞ야 起身而攬童子之睡ᄒᆞ고 獨訪仙娘而去ㅣ러니 遙望兩個
丫鬟이 提燈前導ᄒᆞ고 其後에 有美人이 曳繡鞋而來어ᄂᆞᆯ 詳視之ᄒᆞ니 乃
仙娘이라. 翰林이 笑曰

"吾ㅣ 正無聊ᄒᆞ야 方訪仙娘而去러니 娘은 往何處오?"

仙娘曰

"夜深天晴ᄒᆞ고 月白風淸ᄒᆞ니 客舘寒燈에 欲慰相公孤寂之懷而來로소
이다."

翰林이 欣然而笑ᄒᆞ고 伴到別堂ᄒᆞ야 對月而飮數盃ᄒᆞᆯ 시 仙娘이 擧盃
而忽有怊悵之色이어ᄂᆞᆯ 翰林이 怪問曰

"娘은 有何所思오?"

仙娘이 羞澀良久에 對曰

"妾이 十年靑樓에 一片丹心이 無處可照ㅣ러니 意外에 得侍相公ᄒᆞ야
相慰鬱積之懷ᄂᆞ 萍水之緣에 逢別이 無常ᄒᆞ니 今對明月에 自恨皎魄之一
圓一虧ㅣ로소이다."

翰林曰

"娘은 何知吾之歸期早晚고?"

仙娘曰

"雖不能的知ᄂ 妾이 俄者疲困暫睡ㅣ라가 得一夢ᄒ니 相公이 乘靑雲而向北方ᄒ실 시 顧妾而命同往이러니 忽然雷聲이 大作ᄒ고 霹靂이 打頭ᄒ야 驚覺之ᄒ니 此雖不利於妾이ᄂ 相公이 不久에 必當蒙有榮歸ᄒ시리이다."

翰林이 低首而思ㅣ라가 曰

"今月二十日은 皇上誕辰이라 皇太后ㅣ 爲皇上ᄒ사 每當此日則放生於放生池ᄒ고 大赦天下ᄒ시니 娘之夢이 倘或不虛ㅣ로다."

仙娘이 尤驚曰

"蕩滌恩命이 豈非相公之榮이리오마ᄂ 從此一別이 杳然無後期ᄒ오니 以君子之大範으로 不須掛念이오ᄂ 妾聞於南에 有一鳥ᄒ니 其名은 鸞이라 非其偶則不鳴故로 欲聞其聲者ㅣ 擧鏡而照則鸞見影而終日飛鳴타가 氣盡而死라 ᄒ니 妾雖靑樓賤踪이ᄂ 自以爲難逢其偶ㅣ러니 今侍相公을 如同夢裡而怳惚如鏡中之影ᄒ야 妾猶一飛而鳴ᄒ니 雖死於今日이라도 宜無餘恨이라. 從此로 當隱跡於山中ᄒ고 隨僧尼道士ᄒ야 以免不屑之辱일새 ᄒᄂ이다."

翰林이 笑曰

"我雖知娘意ᄂ 娘은 不知我意로다. 我已有定意ᄒ니 永同憂樂ᄒ야 使碧城山頭圓月로 照我兩人之心ᄒ야 平生無虧矣리라."

仙娘이 謝曰

"君子之言이 重千金이라 妾이 死無餘恨이로소이다."

因擧盃而勸ᄒ니 翰林이 酒至半酣에 執仙娘之手而笑曰

"吾無迦葉之戒律ᄒ고 娘非菩薩之後身이라. 相逢數朔에 淡然而散은 非人之常情이니 今日之佳約을 不可虛送이리라."

仙娘이 羞愧ᄒ야 桃花兩頰에 紅暈이 滿起日

"妾이 曾聞之ᄒ니 以曾子之孝로도 不免曾母之投杼ᄒ고 以樂羊之忠으로도 中山之謗書滿篋이어든 況妾遊風流場ᄒ야 踪跡之卑賤者ㅣ리오? 若他日君子門下에 中山之謗이 忽至ᄒ고 曾母之杼를 易投則妾之身勢는 進退無路ㅣ라. 故로 十年靑樓에 苟守一點紅血은 望君子之堅孚요 非高唐雲雨之無情이로소이다."

翰林이 聞此言ᄒ고 引仙娘之腕ᄒ야 捲袖而視之ᄒ니 腕上鸚血이 月下宛然이라. 翰林이 憐其意ᄒ야 改容嗟嘆ᄒ고 自此로 更加愛敬이러라.

且說. 光陰이 倏忽ᄒ야 翰林之謫居ㅣ已四五朔이라. 天子ㅣ當誕日ᄒ야 受群臣之進賀ᄒ시고 日

"翰林學士楊昌曲이 謫居已久ᄒ니 特赦其罪ᄒ고 拜禮部侍郎而命召ᄒ라."

ᄒ시니 此時楊翰林이 雖與仙娘으로 逐日相對ᄒ야 幾忘客愁ᄂ 晨昏朝夕에 竚望北天ᄒ야 仰慕君親이러니 一日은 門外에 有喧嘩之聲이러니 童子ㅣ蒼黃入告日

"禮部下隷及本府蒼頭ㅣ來矣라."

ᄒ고 納書札而傳聖旨ᄒ니 翰林이 焚香謝恩ᄒ고 開見家書ㅣ러니 已而日暮어늘 下令日

"明日登程ᄒ리라."

此夜에 欲別仙娘ᄒ야 率童子而至娘家ᄒ니 仙娘이 聞知而賀日

"相公이 今蒙天恩ᄒ야 居然榮歸ᄒ시니 不勝感祝이로소이다."

侍郎이 執手悵然日

"吾ㅣ今欲與娘으로 同車而行이ᄂ 身爲謫客而來라가 率妾而去ㅣ不可ㅣ라. 且不曾告兩親ᄒ니 吾當上京後에 別爲之送車率去矣리니 娘은 寬抑別懷ᄒ야 無損玉貌春光ᄒ라."

仙娘이 愀然日

"相公이 以音律로 逢妾ᄒ얏ᄉ오니 當以音律로 告別矣라."
ᄒ고 引床頭之琴ᄒ야 彈三章ᄒ니 其曲에 曰

　梧葉萋萋兮 竹實離離
　鳳凰來集兮 噰噰喈喈

　江雲漠漠兮 江水悠悠
　行人去而秣馬兮 迨及公子同歸

　暗恨奏琴兮 珠絃咽
　無限思縈心曲兮 向明月

　仙娘이 彈終에 推琴而悽然含淚ᄒ고 黙黙無言이어눌 侍郎이 再三慰之ᄒ고 因起身ᄒ니 仙娘이 隨出門外ᄒ야 但擧袖拭淚而已러라. 侍郎이 別仙娘ᄒ고 還歸客館ᄒ야 收拾行裝ᄒ야 向皇城ᄒᆯ 시 時已仲冬天氣라 山川이 寂寥ᄒ고 風光이 蕭瑟이러니 忽然一陣北風이 吹白雪ᄒ야 頃刻에 玉屑이 滿地ᄒ고 世界ㅣ 虛白ᄒ니 僅行五六十里ᄒ야 不能前進ᄒ고 入客店이러니 天色이 將暮而雪晴ᄒ고 月色이 甚佳어눌 率童子出店門ᄒ야 徘徊玩月ᄒᆯ 시 秀峰은 削立白玉ᄒ고 曠野ᄂᆫ 平舖琉璃ᄒ야 千山萬樹ᄂᆫ 飜成梨花世界ᄒ니 淸淨之景과 淡泊之像이 如對玉人之顔이라. 悵然竚立이라가 更入店中ᄒ야 對殘燈而臥寢床이러니 忽有剝啄聲이니 見一位少年이 率兩個丫鬟而入ᄒᄂᆫ디 行色이 瀟洒ᄒ고 容貌ㅣ 佳麗ᄒ야 無男子氣像이라 以琅琅之聲으로 尋楊侍郎客室이어눌 侍郎이 疑而詳視之ᄒ니 卽仙娘이라. 帶笑而就座曰
　"妾이 雖遊靑樓ᄂᆞ 以年幼之致로 曾不知離別爲何ᄒ고 侍相公ᄒ야 但望長不相離러니 一朝에 折柳於東門ᄒ야 唱陽關曲ᄒ니 胷懷抑塞ᄒ고 心

志羞澀ᄒ야 心中積懷를 未盡萬一ᄒ고 忽忽登程ᄒ시니 尤切怊悵ᄒ고 北風寒雪에 知不能遠征일ᄉ 客舘寒燈에 欲慰寂寞之懷ᄒ야 冒夜而來로소이다."

侍郞이 奇其意ᄒ야 幷坐寢床ᄒ니 十分新情이 更加繾綣ᄒ야 欲戱雲雨ᄒ니 仙娘이 不辭而有羞澀之色曰

"世間女子ㅣ 以色事人之道ㅣ 有三이라. 其一은 曰心事ㅣ니 以心事之요 其二ᄂ 曰幾事ㅣ니 隨其幾微而事之요 其三은 曰顔事ㅣ니 怡其顔色而事之라. 妾雖不敏이ᄂ 欲以心事君子ᄒ노이다. 世間男子ㅣ 皆取其顔ᄒ고 不知其心이라. 今相公이 與妾으로 相逢數朔에 淡然相過ᄒ니 非徒相公이 有齟齬之嫌이라 妾非女子承順之道故로 客舘殘燈에 欲苟成花燭而歸ᄒ오니 相公은 知此可憐之志乎잇가?"

侍郞이 伸腕而欲抱仙娘할 시 忽然傍有急呼之聲ᄒ니 不知케라. 是何聲고? 且看下回ᄒ라.

定黃婚天子主媒　征南蠻元帥出戰
第九回

却說. 翰林이 旅舘寒燈에 逢仙娘ᄒᆞ고 談笑相對ᄒᆞ야 解未盡之情홀 시 不勝繾綣ᄒᆞ야 伸腕而欲抱仙娘이러니 童子ㅣ 呼曰

"相公은 尋何物乎잇가?"

ᄒᆞ야ᄂᆞᆯ 驚覺之ᄒᆞ니 乃一夢이라. 仙娘은 不知去處ᄒᆞ고 撫枕而作一場譫語ㅣ러라. 笑而問夜色ᄒᆞ니 已過四五更ᄒᆞ야 耿耿殘燈은 掛在壁上ᄒᆞ고 喔喔鷄聲은 聞於遠村이라. 侍郎이 起坐而思ᄒᆞ되

'仙娘은 持操淸高之女子라. 吾雖奇其志ᄂᆞ 猶自固執ᄒᆞ야 竟不順從ᄒᆞ니 不無齟齬之歎故로 夢事如此어던 況君臣之間이리오? 吾以新進少年으로 年少氣銳ᄒᆞ야 固執己意ᄒᆞ고 拒逆君命ᄒᆞ니 此豈得君行道之事리오?'

ᄒᆞ고 天明登程ᄒᆞ야 連日準站ᄒᆞ야 得到皇城ᄒᆞ니라.

此時侍郎之離側이 已近半年이라 特蒙天恩ᄒᆞ야 更侍膝下ᄒᆞ니 一室之和樂을 豈可盡言哉리오? 尹尙書ㅣ 聞侍郎之入城ᄒᆞ고 因卽來賀홀 시 欣然謂侍郎曰

"皇上이 若更敎黃家婚事則賢婿ㅣ 將欲如何오?"

388

員外 ㅣ 曰

"此事 ㅣ 不至大悖於義理 ㅎ니 爲臣子 ㅎ야 豈可再三拒逆이리오?"

尹尙書 ㅣ 又屢勸而歸 ㅎ니라. 翌日侍郎이 謝恩 홀 시 天子 ㅣ 引見 ㅎ시고 曰

"卿이 久在謫所 ㅎ야 應多苦楚 ㅣ라. 美玉은 愈磨愈光 ㅎ고 寶劍은 尤鍊尤利 ㅎᄂ니 卿은 勿墮志氣 ㅎ야 自勉前程 ㅎ라."

侍郎이 惶恐頓首 ㅎ니 又下敎曰

"黃閣老家婚事ᄂ 已有成命 ㅎ고 無違於禮節 ㅎ니 卿勿固辭 ㅎ라."

侍郎이 頓首曰

"聖敎 ㅣ 至此 ㅎ시니 當如命 호리이다."

天子 ㅣ 大悅 ㅎ샤 卽召日官 ㅎ야 擇日於榻前 ㅎ라 ㅎ시고 又曰

"朕이 旣行氷語 ㅎ니 成禮之日에 百官이 往兩府 ㅎ야 參於宴席 ㅎ고 令戶部로 賜給雜彩百疋 ㅎ라."

ㅎ시니 楊員外及黃閣老 ㅣ 奉承聖旨 ㅎ고 當吉日成禮 홀 시 其威儀之盛大ᄂ 不可盡道요 滿朝縉紳이 承命來賀 ㅎ야 兩府門前에 如雲而集이러라. 黃小姐 ㅣ 以鳳冠龍簪과 綾羅錦繡로 見舅姑 홀 시 雖光彩動人 ㅎ고 姿色이 絶等이ᄂ 氣像之飄逸과 動止之捷利ᄂ 猶非窈窕淑女의 柔順之色이러라. 纔畢三日花燭之禮 ㅎ고 侍郎이 至尹小姐寢室 ㅎ야 悄然有憂色이러니 就臥寢床 ㅎ야 從容問曰

"夫人이 連日見黃小姐之爲人 ㅎ고 謂之何如오?"

尹小姐 ㅣ 沉吟不答 ㅎ디 侍郎이 嘆曰

"吾於夫人에 非但知以夫婦 ㅣ라. 信以知己之友故로 如是問之어늘 今避小嫌 ㅎ야 不欲吐出心曲 ㅎ니 此豈平日所望哉리오?"

尹小姐 ㅣ 對曰

"見女子眼目之所察이 不過首飾珮物과 容貌姿色而已라. 至於心志品行之長短優劣 ㅎ야ᄂ 以凡常男子로도 不能周知어던 今以相公之明으로 向

昏暗女子ᄒ야 問同列之優劣ᄒ시니 妾은 不知其意로소이다."

侍郞이 嘆曰

"吾ㅣ 難逆君父之命ᄒ야 迎此黃婦ㅣᄂ 已見他日乖亂之兆ᄒ니 夫人之
言은 合於禮節ᄒ고 當於道埋ᄂ 返非衷曲이라."

ᄒ더라.

且說. 此時交趾南蠻[1]이 數叛ᄒ니 軍務ㅣ 旁午[2]어놀 天子ㅣ 深憂ᄒ사
以兵部尙書尹衡文으로 拜右丞相ᄒ시고 以參知政事盧均으로 兼平章軍
國重事ᄒ샤 每日引見殿前ᄒ야 論邊務ㅣ러니 一日은 益州[3]刺史蘇裕卿
之上疏ㅣ 至ᄒ니 其略에 曰

"交趾南蠻이 猖獗ᄒ야 陷沒南方十餘郡ᄒ고 其衆이 百餘萬이라 或據
山谷ᄒ며 或掠民間ᄒ야 怪異之妙術과 生疎之機械를 無抵敵之方ᄒ오니
列邑殘兵이 望風瓦解ᄒ야 不久에 必犯益州地境이라. 伏願階下ᄂ 早發天
兵ᄒ사 以爲掃滅케 ᄒ소셔."

天子ㅣ 覽畢大驚ᄒ사 引見黃尹兩閣老及盧平章·楊侍郞ᄒ사 問其方略
ᄒ신ᄃ 尹閣老ㅣ 奏曰

"南蠻이 自古로 王化不及ᄒ고 風俗이 强悍ᄒ야 無異禽獸ᄒ니 此可以
德撫之요 難可以力鬪之라. 臣은 以爲早發荊益[4]兩州軍ᄒ야 守要害處ᄒ
고 擇送巡撫使ᄒ야 諭以恩威ᄒ고 說以利害ᄒ야 如或不服이어던 方調發
天兵이 未晩이로소이다."

楊侍郞이 奏曰

1) 남만(南蠻): 중국 역대 왕조가 남방 민족을 멸시하여 일컫던 이름. 중국의 북방 민족은 북적
(北狄), 서방 민족은 서융(西戎), 동방 민족은 동이(東夷)라 불렀다.
2) 방오(旁午): 왕래하는 사람이 많아 붐비고 수선스러움. 일 따위가 몹시 복잡함.
3) 익주(益州): 지금의 사천성(四川省)·귀주성(貴州省)·운남성(雲南省)·섬서성(陝西省) 일대로, 유
비(劉備)가 한(漢)나라 황실의 회복을 기치로 내걸고 촉(蜀)나라를 건국한 곳.
4) 형익(荊益): 형주(荊州)와 익주(益州). 형주는 중국 호북성(湖北省) 남쪽, 호남성(湖南省)과 경
계 지점에 위치한 도시. 동쪽으로 무한(武漢), 서쪽으로 삼협(三峽), 북쪽으로 형문(荊門)과 접
한다.

"丞相之言은 三代用兵之常理라. 第念今日賊勢컨디 遠方夷狄이 窺視上國ㅎ니 其經營이 已久ㅎ야 必不容易而止요 今中國之兵은 昇平日久ㅎ야 難可倉卒應變이오니 下詔於諸郡ㅎ사 點檢軍丁ㅎ고 修繕兵器ㅎ야 以防不虞ㅎ소셔."

參知政事盧均이 奏曰

"昌曲之言이 不知時務로소이다. 當亂時ㅎ야 先鎭人心이 可也어놀 今若下詔ㅎ사 操鍊軍丁ㅎ며 準備兵器則民心之騷動이 當何如哉잇고? 臣은 以爲蘇裕卿之疏를 姑勿頒布ㅎ야 鎭壓民情이 似好ㅣ로소이다."

昌曲이 又奏曰

"近日廟堂之論이 但主姑息之計ㅎ니 臣之所慨嘆者也ㅣ로소이다. 今憂民心騷動ㅎ야 晏然而坐ㅣ라가 一朝에 南蠻이 犯境ㅎ면 其倉卒騷動이 尤當如何哉리잇고?"

盧均이 正色厲聲曰

"南蠻은 不過鼠竊狗偸ㅣ라 何能及此ㅣ리오? 且軍國大事를 不可輕率이니 盜賊之擾亂은 可以兵阻어니와 人心之騷動은 侍郎이 將何以阻之乎아?"

侍郎이 笑曰

"參政之言이 可謂朝不慮夕이로다. 但憂小擾ㅎ고 不慮大擾ㅎ니 此所謂避影而疾走로다."

此兩人이 相爭홀 시 盧均이 勃然大怒曰

"聖上이 以不肖로 任軍國重事ㅎ시니 諸臣中에 若有固執局見ㅎ야 騷動民心者ㅣ면 當以軍法從事ㅎ리라."

百官이 應聲ㅎ야 如出一口ㅣ라. 上이 沉吟良久에 從盧均之論ㅎ야 蘇裕卿之疏를 留中不頒ㅎ시고 命擇巡撫使ㅎ시니 尹閣老ㅣ 奏曰

"上疏를 旣不頒布ㅎ고 命送巡撫使則所聞이 豈不傳播於民間이리오? 益州刺史蘇裕卿은 臣之妻姪이라. 文武雙全ㅎ고 將略이 過人ㅎ오니 使

蘇裕卿으로 因兼巡撫使ᄒ야 率本州軍ᄒ고 探報敵情이 似好ㅣ로소이다."

天子ㅣ 依允이러라. 侍郞이 歸家ᄒ야 見父親ᄒ고 南蠻之作亂과 盧參政之言을 一一告之ᄒ고 有憂色曰

"小子ㅣ 近日에 觀天象ᄒ니 太白5)이 犯南斗6)ᄒ야 南方에 有兵像ᄒ니 此ᄂ 國家莫大之患이로소이다."

員外ㅣ 曰

"老父ㅣ 雖不知事機ᄂ 近日人氣ㅣ 降衰ᄒ야 無文武之才ᄒ니 若不幸而至南征之境則誰能爲將者ㅣ리오?"

侍郞이 俯首而沉吟良久에 笑而對曰

"小子ㅣ 在江州에 遇一個女子ᄒ니 卽本府妓女라. 有音律之明ᄒ야 能聞其聲而知其吉凶이라 聞小子之吹笛ᄒ고 謂小子曰 '不久에 必有兵革之事ㅣ라' ᄒ더니 今偶中其言이로소이다."

員外ㅣ 驚曰

"老父ㅣ 亦心中所慮ㅣ라. 其女子之名이 爲何오? 聰明이 過人이로다."

侍郞이 對曰

"名은 碧城仙이니 小子ㅣ 半年謫居에 不勝鬱積之懷ᄒ야 與碧城仙으로 消遣ᄒ고 已許巾櫛ᄒ야 已約率來이오ᄂ 未及稟達이로소이다."

員外ㅣ 曰

"君子ㅣ 不須留意於女色이어니와 已有宿約ᄒ니 其爲失信은 似涉不可ㅣ로다."

---

5) 태백(太白): 태백성. 태양계에서 태양으로부터 두번째 자리에 위치한 행성인 금성. 새벽에 동쪽 하늘에서 보이는 금성을 '계명성(啓明星)'이라 부르고, 저녁에 서쪽 하늘에서 보이는 금성을 '태백성'이라 부른다.
6) 남두(南斗): 북두칠성의 국자에 담길 만큼 가까이 있는 별 여섯 개를 중국에서는 오래전부터 남두육성(南斗六星)이라고 했다.

侍郎이 卽入內堂ᄒᆞ야 告於母親ᄒᆞᆫᄃᆡ 許夫人이 責曰

"兒子ㅣ 年幼ᄒᆞ고 前程이 萬里어놀 與女子失信이면 豈無飛霜之怨이리오? 吾ㅣ 尙未忘江南紅之事ᄒᆞ니 雖今日이라도 率來碧城仙ᄒᆞ라."

侍郎이 卽修一封書ᄒᆞ고 命童子與蒼頭ᄒᆞ야 送江州ᄒᆞ니라.

且說. 仙娘이 自別侍郎으로 堅閉竹扉ᄒᆞ고 稱病謝客이러니 已經數朔ᄒᆞᄃᆡ 無一字音信이어놀 心中에 忽忽不樂ᄒᆞ야 晝則向碧城山ᄒᆞ야 惘然而坐ᄒᆞ고 夜則對寒燈ᄒᆞ야 不能成眠이러니 一日은 知府ㅣ 呼之어놀 仙이 稱病不入ᄒᆞ니 知府ㅣ 餽藥而存問[7]이어놀 仙郎이 疑訝曰

"知府之厚와 楊侍郎之薄은 都是意外로다. 若其厚有意ᄒᆞ고 其薄이 無情則吾ㅣ 豈可苟且偸生ᄒᆞ야 甘受其辱이리오?"

ᄒᆞ고 千思萬念이 徘徊心中ᄒᆞ야 倚欄而望遠山ᄒᆞ고 噓唏長嘆이러니 忽有一個童子ㅣ 突入而傳一封書어놀 詳視之ᄒᆞ니 卽前日來往之童子ㅣ라. 童子ㅣ 亦帶喜而告曰

"蒼頭與車馬ㅣ 同來라."

ᄒᆞ니 仙娘이 忙手開坼書封而視之ᄒᆞ니 其略에 曰

"一別雲山에 玉顔이 如夢이라. 紅塵名利에 醉夢이 汨沒ᄒᆞ야 黃昏佳期를 如此差退ᄒᆞ니 殊涉慚愧로다. 向日書托本府ᄒᆞ야 使削娘名於妓案이러니 或知之乎아? 今承尊堂之命ᄒᆞ야 送車馬ᄒᆞ니 無窮情懷ᄂᆞᆫ 唯待排花燭鋪鴛枕ᄒᆞ노라."

仙娘이 覽畢에 信宿車馬童子ㅣ라가 理裝而登程ᄒᆞ야 至皇城ᄒᆞ니라.

且說. 益州刺史蘇裕卿이 奉皇命而探知敵情ᄒᆞ야 星夜馳報ᄒᆞ니 其啓本에 曰

"臣이 奉皇命ᄒᆞ고 至敵陣하야 見其魁首ᄒᆞ고 以恩義曉諭則非徒無降服之意라. 悖慢之氣와 無禮之言이 無所不至ᄒᆞ야 以詭計誘臣ᄒᆞ야 圍於陣中

---

7) 존문(存問): 고을 원이 그 지방의 사정이나 형편을 알아보려 관하 백성을 찾아가봄.

ᄒ고 斬手下褊裨一人ᄒ니 危急之勢와 不測之計가 將至臣身이라. 臣이 幸有防備ᄒ야 短兵接戰ᄒ야 僅逃性命ᄒ오나 臣이 奉皇命ᄒ와 受辱於蠻 方小酋ᄒ오니 不敢逃斧鉞之誅어니와 但賊勢之强盛은 往牒所無라. 伏願 陛下ᄂᆫ 急發大軍ᄒ사 使益州孤城으로 無朝夕之危케 ᄒ소셔.”

天子ㅣ 覽畢大驚ᄒ사 引見諸大臣ᄒ시고 以議防禦之策이러니 荊州刺 史密封表文이 又至ᄒ니 其表에 曰

“南蠻이 猖獗ᄒ야 已過銅柱標[8])ᄒ야 陷沒廣西[9])城ᄒ고 桂林[10])衡陽[11]) 之間에 掠奪牧畜ᄒ고 殺害人民ᄒ야 邊方諸郡이 曾無準備라가 見賊兵之 卒至ᄒ고 望風騷動ᄒ야 荊益以南에 人煙이 蕭條ᄒ니 賊兵이 如入無人 之境이라. 雖欲收拾軍卒이오나 昇平日久ᄒ와 已無約束ᄒ오니 其土崩瓦 解之狀을 勢難扶支ᄒ와 謹表以聞ᄒ오니 勿爲遲緩ᄒ고 速發天兵ᄒ소 셔.”

天子ㅣ 又覽表ᄒ시고 天顏이 沮喪ᄒ사 顧左右而問其方略ᄒ시디 尹閣 老ㅣ 奏曰

“賊勢之急이 如此ᄒ오니 天討를 不可遲緩이라. 急會文武諸臣ᄒ샤 使 之商議ㅣ 似好ㅣ로소이다.”

上이 依充ᄒ사 命召百官ᄒ시니 原任閣老黃義炳과 右丞相尹衡文과 參 知政事兼平章軍國重事盧均과 戶部尙書韓應德과 兵部侍郎楊昌曲과 羽林 將軍雷天風等一般文武官員이 分東西班而入侍ᄒ니 天子ㅣ 下敎曰

8) [교감] 동주표(銅柱標): 적문서관본 영인본 100쪽에는 '동주표(銅柱表)'로 되어 있으나, 올바른 표기로 바로잡는다.

9) 광서(廣西): 중국 남부에서 동남아시아와 베트남에 인접한 지역으로, 광동(廣東)·호남(湖南)·귀주(貴州)·운남(雲南) 등지와 맞닿아 있다.

10) 계림(桂林): 중국 광서성(廣西省) 장족(壯族) 자치구 북동부에 있는 도시. 주강(珠江) 수계의 계강(桂江)에 임한 항구로, 계림의 명칭은 이곳이 예로부터 계수나무가 많은 지역이라 붙은 것이다.

11) 형양(衡陽): 중국 호남성(湖南省) 남부 상강(湘江)과 내수(來水)의 합류점에 위치하는 도시. 호남성 장사(長沙)에서 광동성(廣東省)으로 가는 교통의 중심지였다.

"南蠻이 猖獗ᄒᆞ야 侵犯上國ᄒᆞ니 何如則可乎아?"

黃閣老丨 奏曰

"小蠻이 不知天命ᄒᆞ니 發大軍而一討平定ᄒᆞ올지라 何足憂哉ㅣ리잇고?"

盧均이 奏曰

"邊方諸臣이 防備齟齬ᄒᆞ야 賊勢如此ᄒᆞ니 爲先論罪荊益兩刺史와 廣西城守將ᄒᆞ고 修築居庸關이라가 脫有緩急이어던 乘輿丨 北巡ᄒᆞ사 守居庸關ᄒᆞ야 以爲萬全之計ᄒᆞ소셔."

尹閣老丨 笑曰

"以當當萬乘之國으로 見一個蠻兵之至ᄒᆞ고 豈棄朝廷而守一片孤城이리오? 急調發天兵而討之ㅣ 可也ㅣ로소이다."

上이 善其言ᄒᆞ사 曰

"誰可爲都元帥ᄒᆞ야 扶宗廟社稷之危오?"

左右丨 黙黙無言ᄒᆞ고 面面相顧ᄒᆞ니 盖此時에 朝野ㅣ 騷動ᄒᆞ야 或曰 '不久에 賊至京城이라'ᄒᆞ며 又曰 '賊將의 詭計妖術이 神妙莫測ᄒᆞ야 出戰者ㅣ 必不能生還이라'ᄒᆞ며 或曰 '其衆이 不知幾百萬이라'ᄒᆞ야 聞者ㅣ 皆落膽喪氣ᄒᆞ야 滿朝百官이 皆不願出戰ᄒᆞ니 天子ㅣ 嘆曰

"朕이 否德ᄒᆞ야 不能感化四夷八蠻ᄒᆞ고 數百年宗社가 危在朝夕ᄒᆞ며 億兆蒼生이 陷溺塗炭이어ᄂᆞᆯ 一人도 無能出忠憤ᄒᆞ야 以救國危ᄒᆞ니 此ᄂᆞᆫ 朕之過也ㅣ라 誰怨孰尤ㅣ리오?"

ᄒᆞ시고 玉淚가 沾濕龍袍丨러니 忽有一位宰相이 慨然出班奏曰

"臣雖無能ᄒᆞ오ᄂᆞ 身蒙罔極天恩ᄒᆞ와 無圖報之地ᄒᆞ오니 當盡犬馬之力ᄒᆞ와 討平南蠻ᄒᆞ야 以除陛下宵旰[12]之憂호리이다."

---

12) 소간(宵旰): 소의간식(宵衣旰食). 날이 새기 전에 일어나 옷을 입고, 해가 진 후에 늦게 저녁을 먹는다는 뜻으로, 천자가 정사(政事)에 부지런함을 이른다.

衆이 視之호니 其人이 面如冠玉에 風采拔越호고 眼如曉星에 精氣ㅣ
玲瓏호야 儀表ㅣ 堂堂호고 聲音이 琅琅호니 卽兵部侍郎楊昌曲이라. 俯
伏榻前호니 黃閣老ㅣ 心中思量호디

'今敵勢ㅣ 如彼甚急이어눌 楊侍郎은 我之嬌壻ㅣ라 若或出戰이라가
倘有不幸則誤女兒之平生이라.'

호고 奏於榻前日

"楊昌曲은 白面書生이오 靑春少年이라 不敢當閫外[13]重任이오니 伏願
陛下눈 更擇智謀之將호사 勿誤大事호소셔."

言未畢에 東班中一員老將이 按劍大聲日

"丞相之言이 誤也ㅣ로소이다. 昔者에 項籍은 二十四歲에 起兵江東호
고 孫策은 十七歲에 橫行天下호니 勇猛將略은 在於其才요 不在於年齒之
多少호며 漢之諸葛孔明과 宋之曹彬은 平生讀書호야 不免書生이느 爲千
古將相之材호니 今楊侍郎이 雖書生少年이느 爲國家호야 不顧其身호니
可知其忠이오 排却衆議호고 自就危地호니 其勇이 大矣라. 臣은 以爲楊
侍郎이 若不出戰則中原一國이 被髮左衽[14]호고 以大明天地로 化爲賊窟
일싸 호느이다."

衆이 視其將호니 霜鬘이 垂耳호고 聲如雷目如電호니 卽虎賁將軍雷天
風이라. 雷天風은 唐雷萬春[15]之後裔니 有萬夫不當之勇이느 平生數奇호
야 其官이 止於虎賁將軍이러라. 盧參政이 怒叱日

<hr />

13) 곤외(閫外): 왕성 밖. 곤외지임(閫外之任)은 군대를 이끌고 지경(地境) 밖으로 출정하던 장
군의 직임(職任).
14) 피발좌임(被髮左衽): 머리를 풀고 오른쪽 섶을 왼쪽 섶 위에 여미는 옷을 입는다는 뜻으로,
야만의 풍습을 이르는 말. 『논어』 「헌문(憲問)」에 나오는 말이다.
15) 뇌만춘(雷萬春): 당나라 장순(張巡)의 부장(副將). 안록산의 난 때 안록산의 장수 영호조(令
狐潮)가 옹구(雍丘)를 포위했을 때 장순이 이를 막았다. 이때 뇌만춘이 성 위에서 영호조와 말
하는데 복노(伏弩)를 쏘아 화살 여섯 개가 얼굴에 맞아도 뇌만춘은 꼼짝하지 않았다. 영호조는
그를 나무로 조각한 사람으로 의심하여 염탐했다가 실제 뇌만춘임을 알고 깜짝 놀랐다 한다.
나중에 성이 함락되어 장순과 함께 살해당했다.

"么麼武夫ㅣ 豈能參論朝廷大事ㅣ리오? 汝以武夫로 素無將略호야 不能平定小賊호고 如此紛紜하니 若再言이면 先斬汝首호야 號令三軍호리라."

天風이 慨然笑曰

"老臣이 無一分功勞로딕 食君之祿호고 白髮이 星星호니 豈愛一身而謀避王事ㅣ리오? 今犬戎이 鼠竊호야 擾亂南方이어놀 文武將相이 終日相對호야 無一經綸호고 喪氣落魂호야 欲棄都城而守居庸關호니 脫有不幸호야 百萬敵軍이 來迫皇城則滿朝百官은 各負妻子호고 一齊逃走호야 不顧陛下矣리니 豈不寒心哉리오? 老臣이 雖無勇이ᄂ 願隨楊侍郞호와 負斧而爲前部先鋒호와 平定南蠻호고 斬蠻王之首호야 獻於闕下호리이다."

言畢에 威風이 凜凜호고 氣勢騰騰호야 霜髮이 上指호니 左右ㅣ 讚其壯勇호고 天子ㅣ 大喜호사 卽拜楊昌曲호야 爲兵部尙書兼征南大元帥호고 下賜節鉞弓矢와 紅袍金甲과 戰馬一匹과 黃金千鎰호시고 虎賁將軍雷天風은 加破虜將軍호야 爲前部先鋒호시고

"行軍之日에 當親送於南郊호리라."

楊元帥ㅣ 頓首受命호고 還歸府中호니 諸將士卒이 已滿於門前이라. 呼中軍司馬而下令曰

"敵勢正急호니 行軍을 難可遲滯라. 明日行軍호딕 若有愆期者ㅣ면 必有軍律矣리라."

中軍司馬ㅣ 聽令而出이러라. 元帥ㅣ 拜辭兩親曰

"小子ㅣ 已許身於國家호야 不顧私事호고 今離膝下호오ᄂ 南蠻이 拒逆天命호야 侵掠上國호니 其敗를 可知라. 願保重尊体호사 寬抑倚閭之憂호소셔."

員外ㅣ 曰

"我父子ㅣ 猥蒙天恩호ᄂ 無以圖報ㅣ러니 今奉皇命호야 出戰於萬里

ᄒ니 汝ㅣ 少勿顧慮家事ᄒ고 務立大功而歸ᄒ라."

許夫人이 含淚曰

"吾不篤老ᄒ고 有兩賢婦ᄒ니 兒子ᄂ 切勿顧慮ᄒ고 早立大功而凱旋ᄒ
라."

言畢에 不勝悵然ᄒ야 不能成語ᄒ니 元帥ㅣ 亦含淚어ᄂᆞᆯ 員外ㅣ 正色
曰

"君子ㅣ 盡忠報國이라야 可謂大孝어ᄂᆞᆯ 汝ㅣ 今爲將帥ᄒ야 苟效女子
之態ᄒ니 豈平日汝父敎訓之本意리오?"

元帥ㅣ 卽起身ᄒ야 再拜受命ᄒ고 退至尹小姐寢室ᄒ야 見小姐曰

"學生이 今奉君命ᄒ야 爲將出戰ᄒ니 不必對妻子而話別懷ᄂᆞ 但北堂甘
旨之供을 托於夫人ᄒ노니 當盡孝於尊堂ᄒ며 和睦於同列ᄒ야 保重貴體
ᄒᄉᆞ셔."

小姐ㅣ 唯唯ᄒ니 元帥ㅣ 復笑曰

"又有所托事ᄒ니 學生이 非留意於風情이라 因少年謫客之孤懷ᄒ야 交
遊碧城仙이러니 已欲率來而送人ᄒ니 夫人은 收拾ᄒᄉᆞ셔."

尹小姐ㅣ 愀然對曰

"當不忘所命호리이다."

元帥ㅣ 復見黃少姐曰

"女子之行이 無非無儀오 惟議酒食이라[16] ᄒ니 夫人은 侍奉兩親ᄒ야
務菽水之供[17]ᄒ야 使無憂慮ᄒᄉᆞ셔."

黃小姐ㅣ 對曰

---

16) 무비무의(無非無儀), 유의주사(有議酒食): '잘함도 없고 잘못함도 없이, 오직 술과 밥 짓는
솜씨를 익히게 한다.' 『시경』 「소아」 「기보지집祈父之什」 「사간斯干」에 나오는 구절. 『시경』에
는 '무비무의(無非無儀), 유주사시의(有酒食是議)'로 나온다.
17) 숙수지공(菽水之供): '콩과 물로 드리는 공양'이라는 뜻으로, 가난해도 검소한 음식으로 정
성을 다하여 부모를 봉양하는 일을 일컫는 말.

"妾雖不敏이ᄂ 有同列之賢淑ᄒ니 奉親之節은 無念慮ㅣᄂ 妾本蔑學ᄒ야 無關雎后妃의 幽閑之德이러니 今聞君子ㅣ 有意於風情ᄒ야 有歌小星抱裯而來者ㅣ라 ᄒ니 妾이 乘此時ᄒ야 歸寧父母ᄒ야 欲免愆尤ᄒᄂ이다."

元帥ㅣ 正色不答ᄒ고 出外堂ᄒ니라.

翌日에 築墻於南郊ᄒ고 元帥ㅣ 紅袍金甲에 佩大羽箭ᄒ고 建白旄黃鉞於左右ᄒ고 登壇上ᄒ니 時年이 十八이라. 號令은 如霜雪ᄒ고 氣像은 如山嶽ᄒ니 諸將三軍이 莫敢仰視러라. 有頃에 天子ㅣ 至陣門外ᄒ샤 以標信으로 傳命ᄒ신디 元帥ㅣ 下壇ᄒ야 迎法駕曰

"介冑之士ᄂ 不拜라 請以軍禮로 見ᄒ노이다."

天子ㅣ 改容答禮ᄒ시고 御盃에 斟法酒ᄒ샤 親勸曰

"自今日로 閫以內ᄂ 朕이 制之ᄒ고 閫以外ᄂ 將軍이 制之ᄒ야 如有不從命者어든 自刺史以下로 先斬後啓ᄒ고 便宜從事ᄒ라."

天子ㅣ 禮畢에 步出陣門ᄒ샤 登黃玉車ᄒ시니 元帥ㅣ 更登壇ᄒ야 以御賜黃金으로 賞三軍ᄒ고 犒軍畢에 卽行軍홀 시 鼓角은 喧動天地ᄒ고 旌旗ᄂ 掩蔽日月ᄒ야 行伍[18]ㅣ 整齊ᄒ고 軍令이 嚴肅ᄒ니 所過處에 父老百姓이 皆嗟嘆曰

"我聖天子ㅣ 得賢將ᄒ샤 官軍之整齊ㅣ 如此ᄒ니 豈患小賊이리오?"
ᄒ야 人心이 稍稍安輯이러라.

且說. 碧城仙이 離江州ᄒ야 不及皇城三百餘里ᄒ야 日暮而宿客店홀 시 路邊百姓이 修築橋梁ᄒ며 新作道路ᄒ야 奔走顚倒어놀 問其故ᄒᆫ디 對曰

"今夜에 征南大元帥ㅣ 留陣於此處ㅣ라."

---

18) 항오(行伍): 군사를 편성하는 대오. 한 줄에 다섯 명을 세우는데 이를 '오'라 하고, 그 다섯 줄의 스물다섯 명을 '항'이라 한다.

하거눌 復問日

"大元帥는 爲誰요?"

日

"兵部尙書楊老爺ㅣ니이다."

仙娘이 聞而驚日

"相公之出戰을 吾已知之어니와 豈意如此其急也오? 吾ㅣ 今以齟齬之
踪으로 熱鬧門中에 向誰而去ㅣ며 携來玉笛이 或有軍用이뇨 何以傳於相
公이리오? 軍中이 嚴肅ᄒ야 雖男子ㅣ라도 不能出入커던 況女子ㅣ리오?"

心生一計ᄒ야 招童子曰

"汝立門外라가 待元帥之行次而入告ᄒ라."

有頃에 鼓角이 喧天이라 童子ㅣ 蒼黃入告曰

"元帥ㅣ 行軍而來로소이다."

仙娘이 又曰

"爾觀留陣處而來報ᄒ라."

童子ㅣ 曰

"元帥ㅣ 留陣於此處ㅣ뇨 南去百餘步外에 背山臨水無人之處ㅣ니이
다."

夜深後仙娘이 謂童子曰

"吾欲觀相公之陣勢ᄒ노니 汝는 導我ᄒ라."

ᄒ고 持玉笛而隨童子ᄒ야 至陣前ᄒ니 此時月色이 照耀ᄒ데 旗幟劍戟
은 整整堂堂ᄒ야 各守方位ᄒ고 部五行列은 重重疊疊ᄒ야 大成轅門[19]ᄒ
니 可知威儀之嚴肅과 軍律之整齊러라. 仙娘이 謂童子曰

"吾登此山ᄒ야 俯察陣中ᄒ리라."

---

19) 원문(轅門): 군영(軍營) 혹은 진영(陣營)의 문. 옛날 중국에서 진영(陣營)을 베풀 때 수레로
써 우리처럼 만들고, 드나드는 곳에는 수레를 뒤집어놓아 수레의 끌채(轅: 멍에를 매는 부분)
를 서로 향하게 하여 만들던 것에서 유래한다.

ᄒ고 乃尋山遲而上中峰ᄒ야 命童子ᄒ야 待於山下라가 有上來之人이
어던 引導ᄒ라 ᄒ고 高坐岩上ᄒ야 聞軍中更點[20]之聲ᄒ니 已報三更이
어놀 仙娘이 擧玉笛ᄒ야 吹一曲ᄒ니 此時楊元帥ㅣ 居帳中ᄒ야 方見武
曲兵書라가 意外에 何許一聲이 聞於風便이어놀 茫然舍兵書ᄒ고 側耳潛
聽ᄒ니 其聲이 嘹喨半空ᄒ야 如西風歸雁之成羣이오 如靑天孤鶴之喚侶
ᄒ니 非尋常山童之牧笛이라 以元帥之聰明으로 豈不知碧城山舊曲이리
오? 心中에 驚疑而思ᄒ되

'此必仙娘이 過此라가 欲見我而吹로다.'

卽招中軍司馬曰

"行軍之初에 經夜于此處ᄒ니 行伍幕次를 不可錯亂이라. 吾欲以平服
으로 一次巡行ᄒ노니 勿爲漏泄而守帳中ᄒ라."

ᄒ고 率心服褊裨一人ᄒ고 拔所佩大羽箭一枝ᄒ야 出轅門ᄒ되 守門軍
士ㅣ 尋標信이어놀 元帥ㅣ 示信箭而出陣外ᄒ야 巡行前後左右홀 시 山
上玉笛이 聲猶嫋嫋不絶이러라. 元帥ㅣ 顧褊裨曰

"隨我後ᄒ라."

ᄒ고 元帥ㅣ 在前ᄒ야 登山上尋遲이러니 童子ㅣ 待於山下라가 欣然
迎之어놀 元帥ㅣ 復謂褊裨曰

"留待此處ᄒ라."

ᄒ고 隨童子而登山ᄒ니 仙娘이 停玉笛ᄒ고 下岩迎之曰

"相公此行이 何其急也잇고?"

元帥ㅣ 答曰

"敵勢猖獗ᄒ야 不可遲滯라. 早知若此런들 豈使娘으로 如是急來ᄒ야
踪跡이 艱楚케 ᄒ리오?"

20) 경점(更點): 북과 징을 쳐서 알리던 야시법(夜時法)의 시간 단위인 경(更)과 점(點). 하룻밤
의 시간을 5경으로 나누고, 1경과 5경은 3점으로, 2경에서 4경까지는 5점으로 다시 나누어, 경
을 알릴 때는 북을, 점을 알릴 때는 징을 쳤다.

仙娘이 含淚曰

"妾이 以微賤之身으로 生疎於貴門ㅎ오니 今雖入去ㅣㄴ 踪跡이 齟齬ㅎ야 依托於誰乎잇가?"

元帥ㅣ 愀然執手ㅎ고 語娶黃小姐之事曰

"吾知娘之知見이 過人ㅎ니 雖有難處之事라도 十分操心ㅎ야 以待吾之回還ㅎ라."

仙娘이 曰

"相公이 以元戎體重으로 因賤妾ㅎ야 久離幕次ㅎ시니 不安莫甚이로소이다."

因擧玉笛曰

"此物이 或有用於軍中ㅎ오리니 願收置焉ㅎ소셔."

元帥ㅣ 收藏袖中ㅎ고 復顧仙娘ㅎ야 有戀戀之色曰

"娘入府中ㅎ야 或有難處之事어든 與尹小姐로 商議ㅎ라. 尹小姐ᄂ 天性이 仁慈ㅎ고 且吾有所付托之事ㅎ니 必不相負ㅎ리라."

仙娘이 洒淚相別ㅎ니 元帥ㅣ 下山ㅎ야 率褊裨ㅎ고 還陣ㅎ야 翌日에 行軍向南ㅎ니라.

且說. 仙娘이 率童子而還店中ㅎ야 不能成寐러니 天色이 已明이라. 收拾行裝ㅎ야 得達皇城ㅎ야 停車於楊府門外ㅎ고 使童子로 先通ㅎ니 員外ㅣ 入內堂招見ᄒᆞᆯ 시 嬌妖之態와 窈窕之容이 無一分巧飾ㅎ야 澡潔之色은 一片氷心에 塵埃消盡ㅎ고 嬋娟之狀은 半輪秋月이 霽色을 新帶어ᄂᆞᆯ 府中上下ㅣ 嘖嘖讚歎ㅎ고 員外夫婦도 亦愛而賜坐ㅎ고 召尹小姐·黃小姐에 尹小姐ᄂ 承命卽來而黃小姐는 不來어ᄂᆞᆯ 員外ㅣ 笑曰

"黃賢婦ᄂ 胡爲不來오?"

左右曰

"黃小姐ㅣ 猝然身氣不平ㅎ야 不得承命이니다."

員外ㅣ 俯首領會ㅎ고 有不快之色이러니 顧尹小姐曰

"君子之媵妾은 自古有之요 婦女之妬忌는 後世惡風이라. 以阿婦之賢淑으로 不必加勉이어니와 十分和睦ᄒ야 俾無家道之乖亂ᄒ라."

卽定處所於後園別堂ᄒ니 尹小姐ㅣ 命蓮玉ᄒ야 引導別堂之路ᄒ니 玉이 侍仙娘而向後園ᄒᆯ 시 見其行步動作ᄒ니 依然有紅娘之態라. 玉이 含淚而有悽然之色이어ᄂᆞᆯ 仙娘이 問曰

"丫鬟이 何故로 見我而有感愴之色고?"

玉이 哽咽曰

"賤婢ㅣ 有心中結恨이러니 今有所觸ᄒ야 自然不免有見於色이로소이다."

仙娘이 笑曰

"丫鬟이 富貴門中에 主人이 仁慈ᄒ시니 有何所恨고?"

玉이 對曰

"賤婢ᄂᆞᆫ 本以江南之人으로 失故主而來此處러니 今見娘子狀貌ᄒ오니 與故主로 十分彷彿이라 自不能寬抑心思ㅣ로소이다."

仙娘曰

"丫鬟之故主ᄂᆞᆫ 誰也오?"

玉曰

"杭州第一坊靑樓之紅娘이로소이다."

仙娘이 驚曰

"汝爲紅娘之手下丫鬟則何以至此오? 吾與紅娘으로 雖曾無一面이ᄂᆞ 以聲氣相親ᄒ야 便同兄弟러니 今聞汝言ᄒ니 豈不親愛哉리오?"

玉이 執仙娘之手而垂淚如雨曰

"吾之娘子ㅣ 寃死ᄒ시니 後身이 爲娘子乎잇가? 娘子之前身이 是吾娘子乎잇가? 自謂世間佳人이 無如吾娘子ㅣ라 ᄒ야 寤寐之間이라도 願一見之러니 今娘子之擧止容貌ㅣ 恰似吾娘子ㅣᄒ시니 不覺悲喜交集이로소이다."

又曰

"娘子ㅣ 與吾娘子로 知己之友ㅣ라 ᄒ시니 此ᄂᆞᆫ 天이 憐妾之失故主而孤單ᄒ야 又生娘子ㅣ로소이다."

因告尹小姐收拾之故ᄒ니 仙娘이 嘆尹小姐之盛德이러라. 翌日仙娘이 問候於兩堂ᄒ고 至尹小姐之寢室ᄒ야 告曰

"賤妾이 以靑樓賤踪으로 不知禮貌ᄒ오나 曾聞有兩位小姐ㅣ러니 今未見一位小姐ᄒ오니 敢請見ᄒ노이다."

尹小姐ㅣ 沈吟良久에 命蓮玉ᄒ야 指導黃小姐寢室ᄒ라 ᄒ더라.

此時黃小姐ㅣ 密探仙娘之消息ᄒ니 但有譽之者ᄒ고 無一毁之者어ᄂᆞᆯ 黃小姐ㅣ 心中不快ᄒ야 終夜不寐ᄒ고 早起而梳洗ᄒᆯ 시 對鏡畵眉而嘆曰

"天生我ᄒ실 시 豈惜傾國之色ᄒ사 使上而讓頭於尹小姐ᄒ고 下而不及於賤妓오?"

ᄒ고 不覺肉顔膽悼ㅣ러니 左右ㅣ 報曰

"仙娘이 請見이라."

ᄒ거ᄂᆞᆯ 黃小姐ㅣ 勃然作色ᄒ야 顔色이 忽靑에 悍毒之氣가 見於眉宇ㅣ라 畢竟如何오? 且看下回ᄒ라.

行凶謀奸婢鬧別室　資妖計老婆賣丹藥

第十回

却說. 黃小姐ㅣ 聞仙娘之請見ㅎ고 不勝悍毒이러니 忽思曰

'欲釣魚者ᄂᆞᆫ 甘其餌ㅎ고 欲獵兎者ᄂᆞᆫ 隱其網ㅎᄂᆞ니 彼雖足智多謀ㅣ나 吾ㅣ 一笑一說ㅎ야 善爲籠絡이면 不出吾之手段이라.'

ㅎ고 卽以和樂之容과 溫柔之言으로 促其陞堂이러라. 仙娘이 卽陞堂ㅎ야 流秋波而熟視小姐容貌ㅎ니 玉顔에 微帶靑色ㅎ고 星眸가 十分慧黠이ᄂᆞ 薄唇細眉에 無德義之氣러라. 黃小姐ㅣ 見仙娘ㅎ고 欣然笑曰

"聞娘之名이 久矣ᄂᆞ 今始見容光ㅎ니 宜乎君子之愛也ㅣ로다. 自今日로 期百年而同事一人矣리니 交以心曲ㅎ고 照以肝膽ㅎ야 相無隱諱어다."

仙娘이 謝曰

"妾은 以路柳墻花之賤身으로 不聞閨範內則之正言ㅎ와 狂行醜態로 仰瞻端嚴之容光ㅎ오니 進退周旋에 幸恕其過ㅎ시고 敎其不及ㅎ소셔."

黃小姐ㅣ 琅然笑曰

"娘은 勿爲過謙ㅎ라. 我ᄂᆞᆫ 交之ㅣ된 不隱心曲이요 惡之ㅣ된 不欺外

貌ᄒᆞᄂᆞ니 娘은 無間相從ᄒᆞ고 勿爲疑慮ᄒᆞ라."

仙娘이 謝而歸ᄒᆞ야 自思ᄒᆞ되

'昔者에 李林甫ᄂᆞᆫ 笑中有劍이라 ᄒᆞ더니 今日黃小姐ᄂᆞᆫ 言中有網이로다. 劍은 猶可避也어니와 網은 豈可免이리오?'

翌日黃小姐가 訪仙娘而至別堂ᄒᆞ야 一場閑談ᄒᆞᆯ ᄉᆡ 兩個丫鬟이 侍立於左右어ᄂᆞᆯ 小姐ㅣ 問:

"此丫鬟은 誰也오?"

仙娘曰

"妾之率來賤婢로소이다."

小姐ㅣ 熟視良久에 曰

"娘은 有侍婢호ᄃᆡ 如此奇絶ᄒᆞ니 眞莫大之福이로다. 其名은 何也오?"

仙娘이 對曰

"一個ᄂᆞᆫ 小蜻이니 年이 十三歲라 爲人이 不甚庸愚이ᄂᆞ 一個ᄂᆞᆫ 紫鴦이니 年이 十一歲에 天性이 昏暗ᄒᆞ야 妾之所憂也로소이다."

黃小姐ㅣ 曰

"我亦有兩個侍婢ᄒᆞ니 一名은 春月이오 一名은 桃花ㅣ라 爲人이 雖庸愚ᄂᆞ 本心은 忠直ᄒᆞ니 從今以後로 彼此通用ᄒᆞ리라."

ᄒᆞ더라. 數日後仙娘이 率小蜻ᄒᆞ고 回謝于黃小姐러니 小姐ㅣ 欣然握手曰

"吾ㅣ 正爲無聊러니 娘이 如此尋訪ᄒᆞ니 可知多情이로다."

ᄒᆞ고 顧謂春月曰

"吾與仙娘으로 將終日消遣ᄒᆞ리라. 然이ᄂᆞ 紫鴦이 獨在別堂ᄒᆞ야 必爲孤寂이리니 汝亦與爾輩로 同遊而歸來ᄒᆞ라."

春月이 應諾而去ᄒᆞ니라. 此時에 紫鴦이 獨坐別堂이러니 忽然一雙蝴蝶이 來坐欄頭어ᄂᆞᆯ 紫鴦이 欲捉之러니 蝴蝶이 飛入後園花林中이라. 鴦이 逐去彷徨이러니 春月이 大呼曰

"紫鷰아 但知花而不知交友乎아?"

鷰이 笑曰

"春娘은 何暇偸閑而來乎아?"

春月이 曰

"吾小姐ㅣ與汝娘子로 閑談키로 吾ㅣ乘隙而來로라."

紫鷰이 大喜ᄒ야 執手而坐林間ᄒ니 春月曰

"汝在江州時에 曾見此等後園與花林乎아?"

紫鷰이 笑曰

"吾ㅣ曾聞皇城之好ㅣ러니 今視之ᄒ니 反不如江州ㅣ로다. 吾在江州時에 無聊則或登家後碧城山ᄒ야 同侔로 試花戰ᄒ며 或往江邊ᄒ야 觀水色이러니 及來皇城以後로 每多無聊ᄒ니 猶不如江州之時로라."

春月이 曰

"碧城山은 何如山이며 江邊은 何如江고?"

紫鷰이 曰

"碧城山은 在於家後ᄒ고 江邊은 潯陽江이니 江上有亭ᄒ야 景槪絶勝ᄒ니 恨春娘之不見이로다."

春月曰

"汝之娘子ᄂ 在江州時에 做何事오?"

紫鷰이 曰

"或迎客於靑樓ᄒ며 或彈琴於別堂ᄒ시니 不曾如此寂寂也러니라."

春月曰

"娘子之別堂이 如何오?"

紫鷰이 曰

"四隅에 立柱ᄒ고 前後設門ᄒ야 以土築壁ᄒ고 以紙塗褙ᄂ 家家一般이라 所問이 何也오?"

春月이 勃然曰

"吾固無聊而問이러니 如此冷待ᄒ니 我當歸去矣리라."

ᄒ고 起身而去어ᄂᆞᆯ 紫鷰이 執其手曰

"吾ㅣ 明告之如畵ᄒ리니 休怒ᄒ라. 吾娘子之別堂은 以茅爲簷ᄒ고 以竹爲門ᄒ고 粉壁紗窓에 滿貼書畵ᄒ고 黃菊丹楓과 靑松綠竹을 幷植階下ᄒ니 誰不讚揚이리오?"

春月이 曰

"我相公이 幾次往來런고?"

鷰曰

"日日枉臨ᄒ야 夜深後歸去ᄒ시니라."

春月이 笑曰

"幾次聯枕고?"

紫鷰曰

"不見聯枕이로라."

春月이 含笑ᄒ고 執紫鷰之手曰

"吾不漏泄ᄒ리니 無諱而直說ᄒ라."

鷰曰

"何可欺也ㅣ리오?"

春月이 更笑ᄒ고 付耳問數句語ᄒᆫ딕 鷰曰

"此則吾所不知어니와 吾娘子ㅣ 不聽相公之言曰'今日은 知以朋友ᄒ소셔'ᄒ니 其外ᄂᆞᆫ 吾所不知也ㅣ로라."

春月이 方欲復問이러니 忽見蓮玉이 來立花園後어ᄂᆞᆯ 春月이 卽起身曰

"小姐前에 應對無人ᄒ니 我將歸去ᄒ오리라."

ᄒ고 茫然而去ㅣ러라.

此時黃小姐ㅣ 挽留仙娘ᄒ야 戲雙陸而消遣이러니 忽然推局而笑曰

"仙娘之才ㅣ 如此ᄒ니 應不生疎於書畵矣리라. 書法이 何如오?"

仙娘이 笑曰

“娼妓之書ㅣ 不過是通信於有情郞而已니 何足謂書也ㅣ리오?”

小姐ㅣ 大笑而喚桃花ᄒᆞ야 命持來筆硯曰

“吾於近日에 以書畵로 消遣ᄒᆞ니 娘은 莫惜數行書ᄒᆞ라.”

仙娘이 不肯書ᄒᆞᆫ딕 黃小姐ㅣ 笑而抽筆ᄒᆞ야 先書數行曰

“吾ㅣ 以拙手로 先書ᄒᆞ니 娘亦書之ᄒᆞ라.”

仙娘이 不得已寫一行ᄒᆞᆫ딕 黃小姐ㅣ 十分留意ᄒᆞ야 再三熟視而讚之曰

“娘之書ᄂᆞᆫ 吾所不及이ᄂᆞ 再以他體寫之ᄒᆞ라.”

仙娘曰

“賤才ㅣ 不過於此也ㅣ라. 豈有二體也ㅣ리잇고?”

小姐ㅣ 微笑曰

“今日은 淸雅消遣ᄒᆞ니 明日更尋ᄒᆞ라.”

仙娘이 應諾而去ᄒᆞ니 盖以仙娘之聰明慧點로 豈不知黃小姐之姦計리오마는 終是年幼ᄒᆞ고 性情이 柔弱ᄒᆞ야 素無江南紅之勇斷故로 自思處地ᄒᆞ고 不忍却之ᄒᆞ야 日日相從ᄒᆞ니 尹小姐ㅣ 慮有疎漏ᄒᆞ야 不能放心이러라.

一日은 員外ㅣ 入內堂ᄒᆞ야 呼黃小姐曰

“俄接汝父親之書則汝萱闈[1]患節이 猝劇ᄒᆞ야 要卽送汝ᄒᆞ시니 汝卽歸覲而侍湯ᄒᆞ라.”

小姐ㅣ 聞命ᄒᆞ고 卽往黃府ᄒᆞ야 見閣老及母夫人ᄒᆞ니 閣老ㅣ 問曰

“俄見汝書ᄒᆞ니 身病이 極重云故로 欲率來調病則汝母親曰 舅家ㅣ 不送矣리니 託親病而召ㅣ 似好故로 吾ㅣ 要於汝舅ㅣ러니 今見汝狀ᄒᆞ니 別無病色이어ᄂᆞᆯ 何以唐荒書字로 驚動老父乎아?”

小姐ㅣ 悽然答曰

---

1) 훤위(萱闈): 훤당(萱堂). 어머니의 아칭(雅稱). 훤은 원추리. 옛날에 어머니는 북당에서 거처하는데, 근심을 잊고자 그 뜰에 원추리를 심었다고 한다.

"面上見症은 可以醫藥治之어니와 心中隱憂가 危在朝夕이로디 恐父母 兩位도 未得盡燭이로소이다."

閣老ㅣ 大驚曰

"兒之病이 何其深也오?"

小姐ㅣ 流涕曰

"爺爺ㅣ 愛女兒而擇佳婿ㅣ러니 今逢風流蕩子ᄒ야 烏鵲橋가 絶於銀河 ᄒ고 姮娥身勢ㅣ 寂寞月宮ᄒ야 靑春閨中에 空作白頭吟ᄒ리니 小女身勢 ᄂᆞᆫ 反不如死而無知로소이다."

閣老ㅣ 慨然曰

"老父가 晩年生汝ᄒ야 知以掌中寶玉이러니 吾ㅣ 恐誤汝之身勢로다. 詳言其故ᄒ라."

小姐ㅣ 嗚咽曰

"楊元帥ㅣ 謫居江州ᄒ야 携來一個賤妓ᄒ니 淫亂之行과 妖惡之態가 迷惑男子ᄒ야 以巧笑飾辭로 符同上下ᄒ야 蔑視小女ᄒ오니 其言에 曰 '黃氏ᄂᆞᆫ 後入之人이라 吾ㅣ 豈守嫡妾之分ᄒ야 甘心居下ㅣ리오?'ᄒ니 今日之勢ᄂᆞᆫ 不能兩立이라 小女ㅣ 寧欲死而無知ᄒ노이다."

黃閣老ㅣ 聽罷에 大怒曰

"以么麼賤妓로 豈可如此唐突也ㅣ리오? 吾女ㅣ 雖無才德이ᄂᆞ 奉皇上 之命而成婚者ㅣ라. 楊元帥도 不能薄待커던 況賤妓乎아? 當往楊府ᄒ야 逐出賤妓ᄒ리라."

衛夫人이 挽留曰

"相公은 息怒ᄒ시고 徐觀事機而處之ᄒ소셔."

閣老ㅣ 然其言이러라. 然이ᄂᆞ 衛夫人의 陰譎之心과 悍毒之性을 閣老 ㅣ 敢不拒逆ᄒ고 自此로 偏護女兒而欲害仙娘ᄒ야 密密之計와 怪怪之策 은 難可測度이러라. 十餘日後에 小姐ㅣ 歸楊府홀 시 閣老ㅣ 執小姐之 手曰

"汝歸舅家ᄒ야 如有所難이어던 卽爲通知ᄒ라. 老父ㅣ 雖無能이ᄂ 一個賤妓ᄂ 視如草芥ᄒ니 何足憂也ㅣ리요?"

衛夫人이 冷笑曰

"出嫁女子ᄂ 死生苦樂이 懸於舅家ᄒ니 相公이 能如之何ㅣ리요? 汝ㅣ 歸去ᄒ야 若有見辱이어던 寧自處ᄒ야 勿貽他人之笑ᄒ라."

小姐ㅣ 揮淚而上車ᄒ니 閣老ㅣ 目不忍見ᄒ야 責夫人而慰女子ㅣ러라.

光陰이 倏忽ᄒ야 楊元帥之出戰이 已三四朔이라. 夏盡秋屆ᄒ야 天氣ㅣ 淸朗ᄒ고 凉風이 蕭瑟ᄒ니 仙娘이 寂處別堂ᄒ야 率兩個丫鬟ᄒ고 倚欄而立이러니 霜氣ᄂ 凝空ᄒ고 明月은 滿地ᄒ야 嗈嗈之雁이 群飛南歸어놀 仙娘이 有悽悵之色ᄒ야 長歎曰

"嗚呼ㅣ라! 此身이 恨無兩翼ᄒ니 安得隨彼雁而去리오?"

乃誦一句詩曰

"可憐閨裡月은 流照伏波營이라2) ᄒ얏스니 正謂今夜의 妾之心事也ㅣ로라."

ᄒ고 珠淚ㅣ 濕衣러니 忽然春月이 來告호ᄃᆡ

"小姐ㅣ 命送賤婢ᄒ사 換送小蜻與紫鴛ᄒ라 ᄒ더이다."

仙娘이 顧兩婢曰

"小姐ㅣ 每譽爾等ᄒ시니 若有所使어던 審愼奉行ᄒ라."

兩鬟이 應命而去ᄒ니라. 春月이 向仙娘ᄒ야 含笑曰

"娘子平生이 頗不寂寞이라가 今居深邃別堂은 我相公出戰之故也ㅣ로소이다."

---

2) 가련규리월(可憐閨裡月), 유조복파영(流照伏波營): 당나라 시인 심전기(沈佺期)의 「잡시雜詩」에 나오는 시구 "가련한 규방에 비친 저 달은, 오랫동안 한나라 군영에도 머물러 있으리(可憐閨裏月, 長在漢家營)"와 당나라의 시인 심여균(沈如筠)의 「규원閨怨」에 나오는 시구 "바라건대 외로운 달그림자 따라, 복파장군 군영에 흘러가 비추리(願隨孤月影, 流照伏波營)"에서 가져온 것이다.

仙娘이 微笑不答ᄒᆞ니 春月이 笑曰

"小婢ㅣ 生長於宰相門下ᄒᆞ야 見閨中處子ㅣ 多矣ᄂᆞ 娘子之姿色은 今乃初見이라. 府中上下公論이 皆曰'居我小姐之下ᄂᆞᆫ 實所冤恨이라'ᄒᆞ더이다."

仙娘이 笑曰

"吾ㅣ 十年靑樓에 雖無所學이ᄂᆞ 聽人之言ᄒᆞ고 猶能略知其意ᄒᆞᄂᆞ니 今豈不知丫鬟之籠絡이리오?"

春月이 憮然ᄒᆞ야 更不能言이러라. 此時小蜻及紫鸞이 至黃小姐寢室ᄒᆞ니 小姐ㅣ 欣然笑曰

"適自本家로 送來松江鱸魚ㅣ라 吾欲煮食이ᄂᆞ 春桃兩婢ᄂᆞᆫ 烹飪無法故로 特召汝輩ᄒᆞ니 莫惜一時之勞ᄒᆞ라."

兩婢ㅣ 應命ᄒᆞ고 入廚調羹이러라.

且說. 仙娘이 聽春月陰譎之言에 知其窺意ᄒᆞ고 挑燈默坐ㅣ러니 蜻鸞兩婢ㅣ 夜深不返이어ᄂᆞᆯ 春月曰

"小蜻與紫鸞이 一去後杳無消息ᄒᆞ니 賤婢ㅣ 往見호리이다."

ᄒᆞ고 開門而出이러니 又無影響이라. 仙娘이 倚枕轉輾ᄒᆞ야 不能成寢ᄒᆞ고 自不禁踽凉悽愴이러니 戶外에 忽有人跡이라 疑兩婢歸來ᄒᆞ야 起坐而待홀 시 突有喊聲이러니 小蜻與紫鸞이 走入房中이어ᄂᆞᆯ 仙娘이 亦大驚ᄒᆞ야 急開窓視之ᄒᆞ니 春月이 仆於階下ᄒᆞ고 一個男子ㅣ 脫履而欲越墻이라가 還尋外堂中門而出이라. 春月이 急起而高聲曰

"別堂에 有殊常男子ㅣ라."

ᄒᆞ고 追往之ᄒᆞ니 此時員外ㅣ 在外堂ᄒᆞ야 尙不成寐라가 大驚ᄒᆞ야 開窓而視ᄒᆞ니 果於月下에 一男子ㅣ 衣表가 鮮明ᄒᆞ고 氣勢ㅣ 豪悍ᄒᆞ야 回還而越外堂之墻이어ᄂᆞᆯ 春月이 追引其腰帶ᄒᆞ니 男子ㅣ 揮斷而走러라. 員外ㅣ 急呼蒼頭ᄒᆞ야 察其踪跡이ᄂᆞ 已無去處ㅣ라. 員外ㅣ 飭諸蒼頭曰

"此必賊漢이라. 爾等은 終夜巡警ᄒᆞ라."

ᄒ고 因閉戶ᄒ고 方就寢이러니 春月이 與諸蒼頭로 喧於窓外曰

"自賊漢囊中으로 聞異香ᄒ니 必宰相府中之物이라."

ᄒ야ᄂᆞᆯ 員外ㅣ 叱退ᄒ니 春月與蒼頭ㅣ 出門外ᄒ야 私探其囊ᄒ니 有一幅彩箋이어ᄂᆞᆯ 春月이 含笑曰

"其賊漢이 必讀書者ㅣ로다. 此豈非盜賊之文簿乎아? 見於吾夫人ᄒ리라."

ᄒ며 入內堂ᄒ니 許夫人이 問其故ᄒᆫ디 春月이 曰

"俄者小蜻與紫鸞이 入小姐寢室而閑談이라가 夜深而去ᄒᆯ 시 要賤婢同往故로 至於別堂階下ᄒ니 忽有長大美男子가 脫履而下自寢室大廳이라가 見賤婢ᄒ고 不問曲直而蹴倒ᄒ고 欲越墻이라가 回走外堂ᄒ야 越外堂之墻故로 賤婢追而奪其囊ᄒ니 乃一個錦囊이라. 囊中에 有此紙ᄒ오니 夫人은 見之ᄒ쇼셔."

許夫人이 笑曰

"賊漢을 已逐ᄒ니 見囊中之物이 有何益也ㅣ리오?"

言未畢에 黃小姐ㅣ 荒唐而來ᄒ야 曰

"恐尊姑之驚動ᄒ야 敢來問安ᄒᄂᆞ이다."

夫人이 曰

"賢婦ㅣ 今何不寐오?"

小姐ㅣ 對曰

"府中이 喧擾키로 自然驚覺이오며 左右ㅣ 誤傳曰 '老夫人寢室에 有賊警이라' ᄒᆞᆷ으로 尤驚而問候ㅣ로소이다."

夫人曰

"賊入別室이라가 今已逐送ᄒ니 賢婦ᄂᆞᆫ 放心而歸ᄒ라."

小姐ㅣ 更有驚色ᄒ야 顧春月曰

"別堂에 無藏財어ᄂᆞᆯ 何所取而入고?"

春月이 笑曰

"花吐其香에 蝴蝶이 自來ᄒᆞᄂᆞ니 豈徒金銀彩緞이 爲財乎잇가?"

黃小姐ㅣ 笑曰

"汝手中所持者ᄂᆞᆫ 何也오?"

春月이 笑而奉獻ᄒᆞᆫ디 黃小姐ㅣ 受之ᄒᆞ야 欲開見於燭下어ᄂᆞᆯ 夫人이 笑曰

"賊漢之物을 閨中女子가 不須開見이니라."

黃小姐ㅣ 然之ᄒᆞ야 還授春月ᄒᆞ고 卽至尹小姐寢室ᄒᆞ니 春月이 張皇說去에 欲搜出囊中之物이어ᄂᆞᆯ 尹小姐ㅣ 正色曰

"賊漢囊中之物을 吾不願見ᄒᆞ노니 收而遠之ᄒᆞ라."

黃小姐ㅣ 見尹小姐之氣色이 峻截ᄒᆞ고 少不動念ᄒᆞ고 謂春月曰

"仙娘이 以孤單踪跡으로 生疎門庭에 當意外之變ᄒᆞ니 吾當一往安慰ᄒᆞ리라."

ᄒᆞ고 起身而至別堂ᄒᆞ니 仙娘奴主ㅣ 不勝驚惶ᄒᆞ야 圍坐燭下어ᄂᆞᆯ 黃少姐ㅣ 執仙娘之手而含淚曰

"娘이 入府中ᄒᆞ야 不見多情之處ᄒᆞ고 當此怪變ᄒᆞ니 倘無驚動耶아?"

仙娘이 笑曰

"妾은 賤妓라 外人男子를 閱歷이 多矣오 平地風波를 經過數矣니 些少怪變을 何足驚動이리오마ᄂᆞᆫ 但小姐ㅣ 特爲顧念賤身ᄒᆞ야 垂此深慮ᄒᆞ시니 於心不安이로이다."

小姐ㅣ 默然無語ᄒᆞ니 春月이 笑曰

"府中賊警은 猶或常事어니와 奪其贓物은 以爲賤婢之手段이라 ᄒᆞ노이다."

仙娘이 問曰

"贓物은 何物也오?"

春月이 又出紙片어ᄂᆞᆯ 黃小姐ㅣ 叱曰

"傳播無稽之物ᄒᆞ야 何所用之리오? 速投火中ᄒᆞ야 以滅其跡ᄒᆞ라."

仙娘이 見小姐言辭之殊常ᄒᆞ고 奪取春月掌中之紙而視之ᄒᆞ니 一片彩箋을 以同心結[3]로 接封ᄒᆞ고 細細成文ᄒᆞ니 其略에 曰

"未見君子ᄒᆞ니 一日三秋ㅣ라. 耿耿孤燈에 悠悠我思ㅣ로다. 楊元帥ᄂᆞᆫ 薄情ᄒᆞ야 已作塞外客ᄒᆞ니 寂寞後園에 秋月이 團團ᄒᆞ고 花落墻頭ᄒᆞ니 疑是玉人來로다. 妾於楊元帥에 旣許身ᄒᆞ고 交以朋友나 今到京城은 特爲一時遊覽이라 我兩人之百年牢約은 潯陽江이 深矣요 碧城山이 高矣라 當閉別堂竹扉ᄒᆞ고 以彈琵琶ᄒᆞ야 靑松綠竹과 黃菊丹楓으로 以續舊緣이니 多少情話ᄂᆞᆫ 倚此風戶ᄒᆞ야 苦待三五明月ᄒᆞ노라."

仙娘이 覽畢에 顔色이 泰然ᄒᆞ고 笑曰

"此非賊漢之贓物이오 乃是碧城仙之贓物이ᄂᆞ 相思情札은 娼妓之常事ㅣ라 小姐ᄂᆞᆫ 勿怪之ᄒᆞ소셔."

黃小姐ㅣ 喪氣ᄒᆞ야 不能答一言而歸ᄒᆞ니라. 仙娘이 送小姐與春月ᄒᆞ고 獨臥孤枕ᄒᆞ야 耿耿而思호ᄃᆡ

'吾ㅣ 雖長於靑樓ᄂᆞ 醜言이 不到於耳러니 今陷於姦人之陰害ᄒᆞ야 此恨을 無地可雪ᄒᆞ니 豈非命道之奇薄이리오? 且可怪之事ᄂᆞᆫ 我之筆跡은 或可摹倣이어니와 至於碧城山潯陽江과 掩別堂竹扉ᄒᆞ고 與相公論襟之語ᄂᆞᆫ 應無知者어늘 如此明言ᄒᆞ니 姦人之造化를 果所難測이라.'

ᄒᆞ고 心思ㅣ 自亂이러니 忽然更思호ᄃᆡ

'元帥ㅣ 告別時에 謂我曰 '或有所難이어던 與尹小姐商議ᄒᆞ라' ᄒᆞ시니 吾當明日에 訪見尹小姐ᄒᆞ고 說盡衷曲ᄒᆞ야 一問處變之道ᄒᆞ리라.'

ᄒᆞ고 待天明而至尹小姐寢室ᄒᆞ니 小姐ㅣ 笑迎曰

"娘이 夜經一場騷擾ᄒᆞ니 豈不愁亂이리오?"

仙娘이 愀然對曰

"賤妾이 從相公ᄒᆞ야 不遠千里而來ᄂᆞᆫ 非耽風情이라 實有仰慕러니 今入府中이 不過幾日에 醜聲駭擧ᅵ 濁亂法度之家庭ᄒᆞ고 騷擾從容之門戶ᄒᆞ니 他日에 更以何面目으로 仰對相公이리잇고? 欲歸故鄕則進退를 不得自專이오 欲居府中則後患이 從以無窮ᄒᆞ야 妾不知其處變之道ᄒᆞ오니 望小姐ᄂᆞᆫ 明敎之ᄒᆞ쇼셔."

尹小姐ᅵ 笑曰

"吾ᅵ 有何識見ᄒᆞ야 及於娘也ᅵ리오마ᄂᆞᆫ 曾聞之ᄒᆞ니 君子ᄂᆞᆫ 處變을 如處常이라 ᄒᆞ니 修吾身ᄒᆞ며 守吾志ᄒᆞ야 順受天命而已니 娘은 安心ᄒᆞ야 但勉在我之道ᄒᆞ라."

仙娘이 心中嘆服曰

'小姐ᄂᆞᆫ 眞女中君子ᅵ라. 豈非吾相公之窈窕好逑也ᅵ리오?'

ᄒᆞ더라. 言未畢에 窓外에 蓮玉이 疾呼曰

"春月은 窺聽何事오?"

ᄒᆞ야ᄂᆞᆯ 仙娘이 起身而歸ᄒᆞ니라. 此時에 黃小姐ᅵ 知仙娘之往尹小姐寢室ᄒᆞ고 送春月ᄒᆞ야 窺聽兩人之言이라가 現露於蓮玉이러라. 春月이 笑而執蓮玉之手曰

"尋汝而來라."

ᄒᆞ고 回身歸去ᄒᆞ야 仙娘與尹小姐之商議顚末을 一一告之ᄒᆞᆫ디 黃小姐ᅵ 冷笑曰

"尹氏之慧黠과 賤妓之妖惡으로 略知事機ᄒᆞ고 如此謀議ᄒᆞ니 吾ᅵ 不可歇后團束이라."

ᄒᆞ더라.

且說. 一日은 仙娘이 獨坐別堂이러니 忽有一個老婆가 入來어ᄂᆞᆯ 娘이 問曰

"老婆ᄂᆞᆫ 何如人고?"

婆ᅵ 曰

“老身은 方物商이니이다.”

紫鷰이 出問曰

“有何等佩物乎아?”

婆ㅣ 曰

“如月之明月珮와 如星之眞珠扇과 如火之珊瑚珠와 如花之七步搖[4]等이 無物不存ᄒᆞ니 隨意而擇之ᄒᆞ라.”

ᄒᆞ고 次第出示어ᄂᆞᆯ 鷰曰

“此ᄂᆞᆫ 何也오?”

ᄒᆞ고 擧視之ᄒᆞ니 團團如珠ᄒᆞ고 香臭觸鼻라. 婆ㅣ 曰

“此ᄂᆞᆫ 辟邪丹이니 藏於身邊則夜行이라도 魑魅魍魎이 不能現形ᄒᆞ며 疾病이 流行이라도 厲疫이 不侵ᄒᆞᄂᆞ니 閨中人은 無甚緊要ᄂᆞ 下隷婢僕은 皆可持니 丫鬟은 買之ᄒᆞ라.”

鷰이 取一個而示仙娘ᄒᆞ고 欲買之ᄒᆞ니 仙娘이 笑而買一個ᄒᆞ고 顧小蜻曰

“汝亦欲持之乎아?”

蜻이 笑曰

“行止ㅣ 光明則邪鬼ㅣ 豈能現이며 身數ㅣ 不幸則疾病을 豈可免哉리오? 賤婢ᄂᆞᆫ 不願買로소이다.”

仙娘이 微笑ㅣ러라. 紫鷰이 持丹藥而手不釋之ᄒᆞ고 愛之不已ᄒᆞ니 小蜻이 責曰

“徒弄無用之物而虛送歲月ᄒᆞ니 吾ㅣ 當奪棄호리라.”

鷰이 畏而深藏이러라.

一日은 紫鷰이 立別堂門外러니 春月이 來遊라가 笑而問曰

---

4) [교감] 여화지칠보요(如花之七步搖): 적문서관본 영인본 114쪽에는 ‘여화칠보장(如花七步粧)’으로 되어 있으나, 의미상 오식이므로 바로잡는다. 덕흥서림본 제1권 112쪽에는 ‘여화지칠보요(如花之七步搖)’로 바르게 되어 있다.

"吾聞汝有奇異丹藥이라 ᄒᆞ니 暫欲玩賞ᄒᆞ노라."

鸞이 自懷中으로 取出示之ᄒᆞᆫ듸 春月이 含笑曰

"此物을 豈佩於衣裡耶아?"

鸞이 笑曰

"藏於身則鬼物이 不犯ᄒᆞ고 疾病이 不侵云故로 藏置衣裡로라."

春月曰

"吾亦買一個而佩ᄒᆞ리라."

ᄒᆞ더라.

此時ᄂᆞᆫ 八月中旬이라 玉階에 寒露旣降ᄒᆞ고 四壁에 虫聲이 唧唧ᄒᆞ야 可以助征夫閨人의 凄凉之懷러라. 仙娘이 無聊獨坐ᄒᆞ야 踽凉之懷를 無處相議ᄒᆞ야 退燈而臥寢床ᄒᆞ니 蜻鸞兩婢ᄂᆞᆫ 困睡已濃이라. 春月이 急來敲門이어ᄂᆞᆯ 仙娘이 起而開門ᄒᆞ니 春月이 一手로 擧燭籠ᄒᆞ고 入房中ᄒᆞ야 傳小姐之言曰

"我ᄂᆞᆫ 猝然得病ᄒᆞ야 委頓床玆ᄒᆞ니 更難相見이로라."

仙娘이 曰

"證候ㅣ 如何而如此其急고?"

春月이 一邊對答ᄒᆞ며 一邊捨燭籠ᄒᆞ고 坐於小蜻·紫鸞臥睡之傍曰

"今夜에 天氣淸明ᄒᆞ고 西風이 蕭瑟ᄒᆞ야 凉意頗繁ᄒᆞ니 何以往來本府ㅣ리오?"

ᄒᆞ야ᄂᆞᆯ 仙娘曰

"因何而往고?"

春月이 曰

"欲製藥而往이로소이다."

仙娘이 曰

"吾ㅣ 今將往小姐之所ᄒᆞ리라."

ᄒᆞ고 欲呼小蜻ᄒᆞ야 移燭籠之火ᄒᆞ야 點火於燭臺ᄒᆞ라 ᄒᆞ니 春月이 曰

"困睡方濃ᄒ니 徐徐覺之ᄒ소셔."

ᄒ고 春月이 自引燭臺ᄒ야 方欲點火라가 偶然打倒ᄒ야 燭臺與燭籠之火ㅣ 一時具滅ᄒ니 春月이 作不平之狀曰

"諺에 云 '急食飯이 易噎ㅣ라' ᄒ더니 非虛言이로다. 賤婢ᄂ 因緊急而去라."

ᄒ고 飄然出去어ᄂ 仙娘이 呼小蜻ᄒ야 復使點火ᄒ니 蜻이 起身覓衣ᄒᄃᆡ 衣無去處라. 黑暗中忙迫搜索ᄒ니 仙娘이 責以速起ᄒᄃᆡ 小蜻이 慌忙ᄒ야 着紫鷰之衣而隨仙娘ᄒ야 至黃小姐之所ᄒ니 小姐ㅣ 方臥床上ᄒ야 呻吟이라가 見仙娘曰

"自來病人이 思親近之人이라. 娘이 如此來問ᄒ니 可知其多情이로다."

仙娘이 顧視左右ᄒ니 別無何等物이오 但見風爐에 煮藥이 沸騰이어ᄂ 問於小姐曰

"桃花ᄂ 何往而不來니잇고?"

小姐ㅣ 曰

"春月은 送本府ᄒ고 桃花ᄂ 出他不歸ᄒ니 可怪로다."

仙娘이 與小蜻으로 視湯藥ᄒ니 藥已盡煮어ᄂ 仙娘이 告黃小姐曰

"藥已盡煮ㅣ니이다."

小姐ㅣ 曰

"雖不安이나 命小蜻而漉來가 如何오?"

小蜻이 卽漉而獻之ᄒ니 小姐ㅣ 向壁而臥라가 更回臥而蹙蛾眉ᄒ고 頻責桃花러니 春月이 入而大驚曰

"湯藥을 誰漉乎잇가?"

小姐ㅣ 强語曰

"我ᄂ 精神이 昏昏ᄒ야 不知何如ㅣᄂ 似是仙娘이 使小蜻으로 漉之니라."

春月이 口中喃喃에 責桃花之不謹奉上ᄒ고 待藥熱湯之稍減ᄒ야 獻黃

小姐ᄒ니 小姐ㅣ 强起ᄒ야 擧器而欲飮이라가 蹙眉回首而言曰

"今番藥은 毒臭逆胃ᄒ니 何故也오?"

春月曰

"藥이 不苦則病不能瘳ᄒᄂ니 小姐ᄂ 念閣老及老夫人之心慮ᄒ사 試飮
之ᄒ소셔."

小姐ㅣ 更擧器而近唇이라가 擲器於地ᄒ고 仆床上而昏絶ᄒ니 仙娘奴
主ㅣ 大驚ᄒ야 欲診視之ᄒ디 春月이 頓足搥胷曰

"此ᄂ 小姐ㅣ 必中毒이로다."

ᄒ고 卽拔髻上銀釵ᄒ야 沈於藥器ᄒ니 頃刻에 釵變靑色이라. 春月이
高聲呼桃花ㅣ니 桃花ㅣ 蒼黃而入來어늘 春月이 仰天大哭曰

"其間往何處ᄒ야 使吾小姐로 入毒人手中ᄒ야 以至此境乎아?"

ᄒ고 欲搜小蜻之身ᄒ야 探其餘藥ᄒ니 小蜻이 喪氣ᄒ야 脫衣而哭曰

"蒼天이 欲殺吾之奴主ㄴ딘 豈無其道ᄒ야 以至此境고?"

ᄒ고 脫上衣ᄒ니 一封丸藥이 尙在衣裡어늘 春月이 持丸藥而攀擘曰

"我小姐ㅣ 不知敵國之姦謀ᄒ시고 以衷曲待之러니 竟遭此事ᄒ야 靑春
之年에 自取寃屈ᄒ시니 悠悠蒼天아 此何忍斯오?"

顧桃花曰

"小蜻奴主ᄂ 爲我等不共戴天之讎ㅣ니 堅執不捨ᄒ라."

ᄒ고 至許夫人寢室하여 哭告小姐之中毒ᄒ니 夫人이 大驚ᄒ야 問其故
ᄒ디 春月이 揮淚而告曰

"小姐가 夕飯後에 身氣不平ᄒ야 自本府로 製二帖藥而來ᄒ야 一帖은
賤婢親煎이오며 又一帖은 賤婢往本府之間에 仙娘이 與小蜻으로 無故自
來ᄒ야 煎而勸飮ᄒ니 小姐ㅣ 精神昏迷之中에 纔飮小許러니 坐不安席ᄒ
고 不省人事故로 賤婢ㅣ 拔銀簪ᄒ야 沈於藥器ᄒ니 靑色이 分明ᄒ고 探
索小蜻之身則餘藥이 尙在懷中故로 奪取而來로소이다."

許夫人이 黙黙無語ᄒ고 卽往尹小姐寢室ᄒ야 率尹小姐ᄒ고 至黃小姐

420

寢室ᄒ니 仙娘은 床下에 坐如泥塑ᄒ고 桃花ᄂ 執小䤵而立이라가 見尹
小姐至ᄒ고 流淚如雨어ᄂᆯ 尹小姐ㅣ 矜憐仙娘之情境ᄒ야 不忍正視ᄒ고
含淚俯首러니 乃進黃小姐身邊而診視之ᄒ니 寒熱이 均適ᄒ야 無異常時
ᄒ고 氣息之喘促은 似危在頃刻이라. 尹小姐ㅣ 黙然退立ᄒ니 許夫人이
又至床前曰

"賢婦가 一夜之間에 是何故也오?"

黃小姐ㅣ 不答ᄒ고 故作嘔逆之狀而嗚咽不已어ᄂᆯ 許夫人이 顧左右曰

"勿爲騷動ᄒ고 調護小姐ᄒ야 安心回甦케 ᄒ라."

ᄒ니 春月이 痛哭ᄒ고 直向仙娘曰

"汝ㅣ 置毒于我小姐ᄒ고 何面目으로 坐於座上고?"

ᄒ고 欲驅出之ᄒ니 尹小姐ㅣ 正色曰

"賤婢ᄂ 切勿無禮ᄒ라. 罪之有無ᄂ 上有夫人ᄒ시니 自當處分이오 以
分義言之則家君之小室이라. 汝何如是唐突고?"

言畢에 氣如秋霜ᄒ되 春桃兩婢ㅣ 悚然退立ᄒ니 夫人及小姐ㅣ 半晌에
察黃小姐動靜이ᄂ 別無現證이라. 夫人이 歸來홀 시 尹小姐ㅣ 見仙娘而
目之ᄒ야 率小䤵而至許夫人寢所러니 員外ㅣ 入內堂ᄒ야 略聞其故ᄒ고
卽到黃小姐寢室ᄒ야 診脈ᄒ고 命春桃兩婢曰

"汝輩ᄂ 但護小姐而已니 若恣起搖亂이면 嚴治之ᄒ리라."

ᄒ고 還至夫人寢所ᄒ니 夫人이 問曰

"黃賢婦之動靜이 如何오? 家道乖亂이 如此ᄒ니 相公은 將何以處之잇
고?"

員外ㅣ 沉吟曰

"黃婦ㅣ 雖云中毒이나 幸而無恙ᄒ니 更思處之之策ᄒ리라."

此時黃小姐ㅣ 以奸巧手段으로 欲謀害媵妾ᄒ야 驚動舅姑ᄒ고 因眼中
釘ᄒ야 不顧身命ᄒ니 此豈非千秋婦人之所戒리오? 故臥床玆ᄒ고 探聽
府中動靜ᄒ되 府中上下ㅣ 無一疑仙娘者어ᄂᆯ 肝臟이 轉益焦燥ᄒ고 憤毒

이 越添弸中ᄒ야 敎唆春月ᄒ야 送于本府ᄒ야 更欲恐動老昏之父ᄒ니 春月이 走入黃府門前ᄒ며 放聲大哭ᄒ고 伏地昏絶이어늘 夫人與閣老ㅣ 大驚ᄒ야 問其故혼디 春月이 更叩地叫天曰

"惜哉라 我小姐여! 以何罪로 作靑春冤魂이니잇고?"

黃閣老ㅣ 聞此言ᄒ고 大聲疾呼曰

"是何言也오? 春月아 詳言之ᄒ라."

春月이 泣告曰

"小姐ㅣ 昨夜에 身氣不平ᄒ사 製二帖藥ᄒ야 一貼은 賤婢ㅣ 煎進ᄒ고 出外之頃에 碧城仙이 率自己侍婢小蜻而來ᄒ야 搜餘在一帖藥而煎進ᄒ니 小姐ㅣ 精神이 昏昏ᄒ야 信之無疑ᄒ고 終飮一勺而按住不得ᄒ야 不省人事故로 賤婢ㅣ 抽簪試之ᄒ니 銀色이 忽變이어놀 搜小蜻之身ᄒ니 毒藥一丸이 在於懷中이라. 伏望相公은 亟報此讎ᄒ사 使我小姐之孤魂으로 伸雪慘毒之恨케 ᄒ소셔."

衛夫人이 冷笑曰

"女兒之死ㅣ 快矣로다. 生而見辱이 不如死而無知로다마는 但寒心處는 以一國元老之千金小嬌로 無罪而爲一個賤妓의 投藥而橫死乎아?"

閣老ㅣ 以掌擊席曰

"老夫ㅣ 當率家中蒼頭而往楊府ᄒ야 捉其讎人處之ᄒ리라."

衛夫人이 執袖曰

"聞春月所傳則楊府上下ㅣ 符同姦人ᄒ야 反疑女兒ㅣ라 ᄒ니 相公은 勿往ᄒ소셔."

閣老ㅣ 拂袖曰

"夫人은 莫作屏弱女子之聲ᄒ라."

ᄒ고 號令蒼頭十餘名ᄒ야 欲往楊府ᄒ니 未知畢竟如何오. 且看下回ᄒ라.

元帥大捷黑風山　臥龍顯聖盤蛇谷

第十一回

却說. 此時黃閣老ㅣ 率十餘名蒼頭ᄒᆞ고 塡巷辟除而馳入楊府ᄒᆞ야 見員外ᄒᆞ고 忿憤曰

"老夫ㅣ 今日에 欲報女兒之讎而來ᄒᆞ니 兄은 勿置姦人於家中ᄒᆞ고 卽速逐出ᄒᆞ라. 老夫ㅣ 雖不似ᄂᆞ 一個賤妓의 生殺之權은 在於掌中이로다."

員外ㅣ 笑曰

"丞相之言이 太過로소이다. 此ᄂᆞᆫ 晚生之家事ㅣ니 晚生이 雖不敏이ᄂᆞ 私自處置어니와 令愛ㅣ 亦自無恙ᄒᆞ니 且勿煩惱ᄒᆞ소셔."

黃閣老ㅣ 怒曰

"老夫ㅣ 已知而來어ᄂᆞᆯ 兄何顧護妖惡賤妓ᄒᆞ야 欲隱匿人命至重之事오? 兄이 若不逐讎人則使老妻로 搜索內堂이라도 今日報此讎而歸ᄒᆞ리라."

言畢에 憤氣臆塞ᄒᆞ야 喘息이 危惶이어ᄂᆞᆯ 員外ㅣ 見其老昏庸暗之狀ᄒᆞ고 復笑曰

"丞相之不察이 何以至此오? 晚生이 雖不仁이ᄂᆞ 丞相之小嬌ᄂᆞᆫ 卽晚生

之子婦ㅣ라. 慈愛之心은 父母舅姑ㅣ 無異어눌 其於死生之際에 豈忍如是
晏然이리오? 且女子ㅣ 出嫁則其所重이 在於舅家ㅎᄂ니 今丞相이 信聽
無根之說ㅎ고 若此顚倒ㅎ시니 此ᄂ 反非愛令愛之道로소이다."

黃閣老ㅣ 方有憮然之色曰

"果如兄言則女兒之一縷殘命이 尙在此世ㅎ니 暫欲相見ㅎ노라."

員外ㅣ 許之ㅎ고 卽通內堂ㅎ야 導黃閣老而至小姐寢室ㅎ니 小姐ㅣ 故
臥床上ㅎ야 瞑目而氣息이 似絶이어눌 閣老ㅣ 蹲坐ㅎ야 開昏眼而荒唐視
之ㅎ니 雲鬟은 散亂ㅎ야 覆於玉顔ㅎ고 蛾眉를 疊疊蹙之ㅎ야 和氣ㅣ 已
消ㅎ고 不動手足ㅎ며 氣息이 若存若無어눌 閣老ㅣ 前進ㅎ야 撫其身而
呼曰

"女兒야 是何故也오? 汝父ㅣ 來此ㅎ니 開眼視之ㅎ라."

小姐ㅣ 忽作嘔逆之狀ㅎ고 以細聲으로 對曰

"小女ㅣ 不孝ㅎ와 貽憂至此ㅎ오니 父親은 少勿掛念ㅎ소셔."

閣老ㅣ 慰之曰

"春婢가 妄傳惡報故로 着急而來러니 猶見其生ㅎ니 是所幸也로다. 姦
人之處置ᄂ 事關舅家ㅣ니 非老父所知也ㅣ라. 出嫁女子ᄂ 所重이 在於舅
家ㅎ니 吾如之何오?"

小姐ㅣ 流涕而嗚咽曰

"小女ㅣ 至於此境ㅎ오니 死生은 常事라. 暫行歸寧ㅎ야 冀免毒人之手
ㅎ노이다."

閣老ㅣ 且有惻隱之色ㅎ야 見員外而請覲行ㅎ니 員外ㅣ 許之어눌 閣老
ㅣ 卽歸其家而對夫人ㅎ야 喜色이 滿面曰

"女兒ㅣ 無恙이어눌 春月이 騷動ㅎ야 幾使老夫로 誤殺人命이로다."

衛夫人이 冷笑曰

"相公은 但知死後報讎요 不思生前雪恥乎잇가?"

閣老ㅣ 又然其言ㅎ야 曰

"女兒ㅣ 今將來矣리니 聞其言而更爲商議也리라."

ᄒ더라.

此時楊員外ㅣ 入內室ᄒ야 對許夫人及尹小姐ᄒ야 語黃閣老之事ᄒ고 商議處置之道ᄒᆯ 시 許夫人이 嘆曰

"妾이 槪思之오니 欲昭晰一人之罪則現露一人之過ᄒ고 欲掩蔽一人之過則寃屈一人之罪ᄒ니 相公은 十分商量ᄒ야 善處之ᄒ소서."

員外ㅣ 點頭曰

"吾亦略知나 當待兒子之歸來而處之ᄒ리라."

有頃에 自黃府로 送轎子ᄒ야 率小姐而去ᄒᆯ 시 許夫人이 執小姐之手而嘆曰

"老身이 德薄ᄒ야 不能正家道故로 釀出此等事ᄒ니 誰怨孰尤ㅣ리오?"

小姐ㅣ 不能答ᄒ고 但流涕而上轎子ᄒ야 向黃府而去ᄒ니라.

此時衛夫人이 以蛇蝎之性과 鬼蜮之心으로 助妬忌之女ᄒ야 行姦慝之計라가 以事不如意로 不勝悍毒ᄒ야 欲激閣老ᄒ야 見女兒而執手痛哭曰

"汝之父親이 擇婿有誤ᄒ야 使晩年小嬌로 經此苦楚ᄒ고 又不能報讎ᄒ야 他日에 竟被姦人之陰害ᄒ리니 吾母女ㅣ 寧先死ᄒ야 溘然不知矣리라."

ᄒ고 相抱而哭이어ᄂᆞᆯ 春月이 亦扶小姐而放聲痛哭ᄒ야 起一場惹鬧ᄒ니 閣老ㅣ 入見其狀ᄒ고 慌忙慰夫人及女兒曰

"夫人은 休哭ᄒ고 思報讎之策ᄒ소서. 楊員外ᄂᆞᆫ 偏狹之人이라 老夫ㅣ 不欲更言이오 明日에 奏稟皇上ᄒ야 當有大擧措矣리니 夫人은 勿慮ᄒ소서."

翌日黃閣老ㅣ 罷朝後에 奏榻前曰

"出戰之元帥楊昌曲은 臣之婿也ㅣ라. 家道ㅣ 乖亂ᄒ와 昌曲이 出戰後에 妖惡之妾이 置毒家母ᄒ니 其家母ᄂᆞᆫ 卽臣之女也ㅣ라. 駭怪所聞과 罔

測擧措가 可謂綱常之變이오니 臣이 非敢爲其私情이오 昌曲은 陛下股肱
之臣이라 今在外不歸ᄒᆞ고 其家道ㅣ 如此乖亂ᄒᆞ오니 陛下ㅣ 若不治其惡
妾之罪ᄒᆞ야 以正家道則其害ㅣ 恐及於昌曲일까 ᄒᆞ노이다.”

天子ㅣ 聞之ᄒᆞ시고 顧尹閣老曰

“卿亦與昌曲으로 不是外人이라 豈不聞此言乎아?”

尹閣老ㅣ 奏曰

“臣亦聞之나 閨中之事를 非朝廷之所干故로 不爲奏達이옵더니 今者下
問ᄒᆞ시니 以臣之愚見으로는 待昌曲之歸ᄒᆞ야 處之ㅣ 似好로소이다.”

天子ㅣ 從其言ᄒᆞ시니 黃閣老ㅣ 莫可奈何ᄒᆞ야 退至待漏院ᄒᆞ야 責尹閣
老曰

“兄은 不思他日令愛之憂ᄒᆞ고 任他賤妓ᄒᆞ시니 何其無遠慮乎아?”

尹閣老ㅣ 笑曰

“晚生이 雖不敏이ᄂ 處於大臣之列ᄒᆞ야 豈因私情而濁亂朝政이리오?
今楊元帥ㅣ 在外ᄒᆞ고 以吾姻婭之親으로 其家間風波를 雍容鎭壓이 可也
어놀 欲如此張大ᄒᆞ니 晚生이 莫知其可로소이다.”

黃閣老ㅣ 猶有忿然之色이러라. 此時仙娘이 自處以罪人ᄒᆞ야 不處別堂
ᄒᆞ고 退處行閣狹室ᄒᆞ야 草席布被에 不梳不洗ᄒᆞ고 與小蜻·紫鳶으로 奴
主ㅣ 相依ᄒᆞ야 不出門外ᄒᆞ니 慘淡之色과 憔悴之狀을 府中上下ㅣ 爲之
惻然ᄒᆞ야 雖知其冤抑이ᄂ 諒其處地ᄒᆞ야 不能強回其意러라.

且說. 楊元帥ㅣ 行軍至九江[1]地ᄒᆞ야 休軍ᄒᆞᆯ 시 檄於吳楚諸郡ᄒᆞ야 調
發軍馬ᄒᆞ라 ᄒᆞ고 因大獵ᄒᆞᆯ 시 前部先鋒雷天風이 曰

“方今敵勢甚急ᄒᆞ야 南方諸郡이 苦待天兵ᄒᆞ오니 今大軍이 雖不能倍道
而行이ᄂ 久留此地ᄂ 小將이 不知其意로소이다.”

---

1) 구강(九江): 중국 강서성(江西省) 북부에 있는 항구. 양자강과 간강(贛江) 지류와 만나는 곳
의 서쪽에 있으며, 부근에 백거이의 「비파행」으로 유명한 비파정(琵琶亭)과 경치 좋기로 이름
난 여산(廬山)이 있다.

元帥ㅣ 笑曰

"此는 非將軍之所知也라. 但三軍[2]이 遠行에 不勝勞苦ᄒᆞ니 暫休而犒饋ᄒᆞ야 射獵而觀其武藝ᄒᆞ고 吳楚之兵이 來會然後에 行軍이 爲萬全之計也니라."

此時南方諸郡이 見元帥之檄ᄒᆞ고 動督軍馬ᄒᆞ며 選其將士ᄒᆞ야 第四日에 一齊到達ᄒᆞ니 第五日에 楊元帥ㅣ 率大軍而移駐武昌山[3]下ᄒᆞ고 合吳楚兵ᄒᆞ야 欲試諸將之武技ᄒᆞ야 先試弓才ᄒᆞᆯ 시 弦響은 作半空風雨ᄒᆞ고 飛箭은 如靑天流星ᄒᆞ야 各爭其才러니 忽有兩個少年이 大聲於帳下曰

"元帥ㅣ 今欲選將材ᄒᆞ시니 豈以弱弓細矢로 以效兒戲乎잇가? 欲以長鎗大劍으로 試勇ᄒᆞ노이다."

衆이 視其少年ᄒᆞ니 身長이 八尺이오 威風이 凜凜ᄒᆞ야 豪俠之氣와 膽大之狀이 現於外貌ㅣ라. 元帥ㅣ 問其姓名ᄒᆞ니 對曰

"小將等은 本是蘇州人이니 一個는 性好殺人故로 稱者ㅣ 謂小煞星馬達이라 ᄒᆞ고 一個는 膽大好勇ᄒᆞ야 所向無敵故로 稱者ㅣ 謂白日豹董超ㅣ라 ᄒᆞᄂᆞ이다."

元帥ㅣ 聞其姓名에 似曾相識이라. 方且依俙ᄒᆞ야 詳視之ᄒᆞ니 非別人이라 曩於蘇州客店에 指導壓江亭之少年이라. 喜而問曰

"汝等이 曾彷徨于蘇杭靑樓ㅣ러니 何以至此오?"

少年이 仰見元帥之面ᄒᆞ고 有驚色曰

"小將等이 有眼無珠ᄒᆞ와 淮陰屠中에 笑國士之多怯이러니 今元帥는 靑春幕府에 功名이 巍巍ᄒᆞ시고 小將等은 娼家酒樓에 踪跡이 落拓ᄒᆞ야 曾犯殺人之罪ᄒᆞ고 亡命于此地ᄒᆞ야 從事射獵이러니 聞元帥之選將材而來니이다."

---

2) 삼군(三軍): 군대의 좌익(左翼)·중군(中軍)·우익(右翼)의 총칭.
3) 무창산(武昌山): 중국 호북성(湖北省) 악성현(鄂城縣)에 있는 산.

元帥ㅣ 大喜ᄒᆞ야 賜鎗劍弓馬ᄒᆞ야 以試武技홀 시 董馬兩人이 各擧鎗劍ᄒᆞ고 馳馬于帳前ᄒᆞ야 坐作進退와 合戰衝突之法이 一無疎漏ᄒᆞ야 躍之如熊ᄒᆞ고 捷之如虎ᄒᆞ니 左右諸將이 嘖嘖稱善이어놀 元帥ㅣ 大喜ᄒᆞ야 以董超로 爲左翼將軍ᄒᆞ고 以馬達로 爲右翼將軍ᄒᆞ고 驅大軍ᄒᆞ야 圍武昌山而大獵홀 시 鼓角砲響은 掀動天地ᄒᆞ고 旗幟鎗劍은 爭光日月ᄒᆞ니 山川草木이 盡帶殺氣ᄒᆞ고 走獸飛禽이 皆絶影形이러라. 以夜繼晝ᄒᆞ야 圍林而放火ᄒᆞ니 虎豹豺狼과 雉兎狐狸를 捕獲如山ᄒᆞ야 大犒三軍ᄒᆞ고 方行軍而向南홀 시 此時南蠻王哪咤이 大擧入寇라가 至中原⁴⁾地境ᄒᆞ야 見其無備而大喜ᄒᆞ야 攻陷雲南⁵⁾·唐眞兩邑ᄒᆞ고 窺荊益兗揚⁶⁾四州ᄒᆞ야 分兵三路ᄒᆞ야 欲直犯南京⁷⁾이러니 聞元帥大軍이 至九江地ᄒᆞ야 三日大獵ᄒᆞ고 大驚曰

"天兵이 行七千餘里ᄒᆞ야 猶有餘勇ᄒᆞ니 可知其强盛이오 邊境이 騷動이어놀 泰然射獵ᄒᆞ니 必有所恃之略이오. 況加吳楚莫强之兵ᄒᆞ니 不可輕敵이라."

ᄒᆞ고 急收三路兵而退ᄒᆞ니라. 元帥大軍이 至益州ᄒᆞ니 刺史蘇裕卿이 出境迎候어놀 元帥ㅣ 問敵情ᄒᆞᆫ디 蘇刺史ㅣ 對曰

"元帥之將略은 雖古之名將이라도 無可與敵者ㅣ로소이다. 若非九江三

---

4) 중원(中原): 한족(漢族) 본래의 생활 영역. 중국 하남성(河南省)을 중심으로 산동성(山東省) 서부, 섬서성(陝西省) 동부에 걸친 황하 중·하류 유역이 이에 해당한다.
5) 운남(雲南): 중국 남서쪽 변경에 있으며, 미얀마·라오스·베트남과 인접한 지역. 중심 도시는 곤명(昆明)이다. 이곳은 진나라 시황 때부터 일부 지역이 중국에 편입되기 시작했고, 삼국시대 촉한의 제갈량이 이곳을 정벌하기도 했다. 역대로 이 지역의 소수민족들은 자신들의 왕조를 가진 채 독립적인 정권을 유지했는데, 1253년 원나라 쿠빌라이가 군대를 파견하여 그곳의 대리국(大理國)을 멸망시켜 행정적으로 중국의 통제를 받게 되었다.
6) 연양(兗揚): 연주(兗州)와 양주(揚州). 연주는 산동성 남서부에 위치한 도시. 양주는 강소성(江蘇省) 중부, 양자강 하류 북쪽에 위치한 도시.
7) 남경(南京): 중국 강소성의 성도(省都). 오(吳)·송(宋)·양(梁)나라의 도읍지였다. 강소성 남서부에 위치해 있으며, 양자강 하류의 도하지(渡河地) 구실을 담당해온 항구로, 수륙 교통의 중심지가 되어왔다. 주위가 구릉으로 둘러싸여 천연의 요충지를 이룬다.

日大獵이러면 三路蠻兵을 豈可坐退리잇고? 今蠻王哪吒이 退兵ᄒᆞ야 據 黑風山ᄒᆞ니 其衆이 不知幾萬이라. 持毒矢怪機ᄒᆞ고 臨戰則能呼風雲ᄒᆞ야 黑沙ㅣ 從黑風山而下ᄒᆞ야 難辨咫尺ᄒᆞ고 軍士ㅣ 不能開眼ᄒᆞ야 荊益兩州 土兵이 三戰連敗ᄒᆞ니 莫可奈何ㅣ라 方守要害處ᄒᆞ고 以待大軍이니이 다.”

元帥ㅣ 曰

“黑風山이 自此幾里오?”

對曰

“三百餘里니이다.”

元帥ㅣ 曰

“其地初入路ㅣ 何處오?”

對曰

“九眞接界요 南蠻初入路ㅣ니이다.”

元帥ㅣ 曰

“兵難遙度[8]이니 行軍을 不可遲滯라.”

ᄒᆞ고 使雷天風으로 率益州土兵五千騎ᄒᆞ야 爲前部先鋒ᄒᆞ고 蘇裕卿으 로 爲中軍司馬ᄒᆞ고 董超·馬達로 爲後軍ᄒᆞ야 向黑風山而進發ᄒᆞᆯ 시 第三 日에 陣於山下十里許ᄒᆞ고 元帥ㅣ 呼蘇司馬曰

“先見黑風山地形後에 擒獲哪吒矣리라.”

是夜三更에 元帥ㅣ 與蘇司馬及董超·馬達로 持短兵ᄒᆞ고 使數個土兵으 로 作鄕導ᄒᆞ야 臨黑風山而見之ᄒᆞ니 不過一座土山이라. 土石이 皆黑如 灰ᄒᆞ고 四面十里에 無一束草어ᄂᆞᆯ 元帥ㅣ 細察其地形與土色ᄒᆞ고 更登山 上ᄒᆞ야 俯視蠻陣ᄒᆞ니 黑風山東南百餘步外에 無數蠻兵이 或百餘名或數 百名이 屯聚無伍ᄒᆞ야 前後左右에 以兵器로 重疊防備어ᄂᆞᆯ 元帥ㅣ 望見

---

8) 병난요탁(兵難遙度): 군대의 일은 멀리서 미루어 헤아리기 어려움.

ᄒ고 有驚色ᄒ야 顧蘇司馬曰

"將軍은 知彼陣勢乎아?"

蘇司馬ㅣ曰

"小將이 雖讀若干兵書ㅣ나 不聞此等陣法이로소이다."

元帥ㅣ歎曰

"哪咤이 雖蠻中人物이나 眞英傑之才ㅣ로다. 此陣名은 曰天槍陣이니 天有天槍星ᄒ야 世界泰平則隱光於北方ᄒ야 守玄武方ᄒ고 兵革이 擾亂則侵犯中原ᄒ야 爲積尸星ᄒᄂ니 今哪咤之陣法이 應於此也ㅣ라 若不知而犯則必大敗라. 然이ᄂ 天槍星은 掌殺伐之星이라 大忌生旺方ᄒᄂ니 今哪咤之陣頭를 置於生旺方ᄒ니 必見其敗也ㅣ리라."

ᄒ고 卽歸退軍ᄒ야 移陣於三十里外ᄒ야 命三軍休息ᄒ라 ᄒ고 元帥ㅣ每夜에 仰觀天象이러니 第四日에 更移陣於黑風山百餘步外ᄒ고 下令軍中曰

"今日午時에 接戰ᄒ야 未時에 破敵陣矣리니 董超ᄂ 率五千騎ᄒ야 埋伏於黑風山東南百步外ᄒ고 馬達은 率五千騎ᄒ야 埋伏於黑風山西南數百步外ᄒ야 絶哪咤之歸路ᄒ라."

兩將이 應命退出ᄒ야 率兵而去ᄒ니라. 俄而哪咤이 移陣於黑風山之南而挑戰이어늘 元帥ㅣ以紅袍金甲으로 出坐陣前ᄒ야 使軍大呼曰

"大明國元帥ㅣ有話ᄒ니 蠻王은 暫出陣前ᄒ라."

哪咤이 卽出陣前ᄒ야 施禮어늘 元帥ㅣ望見ᄒ니 身長이 九尺이오 腰大十圍요 深目高鼻와 圓顔紫髯에 氣像이 英勇ᄒᆫ데 右手로 仗長劍ᄒ고 左手로 揮手旗ᄒ고 以豺狼之聲으로 大呼曰

"大明은 與我國으로 兄弟之國이라. 今以介胄之禮로 相對ᄒ니 豈非不幸也ㅣ리오?"

元帥ㅣ叱曰

"汝守南方ᄒ야 中國之優禮ㅣ不少ᄒ니 蠻王之富貴已足이어늘 無端而

擾亂邊方ᄒ야 自就斧鉞ᄒ니 吾奉皇命ᄒ야 率百萬大軍ᄒ고 欲取汝首而來ᄒ니 汝ㅣ 若早降則赦大罪ᄒ고 奏達皇上ᄒ야 蠻王富貴를 依舊享之어니와 若不然則南蠻王之首를 懸於北闕ᄒ야 號令四夷八蠻矣리라."

哪咤이 大笑曰

"吾ㅣ 聞天下ᄂᆞᆫ 共公之物이라 修德則王이오 失德則亡ᄒᄂᆞ니 吾ㅣ 欲圖中原ᄒ야 五十年來로 休養精兵이러니 今天之曆數ㅣ 在於寡人ᄒ니 滅大明ᄒ고 統一六合이 在此一擧ㅣ라 時不可失이니 元帥ᄂᆞᆫ 早速退兵ᄒ야 勿逆天命ᄒ고 以免魚肉ᄒ라."

楊元帥ㅣ 大怒ᄒ야 顧左右曰

"誰能出戰고?"

先鋒將軍雷天風이 舞斧而出ᄒ니 原來雷天風이 善使一個霹靂斧ᄒ야 有萬夫不當之勇이러라. 欲與哪咤挑戰ᄒ니 自陣中으로 一個蠻將이 躍出迎戰이어ᄂᆞᆯ 不過三合에 天風이 手起斧落에 斫蠻將ᄒ야 墜於馬下러니 忽又自蠻陣中으로 鼓聲이 鼕鼕ᄒ더니 兩個蠻將이 一時幷出이어ᄂᆞᆯ 明陣中蘇司馬ㅣ 亦馳出陣前ᄒ니 原來蘇司馬ᄂᆞᆫ 善使一口方天戟[9]ᄒ야 用戟之法이 絶倫이러라. 此時四將이 交戰十餘合에 未決勝負ㅣ라 哪咤이 大怒ᄒ야 左手로 一揮手旗ᄒ니 忽然一陣狂風이 起於陣中ᄒ야 捲起黑風山之沙ᄒ야 黑塵이 飛入明陣中ᄒ니 不辨咫尺ᄒ야 軍士ㅣ 不能開眼이어ᄂᆞᆯ 元帥ㅣ 鳴金收軍ᄒ고 揷膯蛇旗[10]於陣前ᄒ고 變陣勢ᄒ야 更作武曲星之八卦陣ᄒ고 閉巽方門ᄒ니 陣中이 晏然ᄒ야 風塵이 不敢侵이러라. 元帥

---

9) 방천극(方天戟): 봉 끝에 강철로 된 창 같은 뾰족한 날과, 그 옆에 초승달 모양의 '월아(月牙)'라는 날을 부착한 병기. 월아 두 개가 손잡이를 중심으로 좌우대칭 형태로 부착되어 있는 것을 방천극이라 하며, 월아가 한쪽에만 부착되어 있는 것을 청룡극(靑龍戟)이라 한다. 끝부분의 뾰족한 날은 창처럼 뚫거나 찌르는 데 사용하며, 월아는 내리찍거나 베기 위하여 사용한다.
10) 등사기(膯蛇旗): 대오방기(大五方旗)의 하나. 진영(陣營) 중앙에 세워 중군(中軍)을 지휘하는 데 쓰는 깃발로, 가장자리와 기각(旗脚)은 붉은빛이며, 누런 바탕에 등사와 운무를 그린 것이다. 등사는 용 비슷한 신사(神蛇)로, 운무를 일으켜 몸을 감추어 난다고 한다.

丨 呼軍吏ᄒ야 問軍中之漏ᄒ니 方報午時어ᄂ | 元帥 丨 更開陣門ᄒ고 呼弓弩手[11]ᄒ야 箭端에 各繫火繩而點火 | 라가 西北風이 起어던 向黑風山ᄒ야 一齊發射ᄒ라 ᄒ니 數百名弓弩手 | 聽令ᄒ고 挽弓而待러니 果然 午末未初에 西北風이 大作ᄒ야 折木拔屋ᄒ고 揚沙飛石ᄒ니 黑風山之沙 | 返向蠻陣中이라 明陣中數百名弓弩手 | 一時發火箭ᄒᆯ 시 半空流矢가 隨風星流ᄒ야 亂落黑風山ᄒ니 黑塵이 延燒ᄒ야 一座黑風山이 變作火山ᄒ고 風前飛塵이 猛如火葉ᄒ야 襲來蠻陣이라. 哪咤이 急回風車ᄒ야 作東南風ᄒ되 人造風力이 豈能敵造化 | 리오? 哪咤이 不得已破碎風車ᄒ고 以匹馬單騎로 望東南而走 | 러니 忽有一枝軍馬 | 遮路ᄒ고 一員大將이 揮鎗大呼曰

"大明左翼將董超 | 在此ᄒ니 蠻王은 休走ᄒ라."

哪咤이 不敢戀戰ᄒ고 撥馬而走西南이러니 又有一枝軍馬가 遮路ᄒ고 一員大將이 舞月刀而大喝曰

"大明右翼將馬達이 在此ᄒ니 鼠賊은 休走ᄒ라."

哪咤이 大怒回馬ᄒ야 交戰數十合이러니 背後에 喊聲이 大作ᄒ고 楊元帥 | 驅大軍而厮殺ᄒ니 哪咤이 撥馬ᄒ야 向正南而走어ᄂ | 元帥 | 不追ᄒ고 移大軍ᄒ야 進黑風山正南五十餘里ᄒ야 下寨經夜ᄒ니 蘇司馬 | 告元帥曰

"元帥之用兵은 諸葛武侯之所不能及이로소이다. 今此黑風山之戰에 小將之疑 | 有二ᄒ니 未時之西北風을 何以預知也 | 며 黑風山之土 | 化爲火葉은 何故也잇고?"

元帥 | 笑曰

"爲將者 | 不能上通天文ᄒ고 下達地理則何以爲將이리오? 吾觀黑風

---

11) 궁노수(弓弩手): 활과 쇠뇌를 쏘는 군사. 쇠뇌는 쇠로 된 발사 장치가 달린 활로, 화살 여러 개를 연달아 쏘게 되어 있다.

山ㅎ니 平原曠野에 無來龍하고 前後左右에 草木이 稀少ㅎ니 此ᄂᆞᆫ 非凡
之山이라. 南方火氣 ㅣ 聚於此處ㅎ고 觀其分野[12])則天火心星이 照臨ㅎ고
觀其方位則三離火德이 正中ㅎ야 上下受火ㅎ니 焚其石灰其土면 可作
昆明池之劫火 ㅣ 라 若接火則豈不蔓延이리오? 吾又昨夜에 暫觀天象ㅎ니
箕星이 近月ㅎ고 黑雲이 凝於北斗杓星ㅎ니 箕星은 掌風ㅎ고 其位 ㅣ 在
於南方午位ㅎ니 此ᄂᆞᆫ 午後風起之兆요 黑雲이 掩杓星ㅎ니 此ᄂᆞᆫ 起西北
風之兆 ㅣ 라. 然이ᄂᆞ 天文地理를 未可專恃니 必合人事而察之라야 乃可完
全無缺이라. 吾見哪咤之陣에 太歲 ㅣ 犯喪門ㅎ야 黑氣 ㅣ 滿陣ㅎ니 知其
敗也로라."

左右諸將이 莫不歎服이러라. 董超·馬達이 問曰

"今夜哪咤이 必南走ㅎ리니 若送一將ㅎ야 埋伏於正南方이면 必擒哪咤
이어늘 何不及此 ㅣ 시니잇고?"

元帥 ㅣ 笑曰

"吾 ㅣ 欲服南蠻之心ㅎ노니 方今初戰이라 故縱哪咤ㅎ야 使盡其才로
라 將軍은 豈不聞諸葛武侯의 七縱七擒[13])之意乎아?"

諸將이 尤服其言이러라. 元帥 ㅣ 行軍而向南方ᄒᆞᆯ 시 探知哪咤之踪跡
ㅎ니 已入五鹿洞ㅎ야 更聚蠻兵이라. 原來哪咤之洞壑이 五處에 第一은
鐵木洞이니 哪咤이 處之ㅎ고 第二ᄂᆞᆫ 太乙洞이오 第三은 花果洞이오 第
四ᄂᆞᆫ 大鹿洞이오 第五ᄂᆞᆫ 五鹿洞이니 各有倉廩及軍兵機械ㅎ고 道路山川
이 眞天險之地러라. 元帥 ㅣ 問五鹿洞之路於土兵ㅎ니 土兵이 告曰

---

12) 분야(分野): 중국 전국시대에, 천문가가 천하를 하늘의 28수(宿)에 대응하여 나눈 것.
13) 칠종칠금(七縱七擒): 일곱 번 사로잡았다가 일곱 번 풀어줌. 『삼국지연의』에서 제갈량이
맹획(孟獲)을 사로잡은 고사에서 비롯되었다. 중국 삼국시대 촉한의 유비가 죽고 유선(劉禪)이
왕위에 올랐을 때 제갈량이 남만을 토벌하러 나섰다. 남만의 우두머리는 옹개(雍闓)였는데, 제
갈량이 내분을 일으키게 만들어 옹개를 죽게 하니 곧 맹획이 우두머리가 되었다. 제갈량은 노
강(瀘江) 깊숙이 들어가 맹획을 사로잡았으나, 맹획은 비겁한 방식으로 사로잡혔다고 승복하
지 않았다. 제갈량이 맹획을 일곱 번 사로잡았다가 일곱 번 풀어주자, 결국 맹획도 진심으로
승복하여 부하가 되기를 자청했다.

“五鹿洞이 自此百餘里니 道路ㅣ 甚險호고 所過에 有盤蛇谷이니이다.”

元帥ㅣ 使右翼將軍馬達로 率二千騎하야 先行而開路호라 호고 到一處에 山勢峻急호고 石角이 巉嵓호야 軍馬ㅣ 不能行이어눌 馬達이 伐木成橋호고 運石治道而去호니 於焉日暮라. 馬達이 駐軍於洞口平坦處호고 以待大軍이러니 元帥ㅣ 來視之호고 曰

“此處ㅣ 險狹호야 不能駐大軍矣리니 帶黃昏月色호야 又進數里호라.”

言未畢에 一陣狂風이 忽起호고 吶喊之聲이 隨風擾亂이라. 元帥ㅣ 大驚駐軍호고 登山遙望호되 無何等動靜이어눌 問土兵曰

“此處地名이 何也오?”

對曰

“盤蛇谷이니이다.”

元帥ㅣ 率大軍而下十餘里平地호야 下經夜홀 시 夜將半에 狂風이 又作호고 喊聲이 擾亂이어눌 元帥ㅣ 甚怪호야 呼董超·馬達兩將하야 遠往斥候而來호라 호니 又無動靜이라. 元帥戒嚴軍中호고 坐於帳中호야 倚案而看兵書러니 忽然軍中이 擾亂에 連有痛聲이어눌 元帥ㅣ 大驚호야 巡行軍中호고 視察軍情호니 一軍이 皆抱持頭額호고 痛聲이 沸騰이라. 元帥ㅣ 沉吟良久에 呼土兵而問曰

“此處에 或有昔日戰場乎아?”

土兵이 對曰

“小的ㅣ 此處에 來往이 稀少호야 但知盤蛇谷이오 不聞有古戰場之與否ㅣ로소이다.”

元帥ㅣ 沉吟曰

“寂寞空山에 喊聲이 忽起호고 無病軍卒이 一時罹病호니 此必有曲折이로다. 古之聖人이 雖不言怪力亂神[14]이ᄂ 或山中에 有鬼魅作亂이로라.”

言未畢에 喊聲이 又作호니 雷天風이 大怒호야 擧霹靂斧而出曰
"小將이 當尋喊聲起處호야 探知其故而來호리이다."

言畢에 奮然擧斧而隨其聲호야 到一處호니 山高谷深호고 樹木이 參天
혼데 鬼哭聲이 啾啾어눌 天風이 停步호고 察其聲起處호니 樹間岩隙에
不知定處호고 怪風陰氣가 迸來襲人이어눌 天風이 尤怒揮斧호야 伐木斫
石호야 以成赭山而歸러니 有頃에 狂風이 大作호고 軍中痛聲이 益甚이
라. 元帥ㅣ 甚憂호야 便服으로 出轅門而徘徊月下호야 以思計策이러니
忽又狂風喊聲이 稍息호고 何來泠泠琴聲이 遙聞이어눌 元帥ㅣ 異之호야
尋其琴聲而行百餘步호니 數間古廟가 在於山下어눌 至廟前호니 靑蘿눈
絡於頹墻호고 野鶴은 巢於古木호니 可知其年久神廟ㅣ러라. 開門視之호
니 一位塑像이 坐於榻上혼데 三分天下의 無窮之憂가 溢於眉宇호고 萬
古雲霄의 淸高之氣ㅣ 顯於直面호니 不問可知爲臥龍先生이라. 元帥ㅣ 大
喜進前호야 恭敬再拜호고 暗祝曰

'後學楊昌曲이 奉皇命而到此處호오니 昔日先生의 五月渡瀘之地라. 昌
曲이 素無先生之才德호고 但有先生之職責이라 受命以來로 夙夜憂懼호
야 不知其所以圖報로소니 若非先生之神助則恐神州[15]陸沈[16]호야 有被
髮左衽之恥일싸 호느이다. 伏念先生이 爲漢室호사 鞠躬盡瘁호야 未成
功業호시니 精靈이 必不泯滅이라. 我大明이 繼漢唐호야 堂堂正統이 傳
來數百年이라가 今日之危ㅣ 便同一髮[17]이오니 先生이 若有精靈則爲漢
室之忠誠으로 以助大明호사 尊中國斥夷狄호시면 義理ㅣ 無異於平日일

14) 괴력난신(怪力亂神): 괴이와 폭력과 난동과 귀신. 『논어』「술이述而」에 "공자께서는 괴력
난신에 대해서는 말씀하지 않았다(子不語怪力亂神)" 했다.
15) 신주(神州): 중국을 가리킴. 중국 전국시대에 추연(騶衍)이라는 학자가 중국을 '적현신주
(赤縣神州)'라고 칭한 데서 비롯되었다.
16) 육침(陸沈): 나라가 적에게 망함.
17) 일발(一髮): 위기일발. 머리털 하나로 천균(千鈞)이나 되는 물건을 끌어당긴다는 뜻으로,
당장에라도 끊어질 듯한 위험한 순간을 비유해 이르는 말이다.

쎄 ᄒᆞᄂ이다. 今大軍이 遠來ᄒᆞ야 無端罹病ᄒᆞ고 寂寞空山에 喊聲이 大起
호ᄃᆡ 昌曲이 昏暗ᄒᆞ야 不知其所由ᄒᆞ오니 伏願先生은 指揮神兵ᄒᆞ사 以
退惡風怪病ᄒᆞ야 使成大功케 ᄒᆞ소셔.'

　　元帥ㅣ 祝畢에 更視榻上則有筮龜어ᄂᆞᆯ 抽得一卦ᄒᆞ니 大吉이라 元帥ㅣ
大喜ᄒᆞ야 再拜而出廟門ᄒᆞ니 空中에 一聲霹靂이 忽起터니 狂風喊聲이
斂退無聞이러라. 元帥ㅣ 還軍中ᄒᆞ야 問夜漏ᄒᆞ니 已報五更三點이어ᄂᆞᆯ
暫因困惱ᄒᆞ야 倚案而坐ㅣ러니 一陣淸風이 捲起帳ᄒᆞ고 帳外에 有曳履聲
이어늘 元帥ㅣ 驚視之ᄒᆞ니 不知케라 其誰也오? 且看下回ᄒᆞ라.

失洞壑哪咤請兵 薦道士雲龍還山
第十二回

　　却說. 楊元帥ㅣ 聞帳外曳履聲而驚視之ᄒᆞ니 一位先生이 綸巾[1]鶴氅으로 手執白羽扇[2]ᄒᆞ고 淸秀眉目과 幽雅風采ᄂᆞᆫ 不問可知爲臥龍先生이라. 元帥ㅣ 慌忙起身ᄒᆞ야 禮畢坐定에 元帥ㅣ 恭問曰

　　"小子ᄂᆞᆫ 後生이라 先生尊號를 平生景仰이오나 幽明이 懸殊ᄒᆞ고 古今이 不同ᄒᆞ와 不敢望拜謁이러니 今日精靈이 何以下降於蠻貊之邦乎잇가?"

　　先生이 笑曰

　　"此ᄂᆞᆫ 老夫ㅣ 南征ᄒᆞ야 破蠻兵之處也ㅣ라. 南方之人이 思老夫ᄒᆞ야 一間茅屋에 不絶香火ᄒᆞ니 悠悠魂靈이 往來無定이러니 適聞元帥之軍이 困於此處ᄒᆞ고 誠欲一慰而來로라."

---

1) 윤건(綸巾): 비단실로 짠 두건. 은자가 쓰는 두건인데, 중국 삼국시대 촉한의 제갈량은 등용된 뒤에도 계속 썼다고 한다.
2) 백우선(白羽扇): 백조의 깃으로 만든 부채. 중국 삼국시대 촉한의 승상 제갈량은 진중(陣中)에서 항상 소여(素輿)를 타고 윤건을 쓰고 백우선을 손에 들고 삼군을 지휘했다.

元帥 ᅵ 跪問曰

"無主空山에 喊聲이 大作흐고 一夜之間에 三軍이 無故得病흐니 是何 故也잇고?"

孔明이 笑曰

"老夫 ᅵ 曾殺藤甲軍數萬名於此處홈으로 每當天陰雨濕之時則眙惱過 去之行人이러니 今又妄犯大軍故로 老夫 ᅵ 今已禁制느 然이느 元帥 ᅵ 以數頭牛羊으로 饋其久飢寃魂이면 此是寢息之方이니라."

元帥 ᅵ 又告曰

"蠻王哪咤이 今據五鹿洞이어ᄂᆞᆯ 無擊破之策호오니 伏願先生은 明敎之 호소셔."

孔明이 笑曰

"以元帥之略으로 何患小賊이리오마ᄂᆞᆫ 先擊獼猴洞이 可也라ᅵ."

호고 說罷에 飄然而去어ᄂᆞᆯ 元帥 ᅵ 驚覺흐니 乃是帳中一夢이라. 已而 오 轅門鼓角이 報曉호고 東方이 漸白이러라. 元帥 ᅵ 卽披帳而問軍情호 니 病勢頓減호고 狂風이 寢息하야 軍中이 晏然이어ᄂᆞᆯ 元帥 ᅵ 大喜하야 此夜에 卽送董馬兩將하야 築壇於盤蛇谷口호고 祭戰亡藤甲軍홀 시 祭文 에 曰

"某年某月某日에 大明國都元帥ᄂᆞᆫ 遣右翼將軍馬達하야 招戰亡藤甲軍 之魂而告曰

嗟呼ᅵ라! 時運이 不幸호고 天下ᅵ 擾亂하야 兵革이 起於四方호고 生靈이 陷於塗炭흐니 汝等이 雖萬里絶域蠻貊之人이느 亦以一天之下의 赤子蒼生으로 去耒耟而執槍戟하며 離妻子而參行伍호니 急火에 骨肉이 灰燼호고 精靈이 屯聚하야 無主孤魂을 無人招之라 寒食[3]麥飯을 有誰祭 之리오? 然이느 死生이 有命호고 成敗ᅵ 在天이어ᄂᆞᆯ 無故而起惡風作恠 疾하야 以困行人흐니 吾雖屑劣이느 奉承皇命하야 百萬大軍이 如熊如羆 호고 如貅如豹흐니 一下號令則以雷斧電槍으로 顚覆山川하야 使遺魂殘

魄으로 無所依托이로딕 其生也에 不被王化ᄒᆞ고 其死也에 結爲寃魂ᄒᆞ야
其飢餒而無依托이 亦甚惻然故로 數石淸酒와 數十頭牛羊으로 以饋飢魂
ᄒᆞ노니 更若作亂則自有軍律ᄒᆞ야 無死生之異ᄒᆞ리라.”

此時董馬兩將이 讀畢祭文ᄒᆞ고 埋酒牲於壇下ᄒᆞ니 慘淡之雲은 消於洞
中ᄒᆞ고 陰濕之風은 散於谷口러니 林下岸上에 焦頭爛額之無數鬼卒이 叩
頭百拜ᄒᆞ고 隱隱歸去러라. 平明에 元帥ㅣ 行軍ᄒᆞᆯ 시 淸風이 吹旗ᄒᆞ야
山中草木이 似助兵勢러라. 元帥ㅣ 擒南蠻斥候兵ᄒᆞ야 問哪咤之踪跡ᄒᆞᆫ딕
對曰

“大王이 方在五鹿洞이니이다.”

又問:

“獼猴洞은 自此幾里오?”

對曰

“南中에 素無獼猴洞이니이다.”

益州土兵이 在傍大責曰

“吾ㅣ 曾見賣桃蠻人이 來此而言曰 ‘獼猴洞之桃라’ᄒᆞ니 豈無獼猴洞이
리오?”

元帥ㅣ 大怒ᄒᆞ야 斬蠻兵於陣前ᄒᆞ고 更問于一兵曰

“吾ㅣ 旣知而故問ᄒᆞ니 若不直告則亦斬汝首矣리라.”

蠻兵이 大怯ᄒᆞ야 方直告曰

“吾王이 分軍二隊ᄒᆞ야 一隊ᄂᆞᆫ 吾王이 自領而埋伏於獼猴洞ᄒᆞ고 一隊
ᄂᆞᆫ 假稱吾王이 埋伏於五鹿洞이라가 若元帥大軍이 往擊五鹿洞假蠻王이
어던 獼猴洞眞蠻王이 以伏兵으로 襲其後ᄒᆞ야 其計가 欲內外挾攻이니이
다.”

---

3) 한식(寒食): 동지에서 105일째 되는 날로, 4월 5일이나 6일쯤 된다. 이날 나라에서는 종묘와
각 능원(陵園)에 제향(祭享)을, 민가에서는 조상 무덤에 제사를 지냈다.

元帥이 方知臥龍之教이 不虛ᄒ고 呼蘇司馬ᄒ야 付耳低言曰

"如此如此ᄒ라."

蘇司馬이 聽令ᄒ고 卽令大軍으로 分作四隊ᄒ야 各各指揮ᄒ니라.

且說. 獼猴洞은 蠻王之別業이니 在於五鹿洞之東이러라. 哪咤이 裝束蠻將鐵木塔ᄒ야 作一個蠻王而置於五鹿洞ᄒ고 哪咤은 自率精兵ᄒ고 埋伏於獼猴洞ᄒ야 以待元帥大軍의 來擊五鹿洞이러니 俄而오 鼓角喊聲이 掀天動地而來ᄒ야 楊元帥이 驅大軍而直擊五鹿洞이어ᄂᆞᆯ 鐵木塔이 具哪咤之旗號服色ᄒ고 開東門迎戰홀 시 哪咤이 見楊元帥與鐵木塔이 接戰ᄒ고 率伏兵ᄒ고 突出獼猴洞ᄒ야 欲襲元帥之後이러니 纔出東門에 自獼猴洞之西로 一個楊元帥이 率一枝軍ᄒ고 遮路厮殺ᄒ니 哪咤이 大驚ᄒ야 正在唐荒이러니 自獼猴洞之東으로 又有一個楊元帥이 率一枝軍ᄒ고 遮路厮殺ᄒ야 左右挾攻ᄒ야 圍住哪咤ᄒ니 鐵木塔이 見哪咤之危ᄒ고 棄五鹿洞而救哪咤홀 시 兩個蠻王과 三個楊元帥이 各其號令大軍ᄒ야 戰至半晌타가 哪咤이 計窮力盡ᄒ고 兩個楊元帥이 前後左右로 挾攻ᄒ니 蠻王이 心志이 恍惚ᄒ고 精神이 眩亂이라 豈能當明兵之乘勝이리오? 匹馬單騎로 欲披圍而入五鹿洞홀 시 向東便ᄒ니 東門이 已閉ᄒ고 門上에 又一個楊元帥이 號令曰

"哪咤아 汝誇蠻王之有二ᄂᆞᆫ딘ᆡᆫ 豈不知楊元帥之有四乎아? 吾이 旣取五鹿洞ᄒ니 速來納降ᄒ라."

言未畢에 楊元帥이 抽大羽箭而射ᄒ니 哪咤頭上之紅頂子이 墜地어ᄂᆞᆯ 哪咤이 魂不付體ᄒ야 回馬向南而走이러니 一員老將이 又遮路大罵曰

"大明破虜將軍雷天風이 待之已久ᄒ니 爾黑風山之餘魄이 今日終於老夫之斧端矣리라."

哪咤이 不答ᄒ고 相戰十餘合이라가 顧視之ᄒ니 鐵木塔이 亦敗走ᄒ고 其後에 塵土이 漲天ᄒ고 喊聲砲響이 震動天地ᄒ면셔 楊元帥大軍이 繼至어ᄂᆞᆯ 哪咤이 大驚ᄒ야 撥馬而走西南間ᄒ니 原來出自獼猴洞西之楊元

帥눈 馬達이오 出自獼猴洞東之楊元帥눈 董超요 攻五鹿洞之楊元帥눈 蘇
裕卿이오 坐於五鹿洞上之楊元帥눈 乃眞楊元帥ㅣ라. 此時哪咤이 行奇計
不成而反敗ᄒ야 單騎로 抽身入大鹿洞이어눌 元帥ㅣ 不窮追ᄒ고 收大軍
入五鹿洞ᄒ니 牛羊倉廩과 戰馬弓矢之所獲이 甚多ㅣ러라.

翌日元帥ㅣ 與蘇司馬로 登五鹿洞後主山而遙望ᄒ니 西南十餘里外에
有一座高山ᄒ데 山勢ㅣ 凶險ᄒ야 重疊巒峰은 罩以劫氣ᄒ며 森列樹木은
沉在黑煙ᄒ고 視其山前ᄒ니 野曠草細ᄒ야 不問可知爲蠻王之洞塹이러
라. 元帥ㅣ 顧蘇司馬曰

"蠻中山川이 如此凶險ᄒ니 何日에 平定而凱旋長安⁴⁾乎아?"

蘇司馬ㅣ 曰

"以元帥將略으로 不日討平矣ㅣ리이다."

元帥ㅣ 嘆曰

"北方은 純陰之方이라 一陽이 生故로 風俗이 愚直而少巧詐ᄒ고 南方
은 純陽之方이라 一陰이 生故로 風俗이 强悍而多巧詐ᄒ니 是故로 自古
爲將者ㅣ 成功於北方은 易호디 成功於南方은 難ᄒ니 吾ㅣ 今以白面書
生으로 擔此重任ᄒ야 報答忠孝가 唯在於此ᄒ니 一揮旗一擊鼓를 豈可輕
率이리오? 今見大鹿洞ᄒ니 眞所謂天險之地라 難以力破ㅣ니 今夜에 當
如此如此ᄒ라."

ᄒ고 歸于帳中ᄒ야 盡縛所虜蠻兵ᄒ야 跪於帳前ᄒ고 下令曰

"汝皆國民이라 爲哪咤所欺ᄒ야 誤犯死罪ᄒ니 若以誠心而降則赦大罪
而置於麾下ᄒ리라."

數十名蠻卒이 一時叩頭乞命이어눌 元帥ㅣ 大喜ᄒ야 解其縛ᄒ고 賜酒
肉而喩之曰

---

4) 장안(長安): 현재 중국 섬서성(陝西省)의 성도(省都). 한(漢)나라에서 당나라에 이르기까지 1
천여 년 동안 국도(國都)로 번영한 역사적 도시로, 명나라 초에 서안(西安)으로 개칭되어 현재
에 이르고 있다. 이 대목에서는 명나라 수도인 북경을 가리키는 뜻으로 사용되었다.

"汝輩已降ᄒᆞ니 盡是我軍이라. 吾入異域ᄒᆞ야 道路山川이 生疎ᄒᆞ니 汝等이 前導而指路ᄒᆞ라."

蠻兵이 應諾이어늘 元帥ㅣ 更令軍中曰

"哪咤이 旣失洞塹而遠走ᄒᆞ니 不足爲憂ㅣ라. 安息大軍於洞中이라가 三明日에 行軍ᄒᆞ라."

ᄒᆞ고 與諸將으로 飮酒圍碁ᄒᆞ야 不筋軍中ᄒᆞ니 諸將士卒이 偃旗弛弓ᄒᆞ고 解鞍放馬ᄒᆞ고 皆離隊伍ᄒᆞ야 或枕戈晝眠ᄒᆞ며 或登山放歌ᄒᆞ니 軍中이 解弛ᄒᆞ야 無防禦之擧어늘 蠻兵이 暗有亡命之計러니 明陣將卒이 或醉向蠻兵ᄒᆞ야 無故侮辱ᄒᆞ며 或拔劍欲打ᄒᆞ야 凌侮困迫ᄒᆞ니 蠻兵이 相議曰

"明元帥ㅣ 待我寬厚ㅣ나 諸將士卒이 如此困迫ᄒᆞ니 我等이 豈不乘時逃走也ㅣ리오?"

ᄒᆞ고 或踰嶺而逃ᄒᆞ며 或遵路而走ᄒᆞ니 未及半日ᄒᆞ야 蠻兵逃者ㅣ 已過半이어늘 元帥ㅣ 更擊鼓聚軍ᄒᆞ고 整齊兵器ᄒᆞ야 尤加備禦之策ᄒᆞ니라. 此時哪咤이 失五鹿洞而還大鹿洞ᄒᆞ야 與蠻將商議曰

"大明元帥ㅣ 將略이 不下於馬伏波·諸葛武侯ᄒᆞ니 五鹿洞을 何以回復고?"

ᄒᆞ고 論議紛紛이러니 忽有一個蠻兵이 自明陣으로 逃命而還ᄒᆞ야 明陣動靜을 一一告之ᄒᆞ니 諸蠻將이 爭言曰

"乘此時而襲之ㅣ 可也ㅣ라."

ᄒᆞᄃᆡ 哪咤이 半信半疑ᄒᆞ야 不能定計러니 已而오 又有逃還之兵ᄒᆞ야 所言이 如出一口ᄒᆞ고 繼其後ᄒᆞ야 五六名或十餘名이 絡繹不絶而還ᄒᆞ야 皆如前言ᄒᆞ니 哪咤이 終是疑訝ᄒᆞ야 詳問曰

"楊元帥ᄂᆞᆫ 做何事오?"

對曰

"飮酒圍碁ᄒᆞ야 不問軍中之事ᄒᆞ니 軍中이 散亂이러이다."

又問曰

"諸將은 做何事오?"

對曰

"老者는 晝寢ᄒᆞ고 少者는 酗酒ᄒᆞ고 病者는 臥床이러이다."

"軍士는 做何오?"

對曰

"有病者는 呻吟ᄒᆞ고 無病者는 拔劍相擊ᄒᆞ며 無一毫操束이러이다."

哪咤이 又問曰

"洞門은 何人이 守也오?"

對曰

"南門은 馬達이 守之ᄒᆞ고 北門은 董超ㅣ 守之ᄂᆞ 一一大醉ᄒᆞ야 不問洞門之出入이옵기로 小的等이 成群作黨ᄒᆞ야 狼藉而逃ᄒᆞ되 全無詰問者ㅣ러이다."

哪咤이 沉吟良久에 笑曰

"楊元帥는 非凡之將이라. 使軍中으로 必不如此解弛리니 豈非其計也ㅣ리오?"

鐵木塔이 曰

"小將이 當往五鹿洞ᄒᆞ야 暗察明陣而來ᄒᆞ리이다."

哪咤이 大喜ᄒᆞ야 送鐵木塔홀 시 匹馬單騎로 帶月而向五鹿洞ᄒᆞ니라. 此時楊元帥ㅣ 更飭軍中ᄒᆞ고 送諸將中伶俐者數人ᄒᆞ야 隱身於五鹿洞之口ㅣ라가 探報蠻將之來往ᄒᆞ라 ᄒᆞ더라. 鐵木塔이 至五鹿洞ᄒᆞ야 暗登山上而俯視軍中ᄒᆞ니 旗幟鎗劍이 行伍整齊ᄒᆞ야 無所錯亂ᄒᆞ고 燈燭이 輝煌ᄒᆞ며 更鼓之聲이 分明ᄒᆞ야 三軍이 不眠이어늘 心中에 大驚ᄒᆞ야 卽下山還陣ᄒᆞ야 詳告明陣防備之狀ᄒᆞ니 哪咤이 大怒ᄒᆞ야 拿入逃還兵而詰問ᄒᆞ되 蠻兵이 辨之曰

"明陣이 若有操束이면 小的等이 豈能逃亡也ㅣ리오?"

蠻將兒拔都ㅣ 曰

"小將이 更詳探而來ᄒ리라."

ᄒ고 又以單騎로 向五鹿洞ᄒ니라. 此時明陣斥候諸將이 告元帥曰

"方今蠻將鐵木塔이 以單騎로 窺視動靜而去ᄒ더이다."

元帥ㅣ 笑而招蘇司馬·雷天風·董超·馬達四將於帳中ᄒ야 暗約曰

"雷將軍·蘇司馬ᄂᆫ 各率五千騎ᄒ고 伏於大鹿洞南門外ㅣ라가 本陣中
喊聲이 起ᄒ면 蠻兵이 欲救哪咤ᄒ야 必空大鹿洞而出矣리니 乘時突入ᄒ
야 奪大鹿洞ᄒ라. 董馬兩將은 各率五千騎ᄒ고 自大鹿洞至五鹿洞之中路
에 左右埋伏則哪咤이 必向五鹿洞而來矣리니 出兵圍之ᄒ되 莫須强捉ᄒ
고 但加聲勢而圍住ᄒ야 以待大軍ᄒ라."

既分付四將送之ᄒ고 更下令軍中ᄒ야 偃旗卸甲ᄒ고 但以老卒數十名
으로 守東門ᄒ니라. 兒拔都ㅣ 至五鹿洞ᄒ야 窺視明陣ᄒ니 果無防備ᄒ
고 燈燭이 稀少ᄒ야 士卒이 如睡어늘 又視南門ᄒ니 兩個老卒이 亦坐睡
門前이러라. 兒拔都ㅣ 大喜ᄒ야 急還而見哪咤曰

"明陣에 果無防備ᄒ니 儘是異事ㅣ라."

혼디 哪咤이 心中大疑ᄒ야 見兩將之言이 各自不同ᄒ고 拔劍而抽身曰

"寡人이 親往視之後定計矣리라."

ᄒ고 率數個蠻卒而向五鹿洞ᄒ야 行五六十里라가 忽然心中大驚曰

'吾入明元帥之術中이로다. 鐵木塔·兒拔都ᄂᆫ 心腹之將이라 其言이 何
如是相左오? 明元帥ㅣ 誘我로다.'

ᄒ고 卽欲回馬러니 喊聲이 忽起에 一隊軍馬ㅣ 攔住去路ᄒ고 一員大
將이 大呼曰

"大明左翼將軍董超ㅣ 在此ᄒ니 蠻王은 休走ᄒ라."

言未畢에 喊聲이 又起ᄒ고 一隊軍馬ㅣ 突出ᄒ야 大呼曰

"大明右翼將軍馬達이 在此ᄒ니 哪咤은 休走ᄒ라."

兩將이 合力圍之ᄒ니 哪咤이 按劍ᄒ고 方欲披圍러니 元帥ㅣ 又驅大
軍ᄒ야 自五鹿洞而出ᄒ야 重重疊疊ᄒ야 圍如鐵桶ᄒ고 十萬大軍이 一齊

奮勇ᄒᆞ야 喊聲이 震動天地러라. 此時鐵木塔·兒拔都ㅣ 在於大鹿洞ᄒᆞ야 苦待蠻王之歸러니 忽聞五鹿洞에 喊聲이 大作ᄒᆞ고 斥候蠻兵이 又來急告曰

"大王이 被圍於明兵이라."

ᄒᆞ니 兒拔都·鐵木塔이 大驚ᄒᆞ야 使蠻兵數百으로 守洞中ᄒᆞ고 率大軍而出洞門ᄒᆞ야 欲向五鹿洞而救蠻王이러니 路逢馬達ᄒᆞ야 大戰五十餘合에 鐵木塔이 無心戀戰ᄒᆞ고 欲披明陣而救蠻王ᄒᆞ야 自爲衝突이어ᄂᆞᆯ 楊元帥ㅣ 開門假途ᄒᆞ니 哪吒ㅣ 匹馬單騎로 慌忙而出이라가 逢鐵木塔·兒拔都ᄒᆞ야 望大鹿洞而來ㅣ홀ᄉᆡ 至洞前ᄒᆞ니 一員老將이 手執霹靂斧ᄒᆞ고 坐於門樓而笑曰

"南來以後로 久未試斧러니 今日에 奪爾洞塹ᄒᆞ니 汝等이 能戰인ᄃᆡᆫ 可洗斧上之塵ᄒᆞ리라."

哪吒ㅣ 大怒ᄒᆞ야 號令蠻兵ᄒᆞ야 欲破洞門이러니 洞後에 喊聲이 又起ᄒᆞ고 楊元帥ㅣ 驅大軍而至어ᄂᆞᆯ 哪吒ㅣ 回軍交戰數合에 蘇司馬·雷天風이 開洞門ᄒᆞ고 內外挾攻ᄒᆞ니 哪吒ㅣ 自知難敵ᄒᆞ고 更走東南이러라. 此夜에 元帥ㅣ 又得大鹿洞ᄒᆞ고 入洞中ᄒᆞ야 大饋鎬軍卒홀ᄉᆡ 諸將이 告於元帥曰

"古之名將도 一月三捷이 甚難이라 ᄒᆞ거ᄂᆞᆯ 今元帥ᄂᆞᆫ 數日之間에 奪蠻王二個洞塹호ᄃᆡ 不勞大軍ᄒᆞ고 不失一將ᄒᆞ니 此ᄂᆞᆫ 千古名將之所無也ㅣ로소이다."

元帥ㅣ 笑曰

"公等이 但見其易ᄒᆞ고 不思其難이로다. 見今哪吒ㅣ 已棄兩處洞塹ᄒᆞ고 不以死戰ᄒᆞ니 必有所恃ㅣ라 當加操心이니 豈可易也ㅣ리오?"

ᄒᆞ더라. 哪吒ㅣ 又失大鹿洞ᄒᆞ고 入第三洞ᄒᆞ니 此則所謂花果洞이라. 四面絶壁이 環圍ᄒᆞ고 洞中에 樹木이 茂盛ᄒᆞ야 洞門을 一閉면 雖十萬大軍이라도 莫可能破러라. 哪吒ㅣ 招諸將商議曰

"明元帥之雄才大略은 不可當이라. 吾有一計ᄒ니 堅閉洞門ᄒ고 以斷明兵運糧之路則不過數十日에 可以還取大鹿洞ᄒ리라."

諸將이 稱善ᄒ고 一入洞門에 堅閉不出ᄒ더라.

此時楊元帥ㅣ 見哪咤之不出ᄒ고 大驚曰

"此必有計라 最所難處ㅣ니 往見花果洞地形이라야 可以定計라."

ᄒ고 翌日에 元帥ㅣ 率大軍而至花果洞前ᄒ야 挑戰ᄒ니 哪咤이 果然不出ᄒ고 堅閉南北門이어놀 元帥ㅣ 詐爲號令軍士ᄒ야 築木石而欲登南門之岸ᄒ니 哪咤이 投下矢石而防備어놀 元帥ㅣ 更擊鼓而環繞花果洞之四面ᄒ야 以作攻擊之狀이라가 詳探地形ᄒ고 日暮而還ᄒ야 使董馬兩將으로 率數千騎ᄒ고 連日詐作攻擊之狀호ᄃ 哪咤이 益加堅守而不出이러라. 第五日에 元帥ㅣ 招蘇司馬於帳中ᄒ야 付耳而謂曰

"以駱駝五十匹과 老弱殘兵五百名으로 付與將軍ᄒ노니 如此如此ᄒ라."

又招董馬兩將ᄒ야 各授三千騎ᄒ야 謂曰

"如此如此ᄒ라."

ᄒ니 三將이 聽令ᄒ고 領兵而出ᄒ니라. 此時哪咤이 見楊元帥之歸ᄒ고 大喜曰

"不出十日ᄒ야 百萬明兵이 未免大鹿洞之餓鬼矣리라."

ᄒ고 縱蠻兵數十名ᄒ야 探知明兵之動靜ᄒᄃ

"若有運糧之幾微어던 卽爲馳告ᄒ라."

一日은 夜深後蠻兵이 急報호ᄃ

"明陣運糧之車ㅣ 乘夜ᄒ야 絡繹而來ᄒ더이다."

哪咤이 登山望見ᄒ니 十里之外에 點點之火ㅣ 三三五五로 作隊而來어늘 急呼蠻將二人ᄒ야 分付曰

"兩將은 各率一千騎ᄒ고 劫奪明兵運糧之車호ᄃ 明兵이 衆多ᄒ고 有可疑之事어던 勿爲妄作ᄒ고 卽爲還來ᄒ라."

兩將이 應命ᄒ고 各自分路而去ᄒᆯ 시 月色이 不明ᄒᆫ데 明兵數百名이
驅數十輛車而來ᄒ되 人皆啣枚ᄒ고 燈火를 漸滅ᄒ면셔 有一員將이 隨後
催進이어늘 蠻將이 自思ᄒ되

"乘夜啣枚ᄒ니 必畏我之劫奪이오 手無機械ᄒ니 抵敵不難이라."

ᄒ고 一時突出遮路ᄒ니 明兵이 大驚ᄒ야 棄車而走어늘 明將이 拔劍
ᄒ야 號令走者ᄒ고 與蠻將接戰ᄒ야 纔至數合에 蠻兵이 已驅糧車ᄒ야
至花果洞이라. 哪咤이 大喜ᄒ야 開洞門ᄒ고 解輻重視之ᄒ니 無非精實
之穀이라 相賀不已러니 數個蠻兵이 報曰

"明兵運糧之車數十乘이 又到라."

ᄒ야놀 哪咤이 大喜ᄒ야 更使蠻將二人으로 率一千騎ᄒ고 奪取以來
ᄒ라 ᄒ니 蠻將이 應命ᄒ고 急追視之ᄒ디 老弱殘兵이 驅數十匹駱駝與
數十乘車而來ᄒ면셔 胥發怨語曰

"前來之車ᄂ 何處去며 黑夜無燭ᄒ니 大鹿洞이 在於何處오?"

ᄒ거놀 蠻將二人이 一時突出拒路ᄒ니 其兵이 大驚ᄒ야 棄車而走어
놀 蠻將이 使一千蠻卒로 取數十乘車ᄒ야 疾如風雨而來러니 不過數里에
喊聲이 起於空中ᄒ더니 兩個蠻將이 落於馬下ᄒ니 左便의 馬達과 右便
에 董超ㅣ 率大軍啣枚ᄒ고 圍住蠻兵ᄒ고 兩將이 大聲號令曰

"降者ᄂ 不殺ᄒ고 逃者ᄂ 斬ᄒ리라."

蠻兵이 無可奈何ᄒ야 一時納降이어늘 董馬兩將이 不問如何ᄒ고 縛蠻
兵而脫其衣ᄒ야 被明兵ᄒ고 依舊驅車而至花果洞ᄒ니 此時哪咤이 送兩
將而待其回還이러니 見蠻兵이 驅車數十乘而來ᄒ고 喜不自勝ᄒ야 開洞
門納之ᄒ니 車纔入門에 後面에 忽有大呼曰

"哪咤아! 大明元帥ㅣ 送一車之火ᄒ니 獻汝頭而回謝ᄒ라."

言未畢에 火超數十車ᄒ야 疾如流星에 已及洞門ᄒ야 烟焰이 漲天이
라. 哪咤이 大驚ᄒ야 倉卒無備ᄒ고 董馬兩將이 已入洞中ᄒ야 東衝西突
ᄒ니 頃刻之間에 火延樹木ᄒ야 花果一洞이 盡入火焰之中이러라. 哪咤

이 見此勢頭ᄒ고 拔劍上馬ᄒ야 方欲接戰이러니 洞外에 喊聲이 大作터니 一員大將이 揮斧大呼曰

"元帥大軍이 已臨洞門ᄒ니 哪咤은 速來納降ᄒ라."

ᄒ고 突入洞中ᄒ야 與董馬諸將으로 合力ᄒ야 聲東而擊西ᄒ며 聲南而擊北ᄒ니 砲響喊聲이 掀天動地ᄒ고 火光煙焰은 彌滿洞中이라. 哪咤이 自知不救ᄒ고 以單騎로 抽身而走ᄒ야 出洞門이어놀 楊元帥大軍이 欄住去路ᄒ니 哪咤이 勢甚急矣라 馬上에 大呼曰

"寡人은 聞之ᄒ니 大虫[5]은 不食伏肉이라 ᄒ니 願元帥는 借一路ᄒ야 明日에 更決雌雄이 如何오?"

蘇司馬ㅣ 大罵曰

"汝ㅣ 計窮力盡이어놀 尙不納降ᄒ고 更爲何言고?"

哪咤曰

"今日은 陷於跪計어니와 請明日에 以正道로 更爲一戰ᄒ노라."

元帥ㅣ 微笑ᄒ고 揮旗開門ᄒ니 哪咤이 撥馬而走ᄒ니라. 元帥ㅣ 又取花果洞ᄒ고 見地形曰

"此는 非大軍久留之處ㅣ라."

ᄒ고 移陣於花果洞數百步外背山臨水之處ᄒ니 蘇司馬ㅣ 問曰

"元帥何以知哪咤之劫奪糧車니잇고?"

元帥曰

"哪咤이 不出洞中은 待我軍糧之乏이라 若見運糧이면 豈不來劫也리오? 此所謂將計就計라. 然이ᄂ 哪咤이 旣失三處洞壑ᄒ니 此所謂窮寇ㅣ라. 吾所念慮者는 彼必盡其力而一戰矣ㅣ리니 照檢機械ᄒ고 犒饋軍士ᄒ야 以待之ᄒ리라."

---

5) 대충(大虫): 호랑이. 옛사람들은 '충(虫)'을 모든 동물을 가리키는 용어로 널리 사용했으니, 호랑이는 모충(毛虫)류에 속하는 것이다.

ᄒ더라.

且說. 哪咤이 又失花果洞ᄒ고 入第二洞ᄒ니 此謂太乙洞이라. 五大洞
之中에 最大者ㅣ 太乙洞이나 山川이 媚斌ᄒ고 地形이 廣濶ᄒ야 非守城
之處ㅣ라. 哪咤이 對諸將而歎曰

"吾之南方五大洞은 世世相傳ᄒ야 固守舊基러니 至於寡人而見失ᄒ니
豈可束手無策ᄒ야 坐而待死리오? 明當調發大軍ᄒ야 以死一戰ᄒ야 以
決勝負ᄒ리라."

言未畢에 帳下一個蠻將이 大聲曰

"大明元帥ᄂᆫ 天神이 下降이라 非可以人力相爭이니 願大王은 以詭計
詐降이라가 徐俟其隙ᄒ야 內應外合이 似妙ㅣ니이다."

哪咤이 聞言大怒曰

"大丈夫ㅣ 時運이 不幸이면 寧一死ᄒ야 以作快活之魂이언뎡 豈可效
兒女子之姦計리오? 若有更言降者ㅣ면 斬ᄒ리라."

ᄒ고 洞中蠻兵을 一時調發ᄒ야 翌日에 出陣於太乙洞前ᄒ니 楊元帥ㅣ
亦來挑戰이라. 哪咤이 出陣前曰

"寡人이 屢敗於詭計ᄒ니 今日則欲親與明元帥接戰ᄒ야 以決雌雄ᄒ노
니 元帥ᄂᆫ 出來ᄒ라."

ᄒ거ᄂᆯ 雷天風이 大叱曰

"吾元帥ㅣ 奉皇命ᄒ사 有三軍司命之體重ᄒ시니 豈可與么麽蠻王으로
抗衡爭鋒이리오? 老夫ㅣ 雖有病이ᄂ 一試此斧ᄒ야 斷汝無禮之啄ᄒ리
라."

言畢에 舞霹靂斧而欲取哪咤ᄒ니 哪咤이 大怒而顧左右ᄒ되 左便鐵木
塔右便兒拔都ㅣ 一時出敵雷天風홀 시 明陣中董馬兩將이 亦出ᄒ야 五將
이 混戰數合에 哪咤이 望見이라가 倒赤鬚瞋碧眼ᄒ고 大聲如雷而馳馬ᄒ
니 其勢甚猛이어ᄂᆯ 元帥ㅣ 顧蘇司馬曰

"哪咤이 如彼凶獰ᄒ니 不可易擒이라."

ᄒ고 卽變陣勢ᄒ야 作奇正[6]八門陣ᄒ고 鳴金收大軍ᄒ니 哪咤이 大笑
曰

"汝等이 若非詭術이면 何敢當寡人이리오? 吾已知中國之多㤼ᄒ니 諸
將은 莫說ᄒ라. 楊元帥ㅣ 親自出戰이라도 無懼也ㅣ라."

ᄒ고 徐徐還其本陣ᄒ니 元帥ㅣ 招蘇司馬·雷天風·董馬兩將ᄒ야 暗約
曰

"如此如此ᄒ라."

四將이 聽令而退ᄒ야 雷天風이 更擧霹靂斧ᄒ고 出陣大呼曰

"愚蠢夷狄이 但恃愚惡ᄒ고 蔑視老夫之衰弱ᄒ야 敢爲唐突ᄒ니 哪咤은
更出一戰ᄒ라."

ᄒ고 馳馬而赴ᄒ니 哪咤이 大怒ᄒ야 舞劍回馬ᄒ야 更敵雷天風할 시
大戰數合에 雷天風이 且戰且退ᄒ되 哪咤이 大笑曰

"匹夫ㅣ 陰凶ᄒ야 更欲誘引寡人이로다."

言未畢에 明將董超ㅣ 走馬而出ᄒ야 辱罵哪咤曰

"赤鬋之蠻이 外雖大膽이느 心中多㤼이로다. 吾聞南方之人이 多受火
氣ᄒ야 心經이 極大라 ᄒ니 吾ㅣ 必取汝心臟ᄒ야 以代牛心炙而爲肴ᄒ
리라."

哪咤이 大怒ᄒ야 更追戰數合에 董超ㅣ 且戰且退ᄒ니 哪咤이 笑曰

"寡人이 已知明元帥之詭計ᄒ니 匹夫ᄂ 且莫誘引ᄒ라."

言未畢에 馬達이 自明陣으로 走馬而來ᄒ야 叱辱曰

"吾聞南方之蠻이 但知其母ᄒ고 不知其父ㅣ라 ᄒ니 此則五倫中에 閉
塞一孔이라. 吾當通其一孔이라."

ᄒ고 抽腰間之矢ᄒ야 射中咤哪之掩心甲ᄒ되 哪咤이 大怒ᄒ야 揮劍躍

---

6) 기정(奇正): 『손자병법(孫子兵法)』에서, 측면에서 기습하는 기병(奇兵)과 정면에서 당당히
공격하는 정병(正兵)을 일컫는 말.

馬而疾追之호니 馬達이 迎戰數合에 且戰且退호더니 明陣中蘇裕卿이
揮方天戟而出호야 大聲曰

"哪咤은 速歸어다. 大明元帥는 上通天文호시고 下達地理호야 風雲造
化之妙를 無不通知호니 汝若一入陣中이면 不能脫矣리라."

言未畢에 蘇裕卿이 回馬而走호니 其後에 楊元帥ㅣ 乘小車호고 緩緩
出陣門而笑曰

"哪咤아! 汝雖有小勇호야 欲敵我ㅣㄴ 吾當以智戰호리니 豈可與么麼
蠻王으로 爭力이리오?"

哪咤이 見元帥ㅣ 在咫尺호야 晏然不動호고 心中에 火起萬丈호니 豈
顧死生이리오? 大呼一聲而縱馬호야 追之如猛虎어놀 元帥ㅣ 微笑호고
急驅車而入陣中호디 哪咤이 急追入陣中호니 楊元帥는 不知去處요 陣門
이 已閉호고 劍戟如霜이어놀 哪咤이 不勝忿怒호야 揮劍而東衝西突호디
無脫出之路ㅣ러니 此時鐵木塔・兒拔都ㅣ 見哪咤之圍於明陣호고 大驚호
야 一時에 齊擧鎗劍而衝突明陣호니 四面이 圍如鐵桶호고 但開一門이어
놀 兩將이 突入호니 劍戟이 如林호며 矢石이 如雨호야 所入之門을 更無
尋處ㅣ러라. 此時哪咤・鐵木塔・兒拔都三人이 圍在陣中호야 雖欲盡力披
圍ㄴ 豈能脫이리오? 擊東門而出則門外有門호고 擊北門而出則亦門外有
門이라 終日出入於八八六十四門이ㄴ 不出陣外호니 哪咤이 忿氣衝天호
야 踴躍如虎러니 中央一門이 忽開에 楊元帥ㅣ 高坐號令曰

"哪咤아! 汝ㅣ 今亦不降耶아?"

哪咤이 大怒호야 欲突入其門호디 元帥ㅣ 笑而揮旗閉門호고 劍戟이
如霜이어놀 哪咤이 無可奈何호야 欲尋他路ㅣ러니 忽然一門이 開於南方
호더니 楊元帥ㅣ 又高坐號令曰

"哪咤아! 汝ㅣ 今亦不降耶아?"

哪咤이 尤不勝忿怒호야 欲入其門이러니 楊元帥ㅣ 笑而揮旗閉門호고
劍戟이 如霜이라. 如是過五門호니 哪咤之勇으로도 喪氣垂頭ㅣ라가 仰

天歎曰

"我非畏死ㅣ라. 若不復五鹿洞塹이면 何面目으로 見祖先之靈於地下ㅣ리오?"

호고 欲自刎호니 鐵木塔·兒拔都ㅣ慌忙扶手曰

"經營大事者는 不顧小恥호ᄂᆞ니 楊元帥는 有義氣之將이라 更乞活命이 可也ㅣ니이다."

호고 兩將이 涕泣叩頭호고 哀乞於元帥曰

"元帥ㅣ奉皇命호사 以德服南方은 小將之所知也ㅣ라 今小將等이 以一時之忿으로 誤入陣中호니 不盡其才而死則雖死라도 魂亦含寃호야 不能心服일가 호ᄂᆞ이다."

元帥ㅣ笑曰

"吾已屢次救汝ㅣᄂᆞ 終是不服호니 今日則不可容恕也ㅣ리라."

鐵木塔이 更告曰

"小將이 若後日又敗則雖死ㅣᄂᆞ 無恨이니 何可不降이리잇고?"

元帥ㅣ笑而開西門호니 哪咤이 率兩將而歸本陣호야 愀然長歎曰

"我雖苟全性命이ᄂᆞ 計窮力盡호니 諸將은 各出經綸호야 以雪寡人의 今日之恥호라."

階下一人이 應聲對曰

"小將이 爲大王而薦一人호야 洞天을 不日回復호리이다."

哪咤이 大喜호야 視其人호니 右酋長孟烈이니 漢時孟獲兄孟節[7]之後ㅣ라. 哪咤이 曰

"孟酋長은 欲薦何人고?"

---

7) 맹절(孟節): 나관중(羅貫中)의 『삼국지연의』에 나오는 인물. 중국 삼국시대 남만 왕 맹획의 형. 만안계(萬安溪)에 숨어살던 은자로 만안은자라고도 불린다. 제갈량이 다섯번째로 맹획을 사로잡을 때 독룡동(禿龍洞)에서 독천(毒泉)을 마시고 위기에 처했는데 치료책을 준 인물로, 제갈량이 나중에 왕으로 봉하려 했으나 사양했다.

孟烈이 曰

"五溪都彩雲洞에 有一位道人ᄒᆞ니 道號ᄂᆞᆫ 雲龍道人이라. 道術이 非常ᄒᆞ야 能呼風喚雨ᄒᆞ며 又使鬼神猛獸ᄒᆞ니 大王이 若至誠往請ᄒᆞ야 以爲軍師則明兵을 何足憂ㅣ리잇고?"

哪吒이 大喜ᄒᆞ야 卽率孟烈ᄒᆞ고 至彩雲洞ᄒᆞ야 涕泣而告于雲龍道人曰

"五大洞天은 南方世傳之地ㅣ라. 今幾失於中國ᄒᆞ오니 先生은 雖物外高尙之跡이ᄂᆞ 亦南方之人이라 願勿惜道術ᄒᆞ야 使寡人으로 索還舊基케ᄒᆞ소셔."

道人이 笑曰

"以大王之英雄으로 失洞壑이어눌 一個山人이 何以能索還乎잇가?"

哪吒이 再拜泣曰

"先生이 若不救則寡人은 寧死而不歸ᄒᆞ리이다."

說罷에 欲拔劍自刎ᄒᆞ니 雲龍道人이 無奈而許之ᄒᆞ고 道冠道服으로 乘鹿而隨蠻王ᄒᆞ야 至太乙洞ᄒᆞ니라. 此時에 道人이 請于哪吒曰

"欲觀其陣勢ᄒᆞ노니 大王은 挑戰ᄒᆞ소셔."

哪吒이 應諾ᄒᆞ고 卽與元帥로 更欲一戰ᄒᆞ니 元帥ㅣ 笑曰

"蠻酋ㅣ 必請來救兵이라."

ᄒᆞ고 率大軍ᄒᆞ고 陣于太乙洞前ᄒᆞᆫ듸 雲龍道人이 望見陣勢ᄒᆞ고 有懼이러니 忽然念呪ᄒᆞ고 拔劍指四方ᄒᆞ니 風雨大作ᄒᆞ고 雷聲이 震動이라. 無數神將鬼兵이 圍擊明陣ᄒᆞᆫ듸 至半晌不能破ᄒᆞ니 雲龍이 投劍歎曰

"大明元帥ᄂᆞᆫ 非凡人이라 有經天緯地之才ᄒᆞ니 大王은 切勿角勝ᄒᆞ소셔. 彼陣法은 天上武曲仙官之先天陰陽陣이라. 閉震巽方門ᄒᆞ니 震爲雷而巽爲風이라 風雷ㅣ 不能侵ᄒᆞ고 揷玄武旗於坤方ᄒᆞ고 以鳴金鼓ᄒᆞ니 坤爲陰이라 神兵鬼卒이 難可犯也ㅣ니 此皆堂堂正道ㅣ라 以妖術로 難可勝也ㅣ리이다."

哪吒이 聽罷에 放聲大哭曰

"然則寡人之五大洞은 何日索還이리오? 願先生은 憐之ᄒᆞ사 敎以方略ᄒᆞ소셔."

道人이 沉吟良久而不答ᄒᆞᆫ디 哪咤이 更再拜曰

"先生이 終乃不敎則寡人이 蠻中百姓을 更不可對이오니 願從先生而入山終身ᄒᆞ노이다."

雲龍이 難處而思之라가 更曰

"貧道ㅣ 有一方略이ᄂᆞ 若漏洩이면 事不成而及害貧道ᄒᆞ리니 大王은 自諒處之ᄒᆞ소셔."

哪咤이 卽辟左右而問計ᄒᆞᆫ디 雲龍이 乃言曰

"貧道之師父ㅣ 在於脫脫國叢篁嶺白雲洞ᄒᆞ니 道號ᄂᆞᆫ 白雲道士ㅣ라. 陰陽造化之術과 天地玄妙之理를 無不通知ᄒᆞ니 若非此人이면 明兵을 不可敵이어니와 然이ᄂᆞ 以其高志淸德으로 平生不出山門ᄒᆞ니 大王이 不盡誠意則難可請來ᄒᆞ리이다."

言畢에 乘鹿而飄然歸彩雲洞ᄒᆞ니라. 哪咤이 聽雲龍之言ᄒᆞ고 卽備幣帛ᄒᆞ야 向白雲洞ᄒᆞ니 可笑ㅣ라. 哪咤이 請援而助敵國ᄒᆞ고 助敵國而失五大洞天ᄒᆞ니 不知者ᄂᆞᆫ 笑筆墨之巧어니와 天下萬事ㅣ 翻覆無定ᄒᆞ야 得失禍福이 大抵如此ᄒᆞ니 豈人力之所能爲리오? 且看下回ᄒᆞ라.

우리가 고전에 눈을 돌리는 것은 고전으로 회귀하기 위해서가 아니다. 한국의 고전은 고전으로서 계승된 역사가 극히 짧고 지금 이 순간에도 발견되고 있으며 심지어 어떤 작품은 저 구석에서 후대의 눈길을 간절하게 기다리고 있기도 하다. 우리의 목표는 바로 이런 한국의 고전을 귀환시키는 것이다. 그러니까 고전 안에 숨죽이며 웅크리고 있는 진리내용들을 다시 불러들이고 그것으로 이 불투명한 시대의 이정표를 삼는 것, 이것이 우리의 궁극적인 목적이다.

문학동네 한국고전문학전집은 몇몇 전문가의 연구실에 갇혀 있던 우리의 위대한 유산을 널리 공유하는 것은 물론, 우리 고전의 비판적·창조적 계승을 통해 세계문학사를 또 한번 진화시키고자 하는 강한 열망 속에서 탄생하였다. 그래서 문학동네 한국고전문학전집은 이미 익숙한 불멸의 고전은 말할 것도 없고 각 시대가 새롭게 찾아내어 힘겨운 논의 끝에 고전으로 끌어올린 작품까지를 두루 포함시켰다. 뿐만 아니라 한국 고전의 위대함을 같이 느끼기 위해 자구 하나, 단어 하나에도 세밀한 정성을 들였다. 여러 이본들을 철저히 비교하는 과정을 거쳐 정본을 확정했고, 이제까지의 모든 연구를 포괄한 각주를 달았으며, 각 작품의 품격과 분위기를 충분히 살려 현대어 텍스트를 완성했다. 이 모두가 우리의 고전을 재발명하는 것이야말로 세계문학의 인식론적 지도를 바꾸는 일이라는 소명감 덕분에 가능했음은 물론이다. 부디 한국의 고전 중 그 정수들을 한자리에 모은 문학동네 한국고전문학전집이 그간 한국의 고전을 멀리했던 독자들에게 널리 읽히고 창조적으로 계승되어 세계문학의 진화를 불러오는 우리의, 더 나아가 세계 전체의 소중한 자산으로 자리하기를 기대해본다.

문학동네 한국고전문학전집 편집위원
심경호, 장효현, 정병설, 류보선

옮긴이 **장효현**

고려대학교 국어국문학과를 졸업하고 같은 대학에서 박사학위를 받았다. 고려대학교 국어국문학
과 교수로 재직했다. 스토니브룩뉴욕주립대학과 런던대학 SOAS 방문교수, 메이지대학 객원교수
를 지냈다. 한국고소설학회장, 민족어문학회장, 동방문학비교연구회장을 역임했으며, 도남국문학
상(1991), 성산학술상(2003)을 수상했다. 지은 책으로『서유영 문학의 연구』『한국고전소설사연
구』『한국 고전문학의 시각』『심능숙 문학의 연구』등이 있고,『육미당기』『구운몽』을 역주했다.

한국고전문학전집 026
옥루몽 1
ⓒ 장효현 2022

초판 인쇄 | 2022년 5월 30일
초판 발행 | 2022년 6월 13일

지은이 남영로 | 옮긴이 장효현

책임편집 유지연 | 편집 황수진 구민정 이현미 | 디자인 윤종윤 이주영
마케팅 정민호 이숙재 박치우 한민아 김혜연 박지영 안남영 김수현 정경주
브랜딩 함유지 함근아 김희숙 안나연 박민재 박진희 정승민
제작 강신은 김동욱 임현식 | 제작처 영신사

펴낸곳 (주)문학동네 | 펴낸이 김소영
출판등록 1993년 10월 22일 제2003-000045호
주소 10881 경기도 파주시 회동길 210
전자우편 editor@munhak.com | 대표전화 031)955-8888 | 팩스 031)955-8855
문의전화 031)955-3579(마케팅), 031)955-2690(편집)
문학동네카페 http://cafe.naver.com/mhdn
문학동네인스타그램 http://instagram.com/munhakdongne
문학동네트위터 http://twitter.com/munhakdongne
북클럽문학동네 http://bookclubmunhak.com

ISBN 978-89-546-8673-0 04810
   978-89-546-0888-6 04810 (세트)

www.munhak.com